그토록
먼 여행

그토록 먼 여행

Such A Long Journey

로힌턴 미스트리 장편소설 | 손석주 옮김

아시아

이 책을 프레니에게 바친다.

그는 나이 든 사제들을 불러 모아 한때 세계를 지배했던 왕들에 관하여 물었다.
"처음에 그들이 세상을 어떻게 다스렸기에, 우리가 이렇게 비참한 상태로 떠맡게
됐는지 그대들은 아는가? 도대체 그들은 어떻게 아무 걱정도 없이 자유롭게
살면서 영웅적인 일을 할 수 있었는지 그대들은 아는가?"
피르다우시의 『샤나메』 중에서

추운 길을 우리는 갔었다.
여행을 하기에, 그토록 먼 여행을 하기에
마침 일 년 중에서도 가장 힘들 때에
T. S. 엘리엇의 『동방 박사들의 여행』 중에서

낡은 말이 혀끝에서 사라지자,
새로운 선율이 나의 마음속에서 흘러나왔습니다.
낡은 길이 멀어져 갈 때, 새로운 나라가 놀라운 모습으로 나타났습니다.
라빈드라나트 타고르의 『기탄잘리』 중에서

일러두기

1. 이 책은 장편소설『그토록 먼 여행(Such A Long Journey)』을 우리말로 옮긴 것이다.

2. 저자의 의견에 따라 각주를 넣지 않았다.

3. 이 책을 우리말로 읽는 독자들의 이해를 돕기 위해 '인도 현대사 연표'와 '종교 관련 주요 용어'를 첨부하였다.

차례

1947 영국으로부터 독립과 동시에 힌두교 중심의 인도와 이슬람교 중심의 파키스탄으로 분리. 분리 독립 2개월 만에 카슈미르 지역의 귀속 문제로 영토 분쟁 발발. 초대 총리로 자와할랄 네루 취임.

1948 마하트마 간디 피살. 무슬림연맹을 이끈 모하마드 알리 진나 사망.

1950 헌법 제정과 함께 의회 민주주의 채택.

1952 초대 총선에서 승리한 네루 총리에 재취임.

1962 중국과 국경 문제로 전쟁 발발. 중국의 자진 철수로 종전. 전쟁에서 패한 인도 국민들 큰 충격에 빠지고, 중국과의 친선 관계를 강조하던 네루 역시 정치적으로 큰 타격.

1964 네루 사망. 샤스트리에게 잠시 권력이 넘어감. 샤스트리 사망 후 1970년대와 1980년대의 짧은 기간을 제외하고 네루의 딸과 손자가 인도를 계속 통치.

1965 파키스탄과 카슈미르 분쟁 재발.

1971 동 파키스탄(현 방글라데시)의 독립을 둘러싸고 제3차 인도 파키스탄 전쟁. 피난민 대거 인도 영토(벵골)로 유입. 방글라데시 1,600킬로미터 떨어진 파키스탄으로부터 분리 독립.

1975 네루의 외동딸 인디라 간디 총리 취임. 알라바드 고등법원이 선거법 위반으로 인디라 간디에게 유죄를 선고하자 정국 혼미. 인디라 간디 국가비상사태 선포.

1977 인디라 간디 실각. 국가비상사태 해제.

1980 인디라 간디 총선에서 승리하며 재집권. 인디라 간디의 둘째 아들 산제이 간디 비행기 추락으로 사망.

1984 시크교 성지인 황금사원에 숨어 있던 테러리스트들을 소탕하기 위해 진압 명령
을 내렸던 인디라 간디가 자신의 시크교도 경호원들에게 암살당함.

1985 인디라 간디의 큰 아들 라지브 간디 총리 취임.

1991 타밀 테러리스트의 자살 폭탄 공격으로 라지브 간디 피살.

1992 바브리 폭동. 힌두교도들이 바브리 이슬람 사원 파괴. 이를 계기로 인도 내부의
힌두교와 이슬람교 간 종교 갈등 심화.

1998 아탈 비하리 총리 취임.

1998 인도 타르 사막에서 핵실험. 2주 뒤 파키스탄 역시 핵실험으로 전 세계 긴장 고조.

2002 힌두교 순례자들이 탄 기차에 일어난 화재가 구자라트 폭동으로 번짐. 수많은 이
슬람교도들이 학살당함.

2004 인디라 간디의 며느리이자 라지브 간디의 미망인 소냐 간디의 지원을 받은 경제
학자 만모한 싱 박사 총리 취임 (2012년 현재 집권 중).

2006 뭄바이 기차 연쇄 폭탄 테러 발생.

2007 프라티바 파틸 인도 최초 여성 대통령 선출. 뭄바이 주식거래 센섹스 지수가 1만
5000에 이르러 5년간 5배 경제성장 달성.

2008 파키스탄 무장 단체가 일으킨 뭄바이 폭탄 테러 발생.

2012 인도 5년간 재래식 무기 수입 세계 1위. 인도 총리 25년 만에 국경을 맞대고 있
는 미얀마 방문.

1부

1

구스타드 노블이 아후라 마즈다에게 기도를 올리려고 동쪽 하늘을 바라보았을 때 어슴푸레 동이 트고 있었다. 시간은 새벽 여섯 시쯤이었다. 매일 아침 구스타드가 쿠스티로 기도를 암송할 때면 아파트 단지에 하나뿐인 나무에 참새들이 모여들었다. 그는 그 소리에 마음이 평온해졌다. 참새들에 이어서 까마귀들의 까악까악 울음소리가 들려왔다.

멀지 않은 곳에서 솥과 냄비를 달그락거리는 소리가 사방의 정적을 조금씩 갉아먹었다. 우유 장수가 커다란 알루미늄 통 옆에 쪼그리고 앉아 아낙네들이 가져온 통에 우유를 따라 주었다. 그는 갈고리 모양의 긴 손잡이가 달린 조그만 국자로 우유를 한 방울도 흘리지 않고 재빨리 통에 따랐다. 아낙네들이 우유를 다 받고 나면 그는 국자를 통에 걸고 허리에 두른 도티의 매무새를 고친 다음 맨무릎을 문지르며 셈을 치러 주기를 기다렸다. 그때 손가락에서 마른 때꼽재기가 떨어졌다. 그 모습을 본 아낙네들이 역겨워서 몸을 움찔했지만 상큼한 햇살 덕분인지 이른 아침의 평화는 아직 깨지지 않았다.

구스타드는 주름이 쭈글쭈글한 넓은 이마에서 기도 모자를 살짝 들어 올려 잿빛 머리 위에다가 가볍게 얹었다. 검정 벨벳 모자는 잿빛 구레나룻과 선명한 대조를 이뤘지만, 잘 다듬어진 그의 더부룩한 콧수염은 벨벳처럼 검고 매끄러웠다. 키가 크고 어깨가 넓은 구스타드는 건강에 관한 한 친구와 친척들의 부러움을 샀다. 50년 동안 온갖 세상 풍파를 헤쳐 나온 사람치고 그는 무척 건강한 편이라고들 했다. 몇 년 전에도 심각한 사고를 당했지만 다리를 약간 절 뿐이었다. 그러나 그의 아내 딜나바즈는 그런 말을 듣는 게 싫었다.

"부정 탈라, 말조심해야지." 그녀는 혼잣말을 하면서 액막이로 손가락을 두들길 탁자나 의자를 찾았다. 하지만 구스타드는 큰아들을 구하기 위해서 자기 목숨을 걸었던 그날의 사고에 대해 거리낌 없이 이야기했다.

알루미늄 통이 쉴 새 없이 달그락거리고 있을 때 어디선가 날카로운 소리가 들려왔다. "야, 이 도둑놈아! 네놈을 경찰한테 넘기고 말 테다! 경찰에게 팔이 부러지고 나서도 물을 타는지 어디 한번 두고 보자!" 쿠트피티아의 목소리였다. 결국 이른 아침의 평화는 달갑지 않게 끝이 나 버렸다. 그렇게 또다시 시끌벅적한 하루가 시작됐다.

쿠트피티아는 확실한 근거도 없이 협박을 해 댔다. 그녀는 절대 우유 장수에게 우유를 사 먹지 않았다. 다만 그렇게 한 번씩 확인을 해서 정신을 차리게 하면 다른 사람들에게 이롭다는 신념이 확고했다. 그녀는 이곳 코다다드 아파트에는 사기꾼들이 등쳐 먹을 만한 사람이 살고 있지 않다는 사실을 누군가는 알려 줘야 한다고 생각했다. 일흔 살 먹은 쭈그렁 할머니이자 아직 노처녀인 쿠트피티아는 날이 갈수록 뼈가 굳어 간다면서 요사이에는 좀처럼 집 밖으로 나오지 않았다.

그러나 심술궂고 괴팍한 탓에 코다다드 아파트에는 그녀가 뼈나 다른 문제들에 대해 이야기를 나눌 만한 사람이 많지 않았다. 특히 아이들에게 그녀는 동화책 속에 등장하는 마녀와 같았다. 아이들은 그녀가 투덜대고 욕하며 주먹을 휘두르는 모습을 보고 싶으면 "마녀로부터 도망쳐라! 어서 도망쳐!" 하고 외치며 그녀의 집 앞에서 줄행랑을 놓곤 했다. 그녀는 뼈가 굳어 간다고 불평을 늘어놓다가도 바깥세상에서 벌어지는 일에 호기심이 생기면 언제나 놀라운 속도로 창문에서 발코니로, 계단으로 민첩하게 움직였다.

우유 장수는 얼굴 없는 그녀의 목소리를 듣는 데 익숙했다. 그는 일부러 손님들 들으라고 중얼거렸다. "내가 우유를 만드는 것처럼 말씀하시네. 우유는 소가 만드는 거고, 사장님이 우유 팔러 가라고 하면 나는 시키는 대로 할 뿐인데. 나처럼 불쌍한 사람을 괴롭혀서 무슨 소용이람?"

이른 아침의 희미한 햇살 덕분에 삶에 찌들려 체념하고 사는 데 이골이 난 아낙네들의 얼굴이 잠시나마 온화하게 바뀌었다. 그들은 물을 탄 희멀건 우유를 들고 집으로 돌아가 집안일을 시작해야 했다. 딜나바즈는 한 손에는 알루미늄 냄비를, 다른 손에는 돈을 들고 줄을 서서 기다렸다. 가냘픈 몸매의 그녀는 8년 전 로샨의 돌잔치 때 짙은 갈색 머리를 단발로 자른 후 여태껏 그 모습을 유지하고 있다. 구스타드는 단발머리가 그녀에게 썩 어울린다고 했지만 그녀는 아직까지 확신이 서지 않았다. 그녀는 남편의 취향을 결코 믿을 수 없었다. 언젠가 미니스커트가 유행할 때 그녀는 장난삼아 치마를 치켜들고 방안을 왔다 갔다 했다. 로샨은 웃음을 터뜨렸고, 구스타드는 미니스커트를 입은 마흔네 살의 여인이 상상이 간다면서 그녀에게 진짜로 한번 입어 보라고 권유했다. "유행은 젊은 사람들이나 따라 하는 거죠." 그녀는 얼굴을 붉히며 말했다. 그러자 그가 굵직한 목소리로 냇 킹 콜의 노래를 부르기 시작했다.

당신 마음속에 사랑이 있는 한
당신은 결코 늙지 않을 거야
당신이 낡은 흔들의자에 앉아 꿈을 꾸고 있을 때
시간이 당신의 짙은 갈색 머리를 은빛으로 물들일지도 모르지 구스타드가 '금발 머리'를 '짙은 갈색 머리'로 바꿔 부르는 것이 좋았던 그녀는 그 가사를 들을 때면 항상 함박웃음을 터뜨렸다.

냄비에는 어제 산 우유의 흔적이 남아 있었다. 구스타드와 함께 남은 우유로 차를 만들어 마시고 나서 냄비를 씻을 시간이 없었다. 그가 신문을 읽어 준다고 해서 듣고 앉아 있다 보니 시간을 너무 많이 빼앗겼던 것이다. 그들은 앞으로 인도 공과 대학(IIT)에서 공부하게 될 큰아들에 관한 이야기를 나누었다. "소랍은 유명해질 거야. 두고 보라고." 구스타드는 큰아들이 자랑스러웠다. "우리의 희생이 결국은 빛을 보게 될 거야." 그녀는 도대체 무슨 생각으로 그렇게 한가하게 앉아서 잡담이나 하며 시간을 낭비했는지 이해할 수 없었다. 하지만 이번 일처럼 좋은 소식이 큰아들에게 날이면 날마다 찾아오는 건 아니었다.

아낙네 몇 명이 떠나고 자기 차례가 다가오자 딜나바즈는 자리를 조금 앞으로 옮겼다. 구스타드와 딜나바즈도 다른 사람들과 마찬가지로 관청에서 우유 배급 카드가 나오길 기다리고 있었다. 배급 카드가 발급되기 전까지는 딜나바즈도 우유 장수의 단골이 될 수밖에 없었다. 우유 장수는 머리의 한가운데를 조금 남기고 빡빡 깎았는데 그 모습이 꽤 볼만했다. 확실치는 않지만 그것은 힌두교 어느 카스트의 풍습이었고, 딜나바즈는 그것이 영락없이 쥐 꼬리를 닮았다고 생각했다. 머리에 기름이라도 바른 날이면 쥐 꼬리에서 반들반들 윤이 났다.

딜나바즈는 잠시 생각에 잠겼다. 이전에는 배급 카드가 가난한 사람과 하인들에게만 발급되었고, 우유 값이 하늘 높은 줄 모르고 치솟지도 않았으며, 크림이 풍부하고 질 좋은 파르시 농장의 우유를 사 먹었던 시절이 있었다(쿠트피티아는 여전히 파르시 우유를 사 먹었다). 그녀는 쿠트피티아가 우유 장수에게 소리 지르는 것이 못마땅했다. 그래 봐야 그를 더욱 화나게 할 뿐이고, 그가 우유에다가 무슨 짓을 할지 아무도 모르기 때문이다. 그녀는 우유 장수처럼 빈민가 판잣집이나 뭄바이 인근의 불법 거주지에 살고 있는 가난한 사람들의 눈빛에서 종종 집 있는 사람들에 대한 적개심을 읽었다.

오랫동안 쿠트피티아에 대한 괴상한 소문이 나돌았지만 딜나바즈는 그녀에게 나쁜 의도가 있다고는 생각지 않았다. 구스타드는 가능한 쿠트피티아와 마주치지 않으려고 했다. 그는 그녀의 미친 헛소리 때문에 멀쩡한 사람조차도 영원히 공중제비를 돌게 될지도 모른다고 말했다. 아마도 딜나바즈는 쿠트피티아의 유일한 친구일 것이다. 그녀는 어렸을 때 나이 많은 사람들에게 무조건 공손해야 한다고 교육을 받았던 터라 쿠트피티아의 기행을 받아들이는 데도 아무 문제 없었다. 짜증나거나 불쾌하기보다는 재미있고, 가끔 귀찮을 뿐이었다. 절대로 기분이 상하지는 않았다. 사실 쿠트피티아는 자연의 법칙으로 설명될 수 없는 문제들에 대해서 도움을 주거나 충고를 하려고 할 뿐이었다. 그녀는 저주와 마법을 거는 법과 푸는 법, 선의의 마술과 저주의 마술을 사용하는 법, 길조와 흉조를 판단하는 법, 꿈을 해석하는 법을 알고 있다고 했다. 가장 중요한 것은 평범한 일과 우연한 일 뒤에 숨어 있는 의미를 해석할 수 있는 능력이라고 설명했는데, 이처럼 기상천외하고 기이한 그녀의 상상력이 때로는 흥미롭기도 했다.

딜나바즈는 쓸데없이 그녀의 기운을 부추기려고도 하지 않았다. 그러나 쿠트피티아처럼 나이가 들면 자신의 이야기를 인내심 있게 들어 줄 사람이 절실히 필요하다는 것도 잘 알고 있었다. 게다가 초자연적인 것을 완전히 부정하기 어렵다는 걸 모르는 사람이 어디 있겠는가?

　멀구슬나무 아래에서 조용히 기도를 올리는 구스타드는 흰옷을 입은 풍채가 아침 햇살에 더욱 당당해 보였고, 우유 장수 주변의 웅성거림과 달그락거리는 소리는 귀에 들어오지 않는 듯했다. 구스타드는 알맞은 구절을 암송하면서 매듭을 지어 허리에 두르고 있던 쿠스티를 풀었다. 2.7미터 길이의, 손으로 짠 얇고 성스러운 허리띠를 모두 풀고 난 후, 그는 철썩철썩 소리를 내며 쿠스티를 채찍처럼 세 번 휘둘렀다. 그렇게 해야 악의 신인 아리만을 쫓아낼 수 있었다. 물론 쿠스티 기도를 자주 올린 사람들만이 할 수 있는 능숙한 손놀림이 필수였다.

　쿠스티 기도 중에서 그 부분을 가장 좋아하던 구스타드는 어렸을 때 힘센 사냥꾼이 되어서 강력한 쿠스티만을 몸에 지닌 채 미지의 정글로 용감하게 돌진하는 상상을 하곤 했다. 성스러운 띠가 공중을 가르면 괴물의 머리가 잘려 나가고, 이빨이 날카로운 호랑이의 배가 갈리고, 야만적인 식인종이 전멸되었다. 언젠가 그는 아버지가 운영하던 서점의 책장을 살피다가 영국인들이 가장 사랑하는 용 사냥꾼에 관한 이야기를 발견했다. 그 이후로 그는 기도할 때마다 영국 수호성인 성 조지로 변신한 파르시 조로아스터교도가 되어 식탁 밑, 벽장 속, 침대 밑, 건조대 뒤에 숨어 있는 용들을 찾아내어 믿음직스러운 쿠스티로 두 동강을 내 버렸다. 불을 뿜어내는 괴물들의 잘린 머리가 사방에서 피를 튀기며 굴러다녔다.

　문이 열렸다가 쾅, 닫히더니 동전 소리가 들렸다. 우유 장수에게는 주의를 주었다. 누군가는 비아냥거렸다 "이봐, 아저씨. 우유하고 물은 따로 팔아야 하는 거 아냐? 그래야 손님한테도 좋고, 아저씨도 물을 섞을 필요가 없으니까 일하기도 편할 테고 말이야." 그 말에 우유 장수는 늘 그렇듯이 강력하게 반발했다.

어느 열린 창문에서 정부의 통제를 받고 있는 전 인도 라디오 방송의 아침 뉴스가 나지막이 흘러나왔다. 아침 공기를 타고 흐르는 청명하고 매끄러운 힌디 어 발음은 곧이어 이웃집에서 무례하게 끼어든 BBC 월드 서비스 단파 라디오 소리와 확연한 대조를 이루었다.

하지만 구스타드의 기도는 길거리의 잡담이나 라디오 방송의 지지직거리는 소리 따위에 방해를 받거나 흐트러지지 않았다. 오늘 뉴스는 그가 엉뚱한 생각을 할 만큼 유혹적이지 못했다. 그는 이미 『인도 타임스』를 읽었기 때문이다. 구스타드는 잠을 제대로 이루지 못하고 평소보다 일찍 일어났다. 양치질을 하려고 수돗물을 틀자 물이 요란스럽게 튀었다. 깜짝 놀란 그는 뒤로 물러섰다. 시 당국이 하루치 물 공급을 끝낸 어제 아침 일곱 시부터 수도관이 텅 비어 있었던 탓에 공기가 빠져나오느라 그런 것이었다. 그깟 수돗물 때문에 겁을 먹다니, 구스타드는 자신이 바보가 된 기분이었다. 그는 수도꼭지를 잠갔다가 다시 천천히 틀었다. 그래도 물은 위협적인 소리를 내며 뿜어 나왔다.

마치 씩씩거리다가 내뱉는 듯한 그 소리에 딜나바즈는 잠에서 깨어났다. 침대 옆 자리가 비어 있는 것을 보고 그녀는 피식 웃었다. 오늘은 남편이 먼저 일어날 것이라고 예상했기 때문이다. 아직 잠이 덜 깬 그녀는 시곗바늘이 보일 때까지 시계를 빤히 쳐다보다가 몸을 돌리고 다시 눈을 감았다.

2

그날 아침 태양이 떠오르기 한참 전, 기도를 앞둔 구스타드는 『인도 타임스』가 배달되기를 애타게 기다렸다. 아직 칠흑같이 어두웠지만 그는 불을 켜지 않았다. 오히려 어둠으로 인해 모든 것이 또렷하고 잘 정돈된 듯이 보였다. 구스타드는 앉아 있는 의자의 팔걸이를 매만지며 수십 년 전 할아버지가 가구점에서 손수 만든 의자임을 떠올렸다. 그는 아직도 할아버지의 가게 간판을 기억하고 있었다. 지금도 그 모습이 눈앞에 선했다. '노블과 그 아들들, 훌륭한 가구 장인들.' 그것은 마치 눈앞에 펼쳐진 사진 같았다. 그는 그 간판을 맨 처음 본 순간을 잊지 못한다. 당시에는 너무 어려서 간판의 글을 이해할 수 없었으나 그 주위에 걸려 있던 그림들은 알아볼 수 있었다. 윤이 나는 체리색 목재로 만든 장식장, 사면에 커튼이 달린 커다란 침대, 조각 장식 등받이가 있는 의자들, 균형이 잘 잡힌 구부러진 가구 다리들, 위엄 있는 검은 책상. 그 모든 것이 어릴 적 그의 집에 있던 가구들과 닮았다.

그중에 몇몇은 지금 그의 집에 있다. 조각칼처럼 날카로운 파산의 톱니바퀴에서 구해 낸 것들이었다. 파산은 집행관의 징 박은 구두 소리처럼 잔인하고 날카로우며 냉혹했다. 징 박은 단화는 석조 타일 위에서 악랄한 소리를 냈다. 빌어먹을 집행관은 그의 더러운 손길이 닿는 대로 마구 집어 갔다. 불쌍한 아버지. 아버지는 모든 것을 잃었다. 구스타드는 말콤의 도움으로 가구 몇 점을 낡은 승합차에 실어 건질 수 있었다. 집행관은 알아채지 못했다. 말콤 살단하는 정말 좋은 친구였는데, 안타깝게도 연락이 닿지 않았다. 빌리모리아 소령과 마찬가지로 그도 진실한 친구였다.

빌리모리아의 이름이 떠오르자 구스타드는 고개를 가로저었다. 망할 놈. 그렇게 염치없이 굴더니 언제 그랬냐는 듯이 감히 청탁 편지를 보내다니. 죽을 때까지 답장을 받지 못할 테다. 질서 정연한 어둠이 깨질까 봐 구스타드는 소령이 보낸 뻔뻔한 편지를 머릿속에서 지워 버렸다. 다시 한 번, 어린 시절 가구들이 그를 위로하려는 듯이 주위에 모여들었다. 그의 인생에서 가구들은 평생토록 온전한 정신 상태를 지켜 주는 파수꾼과도 같았다.

그는 우편함의 금속 뚜껑이 열리는 소리와 함께 안으로 들어오는 신문의 하얀 윤곽을 보았다. 하지만 그는 움직이지 않고 그대로 앉아 있었다. 자신이 신문을 기다리고 있었다는 사실을 눈치챌까 봐 배달원이 떠나기만을 기다렸다. 정확한 이유는 그도 알 수 없었다.

자전거 페달 소리가 멀어지자 다시 사방이 조용해졌다. 구스타드는 불을 켜고 안경을 썼다. 파키스탄과 관련된 암울한 머리기사가 있었다. 그는 그 기사를 무시했다. 죽은 아이를 안고 우는 반라의 어머니에게도 눈길을 주지 않았다. 지난 몇 주 동안의 사진들과 별다를 게 없었기 때문에 사진 설명조차 읽지 않았다. 군인들이 총검 연습을 하는 데 벵골 인 아기들을 이용한다는 내용이었다. 대신에 구스타드는 IIT의 입학시험 결과가 실린 면을 찾아내 식탁 위에 펼쳤다. 그는 벽장에서 소랍의 수험 번호가 적힌 종잇조각을 가지고 와서 확인한 후 딜나바즈를 깨우러 갔다.

"어서 일어나! 합격했어!" 그는 자고 있는 아내의 어깨를 어루만졌다. 애정과 조바심이 담겨 있었고, 편지로 인한 죄책감도 있었다. 그는 빌리모리아 소령한테서 온 편지를 그녀에게 보여 주지 않았다.

딜나바즈는 침대에서 몸을 돌리며 미소지었다. "거봐요, 내가 뭐랬어요.

합격한다고 했잖아요. 당신이 쓸데없는 걱정을 한 거예요." 오늘은 양치질을 먼저 하고 차를 끓일 시간이 충분했지만, 그녀는 화장실로 가 드럼통에 물을 채우기 위해 투명 플라스틱 호스를 연결했다. 아직 새벽 다섯 시밖에 되지 않아 수돗물이 끊기려면 두 시간이나 남아 있었다. 놋쇠로 만든 수도꼭지를 틀자 수압을 받은 물이 호스를 타고 쏟아졌다. 공기 방울들이 긴 꼬리를 이루며 바싹 붙어 따라 나왔다. 마치 둘째 아들의 작은 수조에서 뿜어 나오던 공기 방울 같았다. 한때 다리우스는 잠시나마 자기 우주의 중심이었던 각양각색의 작은 물고기들을 얼마나 좋아했던지 거피, 블랙 몰리, 에인절피시, 네온테트라, 키싱구라미 등 예쁜 이름들을 자랑스럽게 외곤 했다.

그러나 지금 수조는 텅 비어 있다. 새장들 역시 마찬가지다. 그것들은 소랍의 나비 수집 상자와 함께 화장실 옆 창고의 검은색 선반 위에서 먼지와 거미줄에 덮여 있다. 또한 그곳에는 소랍이 오래전 상으로 받아 온 곤충 학습 어쩌고 하는 제목의 별 볼일 없는 책도 있었다. 딜나바즈는 작고 아름다운 것들을 죽이는 것은 잔인한 일이라고 했지만, 구스타드는 소랍을 격려해야 한다고 했다. 그런 일을 끈기 있게 하다가 대학에서 전공이라도 하게 되면 세계적인 유명 인사가 될 수도 있다고 덧붙이면서.

녹슨 못들이 아직도 나비 몇 마리의 가슴에 박혀 있다. 이국적인 꽃잎처럼 생긴 날개들은 부러진 더듬이와 작은 머리들과 함께 뒤섞여 수집 상자 밑바닥에 흩어져 있었지만, 흉부에서 떨어져 나온 나비의 작은 머리들은 본래의 모습이 아니었다. 한때 딜나바즈는 까만 통후추가 어떻게 그 안으로 들어갔는지 궁금했었는데, 그 동그란 것들의 정체를 알게 됐을 때는 몸서리가 쳐졌다.

물이 넘치고 물줄기가 솟구쳐서 호스가 요동치면 그녀는 늘 신경이 곤두섰다. 하지만 물줄기가 잦아들면 드럼통에서 호스가 빠지지 않도록 쥐고 있는 손바닥에서는 가벼운 떨림만 느껴질 뿐 그것은 텅 빈 관이나 다름없었다.

구스타드는 소랍을 깨우고 싶었지만 딜나바즈가 말렸다. "자게 내버려 둬요. 한 시간 후에 합격 소식을 듣는다고 해서 설마 결과가 바뀌겠어요."

그는 흔쾌히 동의했다. 그럼에도 그는 안쪽 방으로 들어갔다. 어둠 속에서 잠버릇이 사납던 소랍을 위해 침대 옆에 달아 준 널을 댄 문짝이 보였다. 처음에는 식탁 의자로 침대 옆에 바리케이드를 설치했지만 소랍이 자꾸 그것을 밀쳐 내는 바람에 소용이 없었다. 그래서 궁리 끝에 널을 댄 문짝을 달아 주었다. 그러자 소랍은 자신의 침대를 '문짝 달린 침대'라고 이름 붙였고, 덧베개, 담요, 베개들을 끌어 모아서 침대에 집을 만들 때 새로 달린 문짝이 매우 쓸모 있다는 걸 깨달았다.

지금은 문짝 달린 침대를 로샨이 쓰고 있었다. 널 사이로 앙상한 팔 하나가 비어져 나와 침대 위에 걸쳐 있었다. 얼마 후면 딸의 아홉 번째 생일이다. 로샨의 가냘픈 몸매를 내려다보던 구스타드는 딸이 딜나바즈의 몸매와 꼭 닮았다는 생각을 했다. 그는 소랍이 자고 있는 좁은 간이침대로 눈을 돌렸다. 낮 동안에는 간이침대를 접어서 다리우스의 침대 밑에 넣어 두었다. 구스타드는 적당한 크기의 세 번째 침대를 들여놓고 싶었지만, 좁은 방에는 그럴 만한 여유 공간이 없었다.

소랍을 바라보는 그의 눈은 기쁨과 자부심으로 빛났다. 열아홉 살 아들의 얼굴 표정 또한 어린 시절 문짝 달린 침대에서 잘 때와 마찬가지로 근심 걱정이 없어 보여서 마음이 놓였다. 세월이 지나면 저 모습도 사라질까? 구스타드에게는 아버지가 운영하던 서점이 배신으로 인해 약탈당하고 파멸되던 때가 바로 그런 순간이었다. 그의 어머니는 충격과 수치심으로 앓아누웠다. 가난은 하루가 다르게 엄습해 왔고, 그들은 명예를 잃고 몰락했다. 어머니는 곧 숨을 거두고 말았다. 그 당시 구스타드는 잠을 이룰 수 없었다. 잠은 그에게 행복이기보다 근심이 증폭되고 초점 없는 야릇한 분노가 끓어오르며 무기력해지는 시간일 뿐이었다. 탈진 상태로 잠에서 깨어날 때마다 그는 또다시 밝아 오는 하루를 저주하곤 했다.

금방이라도 웃음을 터뜨릴 것 같은 순진무구한 표정으로 자고 있는 소랍. 열다섯 살이라 아직 어리고 키가 작긴 하지만 구스타드의 근육질 체형을 닮은 다리우스. 두 갈래로 땋아서 늘어뜨린 머리가 베개 위에 비스듬히 걸쳐 있고, 문짝 달린 침대의 극히 일부만을 차지하고 있는 꼬마 로샨. 구스타드는 그들을 차례로 바라보면서 아들과 딸의 인생에서 밤이 언제나 평화와 고요로 충만하기를 기원했다. 그는 아이들에게 자장가로 들려주려고 개사한 군가를 나지막한 목소리로 흥얼거렸다.

모두들 복 받아라, 모두들 복 받아라
우리 소랍도 다리우스도 모두들 복 받아라
우리 소랍도 다리우스도
그리고 로샨도……

소랍이 몸을 뒤척이자 구스타드는 노래를 멈췄다. 다른 방들과 마찬가지로 아이들 방에도 창문과 환기창에 검은색 등화관제용 종이가 붙어 있어서 어두웠다. 중국과 전쟁이 벌어졌던 9년 전에 구스타드가 붙인 것이었다. 그는 그해에 얼마나 많은 일이 벌어졌는지를 떠올렸다. 그해 로샨이 태어났으며, 그는 끔찍한 사고를 당했다. 불행 중 다행이었으나 부서진 엉덩이뼈를 접골사의 모래주머니로 감싸고 12주 동안이나 침대에 누워 있었다. 도심에서는 시위가 일어났고 통금이 시행되었으며, 여기저기서 곤봉이 난무하고 버스가 불에 탔다. 1962년은 끔찍한 해였다. 얼마나 어처구니없이 패배했던지 사람들은 중국군이 밀려올 때 인도 군인들은 마치 양철 깡통 같았다고 입을 모았다. 한심하게도 양측은 끝까지 평화와 형제애를 주장했다. 특히 '인도와 중국은 형제'라는 구호를 좋아했던 자와할랄 네루는 저우언라이가 인도인의 형제이며, 두 나라는 훌륭한 친구라고 주장했다. 심지어 중국이 티베트를 침공하고 국경에 사단 병력을 몇 군데 배치했을 때조차 그는 전쟁에 대한 소문을 일축했다. 정말로 인도와 중국이 형제가 될 것처럼 네루는 틈만 나면 "인도와 중국은 형제다"를 외쳤다.

중국군이 산을 넘어 물밀듯이 밀려들자 배신이 황인종의 천성임이 입증됐다고들 말했다. 중국인이 운영하는 음식점과 미용실은 손님이 끊겼고, 중국인은 공공의 요괴가 되었다. 딜나바즈는 다리우스에게 "음식을 남기면 나쁜 중국 사람이 잡아간다"고 겁을 주기도 했다. 그러나 다리우스는 무서워하기는커녕 그 말을 믿지도 않았다. 초등학교 1학년이던 다리우스는 친구들과 황인종이 아이들을 잡아다가 쥐나 고양이, 강아지와 함께 넣어서 국을 끓인다는 이야기를 나눈 후에 전투 계획을 세웠다. 우선 디왈리 축제 때 사용하던 장난감 권총을 꺼내 총알 한 통을 장전한 뒤, 중국인이 집 가까이에 오면 빵빵, 총을 쏘아 죽이겠다고 했다.

그러나 코다다드 아파트 근처에는 중국 군인이 단 한 명도 나타나지 않았다. 대신에 기금을 모금하는 정치인들이 조를 이루어 돌아다녔다. 그들은 자신들이 속한 정파에 따라 국민회의 정부가 대담한 태도를 취했다고 칭찬하거나, 인도의 용감한 젊은이들에게 구식 무기를 주고 여름옷을 입혀 히말라야 산맥으로 보내 중국 놈들 손에 죽게 만들었다면서 정부의 무능을 비난하기도 했다. 정당의 깃발을 단 트럭들은 독창적인 현수막을 내건 채 도시 전역을 누비고 다녔다. 기금 모금원들은 확성기에다 대고 자신이 속한 정파와 군인들에게 지지를 호소하며, 모국을 지키기 위해 히말라야의 눈을 피로 물들이고 있는 인도 젊은이들의 희생을 본받아야 한다고 목이 쉬도록 외쳐 댔다.

이에 감동한 사람들은 밀려드는 황인종 침략자들을 막아 내기 위해 일어섰다. 그들은 창밖으로 지나가는 트럭에다 담요, 스웨터, 스카프를 내던졌다. 일부 부유한 지역에서 실시된 모금 운동은 돈 많고, 애국심 강하며, 인정 많다고 평가받고 싶어 하는 사람들의 경쟁으로 변질됐다. 여자들은 몸에 지니고 있던 금팔찌, 귀걸이, 반지를 빼 주었고, 수표나 잔돈은 손수건에 싸서 모금원들의 손에 건네주었다. 남자들은 입고 있던 셔츠나 신발을 벗고 허리띠를 풀어서 트럭에 던져 주었다. 정말 대단한 광경이어서 이러한 단결과 관대함을 목격한 사람들은 하나같이 자부심과 기쁨의 눈물을 흘렸다. 나중에 기부한 물건들 가운데 일부가 암시장과 보석 시장, 거리 행상에서 팔리고 있다는 소문이 돌았으나, 사람들은 이같이 추잡한 말에 관심을 기울이지 않았다. 국가 단결로 인한 흥분된 마음에는 여전히 온기가 남아 있었고, 그것은 기분 좋은 일이었다.

그러나 너나없이 중국과의 전쟁으로 자와할랄 네루의 마음이 얼어붙었고, 결국에는 부서졌다는 것을 알고 있었다. 그는 저우언라이의 배신으로부터 결코 회복될 수 없었다. 인도가 가장 사랑하는 선생님, 모든 사람의 아저씨, 불굴의 인도주의자, 위대한 공상가였던 네루는 증오로 가득 찼고 악의에 불탔다. 그는 이제 어떤 비난도 참지 않았고 어떤 충고도 받아들이려고 하지 않았다. 비록 중국과의 전쟁 이전에도 독단적이고 심술궂은 기질이 보이긴 했지만, 철학과 꿈에 대한 갈망을 완전히 상실한 네루는 자신을 정치적 음모와 내부 투쟁에 내맡기고 말았다. 그의 정치적 고통의 원인이었던 사위와의 불화는 널리 알려져 있었다. 네루는 페로즈 간디가 정부의 부정을 폭로한 일을 결코 용서하지 않았다. 한때 핍박받고 가난한 사람들을 옹호하며 보호하는 역할을 열정적이고 성공적으로 해냈던 그는 이제 그런 일을 하는 사람들을 곁에 두지 않았다. 네루의 단 한 가지 관심사는 자신을 진심으로 사랑하는 유일한 사람이며 자신과 함께하기 위해서 쓸모없는 남편까지도 버렸다고 믿었던 사랑스러운 딸 인디라가 자신의 뒤를 이어 총리가 되도록 하는 것이었다. 저우언라이의 배신으로 돌이킬 수 없이 파괴되고 암울해진 그의 낮과 밤, 밤과 낮은 이러한 편집증적인 집착에 사로잡혔지만, 전쟁이 끝나자 창문에서 종이를 걷어 낸 도시에는 다시 빛이 찾아들기 시작했다.

그러나 구스타드는 등화관제용 종이를 그대로 두었다. 아이들이 잠을 잘 자도록 해 주기 위해서였다. 딜나바즈는 어리석은 짓이라고 생각했지만, 최근에 시아버지가 노인 요양소에서 사망했기 때문에 굳이 따지지 않았다. 어둠이 그에게 위안이 되리라 생각했기 때문이다.

"여보, 준비되면 언제라도 검은 종이를 걷어 내요. 절대 강요하지 않을 테니까." 말은 이렇게 했지만, 시간이 지나자 그녀는 종이에 쌓인 먼지를 닦아 내기가 쉽지 않다는 걸 깨달았다. 거미가 거미줄을 치거나 바퀴벌레가 알을 낳기에 완벽한 공간이었다. 무엇보다 집 안이 전체적으로 어둡고 침울했다.

검은 종이가 빛을 차단한 채 몇 달이 흘렀을 때였다. "이제 이 집에 아침은 절대 찾아오지 않을 모양이구나." 딜나바즈는 투덜댔다. 이윽고 그녀는 먼지와 거미줄과 집 안의 벌레들을 다루는 새로운 방법들을 찾아냈다. 식구들은 마치 등화관제용 종이가 애초부터 창문에 붙어 있기라도 했다는 듯이 어둠 속에서 사는 데 익숙해졌다. 그러나 때때로 딜나바즈가 일상적인 문제로 괴로울 때면 검은 종이가 욕구 불만의 표적이 되었다. "정말 대단해. 아들은 나비와 나방을 수집하고, 아버지는 거미와 바퀴벌레를 끌어 모으다니. 머지않아 코다다드 아파트가 거대한 곤충 박물관으로 변하겠군."

3년 후, 파키스탄이 인도와 분할된 직후 그랬던 것처럼 다시 한 번 카미르 지역을 차지하기 위해 침공했다. 또다시 등화관제가 선포되었고 구스타드는 득의양양한 표정으로 딜나바즈에게 자신의 결정이 현명했음을 주장했다.

3

구스타드는 신문을 마저 읽기 위해 자고 있는 아이들을 두고 돌아섰다. 아직 기도할 시간이 되지 않았다. 태양은 여전히 지평선 위로 모습을 드러내지 않았다. 그는 딜나바즈를 따라 부엌으로 들어갔다. 그는 그녀에게 '동파키스탄의 공포 정치'라는 제목을 읽어 주었다.

"잠깐만요. 큰 통에다 물부터 채우고요." 세차게 흘러나오는 수돗물 소리 때문에 그의 말을 듣지 못한 그녀가 말했다. 오늘은 수압이 낮아서 드럼통을 채우는 데 시간이 오래 걸렸다. 하루치 마실 물을 걸러 담을 반들반들하고 네모난 천을 헹구면서, 딜나바즈는 그 이유가 궁금했다. 그녀는 젖은 천을 항아리의 열린 주둥이 위로 던졌다. 물이 표면에 닿으면서 찰싹, 날카로우면서 젖은 소리가 났다. 그녀는 손가락을 천 가운데 대고 솜씨 좋게 아래로 밀어서 깔때기 모양을 만들었다.

"아와미 연맹당이 방글라데시 공화국을 선포했다는군." 수돗물이 잠기자 그가 말을 이었다. "점심시간에 구내식당에서 동료들에게 말한 대로 일이 벌어졌어. 야히아 칸 장군이 무지부르 라만에게 정부를 구성하도록 할 거라고 떠들어 대더군. 그래서 내가 말했지, 그런 광신도들과 독재자들이 선거 결과를 존중한다면 내 손가락에 장을 지지겠다고 말이야."

"그럼 이제 어떻게 되는 거예요?" 구스타드는 그녀의 질문을 무시하고 공포와 야만, 고문과 살인, 사지 절단과 같이 끔찍한 일들을 겪으며 국경을 넘어오는 벵골 난민들에 관한 이야기를 나지막이 읽어 내려갔다. 여자들은 유방이 도려진 채 하수구에 버려졌고, 아기들의 주검에는 총검이 꽂혀 있었으며, 불에 까맣게 타 버린 시체들이 사방에 널려 있었고, 마을들은 완전히 파괴되었다.

항아리에 물이 가득 찼다. 딜나바즈는 자주색 용액 여섯 방울을 따랐다. 그녀는 식수를 끓이지 않는다는 점이 늘 마음에 걸렸다. 그러나 구스타드는 물을 거르고 과망간산칼륨을 넣으면 예방 조치로는 충분하다고 했다. 딜나바즈는 색이 바랜 꽃무늬 잠옷의 젖은 부분을 쥐어짰다. 그러자 급격히 늙어 가는 그녀의 손등에 돌출된 정맥이 더 도드라졌다. 물이 끓고 있는 주전자의 뚜껑이 가볍게 흔들리며 달각달각 소리를 냈다.

"빌리모리아 소령이라면 어떻게 생각할지 궁금하네요." 브룩 본드 홍차 세 스푼을 떠 넣으며 그녀가 말했다. 주전자의 꼴꼴거리는 시끄러운 소리가 부드러운 속삭임으로 바뀌었다. 딜나바즈는 주전자에 직접 차를 끓이는 것이 싫었지만, 20년 넘게 써 온 짙은 갈색 영국 찻주전자가 깨졌기 때문에 어쩔 수 없었다. 그리고 솜이 흰곰팡이처럼 삐져나온 낡은 보온 커버도 새로 사야 했다.

"빌리모리아 소령? 무슨 생각 말이야?" 그는 그녀가 숨겨 둔 편지에 대해서 눈치챈 것은 아닌지 조마조마했지만 애써 태연한 척하며 물었다.

"파키스탄 문제 말이에요. 사람들이 전쟁이 날 거라고 하던데, 소령은 군대 경험이 있으니까 좋은 정보가 있겠죠."

지미 빌리모리아 소령은 노블 부부만큼이나 코다다드 아파트에서 오랫동안 살았다. 구스타드는 항상 아이들에게 소령을 좋은 본보기로 들며, 아저씨처럼 가슴을 밖으로 내밀고 배를 안으로 넣어 꼿꼿이 걸으라고 충고하곤 했다. 퇴역 장교인 그는 소랍과 다리우스에게 화려했던 군대 시절과 전쟁 이야기를 종종 들려주었다. 1948년 카슈미르에서 인도 군인들과 맞닥뜨리자 꽁무니를 빼고 달아났다던 비겁한 파키스탄 인들과 대영 제국 시절 막강한 영국 육군이 그들의 천적인 서북 국경의 무시무시한 원주민들을 격파한 이야기를 들려주면, 그는 어린 청중에게 전설의 주인공이 되었다. 그는 거칠고 사나운 원주민들에게 싸움과 살인은 단지 즐거운 놀이일 뿐이었다고 했다. 파키스탄 인들이 풀어놓은 원주민들은 술에 취해서 뉴델리로 진격하는 대신에 맨 처음 마주친 마을을 약탈하기 시작했다. 돈과 보석, 여자들을 찾으러 집집마다 샅샅이 뒤지고 주민들을 난도질하면서 시간을 보냈다. 그들이 즐기며 놀고 있을 때 인도 지원군이 도착할 수 있는 귀중한 시간을 벌었다고 소령 아저씨가 말했다. 카슈미르는 안전했고, 전쟁에서 승리했다. 그때 아이들은 안도의 한숨을 내쉬며 박수를 쳤다. 바니할 고개 넘기, 바라물라 전투, 스리나가르 봉쇄와 같은 이야기는 무척 재미있어서 구스타드와 딜나바즈도 넋을 잃고 듣곤 했다.

그런데 지난해 빌리모리아 소령이 코다다드 아파트에서 자취를 감추었다. 아무에게도 말 한마디 남기지 않고 떠나 버려서 그의 행방은 짐작조차 할 수 없었다. 그리고 얼마 지나지 않아 짐을 옮겨 달라고 했는지 트럭 한 대가 그의 집 열쇠를 가지고 도착했다. 뒤 범퍼에는 페인트로 신을 믿어라—추월하려면 경적을 울리시오, 라고 소용돌이 모양의 화려한 장식 서체로 쓴 메시지가 붙어 있었다. 이웃들의 질문에 운전사와 그의 조수는 아무 말도 하지 않았다. 그들에게 들을 수 있는 대답이라고는 "우린 아무것도 모릅니다"가 전부였다.

소령의 갑작스러운 실종은 구스타드에게 겉으로 보이는 것보다 훨씬 깊은 상처를 남겼다. 오직 딜나바즈만이 그 고통의 깊이를 느낄 수 있었다. "오랜 세월 이웃으로 지냈는데 이런 식으로 떠나다니, 괘씸하기 짝이 없군. 우라질, 도무지 예의가 없어." 그는 이렇게 말하고는 더는 그 문제에 대해 왈가왈부하지 않았다.

구스타드는 인정하고 싶지 않았지만 지미 빌리모리아는 그에게 단순한 이웃이 아니었다. 소령은 사랑하는 형제 같은 존재였다. 가족과 다름없었고, 아이들에게는 또 한 명의 아버지였다. 심지어 구스타드는 자신과 딜나바즈에게 불상사가 생긴다면 유언장에 그를 아이들의 후견인으로 지명하는 일을 고려한 적도 있었다. 소령이 사라지고 일 년이 지났지만, 구스타드는 여전히 그를 생각할 때마다 옛 상처가 되살아나는 것을 느꼈다. 구스타드는 딜나바즈가 그의 이름을 꺼내지 않기를 바랐다. 그는 편지를 받은 것만으로도 기분이 몹시 상해 있었다. 그 편지를 생각할 때마다 피가 끓었다.

그는 무심하게 대응하려고 했지만 지나치게 빈정거리고 말았다. "지미가 파키스탄에 대해서 어떻게 생각하는지 내가 무슨 수로 알아? 우리한테 새 주소도 안 남겼잖아, 안 그래? 혹시 그랬더라면 편지를 써서 그의 전문가다운 식견을 물어볼 수도 있겠지만 말이야."

"아직도 화가 안 풀렸군요." 딜나바즈가 말했다. "하지만 난 그 사람이 아무 이유 없이 그렇게 떠났으리라고는 생각하지 않아요. 언젠가는 그 이유를 알게 되겠죠. 좋은 사람이었잖아요." 그녀는 알루미늄 주전자에 든 차를 저으면서 생각에 잠긴 채 고개를 끄덕였다. 알맞은 색깔이 나온 듯하자 그녀는 찻잔 두 개에다 차를 따랐다. 그런 다음 냉장고에서 어제 먹다 남은 우유를 가져왔다. 아직 우유 장수가 도착하기 전이었지만, 일단 그걸로 충분할 것 같았다. 구스타드가 받침 접시에 차를 부어서 입바람을 불었다. 신문을 다 읽고 나자 얼추 기도할 시간이 되어서, 그는 검정 벨벳 모자를 가지고 밖으로 나갔다. 아파트 단지 안의 유일한 나무에서 지저귀고 있는 참새 소리에 마음이 평온해졌다.

쿠스티 기도 암송을 절반쯤 마쳤을 때 어디선가 힌디 어 라디오 방송이 시작되더니 곧 BBC 월드 서비스 방송과 뒤섞였지만, 그는 이미 뉴스를 알고 있었기 때문에 주의력이 흐트러지지 않았다.

4

힌디 어 뉴스 방송이 끝나자 라디오에서는 경쾌한 음악과 함께 광고가 나왔다. 아물 버터('……정말로, 끝내 주는 버터 맛……'), 하맘 비누, 빛꽃 구두약 등등. 우지직부지직 소리를 내는, BBC에 맞춰 놓은 라디오는 꺼져 있었다.

쿠스티를 허리에 다시 묶은 구스타드는 평소처럼 두 끝의 길이가 딱 맞아떨어지자 기분이 좋았다. 그는 수드라가 몸에 편하게 들어맞도록 어깨를 위아래로 올렸다 내렸다 했다. 어깨의 움직임에 따라서 제사복이 쿠스티 밑으로 부드럽게 흘러내렸고, 복부 주변이 마침맞게 헐렁해졌다. 등 아래쪽에서 바람이 솔솔 스며들자 구스타드는 그 부분이 세로로 찢겨 있다는 사실이 생각났다. 그에게 있는 대부분의 수드라가 찢어져서 딜나바즈가 새 제사복이 몇 벌 더 필요하다며 걱정하던 참이었다. 수선을 해 봐야 소용없었다. 가늘고 부드러운 면직물인 모슬린으로 만든 옷이어서, 찢어진 곳을 기워 놓으면 얼마 안 가서 또 다른 곳이 찢어졌다. 구스타드는 딜나바즈에게 걱정하지 말라고 했다. "에어컨 바람이 약간 들어와도 아무 문제 없어." 항상 그렇듯이 그는 궁핍한 흔적을 웃음으로 날려 버렸다.

눈을 감은 채 다시 얼굴을 하늘로 향하고 나지막이 사로시 바즈 기도를 암송하기 시작했을 때, 디젤 엔진의 굉음에 코다다드 아파트의 살림 소리가 귓가에서 사라졌다. 트럭인가? 몇 분 동안 엔진이 공회전했지만, 그는 돌아보지 않았다. 그는 아침 기도가 중간에 끊어지는 게 제일 싫었다. 불경스러운 일이었다. 다른 사람과의 대화 중에도 무례하게 말을 끊지 않으려고 하는 그가 어떻게 감히 신에게 그럴 수 있겠는가? 특히 오늘은 소랍이 IIT에 합격함으로써 신의 경이로운 은총으로 그의 모든 노력과 고난이 보상받았기 때문에 감사해야 할 것도 많은 날이었다.

우레와 같은 소리를 내며 트럭이 떠난 후에도, 아파트 단지 정문에는 디젤 배기가스가 사라지지 않고 남아 있었다. 곧 코를 찌르는 듯한 매연 냄새가 아침 공기에 실려 왔다. 구스타드는 코를 찡그린 채 사로시 바즈 기도를 이어 갔다.

기도가 끝났을 때 그는 트럭에 대해서 완전히 잊어버렸다. 구스타드는 검은 돌담 맞은편 자신의 집 창문 아래 건조한 땅뙈기에서 자라고 있는 관목 두 그루 앞으로 가서, 매일 조금씩 하고 있는 원예 일을 시작했다. 잎에는 종이 부스러기가 엉켜 있었다. 빈카만 직접 심었고 박하는 어느 날 저절로 싹을 틔운 것이었지만, 그는 매일 아침 그것들을 보살폈다. 처음에는 박하의 싹이 잡초인 줄 알고 하마터면 뽑아 버릴 뻔했다. 때마침 위층 발코니에서 내려다보고 있던 쿠트피티아가 박하의 의학적 효능에 대해서 입심 좋게 설명했다. "그거 귀한 박하야, 정말 귀한 거야!" 그녀가 밑에다 대고 소리쳤다. "꽃향기가 고혈압을 막아 줘!" 못처럼 곧은 줄기에서 자라는, 꽃잎이 두 개 달린 작은 흰 꽃의 씨를 물에 담갔다가 섭취하면 각종 위장 질환에 효과가 있다고 했다. 그래서 딜나바즈는 박하를 그냥 두라고 했다. 설령 약효가 없다고 할지라도 쿠트피티아를 기분 좋게 할 수 있기 때문이었다. 그러나 새로 발견된 약재의 소문은 금세 번져서, 아파트 사람들은 너나없이 신비한 효능이 있는 잎이나 씨를 얻으려고 했다. 구스타드에게 큰 기쁨을 주는, 꽃잎이 다섯 개 달린 분홍색 빈카를 전멸시킬 수도 있었던 박하의 원기 왕성한 성장은, 하루가 멀다 하고 손을 내미는 이웃들 덕분에 그나마 억제되었다.

구스타드는 종이 부스러기, 셀로판 사탕 포장지, 콸리티 아이스크림 막대

따위를 치우고 장미를 살펴보았다. 그는 그림을 걸 때 쓰는 굵은 철사로 까다로운 올가미와 매듭을 만들어서 장미 화분을 현관 입구의 기둥에 묶어 두었는데, 꽃을 꺾으려면 복잡하게 얽힌 것을 푸는 데만 족히 몇 시간은 걸리도록 만들어 놓았다. 그는 시든 장미 꽃잎들을 주웠다. 그때 다시 디젤 배기가스 냄새가 풍기자, 그는 아파트 단지 정문으로 향했다.

반짝이는 작고 검은 기름 웅덩이가 트럭이 멈춰 섰던 자리를 알려 주었고, 기둥에는 통지서가 붙어 있었다. 시 당국에서 온 공식 서류는 접착제와 기포 때문에 여러 군데가 울룩불룩했다. 통지서를 읽고 난 그는 재빨리 계산해 보았다. 빌어먹을 나쁜 놈들이 미쳐도 단단히 미쳤구먼. 길을 도대체 뭣 때문에 넓힌단 말인가? 그는 큰 걸음으로 서둘러 땅을 재어 보았다. 아파트 단지가 지금 넓이의 절반 이하로 줄어들게 되면, 일 층에 사는 사람들에게는 검은 돌담이 마치 산처럼 거대하게 보일 터였다. 양이나 닭처럼 비좁은 우리에 갇힌 신세가 되면 아파트가 아니라 포로수용소와 다를 바 없었다. 도로에서 나는 소음이 훨씬 가까워지고 이래저래 성가신 일도 많아질 것이다. 지금도 파리 떼와 모기 떼가 우글거리고, 염치없는 놈들이 담벼락에다가 똥오줌을 싸 대는 바람에 지독한 냄새가 났다. 한밤중에는 담벼락이 영락없이 공중 화장실로 변했다.

그러나 통지서는 단지 제안일 뿐이므로, 그것만으로는 아무 일도 일어나지 않을 것이다. 건물주는 절대로 시 당국에서 제안한 '공정한 시장 가격'으로 단지의 절반을 내놓으려고 하지 않을 것이다. 요즘 정부의 공정한 시장 가격보다 더 불공정한 것을 찾기도 쉽지 않았다. 건물주는 반드시 소송을 할 것이다.

디젤 냄새는 가시지 않았고, 구스타드가 집으로 돌아가는 동안 아파트 단지에서 줄곧 그를 따라다녔다. 디젤 냄새 때문에, 그는 9년 전 사고를 당해서 차가 달려오는 길바닥에 엉덩이뼈가 부서진 채 누워 있던 그날이 떠올랐다. 그는 코를 찡그리며 바람의 방향이 바뀌기를 기다렸다. 집 안으로 들어서자 다리를 절게 만들었던 엉덩이뼈가 욱신거리기 시작했다.

2부

1

딜나바즈는 구스타드가 언감생심 말도 안 되는 일을 저지르는 데 절대 도움을 줄 수 없다고 했다. 세상에, 살아 있는 닭을 집에서 잡겠다니! 그다음엔 도대체 뭘 하려고 들까? 이번처럼 구스타드가 부엌일에 간섭한 적은 없었다. 가끔씩 부엌에 들어와서 솥에서 풍기는 냄새를 맡아 보거나, 일요일에는 풍로에서 끓고 있는 단삭 요리와 함께 먹을 수 있도록 양파, 고수풀, 매운 풋고추를 넣은 샐러드를 만들어 달라고 조르곤 했었다. 그러나 21년을 함께 살아오면서 이렇게 근본적으로 부엌일에 간섭하는 것은 처음이어서 딜나바즈는 앞으로 도대체 무슨 일이 벌어질지 짐작조차 할 수 없었다.

"이 바구니는 어디서 난 거야?" 구스타드가 부엌 천장 근처 못에 걸려 있던 큼지막한 바구니로 닭을 덮으며 물었다. 사실 알고 싶어서 물은 것이 아니라, 그가 크로포드 시장에서 푸드덕대며 요란스런 것을 장바구니에 불룩하게 담아 온 이후로 흐르고 있던 냉기를 없애고 대화가 시작되기를 바라는 마음 때문이었다.

"몰라요." 딜나바즈는 퉁명하고 쌀쌀맞게 대답했다.

구스타드는 혹시나 그녀가 쿠트피티아에게 미신에 관한 충고를 듣고 있는 것은 아닌지 미심쩍었지만 신중하고 차분한 목소리로 말했다. "드디어 이 바구니를 쓸 일이 생겼네. 안 버리길 잘했다. 도대체 어디서 난 거지?"

"모른다니까요."

"여보야, 그래, 알았어." 그가 달래듯이 말했다. "지금부터 이틀 동안 이걸로 지붕을 만들어서 닭을 덮어 두자고. 바구니를 씌워 두면 닭이 긴장을 풀고 편안히 잠을 자니까 몸무게가 늘어날 거야."

"알 게 뭐예요. 우리 집에 살아 있는 닭을 사 온 적이 한 번도 없었는데."

"여보야, 고기 맛이 다를 거야. 날 믿어 봐. 이틀 후면, 당신이 양파와 감자를 넣어서 만든 갈색 소스에 푹 잠겨 있을 거야. 하하하, 당신의 완벽한 갈색 소스 말이야!" 그는 입맛을 다셨다.

구스타드의 이 모든 계획은 어젯밤에 이루어졌다. 구스타드는 오늘 아침 잠에서 깨어나자마자 지난밤에 꾸었던 어린 시절의 꿈이 생생하게 떠올랐다. 그날은 웃음소리가 온 집 안에 울려 퍼졌고, 출입구 위쪽은 꽃으로 장식하고 꽃병에는 꽃이 가득 담겨 있었으며, 하루 종일 음악이 흘러나오는 즐거운 잔칫날이었다. 〈비엔나 숲 속의 이야기〉, 〈금과 은의 왈츠〉, 〈스케이트 왈츠〉, 〈봄의 목소리〉, 〈박쥐 서곡〉 등이 끊임없이 축음기에서 흘러나오는 동안에 축제를 위한 요리를 직접 지휘하시던 할머니는 하인들에게 특별한 약초와 향료를 사 오라고 하셨다.

소중했던 어린 시절의 집을 가득 채웠던 흥분과 행복감에서 깨어난 구스타드는 가슴속에서 깊은 슬픔을 느꼈다. 꿈속에서 정확하게 무엇을 축하했는지는 기억할 수 없었다. 아마 생일이거나 기념일이었을 것이다. 그러나 그의 아버지가 시장에서 살아 있는 닭을 사 온 후, 잔치를 앞두고 이틀 동안 살을 찌웠다는 것은 기억이 났다. 정말 기막힌 맛이었다.

구스타드가 어렸을 때 아버지는 수시로 살아 있는 닭을 사 오곤 했다. 할머니께서 늘 그렇게 하도록 하셨다. 시장에서 말라빠진 닭을 잡아 털을 뽑고 내장을 꺼내서 집으로 가져오는 것은 할머니에게 상상조차 할 수 없는 일이었다. 구스타드는 뚜껑 덮인 바구니에 담긴 닭들을 머리에 이고 아버지의 뒤를 따라 걸어오던 하인의 모습을 기억했다. 초대한 손님의 수에 따라 시장에서 사 온 닭은 두 마리도 되고 네 마리도 되고 여덟 마리도 되곤 했다. 할머니는 닭들을 이리저리 살펴보고 나서 아버지를 칭찬해 주셨다. 그러고는 주문한 향신료와 재료를 제대로 사 왔는지 꼼꼼히 챙기셨다.

향신료와 재료는 할머니 요리 비법의 일부에 지나지 않았다. 할머니는 손님들이 요리가 맛있다고 칭찬할 때마다 이렇게 말씀하시곤 했다. "큰 소리로 꺼억꺼억 우는 살아 있는 닭을 사야 해. 안 그러면 소용없어. 먼저 이틀 동안 살을 찌우는 거야. 꼭 이틀이어야 해. 그리고 항상 좋은 모이를 먹이지. 제일 좋은 걸로 말이야. 닭의 배로 들어가는 게 결국은 우리 배 속으로 들어온다는 걸 명심해. 이틀이 지나면 솥을 준비하고, 풍로에 불을 붙이고 향료를 준비해. 그런 다음에 닭을 잡고 깨끗이 씻어서 요리를 하는 거야. 굼뜨지 않게 빨리빨리 움직여야 해." 이렇게 하면, 이틀 전 시장에서 사 온 비쩍 마른 닭의 뼈에 붙어 있던 질긴 고기가 육즙이 풍부하고 신선하고 맛 좋은 고기로 바뀐다고 할머니는 말씀하셨다.

더없이 행복했던 옛 시절의 꿈이 하루 종일 구스타드의 머릿속에서 떠나지 않았다. 그는 단 한 번만이라도 어린 시절 집에서 느꼈던 행복과 즐거움으로 이 초라한 아파트를 채워 보자고 마음먹었다. 그날이 바로 이번 토요일이었다. 은행 동료 한두 명을 초대하는 조촐한 파티가 될 것이다. 물론 그의 오랜 친구인 딘쇼지는 반드시 초대할 것이다. 닭이 준비되었으니, 더 돈 들어갈 일은 없었다. 로샨의 생일과 소랍의 IIT 합격을 축하하는 파티였다.

바구니로 닭을 덮자, 닭이 신기하다는 듯이 바구니 틈새로 내다보았다. 둥근 지붕 아래 있으니까 안심이 된다는 듯 간간이 꼬꼬거리며 울기도 했다.

"자, 이제 쌀이라도 조금 먹여야 할 텐데." 구스타드가 말했다.

"난 닭에 절대 손 안 대요." 딜나바즈가 쏘아붙였다. 그녀가 자기를 이해해 줄 거라고 믿었다면 그것은 구스타드의 크나큰 오산이었다.

조금 전에 딜나바즈의 마음을 바꿔 보려고 "하숙 치는 게 내 주특기잖아." 하고 농담을 던졌던 그의 목소리가 순간적으로 날카로워졌다. "누가 당신더러 만지래? 작은 냄비에 쌀이나 조금 담아 줘." 화해하려는 그의 노력은 이미 목소리에서 실패했다. 그는 일을 마친 후 곧장 크로포드 시장으로 갔다. 흰색 와이셔츠에 넥타이를 매고 흰색 바지를 입은 정장 차림이었다. 그러나 나중에, 1미터 길이의 억센 야자 섬유 끈으로 닭을 식탁 다리에 묶을 때 닭이 그만 그의 흰옷에다가 똥을 싸 버렸다. 긴 하루였고, 그는 이미 녹초가 되어 있었다.

게다가 크로포드 시장은 가능하면 그가 피하고 싶어 하는 곳이었다. 그의 아버지는 시장에 가는 일을 일종의 도전으로 생각하고 그것을 즐겼다. 아버지에 따르면, 그것은 악당들의 소굴로 용감하게 쳐들어가 그들을 귀찮게 하고 흥정을 벌이며, 그들의 행동과 상품을 놀리고 무시하면서도 농담과 싸움 간의 미묘한 줄타기를 하는 정확한 말투를 유지해 가면서, 결국은 악당들을 물리치고 아무런 피해도 입지 않고 의기양양하게 빠져나오는 일이었다. 이러한 게임을 즐겼던 아버지와는 달리 구스타드는 크로포드 시장에만 가면 항상 기가 죽었다.

이는 아마도 그들의 환경이 달랐기 때문일 것이다. 아버지는 반드시 적어도 하인 한 명을 대동한 채 택시를 타고 시장에 다녀왔지만, 돈이 얼마 없는 구스타드는 고기에서 핏물이 흐를까 봐 신문지를 댄 낡은 장바구니를 가지고 혼자서 장을 보았다. 버스 안에서 고기의 핏물이 흐르기라도 하면 망신은 물론이고, 채식주의 승객들로부터 강력한 항의를 받았다. 시장을 오가는 내내, 그는 장바구니에 폭탄보다 더 끔찍한 것이 들어 있기나 한 것처럼 긴장하고 죄책감을 느꼈다. 혹시라도 힌두교도와 이슬람교도 사이에 폭동을 유발할까 봐 안절부절못했다. 그러한 폭동은 자주 돼지고기나 쇠고기로 인한 모욕으로부터 시작되었다.

구스타드는 크로포드 시장에 전혀 매력을 느끼지 못했다. 시장 바닥은 동물 배설물과 야채 쓰레기로 질퍽거렸으며 더럽고 냄새 나는 혼잡한 곳이었다. 그리고 마치 동굴처럼 큰 정육점 골목은 컴컴하고 무서웠다. 정육점 천장에는 끔찍하게 생긴 커다란 갈고리들이 매달려 있었는데—어떤 것들은 텅 비어 있었고 어떤 것들은 쇠고기가 매달려 있었는데, 빈 갈고리들이 더 무서웠다—주인들은 손님을 잡으려고 애원하거나 구슬렸고, 때로는 자기 집 고기의 신선함을 자랑하기 위해서 다른 가게의 고기들을 가차없이 깎아내리기도 했다. 어스레한 불빛 속에서 고약한 악취가 풍기고, 대담하고 호전적인 파리 떼가 윙윙거리면 모든 것이 위협적으로 보였다. 끊임없이 외쳐 대는 정육점 주인들의 목소리는 늘 쉬어 있었고, 그들의 얼굴과 팔에서는 땀방울이 마치 개울물처럼 흘러내려서 핏빛으로 얼룩진 끈적끈적한 조끼와 룽기로 스며들었다. 뚝뚝 떨어지는 피와 응고된 피가 보였고, 피투성이 뼈와 하얗게 벗겨진 뼈가 보였으며 냄새가 났다. 정육점 주인은 흥정을 하거나 몸짓을 할 때면, 거친 손에 쥔 커다란 칼이나 식칼을 휘두르곤 했는데 불길한 빛이 번뜩였다.

구스타드가 크로포드 시장을 무서워하게 된 이유는, 할머니가 그에게 경고했기 때문이다. "정육점 주인과는 절대로 말싸움을 해서는 안 돼." 할머니는 덧붙여서 주의를 주셨다. "순간적으로 화가 치밀면 칼로 그냥 찔러 버리니까. 생각하고 자시고 하는 법이 없지." 그런 다음 할머니는 겁을 주는 게 아니라 교육적 차원에서 이런 현명한 생각이 나오게 된 배경에 대해서 다정하게 설명하셨다. "정육점 주인이 평생 일이라고 배운 게 도살하는 거야. 제2의 천성이지. '신의 이름으로'라고 외치며 칼로 내리친단다."

그 말에 누가 반박이라도 할라치면, 할머니는 정육점 주인이 욱해서 사람의 몸에 칼을 꽂는 장면을 목격한 적이 있다고 강하게 주장했다. 어릴 적에 구스타드는 무시무시한 이야기를 좋아했기 때문에 크로포드 시장에서 장을 볼 때 할머니의 이야기를 떠올리며 긴장된 즐거움을 느끼곤 했다. 그러나 그는 결코 시장에서 마음이 편한 적이 없었다.

그는 로샨의 생일 때 쓸 닭을 한 마리 골라야 했다. 가게 주인이 살펴보라며 한 마리씩 올려 보였지만 깃털 때문에 분간하기가 어려웠다. "선생님, 이놈 좀 보세요. 좋은 놈입죠. 날개 밑을 보세요. 이렇게 날개를 쭉 펴도 닭이 아무 문제 없습죠. 여기 한번 찔러 보세요. 살이 얼마나 알찹니까." 주인은 이 닭 저 닭을 계속 보여 주며, 다리를 잡아 거꾸로 매달기도 하고 무게를 강조하려고 위로 쳐들어 보이기도 했다.

그 모습을 지켜보던 구스타드가 아는 체하느라고 닭을 손으로 꽉 쥐어 보기도 하고 찔러도 보았지만 어찌할 바를 몰랐다. 그의 눈에는 닭이 모두 똑같아 보였다. 마침내 그가 한 마리를 선택했는데, 그 이유는 다른 닭보다 큰 소리로 시끄럽게 저항했기 때문이다. 그는 닭을 다루는 경험이 부족했다. 지난 20년 동안 가족과 함께 닭고기를 먹어 본 날이 겨우 다섯 손가락으로 꼽을 정도였다. 닭은 결코 그의 전문 분야가 아니었다.

그러나 쇠고기라면 얘기가 달랐다. 쇠고기는 구스타드가 잘 아는 분야였다. 오래전 그의 대학 친구였던 말콤 살단하에게 암소와 물소에 관한 모든 것을 배웠다. 그리고 그때가 바로 말콤이 탐욕스러운 집행관의 손아귀로부터 가구를 숨기는 일을 도와주었던 시기였다.

서점을 빼앗긴 이후 구스타드의 아버지는 낙담하고 풀이 죽어서, 매주 크로포드 시장을 탐험하는 일에도 관심이 없었다. 아끼던 책들과 사업이 사라지자, 아버지의 식욕 또한 소송 절차의 미로 속 어딘가에서 길을 잃었다. 눈에 띄게 수척해진 아버지 때문에 구스타드의 시름은 깊어 갔다. 가족의 생계를 떠맡게 된 구스타드는 학생들 개인 과외로 버는 얼마 안 되는 수입을 위해서 최선을 다했다. 그리고 말콤의 충고와 도움 덕분에 생각했던 것보다 훨씬 오랫동안 적은 돈으로 버틸 수 있었다.

말콤은 고아 지방 사람치고는 키가 크고 피부가 매우 하얗다. 피부색이 하얀 이유에 대해서 그는 포르투갈 식민지 개척자들과 원주민들의 피가 섞인 결과라고 설명했다. 입술이 두툼하고 빨간 말콤은 매끈하고 윤이 나는 검은 머리를 항상 왼쪽 가르마를 타서 뒤로 빗어 넘겼다. 자신의 외모와 재능을 아들에게 물려준 말콤의 아버지는, 왕립 음악 학교와 트리니티 칼리지가 뭄바이에서 정기적으로 개최하는 시험을 준비하는 학생들에게 피아노와 바이올린을 가르쳤다. 말콤의 어머니는 뭄바이 실내 관현악단에서 제1피아노를 연주했고, 그의 큰형은 오보에를 연주했다. 말콤은 대학 성가대 연습과 공연 때 피아노를 연주했다. 그는 음악가의 길을 걷고 싶었지만, 학위를 따라는 아버지의 요구 때문에 대학에 입학하게 되었다.

말콤을 매우 좋아한 구스타드는 그가 부러웠고 자신도 악기를 연주할 수 있으면 좋겠다고 생각했다. 행복한 시절에 집 안에서 음악이 멈춘 적은 없지만—광택이 나는 검은 자단나무 장식장에는 아버지의 커다란 전축이 있었고, 선반마다 음반이 가득했다—악기는 하나도 없었다. 어머니가 어렸을 때 만돌린을 들고 찍은 사진이 고작이었다. 그 사진에 호기심을 느꼈던 구스타드에게 때때로 어머니는 시선을 먼 곳에 둔 채, 노블 가문에서 영향력을 발휘하기에는 턱없이 부드럽고 인자한 목소리로 만돌린에 대해서 설명하며 당신이 즐겨 연주하던 노래에 대해 들려주곤 했다.

비록 구스타드는 말콤의 집에 썩 어울리지 않았지만 언제나 환영받았다. 때때로 말콤의 아버지가 바이올린 독주곡을 연주하거나 말콤이 협연을 하기도 했는데, 그럴 때면 구스타드는 잠시나마 자신의 고난을 잊을 수 있었다. 동전 한 닢도 일일이 세면서 살았던 곤궁한 시절, 그에게 말콤은 쇠고기 먹는 법과 돈을 아껴 쓰는 법을 가르쳐 주었다. "힌두교도의 나라에서 소수로 살아가는 우리는 행운아야. 힌두교도는 힝이라고 부르는 악취 나는 아위로 양념한 콩, 녹두, 강낭콩을 먹고 방귀나 뀌면서 살라고 해. 현대화된 힌두교도는 양고기를 먹고, 좀 더 세련된 사람들은 닭고기를 먹지. 우린 그들이 신성시하는 소에서 단백질을 섭취하자고." 말콤은 때때로 경제학 교수를 흉내 내며 다음과 같이 말하기도 했다. "항상 수요와 공급의 법칙을 잊지 마. 이게 바로 핵심이야. 그래서 쇠고기 값이 계속 떨어지는 거야. 신성하기 때문에 더욱 몸에 좋은 거고."

일요일 아침이면 구스타드는 말콤과 함께 크로포드 시장으로 향했다. 그러나 그들의 첫 번째 행선지는 항상 말콤이 미사를 보는 성당이었다. 그와 함께 성당 안으로 들어간 구스타드는 다른 사람들에게 불쾌감을 주지 않으려고 말콤을 따라 성수반의 물을 손가락에 찍어 성호를 그었다. 처음에 구스타드는 불의 사원과는 다른 성당의 제식에 호기심을 느꼈다. 그러나 어린 시절부터 다른 종교의 부름에 저항하도록 훈련을 받았기 때문에 경계심을 늦추지 않았다. 그는 모든 종교가 동등하다고 교육을 받았지만, 그렇다고 해서 종교라는 것이 기분에 따라서 바꿔 입을 수 있는 옷이나 유행을 따르는 일도 아니었기 때문에 자신의 종교에 충실해야 한다고 배웠다. 인도의 역사에서 개종과 배교의 뿌리가 깊고 만연해 있었기 때문에 그의 부모는 이 점에 대해서 특히 강조했다.

그래서 비록 구스타드가 화려한 성상과 미사 제사복에 깊은 감명을 받았고 음악 또한 훌륭했지만, 불의 사원 특유의 평온한 신비감과 개별적인 고요한 느낌이 더 낫다고 재빨리 결론을 내렸다. 이따금 구스타드는 말콤이 서투르면서도 진지하지 않게 개종을 권유하는 것은 아닌지 의심의 눈초리로 바라보기도 했다.

의도가 무엇이었건 간에 말콤은 일요일 아침에 쇠고기와 관련된 주제로 들어가기 전에 가톨릭 교리에 대해서 한두 번쯤 간단하게 설명해 주었다. 말콤에 따르면, 기독교가 인도에 건너온 것은 1,900년 전 사도 토머스가 어부들이 살던 말라바르 해안에 상륙하면서부터였다고 한다. "너희 조로아스터교 조상들이 7세기에 페르시아에서 이슬람교도로부터 도망쳐 오기 훨씬 전의 일이지." 말콤이 놀렸다.

"그럴지도 모르지." 구스타드가 대답했다. "하지만 우리의 예언자 자라투스트라는 너희들의 신의 아들이 태어난 것보다 1,500년도 더 전에 살았어. 석가모니보다는 1,000년 앞섰고, 모세보다는 200년 전이지. 조로아스터교가 유대교, 기독교, 이슬람교에 얼마나 많은 영향을 끼쳤는지 알고 있어?"

"알았어, 친구, 알았다고! 내가 졌어." 말콤이 웃으며 말했다. 크로포드 시장은 성당에서 걸어서 얼마 안 떨어져 있었기 때문에 그들은 곧 큰 정육점 골목에 도착했다. 그곳에서 구스타드는 쇠고기에 대한 개략적인 설명을 들었다. 그것은 바로 쇠고기의 영양가, 최고의 요리 방법, 최상의 부위, 그리고 무엇보다도 크로포드 시장에서 최상의 부위를 파는 정육점 주인들에 관한 것이었다.

그다음 일요일에도 말콤의 기독교 이야기가 이어졌다. 사도 토머스의 정체와 그곳에 도착한 이유가 궁금했던 힌두교 성인, 승려, 탁발승, 율법 학자들이 예를 갖추고 그에게 다가왔다. 그들의 만남은 해안에서 이루어졌다. 사도 토머스는 자신의 이름을 밝히고 난 뒤, 그들에게 손을 모아 잔 모양을 만들어서 바닷물에 담갔다가 하늘로 물을 날려 보라고 했다. 그의 말대로 하자 물이 하늘로 튀었다가 다시 바다로 떨어졌다. "여러분의 신은 이 물이 다시 떨어지는 것을 막을 수 있습니까?" 하고 사도 토머스가 물었다. 그러자 힌두교 성인들은 말도 안 되는 소리라고 펄쩍 뛰면서, 물이 다시 밑으로 떨어지는 것은 중력의 법칙이며 브라흐마, 비슈누, 시바의 법칙이기도 하다고 대답했다.

고기의 대가인 말콤은 쇠고기를 살 때 가장 중요한 점을 지적해 주었다. 비계에 노르스름한 빛깔이 있으면 암소 고기인데, 그것은 비계가 하얀 물소 고기보다 질이 떨어진다고 했다. 색깔의 농도나 명암이 다양한 데다 정육점 불빛 때문에 헷갈려서 노란색이 흰색처럼 보이는 경우가 많기 때문에 구별하기가 쉽지 않다고 했다. 말콤은 처음 몇 번 직접 시범을 보인 다음 연습 삼아 구스타드에게 앞장서도록 했다. 말콤은 계속 연습하다 보면 결국은 명인이 탄생하게 된다고 했다.

사도 토머스가 어부들에게 물었다. "내가 믿는 신이 바닷물이 밑으로 떨어지지 않게 하면 당신들의 수많은 신과 여신, 우상과 신령을 포기하고 나의 하느님을 믿겠는가?" 그러자 힌두교 성인들이 소곤거렸다. "재밌겠는걸. 이 미친 외국인 토머스 선생의 비위를 맞춰 주자고." "그럼요, 그럼요. 토머스 선생, 틀림없이 그렇게 하겠습니다."

사도 토머스는 바닷물로 몇 걸음 활기차게 걸어 들어간 후 손을 잔 모양으로 오므려서 물을 담아 하늘로 뿌렸다. 그러자 세상에, 바닷물이 하늘에 그대로 떠 있었다. 물방울이 작든 크든, 길쭉하든 둥글든, 그 자리에 정지된 채 햇빛을 굴절시키며 만물의 창조주이신 하느님의 완벽한 은총으로 아름답게 반짝이고 있었다. 어부, 외국인 관광객, 순례자, 외교관, 위원회 의장, 은행가, 탁발 수도사, 깡패, 게으른 놈팡이, 떠돌이 할 것 없이 모두 해변으로 모여서 힌두교 성인들과 함께 무릎을 꿇고, 성 토머스에게 그분에 대해 자세히 말해 달라고 간청했다.

(물소 고기와 암소 고기를 구별하는 법을 배운 후) 마지막 단계로 가장 맛있는 부위를 식별하는 능력을 기르는 과정이 남아 있었다. 말콤은 정육점 주인들이 목심이라고 부르는 목 부위가 가장 부드럽고, 비계가 적으며, 요리가 빨리 되어서 연료비를 아낄 수 있다고 했다. 쇠고기 목심은 얼마나 맛있는지 일단 구스타드가 그 맛을 알게 되면, 나중에 여유가 생기더라도 절대 양고기를 먹지 않을 것이라고 말콤은 장담했다.

몇 년 후, 구스타드는 장을 보러 가서 친구들과 이웃들에게 말콤의 지혜를 전해 주고 싶었다. 그들에게 비싼 양고기를 사 먹는 대신 쇠고기를 먹게 하고 싶었다. 그러나 자신과는 달리 그들은 쇠고기에 대한 생각을 받아들이려고 하지 않았다. 결국 구스타드는 쇠고기 복음 전파를 포기하고 말았다.

또한 언제부턴가 구스타드는 크로포드 시장에 가지 않았고, 코다다드 아파트를 집집마다 돌아다니는 정육점 주인에게 질긴 염소 고기, 암소 고기, 물소 고기 등을 샀다. 이때는 이미 말콤과의 연락이 끊긴 상태였으므로 그가 크로포드 시장을 가지 않는 이유와 탁발승들의 전국적인 소 학살 반대 시위 간에 특별한 연관은 없었지만 복잡한 관계를 설명해야 하는 당혹스러운 순간을 피할 수 있었다. 말없이 쇠고기의 배교자로 남아 있는 편이 훨씬 편했다.

2

로샨은 바구니 틈으로 닭을 들여다보았지만 모이를 주고 싶지는 않았다. 로샨은 살아 있는 닭은 물론이고 요리되지 않은 죽은 닭을 본 적도 없었다. "겁먹지 말고 한번 해 보렴." 구스타드가 말했다. "생일 저녁상에 차려질 요리라고 생각해 봐. 무섭지 않을 거야." 그가 바구니를 들어 올리자 로샨이 모이를 던지고는 재빨리 손을 뺐다.

새로운 환경에 적응한 닭은 만족스러운 듯 꼬꼬거리며 바쁘게 모이를 쪼아 댔다. 로샨은 닭에게 온통 마음을 빼앗겼다. 로샨은 닭을 자신의 애완동물이라고 상상해 보았다. 영어 독해 책에 등장하는 개 이야기와 비슷했다. 억센 야자 섬유 끈을 개의 목 줄처럼 닭에게 묶어서 아파트 단지로 데리고 나가 산책을 시키거나, 책에서 본 소년과 녹색 앵무새 그림처럼 닭을 어깨 위에 앉힐 수도 있을 것이다.

로산이 부엌에서 한창 상상의 나래를 펼치고 있을 때, 다리우스와 소랍이 닭을 보러 왔다. 다리우스가 손바닥에 쌀을 놓고 내밀자 닭이 쪼아 먹었다.

"잘난 척하기는." 소랍이 닭 날개를 쓰다듬으며 말했다.

"닭 부리에 닿으면 안 아파?" 로산이 물었다.

"아니, 그냥 좀 간지러워." 다리우스가 말했다. 로산이 닭을 만져 보려고 조심스레 팔을 내밀자 닭이 긴장했다. 닭이 날개를 퍼덕거리더니 똥을 싸고는 뒤로 물러섰다.

"닭이 응가 했다!" 로산이 소리쳤다.

지금껏 꾹 참고 있던 딜나바즈의 인내심이 바닥나고 말았다. "이게 뭐예요? 사방이 엉망진창이에요! 당신의 멍청한 닭 때문에 부엌이 난장판이라고요! 거실에는 당신 책하고 신문, 창문과 환기창에는 시커먼 종이! 바닥은 먼지와 흙 때문에 지저분하기 짝이 없어요! 이젠 도저히 못 참아요!"

"여보, 알았어. 나도 안다고." 구스타드가 말했다. "소랍이랑 내가 조만간 책장을 만들어서 책하고 신문은 몽땅 그리로 넣을게. 소랍, 알겠지?"

"네." 소랍이 대답했다.

딜나바즈가 그들을 바라보았다. "책장은 괜찮아요. 하지만 내가 저 똥을 치울 거라고 생각했다면 실수하는 거예요."

"토요일 아침까지 싸 댈 텐데. 걱정 마, 내가 치울게." 구스타드는 쉽게 말했지만, 그것은 분명한 계산 착오였다. 그가 어렸을 때는 하인들이 닭의 배설물 청소를 떠맡았다.

소랍은 날개를 눌러 닭을 진정시킨 다음에 로산에게 한번 만져 보라고 했다. "어서 만져 봐, 괜찮아."

"저것 좀 봐. 누가 보면 평생 닭을 키운 줄 알겠네. 닭을 쥐고 있는 솜씨 좀 보라고. 우리 아들은 IIT 가서도 정말 잘할 거야. IIT가 배출한 최고의 공학 자가 될 거라고." 구스타드가 매우 기뻐하며 말했다.

소랍이 쥐고 있던 닭을 놓았다. 닭이 식탁 밑으로 돌진하자 거칠게 땋은 야 자 섬유 끈이 되살아나서 마치 허물이 벗겨지는 실뱀처럼 고통스럽게 몸부 림쳤다. "그만 하세요." 소랍이 이를 악물며 구스타드에게 말했다. "닭하고 공학하고 무슨 상관이 있습니까?"

구스타드가 깜짝 놀랐다. "농담한 걸 가지고 왜 그렇게 화를 내니?"

"단순한 농담이 아니잖아요." 소랍이 더 큰 목소리로 말했다. "시험 결과가 발표되고 나서부터 아버지의 IIT 이야기 때문에 미칠 것 같아요."

"아버지한테 목소리 높이지 마라." 딜나바즈가 말했다. 구스타드와 딜나바 즈가 끊임없이 IIT에 대해서 얘기하고, 이런저런 계획을 세웠던 것은 사실이 다. 소랍이 포와이에 있는 기숙사에서 살게 되면 주말마다 집에 오거나, IIT 가 호수 바로 근처에 있어서 풍경이 아름다우니 도시락을 싸 가지고 그를 방 문할 수도 있다는 둥. 소랍이 IIT를 졸업하면 MIT 같은 미국의 공과 대학에 입학할 거라는 둥. 그러나 이야기가 거기까지 이르면, 딜나바즈는 소랍이 아 직 IIT에 입학조차 하지 않았으니 공상과 황홀한 생각을 그만두라고 했다.

그녀는 소랍의 기분을 이해할 수 있었다. 그렇다고 해서 소리를 지르도록 내버려 둘 수는 없었다. "우리는 네가 IIT에 가게 돼서 정말 행복하단다. 아버 지가 닭을 사 온 이유를 너도 알잖니? 하루 종일 열심히 일하고 크로포드 시 장에 다녀오셨어. 집에 다 큰 아들을 두 명씩이나 두고서 아버지가 장을 보는 건 남세스러운 일이야. 아버지가 네 나이였을 때는 스스로 등록금을 벌었어. 부모님도 모셨고."

소랍이 부엌을 떠났다. 구스타드는 닭에게 다시 바구니를 씌웠다. "자, 그만 닭을 쉬게 하자. 계속 귀찮게 하면 안 좋으니까."

*

자정쯤, 화장실에 가려고 일어난 딜나바즈는 닭이 나지막이 꼬꼬대며 우는 소리를 들었다. '또 배가 고픈 모양이군.' 딜나바즈가 불을 켜며 생각했다. 닭의 애절한 소리에 그녀는 그것을 사 온 것에 단호히 반대했던 일을 까맣게 잊어버렸다. 쌀독으로 간 딜나바즈는 구리로 만든 계량컵을 떨어뜨리고 말았다. 뗑그렁 소리에 온 가족이 깨어났고, 곧 모두들 부엌으로 모여들었다.

"무슨 일이야?" 구스타드가 물었다.

"화장실에 가는데 닭이 울어서 먹을 걸 더 달라는 줄 알았어요." 쌀을 한 움큼 쥔 손을 내밀며 딜나바즈가 말했다.

"모이를 더 달라고 했다니! 당신이 닭에 대해서 뭘 안다고 그래. 닭이 하는 말을 알아듣기라도 한다는 거야?" 구스타드가 물었다.

꼬꼬, 꼬꼬, 꼬꼬거리는 나지막한 소리가 바구니에서 흘러나왔다. "아빠, 이거 봐요. 닭이 우리를 보고 행복해해요." 로샨이 말했다.

"그래?" 로샨의 말에 구스타드의 짜증이 누그러졌다. "닭이 깼으니 모이를 좀 주고 얼른 자자." 구스타드가 로샨의 머리를 쓰다듬으며 말했다.

그들은 잘 자라고 인사하고 다시 침대로 돌아갔다.

3

다음 날 학교에서 돌아온 로샨은 저녁 내내 닭에게 모이를 주며 놀았다. "아빠, 우리 이 닭 계속 키우면 안 돼요? 내가 잘 보살핀다고 약속할게요."

흐뭇해진 구스타드는 살짝 감동스럽기까지 했다. 그는 다리우스와 소랍에게 윙크를 했다. "너흰 어떠냐? 로샨을 위해서 닭의 목숨을 살려 줄까?" 그는 다리우스와 소랍이 항의를 하고 내일 요리를 기대하며 입맛을 다실 줄 알았다.

그런데 소랍이 말했다. "부엌에서 키울 텐데 어머니만 괜찮다면 전 상관없습니다."

"아빠, 제발, 그럼 우리 닭 키울 수 있는 거지? 소랍 오빠도 원하잖아. 오빠, 아냐?"

"이제 바보 같은 소리 그만 해." 구스타드가 말했다.

토요일 아침에 코다다드 아파트로 배달 온 정육점 주인이 문을 두드렸다. 구스타드는 그를 부엌으로 데리고 가서 바구니를 가리켰다. 정육점 주인이 손을 내밀었다.

"우리 집에서 오랫동안 당신 가게를 이용했잖소. 그런데 이까짓 일에 돈을 달란 말이오?" 화가 난 구스타드가 말했다.

"선생님, 화내지 마십시오. 돈을 원하는 것이 아니라, 뭔가 제 손에 쥐어져야 죄를 짓지 않고 칼을 쓸 수가 있어서 그렇습니다."

"깜빡했소." 구스타드는 그에게 25파이사짜리 동전 하나를 주었다. 닭의 처절한 마지막 모습을 보거나 숨넘어가는 소리를 듣고 싶지 않아서, 구스타드는 부엌을 나와 현관문에서 기다렸다.

몇 분이나 지났을까, 닭이 구스타드의 다리 옆을 쌩 지나서 아파트 단지 쪽으로 달아났다. 정육점 주인이 뒤를 쫓았다. "닭, 닭! 닭 잡아라!"

"무슨 일이오?" 닭을 쫓아가며 구스타드가 외쳤다.

"선생님, 전 끈을 잡고 바구니를 들었을 뿐입니다!" 정육점 주인이 숨을 헐떡거리며 말했다. "한 손에는 끈을 쥐고 다른 손에는 바구니를 들고 있었는데, 닭이 제 다리 사이로 뛰쳐나갔습니다!"

"그럴 리가! 내가 직접 묶었소!" 구스타드는 걸을 때는 다리를 약간 절었지만, 뛸 때는 보기 싫게 뒤뚱거렸다. 빨리 뛸수록 그 모양은 가관이어서 그는 사람들이 보지 않기를 바랐다. 정육점 주인이 그의 앞에서 닭을 바싹 뒤쫓았다. 닭은 아파트 단지로 들어서자 오른쪽으로 방향을 틀어 검은 돌담에 바싹 붙어서 달렸는데, 다행히 큰길이 아닌 막다른 길로 이어졌다.

그곳에서는 절름발이 테물이 절룩거리며 왔다 갔다 하고 있었다. 테물이 뛰어들어서 닭을 잡는 데 성공하자, 자신은 물론이고 모든 사람이 놀랐다. 빽빽거리며 필사적으로 날개를 퍼덕이는 닭의 두 다리를 손에 쥔 테물은 기뻐 날뛰면서 구스타드에게 닭을 흔들어 보였다.

테물은 날씨가 좋든 나쁘든 아침부터 밤까지 아파트 단지에 나와 있었다. 구스타드는 접골사의 기적과도 같은 골반 골절 치료가 생각날 때마다 마음속에 테물이 떠올랐다. 너 나 할 것 없이 절름발이 테물이라고 부르는 그는, 안타깝게도 재래식 치료를 받아서 고통스러운 삶 말고는 기대할 것 없이 수년 동안 목발과 지팡이 신세를 졌고, 보행을 시도할 때면 온몸에 힘을 주고 거친 숨을 가까스로 몰아쉬며 몸뚱이를 이리저리 무섭게 흔들어 대는, 골반 골절의 가장 불쌍한 피해자였다.

태물은 아파트 단지의 유일한 나무가 마치 나뭇가지를 뻗어서 때리기라도 하는 듯이 그것을 멀리했다. 어렸을 때 나무에 걸린 연을 가지러 올라갔다가 떨어졌던 것이다. 멀구슬나무는 유독 태물에게만 상냥하지 않았다. 코다다드 아파트의 어린이들에게 멀구슬나무의 부드러운 잔가지는 가려운 발진, 홍역, 수두와 같은 뾰루지를 진정시켜 주었다. 딜나바즈가 멀구슬나무 이파리를 절구와 공이로 갈아 만든 진한 녹색 음료 덕분에, 구스타드는 12주나 누워 있는 동안에도 변비가 생기지 않았다. 하인이나 행상인, 지나가는 거지들은 멀구슬나무의 잔가지를 말아서 칫솔과 치약 대용으로 썼다. 해마다 멀구슬나무는 누구에게나 가진 것을 아낌없이 주었다.

　그러나 태물에게만은 그러한 선행을 베풀지 않았다. 나무에서 떨어진 태물은 엉덩이뼈가 부서졌다. 머리를 직접 땅에 부딪치지는 않았지만, 마치 지진이 나면 진앙에서 멀리 떨어진 집에도 금이 가듯이, 사고의 충격으로 인해서 머릿속의 뭔가가 잘못되었다.

　태물은 나무에서 떨어지고 나서 전혀 딴 사람이 되었다. 태물의 부모는 어떻게든 그를 고쳐 보려고 학교에 계속 보냈다. 효과가 있건 없건 간에 힘들지만 목발을 짚고 학교를 오가는 태물은 행복했다. 그의 부모는 학교 측에서 다른 학생들을 위해서 태물이 그만 나왔으면 좋겠다고 정중히 거절할 때까지 포기하지 않았다. 지금은 오래전에 죽은 부모 대신 태물의 형이 그를 돌봐 주고 있었다. 외판원인 형은 주로 집에서 멀리 떨어진 곳에서 일했지만, 태물은 개의치 않았다. 삼십 대 중반인 태물은 여전히 어른들보다는 아이들과 어울리는 것을 좋아했다. 그러나 어른들 중에서 구스타드 노블만은 예외였다. 어쩐 일인지 그는 구스타드를 무척 좋아했다.

악마 같은 나무 주변에서 자주 길을 안내하던 테물은, 아이들에게 자기처럼 불행해지지 않으려면 나무 근처에 가지 말라고 경고했다. 이제는 목발 없이 다니는 테물은 아이들이 적나라하게 볼 수 있도록 손으로 뒤틀린 엉덩이를 가리키며 흔들리는 걸음걸이로 왔다 갔다 했다.

아이들은 대체로 그를 잘 대해 주었다. 테물의 약점을 이용한다는 걸 빼고는 그를 못살게 괴롭히지는 않았다. 그는 공중에서 날아다니는—위로 치솟고 급강하하고 곤두박질치며 자유롭게 날아다니는—것들을 좋아했다. 테물은 쉬지 않고 새나 나비, 종이 화살, 떨어지는 나뭇잎 등 날아다니는 것을 잡으려고 애썼다. 테물의 그런 집착을 알고 있는 아이들은 공이나 잔가지 또는 조약돌을 조금 떨어진 곳으로 던져 주곤 했다. 그러면 그는 그것을 잡으려고 필사적으로 애를 썼다. 때때로 아이들은 축구공을 던져 주고는 그가 비틀거리며 공을 쫓아가는 모습을 멀리서 지켜보았다. 하지만 그의 다리는 축구공을 따라잡았다 싶을 때 엇박자가 되어서 결국 공은 더 멀리 가 버리고 말았다. 그의 절망적인 추격은 계속되었다.

어쨌든 테물은 아이들과 대체로 잘 어울렸다. 그의 짜증 나는 습관에 인내심을 잃고 마는 것은 바로 어른들이었다. 사람을 좋아하는 그는 늘 싱글벙글하며 아파트 단지 정문이나 입구, 계단 위까지 졸졸졸 따라다녔다. 어른들은 그의 면전에서 문을 쾅, 닫아 버렸다. 짜증이 난 사람들은 아파트 정문 옆에 숨어서 테물이 있는지 살피다가 그가 등을 돌린 틈을 타 몰래 숨어들곤 했다. 어떤 사람들은 그가 환영받지 못한다는 것을 깨달을 때까지 소리치고 팔을 세게 흔들어서 내쫓아 보기도 했지만, 테물은 도대체 왜 그러는지 영문을 모르겠다는 표정이었다.

하지만 사람을 졸졸 따라다니는 테물의 습관을 웬만큼 봐주는 사람들도 몸을 긁어 대는 그의 습관에는 두 손을 들고 말았다. 그는 마치 귀신에 홀린 듯이 주로 사타구니와 겨드랑이를 끊임없이 긁어 댔다. 그는 요란스레 손을 휘저어 원을 그리며 몸을 긁어 댔고, 절름발이 테물보다 더 어울리는 별명을 찾던 사람들은 그를 '휘저어 부친 계란 프라이'라고 불렀다. 여자들은 그가 일부러 사람들의 약을 올리려고 그런 짓을 한다고 말했다. 테물이 여자들 앞에서는 손을 점점 밑으로 내려서 성기를 비비고 애무한다고 했다. 또한 여자들은 테물이 비록 제정신은 아니지만 자신의 성기의 용도를 잘 알고 있기 때문에, 그에게 팬티조차 입히지 않고 덜렁대며 돌아다니도록 내버려 두는 것은 끔찍하고 외설적이라고 했다.

결정적으로, 테물이 내뱉는 짧은 말들은 너무나 빨리 쏟아져 나와서 듣는 사람의 귀를 윙윙거리고 지나갈 뿐, 그 뜻을 이해할 수는 없었다. 그것은 마치 그의 빠른 혀의 속도로 느린 다리를 보충하려는 신체적 적응이 이루어진 듯했다. 그러나 그 결과는 테물과 듣는 사람 모두에게 끔찍한 좌절만 안겨 주었다. 구스타드는 암호 같은 그의 말을 해독할 수 있는 몇 안 되는 사람 중 한 명이었다.

"구스타드구스타드닭달린다.구스타드구스타드닭빨리빨리달린다.내가잡았다잡았다구스타드." 테물이 닭의 다리를 쥐고서 자랑스럽게 들어 보였다.

"테물, 잘했어. 정말 잘했어!" 쏟아지는 말들을 훈련된 귀로 걸러 내며 구스타드가 말했다. 테물의 말은 마치 폭포수처럼 쏟아져서 쉼표나 감탄사 혹은 물음표가 모두 떠내려가 버려 생존의 가능성이 전혀 없었다. 그의 빠른 말속도는 오직 마침표만을 허용했는데, 사실상 이것도 마침표라고 할 만한 것이 아니었다. 테물이 자신의 폐에 다시 산소를 채워 넣기 위해서 마지못해 말을 멈추어야 하는 순간이었을 뿐이다.

"구스타드구스타드달리기시합.빨리빨리닭일등." 테물이 이를 드러내고 웃으며 닭의 꽁지를 잡아당겼다.

"테물, 안 돼. 하지 마. 이제 시합은 끝났어." 닭을 받은 구스타드는 손에 식칼을 들고 기다리고 있던 정육점 주인에게 닭을 건넸다. 테물은 자신의 목을 쥐고는 그것을 따는 시늉을 하며 거억거억 겁에 질린 닭 울음소리를 냈다. 구스타드는 웃음을 터뜨리고 말았다. 용기를 얻은 테물은 또다시 거억대며 닭 울음소리를 냈다.

쿠트피티아가 위층 창문에서 그들의 추격 장면을 지켜보고 있었다. 그녀는 고개를 밖으로 내밀고서 박수를 쳤다. "잘했다, 테물, 잘했어! 지금부터 너를 코다다드 아파트의 닭 잡는 사람으로 임명하마. 그러면 넌 쥐만 잡는 사람이 아니라, 쥐랑 닭을 함께 잡는 사람이 되는 거야." 그녀는 몸을 흔들고 웃으면서 창문을 닫았다.

사실 테물은 쥐를 잡는 것이 아니라 코다다드 아파트 주민들이 잡은 쥐들을 없애기만 했을 뿐이다. 쥐를 박멸하기 위해서 전쟁을 벌이고 있던 시 당국의 해충 방역과는 캠페인의 일환으로 죽은 쥐든 살아 있는 쥐든 잡아 오기만 하면 한 마리당 25파이사를 주었다. 그래서 테물은 주민들이 나무와 철사로 만든 우리에 걸려든 쥐들을 모아서 갖다 주고 돈을 벌었다. 비위가 약한 사람들은 살아 있는 쥐가 담긴 덫을 그대로 테물에게 주었고, 나머지 일은 시 당국에 맡겼다. 시의 공식 정책은 살아 있는 쥐를 물에 빠트려서 죽이는 것이었다. 덫을 물탱크에 집어넣었다가 적당한 시간이 지나면 끄집어냈다. 한곳에 모인 사체가 산더미처럼 쌓여서 처분을 기다렸고, 빈 덫은 적절한 보상과 함께 돌려주었다.

그러나 그의 형이 출장을 가서 없을 때면, 테물은 살아 있는 쥐들을 곧바로 관청으로 가져가지 않았다. 그는 먼저 쥐들을 자기 집으로 가져가서 시에서 하듯이 쥐들을 즐겁게 해 주려고 수영과 다이빙을 가르쳤다. 양동이에 물을 가득 채우고 쥐를 한 마리씩 집어넣었다. 테물은 쥐가 숨을 헐떡거리다가 질식해 죽기 직전에 물에서 끄집어냈다. 테물이 지겨워지거나 시간을 잘못 계산해서 쥐들이 익사할 때까지 이런 놀이가 계속되었다.

때때로 그는 변화를 주기 위해서 덫으로 잡은 쥐들을 직접 죽일 만큼 용감한 이웃들을 흉내 내며, 큰 주전자에 물을 끓여서 그 물을 쥐들에게 끼얹었다. 그러나 테물은 이웃들과 달리 끓는 물을 한 번에 조금씩만 부었다. 쥐들이 고통스러워서 찍찍 소리를 지르고 몸부림칠 때 그 반응을 유심히 지켜보았는데, 특히 자신이 만들어 낸 예쁜 색깔들을 자랑스러워하면서 꼬리를 자세히 관찰했다. 테물은 쥐 꼬리가 회색에서 분홍색으로, 다시 빨간색으로 변해 가는 모습을 보면서 낄낄거렸다. 뜨거운 물세례에도 살아남은 쥐들은 다시 물통에 담가졌다.

어느 날, 테물의 비밀스런 행위가 발각되고 말았다. 이웃들은 아무도 이 문제에 대해서 그를 나무라지 않았다. 그러나 다시는 살아 있는 쥐를 테물에게 넘겨주지 않기로 했다.

아마도 그는 사람들이 생각했던 것보다 머리가 좋았는지도 모른다. 쿠트피티아가 쥐 잡는 사람이라는 말을 꺼내자, 그의 얼굴에서 웃음이 사라지고 부끄러운 기색이 역력했다. "구스타드큰큰뚱보쥐들.시청쥐들.구스타드구스타드물에빠진수영하는쥐들다이빙하는쥐들.닭뛰고큰식칼."

"그래, 알았어." 구스타드가 말했다. 그는 어떤 방법을 써야 테물과 제대로
된 대화를 나눌지 도무지 알 수 없었다. 주의하지 않으면 자신의 말도 점점
빨라져 갔다. 짧은 음절 대답과 함께 고개를 끄덕이거나 몸짓을 사용하는 것
이 가장 안전한 방법이었다.

테물이 집까지 그를 따라왔다. 테물은 이를 드러내고 싱긋이 웃더니 손을
흔들어 작별 인사를 했다. 딜나바즈와 아이들이 문 옆에서 기다리고 있었다.
"닭 다리에 묶어 뒀던 끈이 풀어졌어. 어째서 이런 일이 일어났을까." 구스타
드가 말했다. 그는 의미심장한 표정으로 주위를 둘러보았다. 이번에는 정육
점 주인이 닭을 손에 단단히 쥐고서 다시 부엌으로 들어가자, 로샨의 눈에 눈
물이 고였다. "어떻게 이런 일이 있을 수 있는지 정말로 궁금하다. 로샨의 생
일과 소랍의 IIT 합격을 축하해 주려고 비싼 닭을 사 왔더니 끈을 풀어 놓았
어. 이게 도대체 무슨 감사의 표시란 말이냐?" 구스타드가 엄하게 말했다.
부엌에서 닭의 비명 소리가 또렷이 들려왔다. 정육점 주인이 헝겊에 식칼을
닦으며 나왔다. "선생님, 좋은 닭이라 고기가 아주 많습니다." 그는 구스타드
에게 인사를 하고는 떠났다.

로샨이 흐느껴 울었지만 구스타드는 나무라지 않았다. 모두가 그를 비난하
듯이 쳐다보았고, 잠시 후 딜나바즈가 부엌으로 들어갔다.

까마귀 두 마리가 부엌 창문의 방충망 안을 호기심 어린 눈으로 들여다보
고 있었다. 수도꼭지 옆의 돌난간 위에 놓인 생기 없는 깃털과 고깃덩어리들
이 까마귀의 눈에 띄었던 것이다. 그녀가 들어서자 까마귀들이 까악까악 소
리쳐 대더니 날개를 펴고 잠시 머뭇거리다가 날아가 버렸다.

3부

1

쿠트피티아는 생일 파티가 시작되기 몇 시간 전에야 참석하지 못하겠다고 양해를 구했다. 구스타드가 강력하게 반대했음에도 딜나바즈는 그녀를 초대했다. 그날 아침에 쿠트피티아가 식사를 하려고 앉았는데, 도마뱀 한 마리가 식탁 한가운데 꼼짝 않고 앉아서 거만하게 노려보며 혀를 날름거렸다고 한다. 게다가 그녀가 왼쪽 가죽 슬리퍼로 도마뱀을 때려 죽이자, 꼬리가 잘려 나가더니 식탁 위에서 5분 동안이나 꿈틀거리며 춤을 추더라는 것이다. 쿠트피티아는 불길한 징조가 틀림없다는 생각에 그로부터 24시간 동안 집 밖으로 단 한 발자국도 나가지 않았다.

그 이야기를 들은 구스타드는, 딜나바즈가 풍로의 불을 꺼 버리고 숟가락을 내려놓겠다고 협박할 때까지 큰 소리로 웃었다. "당신의 주책없는 친구인 딘쇼지가 도착했을 때 닭 요리가 준비돼 있지 않아도 상관없다면 계속 그렇게 웃으라고요."

"미안, 미안." 웃음을 참으려고 애쓰면서 구스타드가 말했다. "도마뱀이 쿠트피티아 할머니한테 혀를 날름거리는 모습이 자꾸 떠올라서 말이야." 그는 서둘러 저녁 준비를 도왔다. "과자하고 땅콩 어디 있어? 마실 거하고 같이 내야 되는 거지?"

"내가 그걸 머리에 이고 다니는 줄 알아요?" 딜나바즈는 풍로 위의 음식을 젓고 나서 탁, 소리 나게 숟가락을 내려놓았다. "단지에 있지 어디 있겠어요?"

"여보야, 화내지 마. 딘쇼지는 좋은 친구야. 아파서 일을 못하다가 얼마 전에 돌아왔는데, 아직도 유령처럼 창백해. 우리가 친구가 돼 줘야지, 당신의 맛있는 요리도 먹이고 말이야." 딜나바즈가 밥솥을 열고 엄지와 다른 손가락으로 밥알을 짓이기자 부엌 안에 바스마티 쌀밥 냄새가 구수하게 퍼졌다. 남편의 친구가 마음에 들지 않았던 딜나바즈는 밥솥 뚜껑을 꽝, 닫았다.

딘쇼지는 구스타드보다 6년 먼저 은행에 입사했다. 그는 기회가 있을 때마다 자랑스럽게 혹은 푸념하듯이 은행에서만 줄곧 30년을 일했다고 말하곤했다. 딘쇼지가 구스타드보다 나이가 많았지만, 그들이 우정을 쌓아 가는 데문제될 건 없었다. 오히려 메마르고 무기력한 은행 업무의 특성으로 인해 그들 사이의 결속력이 더욱더 강해졌다.

단지를 찾아서 작은 그릇 두 개에 간식을 옮겨 담은 구스타드는, 그릇 하나는 이가 빠지고 다른 하나는 금 간 자리에 옅은 갈색 찌꺼기가 들러붙어 있는것을 보았다. 구스타드는 신경 쓰지 말자, 오랜 친구인 딘쇼지에게 형식 따위는 중요치 않아, 라고 자신을 다독였다. 그는 마실 것을 챙기러 갔다.

짙은 갈색 병에 헤라클레스 30년산 럼주가 약간 남아 있었다. 빌리모리아소령이 사라지기 직전에 준 마지막 선물이었다. 구스타드는 그 술을 꺼낼지말지 망설였다. 다시 술병을 쥐고 살짝 기울여서 얼마나 남아 있는지 보았다. 두 잔이 될까 말까 했다. 이 정도면 딘쇼지에게는 충분할 것이고, 럼과 골든이글 맥주 가운데서 선택하도록 할 생각이었다. 냉장고에는 맥주가 큰 것으로 세 병 있었다.

부엌에서는 헤라클레스 럼주가 있는 벽장이 바라보였다. "당신의 주책없는 친구 대신에 오늘 밤 이곳에 와야 할 사람이죠." 그녀가 술병을 가리키며말했다.

"헤라클레스 말이야?" 구스타드가 웃는 척했다. 빌어먹을 빌리모리아. 편지를 감추지 말고 딜나바즈에게 보여 줬어야 했는데. 그랬다면 그놈이 얼마나 뻔뻔한 악당인지 알 텐데 말이야, 하고 그는 생각했다.

"당신은 항상 모든 걸 농담으로 해결하려 들어요. 무슨 말인 줄 알죠?" 그때 초인종이 울렸다. "이런, 벌써 왔네." 딜나바즈가 급히 풍로로 돌아가며 투덜댔다.

"우리가 일곱 시에 오라고 했잖아. 지금 일곱 시야." 구스타드가 문으로 갔다. "딘쇼지, 어서 오게!" 그들은 악수를 나누었다. "혼자 왔나? 부인은?"

"몸이 안 좋대." 딘쇼지가 기분이 좋은지 가볍게 말했다.

"심각한 건 아니지?"

"아냐, 그냥 여자들이 겪는 문제야."

"오늘 드디어 알라마이 부인을 만나는 줄 알았더니, 거참 안됐네. 왔으면 좋았을 텐데." 딘쇼지가 몸을 앞으로 숙이더니 낄낄거리며 속삭였다. "이봐, 난 절대 그렇지 않아. 독수리 같은 마누라를 떼 놓고 와서 얼마나 다행인지 몰라."

구스타드는 그가 결혼 생활의 고단함을 언급할 때마다 그것이 참말인지 궁금할 때가 많았다. 딘쇼지가 속삭이는 바람에 몸이 밀착된 구스타드는 조심스럽게 숨을 들이쉬며 웃었는데, 오늘은 그의 입 냄새가 별로 심하지 않은 것 같아 마음이 놓였다. 그의 입 냄새는 주기가 있어서 강풍과도 같은 악취가 몰아칠 때가 있었고, 산들바람처럼 전혀 역겹지 않은 냄새가 날 때도 있었다. 지금은 입 냄새가 감소하는 때였다. 물론, 저녁 동안 그의 기분이 변화를 겪는다면 지독한 입 냄새가 몰아치지 말라는 보장은 없었다. 아침에 산뜻한 입 냄새로 출근한 딘쇼지가, 푸념을 늘어놓으면서 투덜대는 손님과 언쟁을 벌이고 난 후면 입에서 악취가 풍겼다. 지점장인 마돈이 손님과의 마찰에 대해서 질책이라도 하고 나면, 그의 입 냄새는 순식간에 견딜 수 없을 정도로 지독해졌다.

딘쇼지의 지독한 충치는 의사들의 처방도 소용없었다. 구스타드가 접골사 마디왈라의 기적 같은 효능의 신봉자가 된 이후에, 딘쇼지에게 그를 한번 만나 보라고 설득했다. 입, 잇몸, 이도 결국은 뼈와 관련된 문제였다. 딘쇼지는 처음에는 대수롭지 않게 생각하며 거절했다. "신경 쓰지 말게. 나한테 가장 큰 뼈 문제는 입이 아니라 훨씬 밑에 있는 다리 사이에 있어. 독수리 같은 마누라랑 살다 보니 도무지 아랫도리 뼈를 써먹을 일이 있어야 말이지. 몇 년째 시들어 가고 있다네. 자네가 아는 접골사가 이것도 바로잡아 줄 수 있나?"

그러나 마침내 그가 마음을 바꾸어 마디왈라를 찾아가게 되었다. 어떤 특별한 나무의 진을 하루에 세 번씩 씹으라는 처방이 내려졌다. 일주일이 지나자, 눈에 띄게 증세가 호전됐다. 예를 들어서, 은행에 일을 보러 온 손님들이 더는 창구에서 몸을 뒤로 젖히고 기다릴 필요가 없었다. 그러던 어느 날 딘쇼지는 나뭇진을 너무 세게 씹다가 턱 근육이 늘어났다. 통증이 얼마나 심한지 그는 이 주일 동안 액체로 된 음식만 먹어야 했고, 턱이 나은 뒤에는 나뭇진을 씹지 않았다. 입 냄새보다도 턱의 통증에 대한 두려움이 훨씬 컸기 때문이다. 이로써 친구들과 동료들은 룰렛 원반만큼이나 예측 불가능한 그의 입 냄새의 일진일퇴를 참고 견뎌야만 했다.

딘쇼지 자신은 입 냄새에 대해서 더는 괴로워하지 않았지만, 주변 사람들의 불편함에 대해서는 여전히 걱정스러워했다. "마나님은 어디 계시나?"

"부엌에서 요리를 마무리하는 모양이야."

"이런, 내가 좀 일찍 왔나 보군."

"아냐. 자네는 시간에 딱 맞춰서 왔어." 구스타드가 그를 안심시켰다.

딜나바즈가 들어오자 딘쇼지가 정중하게 인사했다. 그가 고개를 숙이자 작은 땀방울들이 맺힌 대머리가 반짝거렸다. 머리털은 그의 귀 윗부분과 목덜미 쪽에만 남아 있을 뿐이었다. 그러나 그의 귓구멍과 커다란 콧구멍의 어둡고 넓고 깊숙한 곳에서 눈에 띄게 많이 자란 털이 머리털과 어우러져 있었다.

딘쇼지가 손을 내밀었다. "저녁 식사에 초대받게 되어서 영광입니다."

딜나바즈가 답례로 살짝 미소를 지어 보였다. 딘쇼지는 다시 구스타드 쪽으로 몸을 돌렸다. "예전에 내가 왔을 때가 7년 전이었나 8년 전이었나. 사고가 나서 자네가 침대에 누워 있었지."

"9년 전이었지."

"이이한테 들으니 아프시다면서요." 딜나바즈가 거만함을 누그러뜨리며 공손하게 말했다. "이제 괜찮으세요?"

"완전히 회복됐습니다. 더할 나위 없이 좋습니다. 저의 붉디붉은 뺨을 보십시오." 딘쇼지는 아기한테 하듯이 자신의 창백한 얼굴의 양 볼을 꼬집으면서 말했다. 손가락에 눌린 자국이 그의 병자 같은 얼굴에 오랫동안 남아 있었다.

"한잔해야지. 뭘 마시겠나?" 구스타드가 물었다.

"난 시원한 물 한 잔 주게."

"어허, 그럼 안 돼. 제대로 된 걸 마셔야지. 잔말 말고, 골든이글 맥주하고 럼 중에서 고르라고."

"좋아, 그렇다면 골든이글 맥주로 하지."

구스타드가 맥주를 따르자 딜나바즈는 부엌으로 돌아갔다. 딘쇼지와 구스타드가 술을 들고 앉았다. "건배!"

"세상에, 정말 맛있네!" 크게 한 모금 들이켜고 숨을 내쉬며 딘쇼지가 말했다. "침대에 누워 있는 자네를 보러 오는 것보다 훨씬 좋은걸. 내가 일요일마다 왔던 거 기억나지? 은행의 새로운 소식을 전해 주러 왔었잖아."

"그럼. 자네는 은행원보다는 기자가 됐어야 한다고 내가 늘 말했잖아."

"그렇지. 좋은 시절이었지. 정말 재밌었어." 딘쇼지가 손으로 입가의 맥주 거품을 닦았다. "당시에는 파르시 사람들이 은행계의 왕이었어. 우리가 정말 존경받았는데 말이야. 지금은 분위기가 전혀 달라져 버렸어. 인디라 간디가 은행을 국유화하고 나서부터 말이야."

구스타드가 딘쇼지의 잔을 채웠다. "세상 어디에 국유화가 성공한 곳이 있나? 바보들 이야기는 해서 뭐하겠나."

"아냐, 영리한 여자야." 딘쇼지가 말했다. "표를 얻는 전술이지. 자신이 가난한 사람들 편에 있다는 걸 보여 주려는 거야. 그 여자는 항상 음모를 꾸민다니까. 그 여자 아버지가 총리였을 때 그 여자를 국민회의당 총재로 만들어 준 거 기억나지? 그 즉시 그 여자가 마하라시트라 주를 분리하자는 주장에 적극 동조했잖아. 그 여자 때문에 얼마나 끔찍한 유혈 사태가 벌어지고 폭동이 일어났나. 지금도 빌어먹을 쉬브 세나 놈들이 우리를 이등 시민으로 만들려고 하잖아. 이 모든 일이 그 여자가 인종 차별주의자 놈들을 부추겨서 생긴 일이라는 걸 잊으면 안 돼."

딘쇼지가 손수건으로 머리를 닦고 무릎 위에 걸쳐 놓았다. 구스타드가 천장 선풍기 스위치를 켜려고 일어섰다. "내 다리에 접골사의 모래주머니를 끼우고 있을 때 폭동이 일어났지."

"맞아. 자네는 플로라 분수대에서 있었던 대규모 시위 행렬을 못 봤지. 날이면 날마다 싸움이 일어나고 시위가 벌어졌어." 딘쇼지가 재빨리 맥주 한모금을 마셨다. "악당들이 은행 창문과 정문의 두꺼운 유리를 박살 냈을 때좋은 시절이 끝난 거지. 이제 보너스 받기는 틀렸구나 싶었어. '파르시 조로아스터교도, 이 까마귀 먹는 놈들아, 누가 주인인지 보여 주마.' 하고 그들이외쳐 댔지. 자네, 회계부의 올빼미 똥구멍이 어땠는지 아나?" 구스타드가 고개를 저었다.

본명이 라탄사인 올빼미 똥구멍은 뚱하고 침울한 늙은 직원이었다. 올빼미똥구멍은, 어느 날 임시 계약직이어서 거칠 것이 없었던 한 젊은 직원이 라탄사에게 왜 항상 올빼미 똥구멍 같은 얼굴을 하고 다니느냐고 물어본 뒤부터 그에게 붙여진 별명이었다. 그래서 직원들끼리 이야기할 때는 라탄사를 올빼미똥구멍이라고 부르든지, 좀 더 점잖은 사람들은 라탄사 올빼미라고 불렀다.

"이봐, 한번 맞혀 봐." 딘쇼지가 말했다. "그가 어땠을 것 같아?"

"전혀 모르겠는데."

"처음에는 사람들한테 악당 몇 놈이 한 짓이니까 놀랄 것 없다고 하더군.그런데 상황이 심각해지자 머리에 흰 손수건을 두르고 쿠스티 기도를 하는거야. 불의 사원의 성직자처럼 큰 소리로 말이야. 그 일이 있고 나서 몇몇 사람이 그에게 차라리 불의 사원에서 일하면 돈을 더 많이 벌 거라고 놀려 댔지." 구스타드가 웃었다. 딘쇼지는 손수건을 이마에 살짝 갖다 댄 후 얼굴에다 부채처럼 부쳤다. 그런 다음 옷깃 밑의 목을 닦았다. "그런데, 우리 모두죽는 줄 알았다니까. 정문에서 경비를 서는 파탄 사람 두 명이 정말 고맙더라고. 제복에다가 터번을 두르고 번쩍이는 총을 멘 장식품인 줄로만 알았는데 말이야."

"강인한 사람들이지." 구스타드가 말했다. "높은 사람들이 지나갈 때 얼마나 멋진 경례를 붙이는데."

"맞아. 그래도 파탄 사람들과 그 총 덕분에 마하라시트라의 사카람, 다타람, 투카람 놈들이 입이 거친 여자들처럼 소리만 지르고 밖에 서 있기만 하더라고. 조금이라도 가까이 오면 파탄 인들이 발을 굴렀고, 그 즉시 그들이 뒤로 물러섰으니까." 딘쇼지가 바타 회사에서 만든 310밀리미터 사이즈 '못된 녀석들(bad boys)' 상표 신발로 발을 구르는 시범을 보이자 탁자 위에 놓인 맥주병들이 흔들렸다. 그는 키가 작은 데 비해서 발은 엄청나게 컸다. "꽝! 그러면 마라타 녀석들이 바퀴벌레처럼 도망다녔어." 그는 맥주를 쭉 들이켜고 잔을 내려놓았다. "다행히 빌어먹을 바퀴벌레 같은 놈들이 더 발악하기 전에 경찰이 도착했지. 정말, 굉장했어."

딘쇼지가 다시 한 번 이마를 닦은 후, 천장 선풍기에 만족한 듯 손수건을 가지런히 접어서 넣었다. "뭐 하나 물어봐도 될까?"

"그럼, 물론이지."

"왜 검은 종이로 창문을 막아 놓은 거야?"

"중국과의 전쟁 기억나지?" 구스타드가 물었을 때 아이들이 거실로 들어와서 딘쇼지에게 "아저씨, 안녕하세요?" 하고 인사하는 바람에 설명할 필요가 없어졌다.

"안뇽, 안뇽, 안뇽!" 그들을 보자 딘쇼지가 기뻐하며 말했다. "세상에, 너희들 정말 많이 컸구나. 이런, 로샨! 지난번에 봤을 때는 손바닥만 했었는데." 그는 엄지손가락과 새끼손가락을 뻗은 손을 내밀었다. "정말 놀랍다. 생일

맞은 소녀에게는 생일 축하를! 소랍에게도 축하를 해야지. IIT에 합격한 천재!"

소랍은 그 말을 무시하고 구스타드를 노려보았다. "벌써 온 세상에 소문을 내셨어요?"

"예의 바르게 행동해." 맥주병을 따려고 벽장 쪽을 바라보며 구스타드가 작은 목소리로 말했다. 그의 목소리가 똑똑히 들렸지만 그는 몸을 돌리며 아무 일도 없는 척했다.

소랍은 물러서지 않았다. "사람들한테 IIT에 대해서 계속 떠벌리시잖아요. 마치 아버지가 합격한 것처럼. 이미 말씀드렸지만 전 IIT 안 갈 겁니다."

"다시는 그런 어리석은 소리 하지 마라. 도대체 요 며칠 사이에 너한테 무슨 일이 생긴 거냐?"

딘쇼지가 눈치 빠르게 화제를 바꾸려 들었다. "구스타드, 다리우스가 나를 놀리는데. 자기가 팔 굽혀 펴기랑 토끼뜀을 50번이나 할 수 있다면서 말이야."

로샨도 거들었다. "아빠, 당나귀 노래 불러 줘요! 제발, 제발, 제발, 내 생일이잖아요!"

소랍이 끼어들었다. "아무도 럼주 안 마시면 제가 마실게요."

구스타드가 머뭇거렸다. "뭐라고? 한 번도 마신 적이 없잖아."

"그럼 안 되나요?"

구스타드는 침을 꿀꺽 삼키고 난 후, 묵인과 체념, 거부가 한데 어우러진 경멸적인 손짓을 했다. 그는 딘쇼지와 다리우스 쪽으로 몸을 돌렸다. "그럼, 다리우스는 매일 아침 팔 굽혀 펴기 50번과 토끼뜀 50번을 하지. 나처럼 100

번씩 할 수 있을 때까지 계속 늘려 갈 거야."

"100번씩이나?" 딘쇼지가 놀란 표정을 지으며 의자에 털썩 주저앉았다.

"아빠, 당나귀 노래요." 로샨이 보챘다.

"나중에 해 줄게, 나중에." 구스타드가 말했다. "그럼, 정말이야. 사고가 나기 전까지 어렸을 때 할아버지가 가르쳐 준 대로 매일 아침 팔 굽혀 펴기 100번, 토끼뜀 100번을 했지."

가구를 만들었던 구스타드의 할아버지는 키가 180센티미터가 훨씬 넘었고 팔과 어깨의 힘이 엄청난 건강한 사람이었다. 구스타드는 그런 할아버지 힘의 일부를 물려받았다. 할아버지는 구스타드의 양육과 건강에 대해서 구스타드의 아버지에게 이렇게 말했다. "너는 책으로 구스타드의 마음을 계발해라. 방해하지 않겠다. 그러나 구스타드의 건강은 내가 책임지마." 어린 구스타드가 잠이 덜 깬 눈을 비비며 운동을 하기 싫어하는 아침이면, 할아버지는 매일 팔 굽혀 펴기를 천 번씩 하는 프로 레슬링 선수들과 강한 남자들의 위업을 들려주면서 그를 독려했다. 납작 엎드린 후에 트럭이 몸 위를 지나가게 하는 천하장사 러스텀, 베토벤 교향곡 5번이 연주되는 동안 교향악단을 실은 거대한 연단을 등에 받치고 지탱하던 조라바르 잘. 때때로 할아버지는 구스타드를 프로 레슬링 경기장으로 데려가서 다라 싱, 무시무시한 난폭자 킹콩, 킹콩의 아들, 복면 습격자 등을 두 눈으로 직접 볼 수 있도록 했다.

열렬한 프로 레슬링 팬이었던 구스타드의 할머니 역시 그들과 함께 경기장을 찾았다. 닭과 정육점 주인에 대해 전문가였던 할머니는 레슬링에 관해서도 지식이 굉장했다. 부엌에 있는 향료 이름을 알아맞히듯이 링에 오른 선수들을 금세 알아보곤 했던 할머니, 레슬링 선수들이 서로의 몸을 엮어서 만들어 내는 다양한 드잡이 자세, 드롭킥, 업어 던지기, 가위 지르기, 윙윙 소리를 내며 경기장 주위를 빙빙 도는 비행기 던지기 기술을 이해하는 데 전혀 문제가 없었다.

할아버지가 힘센 남자였다면 할머니 역시 나름대로 힘센 여자였다. 할머니는 당신의 레슬링 지식이 없었더라면 지금의 노블 가문도 없었을 거라고 구스타드에게 웃으면서 말씀하시곤 했다. 키 크고 힘센 남자가 여자 문제에서 그렇듯이, 소심하고 수줍음을 타며 우유부단했던 할아버지는 결정적인 대목을 계속 미루었다. 어느 날 할머니는, 언제나처럼 우물거리며 스스로 곤경에 처한 할아버지에게 번개 같은 목 누르기로 선제공격을 가한 후 무릎을 꿇려서 청혼하도록 만들었다.

할아버지는 그 이야기를 전면 부인했지만, 할머니는 처음에는 예의 바르고 조심스럽게 시작됐던 결혼 중매가 결국은 흥미진진한 레슬링 경기로 막을 내렸다며 웃으셨다.

"그럼, 물론이지." 구스타드가 말했다. "매일 아침 팔 굽혀 펴기와 토끼뜀을 백 번씩은 해야지. 그보다 좋은 운동은 없어. 다리우스에게 여섯 달 내로 알통이 1인치가 자라지 않으면 내 손가락에 장을 지지겠다고 했어. 딘쇼지, 자네한테도 똑같은 약속을 함세."

"아냐, 됐네, 이 사람아. 내 나이에 강하게 만들어야 할 근육은 딱 한 군데밖에 없다네."

다리우스가 알 만하다는 듯이 웃자 딘쇼지가 말했다. "요 녀석! 난 지금 두뇌 근육을 말하고 있는 거야!" 그가 손을 뻗어 다리우스의 오른팔을 만져 보았다. "세상에! 이야, 정말 단단하네! 어디 한번 보자."

다리우스는 수줍은 듯 고개를 저으며 반소매를 팔꿈치 쪽으로 끌어 내리려고 했다. "괜찮아, 부끄러워하지 말고." 구스타드가 말했다. "자, 내가 먼저 보여 주마." 그는 소매를 걷어 올리고 주먹이 이마에 닿는 전통적인 포즈로 알통을 만들었다.

딘쇼지가 박수를 쳤다. "커다란 망고 같다! 대단해, 대단해! 자, 이제 미스터 보디빌더 차례다. 어서, 어서!"

다리우스는 알통에 관한 야단법석에 관심 없는 듯한 표정을 지어 보였지만, 사실은 내심 기분이 좋았다. 최근에 시작한 보디빌딩이 지금껏 그가 유일하게 성공한 취미였기 때문이다. 한때 살아 있는 생물에 푹 빠져 있던 다리우스는 크로포드 시장의 애완동물 가게에 가곤 했었다. 처음에는 물고기를 키웠다. 그러나 물고기를 사 온 지 이 주일이 지난 어느 날 밤이었다. 거피, 블랙 몰리, 키싱구라미, 네온테트라가 수조 유리에 몸을 던지면서 마치 쿠트피티아의 아침 식탁 위 도마뱀 꼬리처럼 심하게 몸부림치더니 그만 모두 죽고 말았다.

그 후 4년 동안 그는 콩새, 참새, 다람쥐, 십자매, 네팔 앵무새 등을 키워 봤지만 하나같이 기침감기나 아사를 일으키는 원인 불명의 위장 종양 같은 다양한 질병에 걸려서 죽고 말았다. 그들이 죽을 때마다 다리우스는 비통하게 울면서 구스타드의 빈카 관목 옆에다가 묻어 주었다. 결국은 죽고 마는 생명체를 사랑하는 것이 현명한 일인지에 대해서 그는 오랫동안 심사숙고했다. 그런 일은 명백한 헛수고였고, 그렇게 무의미하고 소모적인 결말에 책임이 있는 사람은 천박하다는 생각이 들었다. 생기발랄함으로 가득 찬 아름답고 화려한 생물체들이 아파트 단지의 칙칙한 흙 속에 묻히다니, 도대체 말이나 될 법한 소린가?

외부 세계에 실망을 거듭한 다리우스는, 또다시 그런 세계에 시간과 정력을 쏟아 붓는 짓은 어리석다면서 자기 자신에게 관심을 돌렸다. 자신의 몸을 가꾸는 일이 바로 취미가 된 것이다. 그러나 그는 운동을 시작하고 얼마 되지 않아서 악성 폐렴에 걸려 앓아누웠다. 쿠트피티아는 딜나바즈에게 놀랄 일이 아니라고 했다. 쿠트피티아는 다리우스가 키우던 순결한 작은 물고기와 새들이 죽을 때 저주를 내린 게 분명하다며, 그들의 저주가 가져다준 결과가 바로 눈앞에 나타난 것이라고 했다.

쿠트피티아는 딜나바즈에게 그들을 달래고 영혼을 편히 쉬게 할 수 있는 방법을 가르쳐 주었다. 딜나바즈는 친절하게 한쪽 귀로 듣고 한쪽 귀로 흘려 버렸는데, 어느 날 쿠트피티아가 진혼제를 치르는 데 필요한 재료들을 가지고 나타났다. 석탄불 위에 약초들을 태웠고 환자는 피어오르는 수증기를 들이마셨다.

새들과 물고기들이 다리우스를 용서한 것인지, 아니면 페이마스터 박사가 처방한 약이 효과를 나타낸 것인지는 확실치 않았다. 어쨌든 운동을 다시 시작한 다리우스는 근육이 많이 붙었고, 이를 본 구스타드가 기뻐했음은 물론이고 다리우스 자신도 마침내 뭔가를 이루었다는 생각에 적이 안심이 되었다.

"빨리, 어서, 보여 달라니까!" 딘쇼지가 졸라 댔다.

"남자답게 보여 줘." 구스타드의 말이 떨어지자 다리우스가 알통을 보여 주었다.

딘쇼지가 두려운 표정을 지으며 두 손을 가슴에 모은 채 뒤로 물러섰다. "세상에! 알통 큰 것 좀 봐. 멀찌감치 떨어지자. 잘못하다가 한 방 맞으면 완전히 찌그러져서 찐빵 되겠다."

"아빠, 제발! 당나귀 노래 불러 줘요!" 로샨이 말했다.

이번에는 딘쇼지까지 가세했다. 그는 구스타드의 근사한 바리톤 목소리를 익히 알고 있었다. 어쩌다가 점심시간에 은행 구내식당에서 동료들끼리 노래를 부르기도 했다. "좋았어, 구스타드. 〈당나귀 세레나데〉를 부를 시간이야. 자, 시작하자고."

구스타드가 목청을 가다듬고 숨을 한 번 길게 들이쉬고는 노래를 시작했다.

> 노래가 울려 퍼지네
> 그러나 아리따운 아가씨는
> 그 노래에 관심이 없네
> 그녀가 정말 나를 바보라고 생각지만 않는다면
> 나는 노새에게 노래하리라
> 노새에게 세레나데를 불러 보네……

그가 "나의 친구여, 당나귀 울음소리가 아름답지 않은가?"라는 부분에 이르자 모두 합창했다. 그러나 그가 "히 히 흥" 하는 부분에서 마지막 음을 오랫동안 늘어뜨리자, 끝까지 따라 해 보려고 노력한 로샨은 웃음을 터뜨리고 나머지 사람들은 모두 숨이 차서 합창을 할 수 없자, 구스타드 혼자서 노래를 마무리했다. "내게는 당신밖에 없소! 좋다!"

"앙코르! 앙코르!" 딘쇼지가 외쳤다. 벽장 옆에서 듣고 있던 딜나바즈를 포함해 모두들 박수를 쳤다. 딜나바즈는 구스타드의 노래를 매우 좋아했다. 그녀는 그에게 미소를 보내고 부엌으로 돌아갔다.

딘쇼지가 로샨 쪽으로 몸을 돌렸다. "자, 이제 다시 근육을 보여 줄 시간이다. 로샨의 근육은 오늘 어떻지? 자, 보여 줘, 어서!" 로샨이 구스타드와 다리우스를 흉내 내어 팔을 들어 올리며 딘쇼지의 어깨를 장난스럽게 쳤다.

"조심해, 조심하라고!" 딘쇼지가 괴로운 척하며 신음 소리를 냈다. "안 그러면 아저씨 죽는다." 마치 로샨의 근육을 테스트하려는 듯이 앙상하고 길쭉길쭉한 손가락을 내민 그는 간지럼을 태우기 시작했다. "이야, 대단한 근육이네! 간질 간질 간질! 여기 또 근육이 있네. 여기도 있고. 간질 간질 간질!" 로샨이 숨넘어갈 듯이 웃으며 소파를 데굴데굴 굴렸다.

부엌에서 나온 딜나바즈가 딘쇼지를 못마땅하게 쳐다보더니 저녁 준비가 끝났다고 말했다.

2

닭고기는 용케 아홉 조각으로 나눠져 있었다. 딜나바즈는 쿠트피티아와 딘쇼지의 아내가 없어서 다행이라고 생각했다. 설령 딘쇼지가 먼저 두 조각을 집어 가더라도 한 바퀴 돌고 난 뒤에도 접시에는 닭고기가 남게 될 것이다. 그녀는 손님에게 먼저 들라고 공손하게 몸짓을 했다.

"레이디 퍼스트, 숙녀 분들 먼저 드십시오!" 딘쇼지가 말하자 다리우스가 똑같이 따라 했다. "요 녀석!" 딘쇼지가 크게 윙크하며 나무라는 척했다. "맥주 천천히 마셔라, 안 그러면 네 머리가 확 달아오를 거다!" 둘이 죽이 잘 맞아서 구스타드는 기분이 좋았다. 그는 소랍을 보았다. 뚱한 녀석, 다리우스처럼 싹싹하면 좋으련만.

닭고기가 잠겨 있는 갈색 소스는 구스타드가 예상했던 대로 완벽했다. 딘쇼지는 그 냄새가 침묵의 탑의 시체조차도 식욕이 되살아나서 벌떡 일어나 앉을 만큼 훌륭하다고 했다. 그 소리를 들은 딜나바즈는 불쾌한 낯빛으로 그를 바라보았다. 식탁에서, 그것도 생일날 저런 말을 하다니 도대체 이 사람은 예의라는 게 있기나 한 걸까?

닭고기 말고도 당근, 완두콩, 감자, 고구마를 넣고 고수풀, 쿠민, 생강, 마늘, 심황, 매운 풋고추로 양념을 듬뿍해서 만든 야채 스튜 요리가 있었다. 그리고 정향과 계피를 여기저기 얹어서 지은 향기로운 바스마티 쌀밥도 있었다. 이 특별한 날을 위해서 딜나바즈는 암시장에 가서 굵고 맛없는 배급 쌀 일주일 치를 가늘고 맛있는 쌀 네 컵으로 바꾸어 왔다.

그들은 먼저 야채 스튜 요리를 마음껏 먹었다. 닭고기가 생일 파티의 클라이맥스를 장식할 것이라는 암묵적인 동의가 있었다. 구스타드가 딘쇼지에게 말했다. "닭고기가 인내심을 가지고 우리를 기다리는 게 보이지? 오늘 아침엔 정말 참을성이 없더군. 난리가 났다고! 부엌에서 뛰쳐나가서 아파트 단지로 가더니, 정육점 주인이……."

"그럼 살아 있는 닭을 시장에서 사 왔단 말인가?"

"물론이지. 자네도 알잖아, 맛이 완전히 다르다는 거. 신선한 닭을 잡아서 요리하면……."

"식사하고 나서 나중에 설명하면 안 돼요?" 딜나바즈가 쏘아붙였다. 두 사람은 놀라서 고개를 들고 식탁을 둘러보았다. 아이들 얼굴에서도 그녀에게 동의하는 분위기가 느껴졌다.

"미안, 미안." 구스타드가 말했다. 구스타드와 딘쇼지는 다시 야채 스튜 요리를 맛있게 먹어 댔지만, 나머지 사람들은 각자의 접시에 놓인 음식만 뒤적거렸다. 로샨의 얼굴에는 파랗게 질린 티가 살짝 나타났다. 구스타드는 자신이 얼마나 심각한 실수를 저질렀는지 깨달았다. 식욕을 되살리기 위해서는 뭔가가 필요했다. "자, 모두 잠깐만." 그는 큰 소리로 말했다. "로샨을 위해서 아직 생일 축하 노래를 안 불렀어."

"이런, 생일 축하 노래는 지체하면 안 되지. 빨리, 빨리! 지금 당장 하자고!" 딘쇼지가 분위기를 알아차리고 박수를 쳤다.

"그러면 음식이 식을 텐데요." 딜나바즈가 말했다.

"생일 축하 노래 부르는 데 오래 걸리겠어?" 구스타드가 말했다. "자, 준비하시고. 하나, 둘, 셋." 그는 손을 흔들며 지휘를 시작했다. 일단 그가 먼저 시작하자 모두들 열성적으로 따라 했고, "사랑하는 로샨, 생일 축하합니다!"라는 대목에서 로샨이 자신의 이름을 듣고 기뻐하며 웃자, 딘쇼지가 다시 간지럼을 태우려고 기습적으로 "간질 간질 간질." 하며 팔을 뻗쳤다. 로샨은 웃다가 의자에서 떨어질 뻔했다.

구스타드가 맥주잔을 들었다. "로샨, 신의 축복이 있기를 바란다. 건강하게 꼬부랑 할머니가 될 때까지 살고, 많이 배우고, 열심히 살고, 많이 보려무나."

"옳소, 옳소!" 딘쇼지의 말에 모두들 마실 것을 조금씩 마셨다. 로샨은 라즈베리 주스를 마시고 있었다. 물을 마시고 있던 딜나바즈가 다리우스의 잔에 있는 맥주를 한 모금 마셔 보았다. "행운을 빌게." 쓴 맥주가 목을 타고 내려가자 눈을 꼭 감으면서 딜나바즈가 말했다. 그녀는 다시 눈을 뜨고 약간 놀란 표정으로 밝게 웃었다.

"잠깐, 잠깐만." 딘쇼지가 말했다. 다리우스가 즉시 "화장실이 급해요."라고 했다. "요 녀석, 좀 참아!" 딘쇼지가 그의 말을 받아넘기며 계속했다. "자, 모두들 잔을 드세요." 그는 목청을 가다듬고 오른손을 왼쪽 가슴 위에 얹었다. 그는 '라' 발음을 하는 데 혀의 문제가 있었지만 개의치 않고 로산에게 시를 낭송했다.

> 건강하고, 돈을 많이 벌길 바란다
> 금을 가득 가지길 바란다
> 땅에서도 천국처럼 살기 바란다
> 그러면 내가 더 뭘 바라겠니?

모두들 박수를 치고 다시 마실 것을 한 모금씩 마셨다. "브라보! 브라보!" 다리우스가 외치는 순간 온 집 안이 어둠에 잠겼다.

문득 불안한 기운이 감도는 가운데 침묵이 흘렀다. 그러나 곧 숨 쉬는 소리와 다른 소리들이 들려왔다. "모두 그냥 앉아 있어." 구스타드가 말했다. "책상에서 손전등을 꺼내 올게. 뭐가 잘못됐는지 확인해 봐야지." 그는 천천히 손으로 더듬으면서 갔다. "아마 퓨즈 같은 게 잘못됐을 거야." 손전등을 켰지만 불빛이 희미했다. 전등 밑을 세게 치자 불빛이 밝아졌다.

"부엌에 좀 데려다 줘요." 딜나바즈가 말했다. "양초하고 석유등이 있으면 밥을 마저 먹을 수 있을 거예요."

딜나바즈가 바삐 움직이는 동안에 구스타드는 창가로 갔다. 그는 아파트 단지에서 걸음걸이가 매우 낯익은 사람의 모습을 발견했다.

"테물! 테물! 여기, 일 층으로 와 봐."

"구스타드구스타드구스타드완전어둡고검다."

"맞아, 테물. 아파트 전체가 어두운 거지?"

"네네아파트전부어둡고모두어두워.가로등어둡다.어두워모든게어두워구스타드.어두워어두워어두워."

무슨 말을 하는지 들어 보려고 딘쇼지가 창가로 왔다. "테물, 알았어." 구스타드가 말했다. "넘어지지 않게 조심해."

딜나바즈가 석유등에 불을 붙였지만 방 전체를 환하게 하기엔 충분치 못했다. 하지만 식탁은 매우 따스하고 매혹적으로 보였다. "검은 종이가 사방에 붙어 있어서 별빛과 달빛조차도 못 들어오네." 그녀는 특별히 누구에게라고 할 것 없이 말했다.

"아까 그게 사람 입이었나, 아니면 데칸 급행열차였나?" 딘쇼지가 물었다. "무슨 말인지 통 못 알아듣겠던데!"

구스타드가 웃었다. "세상에 단 하나밖에 없는 절름발이 테물이야. 말을 알아들으려면 연습이 필요하지. 어쨌든 퓨즈는 점검해 볼 필요가 없겠군. 동네가 모두 전기가 나갔으니까 기다리는 수밖에 없겠어."

"기다리지 말지어다. 그러면 늦을 테니. 접시를 채울지어다!" 딘쇼지가 말했다.

"오늘은 줄곧 시로군! 자네, 오늘 밤 아주 멋져." 구스타드가 말했다. "지금부터 자네를 계관 시인이라고 불러야겠어."

"계관이든 말든 상관없어. 나는 인도의 아들일세. 나를 인도의 테니슨인 카비 카말이라고 부르게!" 그는 구스타드로부터 손전등을 빼앗아 자신의 턱 밑에 갖다 댔다. 그의 창백한 안색 위로 등골이 오싹한 불빛이 비쳤다. 그는 등을 구부리고 유령처럼 식탁 주위를 어슬렁거리며 마치 데스마스크에서 나오는 것 같은 소름 끼치는 목소리로 시를 낭송했다.

> 오른쪽에도 유령
> 왼쪽에도 유령
> 앞에도 유령
> 배고프고 목마르다!

음식이 식어 가는 것에 몹시 예민해 있던 딜나바즈를 제외하고 모두들 환호하며 박수를 쳤다. 딘쇼지가 답례로 인사를 하고 구스타드에게 손전등을 돌려주었다. 성공과 격려에 도취된 그가 웅변조로 말했다. "밤이 어두워졌다고 할지라도 겁먹지 말지어다. 우리는 촛불 옆에서 먹으리라. 아니면 석유등 옆에서."

"그렇고말고!" 구스타드가 말했다. "불빛이 있든 없든 한 가지 소원을 더 빌어야겠네. 우리 큰아들 소랍에게 행운과 건강이 함께하기를, 그리고 IIT에서 훌륭한 업적을 이루기를 바란다. 우리 모두 너를 정말 자랑스러워하도록 만들어 다오."

"옳소, 옳소!" 딘쇼지가 외쳤다. "소랍은 유쾌한 친구! 소랍은 유쾌한 친구!" 모두들 따라 했고 노랫소리는 점점 커졌다. 그들의 노랫소리에 묻혀서 소랍의 "그만들 하세요."라는 말이 들리지 않자, 소랍이 다시 한 번 "제발 그

만들 하세요!"라고 큰 소리로 외쳤다.

노래가 중간에 끊어졌다. 모두들 얼굴 표정이 얼어붙은 채 소랍을 바라보았다. 화가 난 소랍이 자신의 접시를 노려보고 있었다. 사람들의 숨결로 불꽃이 이지러지자 촛불이 좌우로 거칠게 흔들리면서 전율하는 불안한 그림자들을 만들어 냈다.

"음식이 다 식겠어요." 음식에 신경 쓰지는 않았지만 딜나바즈가 말했다.

"알았어, 먹을게." 구스타드가 말했다. "그런데 소랍, 갑자기 왜 그러니?"

"갑자기가 아니에요. 끝도 없이 IIT, IIT, IIT 하는 소리에 완전히 질려 버렸어요. 전 IIT에 관심도 없고, 유쾌한 친구도 아니고, 거기 안 갈 겁니다."

구스타드가 한숨을 내쉬었다. "럼주 마시지 말라고 했잖아. 술 때문에 흥분했구나."

소랍이 비웃듯이 쳐다보았다. "아버지가 하시고 싶은 대로 실컷 하십시오. 전 IIT 안 갈 테니까요."

"저렇게 똑똑한 녀석한테서 저런 멍청한 소리가 나오다니. 이봐, 자네, 도대체 이게 가당키나 한 일이라고 생각하나?" 구스타드가 딘쇼지에게 물었다. "거기 들어가려고 죽자사자 공부해 놓고 어째서 이러는 거지?" 음식 그릇을 옮긴 딜나바즈가 음식을 덜어 먹는 숟가락을 들었다가 다시 내려놓았다. 그릇과 숟가락에서 나는 달그락 소리도 분위기를 되돌려 놓기에는 역부족이었다. 구스타드가 손을 흔들어 딜나바즈를 제지했다. "이유를 알고 싶어서 그래. 꿀 먹은 벙어리처럼 있으면 아무런 도움도 안 돼." 그는 화가 났다기보다는 당혹스러워서 말을 멈췄다. "괜찮아. 당신이 침묵하는 이유를 알아. 생일 저녁상에서 논의할 문제는 아니지. 내일 얘기하자고."

"왜 그냥 받아들이지 못하세요? 전 IIT에 관심 없습니다. 전 한 번도 그런 생각을 안 했는데 아버지가 모두 계획한 거잖아요. 전에도 말했지만 전공을 예술로 바꿀 겁니다. 지금 다니는 학교도 좋고 친구들도 좋아요."

구스타드는 참을 수 없었다. "친구? 친구라고? 나한테 친구 얘긴 꺼내지도 마라! 네가 정당한 이유가 있다면 들어 주마. 하지만 친구 얘기는 하지 마! 네가 내 꼴을 보고도 교훈을 못 얻었다면 넌 장님이야." 그는 말을 멈추고 로샨을 안심시키려는 듯이 그 애의 머리를 매만졌다. "대단한 친구였던 지미 빌리모리아가 어떻게 했니? 우리들의 소령 아저씨 말이다. 항상 우리 집에 와서 함께 밥 먹고 술 마시고 내가 형제처럼 대해 주던 그 사람이 지금 어디에 있어? 없어졌어! 사라져 버렸다고! 우리한테 한마디 말도 없이 말이다. 그게 우정이야. 아무 쓸모 없고 무의미한 거야!"

딘쇼지가 불편한 듯 어색해하자 구스타드가 굵고 탁한 목소리로 말했다. "물론 여기 계신 분은 예외지. 자, 빨리 먹자. 야채 스튜 요리는 정말 맛있었어. 다음 차례는 닭고기다. 딘쇼지, 어서 들자고. 로샨, 어서 먹자."

"이번에는 남자들이 먼저! 남자들이 먼저 먹어야 할 차례입니다!" 딘쇼지가 우울한 분위기를 바꾸려고 짐짓 명랑하게 말했다. "아름다운 숙녀 분들이여, 공평하게 먹읍시다." 그러나 아무도 웃지 않았다. 다리우스조차도. 이후의 저녁 식사는 침묵 속에 이루어졌다.

닭의 장골을 발견한 딘쇼지가 뼈다귀를 쪼개는 게임을 하자고 제안했지만 누구도 응하지 않았다. 당황한 구스타드가 한쪽 끝을 잡았다. 그들은 기름투성이의 장골이 부러질 때까지 당기고 비틀었다. 구스타드가 짧은 쪽을 쥐었다.

4부

1

유일한 손님이 떠난 후 구스타드는 잠자리에 들기 전에 문단속을 했다. 닭고기 아홉 조각 중에서 여섯 조각이 접시에 그대로 남아 있었다. "이제 만족하니?" 구스타드가 말했다. "네 동생 생일을 망쳐 놨어. 아무도 먹고 싶은 기분이 안 들었어."

"살아 있는 닭을 가져와서 죽임으로써 입맛이 떨어지게 만들었잖아요." 소랍이 말했다. "아버지가 어리석은 짓을 하시고 왜 절 탓하세요."

"어리석은 짓? 그게 아버지한테 할 말이냐!"

"생일날 싸우면 안 돼요." 딜나바즈가 애원 반 경고 반으로 말했다. "이건 우리 집의 엄격한 규칙이에요."

"저도 아버지한테 이런 말씀 드리기 싫습니다. 하지만 아버지가 진실을 듣고도 믿으려고 하시질 않잖아요."

"진실이라고? 먼저 나나 네 엄마처럼 고통을 겪고 난 다음에 진실에 대해서 얘기해! 난 단 한 번도 등록금이란 걸 받아 본 적이 없었고 혼자 힘으로 학비를 벌었다. 밤늦게 저런 석유등을 켜 놓고 공부하면서도 심지를 아주 낮게 해 놓고 돈을 아끼려고……."

"그 얘긴 백 번도 더 들었어요." 소랍이 말했다.

"로샨!" 구스타드의 손이 떨렸다. "내 허리띠 가져오너라! 두꺼운 갈색 가죽 허리띠! 네 오빠한테 존경심을 가르쳐야겠다! 자기가 이제 다 큰 줄 아는 모양이지! 이놈의 두꺼운 가죽을 벗겨 놓아야겠다! 가죽이 하나도 안 남을 때까지!"

두려움으로 눈이 휘둥그레진 로샨이 꼼짝도 않고 서 있었다. 딜나바즈가 로샨에게 가만히 있으라는 몸짓을 했다. 비록 구스타드가 나중에 몹시 후회했지만 소랍과 다리우스가 어릴 적에 체벌을 할라치면, 힘센 구스타드가 잘못해서 심각한 부상을 입히지나 않을까 딜나바즈는 무서웠다. 그녀는 위협이 가실 때까지 소랍이 다소곳이 있어 주기를 바랐다.

그러나 소랍은 물러서려고 하지 않았다. "그래, 가서 가져와. 난 아버지도 그 어떤 것도 두렵지 않으니까."

로샨이 꼼짝 않고 있자 구스타드가 직접 허리띠를 가지러 갔다. 그는 소랍과 다리우스가 어렸을 때 그 말을 듣기만 해도 두려움에 질렸던 체벌 도구를 어깨에 걸치고 돌아왔다. 그는 분노로 숨을 헐떡였다. "자, 이제, 네가 하고 싶은 대로 말해 봐! 아직도 그럴 용기가 있다면 너의 헛소리를 들어 주마!"

"이미 하고 싶은 말 다 했습니다. 못 들었다면 반복해 드리죠."

구스타드가 팔을 휘두르자 허리띠가 허공을 가르며 휘파람 소리를 냈다. 소랍과 다리우스가 어렸을 때 그랬던 것처럼 딜나바즈가 구스타드를 막아섰다. 허리띠가 그녀의 종아리를 후려치자 딜나바즈가 비명을 질렀다. 두 군데가 빨갛게 부어오르기 시작했다.

"저리 비켜!" 구스타드가 외쳤다. "경고했어! 오늘 밤 무슨 일이 일어나든 상관없어! 이놈을 찢어 놓고 말 테야. 내가……"

로샨이 흐느껴 울며 소리를 질렀다. "엄마! 아빠! 그만 해요!" 구스타드가 소랍을 때리려고 했지만 딜나바즈 때문에 여의치 않았다.

로샨이 울면서 다시 한 번 외쳤다. "제발! 오늘은 내 생일이잖아요. 그만 해요!"

비록 처음처럼 완벽하고 효과적이지는 못했지만, 그는 허리띠를 계속 휘둘렀다. 그러나 자꾸 엉뚱한 곳으로 휘둘러서 구스타드의 팔에는 활력과 예리함이 눈에 띄게 줄어들었다. "비겁한 녀석! 뒤에 숨지 말고 나오지 못해!"

소랍과 딜나바즈가 미처 대꾸하기 전에 날카로운 외침이 울려 퍼졌다. "도저히 못 참겠다! 지금은 잠잘 시간이야, 싸울 시간이 아니라고! 날이 밝으면 싸워!"

쿠트피티아의 목소리였다. 아침에 우유 장수에게 내지르던 것과 똑같은 음조와 리듬이 실려 있었다. 구스타드가 발끈했다. 그는 창가로 달려갔다. "할 말 있으면 집으로 와서 해요! 내가 여기서 공짜로 사는 줄 알아요. 나도 집세 내고 살고 있어요!" 얼굴이 붉으락푸르락해진 구스타드가 딜나바즈를 보았다. "봤지, 당신 친구가 어떻게 행동하는지? 미친 마녀 같으니라고."

"하지만 쿠트피티아 할머니 말이 맞잖아요." 딜나바즈가 단호하게 말했다. "한밤중에 소리치고 고함 지르고."

"잘한다! 남편 대신에 저 할머니 편이나 들고. 항상 내가 하는 일에는 반대지." 뼛속까지 침통해진 그는 조용해졌다. 바깥도 다시 조용했다. 그러나 그는 혹시라도 쿠트피티아의 말대꾸가 있을지 몰라서 창가에서 싸울 준비를 하고 기다렸다.

그때를 틈타 딜나바즈는 서둘러 소랍, 다리우스, 로샨을 거실에서 침대로 데려갔다. 홀로 남은 구스타드는 시나브로 분노가 사그라졌다. 그는 자신의 손에 꽉 쥔 허리띠를 한쪽 구석으로 던져 버리고 식탁 위의 촛불을 껐다. 그러나 거실은 여전히 그에게 너무나 환했다. 그는 석유등의 심지를 낮추고 다시 창가로 갔다. 칠흑같이 어두운 밤 속으로 사라진 돌담은 그 모습을 거의 찾아볼 수 없었다.

딜나바즈가 돌아왔다. "아이들 모두 침대에 누웠어요. 당신이 잘 자라고 인사해 주길 기다리고 있어요." 그는 반응이 없었다. 딜나바즈가 다시 말했다. "소랍한테 갔었어요. 봐요." 그녀는 축축해진 소매를 보여 주었다. "소랍의 눈물이에요. 어서 가 보세요."

구스타드가 고개를 가로저었다. "내가 아니라 개가 와야지. 존경심이 생길 때까지 개는 내 아들이 아니야. 내 아들은 죽었어."

"그게 무슨 말이에요!"

"할 말은 해야지. 이제 개는 나한테 아무것도 아냐."

"무슨 소리예요! 그만 해요!" 그녀가 부어오른 종아리를 어루만지자, 구스타드가 그 모습을 지켜보았다.

"내가 애들 벌줄 때 끼어들지 말라고 열일곱 번은 말한 것 같은데."

"소랍도 벌써 열아홉 살이에요. 어린애가 아니라고요."

"열아홉이든 스물아홉이든 나한테 그따위로 말해서는 안 되지. 도대체 왜 그러는 거야? 내가 개를 자랑스러워한 것 말고 뭘 어쨌다는 거야?"

그의 분노 뒤에 숨어 있는 당혹감이 애처로웠던 그녀는 위로해 주고 이해하도록 도와주고 싶었다. 그러나 그녀 자신도 이해할 수 없는 일이었다. 딜나바즈가 그의 어깨를 부드럽게 어루만졌다. "우리, 좀 더 인내심을 가져 봐요."

"지난 세월 동안 우리가 인내한 거 말고 뭐가 있지? 이게 그 결과야? 슬프다, 정말 슬퍼. 아무 이유 없이 자신의 미래를 내팽개치잖아. 당신이 한번 말해 봐, 개를 위해서 내가 안 해 준 게 뭐가 있어? 차 앞에 내 몸까지 던졌어.

개를 옆으로 걸어차서 목숨을 구해 주다가 평생 이렇게 고통받고 있다고." 그는 자신의 엉덩이를 세게 쳤다. "하지만 아버지라면 그렇게 해야지. 그리고 개가 눈곱만큼도 존경심이 없다면, 내가 다시 한 번 걸어차 버릴 거야. 이번엔 내 집 밖으로, 내 인생 밖으로 말이야!"

딜나바즈는 그의 어깨를 다시 한 번 어루만진 후 식탁으로 갔다. "부엌 치울게요. 그런 다음 자러 가요." 그녀는 지저분한 접시와 잔들을 쌓아 올렸다.

2

딜나바즈가 식탁을 치우고 행주로 빵 부스러기를 닦아 낸 후 침대로 갔지만, 구스타드는 약하게 타오르는 석유등 옆에 앉아 있었다. 그는 등불이 고마웠다. 전깃불이 밝혀져 있었더라면 화가 쉬 풀리지 않았을 것이다.

그는 무모하게도 빌리모리아의 헤라클레스 30년산 럼주, 골든이글 맥주, 소다수 등 병에 남아 있는 것들을 한데 섞었다. 구스타드는 맛을 보더니 얼굴을 찡그렸다. 그럼에도 그는 잔을 반쯤 비우고 할아버지의 검은 책상으로 갔다. 책상에는 서랍 두 개가 나란히 붙어 있었다. 크기가 작은 오른쪽 서랍 밑에는 장식장이 받침대 역할을 하고 있었다. 그는 항상 굳게 닫혀 있는 장식장 문을 열어 보려고 했다. 그의 손이 약간 흔들렸다. 나무와 나무가 부딪치며 낮은 소리를 내더니 문이 획 열렸다.

오래된 책과 서류철에서 배움과 지혜의 냄새가 풍겼다. 뒤쪽 맨 위 선반에는 E. 콥햄 브루어의 『어휘와 이야기 사전』, 바레리와 릴랜드의 1897년판

『속어, 은어, 유행어 사전』, 두 권이 있었다. 가구와 마찬가지로 구스타드는 그것들을 아버지의 부도난 서점에서 건졌다. 그는 브루어의 사전을 꺼내 아무 데나 펼쳤다. 그 부분에다 코를 대고 눈을 감았다. 소중한 페이지에서 시간을 초월한 강렬한 향기가 뿜어 나와 구스타드의 불안하고 혼란스러운 마음을 달래 주었다. 그는 책을 덮은 후 손등으로 책 등을 부드럽게 쓸어 보고는 다시 선반 위에 놓아두었다.

버트런드 러셀의 『대중을 위한 수학』, 애덤 스미스의 『국부론의 본질과 원인에 관한 연구』 같은 책들도 선반 위에 꽂혀 있었다. 대학 시절에 보던 책으로 구스타드가 지금까지 간직하고 있는 것들이었다. 그는 음악가 친구 말콤에게 올해 산 교재는 내년에 판다는 계획을 실천하면서 대학에 다닌다고 농담하곤 했었다. 이 책들이 소랍과 함께 만들 계획인 책장에 꽂히게 된다면 얼마나 멋질까. 하지만 이젠 틀렸다. 걔는 나한테 아무것도 아니야.

선반 앞쪽에는 모서리가 접힌 봉투, 서류 클립과 고무 밴드가 담긴 플라스틱 상자, (절반 정도, 4분의 3 정도 쓴) 스카치테이프 두 개, 캐멀의 감청색 잉크 한 병, (인사장을 쓰거나 축의금을 넣고 왼쪽 아래 구석에 축하와 함께 행복하게 오래 살라는 메시지를 담은 하얀 결혼 선물 봉투를 만들 때 사용했던) 상표가 없는 빨간색 잉크 한 병 등에 뒤죽박죽으로 둘러싸인 웹스터 요약 사전과 로제 유의어 사전 포켓판이 바닥에 누워 있었다. 선반 위의 다른 잡동사니들은 쉽게 알아볼 수 없었다. 분해된 펜의 부품들, 접착제 병의 고무 뚜껑 겸 꼭지, 날이 없는 주머니칼, 서류철에서 떨어져 나온 죔쇠 조립 부품 등이 실과 고무 밴드에 얽혀 있었다.

선반 맨 밑에는 서류, 서류철 접지, 오래된 잡지들이 있었다. 그는 다양한 직사각형 모양의 누런 인쇄용지 더미를 조심스럽게 집어 올린 후 손을 더듬어 편지를 찾았다. 편지가 그의 손가락에 닿았다. 구스타드는 용지 더미를 다시 내려놓았다. 볼펜이 나오기 전에 쓰던 오래된 녹슨 펜촉들이 담긴 상자 안에는 꽂이대가 사라지고 없었다. 안에 들어 있던 펜촉들은 금속끼리 혹은 금속과 판지가 서로 부딪쳤다. 마라카스 연주처럼 한 번 소리를 낸 후 금세 조용해졌다.

구스타드는 편지를 석유등 아래로 가져갔다. 편지가 도착한 이후 그는 여러 번 몰래 읽었다. 겉봉투에는 타자기로 글자가 타이핑되어 있었다. 발송 주소는 뉴델리의 한 우체국이었고 발송인의 이름은 없었다. 그는 뉴델리에 아는 사람이 없었기 때문에 편지를 처음 받았을 때 긴장감과 호기심을 동시에 느꼈다. 봉투 속에는 두꺼운 섬유질의 최상품 종이 한 장이 들어 있었다. 그는 편지를 다시 읽었다.

친애하는 구스타드

이 편지를 받고서 자네는 무척이나 놀라겠지. 지금쯤이면, 내가 코다다드 아파트를 그런 식으로 떠났기 때문에 자네도 나를 접었을 테니까.

그 일 때문에 나에게 몹시 화가 났으리라고 짐작하게. 편지 쓰는 데 익숙하지는 않지만 제발 나의 진실된 사과를 받아 주고 어쩔 수 없었다는 점을 믿어 주게. 변명하다 보면 거짓말을 늘어놓는 셈이 될 테니 그만두겠네. 국가 안보와 관련된 일이라는 것 말고는 아직은 구체적인 내용을 밝힐 수 없다네. 자네도 알다시피 나는 제대 후에 정부를 위해서 일하고 있었다네.

내 임무와 관련해서 뭄바이에서 해야 할 일이 있다네. 자네만큼 신뢰할 만한 사람이 없기에 자네가 금세 떠올랐네. 자네와의 우정은 나에게 더없이 소중하다네. 자네의 사랑스러운 아내 딜나바즈, 훌륭한 두 아들과 어여쁜 꼬맹이 로샨도 마찬가지고. 자네 식구들이 여전히 나의 가족과 같다는 사실을 굳이 말할 필요는 없을 걸세.

　내게 필요한 것은 간단하네. 내 대신 자네가 받아 줄 소포가 하나 있네. 자네가 이 부탁을 들어주지 못한다고 해도 이해하네. 하지만 그러면 나는 믿음이 덜 가는 사람들에게 의지할 수밖에 없을 걸세. 부디 긍정적으로 검토해 주게. 그리고 규정 때문에 내 주소를 밝힐 수 없어서 우체국 사서함 번호를 썼으니 기분 나빠 하지 말게나.

　다시 한 번 자네의 용서를 비네. 언젠가 우리 가족(자네가 이렇게 부르는 것을 용납한다면)이 함께하게 될 때 자네에게 모든 얘기를 들려줌세.

친애하는 벗, 지미

구스타드는 편지지를 엄지손가락과 다른 손가락 사이에 놓고 만져 보았다. 자신의 책상 속 얇은 종이에 비해서 얼마나 재질이 좋은가, 하고 그는 생각했다. 지미는 언제나 돈이 많았고 손이 매우 컸다. 아이들에게 항상 선물을 주었다. 배드민턴 라켓, 크리켓 배트와 기둥, 탁구 세트, 아령. 지미는 절대로 그것들을 아이들에게 직접 주지 않았다. 그는 아버지가 자식들의 감사와 즐거움에 우선권이 있다고 하면서 항상 구스타드를 통해서 주었다. 지미가 올 때마다 로샨, 다리우스, 소랍은 하던 일을 멈추고 그와 함께 앉았다. 그는 아이들의 영웅이었고, 심지어 까다롭기 짝이 없는 소랍의 영웅이기도 했다. 딘쇼지를 멸시하는 지금의 소랍과는 전혀 딴판이었다.

구스타드는 석유등의 심지를 낮추고 안락의자에 앉아 몸을 뒤로 젖혔다. 약하게 타오르는 불빛 때문에 거실이 마치 꿈처럼 어렴풋해졌다. 아, 신이시여, 이게 무슨 장난이십니까? 당신은 제가 어렸을 때 공부를 통해서 남들보다 성공하고 싶은 욕망을 주셨습니다. 그러더니 당신은 아버지의 돈을 앗아가 버려 저를 은행에서 썩도록 만드셨습니다. 그리고 제 아들은요? 제게 모든 준비를 하게 하시고 그것을 손에 닿을 수 있는 곳에 두셨건만, 당신은 아들에게서 IIT를 가고픈 욕망을 앗아 가시는군요. 당신이 제게 하고픈 말은 무엇입니까? 당신의 목소리를 듣기에 제 귀가 너무 어두운가요?

구스타드는 다시 술잔을 들었다. 그는 럼과 맥주를 섞은 술 맛이 아까보다는 낫다고 생각하며 조금 더 마셨다. 그는 오랜 세월 동안 소랍을 지켜보며 기다려 왔다. 결과를 몰랐던 처음으로 되돌아갈 수 있으면 좋겠다고 생각했다. 처음엔 적어도 희망은 있었다. 그러나 지금은 아무것도 없다. 오로지 슬픔만이 있을 뿐이었다.

소랍은 어떤 삶을 살고 싶은 걸까? 파시즘을 신봉하는 쉬브 세나 정치와 마라티 어 허튼소리가 존재하는 곳에서는 소수 인종의 미래가 없다. 두 배의 능력이 있어야만 백인들의 절반을 얻어 낼 수 있는 미국의 흑인들과 같은 처지가 될 것이다. 어떻게 하면 소랍에게 이 점을 이해시킬 수 있을까? 어떻게 하면 소랍이 아들의 인생 성공을 목표로 삼아 온 아버지에게 무슨 짓을 하고 있는지 깨닫게 할 수 있을까? 마치 다리가 불편한 사람에게서 목발을 빼앗아 가듯이 소랍은 그 목표를 강탈해 버렸다.

럼과 맥주를 섞은 술은 맛있었다. 그는 술잔을 비웠다. 긴장감이 그의 몸에서 서서히 빠져나갔다. 9년 전 소랍을 걷어차서 목숨을 구해 줬는데……. 다시 한 번 개를 차 버릴 수 있다. 내 집 밖으로, 내 인생 밖으로 말이야. 존경심을 가르쳐야 해……. 지금 개는 나에게 무슨 의미……. 그날은…… 나에게 무슨 의미였던가…….

그날 아침 비가 내리고 있었다. 아니, 하루 종일 비가 내렸고, 그 비는 디젤배기가스 냄새와 뒤섞였다. 열 살이던 소랍과 함께 점심을 먹으러 가던 그는 버스를 잘못 탔다. 구스타드는 아들의 성 사비에르 학교 입학 첫날을 축하하려고 은행 지점장인 마돈에게 한나절 특별 휴가를 얻었다. 입학 허가를 받는 건 쉽지 않았다. 학교의 교훈인 '깊은 데로 저어 나가라'는 새로운 학생을 선발할 때 특별히 엄격하게 적용됐다. 소랍은 어려운 입학시험을 치르고 나서 면접을 보았는데, 둘 다 성적이 좋았다. 비록 열 살이었지만 소랍의 영어는 이미 유창했다. 세 살 때 유치원 입학 면접에서 원장이 "어떤 비누를 쓰니?"라고 묻자 구자라트 어로 그냥 "좋은 비누요."라고 대답한 것과는 차원이 달랐다.

구스타드는 소랍에게 제대로 한턱 쓰고 싶었다. 파리 식당에 가면 뭄바이에서 제일 맛있는 생선 카레라이스를 맛볼 수 있었다. 모든 요리는 바삭한 포파덤 빵이 함께 나왔고, 생선은 항상 신선한 병어였으며, 웨이터는 손님의 요청에 따라서 생선의 어떤 부위라도 내왔다. 소랍이 병어의 삼각형 모양 꼬리를 매우 좋아했기 때문에 생선의 어떤 부위를 요리할 수 있는지는 중요했다.

그러나 비도 내리고 사람도 많고 혼동된 탓에 구스타드는 버스 번호를 잘못 보고 말았다. 구스타드와 소랍은 버스가 정류장에서 빠져나와 도로 한복판에 들어설 때까지 그 사실을 몰랐다. 차장이 가죽 돈주머니와 차표 통을 어깨 위에 아무렇게나 걸치고서 통로를 따라 거들먹거리며 걸어왔다.

구스타드는 잔돈을 내밀며 말했다. "어른 하나, 애 하나, 처치게이트요."
구스타드는 파리 식당에서 점심을 먹은 후 소랍을 깜짝 놀라게 해 주려고 K.
러스텀 & Co로 데려가서 그 유명한 피스타치오 아이스크림을 사 줄 생각이
었다. 비스킷 두 개 사이에 끼여 나오는 아이스크림을 다 먹을 때까지도 비스
킷이 바삭한 걸로 유명했다. 아이스크림을 사 주는 것은 딜나바즈의 생각이
었다. 그 아이스크림이 비쌌던 탓에 소랍은 불의 사원에서 입회식을 치르고
나서 축하 기념으로 딱 한 번밖에 먹어 보지 못했다.

차장은 구스타드가 내민 손을 무시하고 낮은 목소리로 싸늘하게 말했다.
"처치게이트로 안 가요." 그가 빈 개찰용 펀치를 거칠게 찍어 대자 찰카닥찰
카닥 소리가 났다. 날카로운 소리 때문에 그의 말이 사납게 들렸다. 그는 구
스타드의 얼굴 옆에 있는 비와 차들을 노려보았다.

시커먼 하늘에서 거대한 빗줄기가 아침 일찍부터 쏟아지고 있었다. 구스타
드와 소랍이 학교로 출발하려고 할 때 딜나바즈가 말했다. "새로운 일이 시
작될 때 비가 내리는 건 행운이래요." 비가 내려서 새로 산 비옷과 고무장화
를 신게 된 소랍도 기분이 좋았다. 소랍은 홍수가 나서 물속을 걸어 볼 수 있
기를 바랐다.

출발하기 전에 소랍의 이마에 주홍색 점을 찍고 목에는 장미와 백합으로
만든 꽃목걸이를 걸었다. 딜나바즈는 새 출발을 하는 소랍에게 쌀을 뿌리고,
행운을 빌기 위해서 코코넛 한 개, 빈랑나무잎들, 말린 대추야자 한 개, 빈랑
나무 열매 한 개와 7루피를 선사했다. 또한 소랍의 입에 각설탕 한 개를 넣어
주고, 구스타드와 아들을 한꺼번에 껴안고는 귀에다 대고 축복의 말을 속삭
였다. 생일 때 하던 것과 거의 비슷한 내용이었지만 학교생활과 공부를 더 강

조했다.

버스를 기다리던 줄의 맨 앞에 서 있던 구스타드는 잠시만이라도 빗줄기가 약해졌으면 싶었다. 비는 버스 정류장의 골함석 지붕 위로 귀청이 떨어져라 와르르 쏟아져 내렸다. 공기는 무겁고 불쾌했다. 반짝이는 젖은 노면 위에서 자동차들은 깊은 잠에 빠진 괴물처럼 드러누워 있었고, 때때로 몸을 떨고 악취를 뿜으며 깨어나 조금씩 느리게 움직였다. 휘발유와 디젤 배기가스는 강력하고 역겨웠다. 마치 빗물에 배기가스가 용해된 듯했는데, 그러한 빗물이 모든 것을 뒤덮고 있었다.

"처치게이트로 안 가요." 차장이 빈 개찰용 펀치를 찰카닥찰카닥 찍어 대며 다시 말했다. 그는 왼손으로 가죽 돈주머니 속에 들어 있는 동전들을 만지작거리며 손가락 사이로 걸러 보거나, 동전들이 철벅철벅 쇳소리를 내며 폭포수처럼 쏟아지도록 동전을 한 움큼 쥐고 나서 다시 돈주머니로 떨어트렸다. 차장이 늘 만지작거리는 가죽 부분은 광이 날 정도로 매끈했다. 따뜻한 광택이 나는 그곳에서는 빛이 났다. 나중에 구스타드는 바로 이러한 차장의 모습을, 퍼붓는 빗속에서 차들이 달려오는 길바닥에 누워서 몸을 일으키지 못할 때도 또렷이 기억했다. 뭔가가 부러졌고, 벼락 맞은 듯한 고통이 생전 처음 그의 온몸에 격렬하게 번졌다.

그러나 사고에 앞서서 무뚝뚝한 차장과 실랑이가 있었다. "처치게이트로 안 간다고요." 그가 말했다. 비가 와서 교통이 혼잡해지자 사람들의 기분이 좋지 않았다. "표 살 거요, 어쩔 거요?"

"처치게이트로 안 간다면 내려야죠."

"그럼, 내리쇼." 찰카닥, 찰카닥, 찰카닥. "아님 표를 사든가. 무임승차는 절대 안 돼요."

"종이나 당겨 주쇼." 구스타드가 말하는 도중에 갑자기 버스가 흔들리자, 그의 말이 거칠게 튀어나와 품위 없이 끝나고 말았다.

"종은 다음 역을 알릴 때만 당기는 거요. 차에 있으려면 표를 사요. 아니면……." 그는 내리는 문을 가리켰다.

구스타드는 종이 달려 있는 로프를 보았다. 저걸 잡으러 가면 어떻게 될까? 차장이 막으려고 할 테고 충돌이 일어날 것이다. 그는 정당한 싸움이라면 멋지게 치를 자신이 있었지만, 소랍이 보는 앞에서는 적절치 못했다. 그리고 차장은 싸우다가 불리해지면 승객의 머리 위로 쇠로 만든 차표 통을 내던지는 경우도 있었다. 구스타드는 다시 한 번 그를 설득해 보려고 했다. "우리더러 도로 한복판에 내려서 죽으란 말이오, 뭐요?"

"죽긴 누가 죽어요." 차장이 경멸적으로 말했다. "저기 보쇼. 차들이 멈춰 있잖소."

버스는 가운데 차선에 멈춰 있었고, 사방의 차들 역시 정지해 있었다. "아빠, 어서 가요." 소랍이 말했다. 그는 구스타드와 차장의 실랑이가 부끄러웠다. "지금 가면 돼요." 교통이 마비되어 지루했던 승객들이 그들의 실랑이를 흥미롭게 지켜보고 있었다. 그들은 구스타드와 소랍이 통로를 따라 걸어가자 실망한 듯이 바라봤다.

소랍이 내리는 순간, 버스가 갑자기 앞으로 움직였다. 비가 와서 미끄럽고 위험한 아스팔트 위에서 중심을 잃은 소랍이 넘어졌다. 구스타드가 소리쳤다. "멈춰!" 그런 다음 움직이는 버스에서 뛰어내렸다.

그 짧은 순간에 구스타드는 두 발로 착지하는 것과 아들을 구하는 것 중에 하나를 선택해야 했다. 구스타드는 두 발로 소럽을 걷어차서 달려오는 택시의 차선에서 그를 밀어냈다. 그의 왼쪽 엉덩이뼈가 길바닥에 정면으로 부딪쳤다. 우두둑 부서지는 무시무시한 소리가 났다. 그가 기절했을 때 디젤 배기가스 냄새가 코를 강하게 찔렀다.

택시 운전사는 구스타드로부터 얼마 떨어지지 않은 곳에서 급브레이크를 밟았다. 인도에 있던 사람들이 그가 누워 있는 곳으로 달려왔다. 사람들이 빙 둘러섰다.

"편하게 눕혀요." 누군가 말했다.

"물 좀 줘요. 기절했어요." 또 다른 사람이 말했다. 구스타드는 그들의 목소리가 들렸지만 누군가 자신을 일어나지 못하도록 누르는 것 같았다.

택시 운전사는 승객들에게 내려 달라고 양해를 구했다. 처음에는 항의하던 승객들이 미터기에 찍힌 요금을 낼 필요가 없다는 사실을 알고는 황급히 떠났다. 누군가 길 건너에 있던 물장수를 불렀다. 흐, 스, 쉿 따위의 의성어를 섞어 놓은 그의 독특한 목소리는 다른 소리들보다 훨씬 두드러졌다. "흐스 쉿! 이봐, 물장수!" 그러자 물장수가 물통과 유리잔을 들고서 총총걸음으로 도로를 건넜다. 이미 구스타드의 온 얼굴이 빗물에 젖어 있었지만, 그의 이마에 물이 부어졌다. 아마도 쓰러진 남자의 의식을 깨우는 데는 빗물보다 차가운 물이 필요하다고 생각했을지 모른다.

구스타드는 눈을 떴다. 물이 채워진 두 번째 잔이 그의 입술로 갔지만, 그는 마시려고 하지 않았다. 길에다가 물을 버리고 나서 물장수가 사람들에게 말했다. "물 두 잔에 20파이사요."

"뭐라고?" 택시 운전사가 나섰다. "당신은 염치도 없어? 사고를 당한 사람이 기절해서 고통받고 있는 게 안 보이나?"

"전 하루 벌어 하루 먹고 사는 사람입니다요." 물장수가 말했다. "먹여 살려야 될 새끼들이 있습죠." 그의 얼굴 한쪽에는 커다란 자줏빛 점이 있었고, 그의 새된 목소리에는 징징 짜는 소리가 깔려 있었다.

군중은 편을 나누어 논쟁을 벌였다. 어떤 이들은 무정한 물장수를 걷어차서 내쫓아야 한다고 했고, 어떤 이들은 그의 말에도 일리가 있다고 했다. 그날의 유일한 매상이 물거품이 될까 봐 물장수가 또다시 목소리를 높였다. "저 사람이 사고를 당했는데 나더러 어쩌라고요? 저 사람도 구급차 비용이나 병원비는 낼 거 아닙니까? 그런데 내가 무슨 잘못을 했길래 20파이사를 못 받는단 말입니까?"

"옳소! 옳소!" 아까보다 많은 사람이 물장수의 편으로 기울었다. 그러자 소랍은 아침에 받았던 7루피 가운데서 1루피를 꺼냈다. 구스타드는 소랍에게 잔돈을 잘 세어 보라고 말하고 싶었지만 생각뿐이었다. 물통과 유리잔을 챙긴 물장수는 구시렁거리면서 길을 건너갔다. 빗속에서 징징 짜는 그의 새된 목소리는 공허한 외침으로 들렸다. "시원한 물! 맛있는 물!"

사람들의 관심이 다시 구스타드에게 쏠렸다. 택시 운전사는 그를 병원에 데려다 주겠다고 했다. 그러나 구스타드는 "코다다드 아파트"라고 중얼거리더니 또다시 정신을 잃었다. 구스타드는 택시 운전사가 얼마나 친절했는지 또렷이 기억한다. 침착하게 일 처리를 하던 그는 겁에 질려서 울음을 물고 있는 소랍을 다독거렸다. "곧 도착할 테니까 걱정 마. 교통이 금방 뚫릴 거야." 그는 소랍에게 어느 학교에 다니는지, 공부는 잘하는지, 몇 학년인지 등을 물었고, 코다다드 아파트에 도착할 때까지 대화를 계속 이어 갔다.

집에 있던 빌리모리아 소령이 사고 소식을 듣자마자 달려왔다. 그는 딜나바즈에게 접골사 마디왈라에 대해서 말했다. "파르시 종합 병원 같은 일반 병원에 데려가면 일반적인 치료밖에는 못 받습니다. 운이 나쁘면 나쁜 치료를 받게 되죠." 그렇게 말하고 그는 싱글싱글 웃었다.

딜나바즈는 소령이 군대에 있을 때 잔혹한 상처를 많이 봤기 때문에 대수롭지 않게 받아들이는 것이 당연하다고 생각했다. 소령의 말이 이어졌다. "병원에서는 정, 톱, 쇠망치, 못을 사용하죠. 목공일이 끝나고 나면 도구가 비싼 탓에 치료비를 엄청 청구합니다." 고통 속에서도 그 말을 알아들은 구스타드는 그의 우스꽝스러운 설명에 마음이 놓였다. 지미가 모든 일을 처리해 줄 테니 이제는 괜찮을 거라고 생각했다. "마디왈라는 수술도 안 하고, 핀도 안 박고, 깁스도 안 하죠. 자발적으로 기부하는 것 말고는 치료비도 없습니다. 마디왈라의 솜씨는 놀라워요. 내가 살아 있는 증인입니다. 때로는 군의관도 어려운 일이 생기면 그를 불러서 도움을 청할 정도예요. 그의 솜씨는 정말 예술입니다."

결정이 내려졌다. 구스타드를 싣고 온 택시를 타고서 그들은 마디왈라가 일하는 진료소로 향했다. 택시 운전사는 요금을 받지 않았다. "당신의 고통으로 돈을 벌고 싶지는 않습니다." 그가 말했다.

지미는 구스타드를 아기처럼 들어서 안으로 옮겼다. 오랜 세월 그들의 팔씨름을 통해서도 드러났듯이, 지미는 힘으로 구스타드에 맞설 수 있는 몇 안 되는 사람 가운데 하나였다.

지미는 마디왈라가 치료를 시작할 때까지 구스타드의 곁에서 기다렸다. 치료가 끝나자, 지미는 골절 부위가 아무는 동안에 다리를 고정하는 데 필요하다고 접골사가 일러 준 길고 무거운 모래주머니 두 개를 가지고 나타났다.

구스타드는 그날 만약 지미가 없었더라면 어떻게 됐을지 생각만 해도 아찔했다. 우연이든 우정이든 간에, 도움이 필요할 때마다 지미가 항상 곁에 있었다는 점은 놀라웠다.

3

구스타드는 두 눈을 비비고 감았던 눈을 떴다. 문득 목이 말랐다. 럼과 맥주를 섞은 술잔에 손을 뻗었지만, 이미 잔이 비어 있다는 것이 생각났다. 그는 일어나서 석유등의 심지를 키우고 책상으로 가져갔다. 새삼 그의 마음은 지미 빌리모리아에 대한 고마움으로 가득 찼다. 지미가 접골사에게 그를 데려가지 않았더라면, 오늘날 그는 장애인으로 살고 있을 것이다. 그는 목발이나 지팡이 없이, 절름발이 테물처럼 숨을 헐떡이고 몸을 뒤흔들며 끔찍하게 걷지 않으며 그곳에 서 있었다.

구스타드는 편지지를 찾으려고 서랍 두 개 중에서 넓은 쪽을 열었다. 그는 평소보다 표가 많이 나게 절뚝거렸다. 사고가 나고 여러 해가 흘렀지만, 아직도 구스타드는 접골사의 기적 같은 치료만큼이나 자신의 강인한 정신력으로 거의 표가 나지 않게 절뚝거림을 다스리고 있다는 사실을 인식하지 못했다.

그는 구겨지지 않은 종이 한 장을 꺼낸 뒤 볼펜을 손바닥에 대고 써 보았다. 그는 펜으로 글을 쓸 때 중간에 미끄러져서 생기는 잉크 색의 차이가 싫었다. 그러나 그는 마음을 바꾸고 책상 장식장을 열었다.

오래된 책들과 서류철에서 다시 학구적인 냄새가 풍겼다. 구스타드는 그 냄새를 깊이 들이마셨다. 펜촉 상자가 이전에 굴러 떨어졌던 곳에 모로 누워 있었다. 그는 상자를 열고 펜촉 몇 개를 왼손 엄지손톱에다 대고 긁어 본 다음에 하나를 선택했다. 펜대를 찾아 펜촉을 끼우고 감청색 캐멀 잉크 뚜껑을 열었다.

철로 만든 펜대의 손맛은 플라스틱 볼펜보다 실체가 있어서 느낌이 훨씬 좋았다. 펜을 써 본 지가 꽤 오래됐다. 요즘은 펜으로 글을 쓰는 사람이 없었고, 심지어 학교에서도 사용하지 않았다. 언젠가 연필을 쓰던 아이들이 잉크로 전환할 때도 마찬가지였다. 이것이 바로 현대식 교육의 빌어먹을 문제점이었다. 진보라는 이름으로 겉보기에 하찮은 것들을 내버리면서, 그들은 현대라는 창문 밖으로 내던지는 것이 전통이라는 사실을 전혀 모른다. 전통이 사라지면 그것을 존중하고 사랑하던 사람들에 대한 존경심마저 없어지고 만다.

거의 새벽 두 시였지만 구스타드는 잠이 오지 않았다. 그는 추억과 슬픔을 되새기며 소중했던 옛 시절을 떠올렸다. 마침내 그는 펜촉을 잉크에 살짝 담가 글을 쓰기 시작했다. 그의 손 그림자가 종이 위에 드리워졌다. 그는 등불을 왼쪽으로 옮긴 다음, 주소를 쓰고 날짜를 적었다. 그가 인사말을 쓰는 도중에 전기가 다시 들어왔다. 식탁 위의 전구에서 빛이 강렬하게 쏟아졌다. 몇 시간의 어둠이 끝나고 강한 전깃불이 거실 이곳저곳으로 무례하게 빛을 쏟아 내고 있었다. 그는 전깃불을 끄고 석유등 옆에서 편지를 써 내려갔다.

5부

1

수돗물이 나올 시간에 잠이 깬 딜나바즈는 맨 먼저 구스타드와 소랍에 대해서 생각했다. 아버지와 아들이 서로에게 너무나 깊은 상처를 주었다. 기진맥진한 딜나바즈는 비몽사몽간에 비틀거리며 화장실로 걸어갔다. 물, 물. 드럼통을 채워야지. 서두르자. 부엌 물통도 채워야 해. 큰 양동이도. 우유도 사고…….

딜나바즈가 바깥에서 우유 장수를 기다리고 있을 때 쿠트피티아가 위층으로 올라와 보라고 손짓했다. "마음에 담아 두지 마세요." 딜나바즈가 층계참에 도착하면서 불쑥 말했다. "남편이 너무 화가 나서 그랬어요." 외로운 노인을 윽박지른 구스타드의 절제력 부족 때문에 그녀는 밤새도록 괴로워했다.

"그것 때문에 부른 게 아냐. 자네 아들이 걱정돼서 그래."

"소랍 말이에요?"

"그래, 큰아들." 쿠트피티아가 말했다. "걔만 보면 파라드가 생각나." 그녀의 얼굴에 순간적으로 여린 모습이 나타났다가 바람 앞의 촛불처럼 금세 사그라졌다. 한때, 쿠트피티아의 모든 생각과 꿈이 조카 파라드에게 맞춰졌다. 무한한 기쁨과 깊은 슬픔이 뒤섞였던 오래전 그날, 그녀의 올케가 파라드를 낳다가 죽었다. 바로 그날 쿠트피티아는 평생 독신으로 살면서 홀아비가 된 오빠와 그의 아이를 위해서 헌신하기로 마음먹었다. 그녀는 어린 파라드에게 어머니이자 선생님, 친구이자 하인, 그 밖의 모든 것이었다. 일찍부터 자신이 그녀의 삶의 이유라는 걸 알았지만, 파라드는 결코 그 점을 이용하려 하지 않았고 쿠트피티아의 헌신에 보답했다. 그녀의 삶에서 황금 같은 시기였다.

파라드가 열다섯 살 때, 아버지와 함께 일주일 동안 휴가를 보내러 칸달라로 갔다. 그런데 휴가에서 돌아오던 길에 고츠 산맥에서 사고가 났다. 균형을 잃은 트럭이 행락객들이 타고 있던 버스와 파라드와 그의 아버지가 타고 있던 차와 연달아 충돌했고, 차들은 모두 산길에서 굴러 떨어졌다. 생존자는 트럭 운전사가 유일했다. 35년 전 바로 그 운명의 날, 쿠트피티아는 자신의 가슴과 마음과 추억의 문을 완전히 닫아 버렸다. 그 후로는 그녀의 집 현관 너머로 아무도 들어올 수 없었다.

"소랍은 모든 면에서 파라드와 비슷해." 쿠트피티아가 말했다. "생긴 모습, 지능, 걷는 법과 말하는 법." 딜나바즈는 파라드에 대해서 아는 바가 전혀 없었다. 구스타드와 결혼하고 코다다드 아파트로 오기 훨씬 전에 있었던 일이었다. 딜나바즈는 어리둥절했지만 쿠트피티아의 말이 이어졌다. "똑똑한 아이였어. 살아 있다면 아버지가 하던 변호사 사무실을 물려받았을 거야." 이제 슬픔을 더 털어놓을 필요가 없었기 때문에 그녀는 곧 입을 다물었다. 오랜 세월 그녀의 노처녀 등딱지는 고독 속에서 커져 갔다. 그 딱딱한 껍데기 아래에서 그녀의 잔인한 운명이 가한 깊은 상처가 여전히 쓰라린지, 아니면 이제는 아물었는지 도무지 알 길이 없었다.

"세상에, 정말 안됐네요."

"그런 말 할 필요 없어. 눈물은 오래전에 다 흘려서 이젠 한 방울도 남아 있지 않아." 그녀는 두 눈 아래쪽에 손가락 두 개를 갖다 댔다. "보이지? 완전히 말랐잖아." 딜나바즈는 짠하게 생각하며 고개를 끄덕였다. "어젯밤에 소리치는 걸 들어서 자넬 불렀어. 소랍이 왜 그러는지 알아?"

밤새도록 홀로 괴로워했던 딜나바즈는 그녀의 관심이 고마웠다. "도무지 이해가 안 돼요. 전혀 모르겠어요."

"소랍이 갑자기 IIT에서 공부하기 싫다는 거지?" 딜나바즈가 고개를 끄덕이자 쿠트피티아가 눈을 가늘게 떴다. "그러면 지금까지는 본인의 의지였고, 강요한 사람은 없었어?"

"아무도 없었어요. 제 기억으로는 소랍이 어려서부터 그 학교에 가고 싶어 했어요."

쿠트피티아가 눈을 더욱더 가늘게 떴다. "그렇다면 딱 한 가지 가능성밖에 없지. 누군가 걔한테 나쁜 걸 먹인 거야. 음식이나 마실 것에다 섞어서 말이야. 주술이 분명해."

딜나바즈는 실망스러운 표정을 얼른 지웠다. 그러나 한편으로는 모든 걸 단순화해 설명해 주는 주술을 믿는다는 것이 얼마나 매력적인지 생각해 보았다.

쿠트피티아가 자못 심각한 표정을 지었다. "소랍이 실패해서 덕을 볼 사람이 있어? 혹시 자기 아들을 위해서 소랍의 지능을 훔쳐 갈 법한 사람이 있나?"

"글쎄요, 모르겠는데요." 딜나바즈는 자신도 모르게 전율을 느꼈다.

"소랍이 거리에서 사악한 혼합물을 밟았을지도 몰라. 그렇게 흉악한 짓을 하는 방법이 많이 있지." 그 말과 함께 쿠트피티아가 갑자기 눈을 크게 떴다. 미트볼만큼이나 큰 눈이라고 생각했다. "하지만 걱정할 것 없어. 싸울 수 있는 방법도 있으니까. 라임 열매 하나만 있으면 돼." 쿠트피티아는 정확한 방법과 필수 동작을 설명해 주었다. "며칠만 하면 돼. 해가 지기 전에 해야 해.

그런 다음에 다시 나한테 와." 쿠트피티아가 집으로 들어가려고 돌아서며 말했다. "그건 그렇고, 이제 도마뱀 꼬리 얘기가 맞았다는 거 알겠지?"

"어떻게요?"

"어제저녁 말이야. 싸움 때문에 완전히 망쳤잖아. 전기도 나갔고. 자네 집에서 잡은 닭도 정말 불길해. 죽을 때 지른 비명의 저주가 자네 집 지붕 밑에 머물고 있어."

"구스타드가 그러자고 했어요." 딜나바즈가 말했다. 집으로 돌아가는 길에 그녀의 졸린 머릿속에서 닭과 저승에서 돌아와 폐렴을 일으켰다는 다리우스의 물고기와 새들 간의 우스꽝스러운 유사점이 떠올랐다. 가엾은 쿠트피티아 할머니, 정말 슬픈 인생이다.

딜나바즈는 너무나 졸려서 서둘러 침대로 가느라고 구스타드의 책상 위에 놓인 편지들을 보지 못했다.

2

잠에서 깬 소랍이, 밤 동안의 오랜 심사숙고 끝에 방치된, 구스타드의 필기도구를 발견했을 때도 딜나바즈는 여전히 자고 있었다. 구스타드가 가 버린 날들과 꺼져 가는 희망을 생각하며 럼과 맥주를 섞은 술을 마시다가 밤을 지새우고 나니 어느새 흐릿한 아침이 다가와 있었다.

철로 만든 펜대를 집어 든 소랍은 아버지가 왜 이런 구식 유물을 사용하는지 궁금했다. 소랍 역시 상처와 거친 말들이 혼란스러워 잠을 못 이루었고 모든 일이 자신의 탓은 아닐까 자문했다. 그에 대한 대답을 찾기란 쉽지 않았다. 과거의 굴레를 벗어나려고 스스로 선택했으므로. 소랍이 어렸을 때 집에서든 학교에서든 여러모로 뛰어나다는 걸 부모님이 인정하면서부터 이미 문제가 시작되었다. 소랍이 못하는 것은 아무것도 없는 듯했고, 실제로도 잘했다. 매년 '상을 주는 날'이면 산수, 예술, 공예, 윤리학 등에서 상을 몇 개씩이나 받아 왔다. 정기적으로 웅변과 토론으로 타 오는 상도 있었다. 다른 학교와 벌인 연극 경연 대회에서는 그가 참가한 연극이 우승 트로피를 차지했다. 교내 과학 전시회에서는 그의 작품들이 일 등을 차지했다. 그러자 구스타드와 딜나바즈는 소랍이 매우 특별하다고 확신하게 되었다.

따라서 소랍이 모형 비행기에 관심을 보이면 당연히 구스타드는 그가 자라서 항공 공학자가 될 것이라고 확신했다. 유명한 건물들의 축소 복제품 만들기는 뛰어난 건축가에 대한 환상을 불러일으켰다. 병따개와 같은 기계 도구를 만지작거리면 즉시 신예 발명가가 되리라는 것을 의미했다. 물론, 큰아들에 대한 부모의 사랑과 집착이 훨씬 끔찍한 결과를 초래할 수도 있었다는 점에서 보면 소랍은 잘 견뎌 왔다고 볼 수 있다.

학창 시절에 눈에 띈 소랍의 실패는 곤충에 대한 관심이 유일했다. 그는 8학년 때 『곤충 학습』이라는 책을 학업 우수상으로 받아 왔다. 소랍은 책을 읽고 며칠 동안 곰곰이 생각하다가 집에서 만든 채로 나비와 나방을 잡기 시작했다. 그는 그것들을 휘발유를 적신 솜뭉치가 담긴 깡통에 넣어서 죽였다. 날갯짓이 멈추면 깡통을 열고 날개들을 조심스럽게 폈다. 죽음을 맞이한 나비는 유독 가스를 피하려고 머리를 감싼 듯이, 항상 날개가 원래 방향과 정반대로 접혀서 다리와 긴 주둥이에 단단히 들러붙어 있었다. 그는 사후 강직이 오기 전에 얇은 막 같은 네 개의 날개를 질서 정연하게 (역시 집에서 만든) 평면판 위에 펼쳤다. 며칠 후, 박엽지처럼 말라서 가벼워진 나비는 박제하기에 안성맞춤이었다.

다들 입을 모아 그의 아름다운 작품을 칭찬했다. 소랍이 직접 날개 위에 디자인한 색깔과 무늬에 탄복했다. 받침 못에 흉부가 고정된 표본들은, 소랍이 증조할아버지의 공구를 가지고 합판으로 만든 진열 상자에 깔끔하게 박제되었다. 소랍이 공구를 사용하는 모습을 보는 것은 구스타드의 가장 큰 기쁨이었다. 그는 목공일을 사랑하는 것은 집안 유전이라고 늘 하던 말을 되뇌었다.

그러나 나방과 나비가 부스러지기 시작했다. 곧 구더기들이 진열 상자 안을 기어 다녔는데, 그걸 보고 있자면 구역질이 나왔다. 소랍은 매일매일 온몸이 마비된 채로 지켜볼 수밖에 없었다. 일을 끝낸 구더기들은 처음 나타났을 때처럼 갑자기 사라졌고, 소랍은 진열 상자를 화장실 옆 창고의 검은색 선반 위에다가 내던졌다.

그러나 이러한 실패로 인해서 소랍의 천재성이 상처받기는커녕 그의 실패로도 인정되지 않았다. 구스타드가 기꺼이 책임을 짊어졌다. "내 잘못이야." 그가 말했다. "사염화탄소를 썼어야 하는데 휘발유를 사용했고, 소랍이 요구했던 적합한 건조 약품을 구해 오지 못했어."

그 뒤 소랍은 나비를 쫓아다니지 않았다. 구스타드는 아들의 직업 목록에서 세계 최고의 곤충 과학자를 삭제했다. 그때부터 소랍은 기계 장치와 상상력을 이용하는 일에만 관심을 두었다. 그는 자명종을 분해했다가 다시 조립했고, 딜나바즈의 분쇄기를 수리했으며, 구스타드의 책상에 있던 돋보기로 스틸 사진 투사기를 만들었다. 그래서 일요일 신문에 끼여 오는 대그우드 범

스테드 가족이나 실물 크기의 팬텀 같은 만화 토막들을 거실 벽에다가 비췄다. 쇼를 보려고 항상 그곳에 왔던 빌리모리아 소령은 영상 옆에서 포즈를 취하느라 자주 일어섰고 팬텀을 흉내 내면서 쿵! 팡! 쾅! 소리를 내며 주먹을 휘둘렀다. 그들은 일요일 점심으로 단삭 요리를 먹었다.

코다다드 아파트에서 구스타드와 딜나바즈에게 가장 자랑스러웠던 순간은 소랍이 다리우스를 억지로 끼워 넣고 학교 친구와 이웃 친구들을 동원해서 집에서 제작한 〈리어 왕〉을 상연했을 때였다. 공연은 아파트 단지 끝에서 열렸고 관객들은 자신의 의자를 직접 들고 왔다. 당연히 소랍이 리어 왕이었고, 제작, 감독, 의상 담당, 무대 담당도 맡았다. 또한 그는 자신을 애지중지하는 부모라고 할지라도 완전 초짜 셰익스피어 연극을 한 시간 이상 보게 된다면 긴장병에 걸릴지도 모른다고 우려하여 대본을 요약했다. 그러나 소랍은 대학 입학 준비 학교에 입학하고 난 후에야 비로소, 아버지가 단 한 번도 예술가 아들에 대한 의견을 피력하거나 꿈꿔 본 적이 없다는 생각이 들었다. 구스타드는 결코 우리 아들이 그림을 그리거나 연기를 하거나 시를 쓸 거라고 한 적이 없었다. 항상 우리 아들은 의사가 되거나 공학자가 되거나 과학자가 될 거라고 했다.

소랍이 펜촉을 닦고 나서 잉크병 뚜껑을 닫는데, 언젠가 연필을 쓰는 나이가 끝나 갈 무렵 아버지가 철로 만든 펜대를 보여 준 것이 생각났다. 잉크를 쓰기 시작하면서 미래를 위한 계획도 생겼다. IIT에 대한 꿈이 구체화되었고, 그것은 그들의 상상력을 사로잡았다. IIT는 약속의 땅이었다. 그곳은 엘도라도, 샹그리라, 아틀란티스, 카멜롯, 제너두, 오즈였다. 그곳은 성배가 있는 곳이었다. 소랍이 그곳에서 성배를 가지고 돌아올 것이므로 모든 것이 가능하고 모든 것이 이루어질 것이라고 생각했다.

그런 고상한 거짓말로 엉킨 열정의 실타래를 푼다는 것은 부질없는 짓이었다. 그것이 누구의 생각이고 누구의 책임인지를 밝혀내는 것은 장마철에 대지에 닿은 첫 번째 물방울을 찾아내는 것만큼이나 힘든 일이었다.

소랍은 책상 위에 놓인 편지 두 통을 보았다. 그가 소령의 편지를 재빨리 읽고 나서 펜촉과 잉크로 우아하게 쓴 아버지의 답장을 읽고 있는 동안 딜나바즈가 다시 일어났다. 그녀는 어젯밤 일에 대해서 짚고 넘어가야 한다고 생각했다. 그러나 소랍이 먼저 입을 열었다. "소령 아저씨 편지 보셨어요?"

"무슨 편지?" 그러자 소랍이 편지를 들어 보였다. "옛날 편지겠지." 그녀가 말했다. "아버지가 물건 모으는 거 좋아하잖아."

"아니에요. 4주 전에 온 겁니다. 소인 찍힌 거 보세요."

그때, 눈가에 그늘이 생긴 구스타드가 비틀거리며 화장실로 갔다. 딜나바즈는 주전자 꼭지 마개가 달그락거리는 쇳소리를 내기를 기다리고 있었다. "아버지가 어젯밤에 늦게 잠든 모양이다." 그녀가 비난조의 낮은 목소리로 말했다.

나중에 구스타드가 차를 마시고 있을 때 그녀가 말했다. "우리, 그 편지 봤어요."

"'우리'라니 무슨 말이야. 나한테는 여기에 당신밖에 안 보이는데."

그녀는 그 말을 무시했다. "편지를 감췄더군요. 이젠 뭘 감출 거죠?"

"무슨 소리야! 난 그냥 이 집안 천재들한테서 이러쿵저러쿵 소리를 듣지 않고 지미의 편지에 대해서 생각해 보고 싶었어. 그것뿐이라고."

"이러쿵저러쿵 소리라니, 그게 무슨 말이에요?" 딜나바즈는 깜짝 놀랐다.

"21년 동안 우린 모든 걸 함께 상의했어요. 이제 와서 내가 귀찮다는 거예요? 그리고 소령은 자세한 얘기를 안 했던데요. 당신이 옳은 일을 하는지 어떻게 알 수 있죠?"

구스타드는 구체적인 것이 아니라 친구를 돕는다는 원칙이 중요하다고 했다. "여태까지 툭하면 소령 타령을 했잖아. 도둑처럼 사라져 버렸으니까 그만 잊자고 해도 내 말을 안 들었잖아. 지금 도와 달라는 편지가 와서 그렇게 하겠다는데 웬 불만이야."

"위험한 일이면 어떡해요."

"말도 안 되는 소리 하지 마." 그가 소랍을 가리켰다. "쟤는 왜 당나귀처럼 웃고 있는 거야?"

"아버지, 또 화내시는 겁니까?" 소랍이 말했다. "전 아버지가 옳은 선택을 했다고 생각해요. 하지만……."

"아이고, 그래! 아버지가 옳은 선택을 했다고 생각한다네! 당신, 아직 쟤한테 이제는 내 아들이 아니라고 얘기 안 했어?" 구스타드가 빈정대면서 조롱하듯이 고개를 숙였다. "고맙습니다, 고맙습니다, 선생님! 동의해 주셔서 정말 감사합니다. 계속 말씀해 보시지요. 근데 무슨 말씀을 하시려나요?"

"지미 아저씨와 아버지 친구들이 정치 얘기 하던 게 생각났어요. 지미 아저씨는 항상 이렇게 말했죠. '국민회의당 사기꾼들을 없애고 싶다면 공산주의냐 군사 독재냐의 선택밖에는 없어. 배고픈 나라에 맞지 않는 민주주의는 몇 년간 잊어버려야 해!'"

소랍이 소령의 굵은 중저음 목소리를 똑같이 흉내 내자 딜나바즈가 웃었다. 구스타드도 재밌었지만 가까스로 감정을 숨겼다. 소랍이 말했다. "지미 아저씨가 우리의 부패한 정부를 무너뜨리기 위해서 쿠데타를 계획한다고 상상해 보세요."

구스타드는 한 손으로 받침잔을 들고 다른 한 손으로 이마를 받쳤다. "또 정신 나간 소리냐. 좀 유익한 걸 생각해 봐. IIT에 갈 생각이나 하라고!" 그가 이마를 문질렀다. "지미 말은 그냥 해 본 소리야. 가뭄이 들고 홍수가 나고 뭔가가 잘못되면 누구나 그렇게 말하는 거야."

"알아요, 알아. 저도 그냥 농담한 겁니다. 하지만 잘못을 저지르는 지도자들은 어떻게 하죠? 자동차 제조 허가가 인디라의 아들에게 간 일 말입니다. '엄마, 나 자동차 만들고 싶어.' 그러니까 즉시 허가를 받았잖아요. 마루티 차를 한 대도 생산하지 않았는데 벌써 엄청난 돈을 벌었어요. 스위스 은행 계좌에 숨겨 두었죠." 소랍이 마루티 차 견본이 시험 운행 때 도랑에 빠졌음에도 고위층의 압력 때문에 승인받게 된 과정을 설명하자 딜나바즈는 열심히 들었다. 그녀는 스스로 아버지와 아들 간의 논쟁에서 심판을 보았고, 자신의 얼굴 표정으로 점수를 매기고 있었다.

"당신 아들이 신문을 읽는다니 기쁘군." 잔에 남은 차를 비우며 구스타드가 말했다. "쟤가 천재일지는 모르지만 내가 하나 가르쳐 주지. 신문에서 읽는 건 뭐든지 먼저 둘로 나눠야 해. 왜냐하면 절반은 소금하고 후추니까. 남은 반에서 10퍼센트를 빼. 그건 생강하고 마늘이야. 그리고 글을 쓴 기자가 누군지에 따라서 5퍼센트를 더 빼. 그건 고춧가루야. 그러고 나서야 비로소 불필요한 양념과 선전에서 자유로운 진실에 도달하게 되는 거야." 딜나바즈는 그의 즉석 레슨이 마음에 들었다. 그녀의 득점 게시판의 점수가 바뀌었다. 구스타드가 몸을 뒤로 젖히고 찻잔을 주전자 쪽으로 가만히 밀었다.

"전 목격자한테서 직접 들었어요." 소랍이 말했다. "학교 친구 중에 한 명이죠. 그 친구 아버지가 차 시험소에서 근무합니다."

"학교 친구라고! 네 머리를 헛소리와 어리석은 소리로 채웠구나. 우리가 민주주의 국가라는 걸 고맙게 생각해라. 여기가 소련이라면 너와 네 친구들은 시베리아로 추방됐을 거다." 구스타드가 이마를 마구 문질렀다. "쟤가 저런 말을 하면 내 머리에서 피가 끓어! 경고하는데 내가 뇌졸중에 걸리면 당신 아들 탓이야!"

그녀는 괴로워하면서 지켜보았다. (딜나바즈가 나름대로 즐기면서 평온해지기를 기대했던) 그들의 열띤 토론은 어젯밤의 일로 불똥이 튀었다. 그녀는 소랍에게 아무 말도 하지 말라고 신호를 보냈다.

"내가 마지막으로 충고하지." 구스타드가 말했다. "친구들은 잊어버리고, 지금 다니는 학교와 그 쓸모없는 학위도 잊어버려. 너의 미래를 생각해라. 빌어먹을 날품팔이와 사무원들도 요즘은 다 학사야." 그는 빌리모리아 소령에게 쓴 답장을 들고서 봉투를 찾으러 책상으로 갔다.

딜나바즈가 소랍에게 따라오라고 몸짓을 했다. 부엌에서 그녀는 라임 열매 하나를 바구니에서 꺼내고 그에게 눈을 감으라고 했다. "어머니, 이게 뭡니까?" 그가 항의했다. "라임으로 뭐하는 거예요?"

"아프게 하는 거 아냐. 네 머리를 건강하게 만들어 주는 거야."

"무슨 말도 안 되는 소리예요. 제 머리는 아무 도움도 필요 없어요."

딜나바즈는 쉬잇, 입 다물라고 하면서 자존심이 너무 세면 좋지 않으니 엄마를 위해서 가만있으라고 했다. "과학으로는 설명할 수 없는 게 많단다. 그리고 라임 하나 갖고 뭘 그러니. 안 그래?"

118

"나 참, 알았어요!" 소랍은 체념한 듯이 눈을 감았다. "처음에는 아버지가 흥분하시더니, 이제는 어머니가 주술을 행하시는군요. 아버지 어머니 때문에 미치겠습니다."

"버릇없이 굴지 마. 어려운 단어 쓰지 말고." 그녀는 오른손으로 라임 열매를 들고 그의 머리 위에서 시계 방향으로 일곱 번 원을 그렸다. "자, 이제 눈을 뜨고 이걸 똑똑히 보아라." 딜나바즈는 라임 열매를 밑으로 내려서 그의 발 쪽으로 가져간 다음에 갈색 종이봉투에 담았다. 나중에 이 라임 열매를 바다에 던져야 한다. 쿠트피티아는 마지막 단계가 매우 중요하다고 했다. 특히 라임 열매를 절대로 쓰레기와 함께 버려서는 안 된다고 했다.

문득, 쿠트피티아의 모든 말에 깊은 지혜가 담겨 있는 듯했다.

3

어색한 저녁 식사 이후 다음 월요일 날, 딘쇼지를 만난 구스타드는 거북했지만 딘쇼지가 편안한 분위기를 만들어 주었다. "걱정하지 말게. 사내 녀석이 자라면서 따지고 드는 건 정상이니까. 설마 내가 그런 것도 모르고 나이만 먹은 걸로 아는 건 아니겠지?"

점심시간에 구스타드는 배달원이 도시락을 모아 두는 계단통으로 가지 않았다. 그는 도시락을 먹지 않고 그대로 집으로 보낼 생각이었고, 아무리 싸우고 다퉈도 21년 동안 함께 살면서 단 한 번도 빠뜨리지 않고 썼던 연필 쪽지도 오늘은 함께 보내지 않을 작정이었다. 매일 쓰는 쪽지에 특별한 내용은 없었다. "내 사랑, 오늘은 바빴어. 지점장과 회의가 있었어. 나중에 얘기해 줄게. 사랑해." 또는, "내 사랑, 노란 콩을 섞은 밥이 정말 맛있었어. 냄새 때문에 모두들 군침을 흘렸어. 사랑해." 등이었다.

딘쇼지가 샌드위치 꾸러미를 들고 구스타드의 책상으로 다가왔다. 여느 사람과 달리 딘쇼지는 매일 아침 서류 가방에다가 도시락을 넣어 왔는데, 주로 빵 두 조각 사이에 지난밤에 먹다가 남은 음식을 대충 얹은 것이었다. 그는 자주 콜리플라워, 가지, 강낭콩, 호박 등으로 만든 샌드위치를 가지고 와서, 빵이 눅눅하든 말든 즐겁게 먹었다. 뭘 그렇게 맛있게 먹느냐고 놀림이라도 받으면 그는 말하곤 했다. "사랑하는 독수리 같은 마누라가 주는 대로 군말 없이 먹어야 해. 안 그러면 마누라가 날 산 채로 잡아먹을 거야."

어젯밤에는 음식이 남지 않았으므로 오늘은 운이 좋은 날이었다. 그런 날이면 아침에 알라마이가 매운 오믈렛을 만들어서 빵 조각 사이에 넣어 주었다. 그가 종이를 풀자 눌려 있던 양파, 생강, 마늘 냄새가 분수처럼 쏟아져 나왔다. "자네 도시락 가지고 어서 식당으로 가세." 그가 구스타드에게 말했다. 그는 날마다 벌어지는 재밋거리를 놓치고 싶지 않았다.

그들은 매일 구내식당에서 점심을 먹으면서 친한 동료들과 농담을 주고받았다. 그들은 언제나 인기 만점인 시크교도에 관한 농담을 빼놓지 않았다. (아시안 게임에서 금메달을 딴 남자 시크교도 육상 선수에게 "이제 좀 쉬셔도 되겠네요?"라고 묻자 그가 대답했어. "쉬긴요, 터번이 이렇게 무거운데요.") 남인도 언어의 혀 꼬부라진 소리를 흉내 내면서 마드라스 인에 대한 농담도 했다. (마드라스 사람은 최소한이라는 철자를 어떻게 쓰는지 아나? 초-이-수-한.) 구자라트 사람들의 비틀어진 영어 발음과 모음 중에서 알파벳

'ⓞ' 발음이 어렵다는 것을 이용한 농담을 하기도 했다. (구자라트 사람이 바티칸에 간 이유가 뭔지 아나? 팝송이 아니라 포프송을 듣기 위해서지. 구자라트 사람이 교황의 엄지발가락을 깨문 이유가 뭔지 아나? 팝콘이 아니라 포프콘을 먹고 싶어서야.) 항문 성교를 좋아한다고 알려진 파탄 사람들에 대한 농담도 있었다. (파탄 사람이 의사에게 가서 "의사 선생님, 배가 많이 아픕니다."라고 했어. 그러자 의사가 관장약을 내주었지. 황홀해진 파탄 사람이 친구들에게 말했어. "이봐, 현대 과학이 얼마나 큰 즐거움을 주는 줄 아나. 배가 아파서 약을 먹었더니 항문이 황홀하게 뚫리는 거야." 다음 날 그의 친구들이 모두 관장약을 받으려고 병원에 줄을 섰지.)

동료들은 널리 알려져 있는 파르시 사람들의 큰 코에 대한 농담도 빼놓지 않았다. (발기한 파르시 사람이 벽 쪽으로 계속 걸어가면 어떤 일이 생기는 줄 아나? 코만 다치지.) 어떠한 언어나 종족 집단도 예외가 없었다. 구내식당에서는 농담에서만큼은 완벽한 평등이 이루어졌다.

점심시간은 단조로운 근무 시간의 백미였다. 딘쇼지는 스타 이야기꾼이어서 너나없이 그의 말을 한마디도 놓치지 않으려고 귀를 기울였다. 다른 사람들이 들려주는 이야기도 있었지만 딘쇼지와는 비교가 되지 않았다. 딘쇼지는 자신이 들은 이야기를 모두 기억해 두었다가, 몇 주 혹은 몇 달 뒤에 새로 단장하고 향상시켜서 전혀 새로운 이야기로 들려주었다. 표절의 흔적이야 어쩔 수 없이 남아 있었지만 누구도 개의치 않았다.

때때로 그들은 농담 대신에 노래 부르는 시간을 갖기도 했다. 딘쇼지가 농담 시간의 스타였다면 노래 부르는 시간에 빛이 나는 사람은 바로 구스타드였다. 구스타드가 기가 막힌 스코틀랜드 사투리로 부른 해리 로더 경의 인기

곡 〈황혼의 유랑〉과 〈나는 소녀를 사랑했네〉가 큰 인기를 얻었다. 일반적으로 는 다 함께 노래를 불렀지만 구스타드가 노래할 때는 모두 조용히 했다.

> 저기 아름다운 둑과 저기 아름다운 구릉 옆
> 태양이 로몬드 호수에 환하게 비치는 곳
> 나와 내 진실한 사랑은 로몬드 호수의
> 그 아름다운 둑에서 다시는 만나지 못하겠지

하지만 항상 후렴을 따라 부르지 않고는 못 배겼던 동료들이 함께 노래하 면 구스타드의 목소리는 들리지 않았다.

> 당신은 큰길로 가고 나는 오솔길로 가지
> 당신보다 스코틀랜드에 먼저 닿을 거요
> 그러나 나와 내 진실한 사랑은 로몬드 호수의
> 그 아름다운 둑에서 다시는 만나지 못하겠지

그러나 그들이 구내식당에서 농담이나 노래만 한 것은 아니었다. 때로는 침묵의 탑에 대한 논란 같은 파르시 조로아스터교 공동체에 관련된 문제들 에 대해서 열렬한 논쟁을 벌이기도 했다. 그들이 화장을 도입하자는 개혁가 들의 제안에 대해서 논쟁을 벌일 때면 분위기가 달아오르고 인신공격도 서 슴지 않았다. 그럴 때는 딘쇼지가 가볍게 마무리 짓곤 했다. "다른 새들 말고 사랑하는 나의 독수리 같은 마누라가 날 잡아먹었으면 좋겠어. 적어도 우리 마누라는 뭄바이 전역에다가 내 시체 조각들을 흩어 놓지 않겠다고 약속했거든."

오믈렛 샌드위치를 베어 물면서 딘쇼지가 다시 한 번 점심을 먹으러 가자고 했다. "괜찮아. 오늘은 안 먹을 거야." 구스타드가 말했다.

딘쇼지는 구내식당으로 가고 싶어 좀이 쑤셨지만 친구 곁에 머물기로 했다. "샌드위치 먹겠나? 반만 줄까?" 그가 봉지를 내밀었다.

구스타드가 손을 저으며 괜찮다고 했다. "산책이나 가야겠어."

"같이 가자고. 걸으면서 먹지, 뭐. 위에도 좋고 소화에도 좋을 테니."

그들은 그레이비를 얹은 밥을 참하게 입에 넣고 있는 신입 타이피스트 로리 쿠티노를 지나 사무실을 나갔다. 로리 쿠티노는 깨끗이 정돈된 그녀의 책상만큼이나 깔끔한 사람이었다. 구내식당을 좋아하지 않았던 그녀는 점심때가 되면 필기구를 한쪽으로 치우고 식사를 위한 공간을 만들었다. 두 사람이 지나갈 때 그녀는 혀로 입술에 묻은 밥알을 떼어 냈다.

"아, 정말 귀여워." 딘쇼지가 속삭였다. 그녀의 포개진 다리 위로 짧은 치마가 아슬아슬하게 올라가 있었다. "아이고, 죽겠다!" 딘쇼지가 낮은 신음 소리를 내뱉었다. "도저히 못 참겠어! 더는 못 참아! 저 여자랑 빨리 인사를 해야겠어." 영원히 난봉꾼으로 활약하거나, 친구들의 말마따나 플로라 분수대의 카사노바처럼 행동하고 싶은 그는 손을 호주머니에 넣고 사타구니로 모았다.

도시락 상자를 머리에 이고서 군중 사이를 달리는 배달원에게 길을 비켜주고 나서 그들은 뜨거운 태양 아래로 들어섰다. 갑자기 돌풍이 불자 도시락 배달원의 얼굴에서 흘러내리던 땀이 그들 쪽으로 튀었다. 딘쇼지가 순간적으로 샌드위치 봉지로 막았다. 두 사람은 역겨운 표정을 지으며 흰 손수건으로 얼굴의 땀방울들을 닦아 냈다.

"이건 아무것도 아냐." 딘쇼지가 말했다. "어느 날인가 열한 시쯤에 기차를 탔지. 혹시 그래 본 적 있나?"

"기차 안 타는 거 알잖아."

"도시락 배달원들이 한창 활동할 시간이지. 그들은 화물칸만 이용하도록 돼 있는데, 어떤 놈들이 승객 차량에 탄 거야. 어찌나 빽빽하게 들어찼던지 땀 냄새가 지독하더군. 젠장! 셔츠가 젖는다는 느낌이 들더라고. 그게 뭐였는지 아나? 한 놈이 내 위쪽에 서서 난간을 붙잡고 있었는데 그놈 겨드랑이에서 땀이 뚝뚝뚝 떨어지는 거야. 내가 점잖게 말했어. '조금만 비켜 주시지요. 제 셔츠가 젖고 있습니다.' 그런데 눈썹도 까딱 않고 못 들은 척하는 거야. 그 순간 완전히 돌아 버렸지. 내가 소리를 질렀어. '당신, 동물이오, 사람이오? 이게 도대체 무슨 짓이야!' 내가 자리에서 일어나 젖은 곳을 보여 줬어. 근데 그놈이 어쨌는지 아나. 한번 맞혀 보게."

"어쨌는데?"

"몸을 쓱 돌리더니 내 자리에 앉아 버리는 거야! 혹 떼려다가 혹 붙인 거지! 그런 저질 인간들하고 어떻게 상대하겠나? 예의도 없고, 상식도 없고, 아무것도 없어. 자네도 알다시피 그따위 행동에 책임 있는 자들은 바로 히틀러와 무솔리니를 존경하는 망할 놈의 쉬브 세나 지도자들이야. 그놈들하고 그놈들이 외치는 '마하라시트라 사람들에게 마하라시트라'라는 말도 안 되는 주장 때문이지. 그들은 마하라시트라 주를 완전히 장악할 때까지 멈추지 않을 거야."

딘쇼지가 이야기하는 동안에, 그들은 다섯 개의 도로가 커다란 로터리를 중심으로 거대한 촉수처럼 뻗어 나가는 플로라 분수대의 교차로에 도착했다. 차들은 교통의 섬에서 빠져나와 차량이 넘쳐흐르는 곳으로 무모하게 뛰어들었다. 콜라바로 향하는 빨간색 BEST 이층 버스가 로터리 주변을 위험하게 질주하고 있었다. 사람이 끄는 대담한 손수레들이 강철, 휘발유, 경화고무가 힘을 합쳐서 만들어 내는 소용돌이에 무모하게 맞서고 있었다. 고요한 한가운데 메마른 분수대가 있는 로터리는 커다란 수레바퀴처럼 누워 있었는데, 그 주변으로 도시를 끊임없이 돌아다니는 사람들이 빙글빙글 돌면서 와글와글, 윙윙, 빵빵, 투덜투덜, 삐걱삐걱, 덜걱덜걱, 쿵쾅쿵쾅, 삑삑, 두근두근, 덜커덕덜커덕, 으르렁으르렁, 아이고아이고 하고 있었다.

딘쇼지와 구스타드는 비르 나리만 거리를 걷기로 했다. 한쪽 구석에서 거리의 화가가 크레용으로 그린 신과 여신들 옆에서 가부좌를 틀고 앉아 있었다. 그는 중간 중간에 일어나 애호가들이 던져 놓고 간 동전들을 주워 담았다. 구스타드는 메마른 분수대를 가리켰다. "지난 24년 동안 물이 있던 날은 손가락으로 꼽을 정도야."

"마라타 놈들이 정권을 잡으면 볼만할 거야. 멍청하기 짝이 없는 정부가 탄생할 테니까." 딘쇼지가 말했다. "그 작자들이 할 줄 아는 거라곤 쉬바지 공원에서 집회를 열고, 구호를 외치고, 협박하고, 거리의 이름을 바꾸는 것뿐이야." 딘쇼지는 화가 치밀어 올랐다. 그는 분개했다. "도대체 이름을 왜 바꾸는 거야? 한심한 놈들! 후타트마 초크가 뭐야!" 그는 그 말을 메스꺼운 듯이 내뱉었다. "플로라 분수대라는 이름이 뭐가 잘못된 거야?"

"뭘 그렇게 흥분해? 마라타 놈들이 행복하다면 도로 이름 몇 개쯤은 다시 짓도록 해 줘도 되잖아. 그놈들을 바쁘게 해야지. 이름이 뭐 대수야?"

"구스타드, 무슨 소리야?" 딘쇼지는 퍽 진지했다. "자네 잘못 생각하고 있는 거야. 이름이 얼마나 중요한데. 난 래밍턴 거리에서 자랐어. 그런데 그 이름이 사라지고, 대신에 다다사헵 바드캄카 거리라는 이름이 붙었어. 내가 다니던 학교는 카낙 거리에 있었지. 그런데 갑자기 록만야 틸락 거리로 바뀌었어. 난 지금 슬리터 거리에 살고 있는데, 그 이름도 곧 사라질 거야. 평생 동안 플로라 분수대로 출근했어. 그런데 어느 날 갑자기 그 이름이 바뀐 거야. 그러면 지금껏 내가 산 삶은 어떻게 되는 거지? 내가 잘못된 이름들과 함께 잘못된 삶을 살았던 건가? 아니면 새로운 이름들과 더불어 새 삶을 살 수 있는 기회를 가지게 된 건가? 내 인생은 어떻게 되는 거지? 그냥 저렇게 문질러 없애 버려도 되는 건가? 자네 생각은 어떤가?"

구스타드는 오랫동안 딘쇼지를 익살꾼이라고만 여겨 온 것이 몹시 잘못됐다는 생각이 들었다. 물론 친구였지만, 그럼에도 어릿광대이자 익살꾼이라고 치부했다. "이봐, 너무 그렇게 신경 쓰지 말게." 그가 말했다. 지금껏 형이 상학적인 문제에 대해서 말하는 딘쇼지를 접해 본 적이 없는 구스타드로서는 애정 어린 충고가 그가 할 수 있는 최선이었고, 달리 할 말이 없었다. 그러나 바로 그 순간, 람브레타 스쿠터를 타고 비르 나리만 거리를 달리고 있던 남자가 반대 방향에서 달려오던 차에 치이자 둘의 이야기가 중단됐다.

"이런, 세상에!" 남자가 핸들 위를 날아서 그들로부터 멀지 않은 인도 옆으로 떨어지자 딘쇼지가 외쳤다. 남자의 입에서 피가 새어 나왔다. 보행자들과 상점 주인들이 그를 도우러 급히 달려왔다. 딘쇼지도 가 보고 싶었지만 구스타드는 꿈쩍도 하지 않았다. 역겨움과 어지러움으로 무기력해진 구스타드가 딘쇼지의 팔을 붙들었다.

그사이에 차는 떠나 버렸다. 사람들은 서로 차량 번호를 물어보았다. 로터리에 있던 경찰이 상황을 통제하러 왔다. "15센티미터만 가까웠어도 두개골이 코코넛처럼 박살났을 거야. 하수도에 떨어져서 그나마 다행이야. 이봐, 무슨 일이야? 왜 그렇게 얼굴이 창백해?"

구스타드가 비틀거리더니 속이 울렁거리자 손을 입으로 가져갔다. 딘쇼지가 재빨리 상태를 진단했다. "쯧쯧. 점심을 안 먹으니까 그렇지." 그가 나무랐다. "빈속에 피를 보면 안 좋아. 그래서 군인들이 전투를 앞두고 배불리 먹는 거라고." 딘쇼지는 길모퉁이에 있는 식당으로 구스타드를 이끌었다.

식당 안은 시원했다. 선풍기 아래의 테이블에 앉은 구스타드가 이마의 식은땀을 닦았다. "이제 좀 괜찮아?" 딘쇼지가 물었다. 구스타드가 고개를 끄덕였다. 테이블에는 유리가 덮여 있었고 그 밑에는 한 페이지짜리 메뉴가 펼쳐져 있었다. 유리는 얼룩이 묻어서 더러웠지만 메뉴를 크게 보여 주었다. 구스타드는 맨팔뚝을 테이블에 얹고서 차가운 표면을 즐겼다. 천천히 돌아가는 천장 선풍기의 비걱비걱 소리에 마음이 가라앉았다. 주방의 자극적인 냄새가 거리로 풍겼다. 계산대 뒤의 벽에는 손으로 쓴 표지판이 걸려 있었다. '침 뱉기 또는 도박 금지'. 또 다른 표지판에는 '신을 믿어라. 그러면 밥이 항상 준비되어 있을 것이다.'라고 적혀 있었다.

"로리 쿠티노를 위층으로 데려가면 얼마나 재밌을까." 에어컨이 돌아가는 개인 방들이 있는 2층을 가리키며 딘쇼지가 말했다. "돈이 아깝지 않을 거야." 웨이터가 한 손에는 행주를 쥐고 다른 한 손에는 물 컵 두 개를 들고 왔다. 물 컵 테두리를 잡고 있는 그의 손가락이 물속에 들어가 있었다. 웨이터가 힘차게 테이블을 닦는 동안 구스타드와 딘쇼지는 테이블에서 팔을 뗐다.

그러나 시큼하고 곰팡내가 나는 불쾌한 냄새가 테이블 위에서 좀처럼 가시지 않고 남아 있었다. 딘쇼지가 주문했다. "양고기 사모사 한 접시 주시오. 처트니도 주고. 그리고 네스카페 두 잔 주시오." 그는 물 컵을 입술로 가져갔다가 컵 테두리에 남아 있는 웨이터의 지문을 보더니 그냥 내려놓았다. "이봐, 구스타드. 오랫동안 자네를 알고 지냈지만, 피를 보면 구역질을 하는 줄은 미처 몰랐네." "무슨 소리야? 피 때문에 그런 게 아냐." 구스타드의 목소리에는 농담 따위 하고 싶지 않다는 경고가 배어 있었다. "너무 큰 충격을 받아서 그래. 람브레타 스쿠터에 탄 남자는 내가 아는 사람이야. 내가 버스에서 떨어졌을 때 그 사람이 날 도와줬어. 내가 당했던 사고 기억하지?"

"물론이지. 난 소령이……."

"그래, 맞아. 그건 나중 일이야. 그 사람이 바로 나와 소랍을 도와서 집에까지 데려다 준 택시 운전사였어. 요금도 받지 않고서 말이야." 그는 선풍기를 쳐다보았다. "고맙다는 말을 하려고 9년 동안 기다렸어. 그런데 오늘 그 사람이 하늘을 날아서 머리가 부서지는 모습을 본 거라고." 커피와 사모사를 담은 접시가 테이블에 놓였다. "요 전날 밤 문득 그 사람 생각이 났어. 우연일까? 아니면 뭐지? 오늘이 바로 내가 그 사람을 도와줄 차례였는데 실패하고 말았어. 신이 내린 시험과도 같은 거였는데 말이야."

"아이고, 말도 안 돼. 구역질이 난 건 자네 탓이 아니야." 딘쇼지가 설탕 세 스푼을 커피에 타고 사모사를 한 입 베어 물었다. "어서 먹어. 기분이 좀 나아질 거야." 그는 구스타드의 커피에다 설탕 두 스푼을 넣어서 젓고는 그의 앞으로 밀어 주었다. "소령은 어떻게 됐어? 어디로 사라졌는지 알아냈어?" 사모사는 바삭바삭했다. 딘쇼지가 시끄럽게 먹어 댔다. 기름투성이 사모사

껍질이 꼭지에서 그의 잔 받침으로 떨어졌다.

"아니."

"군에 다시 입대하려고 도망친 모양이지?" 딘쇼지가 딱딱하고 두꺼운 사모사 조각을 입에 넣으며 농담조로 말했다. "파키스탄과 전쟁할 것 같아?"

구스타드가 어깨를 으쓱했다.

"신문에 난 사진 봤나? 빌어먹을 도살자들이 여기저기서 살육을 자행하고 있어. 그런데 세계 어느 나라도 시종 수수방관하고 있잖아. 그 장한 미국은 지금 어디 있는 거야? 입도 뻥긋하지 않는다고. 러시아가 트림이라도 하면 미국이 유엔에서 난리를 치지. 코시긴이 방귀라도 뀌어 봐. 미국이 유엔 안보리에 발의안을 내놓을걸."

구스타드가 피식 웃었다.

"가난한 벵골 사람들이라서 아무도 신경 쓰지 않는 거야. 그리고 멍청한 닉슨도 파키스탄한테 잘 보이려고 똥구멍이나 핥고 있고."

"그건 그래." 구스타드가 말했다. "러시아 때문에 미국한테는 파키스탄이 중요하지."

"그래서 어쨌다는 거야?"

구스타드가 지정학적 현실을 설명해 주었다. "여기 봐, 이 사모사 접시가 러시아야. 그리고 그 옆에 있는 내 컵이 아프가니스탄이야. 러시아하고 매우 가깝지, 그렇지? 그 옆에 자네 컵을 놓아 봐, 그게 파키스탄이야. 파키스탄 남쪽에는 뭐가 있지?"

"아무것도 없어." 딘쇼지가 말했다. "컵 하나 더 줄까?"

"물론 파키스탄 남쪽에는 바다밖에 없지. 그래서 미국이 두려워하는 거야.

파키스탄이 러시아와 친구가 되면 인도양으로 가는 러시아의 바닷길이 뚫리게 되니까."

"아, 그렇군." 딘쇼지가 말했다. "그러면 러시아가 미국의 작은 불알 두 개를 손에 쥐고 있는 셈이군." 그는 모든 것을 명확하게 해 주는 불알을 이용한 은유를 좋아했다. "미국이 자국의 약한 불알을 지키고 파키스탄만 행복하다면, 벵골 사람 6백만 명쯤은 죽어도 상관 않는구먼." 웨이터가 계산서를 테이블 위에 놓았다. "내가 낼게, 내가." 휘갈겨 쓴 작은 계산서가 구스타드의 손에 안 닿게 팔을 뻗은 채 딘쇼지가 계산대로 갔다.

밖으로 나온 그들은 무자비한 햇볕 때문에 발걸음을 재촉했다. 그들은 점심시간이 거의 끝날 무렵에 은행 건물로 들어섰다. 로리 쿠티노가 업무 준비를 하고 있었다. "이봐, 너무 괴로워." 딘쇼지가 속삭였다. "와, 몸매 죽인다! 아하하하! 아, 감미로운 크림 같아! 저 여자와 뒤로 그걸 하면 얼마나 좋을까."

감미로운 크림 얘기를 듣자, 구스타드는 어릴 때 매일 아침 두꺼운 갈색 빵과 함께 잔 받침에 부어 먹던 크림이 생각나서 굶주린 배에서 꼬르륵 소리가 났다. 어머니는 우유를 끓여서 식힌 다음에 위에 떠 있는 크림을 건져 냈다. 요즘 우유 장수가 파는 우유는 질이 너무 낮아서, 아무리 끓이고 식힌다고 해도 크림이라고 할 만한 어떤 것도 건져 낼 수 없었다.

4

구스타드가 일을 마치고 집으로 돌아오자 검은 돌담을 따라서 악취가 진동했다. 무식한 사람들에게 담은 공중 화장실이 아니라고 백날 얘기해 봐야 쇠 귀에 경 읽기였다. 그는 파리와 모기의 접근을 막으려고 두 손을 머리 주위로 휘둘렀다. 아직 모기가 극성일 시기도 아니었다.

그가 열쇠로 현관문을 열고 들어서자 딜나바즈가 화난 표정으로 서 있었 다. "당신 아들들이 차례로 말썽을 일으키는군요." 그녀가 말했다.

"또 뭐야?"

"라바디 씨가 왔었어요. 다리우스가 자기 딸을 쫓아다닌다면서, 아파트에 서 영 보기 흉하다고 불평하던데요."

"내 아들이 그 얼간이의 못생기고 작고 뚱뚱한 딸을 따라다닌다고? 그게 무슨 헛소리야?"

구스타드와 라바디의 불화는 몇 년 전으로 거슬러 올라간다. 한때 라바디 는 독일산 셰퍼드와 래브라도 레트리버의 잡종인 '타이거'—그에 따르면 주 인에게 복종하는 위대한 짐승이라고 자랑하던—라는 개를 길렀다. 타이거는 매우 싹싹하고 사람에게 전혀 해를 가하지 않았지만, 라바디는 개에게 사뭇 위협적인 분위기를 조성했다. 무서운 장식 못과 스파이크가 박힌 목걸이를 씌우고, 일반적인 개 줄이 아니라 커다란 쇠사슬로 개를 묶고서 산책을 나선 라바디는 혹시라도 개가 말을 듣지 않으면 벌을 주려고 굵은 몽둥이로 무장 했다. 주인이 무시무시한 몽둥이를 휘두를 때, 세상과 갈등하지 않는 유순한 뚱보 개 타이거는 라바디의 옆을 터벅터벅 무심하게 걸었다.

라바디는 이른 아침과 늦은 저녁에 아파트 단지에서 타이거를 산책시키곤 했다. 적당한 장소를 물색하며 땅을 파헤치고 코를 킁킁거리던 타이거는, 주 로 구스타드의 빈카와 박하 관목 근처로 들어갔다. 덩치가 큰 개라서 똥도 많이 싸고 냄새도 지독했으며, 다음 날 아침 청소부가 아파트 단지를 청소하러 올 때까지 관목 근처에 남아 있었다. 구스타드는 라바디에게 개를 관목 근처로 데려가지 말라고 여러 차례 부탁했지만, 라바디는 타이거처럼 크고 힘센 동물을 통제하는 것은 불가능하다고 반박했다. 또한, 구스타드에게 화장실에 들어가 있는데 누군가 당신을 끌어내리려고 한다면 기분이 어떻겠느냐고 얼토당토않은 이유를 들기도 했다.

그리하여 다툼과 승강이가 끊이지 않았다. 어느 날 밤, 그들이 관목 근처에 들어와 있는 것을 보았다. 구스타드는 창문을 열고 차가운 물 한 통을 부어 그들을 홀딱 젖게 만들었다. "아이고! 정말 죄송합니다." 그는 정색을 하고 말했다. "꽃에다가 물을 주고 있었습니다." 물벼락을 맞은 타이거는 기분이 좋아 보였다. 개는 꼬리를 흔들며 짖어 댔지만, 주인은 밤늦도록 날뛰며 협박했고 여기저기서 사람들의 웃음소리가 아파트 창문 밖으로 흘러나왔다.

타이거는 일곱 살이 되자 너무 뚱뚱해져서 움직이려고 하지 않았다. 아파트 단지에서 조금만 걸어도 녹초가 되었고, 숨을 헐떡이면서 계단을 다시 올라가는 데는 많은 격려가 필요했다. 그러던 어느 날 아침, 어찌 된 일인지 타이거가 도망치고 말았다. 육중한 몸에도 타이거는 아파트 단지를 자신의 나이와 똑같은 일곱 바퀴를 사납게 날뛰며 돈 후에야 라바디에게 붙잡혔다. 그러나 그러한 질주는 타이거의 약한 심장에 치명적이었다. 타이거는 바로 그날 석양 무렵에 죽었고, 라바디는 타이거의 죽음이 아무래도 심상찮아서 조로아스터교 사제 바리아와 만날 약속을 정했다.

바리아 사제는 매일 아침 라바디 같은 사람들에게 충고해 주는 두 시간을 제외하고는 불의 사원에서 하루 종일 기도를 올렸다. 고령이라서 일상적인 성직자의 의무를 면제받은 그는 남는 시간을 자신의 신통력의 근원이라고 믿어 마지않는 하늘에 계신 신과 관계를 돈독히 하는 데 보냈다.

그의 충고는 자유롭고 거리낌이 없었다. 어떠한 상황이라도 그의 영역을 벗어날 수 없었다. 몇 분 내로 그는 타이거가 왜 그렇게 죽을 수밖에 없었는지를 밝혀 주었다. 그러나 그보다 더 중요한 것은 그가 라바디에게 다음번에 기를 개에 대해 구체적인 지시를 내렸다는 점이다. 색깔은 하얀색, 성별은 암놈, 몸무게는 약 11킬로그램, 키는 약 60센티미터, 이름은 알파벳 네 번째 글자로 시작하기만 하면 아무거나 상관없다고 했다. 또한 그는 개의 건강을 빌기 위해서 매달 정해진 날에 암송할 기도문을 만들어 주었다.

바리아 사제의 지시 사항을 귀담아들은 라바디는 그길로 개를 사러 갔다. 코다다드 아파트의 주민들은 타이거의 후계자인 '딤플'이 흰색 작은 개인 포메라니안이어서 적이 안심했다. 그즈음 구스타드의 관목들 주변에 묻힌 다리우스의 죽은 물고기와 새들이 부패되어서인지 딤플은 그곳에 별로 매력을 느끼지 못했다. 그렇다고 해서 구스타드와 라바디 사이의 앙금이 완전히 가신 것은 아니었다.

"그 개장수 얼간이는 입에서 나오는 대로 지껄인다니까." 구스타드가 말했다. "다리우스는 지금 어디 있어?"

"아직 밖에서 놀고 있을 거예요." 딜나바즈가 신문지로 여기저기를 찰싹찰싹 때렸다. "아이, 귀찮아. 파리가 엄청 많네."

"지저분한 담 때문이야." 구스타드가 말했다. "어두워지면 모기까지 날아들 거야. 퇴근하면서 보니까 장난이 아니더라고."

다리우스가 저녁을 먹으러 들어오자 구스타드가 자초지종을 물었다. "아무엇도 아니에요!" 다리우스가 불뚝거리면서 말했다. "자스민이 내 친구들 하고 있을 때만 한 번씩 얘기해요. 난 누구하고든 얘기한단 말예요."

"내가 하는 말 명심해. 걔 아버지는 제정신이 아냐. 그러니까 상대하지 마. 걔가 네 친구들하고 있으면 가까이 가지도 마."

"그렇겐 안 돼요." 다리우스가 항의했다. 사실 다리우스가 요즘 친구들을 자주 만나는 이유는 바로 자스민 때문이었다. 그녀의 부드러운 갈색 눈동자에 그의 마음이 녹았는데, 그것은 지금껏 알지 못했던 매우 기분 좋은 느낌이었다.

"되든 안 되든 상관없어. 난 개장수 얼간이의 불평을 다시는 듣고 싶지 않아. 얘기 끝났으니까, 밥 먹자."

그러나 파리 떼가 윙윙거리며 음식 위로 날아다니고, 모기떼가 여기저기로 급강하하는 상황에서 저녁을 먹는 일은 여간 곤혹스럽지 않았다. 로샨은 그 중 한 마리가 자기 그릇에 떨어질 때마다 비명을 내질렀고, 다리우스는 자신의 반사 신경을 시험해 보려고 그것들을 손으로 잡으려고 했다. "창문을 모두 닫자." 구스타드가 말했다. "그런 다음에 안에 있는 놈들을 모조리 죽이면돼." 그러나 곧 모두들 더워서 땀을 뻘뻘 흘리자 다시 창문을 열었다.

그럭저럭 저녁을 다 먹었다. "사람들이 공중 화장실처럼 담에다가 오줌을 눈다니까." 구스타드가 목에 붙은 모기를 찰싹 때려잡으며 말했다. 그는 벽장 속의 약을 두는 곳에서 반쯤 쓴 소형 오도모스를 찾았다. "내일 한 통 더 사야겠는데. 모기 때문에 오도모스 만드는 사람들만 살판 나겠군." 그들은 튜브에 남아 있는 연고를 나눠 발랐다.

6부

1

일을 마치고 집으로 돌아온 구스타드는 매일같이 희망에 차서 지미의 답장이 도착했는지 물었다. 그러나 이 주일이 지났는데도 소령에게서는 아무런 소식도 없었다. 어느 날 저녁, 구스타드가 현관문을 열고 들어서자 로샨이 부리나케 뛰어왔다. "아빠, 학교에 가져가게 1루피만 주세요. 조회 때 클로디아나 수녀님이 내일이 추첨 참가 마지막 날이라고 했어요. 상품은 이탈리아에서 수입한 아름다운 인형인데, 키가 나만 하대요. 웨딩드레스 차림에 눈은 푸른색이고요." 로샨은 숨이 차서 말을 멈추었다.

구스타드는 로샨을 꼭 껴안았다. "아이고, 우리 예쁜 귀염둥이! 그렇게 좋아? 그렇게 빨리빨리빨리 말하면 절름발이 테물처럼 된다."

"아빠, 1루피만 주세요."

"이게 수녀원 학교의 문제야. 항상 돈타령이지. 궁둥이가 펑퍼짐한 수녀원장을 위해서 말이야."

"쯧쯧. 로샨 앞에서 그게 무슨 소리예요?" 로샨이 낄낄거리자 딜나바즈가 말했다.

"클로디아나 수녀님이 1루피씩 거둬서 뭘 할 건지 말씀하셨니?"

"그럼요." 로샨이 말했다. "반은 학교 새 건물을 짓는 데 쓰고, 반은 난민들을 돕는다고 했어요."

"난민이 무슨 뜻인지 아니?"

"클로디아나 수녀님이 말씀해 주셨어요. 서파키스탄 사람들이 동파키스탄 사람들을 자꾸 죽이고 집을 불태우니까 동파키스탄에서 인도로 도망쳐 온 사람들이랬어요."

"좋았어. 1루피 주마." 구스타드가 지갑을 열었다. "하지만 네가 인형을 받을 거라고 생각하지는 마. 추첨이니까."

"네, 알아요. 클로디아나 수녀님이 설명해 주셨어요. 각자 번호를 받고 나서 당첨된 번호를 가진 사람만 인형을 갖는 거라고요." 로샨이 책가방에서 필통을 꺼내 1루피를 자 밑에다가 밀어 넣었다. "아빠, 서파키스탄 사람들은 왜 동파키스탄 사람들을 죽여요?"

구스타드는 넥타이를 풀고 매듭이 있었던 곳의 주름을 폈다. "서파키스탄 사람들이 못되고 이기적이기 때문이지. 가난한 동파키스탄 사람들이 서파키스탄 사람들한테 배가 고프니 정당한 몫을 달라고 했어. 그런데 서파키스탄 사람들이 거절한 거야. 그러자 동파키스탄 사람들이 그러면 앞으로 너희들과 일하기 싫다고 했지. 그래서 서파키스탄 사람들이 벌을 주려고 동파키스탄 사람들을 죽이고 불을 지르는 거야."

"정말 못됐다. 동파키스탄 사람들이 너무 불쌍해요." 로샨이 말했다.

"이 세상에는 못된 것과 슬픈 일이 많단다." 구스타드는 넥타이를 벽에 걸고 와이셔츠 소매 단추를 풀면서 딜나바즈에게 편지가 왔는지 물었다. 지미 한테서 온 편지는 없었고 교육 신탁 기금에서 온 봉투가 하나 있었다. 구스타드는 그것을 지난 몇 주 동안 모아 두었던 지원서들과 함께 놓아두었다. "이것 좀 봐." 손등으로 모아 둔 것들을 치면서 그가 쓸쓸하게 말했다. "그 배는 망덕한 놈을 위해서 갔던 곳들이야." 그는 지원서들을 하나씩 들었다. "파르시 공동체 의회 교육 기금. R. D. 세스나 신탁. 타타 장학금. 와디아 고등 교육 기금. 이런 곳엘 가서 머리를 조아리고 손을 모으며 장학금을 약속받으려고 '선생님, 부탁합니다. 사모님, 고맙습니다.' 란 소리를 셀 수 없이 했었지. 그런데 당신의 잘난 아들이 IIT에 관심이 없다는구먼."

딜나바즈가 지원서들을 가지런히 모았다. "너무 화내지 마세요. 괜찮을 거예요. 신은 위대하니까요."

매일 해가 지고 난 후에 그녀는 소랍의 머리 위에다가 시계 방향으로 일곱 번 원을 그렸다. 그런데도 아무런 변화가 없었다. 딜나바즈는 효과를 기대했던 자신이 한심하게 생각되었다. 하지만 소랍과 구스타드가 이전처럼 소리치거나 말다툼을 하지는 않았어. 이런, 부정 탈라. 말조심해야지. 혹시 그게 효과가 있는 건 아닐까?

"IIT에 안 가면 뭘 하겠다는 건지. 나 참, 도저히 이해를 못하겠네."

딜나바즈가 지원서들을 대강 훑어보았다. "지금 다니는 학교에서 계속 공부하고 싶다잖아요."

"그게 무슨 대단한 일이야? 그따위 쓸모없는 졸업장은 따서 뭐하려고?"

아들의 배신으로 우울하고 속이 상한 구스타드는, 지미 빌리모리아의 편지가 오지 않아서 애가 탔고 해가 지고 난 다음에는 어김없이 찾아드는 모기떼로 인해 울화통이 터졌다. 그는 "길에다가 오줌을 누는 무식한 돼지새끼들은 그 자리에서 총으로 쏴 버려야 해!" 또는 "다이너마이트로 빌어먹을 담을 폭파시켜 버려. 그러면 그놈들이 어디에다가 똥을 누겠어?"라고 소리쳤다. 두 번째 외침은 담을 애지중지하는 그의 좌절이 어느 정도인지를 보여 주었다.

오래전에 빌리모리아 소령이 코다다드 아파트로 이사를 오고 수돗물이 제대로 공급되고 파르시 농장의 우유에 크림이 풍부하고 가격이 저렴했을 때, 도시 전역에서는 건설 활동이 활발했다. 코다다드 아파트의 주변도 예외는 아니어서 큰 건물들이 올라가기 시작했다. 오피스텔 건물이 서쪽에 들어서 맨 먼저 석양이 자취를 감추었다. 오피스텔은 비록 6층짜리 건물이었지만, 코다다드 아파트가 한 층에 열 가구씩 그리고 각 층마다 입구와 계단이 다섯 개씩 있는, 3층밖에 안 되는 낮고 넓은 건물이었기 때문에 석양을 가리고도 남았다.

그 후 곧 동쪽에서도 공사가 시작됐다. 총 서른 가구의 주민들에게는 한 시대가 끝났음을 의미했다. 그러나 다행스럽게도 시멘트 부족, 노사 문제, 장비 부족, 불량 시멘트 문제 때문에 건물 한쪽이 완전히 붕괴돼 일곱 명의 사망자가 발생하자 공사가 10년 넘게 지연됐다. 건설 현장에서 검은 얼룩을 보고 놀란 아이들은 바로 그곳에서 일곱 명이 피를 흘리고 죽은 것은 아닌지 조마조마했다. 공사가 중단되자 코다다드 아파트에는 평화가 찾아왔고, 시간이 지나자 사람들은 서서히 변화된 풍경을 받아들이게 됐다.

교통과 인구가 증가함에 따라서 검은 돌담의 중요성은 점점 커졌다. 돌담은 주민들의 사생활을 보호해 주었고, 특히 새벽에 쿠스티 기도를 올리던 지미와 구스타드에게는 더욱더 그러했다. 아파트 단지를 둘러싸고 있는 1.8미터가 넘는 돌담은, 그들이 동쪽 하늘이 밝아 오는 동안 기도를 올릴 때 조로아스터교도가 아닌 사람들의 눈으로부터 지켜 주었다.

구스타드는 사생활이고 돌담이고 악취고 모두 지옥으로 꺼져 버리라고 소리쳤다. 오도모스를 새로 사서 노출된 부위에 발랐지만, 모기들이 계속 앵앵거리며 물어 대서 화가 머리끝까지 솟구쳤다. 어쩐 일인지 그에게는 연고가 별로 효과가 없었다. 그는 몸을 긁고 파리채를 휘두르고 욕을 하느라 밤을 새우다시피 했다.

딜나바즈가 그의 관심을 딴 데로 돌려 보려고 모기에게 면역이 된 어릴 적

이웃에 대한 이야기를 들려주었다. "실제로 있었던 일이에요." 그녀가 말했다. "그 사람이 어렸을 때 모기를 엄청나게 많이 먹었대요. 의도적이었는지 실수였는지는 확실치 않아요. 애들은 아무거나 입에 넣잖아요." 그 후로 모기가 소년을 물지 않았다고 한다. 그는 모기에 물리지 않는 사람이 되었다. 모기가 그의 피부에 앉았다가 머리 위를 걸어 다니고 등을 타고 기어 내려왔지만 결코 물지는 않았다. 아마도 자신이 먹은 모기들 때문에, 그의 피와 몸냄새가 모기의 그것들로 바뀌었는지도 몰랐다. 그는 모기가 앵앵거리며 날아다니는 것에 신경 쓰지 않았다. 그는 그 소리가 자신의 귓가에 들려오는 사랑스런 세레나데와 같다고 했다.

"그래서 어쩌라는 거야?" 구스타드가 얼굴, 어깨, 가슴을 연거푸 찰싹찰싹 때렸다. "오도모스를 바르지 말고 모기나 씹어 먹을까?"

성냥에서 생리대에 이르기까지 온갖 생필품, 사치품과 마찬가지로 오도모스의 가격도 올랐다. "난민 구호 세금 때문에 우리도 난민이 될 지경이야." 구스타드가 말했다.

이런 문제들로도 모자라서, 로샨과 다리우스가 오래된 신문을 달라고 졸라댔다. 난민들 때문에 학교에 갖다 내야 한다는 것이다. 학교 선생들은 기금 모금 대회를 마련했고 매일 아침 신문지 무게를 쟀다. 결과는 조회 시간에 발표했다. 영어 신문들은 지역 신문들보다 고급 인쇄용지를 사용하기 때문에 킬로그램당 가격이 높아서 별도로 보관했다.

딜나바즈가 로샨과 다리우스에게 집안 예산을 설명해 주었다. 그녀는 매달 오래된 신문을 고물상에게 팔아야 신문 대금을 치를 수 있다고 말했다. 아이들이 빈손으로 학교에 가면 선생님들이 화를 낼 거라고 하자, 구스타드가 파르시 조로아스터교 신문을 다섯 부씩 주었다.

다리우스는 친구들이 파르시 신문을 가져왔다고 놀릴 거라며 《인도 타임스》 다섯 부를 달라고 했다. 구스타드는 절대로 그럴 수 없다고 했다. "자신의 뿌리를 자랑스럽게 생각해야지. 파르시 조로아스터교 신문을 가져가든가 아니면 그냥 가."

그러자 다리우스가 이웃집을 돌아다니면서 신문을 기부받겠다고 했다. 구스타드가 코웃음을 쳤다. "어느 누구도 종잇조각 하나 안 줄 거다." 그래도 다리우스가 계속 고집을 피우자 구스타드는 두 가지 조건을 걸었다. 쿠트피티아 할머니와 개장수 얼간이의 집에는 절대 가지 말 것. 그리고 신문을 얻게 된다면 로샨과 나눌 것 등이었다.

2

일주일 후 회사에서 돌아온 구스타드가 자리에 앉아서 신발을 벗고 있을 때, 딜나바즈가 환하게 웃으며 편지 한 통을 내밀었다. 버스에서 줄곧 서 있어서 지칠 대로 지쳤던 구스타드의 피로가 한순간에 사라졌다. 드디어 왔구나! 신발 한 짝은 벗고 나머지 한 짝은 신은 채로, 그는 봉투를 쥐었다. 겉봉에는 아무것도 쓰여 있지 않았다. 그는 이상하다고 생각하며 봉투를 열었다.

노블 씨 부부께
클로디아나 수녀님을 대신해서 따님이 학교 연례 추첨에서 1등상을 수상했음을 알려 드리게 돼서 기쁩니다.

상품을 가져갈 수 있도록 준비하시라고 해도 결례가 안 될는지요? 인형이 매우 커서 어린 로샨이 통학 버스를 타고 가져가지는 못할 것 같습니다. 인형이 망가지기라도 하면 안 되니까요. 인형은 현재 (면회실 옆) 제 사무실에 있으니 최대한 빠른 시일 내에 교통편을 준비해서 오셨으면 고맙겠습니다.

추첨에 참가하여 기금 마련 운동을 성공적으로 이끌어 주신 데 대해서 깊이 감사드리는 바입니다. 우리 학교에 새 건물이 올라가게 되면 그것은 바로 노블 씨 부부와 같은 부모님들의 자비로운 협조 덕분일 것입니다.

콘스턴스 수녀 올림(추첨 위원회)

구스타드는 불쾌감을 감출 수 없었다. "지미한테서 온 편진 줄 알았잖아. 미리 좀 말해 주면 안 돼?"

"왜 그렇게 못마땅한 표정이에요? 소령의 편지도 곧 도착할 거예요. 로샨을 위해서 얼굴 표정 좀 바꿔 봐요. 애가 무척 들떠 있어요. 로샨은 아직 한 번도 인형을 가져 본 적이 없어요."

로샨이 아파트 단지에서 뛰어 들어오자 구스타드가 딜나바즈의 충고를 받아들였다. "아빠! 아빠! 인형 탔어요!"

그는 두 팔로 로샨을 와락 끌어안아 올렸다. "우리 집 인형이 인형을 탔구나. 그래도 네가 더 예쁜 거 안 봐도 알아."

"아녜요! 그 인형이 훨씬 예뻐요. 파란 눈에다가 분홍빛 피부에 예쁜 흰색 드레스를 입고 있어요!"

"파란 눈에 분홍빛 피부? 웩! 누가 그런 걸 좋아해?"

"아빠! 내 인형한테 웩, 이라고 하지 마요. 우리 지금 가서 인형 가지고 오면 안 돼요? 콘스턴스 수녀님이 아빠가 와서……."

"그래, 편지 읽었다. 그런데 지금은 너무 늦었으니까, 내일쯤 가자. 토요일이니까."

"토요일은 학교 문 닫아요."

"괜찮아. 콘스턴스 수녀님은 계실 거야." 구스타드의 말에 딜나바즈도 맞장구쳤다. 그러나 그녀는 수녀님이 시장이나 영화관에 갈지도 모르니까 우선 전화를 해 보자고 했다. 옛날처럼 수녀들이 하루 종일 안에서 머물며 청소하고 바느질하고 기도만 하지는 않았다.

"30파이사 가지고 쿠트피티아 할머니한테 가세요." 쿠트피티아는 코다다드 아파트에서 전화라는 사치품이 있는 유일한 주민이었다. 그러나 (쿠트피티아가 심술궂은 데다 제정신이 아니라고 생각하는 사람들을 포함한) 이웃들이 전화 사용을 부탁하기도 하고("쿠트피티아 할머니, 부탁합니다." 하고), 또는 비상용으로 그녀의 전화번호를 친척들과 친구들에게 알려 주었기 때문에 그 사치품은 여간 성가신 존재가 아니었다.

너나없이 탐내는 그 검은색 물체는 현관문 옆의 조그만 탁자 위에 놓여 있었고, 전화를 하러 간 사람들은 두 발자국 이상 안으로 들어갈 수 없었다. 그럼에도 모두들 기묘한 이야기를 들려주었다. 층계참에서 긴 대화를 나누는 소리를 들었지만 막상 문이 열리면 안에는 쿠트피티아 혼자만 있었다고 한다. 그녀는 사방이 먼지와 거미줄로 덮여 있고, 옛날 신문들이 천장까지 쌓여 있고, 구석에는 빈 우유병들이 있고, 커튼은 너덜너덜하고, 소파 쿠션은 속이 비어져 나와 있고, 깨진 블라인드가 다친 새와 박쥐처럼 천장에 매달려 있는 집에서 괴짜 수전노처럼 살고 있었다. 한 가지 확실한 것은 그녀는 전혀 궁색하지 않았다. 그렇지 않다면 어떻게 파르시 농장 우유와 라탄 타타 협회의 주문 음식을 시켜 먹을 여유가 있겠는가?

어떤 사람들은 유모, 하녀, 친구, 친척 할 것 없이 아무도 집 안에 들이지 않는 이유는, 쿠트피티아가 무시무시한 비밀을 간직하고 있기 때문이라고 했다. 오래전에 죽은 가족 두 명의 시신을 침묵의 탑에서 적절한 장례를 치러 주는 대신에 미라로 만들어서 보존하고 있다는 것이다. 또 다른 사람들은 말도 안 되는 소리라면서 시신을 보존하고 있는 것이 아니라 마른 뼈를 가지고 있다고 했다. 장례식에 참석한 쿠트피티아가 독수리들이 침묵의 탑에서 뼈에 붙은 살점을 깨끗이 쪼아 먹고 나자, 시신 운반자들에게 뇌물을 줘서 석회와 인의 작용으로 뼈들이 탑 중앙의 깊은 공간에서 분해되기 전에 찾아왔다고 했다. 당연히 쿠트피티아는 세상 사람들의 눈으로부터 그 뼈들을 숨기게 되었고, 그것이 바로 그녀의 비밀과 이상한 행동의 이유라고 그들은 설명했다.

"알았어." 구스타드가 말했다. "내가 갈게. 그런데 먼저 로샨을 시켜서 물어보도록 하자. 로샨, 이렇게 말하렴. '할머니, 우리 아빠가 전화 좀 써도 되나요?'"

"거기 가는 거 무서워요." 로샨이 말했다.

"바보같이 왜 그래?" 딜나바즈가 말했다. "인형 빨리 받고 싶지 않아?" 로샨은 자기를 기다리는 인형 때문에 두려움을 이겨 낼 수 있었다.

구스타드는 전지가위로 귀중한 장미를 한 송이 잘랐다. "아빠가 주는 거라고 전해."

"당신 왜 이러는 거예요?" 딜나바즈가 물었다. 그는 이런 일쯤은 처리할 줄 안다는 듯이 손을 흔들어 그녀를 무시했다.

쿠트피티아의 승낙을 받고 돌아온 로샨은 구스타드와 함께 전화를 하러 갔다. 어둠이 내리고 있었지만, 절름발이 테물은 아파트 단지에 있었다. 그는 반대편 끝에서 구스타드와 로샨을 보았다. "구스타드구스타드구스타드." 그는 한쪽 팔에는 종이 한 뭉치를 끼고 손에는 볼펜 하나를 꽉 쥐고 있었다. "구스타드구스타드잠깐만잠깐만잠깐만." 그는 종이 한 장을 흔들면서 구르는 걸음걸이로 비틀거리며 최대한 빨리 걸어왔다. "중요해요구스타드정말정말중요해요."

"테물, 지금은 안 돼." 구스타드가 말했다. "나 지금 바빠." 구스타드는 언젠가 쉬브 세나에서 뭄바이의 소수 인종에 반대하는 인종 차별주의 전단을 테물에게 배포하도록 했던 것을 떠올리면서, 불쌍한 녀석에게 또다시 쓰레기 같은 일을 강요했을지도 모른다는 생각이 들었다. 지난번엔 쉬브 세나가 테물에게 일을 잘하면 콸리티 초코 아이스케이크를 사 주겠다고 약속했었다. 은행에서 돌아오던 구스타드는 인근 사무실에서 일하는 분노한 남인도 사람들에게 테물이 두들겨 맞기 일보 직전에 그를 발견했다. 구스타드가 해명하려고 나섰지만, 그들은 쉬브 세나 당원을 옹호하는 그 역시 같은 부류로 간주했다. 때마침 밤지 경위가 경찰서에서 차를 타고 돌아오고 있었다. 구스타드와 테물이 사람들에게 둘러싸여 있는 모습을 본 밤지는 랜드마스터를 세우고 경적을 울렸다. 사람들은 밤지 경위의 경찰복을 보더니 그가 차에서 내리기도 전에 흩어지기 시작했다. 그 후 구스타드는 테물에게 처음 보는 사람들한테서는 어떤 것도 받지 말라고 주의를 주었다.

항상 흥분해 있는 테물의 마음을 달래 주려고 그는 인내심을 가지고 부드러운 목소리로 말했다. "삼십 분 후에 다시 와. 그러면 네가 가져온 걸 읽어 볼게." 누군가는 신에게서 버림받은 사람들을 돌봐 줘야 한다.

"제발구스타드제발탄원서읽어요제발제발." 그는 쿠트피티아의 집 계단 입구까지 따라왔다. 계단 밑에서 멈춘 테물이 그들의 뒷모습을 절망적으로 바라봤다.

3층에서 문구멍 덮개가 밀려 올라가더니 안에서 밖을 빤히 내다봤다. "구스타드 노블입니다. 전화 좀 쓰겠습니다." 오른손으로 다이얼을 돌리는 시늉을 하고 왼손을 수화기처럼 귀에 대고서, 그는 문구멍에다 대고 큰 소리로 말했다. 그러자 자물쇠를 돌리고 빗장을 벗기는 소리가 날카롭게 울리더니 문이 열렸다.

그는 별생각 없이 현관 너머를 보았지만 방들은 닫혀 있거나 어둠 속에 묻혀 있었다. 쿠트피티아가 날카롭게 말했다. "전화기는 이쪽에 있어." 그녀는 목에 걸린 다발에서 열쇠 하나를 고른 후, 수화기를 고정시켜 놓은 쬠쇠를 풀었다. 그는 콘스턴스 수녀의 편지에 적힌 수녀원 번호로 다이얼을 돌렸다. 전화번호부 위에는 그가 보낸 장미가 놓여 있었다. 구스타드가 전화로 약속 시간을 정하는 동안 옆에서 기다리고 있던 쿠트피티아는 통화가 끝나자 "30파이사."라고 말했다.

"물론이죠. 여기 있습니다." 그녀의 화를 달래려는 듯이 그가 호주머니를 뒤졌다.

"나갈 때 장미도 가져가."

"그건 할머니 드리려고……."

"장미 한 송이 따위의 가식은 필요 없어." 쿠트피티아가 눈을 가늘게 떴다.

"이거 하나만은 기억해 둬." 그녀는 홀쭉하고 앙상한 손가락 하나를 치켜들었다. 손가락이 떨렸다. 그 모습을 보자 구스타드는 죄책감이 들었다. "누구에게나 늙음과 슬픔이 언젠가는 찾아오게 돼 있어." 쿠트피티아가 말했다. 그녀의 말은 세월의 흐름을 끔찍한 저주로 바꾸어 놓았다.

그는 깊이 뉘우치면서 30파이사를 내밀었다. "전화를 사용하게 해 주셔서 고맙습니다." 로샨의 생일 파티가 있던 날 밤 그녀에게 소리치던 자신의 목소리가 귓가에 울리자, 그의 얼굴이 뜨겁게 달아올랐다.

쿠트피티아가 다시 입을 열었을 때는 날카로움이 사라지고 없었다. "로샨, 잠깐만." 그녀가 신문 한 더미를 집어 올렸다. "학교에서 이게 필요하다면서."

"고맙습니다." 로샨이 무게 때문에 비틀거리며 말했다.

"인형이 집에 도착하면 나한테도 보여 줄 거지?" 로샨이 고개를 끄덕였다. "잘 가거라." 쿠트피티아가 말했다.

"할머니, 안녕히 계세요." 로샨이 인사했다.

계단을 내려갈 때 구스타드가 로샨의 짐을 들었다. 밖에 테물은 이미 가고 없었지만, 그 순간 아파트 단지의 고요함이 깨어졌다. 그들이 고개를 들자 3층 창문에 있는 카바스지가 보였다. "당신은 타타 사람들에게 너무나 많은 것을 주셨습니다! 그런데 제게는 아무것도 없습니까? 와디아 사람들한테도 계속 주고 계십니다! 제 기도가 들리지 않습니까? 카마스 사람들의 호주머니만 채워 주실 겁니까? 우리 같은 사람들은 돈이 필요 없다고 생각하십니까?"

카바스지는 팔십 대 후반의 노인이었다. 그는 자신의 숱이 많은 백발 머리를 창밖으로 내밀고 하늘을 꾸짖으며, 신이 우주를 다스리는 매우 불공평한 방식에 불만을 토로하는 습관이 있었다. 카바스지가 고혈압을 앓고 있었기 때문에 그의 집에서는 끊임없이 구스타드에게 약효가 있는 박하를 달라고 부탁했다. 그의 며느리는 날마다 신선한 박하의 어린 가지를 그의 목에 달아 주었다. 목에 매달린 박하의 푸른 가지가 지켜 주는 한, 그의 혈압은 자신의 분노처럼 폭발하지는 않을 것이었다.

창문이 쾅, 닫혀서 하늘을 향한 카바스지의 우주적 비난이 끝나자, 구스타드는 시선을 내리깔았다. 그는 쿠트피티아의 먼지 쌓인 누런 신문 더미의 맨 위쪽 면을 흘끗 보았다. 머리기사 밑의 사진 한 장이 이웃집 창문 불빛에 잠깐 보였다. 그는 거대한 폭발 구름과 날짜를 보았다. 세상에, 1945년이잖아. 이렇게 오래된 신문을 모아 두다니.

3

다음 날, 택시에서 내린 구스타드가 운전사에게 요금을 지불하려고 할 때 테물이 발을 끌며 걸어왔다. "구스타드구스타드잠깐만제발잠깐만." 테물은 오늘도 종이 다발을 팔에 끼고 있었다.

구스타드는 강경한 태도를 취하기로 했다. 때로는 그러는 편이 테물에게도 좋았다. "이게 무슨 쓸데없는 짓이야? 아파트 단지에서 만날 이럴 거야? 쓸 모 있는 일을 좀 해 봐. 바닥을 쓸고, 접시를 닦고, 형이나 도와줘."

"구스타드구스타드낭비안해요.시간너무중요탄원서제발.제발읽어줘요구스타드제발."

"어젯밤에 가져 오기로 했잖아. 왜 안 왔어?"

"잊어버렸어요잊어버렸어요구스타드잊어버렸어요.너무너무미안해요잊어버렸어요."

택시 운전사가 짜증을 냈다. "먼저 인형이나 치우고 나서 하루 종일 얘기를 하든가 하쇼." 구스타드가 뒷좌석으로 팔을 뻗었다. 그가 웨딩드레스를 입은 인형을 두 팔로 안아 올리자 인형이 '엄마!' 하며 우는 소리를 냈다. 인형의 파란 눈이 떠졌다가 감겼다.

"오호호호호." 테물이 소리쳤다. "오호호호호.구스타드제발제발제발.만져봐도돼요만져봐도돼요제발제발제발."

"손 저리 치워." 구스타드가 단호하게 말했다. "그냥 보기만 해. 안 그러면 우유처럼 하얀 드레스가 더러워져."

테물이 두 손바닥을 셔츠 앞부분에 대고 싹싹 문지른 뒤 내밀었다. "봐요구스타드봐요깨끗하죠.깨끗한너무깨끗한손.제발구스타드제발제발제발만지게해줘요." 구스타드는 그가 내민 두 손을 살펴보았다. 그는 불쌍한 테물의 욕구를 만족시켜 주는 것이 무슨 해가 되겠느냐는 생각이 들었다.

"좋아. 딱 한 번만이야." 테물은 신이 났다. 그는 가까이 다가와 까치발을 하고 섰다. 눈을 반짝이며 인형의 얼굴을 바라보던 테물은 인형의 작은 손가락들을 부드럽게 쓰다듬었다. "이제 그만 해."

"제발제발구스타드제발한번만더요." 이번에는 테물이 인형의 뺨을 매우 부드럽게 어루만지더니 동작을 멈췄다. "구스타드구스타드." 그가 다시 인형의 뺨을 어루만졌다. "오호호호호호." 그의 눈에 눈물이 가득 찼다. 그는 인형의 잠든 얼굴과 구스타드의 얼굴을 번갈아 쳐다보다가 울음을 터뜨리더니 절뚝거리면서 사라졌다. 구스타드는 서글퍼져서 고개를 가로저으며 집으로 들어갔다. 그는 인형을 안락의자에 앉힌 후, 긴 웨딩드레스의 옷매무새를 가다듬고 왕관 모양의 머리 장식을 바로잡고 면사포를 바로 폈다.

"아빠!" 로샨이 안쪽 방에서 달려 나와 인형을 들어 올리려고 했다.

"이게 뭐야. 아빠는 안아 주지도 않고 인형만 안아 주는 거야?" 로샨이 구스타드를 살짝 안더니 다시 인형한테로 뛰어갔다. "조심해. 네가 들고 다니기에는 너무 커."

"이 비싼 흰옷들 좀 봐요." 딜나바즈는 걱정스럽게 말했다. "금방 더러워지겠어요."

"바보같이, 인형을 너무 크게 만들었어." 구스타드가 말했다. 로샨은 증조할아버지가 만든 깊고 널찍한 의자에 올라가서 인형을 옆에 앉혔다. "저렇게 큰 인형이랑 애들이 어떻게 놀지?"

"로샨이 좀 더 크면 되겠네요."

"더 크면 된다고? 로샨은 이미 인형이랑 놀 나이가 지났어. 그리고 그때까지 어떡하라고? 여기다가 인형을 둘 순 없어."

딜나바즈는 인형은 장난감이 아니기 때문에 세워 둘 수 있는 진열장 같은 게 필요하다고 했다. "일단 벽장 선반 맨 밑에 눕혀 둬요." 그들은 잠깐일 뿐이라고 설득했으나 로샨은 그 생각이 전혀 마음에 들지 않는 모양이었다. 그러나 인형은 부피가 큰 옷, 특히 버팀 테가 들어 있는 풍성한 속치마를 입고 있어서 선반에 들어가지 않았다. 옷을 벗겨야 했다. 그들이 어떻게 할지 얘기하고 있을 때 초인종이 울렸다. 딜나바즈가 문구멍으로 내다보았다. "그 멍청이예요. 쫓아 버려요."

문을 연 구스타드는 테물의 눈에서 물기가 말라 있는 것을 보았다. "구스타드구스타드제발중요한탄원서." 테물이 의자 위에 놓여 있는 인형을 발견했다. "오호호호호." 그가 외쳤다. "구스타드제발제발한번만만져봐요."

"안 돼!" 로샨이 쏘아붙이자 모두들 깜짝 놀랐다.

"로샨." 구스타드가 타이르듯이 로샨을 부른 다음 테물에게 말했다. "도대체 얼마나 만져야 되는 거야? 아파트 단지에서 실컷 만졌잖아. 만지고 나면 또 울 거 아냐?"

"울어요? 왜 울어요?" 딜나바즈가 물었다.

"제발구스타드제발안울게요.약속해요제발만지게해줘요."

마지못해서 구스타드가 승낙하자 테물이 즉시 손을 면사포 아래로 집어넣었다. 그는 인형의 파란 눈을 들여다보고 뺨을 어루만지고 빨간 립스틱을 바른 입술을 쓰다듬고는 행복하게 웃었다.

"테물, 이제 그만 해. 탄원서 읽어 보자." 구스타드가 단호하게 그를 식탁으로 데려가기 전에 테물은 마지막으로 인형의 부드럽고 차가운 뺨을 만졌다. 탄원서에는 시 당국에 아파트 단지가 줄어들 경우에 주민들에게 가해질 불이익을 상세하게 설명한 건물주의 답변이 들어 있었다. 또한 건물주는 첨부 문서에서 세입자들에게 탄원서에 서명하고 시의 계획에 반대해서 악독한 제안에 힘을 합쳐 맞서 싸울 것을 촉구했다.

딜나바즈가 인형의 옷을 벗기기 시작했다. 먼저 면사포와 왕관 모양의 머리 장식을 벗겼고, 그런 다음 인형이 손에 쥐고 있는 것처럼 솜씨 좋게 묶어 놓은 부케를 뗐다. 테물이 넋을 잃고 지켜보는 가운데 진주 목걸이, 신발, 스타킹이 차례로 벗겨졌다. 딜나바즈가 드레스의 단추를 끄르기 시작하자 테물이 안절부절못했다.

"알았어. 테물, 잘 들어." 구스타드가 말했다. "이거 어떻게 하는지 알지?" 그러나 테물은 인형 옷을 벗기는 데 완전히 몰입했다. 딜나바즈가 속옷을 벗기자 테물의 입가에서 한 줄기 침이 흘러내렸다.

"테물!" 설태가 노랗게 낀 테물의 검붉은 혀가 나와 침을 걷어 올렸다.

"구스타드구스타드정말중요한탄원서이브라힘이나한테말했어요."

"아, 방세를 거두려고 여기 왔었니? 그 사람이 무슨 말 했는지 알고 있지?"

"정말중요한탄원서정말중요해서반드시서명해야해요."

구스타드가 탄원서의 숫자를 세어 보았다. 모두 서른 장이었다. 그는 테물이 인형을 등지고 앉도록 했다. "잘 들어." 그러나 우편물이 도착하자 구스타드의 말이 끊겼다. 그가 식탁 위에다가 편지들을 던지자 사방으로 흩어졌다. 그중에 하나는 발신지가 뉴델리의 우체국 사서함이었다. "내 말 잘 들어."

"듣고있어요듣고있어요구스타드듣고있어요정말말정말정말잘듣고있어요."

"탄원서를 모든 집에 다 갖다 줘야 해, 알겠지?"

테물은 고개를 힘차게 끄떡였다. "모든모든모든집모든집."

"모든 사람에게 한 부씩 주는 거야. 사람들한테 읽고 나서 서명하라고 해. 그리고 말을 천천히 해. 한 단어 말하고 나서 멈춰. 그런 다음 다시 한 단어를 말해. 천천히. 천천히. 알았지?"

"네네네구스타드천천히천천히. 고마워요고마워요구스타드." 테물이 나가는 길에 잠시 머뭇거렸다. 발가벗겨진 인형은 연분홍색 몸을 드러내고 있었다. "오호호호호호." 테물의 콧구멍이 벌렁거렸다. 그의 입이 되새김질하듯이 움직이기 시작했다. 테물이 손을 뻗쳤다.

"테물!" 그러자 그가 다시 움직였다. 테물이 문에서 뒤돌아서서 다시 한 번 갈망하듯이 바라보았지만 구스타드가 문을 닫아 버렸다. 딜나바즈는 고개를 가로저으며 면사포, 옷자락, 드레스, 버팀 테가 들어 있는 속치마를 접었다.

"편지가 왔어." 구스타드가 나지막이 말했다.

구스타드와 마찬가지로 딜나바즈도 흥분을 가라앉혔다. "읽었어요?"

"먼저 이것부터 끝내자고." 그는 벽장 맨 위에서 빈 여행 가방을 꺼냈다. 딜나바즈가 가방의 먼지를 떨어내고 속에다가 옷을 채워 넣었다. 로샨은 인형이 낡은 홑이불에 싸여서 벽장 선반 맨 밑에 처박히는 것을 절망적으로 바라보았다.

4

구스타드는 할머니가 쓰던, 상아로 만든 종이 자르는 칼로 봉투를 뜯었다. 손잡이에는 코끼리가 정교하게 조각되어 있고 무딘 칼날에는 우아한 꽃무늬 장식이 있어서, 칼은 매우 아름다우면서도 섬세해 보였다. 구스타드는 그것을 자주 쓰지는 않았다. 그는 가보란 소중히 여겨서 후손에게 물려주는 특별한 것이기 때문에, 코코아 한 상자나 머릿기름 한 병처럼 함부로 사용해서는 안 된다고 생각했다. 하지만 이것은 특별한 편지였다.

친애하는 구스타드

답장 고맙네. 자네로부터 소식을 듣게 되어서 무척 기뻤네. 우리의 우정이 사라져 버렸다면 나로서는 너무나 견디기 힘들었을 걸세. 국경 지역을 방문차 출장 중이라 즉시 답장을 보낼 수 없었네. 상황이 좋질 않네. 평생 동안 그런 모습을 많이 보기는 했지. 특히 서북 국경 원주민들이 저질러 놓은 카슈미르에서의 소행 등을. 지금 RAW에서 일하면서 본 것은 이루 말로 표현할 수 없네. (지난번 편지에서 내가 RAW를 위해서 일한다고 했던가?) 새로운 파키스탄 학살자들은 전혀 다르다네. 이보게, 구스타드, 학살과 관련해서 요즘 신문에 보도되는 것은 모두가 사실이야.

본론으로 들어가도록 하지. 자네가 할 일은 이 편지를 받은 후 세 번째 금요일 오후 두 시에서 네 시 사이에 도둑 시장에 가는 거야. 노점의 헌책방을 찾게. 도둑 시장에는 사람들이 많으니 연락책에게 『셰익스피어 전집』을 눈에 잘 띄게 전시하라고 일러두었네. 그곳이 맞는 곳인지 확실히 하기 위해서 책을 펴고 「오셀로」 1막 3장 끝의 이아고가 로데리고에게 충고하는 장면을 찾아보게. "당신 지갑에 돈을 넣어 둬."라는 대사에 빨간색으로 밑줄이 쳐져 있을 걸세.

내 연락책이 자네에게 소포를 줄 거야. 집으로 가져가서 안에 넣어 둔 쪽지의 지시를 따르게. 그게 다네. 오래전에 한 번 만났으니까 자네도 분명히 그 사람을 알아볼 거야. 셰익스피어에 관련된 것은 혹시나 그 사람이 그곳에 올 수 없어서 다른 사람이 나올 경우를 대비한 것일세.

구스타드, 행운을 비네. 그리고 다시 한 번 고맙네. 이 일이 왠지 꺼림칙하다면 일단은 나를 믿어 주게. 언젠가 내가 뭄바이로 돌아가면 헤라클레스 30년산 한 병을 두고 앉아 함께 이야기하세.

친애하는 벗, 지미

편지의 마지막 부분을 읽을 때쯤 구스타드는 미소를 지었다. 딜나바즈는 그를 초조하게 바라보고 있었다. "뭐래요? 돌아온대요? 우리 집에 며칠 묵어도 돼요. 저녁에 차 마시는 탁자를 옮기고 소파 옆에다가 매트리스를 깔아 주면 돼요."

"당신 머리가 특급 열차같이 돌아가네. 아무도 안 와. 그냥 소포만 수령하래. 도둑 시장에서."

"하필 왜 도둑 시장이에요? 좋은 곳도 아닌데."

"무슨 소리야. 옛날 이름을 아직 쓴다고 해서 도둑으로 넘쳐 나는 건 아냐. 요즘은 외국인 관광객들도 거길 간다고."

"그냥 여기로 소포를 부치면 안 돼요?"

"자." 그가 편지를 내밀었다. "직접 읽어 봐." 그는 이미 만난 적이 있다는 지미의 연락책이 누구인지 궁금했다.

"조금 이상해요. 도둑 시장에 가는 일과 셰익스피어 책. 거기다가 이름이 뭐였죠? 여기 있네, RAW. 소령이 과학자로도 일하는지는 몰랐어요."

구스타드가 웃었다. "RAW는 인도의 비밀 해외 정보국이야. 지미는 과학자가 아니라 007이라고."

창문 너머로 소랍이 오는 것을 본 딜나바즈가 미리 현관문을 열어 두었다. 오늘은 일찍 왔네, 하고 그녀는 혼잣말을 했다. 그런 다음 그녀는 구스타드에게 말했다. "그래서 그 일, 할 거예요?"

"그럼, 친구를 실망시킬 수는 없지. 할 거야."

"뭘 한다고요?" 소랍이 들어오며 물었다.

"아무도 당신 아들의 충고는 필요로 하지 않아." 구스타드가 말했다.

소랍이 편지를 재빨리 훑어보았다. "소령 아저씨가 RAW에서 일한다니 놀랍군요."

소랍의 말에 구스타드는 짜증과 분노가 되살아났다. "천재가 입을 열었구먼."

소랍의 말이 이어졌다. "우리의 위대한 총리가 자신의 더러운 일을 처리하는 데 RAW를 개인 경찰처럼 쓰고 있죠."

"또 헛소리냐? 지미는 동파키스탄에 관한 일급비밀에 연관되어 있어. 저번처럼 또 더러운 일 얘기냐? 도대체 넌 무슨 신문을 읽고 있는 거냐?" 구스타드가 거칠게 불을 켰다. 등화관제용 종이 때문에 거실에는 언제나 땅거미가 빨리 내려앉았다.

"하지만 사실이에요. 총리가 RAW 요원들을 보내서 야당을 감시하게 하고, 문제를 일으켜서 충돌이 일어나면 경찰들이 개입하는 거죠. 잘 알려진 사실입니다."

"나도 신문은 읽으니까 상황이 어떻게 돌아가는지 알아. 항상 소문이고 주장이지 증거가 없잖아!" 그의 짜증이 말라리아 열병처럼 오르기 시작했다.

"그럼 화학 작용 선거는 뭔가요? RAW만이 그런 일을 할 수 있어요. 그 여자가 민주주의를 완전히 웃음거리로 만들어 버렸습니다."

구스타드가 소랍의 손에서 편지를 낚아챘다. "소문일 뿐이야! 선거가 무슨 애들 마술 쇼라도 되는 줄 아니? 화학 약품 처리가 된 투표용지가 있어서 십자가 표시가 자동으로 나타났다가 사라진다는 건 말도 안 되는 헛소리야! 민주주의가 웃음거리가 된 건 사람들이 소문을 믿으려고 하기 때문이야. 타당한 증거도 없이 말이야!"

"법정에서 증거들이 제출됐어요. 판사가 재판에 회부할 만큼 충분히요. 왜 그 판사들이 모두 전출되었다고 생각하세요?" 좌절한 소랍이 딜나바즈에게 하소연했다.

구스타드가 머리에서 또 피가 끓는다고 하자 딜나바즈는 무기력하게 듣고만 있었다. "이제는 저 녀석이 법, 정치, RAW에 전문가처럼 행동하는군. 적은 국경에 있고, 파키스탄 술주정뱅이 야히아가 중국과 협력해서 뭔가를 꾸미고 있는데 당신 아들 같은 바보들이 돌아다니면서 총리에 대한 헛소리를 늘어놓고 있어." 그는 손가락 하나를 들어 소랍을 가리켰다. "내가 직접 그 입을 닥치게 하기 전에 천재놈이 스스로 입을 닫는 게 좋을 거야. 지금껏 잘났다고 올라간 높은 지붕에서 떨어지기 전에 말이야."

화가 난 소랍이 자리에서 일어섰다. "잠깐, 거기 서." 그는 소랍에게 기다리라고 한 후 딜나바즈에게 물었다. "지원서들은 어디다 뒀어?"

그녀는 참담한 마음으로 그에게 종이 뭉치를 건넸다. 라임 열매 따위에 희망을 가지다니 얼마나 어리석은 짓이었던가. 하지만 혹시. 혹시나, 쿠트피티아가 말한 대로 더 강력한 것이 필요한 건 아닐까. 생각했던 것보다 악의 힘과 암흑의 힘이 훨씬 강한지도 몰라.

구스타드는 소랍에게 서류를 넘겨주면서, 쓸모없고 배은망덕한 그를 위해서 자신이 찾아다닌 곳들과 머리를 조아리고 손을 모으며 "선생님", "사모님", "정말 감사합니다"를 말했을 횟수를 한번 세어 보라고 했다. "몇 장인지 세어 봐. 그런 다음에 모두 버려."

"알겠습니다." 서류 뭉치를 손에 든 소랍이 부엌으로 통하는 좁은 복도를 걸으면서 종이들을 펄럭펄럭 넘겼다.

"염치없는 놈 같으니라고." 화가 솟구쳐서 이를 갈고 있던 구스타드는 종이가 녹슨 쓰레기통에 부딪쳐서 부스럭거리는 소리를 들었다. 딜나바즈가 얼른 쓰레기통 바닥에 있는 질척한 것들로부터 서류를 분류했다. 그녀는 서류 뭉치를 풍로 아래에 있는, 석유와 휘발유가 없던 시절에 석탄을 보관했던 아치 모양의 구석진 곳에다가 숨겨 놓았다. 바다에 던지려고 모아 둔 라임 열매들도 그곳에 있었다.

7부

1

또다시 모기들 때문에 고통스러운 밤을 보내고 난 월요일 아침, 구스타드는 은행으로 일찍 출발했다. 지점장은 덥고 습한 것에 상관없이 옷깃이 늘 빳빳하고 구김이 없을 뿐만 아니라 자신도 항상 풀을 먹인 듯이 빳빳했는데, 그를 만나기에는 아침이 가장 좋은 시간이었다. 구스타드는 마돈이 은행 일에서 공명정대하기만 하다면, 냉정하고 냉담하든 빳빳한 목에 우스꽝스러운 나비넥타이를 매든 상관없다고 생각했다. 그리고 마돈이 자신의 이름을 비밀로 하고 싶다면 그것 역시 거드름을 피우는 자신만의 방식일 것이다.

24년 전 구스타드가 은행에 입사했을 때 마돈은 부지점장이었다. 코담배를 피우는 마돈의 습관에 질색했던 당시 지점장은, 비록 그가 매우 세련된 솜씨로 22K 금장 코담뱃갑에 손을 집어넣는 모습을 보여 주었지만 담배를 끊을 것을 명령했다는 소문이 나돌았다. 일련의 사건이 숨 가쁘게 벌어졌고 누구도 진상을 알 수는 없었지만, 불명예스럽게 은행을 떠난 장본인은 바로 당시의 지점장이었다. 마돈은 즉시 사람들이 부러워하는 의자에 앉게 되었다.

차를 마시거나 다른 사람들에게 차를 갖다 주는 일을 하면서 한가한 구석자리에 있는 자신처럼 금방이라도 쓰러질 것 같은 의자에 앉아서 시간을 죽이는 나이 많은 심부름꾼은, 언젠가 마돈의 비밀스러운 이름을 우연히 들은 적이 있다고 주장했다. 자신의 성을 단 한 번도 써 본 적이 없는(그가 성이 있는지조차 확실치 않았다.) 빔센이라는 그 늙은 심부름꾼은, 마돈과 지점장이 격렬한 말다툼을 하고 있을 때 우연히 사무실에 들어간 적이 있다고 한다. 둘중에 한 명이 회계 장부를 책상 위로 내리치면서 빔센을 호출하는 벨이 울리는 바람에 벌어진 일이었다. 그러나 하도 오래된 일이어서 그 사건을 기억하고 있는 빔센조차도 마돈의 이름을 잊어버리고 말았다.

비록 마돈이 몹시 까다롭고 까칠하긴 했지만 마음 씀씀이는 넉넉했다. 그는 책상 위에 있는 사물의 배열에 터무니없이 까다로웠다. 달력, 펜 받침, 문진, 램프 등이 모두 제자리에 순서대로 있어야 했다. 늙은 빔센은 돈이 떨어지면 면도를 하지 않고 일찍 출근해서 마돈 사무실의 먼지를 떨어내며 물건의 배열을 흩트려 놓았다. 지점장이 도착해서 배열이 다른 것을 발견하면 곧바로 빔센을 호출했다. 형식적으로 꾸짖고 나면 그는 항상 아래층 이발소에서 면도하라며 50파이사를 주었고, 빔센은 돈을 호주머니에 넣고 면도기를 숨겨 둔 화장실로 향했다.

"한나절 쉬겠다고요?" 마돈이 구스타드에게 물었다. "이번 금요일에요?" 그는 몸을 앞으로 숙이고 금테 안경 너머로 책상 달력을 보았다. "음." 그는 금테 위로 눈을 치켜뜨며 코담뱃갑을 손가락으로 가볍게 두드렸다. "왜죠?" 간결한 말투는 그의 독특한 버릇을 잘 모르는 사람에게는 무례해 보일 수도 있었다.

구스타드는 마돈이 앉아 있던 가죽 의자의 화려하고 따뜻한 광채로부터 시선을 돌렸다. 24년 동안 그 의자를 흠모하면서 주인을 부러워했던 그는, 처음 몇 년 동안은 언젠가 그 의자를 자신의 것으로 만들어 보겠다는 야심을 품기도 했었다. 그러나 도처에 만연한 연고주의와 자신이 걸어온 초라한 삶의 모습을 볼 때, 그 자리는 자신을 위한 공간이 아님을 곧 깨달았다.

그는 지점장에게 둘러댈 이야기를 이미 준비했다. "의사한테 가 봐야 합니다. 다리에 또 문제가 생겨서요."

구스타드는 어젯밤 침대에 누워서 가능한 변명들을 종류와 규모와 신뢰도의 측면에서 엄밀하게 시험해 보다가, 첫 번째 계획으로 로샨을 병원에 데려가는 것을 생각했다. 그러나 그 생각 자체를 재빨리 지워 버렸다. 신의 분노에 대한 두려움 같은 것 때문에, 상상일지라도 아이들에게 질병을 앓게 하는 일은 피하고 싶었다. 오래전 할머니의 가르침에 따르면, 천상의 천사 무리가 때로는 인간의 말과 생각을 듣고서 어떤 소원이든 들어준다고 했다. 그러나 다행히도 단지 소수의 천사 무리가 있을 뿐이어서, 사람들이 대체적으로 아무렇게나 내뱉더라도 그런 소원을 들어주는 일은 자주 일어나지 않는다고 했다. 그럼에도 나쁜 생각을 할 때 천사가 그것을 듣고서 실행할 수도 있기 때문에, 늘 착한 생각을 하는 것이 매우 중요하다고 하셨다.

"다리에 무슨 문제라도 있나요?" 마돈이 물었다. 코담뱃갑이 열렸다.

"지점장님, 새로운 건 아닙니다. 9년 전에 있었던 사고 때문입니다." 그는 아이들보다는 자신을 구실로 삼는 게 낫다고 생각했다. "다리가 지금……."

"노블 씨의 사고 기억납니다. 14주 동안 휴가를 썼죠." 그는 달력을 다시 보았다. "몇 시에 갈 거죠?"

"한 시로 해 주십시오." 마돈이 몸을 앞으로 구부릴 때마다 옷깃이 그의 목을 깊숙이 파고들었다. 어떻게 매일매일 저걸 견딜 수 있을까? 풀을 먹이는 것과 풀을 너무 심하게 먹여서 합판처럼 만드는 것은 전혀 다른 문제였다.

"그러면 일이 끝나고 사무실로 돌아올 건가요?" 코담뱃갑이 더 가까워졌다. 그의 엄지손가락과 검지손가락이 마치 곤충처럼 짙은 갈색 가루 위에 떠 있었다.

"네, 지점장님. 여섯 시 전에 틀림없이 돌아오겠습니다."

"좋습니다." 마돈의 날카로운 목소리에 이어서 달력이 세게 놓였다. 면담이 끝났다. 그때 구스타드의 눈이 따라갈 수 있는 속도보다 훨씬 빠르게 소량의 코담배가 그의 오른쪽 콧구멍으로 들어갔다.

"지점장님, 정말 고맙습니다." 그는 말을 마친 후 절뚝거리면서 문 쪽으로 갔다. 그가 지점장실을 나오면서 문을 닫자 임원들의 사무실에서 재채기가 연쇄 폭발을 하며 울려 퍼졌다. 구스타드는 평소보다 표가 많이 나게 절뚝거려야 한다는 사실을 유념하고 복도를 걸었다.

그는 금요일 오후까지는 과장된 행동을 계속해야 했다. 그러나 목이 부었다거나 열이 나는 척하는 것보다는 쉬웠다. 열병의 경우가 가장 위험했는데, 마돈이 걱정하는 척하면서 손등으로 이마를 짚어 보았기 때문이다. 명백한 사기라는 의심이 들면 마돈은 가엾은 환자를 지점장실로 데리고 가 책상 서랍에서 재빨리 체온계를 뽑아 들고 환자의 겨드랑이에 쑤셔 넣었다. 그런 다음 그는 금장 롤렉스 크로노미터로 시간을 쟀다. 그는 반짝반짝 빛나는 유리 체온계를 쥐고 긴장한 꾀병 환자가 눈금을 자세히 읽어 보도록 했다. 마돈이 "축하합니다. 열이 감쪽같이 내렸네요."라고 하면, 환자는 기적을 이루어 낸 지점장에게 감사의 말을 전하고 몹시 상심해서 금전 출납계원의 우리로 돌아갔다.

구스타드는 부서로 돌아가는 길에 딘쇼지가 로리 쿠티노의 책상 주변에서 어릿광대짓을 하고 있는 모습을 보았다. 지난 몇 주 동안 딘쇼지는 신입 타이피스트와 안면을 트는 데 성공했고 하루에 적어도 한 번씩은 그녀를 찾아갔다. 그러나 로리 앞에서의 딘쇼지는 구내식당에서 농담으로 좌중을 휘어잡던 모습이 아니었다. 그는 천부적인 유머 재능을 버리고 멋있고 화려하며 허세 부리는 매력적인 모습을 보여 주려고 애를 썼다. 그러나 그 결과는 촐싹거리고 야단스러우며 주책없는 딱한 광경이었고, 그 모습이 너무나 우스꽝스러워서 구스타드는 친구로서 부끄러울 정도였다. 구스타드는 자존심을 내팽개친 딘쇼지에게 무슨 일이 생긴 건지 이해할 수 없었다. 구스타드는 비록 그들의 업무가 서로 관련이 있다고는 하더라도, 딘쇼지가 공식적으로는 저축부의 관할하에 있지 않다는 점에 안도했다. 그렇지 않다면 이미 넘쳐 나는 자질구레한 업무에 그의 부적절한 행동에 대해서 뭔가 말해야 하는 책무가 더해질 것이다.

로리의 책상은 액자 속에 든 게시물 밑에 있었다. '은행 안으로 총기류 또는 공격 무기로 사용될 수 있는 물건을 들여오는 것은 엄격하게 금지되어 있습니다.' 따라서 딘쇼지의 어릿광대짓이 고객들의 시야 안에 있었기 때문에 더더욱 보기가 좋지 않았다. 로리의 스테이플러를 손에 쥐고 뛰어다니던 딘쇼지는, 자신의 팔로 뱀이 덤벼들고 똬리를 틀고 몸부림치는 동작을 취하며 로리에게 스테이플을 쏘고 난 다음에 쉭쉭, 소리를 내면서 뒤로 물러섰다. 구스타드는 로리의 인내심과 세련된 자태에 존경심이 생겼다.

직원 한 명이 게시물을 가리켰다. "이봐, 딘슈! 자네 뱀은 위험한 무기야! 은행 안으로 들어오면 안 돼!"

"질투해 봐야 소용없어!" 딘쇼지가 대답하자 너나없이 웃음을 터뜨렸다. 그가 구스타드를 발견했다. "이봐, 구스타드, 이것 좀 봐! 로리는 정말 용감한 아가씨야! 덩치 큰 나의 못된 뱀을 무서워하지 않아!"

그녀는 살며시 웃었다. 뱀이 점점 대담해져서 거리낌 없이 가까운 곳으로 침투해 갈 때, 딘쇼지의 대머리에는 땀방울이 송골송골 맺혔다. 마침내 로리가 입을 열었다. "오늘은 타이핑할 게 많네요. 은행 일은 언제나 바쁘죠. 안 그렇습니까?"

구스타드가 그때를 틈타서 끼어들었다. "딘슈, 가세. 로리도 일해야지. 안 그러면 월급 못 받아." 그의 가벼운 말투에 딘쇼지가 즉시 스테이플러를 놓고 구스타드와 함께 자리를 떴다.

딘쇼지는 구스타드가 평소보다 더 절뚝거리는 것을 알아챘다. "다리가 왜 그래?"

구스타드는 그 질문이 반가웠다. "만날 똑같은 문제지, 뭐. 엉덩이뼈가 또 문제야. 조금 전에 지점장 만나서 의사한테 간다고 금요일 한나절 휴가 신청했어." 상상의 누각을 짓는 데는 튼튼한 기초가 필요했다. 이제 둘만 남았다. "딘슈, 조심해. 로리가 불평할지도 몰라."

"무슨 소리야. 로리도 내 농담을 좋아해. 웃으라고, 그러면 세상이 함께 웃을 테니까."

구스타드는 다른 방법으로 접근했다. "자네도 알잖아. 여기는 본점 직영이야. 작은 지점 사무실이 아니라고. 지점장은 사무실에서 세상이 함께 웃는 걸 좋아하지 않을지도 몰라."

딘쇼지가 화를 벌컥 냈다. "지금 협박하는 거야? 구스타드, 말조심해." 낯익은 경고인 그의 고약한 입 냄새가 풍겨 나왔다. 이번에는 사뭇 달랐다. 딘쇼지는 단순히 카사노바 짓을 하는 게 아니었다. 그렇지 않다면 연기를 감쪽같이 하고 있든가.

"무슨 소리야." 구스타드가 말했다. "내가 경영진한테 빌붙는 사람이 아닌 거 자네도 알잖아. 단지 내 생각을 말했을 뿐이야. 뱀 모양으로 장난치는 것도 로리 같은 수줍음 많은 아가씨한텐 지나친 건지도 몰라."

딘쇼지가 코웃음을 쳤다. "이봐, 구스타드. 가톨릭 아가씨들이 얼마나 정열적인데. 내가 다니던 학교가 도비탈라오 지역에 있었는데, 십중팔구가 고아 지방 가톨릭교도였어. 나는 그곳에서 두 눈이 튀어나오는 줄 알았다고. 여기 만지면 안 돼요, 저기 만지면 안 돼요, 하고 까다롭게 구는 우리 파르시 조로아스터교도 아가씨들하고는 달라. 가톨릭 아가씨들은 무척 개방적이야. 어두운 곳, 계단 아래, 구석구석에서 그렇고 그런 일이 벌어졌다니까."

구스타드가 못 믿겠다는 듯이 듣고 있었다. "정말이야?"

"정말이라니까. 맹세해." 딘쇼지가 엄지손가락과 다른 손가락으로 목울대 밑의 살을 꼬집으면서 말했다. 그리고 윙크를 하며 팔꿈치로 구스타드를 슬쩍 건드렸다. "치사하다! 이제야 알겠군! 로리 쿠티노를 독차지할 생각이지, 그렇지? 엉큼한 사람 같으니!" 구스타드는 웃으면서 화해의 뜻이 담긴 그의 제스처를 받아들였다.

2

구스타드는 미로처럼 좁은 골목길과 샛길이 많은 도둑 시장에서 방향을 제대로 잡아야 했다. 어디서부터 시작하지? 도둑 시장은 주민들, 관광객들, 외국인들, 보물을 찾는 사람들, 골동품 수집가들, 고물상들, 구경꾼들로 넘쳐났다. 그는 군중의 소용돌이에서 벗어나 다양한 중고 전구 소켓과 녹슨 렌치를 파는 노점에 들렀다. 그곳에는 펜치, 투박한 나무 손잡이가 달린 망치, 드라이버, 평삭반, 낡은 쇠줄 같은 도구들도 있었다. "정말 싸고, 최고 품질입죠." 망치를 집어 든 주인이 시범으로 흔들어 대며 건네주려고 했지만 구스타드는 거절했다. 주인은 다양한 색깔의 나무 손잡이와 플라스틱 손잡이가 달린 드라이버들을 모았다. "종류별, 크기별로 다 있습죠." 그가 말했다. "정말 싸고, 최고 품질입죠." 주인은 그것들을 꽃다발처럼 내밀었다.

구스타드가 고개를 가로저었다. "오늘 왜 이렇게 사람이 많소? 무슨 일이라도 있소?"

"장이 서서 그렇습죠." 공구 장수가 말했다. "금요일 날 가장 큰 장이 서지요. 회교 사원에서 예배가 끝나고 난 다음에요."

그때 구스타드는 공구들 사이에서 낯익은 것을 발견했다. 가장자리에 구멍이 나 있는 빨간색 직사각형 금속판들이었다. 그리고 역시 구멍이 나 있는 가늘고 긴 녹색 판들. "저건 메카노 풀 세트요?"

"네, 그렇습죠." 주인이 반색하며 말했다. 그는 순식간에 공구 더미에서 그것들을 풀어내어 구스타드의 손 위에 올려놓았다.

손가락으로 금속판을 만지작거리고 작은 바퀴와 막대, 쇳쇠의 녹 냄새를 맡고 있노라니 문득 옛날 생각이 났다. 작은 소년이 아버지의 손을 잡고 두리번두리번 골목길을 걸어가는 모습이 보였다. 아버지는 소년에게 골동품과 진귀한 미술품에 대해서 손으로 가리키며 열성적으로 설명해 주었다. 상점 주인들은 "노블 선생님, 이 꽃병 좀 보시죠. 맘에 드실 겁니다." "노블 선생님, 매우 귀한 접시예요. 선생님을 위한 겁니다. 정말 쌉니다." 하고 외쳤다. 그러면 아버지는 소년의 귀에다 대고 소곤거렸다. "구스타드, 잘 들어 둬, 도둑놈들이 하는 소리를." 소년은 "아빠, 저기, 메카노 세트예요. 엄청 커요."라고 말했다. 흡족해진 아버지는 소년의 머리를 쓰다듬으며 "그래, 적어도 열 세트는 되겠다. 너도 나처럼 눈썰미가 좋구나." 하고 말했다. 그런 다음 아버지는 흥정에 들어가서 터무니없이 낮은 값을 제시하고 실랑이질을 벌이다가 "당신, 미쳤어?" 하고 호통을 치며 나와 버렸고, "선생님, 그냥 가시면 어쩝니까? 하던 흥정은 마저 해야죠." 하면 다시 돌아갔다. 그렇다고 바로 흥정이 되는 것도 아니었다. "안 돼. 지옥에나 떨어져.", "그렇게 후려치는 법이 어디 있습니까? 정직한 가격입니다. 신의 이름으로 말씀드립니다.", "신을 모독하지 마.", "마지노선입니다. 더는 안 됩니다.", "알았어, 도둑놈 같으니." 그런 말들이 오가고 나서야 비로소 흥정이 끝났다.

메카노 세트를 신문지에 싸서 집으로 가져온 다음에, 구스타드는 할아버지의 감독하에 너트와 볼트, 이음매 판과 직각 받침대, 원반과 바퀴 쇠, 도르래와 회전 속도 조절 바퀴, 계류 장치와 크랭크, 승강대와 곡선 모양의 금속판 등을 모두 정해진 칸에 담을 수 있도록 메카노 나무 상자를 만들었다. 그 후 구스타드의 방에서는 소방차, 크레인, 경주용 자동차, 증기선, 이층 버스, 시계탑 같은 다양한 모델이 나와서 부모님과 조부모님을 기쁘게 했다. 그의 최고 작품은 중간을 들어 올렸다 내렸다 할 수 있는 다리인 가동교였다. 구스타드가 뭔가를 완성할 때마다 아버지는 그가 노블 가문의 이름을 빛낼 거라고 했다.

"선생님!" 노점 주인이 불렀다. "메카노, 사실 거죠?" 그가 구스타드의 어깨를 잡았다.

"아." 구스타드가 정신을 차렸다. "아니요, 됐소. 그냥 한번 봤소." 구스타드는 메카노 세트를 돌려주고 손으로 머리를 빗으면서 트럭들이 일부러 짐을 쏟아 놓은 것처럼 잡다한 물건들로 어질러져 있고 간선 도로와는 직각을 이루는 골목길들을 살펴보았다. 금속과 유리로 만든 물건들이 뜨거운 오후 태양 아래에서 반짝거렸다. 이 빠진 컵과 잔 받침, 마이센 도자기, 셰필드 양식기, 꽃병, 놋쇠 램프, 리모주 도자기, 납땜한 조리 기구, 물주전자, 반짝이는 나팔이 있고 태엽으로 작동하는 축음기, 은 쟁반, 지팡이, 문진과 줄자, 낡은 크리켓 공, 수리된 크리켓 배트, 우산, 크리스털 와인 잔 등. 가치 있는 물건들과 쓸모없는 고물들이 함께 놓여 있었다.

구스타드는 골목길 하나를 골라서 들어가 보았다. 모퉁이에는 귀지를 파주는 사람이 바쁘게 일하고 있었는데, 은으로 만든 귀이개로 귓속을 후비다가 빼낼 때마다 손님들이 움찔움찔했다. 구스타드는 조심스럽게 그들 옆을 지나갔다. 그는 잘못해서 귀지를 파고 있는 남자의 팔을 건드리기라도 하면 어떻게 될까, 생각만으로도 등골이 오싹했다.

그건 그렇고 그 후에 메카노 세트는 어떻게 됐지? 파산 때 다른 것들과 함께 사라진 것이 분명했다. 그의 가족을 파멸시켰던 파산은 치명적인 바이러스와도 같았다. 그 모든 것이 바로 자존심 강한 한 남자의 고집 때문이었다. 그의 아버지는 여러 달 동안 수술을 미루다가 결국은 병원으로 실려 갔다. 마취하기 전에 아버지는 주변의 만류에도 사업을 작은아버지에게 맡겼다. 아버지는 남의 충고를 싫어했다.

작은아버지는 술꾼에다 풀 방구리에 쥐 드나들듯 경마장을 들락거리는 것으로도 악명이 높았다. 그가 재산을 저당 잡히고 타락을 일삼는 속도는 놀라웠다. 병원에서 퇴원한 아버지는 한때 인도 최고의 서점이 파멸된 것을 보았고, 그 후로 그의 가족은 결코 회복하지 못했다. 이러한 고난 때문에 구스타드의 어머니는 병원에 입원했다. 병원비와 간병인을 고용할 돈은 물론이고 구스타드의 대학 2학년 수업료를 낼 돈도 없었다. 상황을 설명해 주려고 구스타드에게 전화를 건 아버지는 무너지고 말았다. 아버지는 그를 도와줄 수 없다며 울면서 용서를 구했다. 구스타드는 무슨 말을 해야 할지 몰랐다. 한때는 천하무적이었던 아버지가 그렇게 무너진 모습을 본 구스타드에게 변화가 일어났다. 그는 경멸적인 말을 내뱉었으며, 바로 그 순간 자신은 어떠한 고통과 고난 앞에서도 결코 눈물을 흘리지 않겠노라고 맹세했다. 그에게 쓸모없는 눈물은 여자들과 나약하기 짝이 없는 남자들의 전유물일 뿐이었다.

열일곱 살짜리에게는 힘든 맹세였지만 그는 꿋꿋이 지켰다. 그는 약속한 대로, 병실에 누워 있는 어머니 앞에서 울지 않았으며, 어머니가 돌아가셨을 때도 울지 않았다. 오죽하면 아버지가 그에게 말했다. "너는 어쩌면 눈물 한 방울 흘리지 않느냐?" 그러자 구스타드는 돌덩이처럼 입을 꾹 다물고 이글이글 불타는 눈으로 아버지를 노려보았다. 아버지의 결정적인 굴욕은 침묵의 탑에서 행해지는 나흘간의 기도 비용조차 낼 수 없었다는 것이다.

그러한 빈곤 속에서도 아버지는 아무런 쓸모 없는 자신의 동생을 할 수 있는 데까지 돌보기를 고집했고, 이로 인해서 구스타드는 또다시 분노했다. 이러한 시기에 구스타드를 기쁘게 한 일은, 술로 인한 간경변으로 방탕한 작은아버지가 죽었다는 소식이었다.

구스타드가 골목길 모퉁이에 다다를 때까지 헌책방은 단 한 곳도 없었다. 그는 그렇게 많은 잠든 기억을 깨우는 데 얼마나 적은 시간이 필요한지 새삼 깨달았다. "머리 마사지! 발 마사지!" 그의 뒤에서 목소리가 들려왔다. 어깨 위에 수건을 걸친 남자가 오일과 크림을 담은 작은 통을 흔들며 그의 옆에 섰다. "머리 마사지 받으시죠? 발 마사지는요?" 구스타드는 고개를 젓고 그를 따돌리려고 발걸음을 서둘렀다.

구스타드는 군중 틈을 헤치고 나가다가 마침내 인도에 헌책을 펼쳐 놓은 곳을 두 군데 발견했다. 바로 옆에서는 이발사가 힘차게 가위질을 하고 있었는데, 기름진 검은 머리카락들이 세차고 빠르게 하얀 천 위로 떨어졌다. 그곳에 멈춰 선 구스타드는 힌디 어, 구자라트 어, 또는 그가 알아볼 수 없는 글자들로 쓰여진 책 제목들을 보았다. "영어 책은 없소?" 그는 여행 가방에 앉아 있는 사람에게 물었다.

"당연히 영어 책도 있습죠." 그가 일어서더니 가방의 뚜껑을 열었다. 가방 속에는 1960년대 초반의 《라이프》 잡지들, 너덜너덜한 슈퍼맨 만화들, 《리더스 다이제스트》, 《필름페어》 등이 있었다.

구스타드는 손목시계를 보았다. 세 시가 넘었다. 서둘러야 했다. 지미가 두 시에서 네 시 사이라고 편지에 썼다. 다음 골목에도 아스팔트 위에 책을 깔아 놓은 곳이 몇 군데 있었다. 주로 서부극과 연애물을 다룬 보급판들이었다. 나머지 노점들은 자동차 부품, 유리 항아리, 나무 의자 등을 팔고 있었다. 구스타드가 모퉁이를 돌아서 다음 골목으로 들어서자 지금껏 봤던 것보다 훨씬 괜찮은 책들이 눈에 띄었다. 호화롭게 제본된 『플라톤의 위대한 대화』, 제임스 헤이스팅스가 편집한 『종교와 윤리 백과사전』 제7권, 헨리 그레이의 『인체 해부』가 그의 시선을 사로잡았다. 그는 그것들을 차례대로 집어 들어 쭉 훑어보았다.

"정말 좋은 책들입니다." 주인이 말했다. "구하기 힘들죠. 도둑 시장에서만 구할 수 있습니다." 아버지의 흥정 기술이 떠오른 구스타드는 의도적으로 그를 무시했다. 그 책들을 꼭 갖고 싶었다. 그의 얼마 안 되는 소장 도서를 늘릴 수 있는 얼마나 좋은 기회인가. 소랍과 내가…… 아니지, 내가 만들 책장에 이 책들을 꽂으면 얼마나 멋질까, 하고 그는 생각했다. "얼마요?" 그는 손을 애매모호하게 흔들어서 책들을 가리켰다.

"책마다 가격이 다릅니다." 주인이 말했다.

똑똑한 친구로군. 쉽지 않겠는데. 구스타드는 그에게 혼란을 주려고 책을 마구잡이로 가리켰다. 그러자 주인은 구스타드가 가리킨 책 세 권이 모두 9루피라고 했다. 그는 터무니없다는 듯이 책들을 다시 던져 놓고 떠나려고 돌아섰다. "너무 비싸군."

"왜 그냥 가십니까? 얼마 내시겠습니까?"

"4루피."

주인이 그 책들을 집으려고 몸을 숙이자 구스타드는 자신이 이겼다고 생각했다. "선생님, 잠깐만요. 제 말 좀 들어 보십쇼. 저와 타협하시죠. 7루피 주십쇼."

"4루피."

주인이 하늘을 가리켰다. "태양을 걸고 이슬람 사원의 이름으로 정직하게 마지막 가격을 말씀드립죠. 그 이하로는 깎아 드릴 수 없습니다. 안 그러면 어떻게 새끼들을 먹여 살리겠습니까?" 그가 말을 멈추었다. "6루피 내십쇼."

구스타드가 돈을 지불했다. "영어 책을 파는 곳이 또 있소?"

"네, 그럼요. 최근에 새로 온 사람이 있습니다. 좋은 물건들을 가지고 있습니다. 이 골목 끝입니다. 곧바로 걸어가십쇼."

구스타드는 팔로 책을 감쌌다. 묵직한 책들의 부피에 기운이 나자, 그는 돈을 쓴 것에 대한 죄책감이 덜했다. '고전 세 권을 사는데 6루피쯤이야. 지금부터 도둑 시장에 자주 와야겠어. 한 번에 한 권 또는 두 권씩 사다 보면 마침내 책장을 가득 채우게 될 거야. 이건 가족에게 정말로 필요한 거지. 작은 책장 가득히 좋은 책들만 있다면 삶을 살아갈 준비가 된 거니까.'

그는 길모퉁이에서 노점 찻집을 보았다. 그 옆에 책 진열대가 있었다. 수십 권의 책이 등을 위로 향한 채 나무 상자 안에 들어 있었고, 더 많은 책이 보도 위의 비닐 깔개에 전시되어 있었다. 구스타드는 더 가까이 갔다. 뒤쪽에 금색 글씨로 '윌리엄 셰익스피어 전집'이라고 적힌, 빨간색 천으로 제본된 책이 포장 상자에 기대어 있었다.

3

구스타드는 긴장하며 주위를 둘러보다가 텅 빈 찻집 안을 들여다보았다. 그 골목 모퉁이는, 그가 한 시간 이상 배회하며 느낀 혼돈과 왁자지껄함에 비해 이상하리만치 조용했다. 소년 하나가 책 진열대 옆에 서 있었다. 구스타드가 몸을 숙여서 책을 집으려고 했지만, 팔에 든 다른 책들 때문에 쉽지 않았다. "어느 거요?" 소년이 물었다. 구스타드의 손가락을 따라서 소년이 민첩하게 앞줄을 뛰어넘더니 그 책을 가져왔다.

구스타드는 제대로 찾아왔다는 것을 알았다. 그럼에도 그는 「오셀로」를 찾은 후 1막의 끝으로 갔다. "당신 지갑에 돈을 넣어 둬."라는 대사에 빨간색으로 밑줄이 다섯 번 그어져 있었다. 언제나 그렇듯이 지미는 철저했다.

구스타드가 책을 덮고 고개를 들자, 찻집 그늘에서 하얀 터번을 두른 남자가 지켜보고 있었다. 구스타드의 숨이 멎었다. 남자가 그늘에서 나오자 구스타드는 그것이 터번이 아니라 흰색 외과용 거즈를 붕대로 친친 감은 것임을 알아차렸다. 남자가 가까이 오자 구스타드는 그가 비록 머리를 감싸고 있었지만 얼굴을 알아볼 수 있었다. 대단한 우연이었다. 구스타드는 손을 들어 인사하며 서둘러 앞으로 나아갔다.

"노블 씨, 다시 뵙게 돼서 반갑습니다." 그는 구스타드만큼이나 키가 컸으며 수염을 말끔히 깎았다.

구스타드가 반갑게 악수했다. "절 기억하시죠? 고맙다는 인사를 하려고 9년 동안 기다렸습니다. 당신이 빌리모리아 소령과 아는 줄 알았더라면……." 그 순간 구스타드는 머리가 그렇게 끔찍하게 깨지고도 원기왕성하게 돌아다니다니 대단한 사람이라는 생각이 들었다. 남자가 람브레타 스쿠터의 핸들 위로 날아가는 모습은 지금 생각해도 등골이 오싹했다.

"엉덩이뼈는 어떻습니까?"

"거의 새것이나 다름없습니다. 소령 덕분에 접골사 마디왈라한테 갔지요. 재능 있는 치료사가 기적을 일으켰습니다. 그런데……." 구스타드는 혼란스러웠다. "내가 사고를 당한 그날 당신과 빌리모리아 소령이 함께 택시 안에 있었는데…… 당신은 아무 말도 안 했어요. 그 당시에는 소령을 몰랐습니까?"

"아, 물론 알고 있었습니다. 하지만 일의 성격상 서로 모른 척할 때도 있습니다. 때로는 택시 운전사와 승객일 때가 더 안전하지요."

구스타드는 이해가 됐다. "그런데 당신도 최근에 사고를 당한 것 같은데요."

"네. 엄밀하게 말해서 사고는 아니었습니다. 이리 오십시오. 차 한잔 하시죠." 그가 구스타드를 안으로 이끌었다.

"죄송합니다만, 얼굴은 분명히 기억나는데 성함을 잊어버렸습니다."

"굴람 모하메드입니다."

"이제 기억이 나는군요. 택시에서 제 아들과 이야기를 하셨죠."

"소랍은 잘 지냅니까?"

구스타드는 깜짝 놀랐다. "아들의 이름까지 기억하십니까?"

"그럼요. 어떻게 잊을 수 있겠습니까? 빌리모리아 소령이 당신의 가족에 대해서 말하곤 했습니다. 소령의 가족이나 다름없다고 했죠. 당신이 사고를 당하기 전에 이미 당신에 대해서 알고 있었습니다. 빌리 보이의 친구는 모두 제 친구입니다."

구스타드가 싱긋이 웃었다. "빌리 보이라, 지미에게 어울리는 이름이군요."

"군대에서는 동료들이 그를 빌리 보이라고 불렀죠." 굴람은 말을 멈추고 먼 곳을 바라보았다. "그때가 좋았습니다. RAW에 있는 지금은 모든 게 너무 달라요."

"두 사람이 함께 RAW에 들어갔나요?"

"네. 빌리 보이가 가는 곳엔 언제나 제가 가죠. 그도 항상 나와 함께하려고 하고요. 1948년에 제 목숨을 구해 준 사람을 위해서 무슨 일인들 못하겠습니까. 카슈미르 이야기, 아시죠?"

"그 얘긴 제게 한 적이 없는데요."

"그렇군요. 빌리 보이답군요. 절대 자랑하는 법이 없죠. 후퇴 명령이 내려진 후에 저를 구하려고 혼자서 왔습니다. 안 그랬으면 전 원주민들에 의해 칼로 열일곱 조각이 나서 언덕에 버려졌을 겁니다." 유리잔에 담긴 차가 탁자에 놓였다. 굴람이 잔을 들고 한 모금 마셨다. "그런 일이 있었죠. 그래서 빌리 보이는 항상 제게 의지할 수 있습니다. 그의 친구는 곧 제 친구입니다."

그때 굴람이 찻잔을 내려놓고 몸을 앞으로 숙이자 그의 얼굴이 매우 가까워졌다. "그리고 그의 적은," 그는 거의 속삭이듯이 말했다. "나한테 대가를 치러야 하죠. 누구라도 그에게 해를 끼치면 저는 칼, 총, 맨손, 이, 무엇으로라도 그들을 가만두지 않을 겁니다." 그는 이를 사리문 채 말했다.

순간적으로 불편해진 구스타드가 뒤로 물러났다. "당신 같은 친구를 둔 지미는 행운아군요." 이상한 사람이네. 따뜻하고 다정하다가도 한순간에 머리털이 곤두서게 만드는군. 구스타드는 찻잔으로 손을 뻗었다. 뜨거운 액체가 투명한 유리 속에서 흐릿했다. 거의 가루가 되다시피 한 찻잎들이 뜨거운 물을 타고서 위로 떠올랐다가 바닥으로 가라앉았다. 그는 용기를 내서 한 모금 마셨다. 쓴맛이 났다. "당신 사고는 어떻게 된 겁니까?"

"사고가 아닙니다. 제 스쿠터를 노린 겁니다."

"정말입니까?" 구스타드는 짜릿한 흥분을 느꼈다. "누가 그런 겁니까? 파키스탄 스파이들 짓입니까?"

굴람이 웃었다. "그렇게 간단한 문제가 아닙니다. 그냥 직업적 재해라고 해 두지요." 그는 차를 몇 모금 마시고는 구스타드의 잔을 가리켰다. "안 드십니까? 설탕을 좀 더 넣어 보세요." 굴람이 손을 흔들었다. 뒤에서 여자가 나타나 그의 말을 듣더니 설탕 통을 들고 왔다. 구스타드가 설탕을 조금 넣고 맛을 보았다. 그는 괜찮다는 듯이 고개를 끄덕였다. "정말 위험한 삶을 사시는군요. 지미는 어떻습니까? 델리에서 잘 살고 있나요?"

"빌리 보이는 걱정할 필요가 없습니다. 당신과 나를 합쳐 놓은 것보다 똑똑하니까요."

구스타드는 지미에 대해 더 듣고 싶었지만, 굴람의 말투를 보니 정보가 나올 것 같지 않았다. "택시는 어쨌길래 스쿠터를 타고 다닙니까?"

"때로는 택시를, 때로는 스쿠터를 탑니다. RAW에서는 종류를 가리지 않고 일을 해야 합니다. 오늘은 책 장수입니다. 오늘 밤에는 뭄바이를 떠나 일주일 동안 다른 일을 할 겁니다." 그는 웃고 나서 찻잔을 비웠다. "자, 그러면 빌리 보이가 보낸 소포를 드려야겠군요."

그가 밖으로 나가서 책 진열대로 가더니 나무 상자 하나를 열었다. 그 안에는 여행용 가방 크기의 커다란 꾸러미가 갈색 포장지에 싸인 채 두꺼운 끈으로 묶여 있었고, 맨 위에는 끈을 엮어서 만든 손잡이 고리가 달려 있었다. "이겁니다." 굴람이 말했다. 그는 구스타드가 들고 있는 책을 보았다. "들고 갈 게 많군요."

구스타드도 같은 생각을 하고 있었다. 버스를 타고 가려면 힘들게 생겼다. 구스타드가 셰익스피어 전집을 돌려주면서 말했다. "모하메드 씨, 오늘은 책 장수이시니 그 책을 내게 파시겠소?"

굴람이 웃었다. "그럼요, 물론이죠."

"얼마면 되겠습니까?"

"경영진의 선물로 드리지요."

"아뇨, 그러시면 안 됩니다. 얼마라도 지불해야죠."

"당신의 우정을 주십시오."

"그건 당신이 벌써 가져갔어요."

"그렇다면 이미 책값을 지불한 셈입니다." 그들은 웃으면서 힘껏 악수를 나누었다. "잠깐만요. 종업원에게 책을 한군데 포장하라고 시키겠습니다. 그러면 들고 가기가 한결 편할 겁니다."

포장하는 동안 굴람은 구스타드가 연락을 취할 수 있는 주소를 적어 주었다. "여기가 어딘 줄 아시죠?"

"철창집이군요." 구스타드가 메모를 읽었다. "네, 압니다. 페이마스터 박사의 병원이 같은 지역에 있죠. 우리 집 주치의입니다."

"철창집 밖에서 빵을 파는 사람이 있습니다. 빵 장수 피어보이라는 사람이죠. 언제라도 그 사람에게 메시지를 남기십시오."

구스타드는 빵 장수 피어보이를 알고 있었다. 그는 페이마스터 박사가 개업한 것만큼이나, 아니 어쩌면 그보다 더 오랫동안 그곳에서 빵을 팔아 왔다. 그가 어렸을 때 홍역, 수두, 이하선염 등의 예방 접종과 추가 접종을 하러 병원에 갈 때마다 피어보이가 장사하는 모습을 보곤 했다. 그 후 학창 시절에는 급우들과 수업을 빼먹고 몰래 빠져나와 철창집 주변을 배회하며 피어보이의 이야기를 듣곤 했다. 철창집 그리고 창녀들과 손님들 간의 교합에 관해서 피어보이가 들려주는 재밌는 내력에 빵을 사는 손님들은 깊이 빠져 들곤 했다.

"믿을 수 있는 사람입니다." 굴람이 말했다. "어떤 메시지라도 그를 통하면 제게 전달될 겁니다." 종업원이 책 꾸러미를 들고 왔다. 구스타드는 그것이 지미의 소포처럼 묶어서, 맨 위에 끈을 기발하게 엮어 만든 손잡이가 달려 있는 것을 보았다.

구스타드는 다시 한 번 굴람과 악수한 후 골목을 따라서 왔던 길로 되돌아갔다. 거리에서는 아스팔트에 널려 있던 공구, 촛대, 접시, 램프, 발전기, 깔개, 꽃병, 가정용품, 손목시계, 카메라, 전기 스위치, 수집 우표, 변압기, 자석, 기타 잡동사니를 서서히 치우고 있었다. 귀지 파는 남자는 마지막 손님의 귓구멍을 청소하고 있었다. 구스타드가 그들 옆을 지나갈 때, 남자는 은으로 만든 귀이개를 밖으로 끄집어내어 손님이 볼 수 있도록 들어 올렸다. 완두콩 크기의 갈색 환약 같은 것이 조그만 귀이개 주걱에 얹혀 있었다.

"그렇지!" 자기 귀에서 나온 것이 자랑스러운 듯이 손님이 외쳤다. 그는 다른 쪽 귀를 귀이개에 갖다 대면서, 마치 무대 감독처럼 이번에는 과연 무엇을 보여 줄 것인지 흥분했다. 구스타드는 그곳에 서서 지켜보고 싶었지만 무례한 일이라는 생각이 들었다. 게다가 지미의 소포가 너무 무거워서 끈을 꼬아서 만든 손잡이가 그의 손가락들을 파고들었다.

버스는 몹시 혼잡했고 구스타드는 차에서 애를 먹었다. 그는 짐을 들고 움직이다가 앞에 있는 여자와 부딪쳤다. 여자는 퉁명스럽게 쏘아붙이면서 뒤돌아보았다. "제대로 보지도 않고 뭐하는 짓이에요. 큰 꾸러미들을 들고 버스에 타서는 예의 없이 사람을 치기나 하고 말이야. 짐이 많으면 택시를 타야 되는 거 아니에요? 왜 버스를 타서 애먼 사람을 괴롭혀요. 누구 승차권 없는 사람이라도 있나, 자기 혼자만 승차권 산 것처럼 이리 치고 저리 밀고……."

굴람을 만난 후 기분이 좋았던 구스타드는 그 말에 개의치 않았다. 그는 여자에게 고개를 깊이 숙이며 최대한 공손하게 말했다. "사모님, 불편을 끼쳐드려서 죄송합니다. 저의 사과를 받아 주십시오." 그는 얼굴을 찌푸리고 있는 여자에게 매력적인 미소를 지어 보였다.

평생 사모님 소리를 들어 보지 못했거나, 그런 정중한 인사를 받아 보지 못했을 여자는 기분이 좋아져서 화가 누그러졌다. "괜찮아요." 여자가 고개를 갸웃하며 말했다. "별말씀을요." 이후에 그들은 눈이 마주칠 때마다 서로 미소를 지었다. 구스타드보다 한 정거장 앞에서 내린 그녀는 "안녕히 가세요." 하고 인사를 건넸다.

*

테물이 아파트 단지에서 초조하게 기다리고 있었다. "구스타드구스타드제발.구스타드내가들어줄게요."

구스타드는 흔쾌히 책 꾸러미를 넘겼다. 테물은 그 일을 영광스럽게 생각했다. 현관문에 도착하자 구스타드가 "고맙다." 인사하고 다시 꾸러미를 받고서 열쇠를 돌렸다.

테물이 입술에 손가락을 갖다 댔다. "구스타드조용매우조용."

"뭐?"

"조용조용구스타드.몸이안좋아몸이안좋아자고있어몸이안좋아."

"누가 몸이 안 좋아?"

"로샨로샨로샨자고있는로샨.소리내지말고조용히몸이안좋아." 현관문을 열면서 구스타드는 얼굴을 찌푸렸고 손을 흔들어 그를 쫓았다.

8부

1

"내가 말한 대로 해가 지기를 기다렸다가 하는 거지?"

"항상요." 딜나바즈가 말했다.

쿠트피티아는 짝다리를 짚고 벽에 기댔다. "어! 이쪽 발이 류머티즘에 걸렸어." 손으로 턱을 괸 그녀는 곰곰이 생각했다. "한 가지 이유밖에 없어. 소랍 안에 흉악한 마법이 너무 깊고 강하게 걸려서 라임 열매로는 빼낼 수가 없는 거야."

"정말요?"

"물론이지. 확실해." 쿠트피티아가 다그치듯이 말했다. "잘 들어. 마법이 너무 깊이 걸린 경우에 그걸 빼내려면 다른 사람이 필요해."

"그럼 어쩌죠?"

"방법이 있지. 먼저 머리 위에다가 똑같이 일곱 번 원을 그려. 이번에는 라임 열매를 바다에 던지지 말고 쪼개어 즙을 짜서 아무한테나 마시게 하면 돼. 그 사람이 소랍한테서 마법을 빼내 줄 거야."

딜나바즈는 매우 간단한 일이라고 생각했다. "그러면 마법은 어디로 가죠?"

"주스를 마시는 사람 안으로 들어가지."

"그러면 누군가 다른 사람이 고통을 겪어야 하는 건가요?"

"그래. 나도 사실은 그게 싫어." 쿠트피티아가 어깨를 으쓱하더니 말을 이었다. "하지만 이게 유일한 방법이야."

"세상에, 죄 없는 사람을 고통받게 할 순 없어요." 물론, 그렇게 해서 효과만 있다면야. "그건 그렇고 주스를 누구한테 주면 될까요?"

"바로 여기 코다다드 아파트에 한 사람 있지." 쿠트피티아가 알 수 없는 미소를 지었다.

"누구요?"

"당연히 절름발이 테물이지."

"안 돼요, 안 돼!" 딜나바즈는 너무나 잔인하다는 생각에 겁이 났다. "어쩌면 제가 직접 마셔야 할지도 모르죠. 어차피 소랍은 제 아들이니까요."

"말도 안 되는 소리." 어찌할 바를 몰라서 딜나바즈가 아무 대꾸도 않자 쿠트피티아가 말을 이었다. "잘 들어. 난 사악한 사람이 아니야. 내가 죄 없는 사람을 해코지하고 싶어 하는 줄 알아? 테물을 봐. 테물의 지능이 얼마나 될 것 같아?" 딜나바즈는 말없이 듣고만 있었다. "그러니까 무슨 차이가 있겠어? 테물도 차이를 모를 거야. 내 말은 테물이 처음으로 다른 사람을 위해서 뭔가 좋은 일을 할 수 있게 된 걸 우리가 기뻐해야 한다는 거지."

"정말 그렇게 생각하세요?"

"내가 허튼소리 하는 거 봤어?"

쿠트피티아는 절대로 자신이 믿지 않는 말을 할 사람이 아니었다. 그렇다면 딜나바즈가 믿어야 할 것은 무엇인가? "알겠어요. 고마워요. 그렇게 할게요. 그리고 로샨에게 신문을 주셔서 고마워요. 로샨 반이 난민들을 위해서 신문을 가장 많이 모았대요."

"잘됐군." 쿠트피티아는 딜나바즈가 나가도록 문을 열어 주었다.

딜나바즈는 부엌에 숨겨 둔 라임 열매 가운데 하나를 꺼내어 얇게 썬 다음에 즙을 짜서 유리잔에 담았다. 그런 다음 설탕 한 스푼과 소금을 조금 넣었다. "설탕 한 스푼이면 약이 내려가지, 약이 내려가지, 약이 내려가지……."
딜나바즈는 물을 채워 저으면서, 앞 창문 밖으로 테물이 있는지 살펴보았다.
테물이 구스타드보다 먼저 나타나기를 바랐다.

아파트 단지에는 아무도 없었다. "설탕 한 스푼이면 약이 내려가지……."
통학 버스의 공기압 경적이 울리고 로샨이 단지에 나타났다. "가장 맛있
게……." 로샨의 안색이 몹시 좋지 않았다. 뺨은 창백했고 이마에는 땀이 송
골송골 맺혀 있었다. "무슨 일이야? 어디 아프니?"

로샨이 고개를 끄덕였다. "응가 계속했어요."

"몇 번이나?"

로샨이 잠시 생각했다. "네 번. 아니, 다섯 번."

"옷 갈아입고 누워. 약 줄게." 만성 설사는 언제쯤 불쌍한 로샨을 놓아줄
까? 딜나바즈가 알약을 가지러 갔다. 로샨이 따라오다가 라임 주스 잔을 보
았다.

"엄마, 이건 뭐예요?" 로샨이 냄새를 맡으려고 코를 가까이 댔다.

"안 돼!" 딜나바즈가 달려가서 잔을 치웠다.

"뭐예요?"

"아무것도 아냐, 아무것도." 딜나바즈는 침착하게 말하려고 했다. "요리할
때 쓰는 거야. 이거 마시면 배가 더 아파." 딜나바즈는 온몸에 소름이 돋았다.
오, 신이시여! 로샨이 마법에 걸린 라임 주스를 마셨으면 어떻게 됐을까? 생
각만으로도 섬뜩했다.

알약을 보자 로샨이 얼굴을 찡그렸다. "또 갈색 알약이야? 목으로 넘어갈
때 너무 써." 로샨이 익숙하게 알약을 삼킨 후 침대로 갔다.

얼마 지나지 않았을 때, 테물이 멀구슬나무 가지를 쳐다보려고 그 옆을 절뚝거리며 걷고 있었다. 그녀는 열린 문으로 그를 손짓해서 불렀다. "테물, 들어와." 그는 부끄러워하며 다가왔다. 또 원을 그리면서 긁으려는 듯이 손 하나가 사타구니 쪽으로 갔다. "테물, 그만둬." 그는 시키는 대로 손을 치우고 겨드랑이에 집어넣었다. "이것 봐, 너 주려고 만든 거야."

그는 코를 킁킁거리며 주스 위에 떠다니는 씨 하나를 매우 유심히 보았다. "얼른 마셔." 딜나바즈가 말했다. "정말 맛있어."

그는 주저하면서 한 모금 마셨다. 테물은 눈을 번쩍 뜨더니 입술을 핥았다. "정말정말정말맛있다."

"다 마셔." 그녀가 부추겼다. "모두 네 거야."

잔을 기울여 쭉 들이켠 테물은 입맛을 다시며 트림을 했다. "정말맛있다제발더줘요제발제발."

"이제 없어." 일은 너무 쉬웠다. "더 있으면 다시 부를게. 알았지?"

그는 힘차게 고개를 끄덕였다. "불러요제발불러요.제발더줘요너무맛있어요."

"이제 그만 가." 테물은 성한 다리를 축으로 해서 몸을 돌리고 난 다음 나머지 다리를 휙 돌려서 문을 걷어찼다. "쉿, 조용히 해." 딜나바즈가 말했다. "로샨이 자고 있어. 몸이 안 좋아."

테물은 입술에 손가락을 갖다 댔다. "조용조용조용.조용로샨잔다조용." 그는 조심스럽게 발을 끌며 현관문을 지나서 아파트 단지로 돌아갔다.

2

현관문 열쇠 소리에 딜나바즈가 부엌에서 나왔다. "웬 잡동사니예요? 이게 다 소령이 보낸 거예요?" 구스타드가 책상 위에 올려놓은 커다란 꾸러미 두 개를 보더니 불안해진 딜나바즈가 물었다.

"잡동사니라니? 안에 뭐가 들었는지도 모르면서. 이건 소령이 보낸 소포. 이건 훌륭한 책 네 권이야. 예술과 지혜와 오락이라고."

그녀는 손으로 자신의 이마를 쳤다. "책! 또 책이에요! 당신 미쳤군요. 어디에 둘 거예요? 당신 설마 소랍과 함께 언젠가 만들겠다는 책장에 관한 말도 안 되는 소리를 하려는 건 아니겠죠."

"진정하고 나한테 맡겨 둬. 그건 그렇고 도둑 시장에서 내가 누굴 만났는지 알아?"

그녀는 미심쩍어하는 표정으로 그를 보았다. "설마 빌리모리아 소령은 아니겠죠."

구스타드가 웃었다. "아니. 그를 아는 사람이지. 나도 아는 사람이고." 그는 노점 찻집에서 굴람과 나눴던 애기를 들려주었다.

"길거리에서 먹거나 마시지 말라고 백 번도 넘게 말했잖아요. 당신 어떨 땐 꼭 애들처럼 행동해요."

"예의상 차 몇 모금 마신 것뿐이야."

"한 모금만 마셔도 병이 나기에 충분해요."

그 말에 구스타드는 불현듯 생각이 났다. "로산한테 무슨 일 있어?"

"배가 아프대요." 그녀가 말했다. "누구한테 들었어요?"

"절름발이 테물한테서. 테물이 어떻게 안 거야?"

세상에, 이런. 딜나바즈는 깜짝 놀랐다. 그 바보가 다른 말도 한 거 아냐? 다행히도 구스타드는 대답을 기다리지 않았다. 이전에도 그는 테물이 정신과 몸이 온전한 사람보다도 먼저 정보를 알아내는 능력이 있다는 증언을 들은 적이 있었다. 그는 로샨에게 갔다가 금방 돌아왔다. "자고 있네. 약은 먹였어?"

"엔테로 바이오폼 두 알 먹였어요."

"잘했어." 구스타드가 말했다. "금방 나을 거야. 내일까지도 계속 설사를 하면 술파구아니딘을 먹여." 그는 이런 알약들을 항상 집에다가 준비해 두었다. 로샨이 아프기 전에는 다리우스가 열세 살 때까지 끊임없이 설사에 시달렸다. 처음에 딜나바즈는 의사와 먼저 상의해야 한다며 구스타드가 주는 알약을 시쁘게 여겼다. 그녀는 보잘것없는 사무실임에도 간판에 '1892년 설립. 의사 면허. 일반의. R. C. 로드 박사'라고 쓰인 페이마스터 박사를 신뢰했다. 50여 년 전에 로드 박사로부터 폐업한 병원을 인수한 그는 개업할 때 자금이 부족해서 간판을 바꾸지 않았다. 처음 온 겁먹은 환자들이 자신을 로드 박사라고 불러도 그는 그다지 신경 쓰지 않았다.

똑똑하고 친절하며 유머 있고 사려 깊은 젊은 의사가 환자를 웃게 만들어서 병을 잘 치료한다는 소문이 순식간에 퍼져 나갔다. 페이마스터 박사의 병원에 환자가 늘어나기 시작했다. 곧 병원을 리모델링하고 대기실에 괜찮은 소파와 의자를 들여놓고 신약과 연구에 뒤지지 않도록 그가 간절히 원했던 외국 의학 전문지들도 구독할 만한 여유가 생겼다. 그리고 드디어 자신의 이름이 적힌 간판을 달 수 있었다.

그런데 간판으로 인해 예기치 않은 문제가 생겼다.

바로 다음 날, 병원은 혼란에 빠졌다. 병원에 온 환자들은 페이마스터 박사란 사람이 누구냐며 정체를 밝히라고 요구하다가 나가 버렸다. 재밌고 유쾌한 로드 박사한테 무슨 일이 생겼나요? 언제 돌아오시죠? 그들은 설명을 들으려고도 하지 않았고 신참한테는 진찰을 받지 않겠다고 했다. 위험을 무릅쓰고 치료를 받은 몇 안 되는 사람도 한목소리로 치료가 이전만 못하다고 했고, 그 소문이 자자해졌다.

곤혹스러워진 페이마스터 박사는 옛날 간판을 찾으러 갔다. 천만다행으로 간판장이는 병원 간판을 훼손하지 않았고 땔감용으로 보관하고 있던 간판과 명패 더미 밑에다가 놓아두었다. 그리하여 옛날 간판이 다시 걸렸고 혼란은 하루 만에 사라졌다.

그리고 단 하루 만에 페이마스터 박사는 의대에서는 결코 배울 수 없었던 것을 배웠다. 소비 상품과 마찬가지로 의사의 이름이 그의 기술보다 훨씬 중요하다는 것이었다. 시간이 지나면서 그는 그러한 사실을 자연스럽게 받아들였고 환자들에게 어떠한 유감도 품지 않았다. 게다가 그는 간판의 1892년이라는 연도가 일종의 위엄, 특히 병원 일에서는 수명과 생명력을 상징한다고 생각했다. 따라서 노블 부부와 몇몇 환자만이 페이마스터라는 그의 실제 이름을 알았고, 그의 이름을 정확히 불렀다.

세월이 흘러서 대머리가 되고 얼굴이 동그래진 페이마스터 박사는, 어릿광대 같은 할아버지가 되었다. 그는 여전히 병원에서 익살스럽게 환자들을 진찰했다. 그는 주사기나 관장 기구를 가지고 어릿광대짓을 하거나, 악취가 나는 화합물 병들을 킁킁거리며 우스운 표정을 짓거나, 아프고 주눅 든 채 지푸라기라도 잡고 싶어 하는 환자들에게는 끊임없이 재미있는 헛소리를 지껄였다.

그렇다고 해서 페이마스터 박사가 충동적인 행동을 하는 사람은 아니었다. 박사만큼 신중한 사람도 없었는데, 병원 밖의 시장이나 불의 사원에서 그를 사적으로 만날 때면 엄숙하다 못해 무섭기까지 했다. 한때 구스타드는 그에게 혹시 본명이 지킬 박사가 아니냐고 장난스럽게 물어본 적도 있었다. 박사는 굳은 표정으로 아픈 사람이나 근심이 많은 사람에게는 웃음이 필요한데, 자신의 명랑함이 무궁무진하지 않기 때문에 아껴 쓰는 것이 현명하다고 대답했다.

노블 부부는 페이마스터 박사를 저버리지 않았고 그에 대한 신뢰도 잃지 않았다. 그러나 세월이 흐르자 박사도 한계를 드러내기 시작했고, 그들도 받아들일 수밖에 없었다. 처음에는 기적이 일어나기를 포기했고, 다음에는 그의 영구적인 치료 능력을 포기했으며, 마지막으로 그가 외국의 유명 연구 기관에서 발행하는 의학 전문지들을 탐독해서 새롭고 좀 더 효과적인 치료법을 추천해 줄 거라는 희망을 포기했다.

페이마스터 박사의 외국 전문지 구독은 오래전에 끝났다. 정부와 관련된 것들이 그러하듯이, 외환 법령도 규정과 절차가 까다롭고 복잡해서 페이마스터 박사는 일찍이 두 손 두 발 들어 버렸다. 네루가 죽고 샤스트리가 총리가 되자 회의론자들은 그렇게 키가 작은 사람이 어떻게 세계무대에서 존경받을 수 있겠냐고 했지만, 오히려 정부의 정체된 물이 신선해지고 활력이 도는 듯했다. 그 후에 샤스트리가 파키스탄과 벌인 21일간의 전쟁에서, 중국과 벌인 전쟁에서의 네루보다 훨씬 일을 잘하자 회의론자들은 입을 다물었다. "우리 샤스트리가 키는 작지만 머리는 크지." 페이마스터 박사가 관장 주사기를 대검처럼 들고 돌진하는 자세를 취한 채 무릎을 굽히고 난쟁이처럼 걸으면서 환자들에게 말했다. "샤스트리가 파키스탄 사람들한테 관장약을 제대로 먹인 거라고."

군중이 환호하는 동안에 샤스트리는 코시긴이 인도와 파키스탄의 평화 협상 장소로 제시한 타슈켄트로 향하는 비행기에 올랐다. 타슈켄트 선언이 서명되던 날 밤, 샤스트리는 총리에 취임한 지 18개월도 채 되지 않아서 소련 땅에서 사망했다. 어떤 사람들은 파키스탄 사람들이 살해했다고 했고, 또 어떤 사람들은 소련의 음모가 있었다고 했다. 심지어 어떤 사람들은 인디라 간디의 지지자들이 네루 민주주의 왕조의 꿈을 실현하기 위해서 그를 독살했다고 주장했다.

진실이 무엇이었든 간에 정부는 또다시 혼란에 빠졌다. 외환 법령 간소화는 국가 우선순위에서 한참 밑에 있었고 페이마스터 박사의 전문지 구독은 갱신되지 않았다. 따라서 설사라고 하면 으레 엔테로 바이오폼과 술파구아니딘이 그의 처방전에 등장했다. 변함없이, 마르고 닳도록.

이러한 처방이 반복되다 보니 마침내 딜나바즈도 병원에 가는 것이 시간과 돈 낭비라는 구스타드의 생각에 동의하게 되었다. 구스타드와 마찬가지로 이제는 딜나바즈의 혀끝에서 약품 이름들이 술술 나오기 시작했다. 벽장의 왼쪽은 수요가 많은 알약들과 시럽들로 가득 차 있었다. 목이 부은 데는 글리코딘 테르프 바사카, 기침에는 제프롤과 베나드릴, 감기와 열에는 아스프로와 코도프린, 패혈성 편도선과 인후염에는 엘코신과 에리스로마이신, 소화 불량에는 사트이사브골, 메스꺼움에는 코라민, 저혈압에는 베리톨, 멍든 데는 이오덱스, 미미하게 베인 상처와 화상에는 부르놀, 코가 막힌 데는 프리

빈, (맹물처럼 보이지만 모든 통증과 고통을 없애 준다는) 바르는 만병통치약 유나니, 그리고 설사에는 물론 엔테로 바이오폼과 술파구아니딘이 있었다. 이것들이 모두 첫 번째 선반에 있었다. 두 번째 선반에는 좀 더 다양한 약이 있었다.

가정상비약의 효과를 톡톡히 본 딜나바즈는 가족 이외에 다른 사람들에게도 충고하기 시작했다. 코다다드 아파트에서도 식구가 많은 집에서 설사 환자가 생기면 상황이 위급해졌는데, 화장실이 하나밖에 없는 데다 네 살배기부터 아홉 살배기까지 아이를 다섯이나 키우는 파스타키아 부부가 대표적이었다. 그들은 비어 있는 화장실을 찾아 계단을 아래위로 뛰어다니며 인심 좋은 이웃들에게 도움을 청했다. 그러다 보면 사고는 필연적이었다. 이러한 상황들을 겪으면서 딜나바즈는 약에 대한 자신의 충고가 받아들여질 것이라고 확신했다.

딜나바즈는 파스타키아 부인의 처지가 딱했다. 돌봐야 할 아이들 다섯에다가 툭하면 하늘에다 대고 소리를 지르는, 혈압이 높은 시아버지까지 있었다. 딜나바즈는 계단이나 복도에서 아이들의 증상을 직접 살펴보지 못한 경우에는 파스타키아 부인한테 설명을 듣고 나서 매우 자신 있는 목소리로 의사처럼 충고했다. "엔테로 바이오폼을 하루에 세 번 두 알씩 먹여요." "술파구아니딘 한 알을 가루 내서 설탕물 한 스푼에 타서 먹여요." 술파구아니딘은 커다란 알약으로 엄청 쓴 분필 맛이 났다. 소랍, 다리우스, 로샨의 경험을 통해서 딜나바즈는 다양한 알약을 다루는 방법을 배우게 되었다.

구스타드는 딜나바즈가 이웃들에게 해 주는 처방을 달가워하지 않았다. 그는 머지않아 그녀의 충고가 간섭으로 여겨질 수도 있고 상황을 더욱 악화시킬 수도 있다고 했다. 그러나 딜나바즈는 누군가 진찰비를 아낄 수 있다면 도와주는 것이 자신의 의무라고 했다.

책 꾸러미의 포장을 풀던 구스타드가 양손으로 실꾸리를 옮겨 가면서 고르게 끈을 감고 있는 동안에 딜나바즈는 초조하게 기다렸다. "소령이 보낸 걸 먼저 보고 싶지 않아요?" 그녀가 물었다.

그가 거만하게 웃었다. "곧 볼 거야." 구스타드가 플라톤의 책을 들고 "정말 훌륭한 책이야." 하며 그녀에게 주었고 나머지 책들도 보여 주었다. 딜나바즈는 그것들을 건성으로 보고는 책상 위에 올려놓았다. 그는 소령의 꾸러미도 매우 신중하게 풀었다. 갈색 포장지 밑에는 테이프로 단단하게 봉해 놓은 검은 비닐 포장지가 있었다. 테이프의 힘을 얕잡아 보고 손으로 찢으려던 구스타드는, 책상을 뒤져서 주머니칼을 찾다가 테물이 창밖에서 정신없이 손을 흔드는 것을 보았다. "무슨 일이야?" "구스타드탄원서제발탄원서.탄원서서명서명제발."

그제야 구스타드는 그것을 일주일 동안이나 벽장에 처박아 둔 것이 생각났다. "이웃들한테는 다 돌렸어?"

"구스타드구스타드가먼저서명.구스타드먼저그리고나머지모두.내가말할수있지봐요봐요봐요.구스타드노블이서명했어봐요봐요봐요." 사람은 언제나 맨 먼저 어떤 일에 관여하는 것을 꺼리기 때문에 테물의 말이 옳다는 것을 구스타드도 알았다.

마치 멋진 트로피라도 되는 듯이 테물은 신뢰로 가득한 얼굴에 환한 미소를 지으면서 서명이 적힌 탄원서를 받았다. "구스타드.구스타드.고마워요구스타드." 그는 입술에 손가락을 갖다 대고 쉿 하며 입을 다물었다. "조용조용조용.소리내지마소리내지마."

구스타드도 자신의 입술에 손가락을 갖다 대며 쉬잇 하는 동작을 따라 했다. 테물은 그들의 침묵의 결탁에 뛸 듯이 기뻐했다. 그는 한바탕 킥킥 웃으면서 떠났다.

"정말조용해정말맛있는정말맛있는주스."

구스타드가 웃으면서 다시 테이프를 공략하기 시작했다. "불쌍한 녀석. 형한테 무슨 일이라도 생기면 어떻게 되는지. 그런데 왜 정말 맛있는 주스라는 거야?"

딜나바즈가 어깨를 으쓱했다. "사람들이 불쌍하다면서도 테물의 미친 짓을 부추겨요. 아무도 테물에게 간단한 일이라도 찾아 주려고 하지 않잖아요." 딜나바즈는 포장용지 쓰레기를 보자 짜증이 되살아났다. "이 집엔 쓰레기가 너무 많아요. 그런데도 당신은 책을 더 많이 가져오고."

그는 주머니칼로 마지막 테이프 줄을 끊고 이리저리 네 번이나 싸 놓은 검은 비닐을 풀었다. 딜나바즈가 청소를 시작했다. "이렇게 쓰레기가 많으니까 제대로 청소도 못하고 먼지도 못 떨고, 창문과 환기창에 여태껏 붙어 있는 저 종이도 언제쯤 떼려는지……."

비닐이 미끄러져 떨어진 순간 그녀는 할 말을 잃어버렸다. 깔끔하게 다발로 묶인 100루피짜리 지폐 더미가 눈앞에 나타났다. 반짝이는 스테이플이 박힌, 작은 갈색 종이 띠를 두른 빳빳한 새 지폐 다발이었다.

그녀가 먼저 입을 열었다. "이게 뭐예요? 그러니까 이게 무슨 일이죠? 혹시 실수 아닌가요?"

구스타드는 쩍 벌어진 입을 다물지 못했다. 서서히 그의 눈에 주위 배경과 창문, 아파트 단지가 들어왔다. 어둑어둑한 바깥에는 자신의 입처럼 크게 벌어진 입이 또 하나 있었는데, 작은 언덕처럼 쌓인 돈을 들여다보고 있는 테물의 것이었다.

바로 그 순간 구스타드의 마법이 풀렸다. 그는 고함을 지르며 창문을 세게 닫아서, 테물이 벌거벗은 인형을 보던 날처럼 두 눈을 반짝이게 만들었던 장면을 그의 시야에서 사라지게 했다.

3

구스타드는 창문을 닫는 것만으로는 문제가 해결되지 않았다는 것을 깨달았다. 그는 현관문으로 달려갔다. 테물이 입을 크게 벌린 채 꼼짝도 않고 있었다. "이리 와 봐!" 화를 내도 소용없자 구스타드는 살살 구슬렸다. "테물, 어서 이리 와 봐. 이야기 좀 하자." 그러나 테물은 겁에 질려서 뒷걸음질치기 시작했다. "괜찮아, 괜찮아." 구스타드가 주머니칼을 접어 테물이 보는 앞에서 바지 주머니에 밀어 넣었다. "봤지? 칼 없어. 자, 이제 올 거지?"

"네네구스타드.가요가요가요." 테물이 흔들흔들 비틀거리면서 걸어왔다. "구스타드구스타드닭목." 그는 손가락 하나로 목을 좌우로 긋는 시늉을 하고서 몸서리쳤다. "제발구스타드제발내목하지마요."

"테물, 바보 같은 소리 하지 마. 이 칼은 소포 풀 때 쓰는 거야." 구스타드가 웃자 테물도 따라 웃었다. "방금 창문으로 본 거 기억하니?"

테물이 허공에다가 두 손으로 언덕과 둑 모양을 그렸다. "돈돈돈돈.엄청많은엄청많은엄청많은돈."

"쉿!" 그는 괜히 물어봤다 싶었고 혹시나 주위에 누가 있을까 봐서 둘러보았다. 자신의 얼굴을 테물의 얼굴에 들이댄 구스타드가 훨씬 위에서 그를 내려다보았다. "살살 말해야지."

테물이 움찔했지만, 그들이 침묵의 결탁을 했던 사실을 기억하자 얼굴에 웃음이 번졌다. 그는 손가락을 입술로 가져갔다. "조용조용구스타드.로샨자고있어소리내지마."

"그래, 좋았어. 자, 내가 하는 말 잘 들어." 테물이 힘차게 고개를 끄덕였다. "네가 본 건 우리만의 비밀이야. 너의 비밀이자 나의 비밀. 알겠지?"

"비밀비밀구스타드비밀."

"그렇지. 비밀이라는 건 아무한테도 말하면 안 되는 거야. 네가 본 걸 아무한테도 말해서는 안 돼."

"아무한테도아무한테도구스타드아무한테도.비밀비밀비밀."

"그렇지." 그는 다시 한 번 확인했다. 아파트 단지에는 아무도 없었다. "그리고 비밀을 지키는 대가로 1루피를 줄게."

테물의 눈에서 빛이 났다. "네네구스타드일일일루피비밀." 구스타드가 지갑을 열자 테물이 손을 내밀었다.

"잊지 마. 아무한테도 말하면 안 돼." 구스타드가 지폐를 건네주었다.

1루피를 살펴보던 테물은 지폐를 뒤집어 위로 치켜들고 빛에다가 비춰 보고는 코를 킁킁댔다. 테물이 이를 드러내고 씩 웃으면서 몸을 긁기 시작했다. "구스타드구스타드루피두개두개두개.비밀제발루피두개비밀.제발제발제발."

구스타드가 다시 지갑을 꺼냈다. "알았다. 2루피." 그런 다음 그는 겁을 주려고 테물의 어깨 위에 손을 얹고 목소리를 낮게 깔면서 말했다. "얘기 안 하는 대신 2루피다. 잊어버리면 어떻게 되는 줄 알지? 다른 사람한테 말할 거냐?"

테물의 얼굴에서 웃음이 사라졌다. 그는 우물쭈물하며 달아나려고 했지만, 어깨 위를 강철같이 누르고 있는 구스타드의 손 때문에 꼼짝할 수 없었다. 고개를 더 세게 저을수록 구스타드가 자기를 믿어 줄 거라고 생각했는지 테물이 온 힘을 다해서 고개를 저었다.

"만약에 잊어버리면 널 이렇게 잡을 거야." 구스타드는 손을 테물의 어깨에서 목덜미로 옮겼다. "그런 다음 칼을 쥘 거야." 테물이 자신의 손아귀에서 바들바들 떨자 구스타드는 다른 손으로 호주머니에 있는 주머니칼을 찾았다. "그리고 칼을 열 거야." 그는 이로 칼날을 꺼냈다. "자, 보이지." 번쩍이는 칼날에 하얗게 빛이 나는 그의 앞니의 모습은 섬뜩했다. "그런 다음에 정육점 주인이 닭의 목을 따듯이 네 목을 따 버릴 거야." 그는 칼날을 자신의 검지로 안전하게 덮고서 좌우로 테물의 목을 긋는 시늉을 해 보였다. 테물이 울먹이기 시작했고 그의 두 눈에 눈물이 가득 찼다.

"잊어버릴 거야?" 테물이 고개를 가로저었다. "누구한테 말할 거야?" 테물이 고개를 다시 가로젓자 구스타드는 주머니칼을 접어 넣었다. "좋아. 그럼 돈을 호주머니에 넣어." 그는 테물의 목을 놓았다.

테물은 지폐 두 장을 접어서 조그만 네모로 만들었다. 그는 오른쪽 신발을 벗어서 돈을 양말 속 발뒤꿈치 밑에다가 쑤셔 넣었다. "구스타드구스타드고마워요. 2루피구스타드. 2루피비밀." 테물이 천천히 뒤로 물러섰다.

구스타드는 테물이 돌아가는 것을 지켜보며 불쌍한 사람을 겁먹게 할 수밖에 없어서 미안하다는 생각이 들었다. 테물의 마음속에는 두려움 말고 다른 어떤 것도 남아 있질 않았기 때문에 그것이 유일한 방법이었다. 그는 잠시 동안 진짜 문제가 검은 비닐에 싸여서 검은 책상 위에 놓여 있다는 사실을 잊고 있었다.

4

딜나바즈는 돈다발들이 굴러 떨어져서 비닐이 벗겨지자 새로 쌓아 올렸다. "도대체 소령이 우리한테 무슨 문제를 씌우려는 건지 모르겠어요. 이게 무슨 양파나 감자도 아닌데 소포로 보내다니 말이에요." 그녀가 비닐을 다시 싸기 시작했다.

구스타드가 그녀를 말렸다. "당신 지금 뭐하는 거야?"

"포장하려고요. 문제가 생기기 전에 돌려보내야죠."

"무슨 문제? 이 돈이 누구 건지, 뭘 하려는 건지도 모르잖아."

"문제라는 것이 이유를 설명해 주고 시끌벅적 광고를 하면서 오는 줄 알아요? 다짜고짜 온다고요. 게다가 절름발이 테물 같은 바보들이 지켜보고 주책없이 지껄여 대면 더 빨리 오는 거고요. 도둑 시장에 가서 택시 운전사에게 돈을 돌려주세요. 어서요."

구스타드는 가지런히 쌓아 놓은 돈다발을 무너뜨렸다. "테물의 입에서는 단 한 마디도 나오지 않을 거야. 내가 이미 얘기해 뒀어." 그는 몇몇 돈다발의 첫 장과 마지막 장의 일련번호를 확인해 보았다. 돈다발 하나에는 지폐가 백 장씩 있었다. 돈다발의 개수를 세어 보았다. 마찬가지로 백 개였다. 그리고 모두 100루피짜리였다. "세상에!" 그가 작은 목소리로 말했다. "백만 루피야!"

그의 입에서 나온 어마어마한 액수 때문에 딜나바즈는 또다시 두려움을 느꼈다. "제발, 다시 갖다 줘요!" 딜나바즈가 비닐 귀퉁이로 손을 뻗치자 구스타드가 그것을 치워 버렸다.

"머릿속에 돌려주라는 말밖에 없구먼. 다른 건 다 잊어버렸어." 그는 돈다발을 하나씩 훑어보았다. "지미가 편지가 들어 있을 거라고 했어."

딜나바즈도 편지를 찾는 데 동참했다. 편지를 빨리 찾아야 이 골칫거리도 빨리 돌려보낼 수 있을 테니까. "냄새가 좋군요." 그녀는 돈다발에 코를 갖다 대고 새 지폐의 기분 좋은 냄새를 맡았다.

"정말 훌륭해. 24년 동안 이런 냄새를 맡으면서 은행에서 일했지. 절대 물리지 않아." 그는 잠시 하던 일을 멈추고 생각에 잠겼다. "놀라운 일은 5루피짜리 돈다발과 10루피짜리 돈다발의 냄새가 다르다는 거야. 액수에 따라 고유의 냄새가 있어. 나는 이 100루피짜리 냄새가 제일 좋아." 그가 지폐를 펄럭펄럭 넘기자 조그맣게 접힌 종이가 떨어져 나왔다. "여기 있다!"

편지는 매우 짧았다. 구스타드와 딜나바즈가 편지를 함께 읽었다.

친애하는 구스타드
도둑 시장에 가 줘서 고맙네. 이제 은행 계좌에 이 돈을 입금하면 일이 끝난다네.

자네가 저축 담당 책임자니 거액 입금에 대한 규칙과 규정을 피하는 것은 문제없을 걸세. 하지만 걱정 말게. 이것은 암거래 돈이 아니라 내가 맡고 있는 정부의 돈이니까.

계좌명은 미라 오빌리로 하고 주소가 필요하면 자네 것이나 델리에 있는 내 우체국 사서함 번호를 이용하게. 나는 자네를 전적으로 신뢰하니까 그건 중요치 않네. 이 일을 비밀로 해야 하는 이유는 우리 정부 안에 나의 게릴라 작전이 실패하기를 바라는 사람들이 많기 때문일세. 필요하면 또 지시 사항을 보내겠네.

친애하는 벗, 지미

추신: 이아고의 충고는 잊어버리게. 백만 루피는 자네 지갑에 들어가지 않을 테니까. 그럼 행운을 비네.

구스타드가 미소를 지었다. "지미가 그 대사를 선택한 이유가 궁금했었는데."

"그만 궁금해하고 이거 싸는 거나 좀 도와줘요."

"당신 이게 뭔지 모르겠어? 지미는 파키스탄 사람들이 살해하고 있는 불쌍한 벵골 사람들을 구해 주려는 거야."

딜나바즈는 화가 났다. 때때로 구스타드는 현실을 인정하려 들지 않는 어린아이 같았다. "지금쯤이면 당신 머릿속에 이 일을 하면 안 된다는 생각이 자리 잡았을 거예요. 위험하고 불법적인 일을 해서 직장을 잃고 싶지 않다면요!"

"지미는 어떡하고? 당신, 지미가 RAW에서 얼마나 위험한 일들을 하고 있는지 알아?" 그러나 구스타드가 아무리 지미의 영웅적인 행동을 떠올려 봤자 그녀가 옳다는 것을 알았다.

"소령에겐 그게 자기 일이에요. 비밀 정보국 소속이라고요. 소령이야 남몰래 봉사를 하든 말든 우릴 생각하란 말예요. 당신이 직장을 잃으면 우린 굶어 죽는다는 걸 잊지 말아요!" 순간적으로 그녀는 그런 말을 한 것을 후회하며 차분한 목소리로 "신이시여, 그런 일이 일어나서는 절대로 안 됩니다."라고 빌면서, 그런 무시무시한 일이 일어날 수 있는 나쁜 기운을 떨쳐 내려고 손을 구스타드에게서 멀리하여 바깥으로 털면서 손가락을 맞부딪쳐 세 번 딱딱딱 소리를 냈다.

구스타드는 마지못해서 소포를 정리하기 시작했다. 딜나바즈가 돈다발을 쌓아 올리는 것을 도왔다. "지미에게 약속했어. 나를 믿어도 좋다고 편지에 썼다고."

"그때는 그가 당신한테 무슨 부탁을 하려는지 몰랐으니까요. 부탁의 내용도 밝히지 않고서 부탁 먼저 하는 건 옳지 않아요." 그녀의 표정이 밝아졌다. "생각났어요. 서운해하지 않도록 거절하세요. 직장을 잃었다고 편지를 써요." 다시 한 번 해서는 안 될 말을 내뱉은 그녀는 또다시 신에게 그런 일이 일어나지 않도록 비는 의식을 행했다. "아니, 그렇게 말하지 말고 다른 업무로, 다른 부서로 옮겼다고 하세요. 그래서 입금 못한다고요."

구스타드도 그녀의 제안이 마음에 들었다. "당신 말이 맞아. 그렇게 하면 지미도 나한테 서운해하지 않을 거야." 그는 미처 다 챙기지 못한 소포를 책상 한쪽으로 밀어 놓고 편지를 썼다.

그때 노크 소리가 났다. 침실로 달려간 딜나바즈가 홑이불 하나를 들고 와서 돈더미 위에다가 던져 올리고는 현관문을 열었다. 소랍이었다. "휴, 다행이다." 그녀는 홑이불을 걷어 냈다.

"우아, 세상에!" 소랍이 놀랐다. 그는 엄청난 돈을 보고 웃음을 터뜨렸다. "아버지가 근무하시는 은행을 턴 건가요?"

구스타드가 얼굴이 붉으락푸르락해져서 딜나바즈를 보았다. "당신 아들한테 경고해. 난 지금 저 녀석의 말도 안 되는 농담을 들을 기분이 아니라고 말이야."

구스타드가 말문이 막힌 듯이 낮고 굳은 목소리로 말할 때는 실없이 그러는 게 아니라는 걸 딜나바즈는 알았다. 그녀는 소랍에게 조심하라는 얼굴 표정을 지어 보였다. "이 돈은 소령 아저씨한테서 온 건데 돌려보낼 거야." 딜나바즈가 소랍에게 소령의 편지와 구스타드의 답장을 보여 주었다. "아버지에게 너무 위험한 일이야."

소랍이 편지를 읽고 나서 말했다. "이 철자를 바꾸어 만든 단어는 너무 유치하군요."

딜나바즈는 그 말이 무슨 뜻인지 몰랐다. "철자를 바꾸어 만든 단어?"

"이름에 있는 글자들을 섞어서 새로운 이름을 만드는 거죠. 미라 오빌리는 빌리모리아의 철자를 바꾸어 만든 단어입니다." 구스타드는 안 듣는 척하고 있었지만 마음속으로 글자들을 확인했다. 소랍이 지폐 다발을 만지작거렸다. "지미 아저씨가 이게 정부의 돈이라고 했죠, 그렇죠? 그러면 정부가 해야 할 일에다가 이 돈을 쓰면 안 될까요? 모든 사람을 위해서 이 지역의 하수도를 고치고 물탱크를 설치해 주면 좋지 않을……."

구스타드가 예고도 없이 의자에서 일어나 소랍의 뺨을 갈기려고 했다. "이, 망할 놈!" 소랍이 간신히 피했다. "광견병에 걸린 미친개처럼 지껄이는 구나! 네가 내 아들이냐!"

깜짝 놀라고 당황한 소랍이 딜나바즈에게 말했다. "요새 아버지한테 무슨 일 있습니까? 전 그냥 농담한 거라고요!"

"무슨 문젠지 너도 알고 있잖니." 그녀는 나지막이 말하고서 더 말하려는 소랍을 제지했다. 소랍은 감정에 북받쳐 몸을 부들부들 떨면서 자리를 떴다.

구스타드는 아무 일도 없었다는 듯이 꾸러미를 계속 쌌다. 그러나 도무지 안정되지 않았다. "전혀 딴판으로 변해서 누군지도 모르겠어." 소포로 인한 심란함과 지미의 황당한 부탁이 자식의 불효와 배은망덕이라는 깊은 슬픔과 뒤섞였다. 구스타드는 입안이 소태를 문 것처럼 썼다. "쟤가 저렇게 변할 거라고 누가 생각이나 했겠어?" 그가 끈을 꼬아서 만든 손잡이를 당기자 뚝, 끊어져 버렸다. 딜나바즈가 침착하게 매듭을 묶었다.

"해마다 시험 때가 되면 새벽에 저놈에게 아몬드 일곱 개를 먹였지." 사그라질 줄 모르는 그의 분노는 과거를 들추었다. "저놈 머리를 좋아지게 하는 아몬드를 사려고 난 구멍 난 신발을 신고 일하러 갔어. 1킬로그램당 200루피를 줬지. 그런데 다 소용없어. 도로 아미타불 되었어." 구스타드가 매듭을 묶는 동안에 딜나바즈가 손가락으로 끈을 고정시키고 있었다. "잊지 마!" 그는 소랍이 들을 수 있을 만큼 크게 말했다. "내가 저놈 목숨을 구해 주려고 발로 걷어찼다는 걸. 그리고 저 녀석을 다시 한 번 걷어차 버릴 수 있어. 이번에는 내 집 밖으로! 내 인생 밖으로 말이야!"

딜나바즈는 죄어드는 매듭으로부터 아슬아슬하게 손가락을 빼낼 수 있었다. 오, 신이시여, 안 됩니다. 제발 안 됩니다! 남편이 이런 말을 하지 않도록 해 주십시오! 라임 주스가 효과가 있을 거야. 꼭 그래야 해. 혹시 안 되면 어쩌지?

"오늘 안에 도둑 시장 갔다 오기에는 너무 늦었어요." 그녀가 말했다. "다음 금요일 날 가는 게 어때요?"

구스타드도 기꺼이 화제를 바꾸었다. 그는 "아니, 도둑 시장까지 안 가도 돼."라며 어떻게 접촉하기로 했는지 설명했다. 굴람은 일주일 동안 뭄바이를 떠나 있을 거라고 했다. 구스타드와 딜나바즈는 그 기간에 돈을 부엌의 풍로 아래에 있는 석탄 저장고에 숨겨 놓기로 했다.

5

크리켓 연습을 마친 다리우스가 저녁 식사 시간 직전에 집으로 돌아왔고, 그와 함께 모기들도 따라 들어왔다. 구스타드가 온 집 안이 모기 천지가 되기 전에 꾸물거리지 말고 문을 닫으라고 했다. 신문 한 다발을 바닥에 놓은 다리우스가 아파트 단지에서 누군가로부터 신문 한 뭉치를 더 받고 나서 말했다. "잘 가."

"누구였어? 신문은 어디서 난 거야?" 구스타드가 좌우로 모기들을 찰싹찰싹 때리며 물었다.

"자스민요. 자스민이 신문을 줬어요." 다리우스가 중얼거렸다.

"누구? 크게 말해. 안 들려!"

덜컥 겁이 난 다리우스가 그 이름을 다시 말하자 구스타드가 격노했다. "개장수 얼간이의 딸하고 어울리지 말라고 내가 경고했을 텐데. 그건 그렇고 그 뚱뚱한 애가 무슨 꿍꿍이로 너한테 자기 집 신문을 주는 거야? 걔 아버지가 한 번만 더 찾아와서 불평하면 가만두지 않겠어. 그때는 네 엄마도 나를 막지 못할 거다." 또다시 구스타드의 온 정신이 모기한테 쏠렸다. 그는 딜나바즈에게 침대에 씌울 모기장을 만들어 보는 게 어떻겠느냐고 제안했다. 구스타드는 침대에 모기장을 커튼처럼 매다는 틀은 쉽게 만들 수 있었다. "내가 어렸을 적에 아버지가 온 가족을 데리고 마테란으로 휴가를 갔지." 그가 말했다. "그곳 호텔에는 침대마다 모기장이 있었어. 정말 좋았지. 밤새도록 단 한 번도 모기한테 물리지 않았으니까. 내 평생 그렇게 멋지게 자 본 적이 없어. 저녁 식사 때도 모기 한 마리 없었지. 지배인이 접시를……."

기억을 더듬다가 그가 갑자기 흥분하며 말을 멈추었다. "그래! 바로 그거야! 빨리 큰 접시 가져와 봐. 우리 집에서 제일 큰 걸로."

"왜요?" 딜나바즈가 물었다.

"일단 가져와 봐. 보여 줄 게 있어."

딜나바즈가 부엌으로 뛰어갔다가 돌아왔다. "이 독일제 은 접시는 어때요? 이게 제일 큰 거예요."

"그거 좋구먼." 구스타드가 식탁을 치우면서 말했다. 그는 둥글고 얕은 접시를 전구 아래에 놓고 물을 부었다. 물의 표면이 잠잠해지자 전구 불빛의 반사광도 흔들리지 않고 물속에서 감질나게 밝은 빛을 냈다. 그러자 모기들이 물속으로 뛰어들기 시작했다. 모기들이 진짜 전구는 내버려 두고 확고한 자살 의지로, 한 마리씩 실체가 없는 불빛에 도달하고자 뛰어들었다. 어찌 된 일인지 그것이 천장에 매달려 있는 것보다 훨씬 매력적이었다.

구스타드는 만족해하면서 손을 비볐다. "봤지? 마테란의 호텔 지배인이 하던 그대로야!" 딜나바즈도 고약한 벌레들이 참패를 당하는 장면을 매우 행복하게 지켜보았다.

"이제 편하게 먹을 수 있겠다." 구스타드가 말했다. "모기들 오라고 해. 한꺼번에 다 오라고 해. 놈들을 잡을 물은 충분하니까." 물의 표면이 꼬물거리는 작은 갈색 얼룩들로 뒤덮였다. 접시의 물을 배수구에다 버리고 드럼통에서 물을 다시 채운 구스타드는 저녁 먹을 준비가 되었다.

그러나 안쪽 방에 있던 소랍이 식탁으로 나오려고 하지 않았다. 딜나바즈가 소랍에게 상황을 더 악화시키지 말라고 부탁했다. 그녀가 구스타드에게 이 사실을 알리자, 그는 "그게 나랑 무슨 상관이야?"라고 말했다.

그들이 소랍 없이 식사하는 동안에도 모기들은 계속 물에 뛰어들었고, 어떤 것들은 너무 세게 뛰어들어서 살짝 물이 튀기도 했다. 몇 주 만에 처음으로 단 한 마리의 모기도 음식 그릇에 떨어지지 않은 채 그들의 저녁 식사가 끝났다.

이틀 뒤, 구스타드가 일하러 간 사이에 소랍이 소지품을 몇 가지 챙겨서 집을 나갔다. 그는 딜나바즈에게 학교 친구들 몇 명과 잠시 동안 함께 지내기로 했다고 말했다.

딜나바즈는 펄쩍 뛰면서 그럴 수는 없다고 했다. 그녀는 눈물을 흘리며 말했다. "아버지는 네가 잘되기만을 바랄 뿐이야. 지금은 화가 난 것뿐이라고. 그것 때문에 집을 나가다니, 말도 안 돼."

"아버지의 협박과 모든 것에 질렸어요. 난 아버지가 때리고 벌줄 수 있는 어린애가 아닙니다." 그는 딜나바즈에게 일주일에 한 번은 찾아오겠다고 약속했다. 그가 절대로 마음을 바꾸지 않을 것을 깨달은 딜나바즈는 얼마 동안 나가서 살 거냐고 물었다. "그건 아버지한테 달렸습니다." 소랍이 말했다.

저녁에 딜나바즈는 낮에 있었던 일을 구스타드에게 말해 주었다. 그는 놀라움과 마음의 상처를 감추면서 이틀 전 저녁에 했던 난폭한 말을 무덤덤하게 반복했다. "그게 나랑 무슨 상관이야?"

9부

1

그다음 주 구스타드가 새벽 기도를 올리는 동안에, 그의 머릿속에는 두 가지가 아파트 단지에 떨어져 바람에 날리는 나뭇잎처럼 소용돌이치면서 어지럽게 돌고 있었다. 로샨을 괴롭히는 설사와 풍로 아래의 음습한 곳에 있는 꺼림칙한 꾸러미였다. 사실은 한 가지가 더 있었지만 그는 그것을 무시하는 척했다.

이번에는 엔테로 바이오폼과 그보다 강력한 술파구아니딘 같은 알약들도 소용이 없었다. 이유가 뭘까? 불쌍한 로샨은 요즘 학교에 가지 못하고 있었다. 그리고 다른 사람도 아닌 지미가 그에게 범죄 행위를 부탁하고 있었다. 바람이 강하게 불자 구스타드는 검정 기도 모자를 살짝 눌러서 고정시켰다. 어젯밤에 다가오는 장마철을 기분 좋게 상기시켜 주는 소나기가 한바탕 내린 후, 빈카의 잎들이 푸르고 생기가 돌았다. 그는 줄기를 찢고 할퀴는 자동차 범퍼와 꽃을 마음대로 꺾는 아이들의 횡포에도, 해마다 건조한 땡볕기에서 살아남는 빈카의 생명력에 놀라 마지않았다.

관목 가지에 걸쳐 있는 차미나르 담뱃갑을 떼어 내려고 쪼그리고 앉았던 구스타드는 차 한 대가 다가오는 소리를 들었다. 그는 보지 않고도 그것이 랜드마스터인 줄 알았다. 밤지 경위는 일 때문에 온종일 밖에 나가 있었다. 때때로 구스타드가 밤늦게 책을 읽다가 차 소리를 들을 때면, 솔리 밤지가 단서를 찾으려고 돋보기를 들고 급히 달려 나가는 모습을 그리며 웃곤 했다. 오래전에 사람들이 그에게 셜록 밤지라는 별명을 붙여 주었다. 언젠가 매우 끔찍한 살인 사건이 일어났을 때 밤지는 이웃과 잡담을 나누던 도중에 경찰이 어떻게 그 사건을 해결했느냐는 질문을 받았다. 그는 망설이지 않고 곧바로 대답했다. "이보게 친구, 아주 간단하네."

알다시피 솔리는 사립 탐정이 아니었고, 파이프를 빨지도 않았다. 그리고 셜록 홈스가 항상 우아하고 정확한 말과 어법을 구사했던 반면에, 밤지는 톡톡 튀는 상스러운 말을 곧잘 했다. 비록 말투는 거칠었지만, 그는 키가 크고 말랐으며 얼굴이 수척하고 이마가 넓었기 때문에 자신의 별명이 사람들의 뇌리에 각인되도록 하기에 충분했다.

밤지가 경적을 울리며 차를 세웠다. "형님, 안녕하십니까! 저를 위해서도 기도하셨죠?"

"그럼, 당연하지." 구스타드가 말했다. "사건 때문에 오늘은 아침 일찍 나가는 모양이지?"

"아, 별일 아닙니다. 그건 그렇고 우라질 시 당국에서 우리 아파트 단지를 반으로 쪼개면 큰일인데요. 내 차는 어떻게 들어오라는 거죠?" 잘됐군, 꼴좋다, 하고 구스타드는 생각했다. 밤지는 빈카에게 상처를 입히는 가장 나쁜 부류 가운데 한 명이었다. "건물주의 탄원서가 시 당국에 효과를 볼 것 같습니까?"

"글쎄, 모르지. 내가 보니까 정부는 원하는 걸 어떻게 해서든지 얻어 내더라고."

밤지 경위가 백미러를 맞추었다. "그 자식들이 이 담을 헐어 버리면 우리 사생활은 완전히 끝장나는 거 아닙니까. 형님이 우리 담의 건재를 위해서 매일 아침 기도를 해야겠습니다."

그러고 보니 구스타드는 문득 생각이 났다. "담에서 악취가 나고 모기가 많이 날아다니는 거 봤지?"

"거기서 오줌이 넘쳐 나는 걸 보면 당연한 거죠. 오줌보가 찬 망할 놈들은 전부 다 벽에 서서 물건을 꺼내잖습니까."

"자네 권한으로 막을 수 없나?"

밤지 경위가 웃었다. "경찰이 노상 방뇨자들을 다 잡으려면 인원을 두 배나 세 배로 늘려야 할 겁니다." 그는 랜드마스터에 기어를 넣고 손을 흔들어 작별 인사를 하더니 다시 브레이크를 밟았다. "아 참, 잊어버릴 뻔했네. 절름발이 테물이 탄원서를 가지고 와서는 헛소리를 하더라고요. 형님 집에서 산더미 같은 돈을 봤다나."

구스타드가 웃는 척했다. "그랬으면 얼마나 좋겠나."

"내가 그놈한테 거짓말하지 말라고 했죠. 그런 다음 그놈 뺨을 세게 갈겨 줬습니다."

"불쌍한 녀석."

"그놈 헛소리가 사람들 귀에 잘못 들어가면 문제가 생길 겁니다. 나쁜 놈들한테는 유혹거리죠. 형님도 도둑놈들이 있지도 않은 돈을 찾으러 오기를 원하진 않으실 테고요." 말을 마친 밤지가 차를 타고 떠났다.

테물 이놈. 어떻게 하면 침을 흘리며 실없이 지껄여 대는 그놈의 입을 봉하지? 고맙게도 솔리는 그의 말을 믿지 않았고, 다른 사람들도 테물이 항상 그렇듯이 헛소리를 지껄인다고 생각할 것이다. 오늘 밤에 다시 한 번 주의를 줘야지. 테물은 아파트 단지에서 빈둥거리고 있을 거야.

그러나 구스타드가 일을 마치고 저녁에 집으로 돌아왔을 때, 아파트 단지에는 아무도 없었다. 그는 저녁을 먹기 전에 세 번이나 나와 봤지만 그때마다 테물이 없어서 초조했다. 그는 잠옷으로 갈아입고 다시 한 번 나왔다. 거의 열 시가 됐지만 아직도 바람이 세게 불고 있었다. 신문지 조각들과 아이스크림 봉지들이 바람에 날려 관목 주위로 몰렸다. 그놈 아파트로 올라가 봐야 하나? 아냐, 그놈 형이 있을지도 몰라.

창문 하나가 시끄럽게 열리자 구스타드가 위를 올려다보았다. 반짝이는 흰 머리의 카바스지였다. 마치 깃털이 이국적인 새처럼, 그는 고개를 갸웃거리며 하늘을 살펴보았다. "장마철이 오고 있습니다. 신이시여, 조심하십시오! 해마다 당신의 홍수 때문에 가난한 사람들의 오두막이 휩쓸려 내려갑니다. 이제 그만 하십시오! 당신의 공정함은 어디로 갔습니까? 도대체 당신은 머리가 있기나 한 건가요? 올해는 타타 가문에 홍수를 내리십시오! 비를라 가문과 마파트랄 가문에 홍수를 내리란 말입니다!"

카바스지가 젊었을 때는 수박처럼 둥글둥글 살이 쪄서, 사람들이 그를 뚱보 수박이라고 불렀다. 그러나 나이가 들자 몸무게가 급격히 줄어서, 매주 또는 매달 키가 자라는 듯했다. 키가 커지고 늙은 예언자처럼 마르고 점쟁이처럼 엄숙해지는 동안에, 그의 머리는 하얗게 반짝이는 후광으로 변했다. 또한 그의 별명도 말라 오그라든 상처의 딱지처럼 떨어져 나가서 영원히 잊혀 갔다.

그의 며느리가 계단을 뛰어 내려와 구스타드에게 왔다. "저녁에 번거롭게 해서 죄송해요." 파스타키아 부인이 말했다. "시아버지의 목에 걸린 박하가 다 말라서요. 조금만 더 얻을 수 있을까요?"

구스타드가 전지가위를 가져왔다. 그는 파스타키아 부인을 몹시 싫어했지만 파스타키아 씨와 그의 늙은 아버지를 위해서 참았다. 고상하고 정직하며 인내심 있는 남편과는 달리 그녀는 호기심이 많고 성격이 급하며 교활했다.

사람들은 두 사람이 어떻게 아이를 다섯이나 낳고 함께 사는지 불가사의하게 여겼다. 물론, 파스타키아 부인은 늙은 카바스지를 가끔 학대하는 것을 포함해서 자신의 모든 결점을 편두통 탓으로 돌렸다. 그 보이지 않는 공격자가 편리할 때마다 찾아오면, 그녀는 하루 종일 침대에 누워서 말없이 고통을 겪으며 《주간 이브》, 《페미나》, 《필름페어》 등 지난 잡지들을 챙겨 보았고, 일을 마치고 집으로 돌아온 파스타키아 씨가 집안일을 돌봤다. 구스타드는 그렇게 오랜 세월 그녀를 견뎌 온 파스타키아 씨는 성자와 같은 영혼을 지니고 있음이 틀림없다고 생각했다.

"축하드려요." 파스타키아 부인이 말했다.

"뭘요?"

"엄청난 복권에 당첨됐다면서요. 얼마나 좋을까!"

구스타드는 그녀에게 박하를 건네주면서 뭔가 잘못 알고 있다고 말하고 작별 인사를 했다. 그는 박하 꽃줄기를 꺾어서 집으로 가지고 들어갔다. 딜나바즈는 그가 씨를 골라내서 물에 담그는 것을 지켜보았다. 그 식물의 숨겨진 효능을 발견하고 소문을 낸 장본인이 바로 쿠트피티아였기 때문에, 구스타드가 박하에 대해서 좋지 않게 생각한다는 것을 그녀는 알고 있었다. 그럼에도 그가 마실 것을 만들어서 로샨에게 갖다 주자 그녀는 고마웠다.

다음 날은 바람이 더 세게 불었다. 구스타드가 일을 마치고 돌아왔을 때 아파트 단지의 유일한 나무가 세차게 흔들리고 있었다. "로샨이 나아졌어요. 부정 탈라, 말조심해야지." 딜나바즈가 말했다. "박하는 좋은 생각이었어요."

구스타드가 흡족해하면서 고개를 끄덕였다. 그는 굴람 모하메드가 이번 주에 돌아오니 메시지를 보내면 되겠다고 생각했다. 굴람에게 소포를 언제 어디서 돌려주면 되는지 물어볼 작정이었다.

그는 짤막한 편지를 써서 봉투에 넣고 봉했다. 그는 그것을 내일 빤 장수 피어보이에게 전달할 생각이었다.

2

일주일 후, 구스타드는 답장이 왔는지 보려고 철창집으로 다시 갔다. 커다란 놋쇠 쟁반 앞에 놓인 나무 상자 위에서 가부좌를 틀고 앉아 있던 피어보이는, 굴람이 메시지를 수령해 갔으며 그것으로 끝이라고 했다.

그리고 삼 주일이 지났다. 굴람한테서는 아무런 소식도 없었다. 금요일 밤에 본격적인 장마철이 시작되기에 앞서 번개를 동반한 강한 폭풍이 몰아쳤다. 구스타드는 밖으로 나가서 하늘을 살펴보았다. 그는 서쪽을 바라보며 아라비아 해에 걸쳐 있는 구름들을 보고 나서 공기를 들이마셨다. 그래, 이제 가까이 오고 있구나. 다른 사람들이 모두 잠자리에 든 후 그는 잠깐 앉아서 신문을 읽었다. 난민들이 여전히 몰려오고 있었다. 공식적인 숫자는 450만이었지만, 난민 수용소를 다녀온 기자는 700만에 육박한다고 했다. 다음 달이면 1,000만에 이를 거라고 예측했다. 450만이나 700만이나 1,000만이나 무슨 상관이람. 자국민도 먹고살기 어려운 국가에는 너무 많은 숫자야. 아마도 게릴라들이 곧 승리할 테지. 지미를 도와줄 수 있으면 좋으련만. 구스타드는 크리켓 경기 결과를 확인하고 신문을 던졌다. 그는 책상으로 가서 플라톤의 책을 집어 들었다. 사 주일 전 금요일 날 집으로 가져온 새 책들은 책상 한 귀퉁이에 놓여 있었다. 그리고 다른 모든 것과 마찬가지로 책장을 만들겠다는 계획은 물거품이 되었다.

자정 무렵에 비가 내리기 시작했다. 그는 첫 번째 빗방울이 창문 유리에 부딪쳐서 울리는 소리를 들었다. 그가 창문으로 다가가자 비가 억수같이 쏟아졌다. 바람 때문에 비가 안으로 쓸려 들어왔다. 그는 숨을 깊이 들이마셔 촉촉하고 신선한 대지의 향기를 맛보면서, 마치 장마철이 시작된 것에 무슨 역할이라도 한 것처럼 커다란 만족감을 느꼈다. 빈카 관목에는 좋은 일이었다. 그리고 계단 가에다가 밀어 놓은 장미는 현관 입구로 비스듬히 들이치는 빗물을 맞을 것이다.

구스타드는 창문을 닫고 책을 읽으려고 앉았지만 집중할 수 없었다. 그는 장마철이 시작되면 흥분되었다. 어린 시절 추억에는 새 학기, 새 교실, 새 책, 새로운 친구들이 폭우와 함께 시작되었고, 첫 번째 큰 폭풍이 올 때면 항상 이렇게 흥분되었다. 그는 새로 산 비옷을 입고 장화를 신고서 병뚜껑, 담뱃갑, 아이스크림 막대기, 찢어진 신발과 슬리퍼들이 둥둥 떠다니는 물에 잠긴 거리를 돌아다녔다. 평상시에는 체증으로 악명 높은 도로가 마비되고 침수된 모습을 바라보노라면 놀라운 인과응보의 느낌이 들곤 했다. 그리고 항상 비가 더 세차게 내려서 학교 수업이 취소되기를 바랐다. 어찌 된 영문인지 첫 비와 함께 만발하는 그의 어릴 적 흥분은 결코 사그라지지 않았다.

이제 천둥소리는 드문드문 들렸고 비가 와르르 시끄럽게 퍼부어 댔다. 그는 커다란 빗소리에서 각기 개별적인 소리들을 구별해 낼 수 있었다. 아파트 단지 가운데 좁고 긴 아스팔트 도로 위에서는 낮게 찰싹 때리는 소리, 함석 차양에서는 거대한 양철북처럼 크게 울려 퍼지는 소리, 창문에서는 수줍은 방문객의 부드러운 노크 소리, 빗물이 모여서 큰 폭포수처럼 힘차게 땅으로 떨어지는 지붕 위의 배수용 홈통 다섯 개에서 가장 큰 소리가 났다. 그것은 마치 구스타드가 관현악단에서 바이올린과 비올라, 오보에와 클라리넷, 팀 파니와 큰북을 구별해 낼 수 있는 것과 같았다.

그는 왼쪽 엉덩이뼈에서 쑤시는 듯한 통증을 느꼈다. 그것은 장마철이 시작됐다는 확실한 징후였다. 그 고통이 또다시 찾아온 것이다. 침대에서 보낸 고통의 시간들이 떠오를 만큼 몹시 아팠다. 다행히도 그 당시에 지미가 큰 도움이 되었다.

지미는 구스타드를 아기처럼 팔에 안고서 진찰실로 들어갔다. 접골사의 진료소에는 자원 봉사자들이 환자들을 들것에 실어 나르거나 휠체어를 밀거나 붕대를 준비하느라고 분주했다. 남자 두 명이 다양한 종류의 향기로운 약초와 나무껍질을 작은 봉투에 나누어 담고 있었다. 봉투 꼬리표를 붙이는 접착제는 밀가루와 악취 나는 재료들로 그곳에서 직접 만든 점액이었지만, 그 악취는 약초와 나무껍질의 향기로운 냄새에 묻혔다.

그리고 그 모든 것의 한가운데에는 충실한 조수들에게 둘러싸인 위대한 접골사가 서 있었다. 겉보기에는 지극히 평범해 보여서 그에게 특별한 능력이 있다는 사실을 짐작조차 할 수 없었다. 그는 긴 회색 외투를 입고 기도 모자를 쓰고 있어서, 마치 파르시 조로아스터교도 결혼식장에서 저녁 식사 시작부터 예식이 끝나고 배부른 손님들의 테이블로 세면기와 비누, 뜨거운 물병을 든 웨이터들을 급파하는 일에 이르기까지 모든 것을 감독하는 지배인처럼 보였다.

그러나 마디왈라는 기적적인 치료법 때문에 성자와 같은 존경을 받고 있었다. 그는 시설이 좋은 병원에서 일하는 전문의들과 (영국과 미국의 유명 대학 학위가 있는) 외국에서 교육받은 의사들도 고칠 방법이 없다며 절망적으로 고개를 흔드는 산산조각 난 팔다리, 부러진 등, 깨진 머리를 고쳐 놓았다. 게다가 접골사는 그 모든 절망적인 사례들을 단지 자신의 맨손과 약초와 나무껍질로만 치료했으며, 디스크의 경우에는 환자의 허리 부분을 자신의 오른발로 조심스럽게 걷어차서 어긋난 부분을 즉시 바로잡았다.

그의 발놀림과 손놀림은 마술 같아서 어느 누구도 그가 무슨 일을 어떻게 했는지 정확하게 알 수 없었다. 그는 여기 만지고 저기 주무르며 굽히고 비틀고 돌리며 바로잡았다. 빠르고 조용했으며 아무런 고통도 없었다. 어떤 사람들은 그가 먼저 환자에게 최면을 걸어서 고통을 느끼지 않도록 한다고 했다. 그러나 가까이서 지켜본 사람들은 처음부터 감겨 있던 환자의 눈을 그가 애써 들여다보는 일이 없었기 때문에 이것은 사실이 아니라고 했다. 접골사의 눈은 자신의 손을 신봉했다. 피부와 지방과 근육을 깊숙이 꿰뚫어 본 다음에 접골사의 손은 상처를 입은 그곳, 바로 그 뼈를 압박했다. 엑스레이 실험실에서 접골사의 등장을 꺼린 것은 당연한 일이었다.

구경꾼들에 따르면, 마디왈라에게 구스타드의 부서진 골반을 바로잡는 일은 식은 죽 먹기였다. (접골사가 치료하는 동안 항상 구경꾼들이 있었다. 지지자들, 숭배자들, 환자의 가족들, 단순히 호기심을 가진 사람들이 마음대로 지켜볼 수 있어서, 그의 기술과 업적은 대중의 공개적인 감시를 받는 셈이었다.) 그러나 그것은 섬뜩하고 비참한 광경이어서, 특히 겁이 많은 사람들은 절대로 봐서는 안 될 것이었다. 사방에는 부서진 몸뚱이들이 들것에 널브러져 있거나 바닥에 처박혀 있거나 의자에 주저앉아 있거나 구석에 움츠러져 있었으며, 온통 그들의 신음과 비명 소리로 가득했다. 살을 뚫고 나온 부러진 비골과 경골, 팔꿈치를 흉측하게 뒤틀어 놓은 부서진 상박골, 산산조각이 나서 소름 끼치는 넓적다리 등이 접골사의 치료와 구원을 기다리고 있었다.

그리고 평생 접해 보지 못했던 그런 끔찍한 장면을 눈으로 보고 귀로 듣는 동안 구스타드는 곧 자신의 몸을 배회하고 있던 고통을 잊어버렸다. 그는 도대체 무엇이 사람들에게 그런 끔찍한 고통을 가할 수 있는지 궁금했다. 그는 할아버지의 가구 공장에서 가끔씩 손가락이 잘리거나 엄지손가락이 짓이겨진 경우를 보긴 했어도 이런 상황은 처음이었다. 마치 어느 공장에서 누군가 매우 신중하게 이처럼 끔찍한 사지 절단을 마구 감행하고 있을지도 모른다는 생각이 들었다.

그러나 비명과 신음 소리로 가득 찬 그들의 고통 속에서 구스타드는 뛰어난 웅변가들도 결코 표현하지 못했던 일종의 희망을 발견했다. 아무도 돌보지 않았지만 환자들의 피로부터 솟아 나오는 그 순수하고 원시적인 희망은, 구스타드에게 이제 구원이 머지않았다고 말해 주었다.

그 후에 구스타드는 마디왈라가 자신의 부서진 골반을 어떻게 바로잡았는지 기억해 보려고 했다. 그러나 그가 기억해 낼 수 있는 것이라고는 접골사가 그의 발을 움켜쥐고 다리를 독특한 방식으로 빙그르 돌렸다는 것뿐이었다. 바로 그 순간부터 고통이 가라앉았다. 접골은 완벽했고, 뼈는 특수한 나무껍질을 짓이긴 것을 계속 발라 주면 나을 것이라고 했다. 접골사는 지미에게 번호 하나를 적어 주었다. 냄새 나는 접착제로 포장지에 꼬리표를 붙이고 있던 두 사람이 비밀 번호에 맞게 처방된 것을 그에게 건넸다. 마디왈라는 진료비를 단 한 푼도 받지 않았으며, 또한 나쁜 사람들이 아프고 가난한 사람들을 상대로 자신의 지식을 상업적으로 이용하는 것을 막기 위해서 나무와 약초의 이름도 밝히지 않았다. 부자들이 기부하는 것은 환영했다. 너나없이 그의 비밀주의를 칭찬했지만, 또한 걱정거리이기도 했다. 고령인 마디왈라가 세상에 존재하지 않고 그의 지식도 함께 사라진다면 어떻게 될까? 그러나 그는 필요할 때가 되면 반드시 나타나서 치료할 수 있는 후계자를 비밀리에 훈련시키고 있다고 알려졌다.

딜나바즈는 접골사의 처방대로 물에다가 나무껍질을 담근 후 향료를 갈 때 사용하는 거친 석판에다 대고 갈아서 반죽을 만들었다. 엉덩이뼈 전체를 덮을 만큼 반죽을 만드는 일은 몹시 힘들었다. 그리고 그녀는 그 일을 마치자마자 또다시 다음 반죽을 만들어야 했다. 태어난 지 석 달밖에 안 되는 로샨을 돌봐야 하는 그녀가 휴식이 절실한 등과 어깨에도 아랑곳하지 않고 석판 앞에서 땀을 흘리며 숨을 헐떡이는 모습을 지켜보면서 구스타드는 죄책감이 들었다. 그러나 그녀는 자신의 노력만으로 남편을 일으켜 세우겠다는 각오로 다른 사람들의 도움을 거절하며 12주 동안 이를 악물고 그 일을 계속했다.

빗속에서 자동차 문이 세게 닫히는 소리가 들렸다. 랜드마스터였다. 이런 밤에도 근무하다니 밤지는 불쌍하기도 하지. 그런데 차 엔진이 공회전을 하는 듯했다. 갑자기 천둥이 치더니 풍덩 소리가 났다. 엔진에 문제가 생긴 걸까? 구스타드는 창문으로 갔다.

구스타드가 창문의 잠금장치를 풀기도 전에 차는 떠났다. 시간은 거의 새벽 한 시였다. 그는 시계의 뚜껑을 열어 손가락으로 시계추를 멈추고 손을 더듬어 태엽 키를 찾았다. 빛나는 스테인리스의 서늘한 감촉이 그의 손바닥에 전해졌다. 태엽을 감고 나서 침대로 갔다.

구스타드는 플로라 분수대의 버스 정류장에서 은행으로 걸어가는 꿈을 꾸면서 잠이 들었다 깼다 했다. 뭔가가 뒤에서 그를 쳤다. 돌아보니 100루피짜리 지폐 다발이 그의 발밑에 떨어져 있었다. 그것을 주우려고 몸을 굽히는데 지폐 다발 몇 개가 또 그를 강하고 아프게 때렸다. 구스타드는 자신을 괴롭히는 사람들에게 그 이유를 물었다. 그들은 대답은 하지 않고 계속 공격했다. 그의 안경이 떨어졌다. "그만 해!" 그가 소리쳤다. "경찰에 고발할 거야! 난 이런 쓰레기 필요 없어!" 그가 돈을 집어서 도로 던지자마자 다시 날아왔다. 경찰차가 오더니 밤지 경위가 내렸다. 구스타드는 다행이라며 매우 기뻐했다. 그러나 밤지는 아는 척도 하지 않은 채 돈을 던지는 사람들에게 갔다. "솔리, 내 말 좀 들어 봐. 무슨 일인지 설명해 줄 테니까!" 구스타드가 애원했다. 놀랍게도 밤지 경위가 마라티 어로 구스타드에게 입 닥치라고 했다. "내 관할이 아니오.", "저 사람이 은행 직원인데 우리 돈을 안 받겠대요." 구스타드가 어쩔 줄 몰라 하며 지켜보고 있는데, 다른 사람들이 투덜댔다. "은행에서 거부하면 우리는 어디로 가야 합니까?", "안 돼요!" 구스타드가 외쳤다. "난 그 돈 못 받아요. 넣어 둘 곳이 없다고요! 무슨 일이라도……." 그때 한 손에는 금장 코담뱃갑을 들고, 다른 한 손에는 롤렉스 크로노미터를 찬 마돈이 나타났다. "노블 씨, 무슨 일이죠? 길바닥에다가 은행 지점이라도 차린 거요?" 그는 바닥에 떨어진 구스타드의 안경을 우두둑 밟으며 설명 따위는 무시해 버리고 지금 열 시가 넘었다고 했다. "당신 책상으로 가는 데 30초를 주겠소." 그는 크로노미터를 치켜들고 말했다. "제자리에, 준비, 땅." 구스타드는 자신과 반대 방향으로 가고 있는 군중 속을 헤치며 뛰어갔다. 아직 저녁도 아닌데 어떻게 이럴 수가 있지, 하고 그는 의아해했다. 구스타드가 심하게 절뚝거리며 은행 정문에 도착하자, 마돈이 비웃으면서 현관에 나타나 크로노미터를 보여 줬다. 마돈은 "34초군요. 미안하오."라며 해고 통지서를 내밀었다. "지점장님, 제발. 제발, 한 번만 더 기회를 주십시오. 부탁드립니다. 제 잘못이 아니라, 전 그냥……."

딜나바즈가 그의 어깨를 잡고 흔들었다. "여보, 꿈꾸었어요? 정신 차려요." 그는 툴툴거리며 몸을 뒤치더니 다시 잠 속으로 빠져 들었다.

3

우울한 새벽이 우중충한 가랑비에 젖어 갔다. 구스타드는 기도하러 밖으로 나갈 수 없었다. 그는 창문을 살짝 열었다. 빗물을 머금은 창틀이 기분 나쁜 신음 소리를 내며 잘 열리지 않았다. 물에 젖은 까마귀 떼가 놀라서 허둥지둥 달아나듯이 날개를 퍼덕거리며 안전한 곳으로 날아갔다. 몇 마리는 멀구슬나무 가지로 날아갔다. 하늘을 처다보던 구스타드는 저 정도 구름이면 적어도 하루는 더 비가 내리겠다고 결론을 내렸다.

흠뻑 젖은 채 불길하게 지켜보던 까마귀들이 다시 창문 쪽으로 깡충깡충 뛰어오기 시작했다. 구스타드가 차 두 잔을 마시고 나자 하늘은 이전보다 맑아졌지만 까마귀의 울음소리는 더 커져 있었다. 날카로운 까악까악 비명 소리에 딜나바즈의 신경이 곤두섰다. "아파트 단지에 무슨 일 있어요?" 구스타드가 잠옷 상의의 단추를 채운 후 고무 슬리퍼를 신고 우산을 가지고 밖으로 나갔다.

몇 킬로미터 근방의 까마귀들이 다 모여든 것 같았다. 대부분이 아파트 단지에 우글우글 모여 있었고, 아파트 입구 계단에는 여럿이 떼지어 서서 깃털의 물을 털어 댔다. 일부는 차양 위에 한 줄로 올라앉아 있었다. "쉬이이이이이!" 구스타드가 손을 휘젓고 발을 쾅쾅 구르며 외쳤다. 현관 밖의 큰 빗물 웅덩이를 돌아 나온 그는 쉬잇, 소리를 지르며 커다란 까마귀처럼 펼쳐진 검은 우산을 휘둘렀다. 문득 빈카 관목을 바라본 그의 속이 뒤집혔다. 쓸개즙처럼 쓴 차가 목구멍까지 치밀어 올랐다. 까마귀들은 진수성찬을 놓쳐 버릴까 봐 뚫어져라 쳐다보며 기다리고 있었다. "여보!" 그는 열린 창문에다 대고 외쳤다. "빨리 좀 나와 봐!"

서두르느라고 다리우스의 장화를 신은 딜나바즈가 어기적거리며 곧 밖으로 나왔다. "어머나, 세상에!" 그녀는 두 눈을 가렸다. "왜 나더러 보라는 거예요? 아침부터 내 속을 뒤집어서 좋을 게 뭐가 있어요?"

머리가 잘린 큰 쥐 한 마리가 빈카 밑동에 고인 짙은 적갈색 빗물 웅덩이에 빠져 있었다. 반듯이 잘린 머리는 몸통 옆에 놓여 있었다. 까마귀의 부리에 쪼이긴 했어도 참수의 원인은 사람이 의도적으로 사용한 날카로운 도구였음을 금방 알 수 있었다.

"이건 도저히 용납할 수 없어!" 구스타드가 말했다. 그들은 순간적으로 테물과 함께 쥐에 대한 그의 집착을 떠올렸다. 그러나 구스타드가 먼저 입을 열었다. "아냐, 그렇지 않아. 테물의 짓이라면 빈카에다 던져 놓지는 않았을 거야. 25파이사를 받으러 관청으로 갔겠지."

딜나바즈는 범인을 찾는 것보다도 반쯤 쪼아 먹힌 시체를 빨리 없애고 싶었다. "지금 당장 청소부를 불러서 치우라고 할게요."

"도대체 누가 내 빈카를 이토록 싫어하는 거지?" 구스타드는 의아했다. "그리고 빌어먹을 구르카 놈은 어디 있는 거야. 도대체 야간 순찰을 어떻게 하는 거야?" 그사이 시끄러운 소리에 깨어난 다리우스가 창가로 왔다. 구스타드는 그에게 사무실 건물로 가서 구르카 인을 불러오라고 했다.

"근데 저 아직 잠옷 차림이에요." 다리우스가 말했다.

"그럼 나는 지금 결혼식 예복이라도 입고 있냐? 지금 당장 가!" 다리우스는 얼굴을 찡그린 채 투덜거리며 주민들이 보지 못하게 아파트 건물 안쪽으로 바싹 붙어서 서둘러 갔다. 특히 자스민 라바디의 눈은 반드시 피해야 했다. 열네 살 소녀의 감상적이고 부드러운 갈색 눈이 혹시라도 바보 같은 잠옷을 입고 있는 자신을 발견하기라도 한다면 기회는 영영 사라지게 될 거라고 그는 확신했다.

"구르카 사람이 낮에 어디서 자는지 알고 있지?" 구스타드가 다리우스를 쫓아가며 물었다. "엘리베이터 옆에 있는 작은 방에 있어."

"알아요, 알아. 안다고요." 다리우스는 화가 나서 찌푸린 얼굴을 홱 돌렸다. 곧 구르카 인과 함께 돌아온 다리우스는 조심스럽고 당당하게 집으로 다시 들어갔다.

구르카 인은 팔뚝과 종아리 근육이 툭 튀어나온 데다 체구가 작은 안짱다리 사내였다. 그가 이웃에 있는 사무실 건물을 야간 순찰할 때 코다다드 아파트도 포함시켜서, 이에 대한 대가로 주민들이 한 달에 2루피씩 지불했다. 그는 아직도 카키색 셔츠에 반바지, 그리고 모자를 쓴 제복 차림이었다. 허리에 매고 있는 가죽 허리띠에는 구르카 사람들의 의식용 칼인 쿠크리가 달려 있었다. 칼날이 넓고 짧은 검의 칼자루 옆에는 각각의 칼집 속에 들어 있는 조그만 단검 두 개가 자리 잡고 있었다.

구스타드를 보자 잽싸게 거수경례를 붙인 네팔 인은 아몬드 모양의 눈을 반짝거렸다. 그는 구스타드에게 "선생님, 안녕하십니까?"라고 인사한 후에 딜나바즈에게도 "안녕하십니까. 막내는 잘 있나요?"라고 물었다. 그는 로샨을 무척 예뻐했다. 로샨이 길 건너 통학 버스에서 내릴 때 마침 잠에서 깨어 있으면 그는 재빨리 달려가 그 애를 안전하게 아파트 단지 안으로 바래다주었다. 로샨은 구르카 인의 단검 가족을 엄마 칼과 쌍둥이 칼이라고 불렀다.

"로샨은 잘 있어요." 딜나바즈가 대답했다.

"그런데 이게 도대체 뭔가?" 구스타드가 까마귀의 부리에 쪼인 쥐를 가리키며 물었다.

"세상에! 엄청 큰 쥐네요!"

"그건 나도 알아." 구스타드가 말했다. "하지만 누가 이 쥐의 머리를 잘라서 내 화단에다 던졌는지 그걸 모르겠다고. 그건 아파트 단지에서 야간 순찰을 도는 당신이 알아야 하는 거 아닌가?" 그가 말을 멈췄다. "설마 모른다면 밤새 잠을 자고 우리한테 돈만 받아 가는 것일 테고."

"선생님, 무슨 말씀이십니까. 아닙니다. 절대로 그렇지 않습니다. 매일 밤 저는 이곳을 걸으면서 검은 돌담에다가 지팡이를 세게 두드립니다. 한 시, 두 시, 세 시. 밤새도록요. 하지만 전 아무것도 못 듣고 못 봤습니다."

구스타드가 못 믿겠다는 듯이 그를 보았다. 딜나바즈가 구르카 인이 못 알아듣도록 입가를 살짝 움직이면서 구자라트 어를 섞어 가며 말했다. "아마도 비가 와서 경비원이 자고 있었는지도 몰라요."

그러자 구스타드가 새로운 방법으로 따져 물었다. "비가 올 때는 순찰을 어떻게 돌고 있소?"

구르카 인은 멀구슬나무의 잔가지로 깨끗하게 닦은 하얀 이를 드러내며 웃었다. "사무실 사람들이 저한테 정말 좋은 긴 비옷을 줬습니다. 비가 올 땐 그걸 입습니다. 그리고 뺨 위까지 덮는 귀덮개가 달려 있고 턱 밑은 버튼으로 채우는 비닐 모자를……."

"알았어. 그렇다면 어젯밤엔 긴 비옷을 입고 모자를 쓰고서 걸었겠군. 그런데 난 지팡이 치는 소리를 못 들었는데."

"아, 선생님. 그건 빗소리와 천둥소리가 너무 시끄러워서 지팡이 소리를 못 들으신 거 아닙니까?"

구스타드도 그 점은 인정해야 했다. "지금부터는 비가 오든 안 오든 지팡이 소리를 듣고 싶소. 경고하는데 더 세게 쳐. 특히 우리 집 창문 밑에서는. 난 매일 밤 그 소리를 들어야겠어." 문제가 거의 끝나 간다고 생각한 구르카 인은 구스타드의 비위를 맞추려고 고개를 힘껏 끄덕였다. "그리고 밖으로 나가면서 청소부에게 이걸 당장 치우라고 전하시오."

구스타드와 딜나바즈가 돌아서서 안으로 들어가려고 하자 까마귀들이 다시 모여들기 시작했다. 구스타드는 그곳에 남기로 했다. "회사에 늦겠어요." 딜나바즈가 말했다. "청소부가 올 때까지 내가 기다릴게요."

"괜찮아. 시간 충분해." 그는 딜나바즈에게 비어져 나온 쥐의 내장을 보도록 한 것이 꺼림칙하고 마음에 걸렸다.

4

토요일 하루 종일 내리던 비가 밤사이에 그쳤다. 구스타드는 구르카 인의 지팡이 소리를 들으려고 깨어 있었다. 곧, 나무가 돌에 부딪쳐서 위안을 주는 소리가 규칙적으로 들려왔다. 자기 말이 효과를 보게 되어서 만족한 구스타드는 몸을 뒤치다가 잠이 들었다.

맑은 하늘과 함께 일요일이 밝았다. 구스타드는 등화관제용 종이의 압정이 떨어져 나간 환기창 모서리로 들어오는 한 줄기 햇살 때문에 깨어났다. 비가 그쳤군. 아파트 단지에서 기도를 올릴까? 아직은 물기가 있고 철벅철벅할 거야. 안에 있는 편이 낫겠어. 어제 슬리퍼에서 흙을 떼어 내는 데도 시간이 너무 많이 걸렸어.

그는 똑바로 앉아서 기지개를 켜고 두 눈을 비볐다. 까악까악, 까마귀 울음소리가 들려왔다. 처음에 까마귀 한 마리가 충실한 신도들에게 기도를 명하듯이 울자 곧 다른 까마귀들이 동참했으며, 새로 온 열정적인 까마귀들도 힘찬 목청을 보탰다. 그러자 울음소리는 점점 격렬해졌고 까마귀 떼가 일제히 목소리를 높여 귀에 거슬리는 광희의 합창을 하자, 마침내 구스타드가 침대 밖으로 뛰쳐나갔다.

침대가 거칠게 흔들리자 딜나바즈가 잠에서 깼다. "무슨 일이에요?"

그는 창문을 가리켰다. "안 들려?" 까마귀 울음소리에 딜나바즈가 일어나 앉아서 손을 내밀어 겉옷을 집었다.

바람 한 점 없는 아침, 거울처럼 잔잔한 빗물 웅덩이들이 구름 한 점 없는 하늘을 비춰 주었다. 그러나 몇 걸음 떨어진 빈카 관목 옆은 완전히 다른 세상이었다. 치열한 경쟁을 벌이던 까마귀들이 날개를 퍼덕거리고 부리로 쪼며 때로는 서로를 공격했다. 몇몇 까마귀는 뒤로 물러서서 전투에 대비한 후 다시 싸움에 임했다. 미친 듯이 흥분해서 퍼덕거리는 수많은 회색 검정 날개와 깃털 때문에 관목 주위에 뭐가 있는지 보이지 않았다.

"야아아아아하!" 구스타드가 팔을 세차게 흔들며 소리쳤다. "캬아아아아하!" 검은 커튼이 올라가듯이 까마귀들이 날아오르더니 약간 떨어진 곳에 자리를 잡고 앉았다. 그는 고양이 한 마리가 죽어 있는 것을 보았다. 갈색 바탕에 하얀 얼룩무늬 고양이의 눈꺼풀이 열려 있었지만 그 눈은 아직 쪼이지 않았다. 살짝 열려 있는 입에서는 분홍색 혀가 보였다. 젖은 수염이 빗물 위를 덮고 있었다. 어제 아침의 쥐처럼 머리가 몸통에서 잘려 있지 않았더라면, 목이 마른 고양이가 웅덩이에서 물을 먹고 있는 모양이라고 생각했을 것이다. 문득 구스타드는 자기도 어렸을 때 쿠스티를 가지고 바로 이런 모양으로 용들의 머리를 베고 싶어 했다는 것을 깨달았다. 그는 용의 머리들이 별개의 존재로서 살아갈 수 있는 것처럼 온전하게 보이도록 하고 싶었다.

"보지 마!" 그가 딜나바즈에게 말했을 때는 이미 늦었다. 그녀는 헛구역질을 두 번 하더니 정신을 차렸다. "도대체 무슨 일인지 모르겠군." 구스타드가 낮은 목소리로 말했다. "다리우스!"

잠을 쫓으려고 두 눈을 비비면서 다리우스가 밖으로 나왔다. "왜요?"

"빨리 가서 구르카 인 불러와."

"잠옷 입고 또 어떻게 가요. 어제도 내가 갔잖아요." 다리우스가 불만을 터뜨렸다. "불공평해요." 게다가 지난밤에 그려진, 십 대의 욕정이 담긴 지도가 그의 한쪽 바지 허벅다리 위에 빳빳한 자국으로 남아 있었다.

"아버지한테 대들래! 당장 가!"

"안 갈 거예요!" 다리우스가 맞고함을 지르고 침대로 돌아갔다.

구스타드가 멀어지는 그의 뒷모습에다 대고 말했다. "너도 집 나간 불량한 형을 따라서 아버지한테 소리 지르면 불행한 인생을 살게 될 거다! 명심해!"

"그만 해요." 딜나바즈가 말했다. "내가 갈게요."

"큰일이야. 나쁜 건 저렇게 빨리 배운다니까. 잠깐만. 테물! 이봐, 친구! 테물!" 구스타드는 도둑 시장에 다녀온 이후 처음으로 테물을 보았다. 그는 테물에게 손을 흔들고 웃으면서 가까이 오라고 구슬렸지만, 혹시나 도망갈까 봐서 갑작스럽게 움직이지는 않았다.

몸을 긁으며 수줍어하는 것처럼 다가오던 테물이 딜나바즈를 보고 웃었다. "구스타드구스타드."

"테물, 잘 있었니? 비가 와서 좋았어?" 테물이 머리가 잘린 고양이를 보더니 갑자기 웃기 시작했다. 그는 조금 더 가까이 가서 머리를 집으려고 몸을 숙였다.

"테물, 안 돼. 하지 마. 만지지 마. 나쁜 놈한테 너 물린다." 테물이 씩 웃으면서 뒤로 물러섰다. "부탁 하나 들어줄래? 이웃 건물에 앉아 있는 구르카 인 알지? 가서 내가 좀 보잔다고 데려와."

테물이 절뚝거리면서 걸어가자 까마귀들이 사방으로 흩어졌다. 구르카 인과 함께 돌아온 그는 거수경례를 흉내 내며 씩씩하게 손바닥으로 이마를 찰싹 때렸다. 구스타드가 멍한 표정으로 관목 쪽을 가리켰다.

"오, 신이시여! 도대체 이게 무슨 일입니까?" 구르카 인이 말했다.

"왜 신한테 묻는 거야? 당신이 알고 있어야지. 몇 시에 잤어? 두 시? 세 시?"

"아닙니다. 노블 선생님. 전 밤새도록 걸었습니다."

"거짓말!" 증거를 가리키면서 구스타드가 소리쳤다. "용납할 수 없어! 도저히 못 참아!" 창문들이 열리고 호기심 어린 얼굴들이 밖을 내다보았다. "어제는 머리가 잘린 쥐. 오늘은 고양이! 누군가 장난을 치고 있는데 당신은 도대체 뭘 하고 있는 거야? 당신, 일을 하긴 하는 거야! 내일은 뭐야? 개? 소? 코끼리?"

"쥐쥐고양이고양이." 테물이 말했다. "쥐쥐고양이고양이."

"경고하는데 난 이제 돈 못 내. 그리고 당신은 야간 순찰자로 쓸모가 없기 때문에 이웃들에게도 돈을 내지 말라고 할 거야."

구르카 인이 화들짝 놀랐다. "제발, 선생님. 선생님 발이라도 닦아 드릴 테니 그러지 마십시오. 제가 무슨 수로 새끼들의 배를 채우겠습니까? 전 최선을 다해서 야간 순찰을 하고 있습니다, 최선을 다해서요. 제발, 한 번만 더 기회를 주십시오."

"쥐쥐고양이고양이개개."

밤지 경위의 랜드마스터가 아파트 단지로 들어와 네 사람 옆에서 멈췄다. "형님, 무슨 일입니까?"

구스타드가 공권력의 등장에 반색하며 밤지에게 하소연했다. "솔리, 자네 생각 좀 들어 보세. 누군가 내 화단에다가 죽은 동물들을 내다 버리고 있어. 그런데 이 잘난 야간 경비가 무슨 영문인지 모른다는군."

밤지 경위가 차에서 내려 고양이를 자세히 들여다보는 동안에 구르카 인은 차려 자세로 서 있었다. 테물은 경위의 뒷짐 진 자세를 흉내 내며 말했다. "쥐쥐고양이고양이."

밤지 경위가 보일 듯 말 듯 굳은 미소를 지었다. 그것은 전문가의 웃음이었다. "매우 날카로운 칼을 썼군요. 고도의 솜씨예요. 혹시 형님한테 원한을 품고 해치려는 사람이 있나요?"

구스타드가 고개를 가로저으며 딜나바즈를 봤다. 그녀가 그를 거들었다. "사람들이 때로는 마법을 걸려고 동물을 죽여요. 예배나 다른 목적에 그 피를 사용하죠."

"맞습니다." 밤지 경위가 말했다. "온갖 미치광이가 다 있죠. 무슨 이유에서건 이런 일을 한 사람은, 관목들이 검은 돌담에 가려져 있어서 처분하기에 편리하고 조용하기 때문이 아닌가 싶네요. 야간 경비가 제대로 일을 하면 문제가 해결될 겁니다."

"선생님, 한 번만 더 기회를 주십시오." 구르카 인이 말했다. "딱 한 번만 더요."

밤지 경위가 구스타드에게 윙크하며 고개를 끄덕였다. "좋소." 구스타드가 말했다. "한 번만 더 기회를 주겠소. 다시는 자면 안 돼."

"선생님, 근무 시간에는 절대 자지 않습니다." 구르카 인이 말했다. "신의 이름을 걸고 맹세합니다."

"그래 봐야 소용없지." 밤지는 구르카 인이 결코 시인하지 않을 거라는 의미로 그렇게 말하고는 차에 올라탔다. 구르카 인은 밤지 쪽으로 거수경례를 한 후, 딜나바즈와 구스타드에게도 똑같은 행동을 취했다. 테물이 구르카 인에게 거수경례를 했다. "고양이고양이쥐쥐." 테물은 구르카 인을 따라서 정문으로 갔다. 절반쯤 가다가 노랑나비한테 정신이 팔린 테물은 자기 앞에서 우아하게 날아다니는 나비를 따라잡으려고 비틀거리며 걸어갔다. 나비는 때때로 풀잎에 앉아서 쉬다가 테물이 거의 잡으려고 할 때쯤이면 날아가 버렸다.

그를 애처롭게 바라보던 구스타드는 소랍이 생각났다. 부서진 배드민턴 라켓으로 만든 잠자리채를 가지고 있던 소랍. 일요일 아침이면 그는 소랍을 공중 정원으로 데려가곤 했었다.

딜나바즈는 그가 무슨 생각을 하는지 눈치챘다. "돌아올 거예요." 그녀가 말했다. "당신이 기다린다고 걔한테 말할까요?"

그는 시치미를 뚝 떼고 물었다. "누구 말하는 거야?"

"소랍요. 당신이 기다린다고 걔한테 말할까요?"

"하고 싶은 대로 해. 난 관심 없으니까." 그녀는 아무 말도 하지 않았다. 라바디 부부가 딤플을 데리고 아파트 단지로 나왔기 때문에, 그들이 집 안으로 들어갈 때까지 기다려야 했다.

라바디 부부는 자기들끼리 얘기하면서 일부러 크게 투덜거렸다. "사람들이 우리를 바보로 아나. 우리 딸을 속여서 난민들을 위한 기금을 마련한다면서, 그 돈은 도대체 어디로 가는 거야."

구스타드도 라바디 부부가 들을 수 있도록 딜나바즈에게 말했다. "길거리에서 들리는 정신 나간 소리에 귀찮게 일일이 대꾸할 필요가 있나." 그들이 사라지자 그가 다시 말했다. "저 얼간이가 고양이와 쥐한테 그런 짓을 했다고 해도 놀랄 일은 아니지."

"아뇨, 설마요." 딜나바즈는 상식적인 선에서 말하려고 했다. "저 사람이 우릴 좋아하지 않는 건 사실이지만, 그렇다고 해서 이런 짓을 할 사람은 아니에요."

그녀가 옳았다. 구스타드가 다음 날 아침에 발견한 것은 아파트 주민들의 혐의를 깨끗이 벗겨 주었다.

아침 일찍 일어난 구스타드는 아파트 단지에서 기도를 올리려고 마음먹었다. 새로운 한 주를 시작하는 좋은 방법이었다. 구르카 인이 빈카 관목 옆에 있었다. "선생님, 안녕하십니까. 화단에 죽은 동물은 없습니다. 곤충 한 마리도 없습니다." 그는 적이 안심했다.

구스타드가 직접 살펴보았다. 그는 한 바퀴 돌아보다가 이상하게 놓여 있는 종이 한 장을 발견했다. 접힌 종이는 마치 편지 받침에 꽂혀 있듯이 두 개의 이웃한 나뭇가지 사이에 딱 맞게 들어가 있었다. 닥치는 대로 부는 바람의 짓은 아니었다. 그는 그것을 끌어당겼다. 연필로 쓴, 악의가 없는 두 행의 동요였으나, 그것을 읽은 구스타드의 얼굴에서 핏기가 가셨다.

빌리모리아 차발 초리아
단도 라이 나이 마르바 도리아

구르카 인이 구스타드의 어깨 너머로 보았다. "선생님, 그건 어느 지방 말입니까?" 구르카 인은 이미 용서를 받았기 때문에 약간 친근하게 구는 것도 나쁘지 않을 거라고 생각한 듯했다.

"구자라트 어요." 무뚝뚝하게 말한 구스타드는 그곳을 얼른 벗어나고 싶었다.

"구자라트 어를 읽을 줄 아십니까?"

"그럼. 어렸을 적부터 쓰던 말이니까."

"희한하게 생긴 글자들은 무슨 말인가요?"

" '빌리모리아의 쌀을 훔쳤으니 우리가 몽둥이로 너를 패 줄 테다' 라고 쓰여 있군."

"무슨 뜻입니까?"

"아이들이 놀 때 부르는 거야. 한 녀석이 뛰어가면, 다른 녀석들이 잡으러 가지."

"아, 그렇군요." 구르카 인이 말했다. "선생님, 안녕히 들어가십시오. 전 이제 자러 가야겠습니다."

구스타드는 운이 들어맞는 2행 연시를 들고 집으로 들어갔다. 이제 모든 게 명확해졌다. 두 마리의 참수된 시체가 무엇을 의미하는지 확실했다. 메시지는 분명했다.

10부

1

    종잇조각을 앞에 두고 앉은 구스타드는 글자나 글씨체가 아니라 이해할 수 없는 배신 행위를 들여다보면서, 자신의 가장 중요한 부분이 짓밟혀 떨어져 나간 듯한 기분이 들었다. 오랜 세월의 우정이 그의 눈앞을 맴돌며 떠올랐지만, 종잇조각은 그를 조롱하고 비웃는 거대한 거짓과 위선의 캔버스로 변해 있었다. 세상이 도대체 어떻게 된 걸까, 도대체 어떤 인간이기에 이따위 행동을 할 수 있는 걸까?

    그는 지금 당장 일어나서 지폐 다발을 숨겨 둔 곳으로 가야 한다고 생각했다. 지미 빌리모리아는 그를 함정에 빠뜨렸고 자유를 강탈했다. 이런 썩어 빠진 세상은 내버려 두고 남은 삶을 이 의자에 앉아서 보낼 수 있다면 좋으련만. 할아버지의 의자는 한때 검은색 책상과 함께 가구 공장에 있던 물건이었다. 망치질 소리와 톱질 소리가 시끄럽고 톱밥 냄새와 땀 냄새, 니스 냄새가 나던 그곳은 얼마나 멋진 세상이었던가. 그리고 아버지의 서점은 책장을 넘길 때 스치면서 나는 매혹적인 소리와 시대를 초월하는 고급 종이의 특별한 냄새가 있었고, 오래된 가죽 장정의 책들이 마치 사원이나 능처럼 특별한 분위기를 풍기는 여섯 개의 거대한 방에 가득 들어차 있었다. 불행한 날들이 찾아와 모든 것이 쪼그라들기 전이었던 그때 당시에 시간과 세상은 끝없이 펼쳐져 있었다. 방탕한 동생 때문에 파산당하고 빈털터리가 된 아버지도 바로 이 의자에 앉아서 틀림없이 이렇게 느꼈을 것이다. 아버지 역시 이 의자에 꼼짝 않고 앉아서 남아 있는 시간과 쪼그라든 세상을 흘려보내고 싶었을 것이다.

    "벌써 기도가 끝났어요?" 수돗물 받는 일을 끝낸 딜나바즈가 부엌에서 나왔다. 여느 때처럼 잠옷의 앞부분과 소매가 흠뻑 젖어 있었다. "오늘은 빈카가 괜찮아요?"

"빈카는 괜찮아." 그가 말했다. 그러나 21년 동안 그녀와 함께 살면서 생긴 습관의 힘은 강력했다. 그는 자신이 느끼고 있던 슬픔을 목소리와 얼굴에서 감출 길이 없었다.

"여보, 무슨 일이에요?" 그는 그녀에게 종잇조각을 내밀었다. "이런, 세상에. 소령이요……?" 그녀가 힘없이 물었다. 구스타드는 고개를 끄덕였다.

"정말 우리한테요……?" 그가 다시 고개를 끄덕였다.

"택시 운전사가 그랬을지도……?"

"그렇다고 해도 달라지는 건 없어."

마치 고통스러운 배신을 잊으려는 듯이 딜나바즈는 젖은 잠옷을 필사적으로 쥐어짰다. "돈을 가지고 경찰한테 가서 모두 다 이야기해요." 그녀가 말했다. "돈을 어떻게 얻었는지, 어떻게 처리하라고 했는지. 쥐, 고양이, 모든 걸요." 그럴싸한 말로 공허한 마음을 채우고 싶었던 그녀는 정의로운 행동을 제안하자 힘이 솟았다. "경찰한테 빌리모리아 소령의 주소도 알려 줘요. 우체국 사서함 번호 말예요. 그 인간과 국가 안보가 지옥 불에 타 버리게 말이에요!" 그녀는 자신의 목소리에 스며든 잔인함에 스스로 놀랐다. "아니면 밤지 경위한테 말해요. 그러면 모든 일이 해결될지도 몰라요."

구스타드는 고개를 가로저었다. 그는 그녀의 방식대로 공허함을 채우고 싶은 유혹을 뿌리쳤다. "이해를 못하는군. 밤지 경위와 같은 경찰은 RAW에 아무런 힘도 못 써." 그는 또다시 고개를 가로저었다. "우리는 독사와 같은 냉혹한 사람들을 상대하고 있어. 큰 쥐와 고양이 대신 로산이나 다리우스가 될 수도 있다고." 그는 종잇조각을 마구 구겨서 떨어내듯 내던졌다. "그 점에 대해서 우리는 지미에게 고맙게 생각해야 해."

"신이시여, 절대로 그런 일이 일어나지 않도록 해 주십시오." 자신의 집과 가족에게서 멀리 떨어진 현관문 바깥을 향해 그녀는 손가락을 맞부딪쳐 소리를 냈다.

"할 수 있는 건 단 한 가지뿐이야." 구스타드는 기도 모자를 벗었다. 그는 딜나바즈와 함께 부엌으로 가서 풍로 옆에 무릎을 꿇고 앉아 꾸러미를 꺼냈다. 그는 주먹 하나가 들어갈 만한 크기의 구멍을 낸 다음에 돈다발 하나를 꺼냈다. 딜나바즈는 그가 라임 열매나 소랍의 지원서를 발견하지 않기를 바라면서 걱정스럽게 지켜보았다. "걱정 마." 그가 말했다. "조심할 테니까. 24년 동안 근무해서 은행 절차는 훤히 꿰뚫고 있다고. 매일 돈다발을 하나씩 맡기면 돼. 만 루피씩. 그 이상은 의심받을 거야."

"그러면 소포를 모두 처리하는 데 걸리는 시간은……."

"백 일이지. 지미에게 편지를 써서 이것이 내가 할 수 있는 최선이라고 말할 거야." 그는 돈을 서류 가방에 담았다. "난 이제 이놈의 세상을 이해 못하겠어. 먼저 당신 아들이 우리의 희망을 부숴 버렸지. 이제는 이 나쁜 놈이. 형제처럼 생각했건만. 도대체 세상이 왜 이렇게 사악해진 걸까."

2

구스타드가 플로라 분수대에서 버스를 내렸을 때, 장례식장의 곡소리 같은 공습경보 사이렌 소리가 들렸다. 마치 슬픔에 잠긴 거대한 새가 도시 위의 하늘에서 원을 그리며 급강하해서 돌듯이, 그 소리는 교통 소음을 집어삼켰다. 벌써 열 시네, 지금쯤은 책상에 앉아 있어야 하는데, 하고 그는 생각했다.

벌써 몇 주째 구슬픈 사이렌 소리가 매일 오전 정확하게 열 시에 울려 댔다. 꼬박 3분 동안 사이렌이 울리고 나면 모노톤의 공습경보 해제 신호가 울렸다. 어떠한 공식 발표도 없었기 때문에, 사람들은 그저 정부에서 파키스탄과의 전쟁 준비를 위해서 공습경보가 제대로 작동하는지 점검하는가 보다고 생각했다. 어떤 사람들은 그것이 장송곡 같은 사이렌 소리에 익숙하게 만들기 위한 것이라고 했다. 밝을 때 사이렌 소리에 익숙해지면 한밤중에 공습이 울려도 공포에 질리지 않을 것이라고 했다. 냉소적인 사람들은 그것이 일종의 음모라고 했는데, 그 이유는 파키스탄이 성공적인 폭격을 감행하고자 한다면 정확하게 열 시에 그들의 머리 바로 위로 도착하기만 하면 된다는 것이었다. 그러나 가장 낙천적인 설명은 사이렌이 울리는 이유가 전쟁 대비의 일환으로 관공서의 시간 엄수와 생산성 향상을 위해서 사람들이 열 시에 시계를 확인하고 맞추기 위해서라는 것이었다.

서류 가방에 만 루피가 들어 있는 구스타드는 버스 정류장에서 사무실 건물로 밀려드는 군중과 함께 걸으면서 긴장했다. 사람들이 허둥지둥 달리며 갑자기 모퉁이에서 나타나자 구스타드는 가방을 든 손에 힘을 꽉 주었다. 바로 그 모퉁이에는 거리의 화가가 크레용으로 그림을 그리고 있었다. 구스타드는 종종 그곳에 멈춰서 그가 그린 신들과 성자들의 그림을 탄복하며 구경하곤 했다.

거리의 화가는 어느 한 가지 종교에 자신을 국한시키지 않았다. 어떤 날은 지혜와 성공을 주는 코끼리 머리의 가네샤를, 다음 날은 십자가에 매달려 있는 예수 그리스도를 그렸다. 사무직원들은 기꺼이 그림에다가 돈을 던져 주었다. 화가는 좋은 위치에 자리를 잡고 있었다. 책상다리를 하고 앉아 있던 그는 위에서 떨어지는 돈을 한데다가 모았다. 보행자들은 오늘의 신이 전시되고 있는 동안에는 성스러운 땅인 길 한구석을 조심스럽게 걸어 다녔다. 그들은 마치 개미의 물결처럼 그림 주위에서 자동으로 갈라지고 합쳐졌다.

때로는 오늘 아침처럼 사고가 발생하기도 했다. 누군가 발을 헛디뎌서 그림에다 신발 자국을 남겼고, 즉결 심판이 이루어졌다. 군중은 그 불행한 남자가 신에게 후한 선물로 보상한 후에야 그곳을 떠나도록 허락했다. 그 후 화가는 크레용을 쥐고 신발 자국이 난 신의 얼굴을 약간 고쳤다. 화가를 지켜보던 구스타드는 문득 성스러운 그림에서 서로에게 이로운 계획이 떠올랐다. 그러나 이미 출근이 늦었기 때문에 사람들이 별로 없는 저녁에 화가와 이야기하기로 했다.

그가 은행 계단을 오를 때 공습경보 해제 신호가 사라졌다. 그는 딘쇼지의 책상에 들러서 작은 목소리로 말했다. "점심시간에 밖에서 나 좀 보세. 급한 일이야." 딘쇼지는 흔쾌히 고개를 끄덕였다. 딘쇼지는 비밀 약속, 특별한 정보, 은밀한 대화를 꽤나 좋아했지만, 그럴 기회는 자못 드물었다.

딘쇼지가 병을 앓고 나서 직장에 돌아온 지가 삼 개월이 지났지만 여전히 로샨의 생일 저녁때처럼 창백하고 지쳐 보여서 구스타드는 걱정스러웠다. 그러나 세상에 근심거리라고는 하나도 없는 것처럼 노래하고 웃고 농담하는 그의 행동은 밝고 명랑했다. 어느 누가 그를 보고 병원에서 최근에 퇴원했으리라고 짐작이나 하겠는가? 구스타드는 그가 제대로 치료를 받고 있는지 궁금했다. 어쨌든 불평 한마디 없이 유쾌하게 지내는 딘쇼지가 존경스러웠다.

그들은 약속한 대로 한 시에 만났다. 콜리플라워 샌드위치를 먹고 있던 딘쇼지가 구스타드의 서류 가방을 보고는 물었다. "오늘은 자네도 샌드위치를 싸 왔나?"

"아니, 그게 아냐. 음식보다 중요한 문젤세. 오늘은 점심을 못 먹을 것 같아." 그 말을 듣자 딘쇼지가 샌드위치를 하나 먹어 보라고 자꾸 권했다. 구스타드가 샌드위치를 받아 들었다.

"급한 일이란 게 뭔가?"

구스타드는 게릴라 작전에 관한 빌리모리아 소령의 편지에서부터 굴람 모하메드의 돈 소포에 이르기까지 자초지종을 얘기해 주었다. 그러나 큰 쥐와 고양이, 운이 들어맞는 2행 연시에 관한 부분은 생략했다. 딘쇼지가 겁을 먹으면 아무런 도움도 되지 않을 테니까 말이다. 대신에 그는 그들의 노력이 묵티 바히니의 독립 운동에 도움이 될 것임을 강조했고, 딘쇼지는 이에 크게 자극받았다. 딘쇼지가 열광할수록, 아픈 친구를 속여서 은행법을 어기게 하고 퇴직이 얼마 남지 않은 그의 직장과 연금을 위험하게 할 수도 있다는 생각에 구스타드는 마음이 쓰리고 아파 왔다.

딘쇼지는 한껏 고무되어 파키스탄 군인들에게 맞서 총검 돌격에라도 나설 태세였다. "그럼, 물론이지. 전적으로 우리가 소령을 도와야지. 누군가는 이 빌어먹을 학살자들에게 조치를 취해야 해."

"나도 같은 생각일세." 구스타드가 말했다.

"미국이 뭘 하는지 오늘 신문 읽어 봤나?" 구스타드는 지난 사흘 동안 신문을 읽지 못했다고 털어놓았다. "세상에, CIA 놈들이 늘 써먹는, 손가락으로 똥구멍을 간질이는 수법을 쓰고 있어. 더 많은 학살과 포악한 행위를 자극하고 있다고."

"왜지?"

"빤한 거지. 테러가 많으면 많을수록 더 많은 난민이 인도로 넘어올 거야. 그렇지? 그러면 그들을 먹여 주고 입혀 주는 더 큰 문제가 우리한테 생기는 거야. 그렇게 되면 난민 문제를 해결하기 위해서 우리는 파키스탄과 전쟁을 벌여야 해."

"그렇군."

"그다음 CIA의 계획은 미국이 파키스탄을 지지하는 거지. 그렇게 되면 인도는 전쟁에서 지고 인디라 간디는 국민들로부터 비난받다가 다음 총선에서 패배하게 될 거야. 이게 바로 미국이 원하는 바야. 자네도 알다시피 미국은 인디라가 러시아의 친구가 되길 원치 않아. 그 생각만 하면 닉슨은 잠도 못 자고 똥을 지리지. 닉슨이 살고 있는 곳은 흰색일지 몰라도 그 사람 잠옷은 매일 밤 고동색으로 변한다고."

구스타드가 웃고 나서 서류 가방을 열었다. "복수할 때가 왔군." 그는 평범한 봉투에 싸인 돈을 건넸다.

딘쇼지는 도시락 봉지로 돈다발을 쌌다. "좋았어. 요즘은 시간에 딱 맞춰서 가야 해. 옛날 생각 나? 의자에 걸린 양복저고리를 세면서 출석 점검을 했잖아? 빌어먹을 노동 시간 기록부 같은 건 있지도 않았지. 이봐, 그때는 사람들이 믿고서 일을 맡겼는데 말이야. 무감독 제도였지. 양복 상의는 의자에, 모자는 모자걸이에다 걸어 놓고 한두 시간 정도는 나갔다 오거나 낮잠을 잘 수 있었어. 아무도 신경 안 썼지. 이제는 명예와 신뢰의 시대가 영원히 사라져 버렸어."

구스타드는 도시락이 벌써 집으로 갔는지 살펴보았다. "자네 먼저 가게. 금방 갈게." 그는 딜나바즈에게 짧게 편지를 썼다. "나의 가장 소중한 당신에게, 미라 오빌리 건은 잘 해결했어. 그런데 점심 먹을 시간이 없었어. 사랑해." 점심 도시락의 냄새가 그의 코를 간질였다. 찬합을 당기자 호박을 섞어서 만든 밥이 보였다. 입에서 군침이 돌았다. 그냥 놔두자. 오늘 밤에 먹지, 뭐. 남은 건 다리우스에게 줘야지. 그 녀석은 빵하고 요리를 먹고 나서도 항상 밤에 밥 먹는 걸 좋아하지. 보디빌딩을 하니까 그 정도는 먹어야지.

두 시 삼 분 전이었다. 딘쇼지는 로리 쿠티노의 책상 주위를 얼쩡거리고 있었다. 그는 다른 직원들의 부추김으로 지난 몇 주 동안 더욱 대담해졌다. 이제는 그녀에게 함께 춤을 추자고 떼를 쓰고 있었다. 딘쇼지가 로리의 의자 주위를 활보하며 〈하루 종일 로큰롤〉을 부르고 있을 때, 그녀는 얌전하게 앉아서 점심시간이 끝나기를 기다렸다. 곧 그의 대머리에 땀방울이 맺히기 시작했다. 몸을 가볍게 흔들며 춤을 추던 그는, 팔을 흔들고 고개를 뒤로 젖히며 때로는 엉덩이를 찔러 대기도 했다.

구스타드는 애처로운 어릿광대짓에 열을 올리고 있는 딘쇼지가 중요한 봉투를 로리의 책상 위에 두고 잊어버리지는 않을까 노심초사하면서 지켜보았다. 양피지 같은 안색에 고통을 감추려고 애쓰는 두 눈, 아프다는 걸 금세 알아챌 수 있는 딘쇼지의 모습에 그의 걱정은 나날이 깊어 갔다. 더불어, 그는 딘쇼지의 민망한 행동과 실종된 자존심에 절망했다. 딘쇼지는 되는대로 행동했는데, 그것은 마치 아무런 희망도 남아 있지 않아서 건강한 사람들이 누릴 수 있는 존엄과 사치에 집착해 봐야 소용이 없다는 것을 알아차린 중세 시대의 전염병 환자 같았다.

노래를 멈추고 숨을 헐떡이면서 딘쇼지가 말했다. "로리, 로리, 언젠가 당신에게 나의 로리를 소개해 주겠소." 자신의 이름이 파르시 속어로 남자의 성기를 뜻한다는 것을 알 리 없는 로리는 미소를 지었다. "물론 당신은 나의 사랑스러운 로리와 함께 놀고 싶어 할 겁니다. 그때는 정말 재밌는 시간을 보냅시다."

그녀는 유쾌하게 고개를 끄덕였지만 주위의 남자들은 서로 옆구리를 쿡쿡 찌르며 폭소를 터뜨렸다. 구스타드는 움찔했다. 딘쇼지가 너무 멀리 나갔다. 야릇한 분위기에 당황한 로리는 다시 웃으며 타자기의 덮개를 벗겼다.

시계 분침이 쉬지 않고 위로 향하자 직원들은 마지못해서 각자 자기 자리로 느릿느릿 돌아갔다. 딘쇼지를 뒤따라간 구스타드는 헤어질 때 다시 한 번 일러두었다. "잊지 말게. 머리글자로 서명한 입금 전표를 나한테 갖다 줘야 해."

계획은 완벽하게 실행됐다. "아무런 문제 없이 마쳤어." 다음 날 점심때 딘쇼지가 말했다. 두 번째 돈다발을 건넨 후, 구스타드는 사람들의 관심을 끌지 않도록 소령을 돕는 동안에는 로리에게 공들이는 속도를 늦추는 게 어떠냐고 제안했다.

"이보게, 나는 정반대로 생각해." 딘쇼지가 말했다. "가장 안전한 방법은 지금처럼 행동하는 거야. 말도 안 되는 짓을 해야 정상적인 딘쇼지라고. 내가 심각해지면 사람들이 쳐다보면서 뭔가 잘못된 게 아닌지 의심하기 시작할 거야."

구스타드는 그에게 어리석은 늙은 바보 같다고 말해 줄 참이었다. 그러나 딘쇼지의 말을 듣고 보니 꾸짖을 용기가 생기지 않았다. 그의 말에 일리가 있다는 생각이 들었다. 아마도 딘쇼지는 몸이 아프면 아플수록 정상적인 모습을 보여 주려고 더욱더 열심히 노력할 것이다.

그래서 구스타드는 입금에 아무런 문제가 생기지 않기를 기도하며 딘쇼지가 하고 싶은 대로 하도록 내버려 두었다. 구석진 석탄 저장소의 꾸러미는 서서히 줄어들었다. 때때로 그는 돈이 모두 입금되고 나면 빌리모리아가 또 무엇을 요구할는지 궁금했다. 그러나 그는 그것에 대해서 깊이 생각하는 대신에 검은 비닐 포장지가 맥없이 주저앉을 날을 학수고대했다.

3

8월 초, 구스타드가 스물일곱 번째 돈다발을 갖고 회사로 가고 몇 시간 후에 초인종 소리가 울리자 딜나바즈는 깜짝 놀랐다. 그날 요리를 막 끝낸 참이었다. 쏟아지는 빗속에서 바쁘게 뛰어다니는 도시락 배달원이 구스타드의 점심 도시락을 가져갔고, 그녀는 음식이 사무실에 도착할 때까지 식지 않기를 바랐다. 다른 사람의 방문은 전혀 예상치 못했다.

행상인들의 아침 행렬은 재와 톱밥 장수의 손수레 도착과 함께 끝이 났다. 세척제가 거의 다 떨어져서 딜나바즈는 재와 톱밥을 각각 한 봉지씩 샀다. 그녀는 최근에 유행하는 합성 세제와 나일론 솔을 사지 않았다. 현대 기술에 거부감이 있어서는 아니었다. 그녀는 항상 천을 구입할 때면 90센티미터당 7~9센티미터의 수축을 막아 주는 방축 가공 상표를 찾았다. 그리고 새로 나온 테릴렌과 테리 직물 면으로 만든 셔츠는 다림질할 필요가 없어서 기적과도 같았다. 그러나 그녀는 고급 비누와 솔은 받아들이고 싶지 않았다. 값이 비쌀 뿐만 아니라, 재와 톱밥을 섞은 야자 껍질 섬유를 꼰 실만큼 효과가 좋지도 않았다. 식용유와 버터로 미끌미끌한 솥과 냄비를 문질러 닦는 데는 수세기 동안 전해 내려온 방법만큼 좋은 것은 없었다. 어떤 사람들은 비위생적이라고 했는데, 그 이유는 행상인들이 파는 재가 어디서 난 것인지 알 길이 없으며 화장터에서 가져온 것일 수도 있기 때문이었다. 그러나 딜나바즈는 물건을 파는 행상인을 믿었으며 재와 톱밥의 품질을 신뢰했다.

딜나바즈가 화장실 옆 창고에다가 봉지에 든 내용물들을 붓고 나자 절름발이 테물이 성실하게 라임 주스를 마시러 왔다. 테물이 이전보다 더 어리석어졌는지 보려고 그녀가 초조하게 지켜보는 가운데, 그는 주스를 들이켠 후에 트림을 하고서 이를 드러내며 씩 웃었다. 그녀는 테물의 악화가 두렵기도 했고 또한 그것을 바라기도 했다. 그러지 않으면 소랍을 회복시키는 일이 불가능했기 때문이다. 테물이 컵을 돌려주었다. 그는 "고마워요고마워요너무맛있어요."라며 한 손은 사타구니를 긁고 다른 한 손은 흔들면서 떠났다.

컵을 씻고 있던 바로 그때 딜나바즈는 초인종 소리에 깜짝 놀랐다. 그녀는 문구멍으로 로샨이 수녀 한 분과 함께 있는 것을 보았다. 빗장을 더듬는 딜나바즈의 손이 떨렸다.

"안녕하세요, 노블 부인." 우산에서 물기를 털어 내며 수녀가 말했다. 그때 갑자기 뒤에서 테물이 나타나자 수녀가 깜짝 놀라 우산을 떨어트렸다. 수녀의 머리쓰개 주름에서부터 빗물에 젖은 하얀 수녀복의 옷단에 이르기까지를 경계하는 눈빛으로 샅샅이 살피던 테물은, 그녀의 납작한 가슴 위에서 반짝이고 있는 십자가에 못 박힌 예수상을 뚫어져라 보았다. 평생을 코다다드 아파트와 그 주위에서만 뱅글뱅글 돌며 지낸 테물은 그렇게 이상한 옷차림을 한 사람을 단 한 번도 본 적이 없어서 머리를 긁적이며 수녀의 주위를 맴돌았다.

"네, 수녀님." 딜나바즈가 로샨의 손을 잡으며 대답했다. "무슨 일이세요?" 그러나 물어보나 마나였다. 로샨의 창백한 안색과 차고 끈적끈적한 손이 상황을 짐작하게 해 주었다.

"로샨이 몸이 안 좋아서 제가 직접 데려왔어요." 테물의 시선을 당혹스러워하던 수녀가 그를 의심스러운 눈으로 보았다. "화장실에 여러 번 다녀왔고 아침 먹은 걸 토했습니다."

"수녀님, 와 주셔서 고맙습니다. 로샨, 수녀님한테 고맙습니다 해야지."

"수녀님, 고맙습니다."

"천만에. 로샨, 빨리 나아서 수업에 들어와야지." 수녀는 로샨의 머리를 쓰다듬은 후 짧은 묵도를 올리고 떠났다.

딜나바즈는 로샨의 비옷을 벗기고 손과 발을 닦아 주었다. "누워서 조금만 자렴. 아빠한테 전화해서 얘기할게."

"엄마, 아빠한테 빨리 오라고 해요. 네?" 애원하는 로샨의 창백한 얼굴을 보자 딜나바즈는 꼭 껴안아 주고 싶었지만 가까스로 참았다.

"아빠가 사무실에서 일하는 거 너도 알잖아. 빨리 오시란다고 올 수 있는 것이 아냐." 딜나바즈는 냉정하게 말하고 이불을 덮어 주었다.

"엄마, 딱 한 번만." 로샨이 졸라 댔다.

"알았어. 아빠한테 물어볼게. 그만 자." 딜나바즈는 문을 잠그고 전화를 하러 나갔다.

쿠트피티아가 현관문으로 나오는 데는 시간이 걸렸다. 딜나바즈는 집 안에서 말소리가 나는 것을 들었다. 할머니의 손님인가? 그럴 리 없어. 그녀는 문에다가 귀를 갖다 댔다. "오늘은 차와 함께 먹을 튀김 핫케이크를 만들었다. 오늘 숙제 빨리 끝내면 초파티 해변으로 데려가마. 삽으로 모래를 팔 수 있을 거야. 어서, 서둘러. 착하지, 시간 없어." 그런 다음 안에서 문이 쾅 닫혔다. 발소리가 다가오자 딜나바즈는 뒤로 물러섰다.

문구멍을 열고 쿠트피티아가 차갑게 물었다. "누구야?"

"딜나바즈예요."

문구멍 덮개가 제자리로 돌아가고 쿠트피티아는 빗장을 벗겨서 현관문을 열었다. "미안하네. 날이 갈수록 시력이 나빠져서 말이야."

"괜찮아요. 어떨 땐 저도 잘 안 보여요. 어쩌겠어요, 세월은 가고 나이는 드는데."

"무슨 소리야!" 쿠트피티아가 큰 소리로 말했다. "자네는 아직 멀었어. 애들 셋이 결혼하고 자네가 할머니부터 돼야지."

"모든 게 신의 손에 달렸죠. 그건 그렇고 전화 좀 쓸 수 있을까요?"

"물론이지." 쿠트피티아가 수화기의 잠금장치를 풀고 옆으로 비켜섰다. 은행 접수원이 구스타드를 찾는 동안에 딜나바즈는 주위를 둘러보았다. 방문객의 흔적은 전혀 없었다. 닫혀 있는 두 문 뒤에 숨어 있지 않다면. 그녀는 통화를 끝내고 30파이사를 건넸다.

"로샨이 아프다고 전화했는데 돈을 받을 순 없지." 쿠트피티아가 말했다. 그들 사이의 확고한 나이 차이를 극복할 수 없듯이 돈을 주겠다고 고집을 부려 봐야 소용없는 일이었다. "호주머니에 넣어 둬. 안 그러면 화낼 거야." 쿠트피티아가 열쇠를 찾았다. "가엾은 로샨. 얼마나 사랑스럽고 예의 바른 아이인데." 그녀는 수화기에 다시 잠금장치를 해 놓았다. "내가 한마디 해도 될까? 노인네가 잔소리한다고 싫어하는 건 아니겠지?"

"그럴 리가요."

"잘 들어. 자네가 의사 얘기 하는 걸 들었어. 그래, 약은 지어 와. 하지만 의사도 어쩔 수 없는 원인이 있다는 걸 잊지 마."

"무슨 말씀이세요?"

쿠트피티아가 집게손가락을 세우며 말했다. "로샨처럼 웃으며 뛰어놀던 아이가 갑자기 아플 때는 다른 이유가 있을지도 몰라. 악마의 눈 같은 거지. 의사의 약으로는 그것을 예방하거나 치료할 수 없어. 특별한 방법이 있지."

딜나바즈가 고개를 끄덕였다.

"오, 그게 뭔지 알고 있나?" 딜나바즈가 고개를 가로젓자 쿠트피티아가 퉁명스레 내뱉었다. "근데 왜 고개를 끄덕인 거야? 잘 들어. 바늘에다 튼튼한 실을 꿰어서 홀맺어. 노랑 라임 열매 한 개와 고추 일곱 개를 골라. 고추는 빨갛게 익은 거 말고 녹색이어야 해. 명심해. 라임 열매가 맨 밑으로 가게 해서 그걸 모두 실에다 꿰는 거야. 그리고 집 안 현관문 위에다가 걸어 둬."

"그럼 어떻게 되는 거죠?"

"부적처럼 보호해 주지. 로샨이 그 아래를 지날 때마다 악마의 눈의 힘이 점점 약해질 거야. 그리고 그걸 걸어 두기만 하면 가족 모두에게 더없이 좋을 거야."

딜나바즈가 곧바로 부적을 만들겠다고 했다. "그런데 아시다시피 소랍이 집으로 들어올 생각을 안 해요."

"당연하지. 자네는 기적을 바라는 거야 뭐야? 수리수리마수리 주문을 원하는 거야? 그렇다면 마술사한테나 가 봐." 그러나 쿠트피티아는 금세 감정을 가라앉히고 다시 딜나바즈를 안심시켰다. "조금만 더 참아 봐. 이런 건 아무래도 시간이 걸리거든. 테물에게 계속 주스를 주고 있지?" 쿠트피티아가 잠시 생각했다. "좀 더 빨리 효과를 보려면 이렇게 해 봐. 우선 테물의 손톱과 발톱이 필요해." 그녀는 차근차근 설명해 주었다. "그런데 그다음에는 딱한 가지 치료책밖에 남아 있질 않아. 그건 너무 위험하고 테물이 완전히 돌아버려서 정신 병원에 가야 할지도 몰라. 끔찍하니까 자네한테는 얘기 안 해 줄 거야. 내가 지금 말한 것만 해."

"고맙습니다. 제가 시간을 너무 많이 뺏었네요."

"내가 뭐 특별히 할 일이 있나? 저 위에 계신 분이 부를 때까지 앉아서 기다릴 뿐인데."

"그런 말 마세요. 오래 사셔야죠."

"무슨 악담이야? 오래 살아서 뭐하려고? 자네하고 아이들이나 오래 살아." 다른 분야와 마찬가지로 죽음에 관해서도 쿠트피티아는 완강했다. 딜나바즈는 다시 한 번 30파이사를 주려고 했지만 어림없었다.

아빠가 일찍 돌아와서 페이마스터 박사에게 데려다 줄 거라는 말을 듣자 로샨의 찡그린 얼굴에서 햇살 같은 미소가 잠시 비쳤다. "빨리 온다고? 그럼 지금 자야겠다." 로샨이 눈을 감았다. 딜나바즈는 로샨의 머리를 쓰다듬으며 소랍과 다리우스가 어렸을 때도 구스타드가 집으로 빨리 돌아오기를 애타게 기다렸던 것이 생각났다. 구스타드가 돌아오면 소랍과 다리우스는 재빨리 달려가 문을 열어 주었다. 이제 그들은 다 자라서, 사정이 완전히 달라졌다.

4

공교롭게도 구스타드의 이른 귀가와 딤플의 산책 시간이 맞아떨어져 그는 라바디와 마주치게 되었다. 포메라니안이 시끄럽게 짖어 대며 쏜살같이 달려왔지만 가죽 끈 때문에 구스타드의 발목께에서 갑자기 멈춰 섰다. 구스타드가 버럭 소리를 질렀다. "이 빌어먹을 암캐를 키우려거든 먼저 훈련이나 제대로 시키쇼!"

라바디는 벼르고 벼르던 기회를 잡았다. 최근에 바리아 사제가 새로운 기도문 두 개를 만들어 그에게 주었다. 하나는 딤플의 건강을 위한 것이고, 하나는 사랑스런 딸 자스민을 지켜 주는 기운을 만들어서 구스타드의 아들과 같은 방탕한 소년들의 야만적인 욕정으로부터 보호하기 위한 것이었다. 기도문 덕분에 라바디는 천하무적이 된 기분이었다. "지금 당신이 개 훈련에 대해서 말할 처지요? 먼저 당신 아들한테나 예절과 규율을 가르치시오! 남의 집 신문을 훔쳐 가는 거 알고나 있어?"

"웃기고 있네! 그건 당신 딸한테나 가서 물어보시지! 내가 폭발하기 전에 암캐 데리고 얼른 사라져!" 구스타드는 관목들 사이에서 구시렁거리는 라바디를 뒤로하고 집으로 들어갔다.

"로샨은 병원 갈 준비 됐지?" 구스타드는 너무 화가 나서 목소리를 낮추려고 해도 잘되지 않아 흥분된 목소리로 물었다.

"거의 다 됐어요." 딜나바즈는 영문을 모른 채 대답했다.

"알았어. 2분만 있다가 올게." 그는 화장실 옆 창고로 가서 《인도 타임스》와 파르시 조로아스터교 신문 뭉치를 양팔에 하나씩 끼고서 나왔다. 그는 딜나바즈에게 현관문을 열어 달라고 했다. "그 개장수 얼간이가 내 아들이 자기네 신문을 훔쳤다고 우기니까 그놈한테 주고 올 거야."

그녀가 앞을 막았다. "진정해요. 그 사람 제정신이 아니잖아요, 왜 똑같아지려는 거예요?"

"빨리 문 열고 옆으로 비켜!"

"이거 없으면 다음 달 신문 구독료는 어떻게 내요?"

"상관없어, 신문 끊으면 돼! 날이면 날마다 나쁜 소식밖에 없잖아."

그녀는 포기하고 현관문을 열어 주었다. 그는 이를 악물고 있었다. 양팔에 든 신문의 무게 때문에 그는 보통 때보다도 심하게 다리를 절었다. 테물이 도와주려고 서둘러 왔다. "구스타드구스타드.제발제발제발.제가들게요고마워요제발정말요."

"입 닥치고 꺼져!" 그는 테물을 보지도 않고 말했다.

테물은 얼어붙었다. 구스타드가 아파트 끝 쪽으로 들어간 후에야 그는 가까스로 몸을 움직일 수 있었다. 그는 코를 훌쩍이고 잉잉 울면서 멀구슬나무에서 멀찌감치 떨어져 서 있었다.

삼 층으로 올라간 구스타드는 라바디의 집 앞에다가 신문 뭉치를 던졌다. 안에서는 딤플이 여러 번 시끄럽게 짖어 댔지만 아무도 나와 보지 않았다.

5

바늘은 라임 열매를 뚫지 못했다. 딜나바즈가 바늘을 힘주어 밀자 뚝, 부러지고 말았다. 그녀는 바느질 용구를 보관해 두는 도자기 닭에서 좀 더 길고 굵은 바늘 하나를 꺼냈다. 바늘이 부드럽게 들어갔다. 실을 타고 매끄럽게 움직이던 라임 열매가 매듭에서 멈췄다. 고추를 실에 꿰는 것은 훨씬 쉬웠다. 바늘은 아무런 저항도 받지 않았다.

딜나바즈는 의자에 올라서서 현관문 위에 있는 환기창을 살펴보았다. 등화관제용 종이의 한쪽 구석이 떨어져 있었다. 그녀는 종이를 들고서 뒤에 있는 수평 창살 하나에다가 실을 묶었다.

구스타드와 로샨이 한 시간 내에는 돌아오지 않을 것이므로 서두를 필요는 없었다. 이제는 테물에게 라임 주스를 먹일 시간이었다. 소랍이 지난번에 찾아왔을 때 딜나바즈는 충분한 양을 확보해 두려고 한 번에 여러 개의 라임 열매를 가지고 그의 머리 위에 원을 그렸다. 그런데 지금은 딱 세 개만 남아 있었다. 신이시여, 제발 소랍이 빨리 돌아오도록 해 주십시오, 하고 그녀는 빌었다. 소랍의 방문 횟수가 점점 줄어들었다. 처음에 소랍은 일주일에 한 번은 오겠다고 약속했다. 다른 건 다 싫다며 질색하던 소랍이 그녀가 라임 열매를 가지고 하는 일은 모르는 척하니 참으로 별난 일이었다.

딜나바즈는 테물을 찾으러 창문으로 갔다. 그는 여전히 나무 근처에 서 있었다. "이리 와. 주스 먹어야지." 그녀가 말했다. 그는 부엌으로 들어와 컵을 달라고 손을 내밀었다. "손톱이 너무 기네. 손톱 자주 안 깎니?" 그는 부끄러워하며 고개를 가로저었다.

"이리 와. 내가 깎아 줄게." 딜나바즈가 손톱깎이를 집어 들었다. 그는 고개를 다시 가로젓더니 손을 등 뒤에다가 감췄다. "이리 와, 어서. 손톱이 너무 길면 안 좋아. 온갖 더러운 게 손톱 밑에 쌓이거든." 그녀가 구슬렸다. 그러나 그는 꿈쩍도 안 했다. "그럼 오늘은 주스 안 준다. 주스 먹고 싶으면 손톱 먼저 깎아야 해."

테물은 갈망하는 듯한 눈빛으로 주스 잔을 보더니 손을 내밀었다. 딜나바즈는 그가 마음을 바꾸기 전에 얼른 손을 움켜잡았다. 그의 손은 끈적였다. 손톱 언저리는 거칠었고 이로 물어뜯은 부분은 들쭉날쭉했으며, 손톱 아래에는 초록빛을 띤 검은 때가 끼어 있었다. 딜나바즈는 역겨움을 참으며 손톱을 깎아서 작은 플라스틱 접시에다가 모았다.

한번은 그녀가 테물의 얼굴을 힐끔 보았는데 그가 웃고 있었다. 보통 때 그가 이를 드러내고 씩 웃는 것보다 더 순진한 어린아이의 웃음이었다. 무슨 생각을 하고 있는 걸까? 손톱깎이 때문에 오래전에 죽은 어머니에 대한 기억이 떠올랐을까? 나무에서 떨어지기 전 행복했던 어린 시절의 뭔가가 아직도 그의 손상된 뇌 속에 남아 있는 걸까?

그녀는 목이 메고 눈물이 났다. 갑자기 자신에 대한 강렬한 증오심을 느꼈다. 안 돼, 이런 짓을 할 순 없어. 쿠트피티아 할머니가 한 말은 신경 쓸 필요 없어.

나머지 한 손도 마저 끝내고 그녀는 다시 얼굴을 들어 테물을 쳐다봤다. 코를 파고 있던 테물은 코딱지를 입으로 가져가는 중이었다. 아냐, 내가 착각했나 보다. 테물의 머리통 안에 뭐가 남아 있을 리 없어. 분명히 빈껍데기라고. 그는 라임 주스를 달라고 손을 내밀었다.

"아직 안 돼. 발톱도 깎아야지." 그는 끈도 풀지 않고 신발을 벗은 후 양말도 벗었다. 작게 접힌 1루피짜리 지폐 두 장이 오른쪽 양말에서 떨어져 나왔다. 테물이 조심스럽게 돈을 다시 집어 넣고 나서 발가락들을 문지르자, 흙과 때와 땀으로 빚어진 조그만 검은 조각들이 벗겨져서 바닥으로 떨어졌다. 그러자 토사물 같은 냄새가 부엌에 가득했다.

숨 막힐 듯한 메스꺼움을 참으며 딜나바즈는 초록빛을 띤 누런 초승달 모양의 무른 발톱들을 붙잡았다. 그러나 비위가 약한 그녀가 손가락으로 간질이듯이 살살 만지자 테물이 옴죽거리며 킥킥댔다. 일을 마치기 위해서 그녀는 어쩔 수 없이 악취를 풍기는 발을 꽉 붙잡고 숨을 참아야 했다.

테물은 주스를 벌컥벌컥 마셨다. 그가 평소처럼 이를 드러내고 웃었다. "고마워요고마워요정말맛있어요." 딜나바즈가 현관문을 닫을 때도 그는 계속 고맙다는 말을 하고 있었다. 그녀는 그가 "고마워요고마워요엄마."라고 말하는 것을 들은 듯했다. 아냐, 다른 말일 거야. 테물이 바로 앞에 있을 때도 무슨 말을 하는지 이해하기가 힘든데 닫힌 문 뒤에서는 말할 것도 없었다.

구스타드가 저녁 기도를 마친 후 유향 향로에 하듯이, 딜나바즈는 손을 깨끗이 씻고 풍로 위의 조그만 쇠살대에 석탄을 올려놓았다. 쿠트피티아는 석유풍로나 촛불은 안 되고 반드시 석탄불이어야 한다고 했다. 석탄불이 시뻘겋게 달아오르자 그녀는 풍로를 끄고 석탄 덩어리들을 한데 모은 뒤 그 위에다가 플라스틱 접시에 든 것을 쏟아 부었다. 손톱과 발톱이 쉿쉿, 딱딱 소리를 내며 오그라들어 꼬불꼬불 안으로 말려들더니, 곧 반짝이는 시커먼 거품 찌꺼기가 되었다.

독기를 품은 강렬하고 지독한 악취가 코를 찌르자 딜나바즈는 움찔했다.

그녀는 마치 그것이 지옥 깊은 곳에서 나는 악마의 냄새 같다고 생각했다. 한 손으로 코를 막고서 그녀는 심황 뿌리의 가루와 고춧가루를 꺼내려고 향신료를 넣어 둔 선반으로 갔다. 쿠트피티아는 이것들이 태물의 영적 교신 경로를 열어서 그의 영혼이 소랍의 머릿속에서 악을 끌어낼 것이라고 설명했다. 딜나바즈는 노란색 가루와 빨간색 가루를 시커멓게 녹아 있는 덩어리에다가 조금씩 뿌렸다.

그러자 악취가 더욱 심해졌다. 끔찍한 악취에 지독하게 매운 맛이 더해졌다. 기침이 나고 숨이 막힌 딜나바즈는 창문을 열고 그 옆에 섰고, 태물의 손톱과 발톱이 완전히 증발해서 하늘로 사라질 때까지 그녀의 뺨을 타고 눈물이 흘러내렸다.

11부

1

최근 몇 년 사이 페이마스터 박사의 병원이 위치한 동네는 더럽고 눈에 띄지 않는 곳에서, 여전히 깨끗하지는 않았지만 떠들썩하고 혼잡한 상업의 중심지로 탈바꿈했다. 무너져 가고 물이 새는 상점들과 곧 쓰러질 듯한 계단과 흔들리는 발코니가 있는 집들은, 여전히 지저분했지만 웬만큼 거주할 만한 곳으로 새롭게 단장되고 개량되었다. 하수도 시설은 여전히 고장난 채 오물이 넘쳐흘렀다. 물 공급 문제도 여전했다. 쥐, 쓰레기, 가로등도 문제였다.

그럼에도 동네는 주어진 상황을 최대한 잘 이용하려고 했다. 〈딱 맞는 너트와 볼트〉, 〈A-1 음악〉, 〈스타일로 이발소〉 등 새로운 이름의 번쩍이는 간판들이 낡고 오래된 가게와 집 위로 올라갔다. 새로운 상점 주인들은, 백 년의 역사를 집어삼키고 19세기에 처박혀 있는 국가를 20세기의 영광으로 곧장 데려가 주는 마술에 필수적인 트랜지스터라디오, 토스터, 타이어, 자동차 부품, 플라스틱 그릇 따위를 팔았다. 때로는 백 년을 단숨에 집어삼키는 일이 심각한 소화 불량으로 이어졌다. 존경하는 지도자들은 불안해하는 대중에게 고통이 곧 끝날 것이라고 안심시켰지만, 그들이 공짜로 제공하는 진통제는 어느 누구의 고통도 달래 주지 못하는 너더분한 말뿐이었다.

곧 동네에는 자동차를 정비하고, 타이어 바닥을 갈아 붙이고, 냉장고를 고치고, 사업 폐기물들을 처리해 주는, 사업 수완이 뛰어난 사람들이 등장했다. 그러자 맨발인 사람들은 기름 막, 기름 웅덩이, 면도날처럼 날카로운 냉각 코일 판, 타이어 바닥을 갈아 붙이는 기계가 토해 낸, 뱀처럼 길게 꼬여 있는 경화 고무를 뛰어넘거나 깡충 뛰어다녀야 했다. 가늘고 긴 검은 고무 조각들은,

뱀의 은총을 얻고자 코브라에게 우유를 먹이려는 신자들에게 기부금을 걷는, 뱀 부리는 사람들이 거리 곳곳에 있는 뱀의 축제가 다가오는 8월이면 특히 무시무시했다. 어둠 속에서 1.8미터의 길고 가는 검은 고무는 마치 뱀 부리는 사람의 바구니에서 도망쳐 나온 코브라처럼 보였다.

이렇게 더러운 도로 때문에 구스타드는 페이마스터 박사를 찾아가는 일이 선뜻 내키지 않았다. 그러나 박하와 엔테로 바이오폼과 술파구아니딘이 로샨에게 효과가 없으니 어쩔 도리 없었다.

수년간 그 동네는 두드러진 변화를 보였지만 네 개의 시설만은 변화를 거부하고 꿋꿋이 견뎌 냈다. 그 시설들은 사업 특성상 주민들의 욕구를 크게 만족시켜 주고 있었기 때문에 건축업자들, 투기꾼들, 혹은 정책 입안자들이 없애기에는 역부족이었다.

먼저 두 개의 시설은 해변에서 멀리 떨어지지 않은 교차로에 위치한 영화관이었다. 두 개의 영화관은 비록 서로 가까이에 위치했지만, 왕성한 수요를 독자적으로 만족시킬 수 없었기 때문에 극장주들은 평화롭게 공존했다. 새로운 영화가 들어오면 온 동네가 들썩였고, 좀처럼 깊이 잠들지 않는 산업도 깨어났다. 마치 코다다드 아파트의 오줌에 절어 있는 돌담에서 올라오는 모기떼처럼, 암시장 상인들과 암표상들은 쉴 새 없이 앵앵거리며 극장 주변을 맴돌면서 운율에 맞춰 낮은 목소리로 단조롭게 외쳤다. "정상가의 두 배, 정상가의 두 배, 정상가의 두 배……." 가격은 영화에 출연하는 톱스타와 영화음악의 숫자에 비례해서 올라갔다. 일반적으로 암시장은 광란의 흥행이 끝나면 활기가 사라졌고, 다음 영화가 개봉될 때까지 부화를 기다리는 애벌레처럼 수면 상태에 들어갔다.

이윽고 영화관 중 하나가 이웃과 국가의 열망에 부응하여 새롭게 단장하기로 했고, 그러자 나머지 영화관도 이에 따르지 않을 수 없었다. 공사가 끝나자 영화관들은 같은 날 신문 전면 광고를 통해서 70밀리미터 화면, 고화질 와이드 스크린 Todd-AO, 6트랙 녹음을 갖춘 인도 최초의 영화관이라고 선전했다. 곧 사람들은 더 근사하고 푹신한 의자에 앉아서 남녀 주인공들이 거인처럼 크게 보이고, 그들이 춤추며 노래하는 나무들이 훨씬 커 보이고, 속이 시커먼 악당의 단검이 더 크고 날카롭고 훨씬 사악하게 번쩍이는 대형 화면에 열광했다. 관객들은 새삼 이제 그 어떤 것도 국가의 발전과 현대화를 가로막을 수 없다고 확신했다. 단장을 끝낸 후 처음으로 상연된 영화는 왕과 전사들의 이야기였는데, 구스타드는 가족과 함께 그 영화를 보러 갔다. 그때는 로산이 태어나기 전이었고, 다리우스가 세 살, 소랍이 일곱 살이었다. 네 시간 가까이 왕과 무인들은 우레와 같은 목소리로 말했고, 용감한 군마들과 빛나는 갑옷은 귀청이 터질 듯이 땡그렁 소리를 내면서 충돌했다. 곤봉으로 때리고 칼로 베고 심벌즈가 쟁그랑거렸다. 큰 못이 빽빽하게 박힌 무서운 철퇴를 휘두르면 방패가 움푹 들어갔다. 때맞춰서 한 무리의 여인이 전장으로 몰려들자 무인과 왕들이 전투를 멈추었다. 피로 물들고 부서진 갑옷을 입은 그들은 여인들과 노래하며 춤추었다. 그러나 음악적인 만남도 전투 장면만큼이나 무서워서, 곧 공포에 질린 소랍이 비명을 질렀고 다리우스는 흐느껴 울었다. 그러나 둘 다 화면에서 눈을 떼지는 않았다. 딜나바즈가 아이들의 얼굴을 그녀의 무릎에 눕히자 그들은 금세 잠들었다.

세월이 흘러서 천둥소리를 내며 돌아가는 영화 필름이 나왔을 때에도, 사업에 기본적인 변화가 없는 세 번째 시설이 있었다. 그것은 그 동네에서 가장 오래된 집이었다. 철창집은 최소한의 인원이 온종일 서비스를 제공할 준비가 되어 있었고, 여섯 시가 지나면 배꼽 밑으로 아슬아슬하게 내려온 사리로 몸을 감싸고 브래지어보다 더 야한 블라우스나 어린 소녀들의 원피스를 입고서 손가락에는 항상 담배를 쥔, 화장을 진하게 한 여인들로 가득 찼다. 그들의 머리에는 향기로운 재스민 몇 송이가 꽂혀 있었고 손목에는 팔찌가 빛났으며, 그들이 움직일 때면 발목 장식이 부드러운 금속 소리를 냈다. 시장에서 사 온 꽃향기 추출물과 향유가 그들을 농염하고 섹시한 분위기로 감싸고 저녁 공기를 가득 채워서, 지나가는 사람들의 감각을 물리도록 자극했다.

철창집에서는 아무리 가난한 날품팔이꾼도 부담할 수 있는, 값싸고 빨리 끝나는 수음 서비스에서부터, 지갑이 두둑한 발기된 손님들에게 어울리는 『카마수트라』나 『향기 나는 정원』에 등장하는 가장 복잡한 체위에 이르기까지 모든 서비스를 제공했다. 사람들은 보드랍고 향기 나는 침대 시트, 에어컨이 있는 방, 뜨겁거나 차가운 음료, 무희들, 다양한 이국적인 술, 매음굴의 주방에서 나오는 왕에게나 어울리는 맛있는 음식, 그리고 침대를 부서트린다는 악명 높은 빤과 같은 최음제들에 대한 꿈을 꾸었다. 철창집에서는 한 가지만 빼놓고 이 모든 쾌락을 만족시켜 주었다. 그 한 가지는 바로 빤인데, 바깥 노점에서만 살 수 있었다.

그 노점의 주인은, 자신이 파는 빤을 맛보느라 항상 입술이 빨개져 있는 백발의 노인 피어보이였다. 그는 비가 오든 볕이 나든 항상 룽기만 입고 있었다. 노파의 그것처럼 주름진 그의 젖퉁이는, 제3의 눈으로 거리의 모든 것을 쉬지 않고 지켜보며 결코 늙지 않는 당당한 배꼽이 달린 헐렁한 뱃가죽 위에 걸쳐져 있었다. 나무 상자 위에서 가부좌를 틀고 앉아 있는 그는 빤 장수라기보다는 스와미나 구루처럼 보였다. 넓은 이마에는 경륜 있는 지혜를 보여 주는 깊은 주름이 나 있었고, 크고 위풍당당한 코는 그가 빈랑나무 잎에 싼 지혜의 조각을 나눠 주거나 직접 설교할 때면 힌두교 승려의 코처럼 벌렁거렸다.

피어보이는 마치 고대의 유물을 만드는 장인처럼 자신의 물건들에 굉장한 자부심을 느꼈다. 침대를 부서트린다는 악명 높은 빤 말고도 그는 잠을 쫓고, 휴식을 취하고, 식욕을 돋우고, 지나친 욕정을 다스리고, 소화를 돕고, 장운동을 도와주고, 신장을 정화하고, 헛배 부름을 없애고, 구취를 치료하고, 매혹적인 입 냄새를 만들고, 시력 저하를 막고, 귀가 어두워지는 것을 막아 주고, 생각을 맑게 해 주고, 말하기를 향상시키고, 관절의 뻐근함을 완화시키고, 오래 살게 하고, 수명을 단축시키고, 분만의 고통을 덜어 주고, 죽음의 고통을 덜어 주는 빤을 팔았다. 한마디로 그는 모든 종류의 빤을 가지고 있었다. 그러나 여자와의 경험이 처음이거나, 매음굴에서는 처음이어서 긴장한 남자들 사이에서 가장 수요가 많은 것은 침대를 부서트린다는 빤이었다.

커다란 놋쇠 쟁반을 울려서 사람들이 모이면, 피어보이는 성욕을 불러일으키는 이야기들로 그들의 근심 걱정을 달래 주었다. 그는 빈랑나무 잎을 골라 줄기를 가위로 자르고, 다진 빈랑나무 열매, 석회수, 담배를 섞으면서, 인도의 왕들과 무굴 황제들에게 인기 있었던 침대를 부서트린다는 빤의 영광스러운 역사에 대해서 들려주었다. 오래전 인도의 왕이 백성들에게 통치권이 여전히 자신에게 있음을 설득하는 방편으로, 해마다 발기된 성기를 내놓고 사람들 앞에서 알몸으로 행진해야 했는데, 그때 왕이 의지했던 것이 바로 침대를 부서트린다는 빤이었다. 이러한 비밀은 단지 몇몇 귀족에게만 알려졌고 해마다 행사가 끝나면 속임수가 퍼져 나가는 것을 막기 위해서 그들을 처형했다고 한다.

피어보이에 따르면, 무굴 황제들은 침대를 부서트린다는 빤을 알몸 행진이 아니라 여자들을 만족시키는 데 사용했다고 한다. 그럼에도 국가적인 이유가 개입됐는데, 황제의 성적 능력이 그의 대중적 인기와 더불어 적들에게는 백성들의 마음속에 황제가 얼마나 깊숙이 자리 잡고 있느냐에 대한 신뢰할 만한 지표가 됐기 때문이다. 여자들의 침실에서 황제의 기력이 떨어진다는 소문이 나오면 쿠데타와 궁중 음모가 필연적으로 증가했다.

피어보이는(볼품없는 항아리에서 약초를 꺼내고 찌그러진 깡통에서 신기한 가루를 꺼내 더하면서) 이 모든 것이 진실이든 거짓이든 간에 까마득한 옛날의 일이어서 지금은 역사나 전설이 됐다고 했다. 그러나 그리 오래지 않은 어느 날, '만족할 때까지'라는 철창집의 방침을 부당하게 이용하려고 작정한 자칭 '강철 좆 선생'이라는 작자가 나타나 돈 자랑을 하면서 희석시키지 않은 가장 값비싼, 침대를 부서트린다는 빤을 달라고 했다. 그는 돈을 지불하고(옛날에는 현금으로 선불을 냈다) 여자를 골랐다.

선택된 창녀는 꼬박 한 시간 동안이나 용을 쓰며 격렬하게 섹스를 했지만, 결국은 기진맥진해져 부끄러워하면서 양해를 구하고 자리를 떴다. 그 사람은 어떻게 됐냐고? 그는 맨 처음 올라탔을 때처럼 발기한 채로 등을 대고 거만하게 누워 있었다. 지배인의 사무실에서 짧은 회의가 열렸고, 철창집의 서비스로 강철 좆 선생은 다시 여자를 선택했다.

두 번째 창녀는 더 어렸는데, 그녀의 탱탱하고 둥글고 신선한 넓적다리와 엉덩이는 동료의 땀과 노력이 결실을 볼 수 있도록 할 만한 능력과 전망이 있는 듯했다. 손님 위에 걸터앉은 그녀는 두 시간 동안 쉬지 않고 죽을힘을 다

했지만, 그는 그러한 노력을 비웃으며 누워 있었다. 두 시간 후 창녀는 쓰러졌고, 패배한 그녀의 넓적다리 사이에서는 엄청난 음액이 거품을 뿜으며 흘러내렸다. 사람들은 끝없이 발기해서 섹스를 할 수 있는 장본인이 도대체 어떤 괴물인지 궁금했다.

까딱하면 철창집의 명성에 금이 갈 판이었다. 전투로 단련된 잔시의 왕비처럼 냉혹하고 건장한 세 번째 창녀가 짧은 기도를 마치고 섹스를 치렀다. 그러나 처녀막을 섬멸해 버리는 돌기둥 같은 그의 강력한 성기 때문에, 그녀의 간교한 테크닉마저도 실패할 수밖에 없었다. 그래서 철창집의 모든 창녀가 차례대로 한 명씩 그 불굴의 성기에 찔려 모조리 맥없이 떨어져 나갈 때까지 밤새도록 그 일은 계속됐다. 새벽 네 시가 되자 지배인은 강철 좆 선생에게 줄 환불 서류를 작성하기 시작했다.

그러나 휴식을 취하고 원기를 회복한 후, 창녀들의 수호신이자 욕정과 열정의 여신인 옐람마의 강림을 기원하는 기도를 올린 첫 번째 창녀가 잠시만 기다리라고 했다. 그녀는 옷을 벗어 던지고 동료들에게 모두 물러서라고 했다. 그런 다음, 맨 처음에 아무런 의심도 없이 털로 뒤덮인 안식처요 안전한 피난처이자 다정한 쾌락의 구멍으로 괴물이 들어오도록 허락했던 그 창녀가 다시 한 번 도전했다. 누가 매음굴에는 권선징악이 없다고 했던가? 가난한 사람들의 판잣집에서 첫닭이 우는 순간, 첫 번째 창녀가 마침내 그 일을 끝내고 말았다. 강철 좆 선생은 비명 소리를 한 번 내지르고 신음 소리를 내며 누웠다가 마침내 시들어 버렸다.

그날 하루, 철창집은 그곳에서 벌어진 대혼란으로부터 회복하고 휴식을 취하려고 문을 닫았다. 빤 장수 피어보이는 '만족할 때까지'라는 약속을 지켰기 때문에 그 집의 명예는 더럽혀지지 않았다고 결론을 내리고 세모난 녹색 빤을 건네며 돈을 받았다. 긴장한 첫 경험자들은 그들이 씹고 있는 것이 침대를 부서트린다는 빤이 아니란 걸 알고 있었고, 강철 좆 선생처럼 기록을 깨는 모험을 감행하지도 않았다. 그러나 피어보이의 이야기들은 마술과도 같아서, 구스타드와 급우들은 그 이야기를 들으려고 수업을 빼먹었고 입을 헤벌린 채 철창집 여자들을 바라보았다.

그 동네에 대한 구스타드의 최초의 기억은 아버지와 함께 천연두, 콜레라, 디프테리아, 장티푸스, 파상풍 예방 접종을 하러 정기적으로 방문했던 페이마스터 박사의 병원과 관련이 있었다. 아버지는 구스타드가 많은 시간을 할아버지와 함께 가구 공장에서 보냈기 때문에 특별히 파상풍에 대해서 신경을 썼다. 아버지는 녹슨 못 한 개가 가족을 슬프게 만드는, 기이한 냉소적 웃음을 동반하는 아관 경련을 유발할 수도 있다고 했다. 병원에 가려면 사창가를 지나야 했는데, 여기저기 늘어서서 빈둥거리는 여자들에게 구스타드는 호기심이 생겼다. 한번은 구스타드가 아버지에게 왜 여자들이 옷을 제대로 안 입고 있느냐고 물었다. 아버지는 그들은 여자가 아니라, 금요일 날 거리에서 박수치고 춤추며 구걸하는 사람들처럼 연기하는 남자들이라고 했다. 그러나 구스타드는 그들이 남자가 아니라는 것도, 아버지가 거짓말을 한다는 것도 알고 있었다.

그때 구스타드는 지난 세월의 물결을 따라서, 교실 밖의 세상이 그리도 흥미로웠던 십 대 시절의 해안에 도착하게 되었다. 그는 친구들과 함께 여학교 밖에 서 있거나, 광장에서 크리켓 연습을 하는 것을 구경하거나, 또는 정처 없이 걸어 다녔다. 그들의 가장 즐거운 오락은 침대를 부서트린다는 빤의 힘과 영광에 관한 피어보이의 이야기들을 들으면서 철창집 근처를 배회하는 것이었다. 어느 날 그들은 그 빵을 사려고 줄을 섰다. 큰 시험을 앞두고 있을 때처럼 긴장하며 기다리던 열다섯 살짜리 아이들의 머리는 감당할 수 없는 감정들로 빙글빙글 돌았지만, 그들은 침착하고 능숙하게 보이려고 최선을 다했다. 그들의 차례가 되자 피어보이는 아이들의 요구를 웃어넘겼고, 그 대신 그들의 머릿속에서 외설스러운 생각들을 없애고 학업에 전념할 수 있는 빵을 만들어 주었다.

이러한 십 대 시절로부터 멀리 떨어져 있는 구스타드는 이제 피어보이의 환상적인 이야기들을 거의 다 잊어버렸다. 그러나 페이마스터 박사에게 가려면 항상 그 동네를 지나야 했다. 시간이 갈수록 로샨의 병과 금지된 쾌락이 그의 머릿속에서 뒤엉켰다. 하나에서 또 다른 것으로 이어지는 생각의 흐름 때문에, 아픈 아이의 손을 잡고 병원으로 향하는 구스타드는 자신의 존재에 심한 역겨움을 느꼈다.

물론, 병원은 그 동네에서 기능이 바뀌지 않은 네 번째 시설이었다. R. C. 로드 박사의 옛날 간판을 섣불리 새 간판으로 바꾸었던 것을 제외하고 페이마스터 박사는 모든 변화를 거부했다. 병원의 지리적 위치로 인해서 그의 환자들과 질병은 네 가지 범주로 뚜렷하게 나누어졌다. 첫 번째는 공장에서 부상당한 환자들이었다. 우체국에서 소포를 부치려는 것처럼 정비공들이 잘린 손가락들을 신문지에 싼 채 그를 정기적으로 찾아왔다. 라디오 수리공들은 심각한 전기 쇼크를 당했을 때 실려 왔다. 그리고 이따금씩 한 무리의 자동차 도장공이 찾아와 폐 검사를 받고 페인트와 테레빈유를 깨끗이 씻어 냈다.

타이어 바닥을 갈아 붙이는 사람도 페이마스터 박사의 단골 환자였다. 불행하게도 그는 철창집 바로 맞은편에서 일했다. 손에 쥔 날카로운 공구가 무릎 사이에 놓인 타이어 주위를 지그재그로 움직이는 동안에, 그는 때때로 다리를 벌린 채 거리를 어슬렁거리는 여인들을 넋을 잃고 바라보다가 그만 공구를 손에서 놓쳐 버리곤 했다.

페이마스터 박사의 두 번째 환자군은 영화 산업의 부산물이었다. 영화 표 수요가 어마어마할 때면 사람들은 곧잘 흥분했는데, 때로는 성난 군중에게 폭행당한 안내인이나 매표원이 실려 와 박사에게 치료를 받았다. 그리고 임시 암표상도 터무니없이 욕심 부리다가 심심찮게 병원 신세를 지곤 했다. 그러나 대개는 영화표를 사려는 사람들이 뜨거운 태양 아래에서 오랫동안 줄을 서 있다가 일사병과 탈수증으로 치료를 받으러 왔다.

그의 세 번째 환자군을 양산하는 곳은 철창집이었다. 시 당국의 허가 규정에 따라서 창녀들이 정기적으로 검사를 받으러 왔지만, 페이마스터 박사는 결코 그들에게 익숙해지지 못했다. 일할 때의 옷차림으로 온 창녀들은 그를 희롱했다. 그들이 "박사님, 물건이 제대로 작동하는지 확인해 보실래요?", 또는 "우리는 박사님한테 일거리를 주는데 박사님은 우리한테 일거리를 안 주네요."라고 말하면 박사는 당황해서 어쩔 줄 몰라 했다.

페이마스터 박사가 가장 반기는 환자들은 노블 가족 같은 네 번째 그룹이었다. 그는 아이들과 중산층의 질병을 주로 치료하고 싶어 했지만, 세월이 흐르고 동네가 변화함에 따라서 그러한 경우는 점점 줄어들었다. 박사는 홍역, 수두, 기관지염, 독감, 폐렴, 위장염, 설사 등을 치료하고 싶었다. 그는 망고를 잔뜩 먹은 아이들의 종기를 아프지 않게 터트려 주고 그들의 고마워하는 미소를 보고 싶었다. 그는 하늘 높이 구름 속에서 연싸움을 하려고 유리 가루와 아교를 발라 빳빳해져 면도날처럼 날카로운 연줄에 베인 어린 소년들의 손가락에 붕대를 감아 주고 싶었다. 그는 또한 개한테 물려서, 비록 예방 접종이 된 애완견이라면 페니실린 주사 한 방으로 충분했으나, 배에다 큰 주사 열네 방을 맞아야 한다는 부모의 말에 기겁을 한 아이들을 달래 주고 싶었다.

그는 자신이 기꺼이 치료하고 싶어 하는 질병들이 그 도시에 엄청나게 많다는 것을 알고 있었다. 어쩐 일인지 그것들은 그의 병원으로 찾아오지 않았다. 그중에 하나라도 찾아오면 그것은 박사의 기도가 이루어지는 것과 같았다.

2

좁고 복잡한 대기실은 페이마스터 박사의 진찰실과 문이 달린 칸막이로 나뉘어 있었다. 칸막이의 커다란 초록색 유리창을 통해서 안에서 벌어지는 일의 윤곽을 희미하게 볼 수 있었다. 다음 환자를 들이려고 문이 열리자 페이마스터 박사가 구스타드와 로샨을 흘끗 보았다. 그는 다른 환자들보다 그들을 먼저 진찰하고 싶었다. 전체적으로 활기가 없는 날이었다. 박사가 가볍게 두드리고 귀로 듣고 눈으로 보고 승인서에 사인만 하면 진한 화장을 한 창녀들은 일을 계속할 수 있었다. 때때로 그는 건설 감독자가 된 기분이 들었다. 빠진 것이라곤 '사람과 함께 살기에 안전함'이라고 쓰인 고무도장뿐이었다. 물처럼 유려하고 황홀한, 독특한 몸놀림 때문에 동네 정비공들이 '수력 헤마'라고 부르는, 키가 크고 수려한 팔등신의 몸매를 지닌 헤마가 뒤쪽에서 나오자, 박사는 건강 증명서를 건넸다.

266

박사가 책상 위의 은종을 치면서 구스타드와 로샨에게 손을 흔들었다. 30분 만에 기다리던 환자 여섯 명을 진료하고 일어선 그는 구스타드와 악수를 하고 로샨의 뺨을 살짝 꼬집었다. "오랜만이군. 의학적으로 말하자면 매우 좋은 일이고 사교적으로 말하자면 안 좋은 일이지. 시원한 것 마시겠나?" 그는, 부족한 내부 공간에 혈청 약병들과 불안정한 혼합물, 그리고 특별 환자들을 위한 오렌지 맛 골드스폿과 라즈베리 주스를 보관하고 있는 조그만 켈비네이터 상표 냉장고로 갔다. "아니면 애를 시켜서 차를 한 잔 타다 줄까?"

"아닙니다. 고맙지만 사양하겠습니다." 구스타드가 말했다. "차는 금방 마셨습니다. 그리고 로샨은 마시면 안 될 것 같아서요."

"아니, 왜? 뭐가 잘못됐나? 가지라도 잘못 먹었나?" 페이마스터 박사는 여느 때와 마찬가지로 병과 의학적인 것들에 대해서 완곡하게 물어보았다.

"배탈이 났습니다. 로샨이 며칠째 설사를 합니다."

"며칠이라고?" 구스타드는 자신의 설명이 먹혀들지 않을 것이라고 짐작했다. 그는 헛기침을 한 후에 설명하기 시작했다. 박사는 화를 감추려고 했지만 마음대로 안 됐다. "쯧쯧쯧. 병원에 오기 전에 너무 지체한 거 아닌가?"

구스타드는 당황했다. "보통 때는 엔테로 바이오폼과 술파구아니딘이면 잘 듣거든요." 박하는 언급하지 않는 편이 나았다.

"그런 건 달콤한 과자나 뻥튀기 쌀처럼 마음대로 먹는 게 아니라 약이야. 로샨, 이리 와 누우렴. 네 배를 좀 간질여야겠다." 청진기로 진찰을 하면서 그는 학교생활에 대해서 이것저것 물었다.

로샨이 추첨에 대해서 말했다. "큰 인형을 받았는데 지금 벽장에서 발가벗은 채 자고 있어요."

"왜 발가벗었어?" 로샨이 커다란 웨딩드레스에 대해서 설명했다. "내 생
각엔, 네 인형이 결혼할 준비가 됐으니 신랑을 찾아 줘야 할 것 같은데. 멋진
파르시 청년으로 말이다. 나처럼 피부가 하얗고 잘생긴 사람으로 말이야."
박사가 말했다. 그는 로샨이 웃자 상처를 받은 척했다. "왜, 내가 젊고 잘생
기지 않았니?" 그는 흰머리 몇 가닥을 만졌다. "멋진 검은 곱슬머리를 봐라.
그리고 내 얼굴도. 정말 잘생겼지? 너희 아빠보다 훨씬 잘생겼잖아."

로샨이 또 웃었지만, 박사가 끈질기게 설득하자 마침내 인형의 짝으로 의
사 선생님이 가장 잘 어울린다고 대답했다. 페이마스터 박사는 주사를 놓으
려고 로샨에게 칸막이를 보고 옆으로 누우라고 했다. 그는 구스타드에게 윙
크를 하며 아무 말도 하지 말라고 했다. "자, 그러면 결혼식을 계획해야지.
난 아코디언 음악을 아주 좋아하는데. 인형도 그럴까?"

"네." 로샨이 킥킥 웃었다.

"좋았어. 그러면 시르바이 악단을 불러야지. 이미 예약이 돼 있으면 넬리
오케스트라를 부르자." 그는 살균 접시에서 주삿바늘을 고른 후 냉장고로 갔
다. "그다음에는 음식 업체를 불러야지. 난 초스키의 음식이 맛있더라." 초스
키 음식 업체가 만장일치로 선택되었다. 그는 차가운 에테르 스프레이 액을
주사 놓을 자리에 가져가면서, 당근과 망고 피클, 웨이퍼, 달콤한 과자, 그리
고 초스키의 결혼 특별 스튜 요리 등 자신이 메뉴로 원하는 것들을 열거했다.
그다음 메뉴로는 녹색 처트니에 찐 나뭇잎으로 싼 생선, 무굴 방식으로 튀긴
육즙이 많은 닭다리, 양고기 풀라오 볶음밥 등이었다.

"아야!" 로샨이 비명을 질렀다. 박사가 피스타치오 쿨피를 후식으로 선택
하면서 주삿바늘을 뽑았다. 그는 탈지면으로 주사 놓은 곳을 문질렀다.

"됐다." 그가 말했다. "다 끝났다. 아빠랑 이야기할 동안 바깥에 있는 소파에 좀 앉아 있어라."

문이 닫히자 구스타드가 물었다. "설사가 아닙니까? 심각한가요?"

"설사는 아냐. 그러나 걱정할 필요는 없어." 그는 처방전을 쓰기 시작했다. "물론, 때로는 설사도 위험할 수 있다네. 동파키스탄을 보라고. 단순한 병에 걸린 환자지만 고치기가 너무 어렵잖아. 지금은 중환자실로 가야 할 만큼 중태에 빠진 환자지. 그런데 이 세상 어느 누구도 신경을 안 써." 페이마스터 박사는 정치, 경제, 종교, 가정불화로 인한 모든 문제가 계통을 거치면 치료될 수 있다고 믿었다. 증상을 살피고 진단을 하고 약을 처방하고 예측을 하면 되는 것이었다. 그러나 그는 인간의 몸에서 어떤 질병들은 치료가 불가능하듯이, 치명적인 결과를 초래하는 국가나 가족 또는 종교적 독선과 관련된 질병들도 있다고 믿었다.

"동파키스탄은 죽음의 설사로 고통받고 있어." 그가 말을 이었다. "그곳에서 죽음은 아무런 저항 없이 넘쳐흐르고, 환자는 곧 탈수 현상을 일으킬 거야." 만년필의 부드러운 움직임이 멈추고 펜촉이 긁히자 글자가 반쯤 생기다가 말았다. 박사는 만년필을 불빛에 비춰 투명한 플라스틱 펜대를 살펴보았다. "또 비었군." 그는 만년필 뚜껑을 열어서 파커 잉크병에 담그고 바람 주머니를 꽉 눌렀다. "동파키스탄은 서파키스탄한테 너무나 강력한 바이러스 공격을 받아서 면역 체계가 무너졌어. 그리고 세계에서 가장 힘센 의사가 아무 일도 안 하고 있어. 설상가상으로 미국이라는 의사는 바이러스를 돕고 있지. 그러니 어떤 처방이 필요하겠나? 묵티 바히니의 게릴라?" 그는 고개를 가로저었다. "충분치 않아. 인도군의 완벽한 정맥 주사만이 바이러스를 물리칠 수 있을 거야."

그는 처방을 마친 후 뒤편 작은 칸막이 방의 약사에게 그것을 건넸다. 구스타드는 경험상 페이마스터 박사가 끊임없이 의학적 은유를 만들어 낼 수 있는 재치와 능력이 있음을 알고 있었다. 그래서 말을 끊었다. "로샨은 괜찮을까요?"

"물론이지. 혹시나 잘못되면 내가 여기 이렇게 앉아 있으니까. 장에 바이러스가 생긴 것 같아. 며칠 동안 집에서 쉬게 하게. 삶은 쌀, 수프, 토스트, 살짝 삶은 양고기만 먹이게. 그리고 다음 주에 다시 데리고 와."

처방대로 약을 지은 약사는 계산서와 함께 진한 녹색 약병을 건넸다. 금액을 본 구스타드는 깜짝 놀라서 눈이 동그래졌다. "난민 세금 때문입니다." 약사가 미안한 듯이 말했다.

3

의사의 침착한 태도와 위로의 말 덕분에 바이러스에 대한 구스타드의 두려움은 가라앉았다. 그는 로샨을 데리고 〈커피스 옷감 센터〉, 〈벨푸리 음식점〉, 〈만물상점〉, 〈개구쟁이 옷 가게〉 등이 줄지어 있는 곳을 지나서 버스 정류장으로 갔다. 빤 장수 피어보이가 철창집 밖에서 분주했다. 창녀들은 문간이나 창문에 기대서서 창살 사이로 보여 줄 수 있는 것은 모두 드러내 놓고 있었다. 안에서는 요즘 유행하는 영화 음악이 크게 흘러나왔다. '오, 나의 꿈의 여왕, 당신은 언제 오시렵니까……' 버스 정류장으로 가는 내내 그 음악 소리가 들렸다.

그들이 코다다드 아파트 입구에 가까워지자 페이마스터 박사의 희망적인 메시지 효과가 점점 사그라져 갔다. 어스름이 깊어 가자 지린내 나는 배설물도 많아져서 검은 돌담에서는 악취가 점점 고약해졌다. 구스타드에게 악취가 끼치자 박사의 마지막 위로도 어찌해 볼 도리 없이 사라지고 말았다. 그의 콧구멍으로 들어오는 지독한 악취는 희망에 대한 여지를 남겨 두지 않았다.

그는 로샨의 병에 대해서 자책하면서 차라리 엔테로 바이오폼이나 술파구아니딘을 몰랐더라면 좋았을 거라는 생각이 들었다. 평소보다 절뚝거림을 참기 힘들어진 그는 현관문에 도착할 때쯤에는 좌우로 심하게 흔들리고 있었다.

"의사 선생님이 뭐래요?" 딜나바즈가 물었다.

구스타드가 의미심장하게 눈을 감았다가 뜨자 그녀도 눈치를 채었다. "다 괜찮대. 페이마스터 박사님이 로샨의 인형과 결혼하겠대."

"맞아요." 로샨이 말했다. "초스키 음식 업체에서 결혼 특별 요리를 해 줄 거예요." 구스타드가 약봉지 하나를 로샨에게 주었다. 로샨을 재우고 난 후 그는 딜나바즈에게 박사의 말을 전했다.

얼굴이 일그러질 대로 일그러진 그녀는 몇 분 동안 아무 말 없이 앉아 있었다. "이제 만족해요? 당신, 인정하는 게 어때요? 내가 폐에서 공기가 다 빠져나갈 때까지 지겹도록 말했잖아요. 그런데 당신은 뉘 집 개가 짖어 대는 소리냐고 했어요."

"웬 정신 나간 소리를 하는 거야?"

"바보도 아니고 정신도 안 나갔어요! 먹는 물에 대해서 얘기하는 거예요.

딴것 있어요? 내가 끊임없이 말했잖아요. 물을 끓여서 먹어야 한다고. 그런데 당신 머리에만 그 얘기가 안 통한 거 아니에요!" 그녀는 사납게 손가락으로 자신의 머리통을 찌르며 말했다.

"그래, 날 원망해! 그게 제일 쉬운 일이지."

"당신 아니면 누구예요? 죽은 당신 삼촌이에요? 당신이 그랬잖아요. 괜찮아, 괜찮아, 과망간산칼륨이면 충분해, 끓일 필요 없어. 당신 노블 가문은 뭐든지 아는 척하죠."

"그래, 맞아! 나만 탓하지 마! 우리 아버지도 탓하고, 할아버지도 탓하고, 증조할아버지도 탓하라고. 배은망덕한 여자 같으니라고! 내가 왜 물을 끓이지 말라고 한 줄 알아? 당신을 위해서 그랬어! 아침마다 당신은 앉아서 차 마실 시간도 없이 화장실에서 부엌으로 바쁘게 뛰어다니잖아!"

자신들도 모르게 그들의 목소리가 점점 커졌다. "아침에 내가 시간이 없는 건 해결책이 있어요. 내가 물통하고 양동이를 드느라고 배 속이 울렁이고 아플 때 당신은 앉아서 신문이나 보잖아요. 그리고 다 큰 당신 두 아들도 빈둥거리면서 한 번도 나를 도와준 적이 없어요."

"당신, 말 똑바로 해. 당신 아들이 둘이지, 난 아들이 하나밖에 없어. 그리고 당신 입은 뭐하라는 입이야? 왜 일만 생기면 전부 내가 말해야……."

"전부요? 당신이 애들한테 무슨 말을 전부 했어요? 좋은 아빠가 말없이 지켜보고 있으면 소리 지르고 외치는 건 항상 나였어요. 음식 남기지 마라, 숙제해라, 접시 치워라. 아버지가 기강을 똑바로 잡지 않았는데 이제 와서 반항하는 것 말고 뭘 기대하는 거예요?"

"그래! 그것도 내 탓이야. 소랍이 IIT 안 가는 것도 내 탓이고! 다리우스가 개장수 얼간이 뚱보 딸한테 시간을 낭비하는 것도 내 탓이고! 로샨이 아픈 것도 내 탓이고! 세상에 잘못되는 일은 모두 내 탓이라고!"

"당연하죠! 처음부터 소랍과 다리우스를 버릇없게 만든 사람은 당신이에요! 단 한 번이라도 당신이 안 된다고 한 적 있어요? 장 보아 오고 교복 사는데도 돈이 부족한데 당신은 나가서 비행기랑 수족관, 새장을 사 왔잖아요!"

로샨이 흐느껴 울기 시작할 때까지 그들은 딸이 문간에 서 있다는 것을 알아차리지 못했다. "왜 그러니, 우리 아가야?" 로샨을 옆에 앉히면서 구스타드가 물었다.

"엄마 아빠가 싸우는 거 싫어요." 로샨이 울면서 말했다.

"싸우는 게 아니라 얘기하는 거야." 딜나바즈가 말했다. "어른들은 가끔 이렇게 얘기해야 해."

"그런데 왜 화를 내면서 소리쳐요." 로샨이 울음을 그치지 않았다.

"알았다, 우리 예쁜 귀염둥이." 구스타드가 로샨을 안으며 말했다. "로샨 말이 맞아. 엄마랑 아빠가 소리를 질렀어. 그런데 화를 낸 건 아니야. 이것 봐." 그가 미소를 지어 보였다. "이게 화난 얼굴이니?"

딜나바즈가 팔짱을 낀 채 식탁에 뻣뻣하게 앉아 있었기 때문에 로샨은 그 말을 믿지 않았다. "가서 엄마한테 뽀뽀해요."

그는 여전히 마음을 누그러뜨리려고 노력하면서 딜나바즈의 화난 얼굴을 보았다. "나중에 할게. 지금은 가까이에 있는 너한테 뽀뽀할게." 그는 로샨의 뺨에 뽀뽀했다.

로샨은 포기하지 않았다. "싫어, 싫어, 싫어. 뽀뽀할 때까지 안 잘 거예요. 엄마가 이리로 와요." 딜나바즈가 움직이지 않자, 로샨이 직접 가서 자신의 온 힘을 실어서 그녀의 팔에 기대며 잡아끌었다. 딜나바즈는 마지못해서 따라갔다. 구스타드를 냉담하게 바라본 그녀는 대충 그의 뺨에 입술을 대고 스쳤다.

"그렇게 말고!" 실망한 로샨이 의자의 팔걸이를 세게 치면서 말했다. "그건 엄마 아빠가 하는 진짜 뽀뽀가 아니잖아요. 아빠가 아침에 출근할 때처럼 해야죠." 딜나바즈가 구스타드의 입술에 자신의 입술을 포갰다. "눈 감아요, 눈 감아요!" 로샨이 외쳤다. "제대로 해야죠!"

그들은 로샨이 시키는 대로 하고 나서 떨어졌다. 구스타드는 기분이 좋았다. "우리 귀여운 뽀뽀 심판, 이제 됐지." 그가 말했다.

어쩐지 로샨은 분노와 씁쓸함을 없애기 위해서는 입술을 포개고 눈을 감는 것만으로는 부족하다고 느꼈다. 그러나 달리 어찌할 바를 몰랐기 때문에 할 수 없이 침대로 갔다.

4

라바디는 현관문 밖에 있는 신문지들을 모아서 들었다. 자신의 팔로 모두 들 수 없어서 아내에게 도와 달라고 했다. 그의 아내는 그것들을 고물상에게 팔자고 했지만, 그는 그 말을 들으려고 하지 않았다. "그 악당한테 보여 줄 거야! 내가 시키는 대로 해!"

왈왈! 왈왈왈왈! 흥분해서 신문지 주위를 뛰어다니던 딤플이 라바디가 쌓아 놓은 뭉치들을 넘어뜨렸다. 개를 안으로 끌고 들어간 그는 아내에게 나오라고 한 뒤 현관문을 닫았다. 그는 신문지 한 뭉치를 아내에게 들라고 한 뒤 나머지 한 뭉치는 자신이 들었다.

그들은 아파트 단지에서 밤지 경위와 마주쳤다. "아이고, 안녕하십니까." 밤지가 말했다. "헌 신문을 팔려고요? 그런데 지금은 가게 문이 닫혔을 겁니다." 그는 확인차 시계를 보았다.

"그 작자한테 보여 줄 거요." 라바디가 중얼거렸다. "딤플을 데리고 산책을 나가다가 신문지 더미에 걸려 넘어졌소! 하마터면 계단을 굴러 떨어져서 목이 부러질 뻔했다니까! 현관문 밖에다가 그 작자가 던져 뒀소!"

"누가요?" 밤지가 물었다.

"그 악당 놈!" 라바디가 흥분해서 말했다. "이름만 고상한 노블인 작자 말이오!"

"구스타드 씨요?"

"현관 밖에다가 함정을 파서 나를 죽이려고 했어! 도대체 그자는 무슨 생각을 하고 있는 거요?" 그는 관목 근처에 신문지 더미를 놓았다. 라바디 부인이 그를 미심쩍게 바라보며 신문지 뭉치를 꽉 쥐고 있자, 그가 그녀의 두 손을 잡고는 떼어 놓았다. 그는 호주머니에서 성냥갑을 꺼냈다.

"확실합니까?" 밤지 경위가 물었다.

라바디가 성냥에 불을 붙여서 던졌다. "처음에는 그 작자 아들이 우리 신문지를 훔쳐 갔어." 신문지에 불이 붙었다. "내 집 문밖에다가 이걸 던져 놓고 상쇄하려고 했다면 실수한 거지!" 몇 초가 지나고 신문 더미에서 맹렬히 불이 타오르자 라바디의 분노도 타올랐다. 그의 얼굴이 밝은 오렌지색으로 변했다. "내가 신경 쓰는 건 신문지가 아니오! 예의와 사과와 존경심의 문제지! 원칙과 관련된 거라고! 누구하고 싸우고 있는지를 그 작자에게 확실하게 보여 줄 거요!"

밤지 경위는 할 말이 없었다. 테물이 불구경을 하러 왔다. "뜨거워뜨거워 뜨거워." 그가 조금 더 가까이 가자, 밤지 경위가 그를 뒤로 끌어냈다. "멍청아, 조심해. 안 그러면 네 얼굴이 불에 타고 말 거다."

갑자기 불이야! 불이야! 외치는 소리가 들렸다. "불이야! 불이야! 도와줘! 소방관을 불러!" 목에 박하 목걸이를 두른 카바스지가 위층 창문 밖으로 몸을 내밀고 소리쳤다. 라바디 부부는 집으로 돌아갔다. 카바스지가 하늘을 올려다보았다. "당신이 또 이런 짓을 했군요! 불쌍한 사람들에게만 고통을 가합니까! 악취, 소음, 홍수, 그러더니 이제는 불입니까! 부유한 사람들의 집도 불태웠습니까? 그런 적이 있습니까? 말씀해 보세요!"

구스타드는 카바스지의 외침 소리를 들으면서 동시에 창문 밖에서 타오르는 오렌지색 불빛을 보았다. 그가 밖으로 나왔을 때는 테물 혼자만 그곳에 있었다. "구스타드구스타드.뜨거워요뜨거워요뜨거워요."

불은 꺼져 가고 있었다. 새까맣게 탄 신문지 조각들이 관목 옆에 있었다. 곧 바람이 불자 신문지 조각들이 아파트 단지로 날렸고, 테물이 그것들을 쫓아다니기 시작했다. 구스타드는 개장수 얼간이가 그 정도로까지 화가 난 것에 만족하며 집으로 들어갔다.

그러나 구스타드는 다른 것도 자극되었음을 금세 깨달았다. 연기에 화가 난 모기들은 그 어느 때보다도 극성맞았다. 복수라도 하려는 듯이 구름처럼 몰려든 모기들이 벽에 몸을 부딪쳐서 정신을 잃고, 뜨거운 백열전구에 부딪쳐서 튕겨 날아가고, 그의 머리에 내려앉아서 얼굴을 물었다.

그는 재빨리 집 안의 전깃불을 모두 켜고, 딜나바즈에게 큰 접시를 되는 대로 몽땅 가져오라고 소리쳤다. 그가 드럼통으로 가서 꼭지를 틀었지만 물이 나오지 않았다. 그는 의자에서 일어나 드럼통 속을 들여다보았다. 수도꼭지 납땜 부분에서 이미 물이 다 새어 흘러나와서 드럼통은 비어 있었다. 그리고 양동이 하나에 가까스로 아침까지 버틸 만큼의 물이 있었다. 오늘 밤은 모기 덫을 만들 수 없었다.

그는 다시 파리채를 휘두르고 손으로 때리며 오도모스를 발랐다.

12부

1

구스타드는 새로운 약을 가지고 문짝 달린 침대로 갔다. 지난 이 주일 동안 페이마스터 박사는 로샨의 처방을 네 번이나 바꾸었고 혈액 검사, 대변 검사, 황산바륨 엑스레이 검사를 했다. 병원비를 내느라고 구스타드는 지난주에 카메라를 팔았다.

약을 먹으려고 로샨이 일어나 앉자 그는 자신의 안전한 두 팔로 딸을 영원히 안아 주고 싶었다. 그러는 대신에 그는 로샨의 이마를 어루만지며 등을 부드럽게 문질렀다. 그러나 로샨은 자신의 질병 앞에서 어깨가 튼튼하고 넓은 아빠가(아빠는 커다란 알통을 살아 있는 생물처럼 아래위로 꿈틀거려 보이기도 했다) 무력하고 겁에 질려 있다는 것을 이미 눈치채고 있었다. 때때로 아침에 자기를 보러 오는 아빠의 얼굴이 울상이어서 로샨의 눈에 눈물이 고이곤 했다. 그럴 때면 로샨은, 일요일에 엄마가 만든 맛있는 단삭 요리를 먹으러 소령 아저씨가 오고 오빠들의 응원 속에서 아빠와 아저씨가 팔꿈치를 식탁 위에 올리고 팔씨름을 했던 일 따위의 좋은 기억들을 떠올리려고 했다. 그들의 근육은 어마어마하게 불룩해져서 금방이라도 터져 버릴 것 같았다. 그들이 땀 흘리고 애쓰며 웃는 것을 보는 일은 정말 재밌었다. 소령 아저씨도 힘이 매우 셌고 아빠보다 키가 훨씬 컸지만, 이기는 쪽은 대개 튼튼한 아빠였다.

"우리 예쁜 귀염둥이, 주사 맞은 건 어때?" 구스타드가 물었다. "아직 아프니?"

"조금 아파요."

그는 벽장으로 가서 히루도이드 연고를 가져왔다. "이거 바르면 부기가 가라앉을 거다." 그는 연고를 주사 맞은 곳에 문질렀다. "자, 이제 뭐하고 싶어? 커다란 이탈리아 인형을 벽장에서 꺼내 줄까?"

"이야, 좋아요." 기대감으로 로샨의 눈에서 빛이 났다.

"오늘 저녁에 아빠가 집에 오면 가방에서 옷을 다 꺼내서 인형한테 입히자. 그러면 너랑 인형이랑 소파에 같이 앉아도 되고. 아니면 인형이랑 침대에서 같이 자도 돼. 알았지?"

"네. 아빠, 늦으면 안 돼요."

"그럼, 약속할게. 자, 이제 자야지. 많이 쉬어야 해. 자, 눈 감아야지. 아니면 아기처럼 너한테 노래를 불러 줄까?" 구스타드는 로샨을 놀리며 아기 때 들려주던 노래 〈타 라라 붐 디아〉의 가락에 맞춰서 노래를 부르기 시작했다.

로샨은 착한 소녀,
정말 정말 착한 소녀,
얼마나 잘 자는지

"싫어, 싫어! 그 노래 말고!" 로샨이 항의했다. "내가 제일 좋아하는 노래 불러 줘요." 그러자 그는 〈당나귀 세레나데〉를 불러 주고 로샨의 뺨에 뽀뽀하고 나서 작별 인사를 했다.

"신의 축복을 받으며 잘 자요." 로샨이 말했다.

"그런데 지금은 밤이 아니잖아."

"난 항상 자니까, 나한텐 항상 밤이죠." 로샨의 말에 그들이 함께 웃었다.

구스타드는 부엌에서 서른아홉 번째 돈뭉치를 꺼냈다. 얼마 안 있으면 절반이었다. 그가 버스에 올랐을 때는 하늘에 구름이 끼어 있었는데, 플로라 분수대에 도착하자 비가 내리기 시작했다. 끝나 가는 계절의 마지막 시위였다. 장마철이 절반 이상 지나갔다. 그는 고민했다. 바지 자락을 집게로 고정시킬까 말까? 아직 공습경보 사이렌이 울리지 않았으니 시간은 충분했다. 축축한 바지가 종아리에 딱 달라붙은 채 하루 종일 앉아 있기는 싫었다. 그는 서류 가방을 뒤져서 집게를 찾은 후, 버스 정류장 계단에 발을 올렸다. 바지 자락으로 정강이를 단단히 감싸고 집게로 집었다.

버스 정류장에서 은행 빌딩의 둥근 지붕이 바라보였다. 지붕은 회색 하늘을 배경으로 하얗게 빛났다. 날이면 날마다 내리는 비가 지붕을 깨끗이 씻어 주었다. 은행 현관에 도착한 후 바지에서 집게를 뗐다. 기둥에 세워 놓은 우산 꼭대기에서 빗물이 흘러내렸다. 바지의 접힌 자국을 없애려고 무릎 부분과 아랫단을 잡아당기고 난 후, 그는 우산을 흔들어서 물기를 털어 냈다. 뒤에서 누군가 그의 팔꿈치를 건드렸다.

"노블 씨, 좋은 아침입니다." 로리 쿠티노가 합창단 리듬의 말투로 인사했다. 수녀원 학교 여학생들이 일어서서 선생에게 인사하는 식이었다. 로샨도 그런 버릇이 있었다.

"쿠티노 양, 좋은 아침입니다."

"노블 씨, 오늘 언제 얘기 좀 나눌 수 있겠습니까?"

구스타드는 그녀의 매우 공손한 말투에 주목했다. 그는 로리의 요청에 놀랐다. "물론이죠. 장부 점검을 마치고 열한 시는 어때요?"

그녀는 고개를 가로저었다. "단둘이서만 얘기했으면 합니다."

더욱 놀란 그는 손목시계를 보았다. "열 시가 되려면 10분 남았군요. 지금

애기해도 되고, 아니면 점심시간에 합시다."

"점심시간이 좋겠습니다."

"좋아요. 한 시에 구내식당에서 만나죠."

"죄송하지만, 구내식당 말고요. 밖에서는 안 될까요?" 머리를 가까이 대며 그녀가 작은 목소리로 말했다. 좋은 향수 냄새가 풍겼다.

무슨 꿍꿍이지? "그럼, 여기서 한 시에 만납시다."

"노블 씨, 정말 고맙습니다." 그녀는 나직이 말하고 은행 안으로 들어갔다. 당혹스러웠지만 우쭐해진 그는 멀어져 가는 그녀의 뒷모습을 감상하며 뒤따라 들어갔다.

아직 열 시 전이라 금전 출납계원들의 자리는 텅 비어 있었다. 일찍 온 손님들은 한가한 직원들이 어서 근무 시간이 시작돼서 계산대에 앉기를 바라듯이, 시계와 계산대, 직원들을 번갈아 바라보면서 기다리고 있었다. 초조해하는 손님들의 심정을 모르는 바 아니지만, 아직 남아 있는 휴식 시간이 더 간절한 몇몇 직원이 계산대 뒤쪽에서 신문을 읽고 있었다. 다른 직원들은 책상이나 서류 캐비닛에 발을 올려놓고 빈둥거렸다. 딘쇼지는 자기의 열렬한 팬들에게 뭔가를 활기차게 설명하고 있었다.

구스타드에게 그의 목소리가 들렸다. "……그러자 두 번째 남자가 말했어. '기어 변속? 이봐, 뭘 그런 걸 가지고 그래.'" 구스타드를 보자 딘쇼지가 말을 멈췄다. "빨리 와! 재밌는 얘기야."

구스타드는 이미 그 이야기를 알고 있었지만, 딘쇼지가 다시 시작하자 인내심을 가지고 들었다. "첫 번째 남자가 말했어. '이봐, 마누라가 운전 연습을 시작한 뒤로 잠을 자면서 항상 새로운 걸 시도하더라고. 내 물건을 쥐고는 일단, 이단, 후진, 이쪽저쪽으로 계속 트는 거야.' 그러자 두 번째 남자가 말했어. '기어 변속? 이봐, 뭘 그런 걸 가지고 그래. 내 마누라는 한밤중에 내 물건을 집어넣고는 휘발유 20리터 넣어 줘요, 그러는데.'"

계산대 뒤에서 폭소가 터져 나왔다. 남자 직원들이 딘쇼지의 어깨를 두드렸다. "하나 더, 하나 더." 누군가 그렇게 말했지만, 느리고 엄숙한 시계 소리가 뎅, 울리자 직원들은 흩어졌다.

구스타드가 서류 가방을 열더니 아무렇지도 않은 듯이 돈뭉치를 건넸다. "딘슈, 점심때는 자넬 못 볼 것 같아. 일 때문에 나가 봐야 해." 구스타드는 두 눈을 천천히 감았다가 떴다. 딘쇼지는 무슨 말인지 알아들었다. 사람들이 있는 데서는 설명할 수 없다는 뜻이었다. 딘쇼지는 그것이 자신이 좋아하는 비밀 임무와 관련이 있는 모양이라고 생각했다.

열한 시에 차를 마시려고 책상에서 일어선 구스타드는 방향을 바꿔 멀리 돌아서 로리 쿠티노의 책상을 지나갔다. 이유는 확실치 않았으나, 그는 오늘 아침 이후로 그녀를 다시 한 번 보고 싶었다. 눈이 마주치자 그녀가 웃었다. 그는 자신의 심장 박동이 빨라지자 왠지 쑥스러웠다. 마치 학창 시절로 돌아간 것 같았다.

2

구스타드는 현관에서 기다렸다. 모두들 점심을 먹느라고 바빴기 때문에 눈에 띌 위험은 전혀 없었다. 그녀가 왔다. "와 주셔서 고맙습니다, 노블 씨."

"천만에요, 쿠티노 양. 어디로 가실까요?"

"로리라고 부르세요." 그는 미소를 지으며 고개를 끄덕였다. "사람들이 없는 곳이면 어디든지 괜찮아요. 우리가 같이 있는 걸 보고 괜히 딴생각하지 않았으면 해서요."

"옳은 말입니다. 길모퉁이에 괜찮은 식당이 하나 있습니다."

"네, 밖에서 본 적 있어요." 로리가 말했다.

"개인 방이 있으니 거기서 얘기하면 될 겁니다."

그들은 조심스럽게 발을 디디며 길모퉁이로 걸어갔다. 비가 와서 깊은 물웅덩이들이 새로 생겨났다. "노블 씨, 혹시 군대에 계셨나요?"

"아뇨. 왜요?"

"다리를 저는 걸 봤어요. 그래서 궁금했죠. 어쩐지 노블 씨의 걸음걸이, 어깨, 콧수염 때문에 군인 같아 보여서요."

그는 우쭐했지만 그녀의 칭찬을 진짜 군인처럼 겸손하게 웃어넘겼다. "아닙니다. 나라를 지키다가 다친 게 아니라 가족을 위해서 봉사하다가 그랬죠."

그의 말에 호기심이 발동한 그녀가 어떻게 된 일이냐고 물었다. "큰아들의 목숨을 구하다가 그랬어요." 그가 말했다. "9년 전에 차가 씽씽 달리는 길에서 움직이는 버스에서 뛰어내렸죠." 그는 비가 내리던 그날 아침, 버스 차장, 소랍이 넘어진 일, 접골사 마디왈라의 이야기도 들려주었다.

"그 접골사는 아직도 일하고 있나요?" 그녀가 물었다.

"아, 그럼요. 그런데 지금은 나이가 너무 많아서 예전처럼 그렇게 자주 치료하지는 않습니다."

"뼈가 부러질 경우를 대비해서 그 사람 이름을 외워 둬야겠군요."

"관리를 잘하세요." 그는 다음 말을 보탤 용기가 생겼다. "부러지기에는 너무 아름다우니까요."

그녀는 얼굴을 붉히더니 미소를 지었다. "노블 씨, 고맙습니다." 그녀의 목소리에서 또다시 수녀원 학교 여학생의 쾌활한 리듬이 묻어났다. 그들은 아무 말 없이 로터리를 지나갔다. 그는 마지막으로 그 식당에 갔던 때가 생각났다. 겨우 석 달 전에 딘쇼지와 함께 갔었다. 그러나 벌써 몇 년이 지난 것 같은 느낌이 들었다. 세월의 장난이었다. 굴람 모하메드의 사고. 그놈이 그때 죽어 버렸어야 했는데. 정육점의 칼로 힘껏 내리친 것처럼 깔끔하게 잘려 나간 머리들. 테물이 고양이의 머리를 주우려고 했다. 그리고 지미의 빌어먹을 편지가 또 왔다.

사람들로 가득 찬 식당 아래층은 종업원들이 바쁘게 왔다 갔다 했고, 통상적인 소리와 냄새가 났다. 튀긴 사모사, 너무 오래 끓인 차, 매운 감자떡 등이 있었다. 손님들 앞에 털썩 내려놓은 접시들과 잔들이 달그락 소리를 냈다. 주방으로 주문을 외쳤다. 부엌에서 다시 소리쳤다. "차 세 잔, 물 조금, 치즈와 콩! 이들리 도사, 삼바 카레, 라시 요구르트!" 계산원의 머리 위에는 손으로 쓴 표지판 두 개가 '신을 믿어라, 그러면 밥이 항상 준비되어 있을 것이다' 밑에 추가로 붙어 있었다. 하나는 '식당에서 머리 빗기 금지', 또 하나는 엄하고 철저한 '정치와 신에 관한 토론 절대 금지'였다.

위층의 개인 방들은 텅 비어 있었다. 사다리처럼 가파른 계단이 일 층과 이 층을 이어 주었다. 로리의 뒤를 따라가던 구스타드의 눈높이에서 그녀의 엉덩이가 흔들리며 그의 시선과 같은 속도로 계단을 올라갔다. 딘쇼지가 이걸 봤어야 하는데. 한 입 꽉 깨물 수 있는 거리에 그녀의 엉덩이가 있었다. 오믈렛 샌드위치를 먹고 디저트로 로리의 엉덩이를 맛볼 수 있을 텐데.

계단은 여섯 개의 문으로 이어지는 매우 작은 층계참으로 연결됐다. 그는 가장 가까운 문을 열었다. 또 다른 표지판이 그들을 맞이했다. '테이블 밑의 웨이터 벨을 울리시오.' "웨이터가 왜 테이블 밑에 있는 거죠?" 구스타드가 물었다.

"친구인 딘쇼지 씨처럼 노블 씨도 유머 감각이 있으시군요." 그녀가 즐겁게 웃으며 말했다. 구스타드는 그녀의 웃음소리를 처음 들었다. 그녀는 거센 콧바람을 뿜더니 당나귀 울음소리를 냈다. 저렇게 예쁜 아가씨가 지금껏 내가 들어 본 것 중에 가장 추한 웃음소리를 내다니.

방에는 굽은 나무로 만든 의자 네 개와 아래층에 있는 것과 똑같은, 유리를 덮은 테이블이 있었다. 더러운 유리 밑에 메뉴판이 있었다. 최소한 5루피를 더 지불하는 데 따른 추가 서비스로 에어컨이 있는 개별 공간과 덮개에 얼룩이 묻은 낡은 소파가 있었다. 그 방이 쓰이는 단 하나의 추잡한 목적을 노골적으로 보여 주는 듯했다. 그는 그녀의 눈이 닳고 닳은 소파를 유심히 살피는 것을 보았다. "장소가 이래서 미안합니다. 여기는 한 번도 와 본 적이 없어서요. 그러니까 여기 위층 말입니다. 이런 곳인 줄은 몰랐네요."

"괜찮아요. 어쨌든 사람들이 없는 곳에서 이야기할 수 있으니까요."

"네." 그가 말했다. "뭘 좀 시키죠. 그런 다음 무슨 문젠지 들어 보죠."

"문제라고까지 할…… 네, 문제긴 해요."

그들은 머리를 가까이하고 메뉴를 함께 보았다. 메뉴를 살피는 척하면서 그는 곁눈질로 그녀를 보았다. 딘슈 말이 맞아, 정말 매력적인 아가씨야. 그녀의 윗입술에 있는 뿌루퉁한 곡선이 섹시함을 도드라져 보이게 했다.

"주문할까요?" 그가 물었다. 그녀는 고개를 끄덕였다. "웨이터를 부르는 벨이 어디에 있지?" 그가 테이블 밑으로 손을 더듬었다. 마침 그녀도 손을 더듬다가 두 사람의 손이 맞닿았다. 그는 전기에 감전된 것처럼 재빨리 물러났다. "미안합니다." 그가 어색하게 말했다.

"괜찮아요." 그녀는 미소를 보였다. 그녀가 테이블 반대편 다리에 있는 벨을 울렸다. 몇 분이 지나고 팁을 의식한 듯 웨이터가 조심스럽게 노크했다. 그는 경험상 이런 방에서는 벨 소리와 웨이터의 도착 시간 사이에 어떤 일이라도 벌어질 수 있다는 것을 알고 있었다.

"네, 어서 들어와요." 로리에게 웨이터의 억측이 기분 나쁘다는 것을 보여주려고 그는 일부러 짜증스럽게 말했다. 그들은 팔짱을 낀 채 격식을 갖추고 똑바로 앉아 있었다.

왠지 딱딱한 분위기를 감지한 웨이터가 정중히 주문을 받았다. 식사 전의 색욕이 전혀 느껴지지 않았다. 불행한 남자들은 팁에 짜다는 것을 웨이터는 알고 있었다. 그들을 안심시켜야 할 필요가 있었다. "선생님, 정확히 5분 후에 음식을 가져오겠습니다. 노크를 하겠습니다. 그 후에는 아무런 방해도 없을 겁니다."

문이 닫히자 구스타드가 고개를 가로저었다. "오직 한 가지 생각밖에 없구먼."

"웨이터 잘못이 아니에요." 로리가 말했다. "그 한 가지만 하는 방인걸요."

대담한 발언이라고 그는 생각했다. "자, 나를 보자고 한 이유가 뭔지 말씀하시죠."

"네." 그녀는 손으로 머리를 빗어 넘기더니 옷깃을 바로잡았다. "말하기 힘들긴 하지만, 지점장님보다는 노블 씨한테 애기하는 게 나을 것 같아서요."

"지점장요? 무슨 문제지요?"

그녀는 숨을 깊이 들이쉬었다. "노블 씨 친구인 딘쇼지 씨 때문이에요."

이런, 큰일 났군.

그녀가 말을 이었다. "그 사람이 항상 어릿광대짓 하는 거 아시죠?"

"물론이죠. 딘쇼지는 누구한테나 그래요."

"저도 알아요. 그래서 저도 신경 쓰지 않았죠. 농담하고, 춤추고, 노래하고. 그건 다 좋아요." 그녀는 자신의 손톱을 조심스럽게 살펴보았다. "들으셨는지 모르겠지만, 언젠가 그 사람이 저에게 자신의 로리를 만나 보라고 하더군요." 그녀는 아랫입술을 깨물었다. "'나의 사랑스러운 로리와 함께 놀아요.'라며 '둘이서 함께 정말 재밌는 시간을 보내자.'고 하더군요." 그녀는 구스타드의 눈을 보았다. "전 처음엔 그 사람 딸이나 조카딸, 뭐 그런 건 줄 알았어요. 그래서 웃으면서 말했죠. '그럼요, 그럴게요.'라고."

구스타드의 얼굴이 빨개졌다. 그녀의 눈을 똑바로 바라볼 수 없었다. 그는 아무 말도 하지 못하고 그녀의 말을 들었다.

"그러다가 최근에야 그게 무슨 뜻인지 알았어요. 제가 어떤 기분이 들었는지 짐작하시겠어요?"

구스타드는 필사적으로 할 말을 찾았다. 로리 앞에서 당혹스러웠고 딘쇼지에게 화가 났으며 지점장에 대한 두려움으로 그는 단지 "정말 죄송합니다. 그만 하라고 했었는데."라는 말밖에는 할 수 없었다.

"그 사람이 그런 말을 할 때 웃었던 남자들을 생각하면 제가 어떤 기분인지 아시겠어요? 회사에 나오는 게 너무 힘들어서 그만두고 마돈 씨에게 이유를 말하고 싶었어요." 지금까지 잘 억제되었던 그녀의 음성에 감정이 실리기 시작했다. "지금은 누구라도 내 이름을 말하면 기분이 나빠져요. 그 더러운 의미가 떠올라요. 딘쇼지 씨가 내 이름을 못 쓰게 만들었어요." 그녀는 손수건을 눈가에 갖다 댔다.

그녀는 몹시 화가 나 있었다. 딘슈는 이제 끝장이다. 이번엔 너무 심했다. 그리고 지점장의 귀에 이 이야기가 들어간다면…… 플로라 분수대의 카사노바는 거세될 것이다. 그는 진지하게 몸을 앞으로 숙였다. "그런 말 마세요. 로리는 아름다운 이름입니다. 바보 같은 상스러운 말 때문에 그게 바뀌지는 않아요."

"아시잖아요. 그 사람의 농담과 행동을 제가 개의치 않는다는 거. 전 그게 좋다고 생각했어요. 귀여운 늙은 남자가 나한테 잘 보이려고 한다는 거. 그가 말하는 것들도요. 첩보 기관을 위해서 일한다고 하고, 묵티 바히니 게릴라들을 완전 무장시키기 위해서 백만 루피를 보관하고 있다고 했어요. 상상이 가세요, 딘쇼지 씨가 첩보 기관에서 일한다는 게?" 그녀가 살짝 웃었다.

"하! 하! 하! 첩보 기관에서요? 너무 심했군요!" 주먹으로 테이블을 내리치고 소리를 지르거나, 딘쇼지가 고통스럽게 비명을 지르도록 만들고 싶은 욕구를 참으며 구스타드는 말했다. 멍청한 바보! 완전 꼴통에다가……! 모든 일이 조용히 진행돼야 한다고 내가 그렇게 말했는데! 완전히, 완전히!

"재밌지 않으세요?" 로리가 물었다.

"하! 하! 하! 첩보 기관에서 그런 사람에게 화장실 청소라도 시키겠습니까?"

"어쨌든 그 더러운 농담 때문에 전 너무 화가 나서 마돈 씨에게 말하고 싶었어요." 그녀는 자신의 손목시계를 보았다. "딘쇼지 씨가 심각한 문제에 처할 것 같아서. 전 그런 건 원치 않거든요. 그분 퇴직이 얼마 안 남았죠?"

"그럼요. 2년밖에 안 남았죠." 구스타드가 말했다. "그 친구 명랑한 모습 때문에 모를 수도 있는데 사실은 많이 아픕니다."

"전 몰랐어요." 그녀는 왼손에 난, 종이에 베인 작은 상처를 손가락으로 만지작거리면서 잠시 말을 멈췄다. "노블 씨가 그 사람의 가장 친한 친구여서 모두 다 말하기로 했어요. 그런데 이미 그만 하라고 하셨다면……."

"제가 알아듣도록 말하겠습니다. 저한테 맡겨 두세요." 그러나 당장은 로리를 먼저 설득해야 했다. 안 그러면 그와 딘쇼지는 끝장이었다. "일 끝나고 오늘 저녁에 말하겠습니다. 다시는 딘쇼지가 로리 양을 화나게 하지 않도록 만들어 놓겠습니다."

"노블 씨, 고맙습니다. 노블 씨와 얘기하면 도움이 될 줄 알았어요."

딘쇼지를 만날 때까지 기다리자. 그 멍청한 바보. 정신 나가서 헛소리를 하고 다니다니. 빌어먹을 바보 같으니라고.

3

배달원이 도시락을 가지고 이미 은행을 떠났다. 구스타드는 딜나바즈에게 집에 늦게 들어간다고 알리려고 쿠트피티아에게 전화를 걸었다. 전화 연결 상태가 좋지 않다. "여보세요, 여보세요, 쿠트피티아 할머니! 구스타드 노블입니다!" 아무도 그의 외침에 관심을 갖지 않았다. 룰렛 회전판처럼 전화 연결이 좋을 확률은 그렇지 않을 확률과 비슷했다. 전화를 끊고 난 후 구스타드는 인형에게 옷을 입히자고 했던 로샨과의 약속이 생각났다. 집에 늦게 가면 로샨은 아빠가 약속을 잊어버렸다고 생각할 것이다. 사실 구스타드는 그 약속을 잊고 있었다. 그는 두개골이 부서져 버릴 것 같은 날카로운 고통으로 머리가 아팠다. 파스타키아 부인이 설명했던 편두통이 무슨 뜻이었는지 그제야 알 것 같았다. 누군가 뜨개바늘로 머릿속을 쑤시는 것 같은 통증이었다.

그는 책상으로 돌아가서 이마를 문질렀다. 로샨의 병, 과망간산칼륨 때문이라는 딜나바즈의 원망, 지미의 배신, 딘쇼지의 어리석음, 로리의 항의, 소랍의 반항 등으로 점점 참기가 힘들어졌고, 오로지 걱정과 슬픔과 실망만이 그의 주위를 벽처럼 둘러싸서 짜부라뜨리려 들었다. 그는 이마를 문지르던 손을 목덜미로 옮기며 두 눈을 감았다.

구스타드가 피곤 때문에 졸리는 아이처럼 감긴 두 눈을 비비며 떴을 때, 딘쇼지가 그의 책상에 기대어 서 있었다. 식당 테이블에 내려치고 싶었던 주먹을 자신의 책상에다가 내려쳤다. 쾅! 화들짝 놀란 딘쇼지가 껑충 뛰며 뒤로 물러섰다. "세상에, 이봐, 진정해!" 갑자기 움직인 탓에 고통이 덮쳐 왔다. 그는 옆구리를 움켜쥐고 움츠렸다.

구스타드는 팔꿈치를 책상에 올리고 두 손으로 얼굴을 받쳤다. 적어도 혈관이 터지는 위험은 피했다고 그는 생각했다. 그가 작은 목소리로 말하자 딘쇼지가 다시 가까이 다가왔다. "자네 때문에 내 머리에서 피가 끓어. 이 멍청한 바보 같으니라고."

딘쇼지는 상처를 받았다. "이봐, 무슨 소리야. 무슨 문제야? 먼저 내가 뭘 잘못했는지 말은 해 줘야지."

"그럼, 그러고말고. 여섯 시에 현관에서 보자고." 그는 의자를 돌리고 다시 이마를 문질렀다. 딘쇼지가 몇 분 동안 처량하게 기다리다가 떠났다.

남은 시간 내내 구스타드는 일을 할 수 없었다. 그는 자신의 걱정, 실망, 배신을 열거하면서 그것들로 인해서 고통받았다. 그는 로샨을 생각하자 간담이 서늘했다. 짧은 순간이나마 최악의 경우를 상상한 그는 마음속으로, 자신이 자주 비웃었던, 딜나바즈가 신에게 그런 일이 일어나지 않도록 해 달라며 빌었던 동작을 따라 했다. 어떻게 딜나바즈가 나를 원망할 수 있을까. 과망간산칼륨은 오랫동안 효과가 좋았다. 지미가 군대 생활을 할 때도 항상 그걸 썼다고 했다. 빌어먹을 지미, 망할 놈. 한때는 형제처럼 지냈는데…… 그런데 지금은? 말콤이 예전에 들려주었던 성경 이야기들이 생각났다. 크로포드 시장에 함께 다닐 때였다. 카인과 아벨에 관한 이야기…… 그는 동화 같다고 생각했다. 그런데 세월이 흐르고 보니 진실이었다. 구스타드의 아버지의 경우도 그랬다. 아버지의 주정뱅이 노름꾼 동생은 그의 두개골을 박살 내듯이 그를 확실하게 파멸시켰다. 그리고 또 다른 카인인 지미가 있었다. 그는 신뢰, 사랑, 존경, 그리고 다른 모든 것을 파괴했다. 다윗의 아들인 압살롬에 관한 이야기도 있었다. 지금쯤이면 소랍이 IIT에서 첫 학기를 마쳐 갈 때였다.

지금껏 오랫동안 힘들게 일하면서 기다려 온 그 목표가 바로 자신의 아들에 의해서 무참히 박살 나서, 그 파편들이 발에 차여 입학 원서들처럼 쓰레기통으로 요란한 소리를 내며 처박힌 지금 도대체 남은 것이 무엇인지 스스로에게 물었다. 나는 그 아이가 좋은 직업을 가지기를 원했을 뿐이다. 난 그런 기회마저도 박탈당했다. 이젠 뭐가 남았지? 내 인생에서 남은 것은 뭘까? 신이시여, 도대체 그게 뭡니까?

그렇게 오후가 흘러갔다. 소랍에서 로샨으로, 다시 지미로, 그리고 딜나바즈, 로리, 딘쇼지. 돌고 돌다가 유턴하여 거꾸로 돌아서, 마침내 그는 생각 때문에 현기증이 났고 걱정 때문에 지칠 대로 지쳐서 절망으로 부서지기 일보 직전이었다.

그러나 여섯 시가 되자 분노가 되살아났다. 현관에 있는 딘쇼지를 본 그는 화가 치밀어 올랐다. 딘쇼지의 구취는 견디기 힘들었다. 잘코사니네, 초조해 하고 괴로워하다니 꼴좋다. 이제 정신이 바짝 들게 해 줘야지.

딘쇼지가 무기력하게 웃었다. "내 말을 듣고 나면 자넨 회사에서 웃지도 못할 거야." 구스타드가 말했다.

"계속 나를 잡도리하는군." 그가 불평했다. "자네 오늘 오후 내내 화나 있었어. 뭣 때문에 그렇게 화가 났는지 말해 보게."

"먼저 차나 한 잔 맛있게 마셔. 아마도 자네가 즐길 수 있는 마지막이 될 테니까."

딘쇼지는 특유의 못 말리는 웃음을 어설프게 지어 보였다. "이봐, 왜 긴장감을 조성하고 그래. 앨프리드 히치콕 감독한테 수업이라도 들은 거야 뭐야."

그들은 걸어서 로터리, 차들, 사람들을 지나갔다. 방향을 바꾼 거대한 강물처럼 교통 물결은 북쪽으로 속력을 높여 갔다. 은행, 보험 회사, 신발 가게, 직물 가게, 회계 사무실, 제조 회사, 안경 가게, 광고 회사 등의 직원들이 버스와 기차에서 서로 떼밀고, 자전거 위에서 덜커덩거리고, 발에 통증을 느끼면서 지친 인파를 이루어 북쪽에 있는 교외와 빈민가, 오두막집, 아파트, 공동 주택, 원룸 아파트, 골철판 판잣집, 거리 모퉁이, 보도, 판지 오두막집 등으로 향했다. 이러한 물결이 마침내 북쪽에서 소멸되고, 사람들이 다음 날 아침에 남쪽으로 흘러가는 데 필요한 힘을 재충전하려고 고요한 어둠 속에 누워 보지만, 제대로 쉬지 못한 채 끝없이 반복되는 다음 날을 맞이해야 한다.

그들은 차가 나오기를 기다렸다. "내가 오늘 왜 구내식당에 안 갔는지 아나?" 구스타드가 물었다.

"글쎄, 자네가 말해 줘야 알 것 같은데."

"로리 쿠티노가 나와 단둘이서만 이야기하고 싶다고 해서 이곳에 왔었어. 위층에 있는 개인 방으로."

"무슨 소리야? 말도 안 돼! 정말이야?" 딘쇼지가 싱긋이 웃었다. "자네가 그런 행운을 거머쥐다니."

"아니, 행운의 사나이는 자네야. 로리가 자네 얘기만 했으니까."

"이봐, 장난치지 마!"

구스타드는 꾸밈없이 솔직히 말했으며, 그 말들이 탁 내려치는 정육점 주인의 칼처럼 치명적이기를 바랐다. 딘쇼지의 창백한 얼굴에서 남아 있던 마지막 핏기마저 가셨다. 그의 열린 입에서 악취가 테이블 너머까지 풍겨 왔다. "아직 안 끝났어." 구스타드가 인정사정없이 말했다. 너무 부끄러워서 고개를 들 수 없었고 머릿속이 하얘져서 아무 말도 할 수 없었던 딘쇼지는, 우두커니 무릎 위에 놓인 자신의 손을 내려다보고 있었다. "다행히도 로리가 자네의 첩보 기관, 백만 루피, 게릴라 작전에 관한 이야기를 믿지 않더구먼. 나한테 얘기하고서는 웃었어. 지점장의 귀에 들어가기라도 하면 어떻게 되는 거야? 그리고 지점장이 우리가 맡긴 돈을 의심하기라도 한다면? 이 빌어먹을 친구야, 그럼 어쩔 거야!"

"구스타드, 면목이 없네." 딘쇼지가 힘없이 말했다. "자네 말이 옳아. 난 빌 어먹을 멍청이 바보야." 그는 집게손가락으로 찻잔 손잡이를 만지작거렸다. "이제 우린 어쩌지?"

"자네 손에 달렸어. 자네가 로리를 안 괴롭히면 로리는 지점장에게 안 갈 거야. 나한테 그렇게 말했어."

"당연히, 그만 할 거야. 난 자네가 최선이라고 생각하는 어떤 것이라도 할 걸세." 딘쇼지가 차를 꿀꺽꿀꺽 마셨다. "그런데……."

"그런데 뭐?"

다시 한 번 차를 들이켠 딘쇼지는 숨이 막혀서 콜록댔다. "내가 갑자기 로리에게 장난을 치지 않으면 사람들이 모두 이상하게 생각할 거야. 그렇지 않을까?" 그는 몇 번 더 콜록거렸다. "그렇게 되면 사람들이 무슨 일인지 알아내려고 할 거야. 자네가 매일 나한테 뭉치를 건네는 걸 보면 좋지 않을 거고."

"나도 그 점에 대해서 생각해 봤어. 내게 계획이 있어. 자네는 우선 농담을 그만 하고 사람들과 장난도 치지 마. 그러면 내가 사람들한테 불쌍한 딘쇼지의 건강이 다시 나빠져서 기분이 완전 엉망이라고 말할 테니까."

"난 로리의 치마 밑으로 들어가서 기분이 좋아지고 싶은데." 웃기려는 그의 시도는 실패했지만, 그것은 고치기 힘든 습관이었다.

"자네 이제 농담 안 하기로 약속했잖아." 구스타드가 단호하게 말했다.

"이봐, 미안, 미안하네. 자네하고 둘이 있을 때만 할게."

"좋아. 내가 내일 소문을 퍼뜨릴게. 직원들이 동정할 테니까 모든 게 괜찮을 거야. 할 수 있겠어?"

"그럼, 물론이지. 조용하고 활기 없이 있는 것보다 항상 명랑하기가 더 힘들다고." 딘쇼지의 그 말은 날카롭고도 냉혹한 진실이었다. 그들은 차를 다 비우고 일어났다.

다음 날 아침부터 딘쇼지는 완전히 달라졌다. 모두들 갑자기 약해지고 지쳐서 나지막이 인사를 건네는 침울한 그를 동정했다. 그날 늦게 딘쇼지와 마주친 구스타드는, 그가 어찌나 진짜처럼 새로운 이미지를 만들어 내는지 놀라움을 감출 수 없었다. 그러나 그는 딘쇼지가 연극을 하지 않기 때문에 진짜처럼 보인다고 생각했다. 마침내 딘쇼지가 현실을 인식하게 되었지만, 구스타드는 그의 가면을 압수해 버린 것 같아서 끔찍한 기분이 들었다.

4

수도꼭지에 납땜을 다시 했다. 드럼통을 어깨에 멘 구스타드는 호라지의 납땜 가게에서 집으로 갔다. 그를 초조하게 기다리고 있던 딜나바즈가 밤 아홉 시에 다시 찾아오기로 한 방문객에 대해서 말했다. "당신을 만나러 왔어요. 나한테는 아무 말도 안 했어요. 정말 이상한 사람이었어요. 맨발에다가 손은 온통 페인트투성이여서 마치 색깔 가루로 홀리 축제 놀이를 하는 것 같았어요. 그런데 홀리 축제는 아직 7개월이나 남았잖아요. 뻔뻔하기 짝이 없는 빌리모리아가 또 다른 문제를 일으키려고 그 사람을 보낸 게 아니었으면 좋겠는데."

구스타드는 누군지 짐작이 갔다. 약속한 대로 그 사람이 다시 왔을 때, 구스타드가 딜나바즈를 안심시켰다. "걱정 마. 냄새 나는 담을 고치려고 내가 오라고 했으니까."

그는 거리의 화가와 아파트 단지로 갔다. "그래서, 플로라 분수대를 떠나기로 마음을 굳힌 거요?"

"어쩌겠습니까." 화가가 말했다. "그날 문제가 생기고 나서 경찰이 괴롭히기 시작했어요. 이곳에서 저곳으로, 이 구석에서 저 구석으로 옮기라고 하더군요. 그래서 선생님이 말했던 곳을 직접 와서 보기로 했습니다."

"좋소." 구스타드가 말했다. "마음에 들 겁니다." 그들은 아파트 정문 밖으로 나갔고, 화가가 돌담을 살펴보았다. 화가는 담벼락을 손으로 더듬으면서 손끝으로 느꼈다. "부드러운 검은 돌이죠." 구스타드가 격려하듯이 말했다. "그림을 그리기에 안성맞춤입니다. 담의 길이는 90미터가 넘습니다. 그리고 많은 사람이 매일 지나가죠." 그는 코다다드 아파트 옆의 쌍둥이 고층 빌딩을 가리켰다. "저기가 사무실로 가는 길이오. 그리고 저쪽으로 내려가면 시장이 있죠. 값비싼 보석 가게들이 늘어서 있어서 부자들이 이 길로 많이 다녀요. 약 20분 거리의 저곳에는 극장이 두 개 있소. 월요일이라도 괜찮을 거요. 그건 내가 보장하죠."

거리의 화가가 손가방에서 크레용을 하나 꺼내서 가볍게 스케치를 해 보더니 흔쾌히 말했다. "네, 매우 좋습니다." 그러고는 코를 찡그렸다. "그런데 냄새가 정말 지독하군요."

"그렇소." 구스타드가 말했다. 그는 화가가 악취를 알아채는 데 시간이 얼마나 걸렸는지 생각해 보았다. "염치없는 인간들이 이 담을 길거리의 화장실쯤으로 알아요. 보시오! 저기 또 한 명 있죠!"

멀리 담 끄트머리의 그늘에서 한 사람이 꼼짝 않고 서서 오줌을 누는 소리가 들렸다. 그의 몸 한가운데서 가로등 불빛에 반짝이는 액체 곡선이 흘러나오고 있었다. "이봐!" 구스타드가 고함을 질렀다. "야, 불한당 같은 놈아! 네 놈의 뼈를 분질러 놓을 테다, 이 나쁜 놈!" 갑자기 곡선이 끊어졌다. 남자는 손을 두 번 털더니 재빨리 바지를 올리고 사라졌다.

"봤죠?" 구스타드가 말했다. "지저분한 놈들. 저래서 냄새가 나는 거요. 하지만 당신이 성스러운 그림을 그리고 나면 아무도 감히 저러지 못할 거요." 그는 화가의 얼굴에서 주저하는 기색을 흘끗 보고는 재빨리 덧붙여 말했다. "먼저, 벽을 구석구석 씻어서 깨끗하게 해 놓겠소."

거리의 화가가 잠시 생각하더니 동의했다. "내일 아침부터 시작하겠습니다."

"좋소, 좋아요. 그런데 한 가지 물어봅시다. 90미터를 온전히 덮을 수 있겠소? 그러니까, 담을 가득 채울 만큼 신을 많이 알고 있냐는 말이죠."

화가가 미소를 지었다. "문제없습니다. 필요하다면 90킬로미터도 그림으로 덮을 수 있습니다. 힌두교, 시크교, 유대교, 기독교, 이슬람교, 조로아스터교, 불교, 자이나교 등 다양한 종교와 신, 성인, 예언자들을 이용하면 됩니다. 사실 힌두교 하나만으로도 충분합니다. 그러나 전 항상 그림의 다양성을 살리려고 여러 가지 종교를 섞곤 합니다. 그러다 보면 이 세상에 관용과 이해를 증진시키는 일을 한다는 기분이 들죠."

구스타드는 깊은 감명을 받았다. "어떻게 그 많은 종교에 대해서 알고 있소?"

화가가 다시 미소를 지었다. "세계 종교에 관한 학사 학위가 있습니다. 비교 연구를 세부 전공으로 했습니다. 물론 제가 예술 학교로 옮기기 전이었죠."

"그렇군요." 구스타드가 말했다. 그들은 다음 날 아침 일찍이 청소부가 도착하는 시간에 만나기로 했다. 그날 밤 구스타드가 딜나바즈에게 말했다. "IIT를 면접에서 걷어차 버린 당신의 쓸모없는 아들이 다음번에 오면 전해. 가난한 떠돌이 거리의 화가도 학사 학위를 두 개나 가지고 있다고 말이야."

청소부가 밤 동안 쌓인 것들을 치우고 난 새벽에, 구스타드는 그에게 5루피짜리 지폐를 건네며 담벼락을 물로 씻어 달라고 부탁했다. 그는 청소부에게 돌담을 씻는 데 쓰라고 빳빳한 와이어 브러시를 가져다주었다. 화가는 손가방과 페트로맥스 램프, 조그만 두루마리 이부자리를 가지고 도착했다. "해가 곧 뜰 거요." 구스타드가 말했다. "그러면 담이 금방 마를 겁니다."

세 시간 후 구스타드가 출근할 때, 화가는 첫 번째 그림을 열심히 그리고 있었다. 뭘 그리는지 지켜보던 구스타드가 마침내 끼어들었다. "미안하지만, 이게 무슨 그림이오?"

"트리무르티입니다. 창조, 보존, 파괴의 신들인 브라흐마, 비슈누, 시바를 나타내죠. 괜찮습니까, 선생님? 아니면 다른 걸 그릴 수도 있습니다."

"아, 괜찮소." 구스타드가 말했다. 그는 자라투스트라의 초상이 맨 먼저 그려지기를 바랐지만, 그 세 가지 신이 오줌 누고 똥 싸는 사람들을 물리치는 데 훨씬 큰 영향력을 발휘하리라는 것을 깨달았다. 그가 저녁에 집으로 돌아왔을 때 화가는 램프를 켜 놓고 있었다. 트리무르티와 함께 십자가에 잔인하게 못 박힌 예수의 피투성이 모습이 완성되어 있었다. 화가는 줌마 마스지드 회교 사원의 그림을 그리는 중이었다. 이슬람교가 초상화를 금하고 있기 때문에 화가는 유명한 사원들만 그렸다.

"비가 내리지 않아야 할 텐데." 구스타드가 숨을 크게 들이쉬며 공기 냄새를 맡았다. "아직은 악취가 안 나네요." 화가는 얼굴을 들지 않고 하던 일을 계속하며 고개만 끄덕였다. "그런데 오늘 밤은 조심해야 할 겁니다. 첫날 밤이니까 사람들이 여기에 성화가 그려져 있는 줄 모를 거요."

"괜찮습니다. 제가 주의를 주겠습니다." 화가가 말했다. "전 밤새도록 작업할 겁니다." 그가 녹색 크레용을 바닥에 내려놓자 인도를 따라서 굴러 내려가기 시작했다. 구스타드가 크레용을 집어서 상자에 다시 넣었다. "선생님, 죄송한데 부탁 하나만 하겠습니다. 매일 아침 멀구슬나무 잔가지를 하나 꺾어도 되겠습니까? 이를 닦으려고요."

"물론이죠." 구스타드가 말했다. "모두들 그렇게 하고 있소."

밤사이에 화가는 두 개의 그림을 더 완성했다. 가네샤와 십계명을 가지고 내려오는 모세였다. 해가 떠오를 때, 그는 가네샤의 커다란 살구색 코에 화려한 장식을 더한 다음에 흰색 크레용을 쥐고 모세의 돌판에 십계명을 써넣었다.

그 후 며칠 동안 담벼락은 신과 예언자, 성인들로 가득 찼다. 구스타드는 날마다 아침저녁으로 냄새를 맡아 보았지만 악취가 나지 않았다. 모기와 파리도 예전처럼 귀찮게 하지 않았다. 그들의 번식지가 말라 갔기 때문에 그 숫자가 엄청나게 줄었다. 그래서 코다다드 아파트에서 오도모스 연고는 추억 속에나 등장하게 되었다. 딜나바즈와 구스타드는 백열전구 밑에 있던 쟁반과 접시들을 모두 치웠다. 모기 함정은 이제 필요 없었다.

담벼락에 그려진 성스러운 얼굴들은, 어떤 것은 무섭고 복수심에 불타고, 어떤 것은 명랑하고, 어떤 것은 인정 많아 보이고, 어떤 것은 두려움과 경외심을 불러일으키며, 또 어떤 것은 친절하고 자상한 표정으로 도로와 차와 행인들을 밤낮으로 지켜보았다. 나타라자가 우주의 춤을 추고, 아브라함이 이삭 위로 도끼를 높이 쳐들고, 성모 마리아가 아기 예수를 안고, 락슈미가 부를 나누어 주고, 사라스바티가 지혜와 학식을 나누어 주었다.

그러나 돌담이 변화를 거치는 동안에 화가는 걱정이 이만저만 아니었다. 지금껏 그가 맡아본 일 중에서 규모가 가장 컸기 때문에 안절부절못했다. 오랜 세월 그의 삶의 리듬은 도착, 창작, 소멸의 주기를 정확하게 순환했다. 잠자고 일어나 기지개를 켜거나 밥을 먹고 소화시키고 배설하는 것처럼, 그러한 주기는 그의 혈관 속의 피와 폐 속의 공기와 조화를 이루고 있었다. 그는 너무 오래 머무는 것과 늑장 부리다 떠나는 것 때문에, 무슨 일이 있어도 피해야 하는 자기만족의 일상이 만들어진다면서 그것들을 경멸했다. 여행은 계획하지 않고 우연히 홀로 해야 제대로 즐길 수 있다고 믿었다.

그러나 지금 그의 오래된 삶의 방식이 위협받고 있었다. 마음에 드는 동네와 길고 검은 담의 견고함 때문에, 그는 인간들이 겪는 슬픔의 원인에 대해서 다시 한 번 생각하게 되었다. 그것은 바로 그가 자신의 것이라고 부를 수 있는 불변의 것, 영속성과 뿌리에 대한 열망이었다. 머물러야 할지 떠나야 할지 마음을 정하지 못한 채, 화가는 마음이 불편하고 혼란스럽고 불만스러웠지만 일을 계속했다. 스와미 다야난다, 스와미 비베카난다, 파티마 성모상, 자라투스트라, 그리고 수많은 다른 그림이 거리의 화가가 미리 운명을 정해 놓은 자리에 위치했다. 그것들 역시 불확실한 미래를 기다리고 있었다.

13부

1

공습경보 사이렌이 울부짖는 소리가 열린 창문을 통해서 은행으로 쏟아져 들어왔다. 구스타드의 귀에는 그 통곡 소리가 임박했던 재앙의 참혹한 울음소리를 내쫓고 좀 더 나은 날들의 도래를 알리는 것 같았다. 새벽에 그는 특별한 감사 기도를 올렸다. 목표의 절반이 지나서 오늘 쉰한 번째 돈뭉치가 입금될 것이었다. 신이시여, 도와주셔서 감사합니다. 그리고 마침내 로샨의 뺨에 혈색이 돌아오게 해 주셔서 정말 고맙습니다.

아침이 쏜살같이 지나갔다. 딘쇼지를 만난 구스타드가 돈뭉치를 건넸다. "딘슈, 오늘 특별한 뉴스 없나? 파키스탄은 어때?"

딘쇼지가 양 손바닥을 펴서 위로 올렸다. "전혀 모르겠는걸. 오늘 신문을 아직 못 읽어 봐서." 자리에서 일어난 딘쇼지의 배를 구스타드가 흘긋 보았다. 지난 며칠 동안 바로 그곳에서 뭔가가 자라는 것처럼 부풀어 오른 것을 그는 눈여겨보고 있었다. 구스타드는 딘쇼지가 눈치채기 전에 얼굴을 돌렸다.

딘쇼지는 고통스럽게 몸을 끌며 화장실로 갔다. 비록 그가 어릿광대짓을 그만두었지만 사람들은 그와 아침 인사를 나누거나 건강을 물을 때 그의 수많은 농담 가운데 하나를 듣고 싶어 했다. 그들은 웃음을 기대했지만 번번이 무산되었다. "비켜요, 비켜. 덜커덕거리는 손수레 지나가요." 처음 몇 번은 그 말이 딘쇼지의 입에서 나왔기 때문에, 아마도 무표정한 얼굴로 구사하는 재치 있는 농담일 거라고 생각했다. 유쾌한 딘쇼지와 그의 입담에 대한 완고한 인식이 여전히 그들의 마음속에 남아 있었다. 그래서 그들은 낄낄거리거나 환하게 웃으며 그의 어깨를 두드렸다.

그러나 매일 아침 그가 "비켜요. 비켜. 덜커덕거리는 손수레 지나가요."라고 똑같은 말을 반복하자 그들은 현실을 인정하지 않을 수 없었다. 이제 그들은 그의 손을 잡고 위로해 주고 싶었지만, 매일 아침 그들이 할 수 있는 말이라고는 "딘쇼지, 안녕하세요?"뿐이었고, 그도 자신이 아프다는 것을 보여주는 말로 대답할 뿐이었다.

구스타드는 딘쇼지가 로샨의 생일 이후로 아프다고 생각하고 있었다. 그러나 은행에 있는 모든 사람에게 그가 아프다고 알려지자, 마치 짐을 운반하는 사람들의 숫자에 정비례해서 무게가 늘어나는, 지금껏 발견되지 않은 괴상한 물리 법칙에 따르기라도 하듯이 그 진실의 강도가 증가하는 듯했다. 그는 매일 아침 딘쇼지를 위해서 기도했다. 그의 익살스러운 습관을 포기하도록한 데 대해 구스타드는 양심의 가책을 느꼈다. 이를테면, 로샨이 자신의 인형 덕분에 기분이 좋아졌다면, 아마도 딘쇼지는 자신의 장난을 포기해야 했기 때문에 더 나빠졌을지도 모른다. 그러나 죄책감 말고도, 자신의 기도가 이기적인 동기를 가지고 있기 때문에 부끄러운 마음도 있었다. 딘쇼지가 일하러 나오지 않는다면 입금이 중단될 것이고, 풍로 밑 구석진 곳에 숨겨 놓은 꾸러미를 없애는 일도 지연될 것이다.

그날 저녁, 불안감과 초조함이 사라진 거리의 화가가 휘파람으로 〈당신은 나의 태양〉을 행복하게 부르고 있었다. 그는 구스타드에게 인사를 건네며, 오늘 누군가 사라스바티의 그림 앞에 작은 꽃다발을 놓고 갔다고 했다. "틀림없이 누가 시험을 보는 모양입니다."

"당신의 아름다운 그림 덕분에 담에 대한 존경심이 생겨나는 거겠죠." 구스타드가 말했다. 고개를 숙이면서 살며시 웃던 화가는 지난 며칠 동안 행인들이 옷과 신발을 새로 살 정도의 돈을 놓고 갔다고 했다. 그는 곧 쇼핑하러 갈 참이었다. 구스타드는 최근에 그려진 신들을 살펴보며 아파트 단지 정문으로 들어서면서 화가가 불렀던 노래를 휘파람으로 따라 불렀다. 그는 딜나바즈가 바깥 계단에서 아이들에게 시끄럽다고 꾸짖으며 아파트 단지 끝으로 가서 조용히 놀라고 하는 것을 보았다. 휘파람이 멈추고 그의 입이 바싹 말랐다. 그의 걸음이 더욱 빨라졌다.

"또 시작이에요." 그녀가 말했다. "설사가 너무 심해요. 이전보다 심한 것 같아요."

그는 서류 가방을 책상 위에 내려놓았다. 온종일 그가 키워 오던 갓 태어난 희망의 조각들이 눈 깜짝할 사이에 날아가 버렸다. 아파트 단지의 유일한 나무에서 지저귀다가 랜드마스터가 배기가스를 뿜으면 날아가 버리는 참새들처럼, 구스타드의 희망은 그의 머리 위에서 원을 한 번 그리더니 떠나 버렸다. 할 수만 있다면, 그는 뛰어올라서라도 그것을 붙들고 싶었다. "로샨은 자고 있어?"

"아뇨. 멍청한 애들이 밖에서 너무 시끄럽게 떠들어서요."

로샨의 머리맡으로 간 구스타드는 널을 댄 문짝 위로 몸을 구부려 딸의 이마에 뽀뽀를 했다. 로샨의 옆에 누워 있는 인형의 신부 복장은 장례식에나 어울릴 것 같았다. 순간 그의 등에 식은땀이 흘렀다. 그는 인형의 머리를 들어 눈을 뜨게 한 후 침대 머리판에 기대어 놓았다. "이제 됐네. 지금부터는 네가 자면 인형이 널 돌봐 줄 거야. 인형이 하루 종일 잠만 자면 개장수 얼간이의 딸처럼 게을러지고 뚱뚱해질 거야."

그는 로샨의 손을 꽉 쥐고 난 후 식탁으로 돌아왔다. "의사한테 가 봐야겠

306

어. 로샨은 갈 필요 없어. 전문의를 소개해 달라고 할 거야." 딜나바즈는 가기 전에 차나 한 잔 하라고 했다. 그는 신발 끈을 풀고 탁자 위에 발을 올렸다. "이젠 적어도 물이 나빠서 그런 건 아니라는 게 입증됐군." 그가 말했다. "당신이 매일 물을 끓였잖아."

"어떻게 알아요? 바이러스는 한번 감염되면 몸 안에서……."

"아직도 날 원망하고 싶은 거야? 알았어!" 그는 신발 끈을 다시 묶고는 차를 싱크대에다 쏟아 버렸다.

그녀는 자신이 한 말을 금세 후회했다. 차를 마시라고 권했는데 아무것도 입에 대지 않고 떠난다면, 그것은 몹시 불길한 징조였다. "좋아요." 그녀가 말했다. "당신은 나도 미워하고 내가 만든 차도 미워하는군요. 가기 전에 물이라도 조금 마셔요."

"당신이나 마셔." 그녀의 미신에 대해서 잘 알고 있는 그는 그녀를 고통받게 하고 싶었다.

2

그가 떠난 후 딜나바즈는 쿠트피티아와 상의해 봐야 할지 곰곰이 생각했다. 로샨이 약간 나아졌다가 다시 나빠져서 몹시 당혹스러웠다.

그때 초인종이 울렸다. 그녀가 딘쇼지를 알아보는 데는 시간이 걸렸다. 로샨의 생일 이후로 그가 너무나 많이 변해 있어서 그녀는 깜짝 놀랐다. 그럼에도 그녀는 그의 어리석은 농담이나 헛소리를 견딜 상황이 아니었기 때문에,

최대한 딱딱하게 인사했다. "딘쇼지 씨로군요." 그러나 전혀 그럴 필요가 없었다. 지금 팔에는 신문을 끼고, 손에는 큰 봉투를 들고서 그녀 앞에 서 있는 사람은, 그날 저녁 웃고 노래하고 맥주를 마시며 시를 읊고 그녀를 여러모로 짜증 나게 했던 그 사람이 아니었다.

"귀찮게 해서 죄송합니다." 딘쇼지가 모깃소리로 말했다. 구스타드가 가져 왔던 닭이 한밤중에 숨죽인 채 꼬꼬 울었던 것처럼 작은 소리였다. "구스타드와 얘기 좀 할 수 있을까요? 중요한 일입니다." 그의 목소리가 떨렸고, 신문을 한쪽 겨드랑이에서 반대편 겨드랑이로 옮기며 안절부절못할 때 그의 물기 어린 붉은 두 눈 역시 불안하게 흔들렸다.

"약 2분 전에 나갔어요." 그를 쌀쌀맞게 대하고 독설을 퍼부어서 뉘우치게 만들려던 그녀의 결심이 약간 누그러졌다.

"나갔다고요?" 그는 울음을 터뜨릴 것 같은 표정이었다. "아이고, 이제 어떡하나." 그는 셔츠 단추 하나를 비틀면서 잡아당겼다. "정말 중요한 일인데."

그러자 딜나바즈의 마지막 경계심마저 녹아내렸다. "들어오세요." 그녀가 말했다. "그이가 아직 버스 정류장에 있으면 제가 불러올게요."

"아뇨, 아닙니다. 괜찮습니다. 그렇게까지 폐를 끼치면 안 되죠."

"괜찮아요. 버스 정류장이 아파트 단지 바로 밖에 있어요. 들어와서 앉으세요."

그녀의 성급한 말투에 위협을 느낀 듯 그는 즉시 소파로 향했다. "고맙습니다, 고맙습니다. 귀찮게 해서 죄송합니다." 비틀거리며 지나가던 그가 차 탁에 무릎을 부딪치자 주춤했다. 그가 바짓가랑이를 걷어 올리고 부딪친 곳을 살펴보려고 할 때 딜나바즈가 테물을 불렀다.

"안녕하세요난잘있어요안녕하세요고맙습니다제발정말정말맛있는주스주세요."

"빨리 버스 정류장으로 가 봐. 구스타드 아저씨가 거기 있으면 집으로 다시 오라고 해. 매우 중요한 일이라고 전해. 어서 가." 현관문을 열어 둔 채 그녀는 딘쇼지가 앉아 있는 곳으로 갔다.

그러나 딘쇼지는 혼자 있지 않았다. 그의 겁에 질린 속삭임이 안쪽 방에까지 들려서, 자신의 생일날 모든 것이 소란과 싸움과 불행으로 엉망이 되기 전에 파티를 잠시나마 즐겁게 달아오르고 웃게 만들었던 방문객의 존재에 로샨이 잠이 깼다. 인형과 함께 딘쇼지 옆에 앉은 로샨은 그가 다시 웃기기를 바랐다.

"마실 것 좀 드릴까요?" 딜나바즈가 물었다.

"아뇨, 아닙니다. 이미 폐를 많이 끼쳤는걸요." 그녀는 몇 분 전에 구스타드가 거절한 물 잔을 가져왔다.

테물이 현관에 나타났다. "갔어요갔어요구스타드갔어요.버스갔어요구스타드갔어요."

"갔다고?" 딘쇼지가 난감한 표정으로 물었다.

"갔어요갔어요갔어요갔어요."

"구스타드와 꼭 얘기해야 하는데." 그는 신문을 점점 세게 절망적으로 말아 쥐면서 말했다. 그의 고민이 너무나 깊어 보여서 딜나바즈는 그를 보낼 수 없었다.

"로샨 때문에 의사한테 갔어요. 오래 걸리지 않을 거예요."

"제가 폐를 너무 많이 끼치는군요." 그는 주저하며 말했지만 머물 수 있어서 안심했다.

테물이 아픈 다리를 끌며 천천히 방 안으로 들어왔다. 그의 빛나는 눈은 인형에 고정되어 있었다. "제발제발제발.만지게해줘요제발.제발딱한번만제발제발제발."

"안 돼!" 로샨이 인형의 허리를 꽉 쥐었다.

딘쇼지가 웃었다. "이렇게 작은 아가씨가 그렇게 큰 목소리를 내다니."

"테물." 딜나바즈가 단호하게 말했다. "아파트 단지에 나가서 놀아."

테물이 그 자리에 선 채 아래턱을 움직이는 것이 반박할 말을 찾는 듯했다. 그러나 그는 어떤 말도 찾을 수 없었고, 불평할 만한 사람도 없었다. 테물은 밖으로 나갔다. 멀구슬나무에서 이파리 하나가 떨어져 산들바람을 타고 우아하게 지면을 향해서 날고 있었다. 테물은 나뭇잎을 따라갔다. 나뭇잎은 왼쪽으로 날아가다가 오른쪽으로 방향을 틀어서 바람결에 빙글빙글 돌았다. 테물은 비틀거리다 발을 헛디뎌서 넘어졌다. 딜나바즈가 한숨을 쉬면서 현관문을 닫았다.

"로샨, 아픈 목소리가 아닌데." 딘쇼지가 로샨에게 말했다. "조금 전에 크고 멋진 목소리를 냈잖아, 안 그래?"

"부정 탈라, 말조심해야지." 딜나바즈는 한 손을 차탁으로 뻗고 다른 손으로 로샨의 손을 잡아 차탁으로 이끌면서 말했다. 딘쇼지 역시 정중하게 그들이 하는 대로 따라 했다. "로샨, 어서 해 봐." 그가 재촉했다. "네 목소리 다시 한 번 들어 보자." 로샨은 수줍게 웃으면서 인형의 면사포를 만지작거렸다. "노래 한번 불러 볼래? 학교에서 노래 배우잖아. 어서, 한번 해 봐." 딘쇼지가 구슬렸다.

머뭇거리던 로산이 말하자 딜나바즈가 깜짝 놀랐다. "매일 아침 조회 시간에 〈작은 두 눈〉을 불러요."

"좋았어." 딘쇼지가 말했다. "그 노래 한번 들어 보자. 학교에서 하는 것처럼 해 봐."

"네." 로산이 작은 목소리로 노래했다.

>작은 두 눈이 신을 바라봐요
>작은 두 귀가 신의 말을 들어요
>작은 두 손이 매일 일을 해요
>작은 두 발이 신의 길을 걸어가요

각 소절을 노래하면서 로산은 학교에서 배운 동작대로 눈과 귀를 가리키고 손을 내밀고 발을 가리켰다.

딘쇼지가 손뼉을 쳤다. "잘했어, 아주 잘했어. 조회 때 또 무슨 노래를 부르지?"

자리에서 일어선 로산이 두 손을 꼭 쥐더니 노래를 부르면서 사방으로 고개를 숙였다.

>좋은 아침! 좋은 아침!
>날씨가 어떻든 간에 우리 함께 잘해요!
>공부를 하건 놀건, 정말 아름다운 날이에요!

"브라보, 브라보." 딘쇼지가 인형의 손을 쥐고 박수 치는 흉내를 내며 말했다.

"로샨, 이제 노래 그만 해. 안 그러면 지친다." 딜나바즈가 말했다. 그녀는 감자 요리가 다 됐는지 보려고 부엌으로 갔다. 그녀가 돌아왔을 때 딘쇼지와 로샨은 손바닥을 차탁에 붙이고 게임을 하고 있었다. 딘쇼지는 게임을 위해서 손가락을 세고 있었다. 그가 마지막 손가락을 세자 로샨이 "손가락 없다!" 하고 외쳤다. 그 소리에 맞추어 그들은 손을 들어서 내리치며 앉은 자리에서 쓰러지는 척했다.

"로샨, 너는 그 게임 하기엔 너무 컸어." 딜나바즈가 말했다. "네가 네 살이나 다섯 살 때 우리가 하던 거잖아." 그녀는 약간 질투심을 느꼈다.

"로샨이 저를 위해서 해 준 겁니다." 딘쇼지가 말했다. "전 아직 어려서 할 수 있거든요. 이젠 다른 게임을 할 겁니다." 차탁 맨 아래에 딘쇼지의 주먹을 올리고 그다음 로샨의 주먹을 올리고, 다시 그의 남은 주먹을 올리고, 마지막으로 로샨의 남은 주먹을 맨 위에 올려놓았다. 둘이서 묻고 대답했다. "주먹 안 빼면 어떻게 될까요?" "책상을 던질 거예요." "난 식탁을 던질 거야." 그들은 차례대로 무섭게 협박하면서 주먹을 빼 겨드랑이에 넣으라고 했다. 상상의 의자, 벽장, 침대, 자동차, 트럭을 서로에게 내던지며 상상의 고통이 너무나 커서 누군가 항복하도록 되어 있었다. 딘쇼지의 마지막 주먹은 작은 신의 분노의 불길을 포함한 모든 위협을 이겨 냈으나, 로샨이 모든 것을 집어삼키는 큰 신의 불을 집어던지자 게임은 대단원의 막을 내렸다. 딘쇼지는 고통스럽게 울부짖으며 자신의 주먹을 치웠다. "아이고, 내 몸이 불탄다! 내 몸이 불에 타! 신이 던진 불에 내 몸이 불타고 있어!"

딜나바즈조차 그의 익살에 웃었다. 그녀는 로샨이 정말로 다시 침대에 누워야 한다고 했다. "엄마, 가기 전에 게임 한 번만 더 할게요. 부탁이에요." 카드를 가져온 로샨은 카드 게임에서도 딘쇼지를 이겼고, 마침내 졸리자 게임을 그만두었다. 로샨이 인형을 소파에 놓아둔 채 웃으면서 침대로 갔다.

로샨이 떠나자 또다시 딘쇼지의 근심과 긴장이 시작되었다. 그는 신문을 말았다 폈다 하다가 다시 만지작거렸다. 신문지 모서리가 너덜너덜해졌고, 그의 끈적끈적한 손은 검은 얼룩으로 뒤덮였다.

3

구스타드는 약사에게 즉시 페이마스터 박사에게 메시지를 전해 달라고 했다. 응급 상황이었다. 그는 녹색 유리 약병, 냄새가 고약한 가루약, 의약 장비 상자들이 있는 작은 창고에 마련된 조그만 칸막이 방 옆에서 기다렸다. 보이는 것마다 먼지투성이였다. 얼마나 오랫동안 사용하지 않는지 알 수 없었다. 도대체 이것들은 왜 모아 두는 걸까? 항상 네 개 아니면 다섯 개짜리 처방만 하면서 말이다. 그러고도 의사라니. 세상에, 우린 어쩌자고 이 작자만 찾아오는 걸까.

안에서 환자가 나왔고, 칸막이 방으로 걸어오는 의사의 모습이 유리창으로 보였다. 하루 종일 바보들과 방향을 잘못 잡은 과격분자들을 상대하느라 지칠 대로 지친 페이마스터 박사는 기분이 언짢았다. 아침 내내 그는 시 당국이 수리하고 개선하도록 만들려면, 민주적 절차를 밟거나 탄원서를 내거나 투표를 하거나 사법부를 통해야 한다고 이웃들을 설득하는 데 힘을 쏟았다. 단지 하수구에서 악취가 난다고 해서 집권당 수준의 야비한 난폭 행위를 하거나 대규모 시위를 해서 시 당국을 위협할 수는 없다고 했다. 마침내 그들은 박사의 방식대로 해 보기로 했다. 그러나 그들이 떠난 후, 박사는 가스통을 교체하기 위해서 가스 회사와 한 시간 동안이나 입씨름을 해야 했다. 그는 버너에 불을 붙이지 못해서 장비를 소독하지 못하면 병원이 문을 닫아야 한다고 설명했다. 그러나 바보들은 이해하지 못했다. 국가가 어떻게 이런 꼴로 전쟁을 하겠다는 건지 의아할 따름이었다.

구스타드의 말을 들을 때도 그는 기분이 좋지 않았다. "지시를 제대로 따랐겠지? 혹시 처방을 바꾼 거 아냐? 엔테로 바이오폼이나 술파구아니딘을 더 먹었나? 자네가 그 약들을 얼마나 좋아하는지 알고 있네." 그의 비아냥거림에 약사도 당혹스러워했다. "제일 큰 문제가 뭔지 아나? 사람들이 너도나도 의사가 되고 싶어 한다는 거야. 더 큰 문제는 모든 사람이 자기가 바로 의사라고 생각한다는 거고."

구스타드는 곧 새로운 약을 받아서 떠났다. 감히 그자가 어떻게 그렇게 말할 수 있지! 단지 나를 오래전부터 알았다는 이유만으로 이용하다니. 자기가 도대체 뭐라고 생각하는 거야? 처음엔 바이러스라더니, 지금은 대장염이라고. 새로운 이름을 대기야 쉽지. 의사들은 다른 사람들을 모두 바보로 안다니까.

철창집을 지날 때쯤 구스타드는 의사 때문에 속이 부글부글 끓어서 몸이 심하게 흔들렸다. 철창집은 잠시 소강상태였다. 다른 장사와 마찬가지로 그곳에도 일이 갑자기 밀어닥쳤다. 빤 장수 피어보이는 쟁반과 깡통들을 정리하며 한가하게 다음 손님들을 기다리고 있었다. 한쪽 다리를 절면서 급히 지나가는 구스타드를 보고 그가 소리쳐 불렀다. "이보쇼, 신사 양반, 안녕하쇼!"

구스타드는 그곳 현관에 숨어서 기다리는 포주들 가운데 한 명이 자기를 유혹한다고 생각했다. 연필로 그린 듯이 가는 콧수염에 머릿기름을 바르고 번지르르한 목도리를 두르고 알랑거리는 미소를 지으면서 기회만 있으면 다가드는 포주들이 즐겨 하는 인사를 피어보이가 건넸기 때문이다. 그는 그들에게서 그런 인사를 배운 것이 틀림없었다. 뒤를 돌아본 구스타드는 손을 흔들고 있는 빤 장수를 보고서 자신이 착각했음을 깨달았다.

"안녕하쇼, 신사 양반! 모하메드 씨 때문에 온 거 아니오?"

"아뇨. 아닙니다. 지금은 문제없어요." 그 자식에게 무슨 할 말이 또 있담? 빌어먹을 빌리모리아한테도 마찬가지고.

"오늘 아침에 굴람이 여기 들렀어요." 피어보이가 말했다. "그 친구, 심사가 뒤틀리고 화난 것처럼 보이던데. 무슨 일인지 물어봤는데도 대답을 안 하더군요. 혹시 무슨 일인지 아시오?" 구스타드는 고개를 가로젓고 다시 길을 재촉했다.

"잠깐 기다리쇼." 피어보이가 말했다. "당신 다리에 좋은 빤을 만들어 줄 테니까. 뼈를 튼튼하게 해서 다리를 절지 않을 거요."

"필요 없습니다. 난 괜찮아요."

"무슨 소리요. 그렇지 않은데." 그가 고집을 부렸다. "당신 몸이 지금 너무 심하게 흔들려요. 위로 아래로 그리고 좌우로. 장마철에 아폴로 번더 바닷가에 정박한 연안선 같은데."

그러자 구스타드는 돛을 손질하고 방향타를 꼿꼿이 한 후에 몇 발짝 걸어

보였다. "봤죠? 괜찮습니다."

"아, 그렇구먼. 이제 괜찮네. 그렇다면 머리에 문제가 있었구먼. 거기에도 맞는 빤이 있지." 그는 대답도 기다리지 않고 손을 재빨리 움직여서 깡통을 열고 잎을 다듬고 열매를 가루로 만들었다.

안 될 것도 없지, 구스타드는 생각했다. "알았습니다. 하지만 너무 비싼 건 안 돼요."

"내 빤은 한 가지만 빼놓고 모두 다 적당한 가격이오. 철창집에 갈 때 필요한 것만 빼고 말이오."

"아직도 침대를 부서트린다는 빤을 만드나요?"

"남자들이 존재하는 한 침대를 부서트린다는 빤도 존재할 거요."

도대체 이 사람은 몇 살일까, 구스타드는 궁금했다. 그의 커다란 두 손은 기술이나 민첩함이 전혀 녹슬지 않았지만, 손가락에는 마디가 많았고 손톱은 오래된 신문지처럼 누랬다. "내가 어릴 때부터 여기서 빤을 판 걸로 기억하는데요."

"맞소. 정말 오래됐지."

"나이를 여쭤 봐도 될까요?"

피어보이가 웃었다. "내가 죽는 날까지의 나이를 계산한 다음에 지금부터 그때까지 남은 숫자를 빼면 현재 내 나이를 알 수 있을 거요." 그는 빈랑나무 잎을 접어서 모서리를 감쌌다. "먹고 나서 어떤지 말해 보시오."

구스타드가 입을 크게 벌리고 빤을 밀어 넣었다. 그는 간신히 빤을 입에 넣을 수 있었다. "아주 좋습니다." 그는 알아듣지 못하게 웅얼거렸다. "얼맙니까?"

"1루피만 내시오."

버스에 오르기 전에 구스타드는 빵의 절반을 내뱉었다. 달콤한 맛과 신맛을 합쳐 놓은 것 같았다. 약간 매운 맛이 나기도 했다. 또한 시큼하고 쓰기도 했다. 그리고 입에서 이상한 느낌이 들기 시작했다.

코다다드 아파트 밖에서 그는 나머지 절반을 뱉었다. 마비된 느낌이 머리에까지 전해졌으나 불쾌하지는 않았다. 하지만 페이마스터 박사의 충고가 가물가물해졌다. 그는 열쇠로 현관문을 열었다. "딘쇼지? 여긴 어쩐 일인가?"

"폐를 끼쳐서 미안하네." 그가 중얼거렸다. "매우 중요한 일이라서."

구스타드의 입술에 묻은 빨간색을 본 딜나바즈에게 쓴맛과 단맛이 섞인 악취가 풍겨 왔다. 그녀는 속이 메스꺼웠다. "당신한테서 끔찍한 냄새가 나요! 바보처럼 왜 그래요!"

"여보, 미안해." 구스타드가 힘없이 말하고 화장실로 가서 입안을 헹구고 양치질을 했다. 그러자 냄새와 색깔이 어느 정도 가셨다. 그러나 거실로 돌아왔을 때도 여전히 마비된 느낌이 그의 머리를 단단히 쥐고 있었다.

"의사가 뭐래요?" 딜나바즈가 물었다. "그리고 도대체 빵은 왜 먹은 거예요?"

"빵 장수 피어보이가 내 다리에 좋다고 해서." 그는 이마를 문질렀다. "차 한 잔만 갖다 주면 좋겠는데."

"당신네 남자들은 애들 같아요. 멍청한 짓이나 하고." 그녀는 그가 싱크대에다 버린 차가 생각났다. "이번에는 정말 차 마실 거예요?" 그러나 그녀의 냉소를 알아차리지 못할 정도로 정신이 아득했던 구스타드는 힘없이 고개를 끄덕였다.

"의사 선생님이 뭐래요?"

"정신 나간 소리를 하더군. 우리가 적절한 휴식과 음식을 주고 있지 않다고 말이야. 우릴 탓하더라고! 로샨을 병원에 입원시켜야 한대. 병원에서 어떤 일이 일어나는지 우리도 알잖아. 주사를 잘못 놓고 약을 혼동하는 실수나 하고 일을 그르치지."

딘쇼지가 동의한다며 고개를 끄덕였다. "내가 항상 하는 말이 죽을 준비가 됐을 때 병원에 가라는 거야."

"전적으로 맞는 말이야." 구스타드가 말했다. "제기랄, 의사들이 뭘 해야 할지 모를 때 환자를 병원에 처넣지. 도대체 이 세상에 나보다 더 로샨을 잘 돌봐 줄 수 있는 사람이 누가 있어? 페이마스터 박사 때문에 머리에서 피가 끓었다니까."

"몇 달 전에 의사가 나더러 파르시 종합 병원에 입원하라더군. 그래서 내가 말했지. '종합 병원은 안 됩니다. 그리고 야전 병원도 안 됩니다.' 그런데 알라마이가 의사 편을 드는 바람에 별수 있나. 입원했지."

"집에서 쉬는 게 백배 나을 뻔했구먼."

딜나바즈가 찻잔 세 개를 내왔다. 딘쇼지는 신문을 말았다 폈다 하면서 기다렸다. 급기야 신문지 모서리가 얇고 길게 찢어지고 있었다.

뜨거운 차를 붓자마자 구스타드는 꿀꺽꿀꺽 마셨다. "천천히, 천천히 마셔요." 딜나바즈가 주의를 주었다. "피가 다 타 버리겠어요." 그녀는 딘쇼지에게 하소연했다. "너무 뜨거울 때 블랙으로 마시면 안 좋다고 해도 말을 안 들어요. 피만 타 버리는 게 아니라, 위암도 생길 수 있다고요." 그녀의 말에 딘

318

쇼지가 몸서리를 쳤다. 차를 천천히 홀짝거리며 마시는 그의 입술에서 찻잔이 떨렸다.

"올케의 아버지도 똑같은 습관이 있었어요." 그녀가 말을 이었다. "풍로에서 끓인 차를 붓자마자 마셨죠. 쉰 살이 되자 그 사람 위 속이 전부 망가져 버렸어요. 그래서 팔에 관을 꽂아서 음식을 먹였죠. 다행히도 그 불쌍한 사람은 그다지 오래 고통받지는 않았어요."

구스타드가 차를 한 잔 더 달라고 했다. 그러자 딜나바즈가 말했다. "딘쇼지 씨가 오래 기다렸어요. 매우 중요한 얘기가 있대요."

"딘쇼지, 말하게. 난 들을 준비가 돼 있네."

신문을 펼치는 딘쇼지의 손이 떨렸다. 그는 신문을 접어서 커다란 하얀 봉투와 함께 구스타드에게 건넸다. 구스타드가 눈치를 채고는 버럭 화를 냈다. "미쳤어? 입금 안 한 거야?"

"먼저 읽어 보게." 그가 울음을 터뜨릴 듯한 표정으로 말했다. "읽어 보면 알 거야." 구스타드는 'RAW에 부패 만연'이라는 제목을 보더니 콧방귀를 뀌었다.

익명의 제보를 바탕으로 중앙 수사국과 경찰은 어제 뉴델리에서 해외 정보국(RAW) 요원 지미 빌리모리아를 사기 및 공갈 혐의로 체포했다.

구스타드는 마치 빤의 마비된 느낌이 되살아나 얼음장 같은 손으로 그의 머리를 짓누르는 것 같은 기분을 느끼며, 못 믿겠다는 눈으로 딘쇼지를 보았다. "말도 안 돼! 이게 무슨 헛소리야?"

"계속 읽어 보게." 딘쇼지가 다시 한 번 말했을 때는 구스타드의 눈이 이미 아래로 향해 있었다.

경찰 조서에 따르면, 피의자의 자백에 근거한 사실은 다음과 같다. 빌리모리아 씨는 수개월 전 뉴델리에서 인도 국영 은행에 전화를 걸어서 총리의 목소리를 흉내 내어 자신이 인디라 간디라고 밝혔다. 그는 은행장에게 6백만 루피를 은행 보유고에서 인출해 방글라데시 바부라는 남자에게 배달하라는 지시를 내렸다. 다음 날, 빌리모리아 씨는 방글라데시 바부라는 사람으로 위장하여 은행장을 만나서 6백만 루피를 전달받았다. 조서에 따르면 빌리모리아 씨는 동파키스탄의 게릴라들에게 신속하게 지원하기 위해서 사기 행각을 저질렀다고 자백했다. "묵티 바히니 게릴라들은 용감하고 씩씩한 전사들이오. 나는 관료들이 시간을 질질 끄는 것을 지켜보는 데 지쳤소." 그는 이번 일은 전적으로 자신의 생각이었으며, 묵티 바히니 게릴라들을 도와주려는 열정 때문이었다고 주장했다.

보충 설명: 이번 사건은 사실 관계가 독특하지만, 본 기자가 더욱 특이하다고 생각하는 것은 상상력이 매우 풍부한 이번 사건을 둘러싼 배경이다. 예를 들어서, 빌리모리아 씨가 성대모사에 뛰어난 재능이 있다고 하더라도 인도의 국영 은행이 총리의 전화 한 통에 엄청난 액수의 돈을 건네주는 것이 일반적인가? 그런 전화를 하려면 정부나 국민회의당에서 얼마나 높은 위치에 있어야 하는가? 그리고 은행장이 얼마나 간디 여사의 목소리를 잘 알고 있었기에 아무런 검증도 없이 지시를 받아들였는가? 이러한 일이 만약 사실이라면 간디 여사가 이런 일을 자주 했다는 뜻인가? 이러한 의문들이 꼬리

에 꼬리를 물고 이어지고 있으며, 분명하고 완전한 대답이 들릴 때까지 이미 실추된 국가 지도자들에 대한 국민의 신뢰를 회복할 수 없을 것이다.

구스타드가 기사를 다 읽고 나자 딜나바즈가 그에게 차를 한 잔 더 건넸다. 찻잔이 그의 손가락을 빠져나가 바닥으로 떨어졌다. 찻잔은 박살이 났고 뜨거운 액체가 그의 오른발과 발목에 튀었다.

"왜 그래요? 괜찮아요?" 깜짝 놀란 딜나바즈는 빤 때문인 줄 알고 그의 이마를 짚어 보았다.

"아냐, 난 괜찮아." 그는 짜증이 섞인 목소리로 말했다. "잔을 놓친 건 당신이야." 그는 부서진 찻잔 조각을 줍거나 발을 닦으려고 하지 않았다. "지미가 체포됐어."

"뭐라고요?" 신문을 받아 쥔 그녀가, 아까보다 훨씬 침착해진 딘쇼지의 옆에 앉았다. 구스타드는 그가 무슨 생각을 하고 있는지 궁금했다. "딘슈, 날 믿어 줘. 난 전혀 몰랐어. 알았다면 절대로 안 했을 거야. 자네한테 절대 부탁하지도……."

"그게 무슨 말이야?" 딘쇼지가 나지막이 말했다. "난 자네를 조금도 의심하지 않아."

"빌리모리아 소령이 처음부터 거짓말을 했어. 모두 다! 나한테 말이야!"

"그래, 하지만 난 지금부터 어떻게 해야 할지가 걱정이네." 딘쇼지가 말했다.

"지미가 훔친 백만 루피를 위해서 우린 너무 큰 위험을 무릅썼어. 뭔가 좋은 일을 한다고 생각하고 그 빌어먹을 사기꾼을 위해서 말이야!"

"구스타드, 자네 말이 맞아." 딘쇼지가 침착하게 말했다. "하지만 그렇다고 해서 지금 바꿀 수도 없어. 기정사실이 됐다고. 무슨 일이 일어나도 어쩔 수 없어. 그러니 돈을 어떻게 해야 할지 생각해 보세."

"딘쇼지 씨 말이 맞아요." 딘쇼지가 논리 정연하게 말하는 것을 듣고 새삼 놀란 딜나바즈가 말했다.

"난 모두 다 불살라 버리고 싶어. 저 개장수 얼간이가 신문을 불태워 버린 것처럼 말이야." 구스타드가 씁쓸하게 말했다.

"먼저, 돈을 입금하는 걸 중단해야 해." 딘쇼지가 여전히 이성적으로 말했다.

"그럼 이미 은행에 있는 돈은 어떻게 하지?"

"그냥 내버려 두세. 아마 굴람 모하메드가 자네에게 연락할 거야. 아니면 자네가 그 사람한테 연락해도 되고."

"하지만 그 사람도 감옥에 있을지 몰라요." 딜나바즈가 말했다. "그 사람이 얼마나 깊이 연관돼 있는지 우린 모르잖아요. 그냥 경찰에게 다 얘기하는 건 어때요."

구스타드는 문득 기억이 났다. "굴람 모하메드는 감옥에 있지 않아. 내일 그 사람한테 내가 가 볼게. 빵 장수 피어보이가 오늘 아침에 굴람을 봤는데 심사가 뒤틀리고 화난 것처럼 보이더래. 당연히 그랬겠지. 맞아, 그 사람도 이 일에 분명히 관련되어 있어. 우리가 경찰서에 가는 건 너무 위험해. 그 사람이 얼마나 무서운 작자인지 자네도 알잖아."

"그래?" 딘쇼지가 물었다.

"물론이지." 그러나 구스타드는 곧 딘쇼지가 고양이와 큰 쥐 사건에 대해서는 모른다는 것이 생각났다. "그러니까 그럴 거라는 추측이지."

"난 아직도 못 믿겠어요." 딜나바즈가 말했다. "지미가 그런 나쁜 짓을 하다니."

"사람은 변하는 거야." 구스타드가 말했다. "지미는 그 돈이 게릴라들을 위한 거라고 자백했어. 그런데 왜 나한테 백만 루피를 보냈겠어? 이게 나쁜 짓이 아니라면 내 손에 장을 지지겠어. 델리에서 도둑 시장 그리고 코다다드 아파트로 연결되는 게 무슨 게릴라 루트야?"

"자네 말이 맞아." 딘쇼지가 말했다. "그런데 우린 아직 일의 자초지종을 모르잖아. 그리고 기자가 좋은 질문을 했더구먼. 너 나 할 것 없이 인디라 간디와 자동차를 좋아하는 그녀의 아들이 온갖 부정한 일에 연루돼 있고 스위스 은행에 계좌를 갖고 있다는 등의 말을 하고 있어."

"맞아요." 딜나바즈가 말했다. "샤스트리가 죽었을 때는 그보다 더 심한 말들도 있었어요."

"기억납니다." 딘쇼지가 말했다. "한 6년 전에 내가 담낭 수술을 받았을 때였죠. 침대에 누워 있을 때 라디오에서 그 소식을 들었어요."

"그리고 그 전에 그 여자의 아버지가 살아 있을 때는 불쌍한 페로즈 간디가 있었죠. 네루는 처음부터 그를 좋아하지 않았어요." 딜나바즈가 말했다.

"비극이었죠." 딘쇼지가 말했다. "지금도 사람들은 페로즈의 심장 마비가 사실이 아니었다고 말하잖아요."

구스타드는 짜증이 났다. "그런 풍문과 소문이 소령하고 무슨 상관이 있어? 나를 속인 건 바로 그 작자야! 정치인들이 사기꾼이고 악당이라고 해서 지미가 저지른 일이 달라지기라도 한다는 거야?"

딘쇼지는 이제 일어날 때가 됐음을 알았다. 그는 두 사람과 악수를 했다. "나쁜 소식을 가지고 와서 미안하네." 그는 문으로 터벅터벅 걸어갔다.

"무슨 소리야, 와 줘서 우리가 고맙지. 자네가 신문을 안 가져왔더라면 우린 절대로 그 일을 몰랐을 거야." 구스타드가 말했다. 딘쇼지가 떠나고 난 후 구스타드는 잠시 소파에 앉아서 인형의 면사포를 만지작거렸다. "우리 예쁜 귀염둥이가 오늘 밤엔 인형을 침대로 안 데려갔네." 그는 창가로 갔다. "문득 문득 우리가 사악한 저주에 걸린 건 아닌지 섬뜩할 때가 있어. 이 고통이 언제까지 계속되는 걸까?"

테물이 불빛에 비친 구스타드의 모습을 보았다. "구스타드.제발구스타드제발.한번도못만지게했어요한번도한번도.제발제발제발.딱한번만."

구스타드는 팔을 들어서 힘없이 흔들었다. 오늘 밤엔 테물에게 할애할 시간도 동정심도 없었기 때문에 구스타드는 커튼을 닫았다. 밖에서 코를 훌쩍이며 흐느껴 우는 소리가 들렸고, 곧이어 발소리가 났다. 처음엔 가벼운 걸음이, 그다음엔 발을 끄는 무거운 소리가 번갈아 가면서 들리다가 마침내 사라졌다.

14부

1

교차로 근처에서 구스타드는 어스름한 하늘에서 번쩍이는 극장 광고판 불빛을 보았다. 무질서한 도시 저녁의 수호자인 영화 주인공들의 거대한 그림 주위로 전구들이 동시에 빛을 내뿜었다. 그들 뒤로는 턱수염이 있는 악당이 사악한 입술을 음흉하게 일그러뜨리고 있었다.

아레이 거리의 우유 가게 밖에서, 누더기 조끼를 걸친 소년 세 명과 쓰레기통에서 건진, 무릎까지 오는 블라우스를 입은 작은 소녀 하나가 빈 우유병들을 살피며 철사로 만든 병 걸이 주변을 뛰어다니고 있었다. 점원이 병에 손대지 말라고 고함을 질렀다. 그는 성가신 애들이 우유를 생전 처음 보는 것처럼 두 눈을 동그랗게 뜨고 쳐다보고 있으면 장사가 안 된다고 했다.

아이들은 그가 일에 몰두하기를 기다렸다가 다시 살금살금 다가갔다. 점원은 딸그랑거리는 병 소리를 들었다. 점원이 가게 뒷문을 열고 달려 나갔을 때 구스타드는 교차로에 도착했다.

소년들이 달아났다. 그러나 작은 소녀는 늘어진 블라우스 소맷자락을 붙잡혔다. "말 안 들을래!" 점원이 소리치며 아이의 머리를 세게 때렸다. "좋게 말하면 말 안 듣지!" 또다시 세게 때렸다. 아이는 아파서 소리치고 발버둥 쳤다. 소년들은 무기력하게 지켜보았다. 점원이 손을 들어서 또 때리려고 했지만 성공하지 못했다.

구스타드가 뒤에서 그의 옷깃을 움켜잡자 깜짝 놀란 점원은 잡고 있던 것을 놓치고 말았다. 소년들이 박수를 쳤고 소녀는 재빨리 안전한 곳으로 달아났다. 구스타드는 점원을 돌려세웠다. "어른이 조그만 여자애나 때리다니,

부끄럽지도 않소?"

"하루 종일 귀찮게 해서요." 점원이 우는소리를 했다. "손님들을 괴롭히고 병을 내려놓기도 전에 붙잡았습니다." 구스타드가 점원의 옷깃을 놓아주었다. 작은 소녀는 안전한 곳에서 고마워하면서 지켜보고 있었다. 소녀는 소맷자락으로 콧물을 훔쳤다. 아이는 빼빼 말랐다. 로샨보다 훨씬 여위었다. "거지들이 있는 곳에는 사람들이 안 옵니다." 점원이 말을 이었다. "할당량을 못 팔면 가게 문을 닫아야 합니다. 그러니 어쩌겠습니까?"

"우유나 한 병 주시오." 지갑을 꺼내며 구스타드가 쏘아붙였다.

"어떤 걸로요? 초콜릿 맛, 망고 맛, 피스타치오 맛, 아니면 흰 우유로 드릴까요?"

구스타드는 작은 소녀를 손짓해 불렀다. "아가, 이리 와. 무슨 우유 좋아하니?" 소녀는 고개를 꼬고 어깨를 틀며 부끄러워했다. 그는 다시 한 번 아이에게 우유를 고르라고 했다.

"그냥 흰 우유요." 소녀가 주저하며 말했다. 점원은 마지못해서 소녀 앞에 병을 내려놓고 빨대를 꽂아 주었다. 소녀가 몇 모금 마시더니 소년들을 불러서 병을 내밀었다.

"잠깐, 잠깐만. 뭐하는 거야?" 구스타드가 말했다. "우유는 네 거야."

"오빠들이에요. 우유를 먹고 싶어 해요." 소녀는 수줍어하며 땅을 내려다보면서 발가락으로 뭔가를 그렸다.

"그렇구나." 구스타드는 잠시 생각하다가 물었다. "너희는 무슨 우유 좋아하니?"

"초콜릿 맛요!"

"초콜릿 맛요!"

"초콜릿 맛요!" 세 명이 잇따라서 대답하더니 다시 한목소리로 말했다. "아무거나 괜찮아요!"

"초콜릿 맛 세 개 주시오." 구스타드가 점원에게 말했다. 아이들과 점원만 남겨 두고 싶지 않아서 구스타드는 아이들이 우유를 다 마실 때까지 기다렸다. 빨대가 비어서 꼴록꼴록 소리를 내자 그는 자리를 떴다. 고마움을 어떻게 표현해야 할지 몰랐던 아이들은 함께 뛰어다니며 서로를 밀다가 때로는 영화 주제가를 부르기도 하면서 얼마 동안 그의 뒤를 쫓아왔다. 결국 아이들은 영화 관객들이 밀려드는 곳에서 사라졌다.

영화관들이 모여 있는 곳을 지나자 군중이 줄어들었다. 타이어 가게에서는 길거리에 진열된 물건들을 거두어들이고 있었다. (국산과 외제 모델의) 차 정비공들은 갓돌에서 공구와 예비 부품들을 챙기고 자동차들의 문을 잠갔다. 철창집 근처에는 야한 옷을 입은 이국적인 아가씨들을 보려고 빈둥거리는 사람들이 항상 있었다. 진짜 손님들은 꾸물거리지 않고 곧바로 들어갔다 나왔다.

"안녕하쇼, 신사 양반!" 피어보이가 그를 불렀다. "다리는 오늘 괜찮소?"

"네, 그럼요. *끄떡없습니다*." 또 빤을 먹으라고 할까 봐 구스타드가 얼른 대답했다. "굴람 모하메드 씨는 오늘 안 오나요?"

"벌써 안에 와 있소."

"들어가도 될까요? 그 사람들이 뭐라고 안 할까요?"

"여자들 말이오? 이보쇼, 남자가 오면 좋아하지. 굴람 그 친구는 맨 꼭대기 층 계단 반대편 방에 있소."

라디오인지 전축인지 모르겠지만 어디선가 옛날 영화 주제곡이 흘러나왔다. '당신의 마음을 주세요, 마음을 주고 기다리세요.'라고 호소하는 노랫소리가 들렸다. 구스타드는 머뭇거리며 철창집으로 들어갔다. 복도를 따라 걸어가자 싸구려 향수 냄새와 암내가 뒤섞인 역겨운 향유 냄새가 풍겨 왔다. 여자들이 손님을 기다리고 있었다. 가슴은 찌를 듯이 앞으로 튀어나와 있었다. 창녀 하나가 손을 내려 치맛자락을 올리자 허벅다리가 드러났다. 구스타드가 흘끗 보았다. 털투성이였다. 그는 계단을 올라갔다. 다음 층계참에서도 같은 장면이 재연되었다. 문간에서 가슴선과 배꼽들이 보였다. (엉덩이에 핫팬츠라고 쓰인) 반바지를 입은 창녀가 곁눈질을 하며 꽉 조여서 반달처럼 드러난 유방을 보여 주었다. 그는 무관심한 얼굴 표정을 지으려고 애쓰면서 슬쩍 보았다. 웬만큼 굶주리지 않고서는 욕구가 생기지 않을 것 같았다. 저 여자는 면도부터 해야겠다. 저건 길쭉한 망고 같은데. 고무 타이어 같기도 하고. 여긴 안에서보다 밖에서 보는 게 낫군. 콜라바 지역에 가면 아름다운 고급 창녀들이 있다던데. 콜라바 콜걸들은 남녀 양성애를 하는 중동 관광객들을 상대로 돈을 많이 번다고…….

그가 살짝 들여다본 방들은 더러웠다. 시트도 없이 얇고 딱딱한 매트리스만 놓인 침대, 천장 선풍기, 의자, 테이블 등이 있었다. 한쪽 구석에는 세면대와 작은 거울이 있었다. 향기로운 비단 침대 시트, 에어컨이 설치된 방, 음료와 다과는 어디에 있지? 이곳 얘기만 나오면 사람들이 말하던 사치품들은 어디에 있는 걸까? 남자를 쾌락으로 미치도록 만드는 비밀스런 기교를 지닌 숙련된 무희들은 도대체 어디에 있는 걸까? 이 여자들이 드러낸 몸을 보니, 남자들이 쾌락으로 미칠 수 있는 가능성은 크로포드 시장에서 쇠고기를 써는 정육점 주인이 시술한 심장 수술에서 회복할 가능성과 같아 보였다. 그는 마지막 층인 4층으로 올라갔다. 항상 그렇지. 항상, 멀리서 보면 멋져 보여. 그러나 바로 그 순간이 오면 실망할 뿐이다.

노래가 끝나자 다시 똑같은 노래가 시작됐다. '당신의 마음을 주세요, 마음을 주고 기다리세요.' 누군가 좋아하는 음악임에 틀림없었다. 그는 계단 반대편에 있는 문을 두드렸다. 문이 날카로운 소리를 내며 딸깍 열렸다. 구스타드는 밖을 내다보는, 턱수염이 더부룩한 남자를 알아보지 못했다. 그러자 그 남자가 입을 열면서 문을 활짝 열었다. "노블 씨, 들어오십시오." 그 목소리는 귀에 익었다. 도둑 시장에서 만난 이후 몇 달간 굴람 모하메드는 붕대를 풀고 턱수염을 길렀다.

구스타드는 조심스럽게 안으로 들어갔다. 그 방은 그가 힐끗 보았던 방들과 마찬가지로 세면대 등이 갖춰져 있었지만, 침대 대신에 책상이 있었다. 액자에 끼운 마하트마 간디와 자와할랄 네루의 사진이 책상 뒤의 벽에 각각 걸려 있었다.

"앉으십시오. 기다리고 있었습니다. 이렇게 빨리 와 주셔서 고맙습니다." 그는 언제나 공손하고 예의 바르다고 구스타드는 생각했다. 마치 아무 일도 없었다는 듯이. "신문에서 읽으셨습니까?"

"어제요." 구스타드가 말했다.

"무슨 일인지 궁금하시겠군요." 회전의자에 앉아 있던 굴람이 좌우로 돌더니 동작을 멈추었다. "사실입니다. 우리의 소중한 친구가 지금 감옥에 있습니다. 그러나 나머지는 모두 거짓말입니다. 신문에 나는 기사가 모두 진실이 아니라는 것은 알고 계시겠죠."

소금과 후추, 생강과 마늘을 예로 들어 가며, 선전과 거짓말에 대해서 소랍에게 했던 말들이 구스타드의 머릿속에 떠올랐다. "저도 신문을 읽을 줄 압니다." 구스타드가 말했다. "하지만 진실을 말해 주세요. 도대체 왜 지미가 내게 백만 루피를 입금해 달라고 보낸 거죠. 진실을 알고 싶습니다." 그를 조심스럽게 다루어야 한다는 것을 알고 있었지만, 구스타드는 화가 치밀어 올랐다. "그리고 관목 주위에 버려진 머리가 잘린 고양이와 큰 쥐에 대해서도 말해 보시오."

구스타드는 그를 유심히 지켜보았지만 굴람의 얼굴에서는 어떠한 감정도 드러나지 않았다. "노블 씨, 무슨 말씀을 하시는지 모르겠군요. RAW는 고양이나 쥐와 놀 시간이 없습니다. 제 말 들어 보세요. 빌리 보이는 적이 많습니다. 모든 이야기는 자신들의 잘못을 은폐하려는 최상부에 있는 사람들이 꾸며 낸 겁니다." 그는 몸을 더 앞으로 구부렸다. "노블 씨가 그 돈에 대해서 물어보시니 고맙군요. 하지만 안타깝게도 저는 그 질문에 답할 만한 위치에 있지 않습니다. 적당한 때에 빌리 보이가 직접 말할 겁니다. 그를 믿어 주십시오."

"이미 그를 너무 많이 믿은 것 같은데요."

"노블 씨, 지금이 중요한 때입니다. 친구가 당신을 절실히 필요로 할 때 화를 내는 것은 현명하지 못합니다."

"그게 무슨 말입니까?"

"그의 목숨이 위험합니다." 굴람이 말했다. "그는 지금……."

비명과 고함 소리 때문에 노랫소리가 들리지 않았다. 의자에서 벌떡 일어나서 창밖의 뒷골목을 살펴보던 굴람이 창문을 열고 무슨 소린지 들어 보았다. 창녀들이 어떤 사람에게 욕을 퍼붓고 있었는데, 그의 성기를 조롱하고 비웃는 걸로 봐서 남자인 모양이었다. 굴람과 구스타드는 층계참으로 갔다. 향유 냄새로 뒤덮인 사창가는 창녀들의 다채로운 음란한 말들로 넘쳐 났다.

바로 그때, 테물의 것이 명백한 초고속의 말투가 그 모든 것을 뚫고서 들려왔다. "제발제발딱한번만.딱한번만한번만.제발딱한번만빨리빨리만질게.제발돈가져가제발제발.딱한번만만져딱한번만."

"세상에, 이럴 수가." 구스타드가 말했다.

"왜요?"

"저 목소리는! 우리 아파트에 사는 테물입니다. 불쌍한 절름발이 반편입니다."

"정말입니까?" 굴람이 안심하는 듯했다.

"그럼요, 물론이죠. 그런데 여기서 뭘 하는 거죠?"

"남자들이 하고 싶은 걸 하려는 것 같은데요."

"그럴 리가요. 아직 어린애나 다름없는데요. 뭔가 문제가 생긴 것 같습니다."

소동은 1층에서 계속되고 있었다. 정비공들에게 제일 인기가 많은, 핏빛 입술에 석탄처럼 눈이 검은 헤마가, 테물의 귀를 잡고 사납게 흔들어 댔다. 테물을 둘러싼 창녀들이 차례대로 그의 머리를 세게 때리며 머리카락을 잡아당겼다. 테물이 가슴을 만지려고 하거나 치마 속으로 손을 집어넣으려고 할 때면, 그들은 그의 손을 피하며 장난을 즐겼다. "제발만지게해줘.제발제발한번만만질게제발." 테물이 짤랑짤랑 소리가 나는 둥근 담배통을 내밀었지만 아무도 받지 않았다.

"테물!" 구스타드가 외쳤다. "그만둬!"

테물은 그만 굶주린 손을 내렸다. 그는 자신이 가장 좋아하는 구스타드를 찾으려고 주위를 둘러보다가 계단 중간쯤에 있는 그를 발견했다. "구스타드 구스타드구스타드." 핏빛 입술의 사나운 창녀가 여전히 그의 귀를 쥐고 있는 와중에도, 그는 담배통을 흔들어 댔다. 어디선가 정타가 날아들자 그는 그만 담배통을 떨어뜨렸다. 담배통이 바닥에 부딪치면서 동전들이 쏟아져 흩어졌다. 대부분 25파이사짜리 동전이었다. 창녀들이 조용해졌다.

"여기가 무슨 정신 병원이야, 왜 이렇게 야단법석이야?" 굴람이 다그쳐 물었다. "여기는 삼류 매음굴이 아니라 격이 있는 곳이라고."

창녀들이 너도나도 한마디씩 항의했다.

"우리 잘못이 아니라, 여기 이 사람이⋯⋯."

"이 사람이 자꾸 만지고⋯⋯."

"돈 준다고 아무한테나 치마를 올려야 한다는 법이라도 있나요!"

"미친 사람들은 말처럼 물건이 크대요! 우린 다치기 싫어요!"

동료들이 불만을 쏟아 내는 동안에도 헤마는 테물의 귀를 계속 쥐고 있었다. "이제 그만 해!" 굴람이 말했다. "충분히 들었어! 이제 그만 귀를 놔줘!"

"무슨 소리예요. 또 만지려고 들 거예요. 이 사람 완전히 맛이 갔다고요!" 헤마가 사포처럼 까칠까칠한 목소리로 말했다.

"아냐, 안 그럴 거야." 굴람이 구스타드를 보았다. 테물이 풀려나자 창녀들도 물러섰다. 테물은 뉘우치는 듯 꼼짝 않고 서 있었다.

"테물, 이게 도대체 무슨 일이야?" 구스타드가 꾸짖듯이 물었다. "여기서 뭘 하고 있는 거야?"

"구스타드구스타드정말미안해요구스타드제발구스타드." 테물은 빈 담배통을 집으려고 몸을 구부렸다. "많은돈이다없어졌어요없어졌어요없어졌어요.빨리빨리빨리빨리만지려던돈.좋은좋은기분다없어졌어요." 그는 담배통 안을 절망적으로 들여다보았다.

"테물, 돈은 어디서 난 거야?"

"쥐쥐쥐죽은쥐시당국에서쥐."

당연했다. "이제 괜찮습니다." 구스타드가 굴람에게 말했다. "제가 나중에 집으로 데리고 가죠." 테물이 동전들을 줍기 시작했다.

"자, 이제 다들 자기 방으로 돌아가." 굴람이 명령했다. "노는 시간은 끝났 어." 테물이 담배통을 채우는 걸 도와주려고 남은 한 명을 제외하고 나머지 창 녀들은 모두 흩어졌다. 그들이 밖으로 나와서 빤 장수 피어보이에게 걸어갈 때, 테물이 구스타드의 손을 슬쩍 잡았다. 피어보이는 소동의 전후 사정을 이미 알 고 있었다. 그는 구스타드가 일을 마칠 때까지 테물을 돌봐 주겠다고 했다.

*

"빌리 보이의 생명이 위험하다고 말씀드렸지요?"

"먼저 그가 감옥에 있다고 했고, 그다음에 그의 생명이 위험하다고 했습니 다." 이 작자가 도대체 날 뭘로 보는 거지?

"노블 씨, 화나신 거 알고 있습니다." 굴람이 침착하게 말했다. "하지만 이 해하시기 바랍니다. 최상층의 사람들이 연관되어 있습니다. 그들은 빌리 보 이에게 무슨 짓이든 할 수 있습니다. 이 나라에서는 최상층에 있는 사람들에 게 법이 통하지 않습니다. 그건 아시죠?"

"그래서 제가 할 수 있는 일이 뭐죠?"

"첫째, 돈을 돌려주셔야 합니다."

"물론이죠. 그런데 이미 절반은 입금했습니다. 나머지 반은 언제든지 갖다 드리죠."

"노블 씨, 전부 돌려주셔야 합니다. 입금한 돈을 모두 인출하십시오." 그의 목소리가 날카로워졌다.

"큰 액수의 돈을 입금하고 인출하는 것이 얼마나 어려운지 알고 있습니까? 얼마나 위험한지도 알고 있습니까? 법을 어기는 것입니다."

"노블 씨, 뼈가 부서지는 것보다야 낫겠죠." 이 작자가 지금 누구의 뼈를 말하는 거지? 빌어먹을 놈의 목소리는 차가웠다. "빌리 보이가 얼마나 위험한 상황에 있는 줄 아십니까? 그들은 돈이 있는 곳을 자백받으려고 항상 쓰는 수법을 쓰고 있습니다. 그가 자백하지 않는 이유는 바로 친구들에게 피해를 끼치고 싶지 않아서입니다."

도대체 어디서부터 어디까지 믿어야 할까? 어떻게 이 작자나 지미를 믿을 수 있을까? "빌리 보이는 그들과 거래를 했습니다." 굴람이 말을 이었다. "30일 이내로 돈을 돌려주면 그들은 아무런 질문도 하지 않기로 했습니다."

아마도, 이 빌어먹을 작자가 돈을 가지고 사라질지도 모른다. 하지만 정말 지미가 고문을 받고 있다면 어떻게 되지? "30일은 불가능합니다. 하루에 한 뭉치만 인출할 수 있소."

"노블 씨, 두 뭉치씩 인출하십시오." 별안간 그의 얼굴에 미소가 번졌다. "안 그러면 내가 당신 은행을 털어야 할지도 모릅니다." 미소는 금방 사라졌다. 다시 그의 목소리에서 독기가 뿜어 나왔다. "빌리 보이를 도울 수만 있다면 전 어떤 일이라도 할 겁니다. 돈을 모두 가져오는 데 30일을 드리지요."

구스타드가 항의해 보려고 했지만, 굴람은 강철처럼 강했다. "노블 씨, 돈이 제시간에 전달되지 않으면 우리 모두 잘못될 겁니다." 빌어먹을 놈. 한 손만으로도 쓰러뜨릴 수 있는데. 감히 내가 그러지 못하리라는 것을 그는 알고 있다.

그들은 전달 날짜를 정했다. "하지만 더 일찍 준비가 된다면, 빨리 오십시오. 저는 매일 저녁 이곳에 있을 겁니다." 굴람이 말했다. 그는 구스타드를 현관문까지 배웅했다. "그러니까 누군가 당신의 관목 주위에다가 죽은 고양이와 쥐를 던져 놓았단 말씀이시죠?"

"그렇소." 한 손으로, 한 방이면 충분한데.

"그가 누구든지 간에 잡히기를 바랍니다."

아래층의 문들은 대부분 잠겨 있었다. 장사가 잘되는 듯했다. 전축에서는 백 년 넘게, 영원히 지속되는 불멸의 사랑에 관한 노래가 흘러나오고 있었다. 따뜻하고 감미로운 선율은 옛 시절에 대한 그리움을 불러일으켰다. 그는 빠져나갈 수 있는 구멍이 없다는 것을 알았다. 돈을 인출해야 한다. 불쌍한 딘쇼지를 또다시 위험에 빠뜨려야 하다니.

구스타드가 밖으로 나가자 피어보이가 테물은 이미 갔다고 했다. "걱정 마시오. 괜찮을 거요. 가엾은 녀석이 무슨 일인지 설명하려고 하던데, 말을 너무 빨리하더군. 정력을 감퇴시키는 빤을 줬소."

2

로샨의 병이 재발한 것에 대해 해명하려면 쿠트피티아는 먼저 라임 열매와 고추를 살펴봐야 했다. 그래서 딜나바즈는 집으로 돌아가 악마의 눈을 무력하게 해 준다는 것을 가지고 왔다.

"그렇지." 쿠트피티아가 말했다. "맞아, 내가 생각했던 대로야. 이것 봐. 노란 라임 열매가 보통 어떻게 되는지 알지?"

"갈색으로 변하고, 물러지고 신 냄새가 나죠."

"이걸 봐." 쿠트피티아가 의기양양하게 말했다. "바위처럼 단단하고 악마처럼 시커멓잖아! 그리고 냄새도 전혀 안 나고."

딜나바즈는 차가운 바람이 복도로 슬며시 스며드는 것을 느꼈다. 그때 쿠트피티아가 고추들 역시 이상하게도 빨갛게 변하지 않았고, 모두가 악마의 에메랄드처럼 여전히 녹색이라고 지적했다.

쿠트피티아는 라임 열매와 고추들을 마치 묵주 알처럼 손가락으로 계속 돌렸다. "악마의 눈이 얼마나 피해를 끼칠 수 있는지 보여 주는 거야. 가엾은 로샨이 그 모든 위력을 온몸으로 받은 거고." 그녀는 코를 킁킁거리며 고추 냄새를 맡았다. "다행히 그걸 없애는 건 어렵지 않아. 고추 일곱 개면 충분해."

"그런데 로샨이 처음에는 나아졌다가, 그다음에 왜 더 나빠진 거죠?"

"잠깐 기다려 봐. 내가 그 얘기를 막 하려던 참이었어. 잘 들어. 그 아이 안에서 두 개의 힘이 공격하고 있어. 고의가 아닌 악마의 눈과 고의로 가해지는 암흑의 힘이지. 악마의 눈이 부서지면 아이가 회복하는 거야. 그런데 암흑의 힘이 나타나면 아이는 다시 아프게 돼." 그녀는 라임 열매를 집어 들었다. "여기, 검은 바위처럼 딱딱한 게 바로 암흑의 힘을 보여 주는 거야."

딜나바즈는 비통한 나머지 자신의 손을 쥐어틀었다. "그러면 약은 아무 소용 없는 건가요?"

"약간은 소용이 있지. 악화되는 건 막을 수 있어. 그러나 치료는 안 돼. 우린 암흑의 힘에 책임이 있는 사람을 찾아내야 해."

"오, 세상에! 그런 게 어떻게 가능하죠?"

"명반이 있으면 가능해." 쿠트피티아의 입술에 확신에 찬 보기 드문 미소가 스쳐 갔다. "잠깐만." 그녀가 부엌으로 가더니 비둘기 알만 한 덩어리 두 개를 들고 돌아왔다. "이거 가져가. 그리고 내가 일러 주는 대로 할 때는 반드시 로샨이 곁에 있어야 해. 안 그러면 아무 소용이 없어." 절차를 상세히 설명하고 난 후에 그녀는 고추와 라임 열매를 돌려주었다. "지금부터는 더욱 조심해야 해. 애들한테도 그렇게 하라고 이르고. 애들한테 보름달이 뜬 밤을 조심하라고 해. 해가 지고 나면 마녀가 돌아다니니까 아이들을 집 안에만 있도록 하고. 그리고 애들한테 길에 있는 이상한 물체들을 밟거나 넘어 다니지 말라고 일러두고. 작은 꽃다발이나 깨진 달걀이나 박살 난 코코넛 같은 걸 조심해야 해. 날 믿어, 이런 것들은 요사스러운 술법이니까."

딜나바즈는 지시 사항들을 암기하면서 고개를 끄덕였다. "하지만 소랍은 언제쯤 돌아오는 거죠?"

"조금만 더 참아."

"제가 할 수 있는 일은 더 없나요?"

딜나바즈의 고집에 짜증이 났지만 쿠트피티아는 절충안을 제시했다. "테물의 손톱과 발톱으로 한 걸 다시 한 번 해 봐. 이번에는 테물의 머리카락도 같이 넣어. 초승달이 뜨고 난 바로 다음 날 해야 해. 바로 그날 테물의 영적 교신 경로가 가장 활짝 열릴 거야." 뼈만 앙상한 집게손가락을 흔들면서 그녀는 딜나바즈를 다시 한 번 타일렀다. "하지만 좀 더 참아야 해."

딜나바즈는 머뭇거리다가 용기를 내어 말했다. "지난번에 모든 것이 실패할 경우 시도해 볼 수 있는 마지막 방법이 있다고……."

쿠트피티아가 그녀의 말을 사납게 끊었다. "그건 생각하지 말라고 했잖아. 머릿속에서 지워 버려. 지금 당장!"

"하라는 대로 할게요. 할머니가 제일 잘 아시니까 이렇게 찾아온 거죠." 딜나바즈는 공손하게 고맙다고 인사하고는 집으로 돌아왔다.

3

딘쇼지는 구스타드에게 굴람이 시킨 대로 하라고 충고했다. "그의 말을 무시하면 안 돼. 일단 일을 마치고, 그 자식을 잊어버리자고."

"하지만 하루에 두 묶음을 인출해야 해. 그래야만 30일 이내에 일을 마칠 수 있어."

"걱정 말고 나한테 맡겨." 딘쇼지는 눈에 띄지 않게 소리 없이 일을 처리했다. 매일 저녁 그에게서 돈뭉치 두 개씩을 받은 구스타드는 집으로 가져가 풍로 밑 구석진 곳에 있는, 불쾌하기 짝이 없는 검은 봉지에다가 채워 넣었다.

뉴델리에서 있었던 그 사건으로 은행이 어수선했다. 파르시 조로아스터교도가 범죄로 신문을 장식하는 일은 드물었다. 마지막 사건은 10년도 전에 해군 중령이 아내의 애인을 총으로 쏘아 죽인 일이었다. 구내식당에서 직원들은 빌리모리아 소령의 의심쩍은 자백과 함께 수사가 진행됨에 따라 속속 밝혀지는 놀라운 사실들에 대해서 토론했다. 대부분은 그가 총리의 목소리를 흉내 냈다는 것을 믿지 않았고, 하나에서 열까지 매우 수상하다고 했다.

딘쇼지와 구스타드도 이러한 토론에 끼어서 흥미와 관심을 보이려고 했다. 딘쇼지가 일을 깔끔하게 처리해서, 구스타드의 마음은 그의 침착한 용기와 분별력에 대한 존경심으로 가득 찼다. 그곳에는 어릿광대도 익살꾼도 없었고, 다만 믿을 수 있고 의지할 수 있는 친구가 있을 뿐이었다. 내가 얼마나 그를 잘못 판단했던가. 그리고 그의 도움을 어떻게 되갚을 수 있을까?

오래지 않아 30일 기한의 절반이 지났다. 새벽 기도를 하러 나온 구스타드는 장미와 빈카, 박하 관목이 밑동까지 잘려 있는 걸 보았다. 줄기와 가지를 난도질해서 조각을 내 놓았다.

그는 구르카 인을 불러 봐야 소용없는 일이라고 생각했다. 공연히 소란을 피울 필요가 없었다. 빈카를 꽤나 좋아했던 지미는 아침이면 종종 물을 주러 오기도 했었다.

그는 그곳에 잠시 서 있다가 쓰레기통을 가져와 굴람 모하메드의 소름 끼치는 독촉의 파편들을 말없이 주워 담았다.

*

딘쇼지가 속도를 더 내서 돈다발을 하루에 세 개씩 인출하자, 구스타드는 그에게 굴람의 협박에 대해서 말한 것을 후회했다. 그러나 그가 지금 딘쇼지에게 할 수 있는 일이라고는 솔직해지는 것뿐이었다. "딘슈, 이거 위험한 거 아냐? 3만 루피면 장부에서 금세 표시가 날 텐데, 너무 서두르지 말게." 딘쇼지는 일을 잘 처리하고 있으니 걱정할 거 없다고 했다. 결국, 최종 기한보다

닷새 먼저 계좌에서 돈을 모두 빼낼 수 있었다.

그날 저녁 구스타드는 딘쇼지와 뜨거운 악수를 나누었다. "딘슈, 고맙네, 고마워. 자네한테 어떻게 감사해야 할지 모르겠네. 나를 위해서 너무 많은 걸 해 줬어."

"이봐, 무슨 소리야." 그가 미소를 지었다. "별것도 아닌 걸 가지고서 말이야."

그러나 바로 다음 날 딘쇼지가 가상 계좌의 흔적을 모두 지우고 나서야 구스타드는 진실을 알게 되었다. 딘쇼지는 점심시간 직전에 쓰러져서 파르시 종합 병원으로 급히 옮겨졌다. 마돈은 딘쇼지의 아내에게 심부름꾼을 보냈고, 앰뷸런스에 동승하겠다는 구스타드의 요청을 승낙했다.

앰뷸런스가 거리를 질주하며 사이렌을 울리자 딘쇼지가 의식을 회복했다. "딘슈, 괜찮아. 다 괜찮을 거야." 구스타드가 말했다. "자네 부인한테도 연락했으니까 병원으로 올 거야."

"독수리 같은 마누라." 딘쇼지가 엷은 미소를 지으면서 말했다. "신이시여, 마누라가 잘 날아오게 해 주십시오." 차 사이를 누비며 달리던 앰뷸런스가 멈춰 설 때마다 구스타드는 욕설을 내뱉으며 초조해했다. 누워 있는 딘쇼지의 얼굴을 찬찬히 살피던 구스타드는, 그의 턱 아래 살들이 목을 따라서 옆으로 처져 있는 것을 보았다.

딘쇼지가 다시 눈을 떴다. "이봐, 내가 왜 그렇게 서둘렀는지 이제 알겠지? 며칠 안 남았다고 느꼈어. 그래서 세 뭉치씩 인출한 거야. 늦기 전에 그 일을 마치려고 말이야." 구스타드가 두 손으로 그의 손을 잡았다. 그는 목이 메어서 말을 할 수 없었다. 딘쇼지의 손은 차갑고 무척 매끄러웠다.

앰뷸런스가 병원에 도착했을 때도 딘쇼지의 아내는 그곳에 없었다. "차가 막히는 모양이야." 구스타드가 위로하듯이 말했다. "알라마이가 차에 갇혀 있는 모양일세." 남자 병동에 침대를 구하고 형식적인 절차가 끝나는 동안에 구스타드는 그와 함께 있었다. 딘쇼지가 6개월 전에 입원했던 곳과 같은 병동이었다.

딘쇼지는 구스타드에게 그만 은행으로 돌아가라고 했다. "안 그러면 마돈이 왔다 갔다 하면서 '노블 씨가 왜 이렇게 안 오지.' 하고 구시렁거릴 거야."

"지점장은 걱정 말게. 의사가 올 때까지 자네 곁에 있을 테니까."

"이봐, 그럴 필요 없어. 여긴 나한테 별장 같은 곳이야." 로리 쿠티노 건이 발생하기 전처럼 그의 눈이 반짝였다. "여긴 내가 원하는 편리함이 다 갖춰져 있어." 그러더니 그는 박자에도 맞지 않는 노래를 나지막이 불렀다.

오, 간호사들의 손이 방황하는 그곳
그들 모두 아름답고 풍만한 가슴을 가지고 있는 그곳
그러나 격려의 말은 좀처럼 들리지 않고
환자를 똥처럼 다루는 그곳에
나의 집을 다오.

구스타드가 웃었다. "쉬잇! 간호사들이 들으면 자네를 골탕 먹일 거야. 이 사람들은 음유 시인을 이해하지 못한다고. 자네, 간호사들이 환자들을 어떻게 괴롭히는지 아나?"

"어떻게?"

"요강을 갖다 달라고 하면 참을 수 없을 때까지 기다리게 만들어."

딘쇼지는 껄껄 웃으며 아픈 배를 쥐었다. "이봐, 나한테 한번 그렇게 해 보라고 해. 난 그냥 싸 버릴 거야. 뿌지직, 뿌지직. 침대 한가운데다가 말이야. 그러면 온 병원에 악취가 진동하겠지. 간호사들한테 일만 더 많아지게 될 걸." 그들은 다시 웃었다. 구스타드는 딘쇼지와 악수를 하고 떠났다. 접수창구에서 그는 사무원에게 만약의 경우를 대비해서 알라마이의 전화번호 옆에다가 쿠트피티아의 전화번호를 적어 두도록 했다.

그는 은행으로 곧장 돌아가지 않았다. 병원 밖 잔디밭에 햇살이 넘실거렸다. 그는 화단 사이의 작은 길에 있는 벤치를 발견했다. 나비 한 마리가 꽃 사이를 훨훨 날아다녔다. 그는 나비의 밝은 오렌지색과 검은색 무늬를 보았다. 소랍이 나비를 수집할 때도 저런 나비가 있었다. 소랍은 그것의 이름이 왕나비라고 했다. 정확하게 기억이 났다. 비가 오고 난 뒤 공중 정원에서였다. 모든 것이 만발해 있었다. 신이 난 소랍은 그 전날 밤부터 계획을 세웠다. 공중 정원에서 소랍은 수드라와 라켓으로 만든 자신의 잠자리채가 부끄러운 것 같았다. 그러나 그는 그날 나비를 다섯 마리 잡았다. 그중에서 왕나비를 맨 먼저 잡았다. 소랍이 수집 통에서 족집게로 왕나비를 꺼냈을 때, 더듬이가 부러져 있었고 흉부는 비틀려 있었다. 뒤틀린 나비를 보자 소랍의 얼굴에 낭패한 기색이 스쳤고, 구스타드는 아들의 그 취미가 오래가지 않을 것을 알았다.

그는 이 모든 것을 소랍이 얼마나 기억하고 있을지 궁금했다. 아마도 거의 기억하지 못할 것이다. 지금 당장은 그럴 것이다. 그러나 언젠가 그도 모든 것을 기억할 것이다. 내가 지금 아버지에 대해서 그런 것처럼 말이다. 기억은 항상 모든 것을 잃어버린 후에야 시작된다.

아까 날아갔던 나비가 고요한 미풍을 타고 다시 돌아왔다. 그는 나비가 작은 점이 되어서 사라질 때까지 지켜보았다.

4

뜨거운 숯불 위로 떨어진 명반 덩어리들은 끈적끈적한 하나의 작은 덩어리로 녹았다. 숯불 위에 찐득하게 자리 잡은 액체는 쉿쉿, 꼴꼴거리는 소리를 내고 거품을 내면서 부글부글 끓었다. 로샨은 숯불에서 빨간 열기가 사라지고 펄펄 끓어오르는 것이 멈출 때까지 흥미롭게 지켜보았다.

"로샨, 이제 그만 자야지." 딜나바즈가 말했다. "이 기도가 끝나고 나면 몸이 더 좋아질 거야." 딜나바즈는 호기심과 두려움을 동시에 느끼면서 명반에 생긴 부드러운 하얀 윤곽들을 살펴보았다. 정말 사악하게도 앉아 있구나. 이 악마 같은 것. 가볍고 무른 명반은 잿불에서 쉽게 떨어졌다. 그녀는 그것이 갓 구운 비스킷 같다고 생각하며 종이 봉지에 담았다. 그것이 바로 로샨에게 해를 끼치는 암흑의 힘의 단서가 되는 것이었다.

쿠트피티아는 딜나바즈가 가져간 덩어리를 보더니 흐뭇해했다. "잘했어, 정말 잘했어." 그녀가 말했다. "아주 완벽한 모양이야. 이게 쉬 부서져서 해독하기가 힘든데 말이야. 그런데 자네는 정말 잘했군." 그녀는 비결정질 덩어리를 전화 테이블에 놓고서 자세히 살펴보았다. "이리 와서 한번 봐." 그녀가 말했다. "그런데 눈으로만 보려고 해서는 안 돼. 꿈을 꿀 때처럼 마음의 눈으로 봐야 해. 그래야 다른 의미가 나타나."

그녀의 지시를 명확히 이해할 수는 없었지만 딜나바즈는 성심껏 시도해 보았다. "로샨이 아팠을 때 집에 바래다줬던 수녀가 생각나요."

"뭐라고?" 쿠트피티아가 못 믿겠다는 듯이 말했다.

"보세요. 수녀들이 입는 긴 하얀색 옷 같아요."

"그런데 수녀들이 로샨을 해치려 들까? 착한 사람들이고 신을 공경하는 사람들인데." 그녀가 다시 설명했다. "잘 들어. 그냥 눈으로 보면 이 세상의 것들밖에 보이지 않아. 하지만 우리는 다른 세계의 힘들을 상대하고 있어." 그들은 명반을 이리저리 돌려 보며 다시 한 번 자세히 살펴보았다.

"잠깐, 잠깐만." 쿠트피티아가 말했다. "그래, 확실해. 여기서 봐." 딜나바즈를 반대편으로 이끌며 그녀가 말했다. "이제 뭐가 보여?"

"모자요? 아닌가. 집요? 창문 없는 집인가요?"

딜나바즈의 빈약한 상상력에 몹시 실망한 쿠트피티아는 그녀의 의견을 무시하고 자신의 숙달된 눈으로 본 것을 알려 주었다. "이것 봐, 이게 뭐지? 꼬리야. 그리고 이거, 이거, 이거, 저건? 다리 네 개야. 그리고 저건?"

"곧추선 귀 두 개!" 마침내 스승의 가르침을 이해한 딜나바즈가 흥분해서 말했다. "그리고 저건 코!"

"맞았어!" 쿠트피티아가 말했다. "그걸 다 합하면 뭐가 되지?"

"네발 달린 짐승인가요?"

"맞아. 내 생각엔 개 같은데."

"개요? 개가 암흑의 사악한 힘을 낸다고요?"

"내가 전에 했던 말 기억 안 나?" 쿠트피티아가 짜증을 냈다. "명반 모양이 단서를 준다고 했지. 그렇다고 해서 범인을 보여 주는 건 아니야. 개 주인이 우리가 찾고 있는 사람일지도 몰라."

딜나바즈가 두 손으로 얼굴을 감쌌다. "세상에!"

"왜 그래?"

"라바디 씨요! 흰색 포메라니안을 길러요! 그 사람이!"

"진정해. 먼저, 그 사람이 그럴 만한 이유가 있나?"

"네, 그럼요! 그 사람이 큰 개를 키울 때부터 구스타드와 싸움이 잦았어요. 타이거가 구스타드의 관목 근처에다 똥을 쌌거든요. 그리고 지금은 작은 개가 구스타드만 보면 짖어 대요. 그러다가 신문 때문에 문제가 생겼죠. 그 사람은 다리우스가 자기 딸을 쫓아다닌다고 생각해요. 라바디는 우리를 몹시 싫어해요!"

쿠트피티아가 중요한 모양의 명반을 집었다. "다음 단계로 뭘 해야 하는지 알고 있지?"

5

아파트 단지 돌담 근처에서 향기가 감돌았다. "어디서 나는 거죠?" 구스타드가 물었다. 거리의 화가는 그림을 손보고 있었다. 눈여겨보면 제 딴에는 경의를 표한답시고 담에다 손을 대는 사람들이 있기 마련이었다. 과거에 화가는 이런 일에 전혀 신경 쓰지 않았다. 떠돌아다니며 그림을 그리던 시절, 확고하게 그의 작품을 지배한 것은 바로 덧없음이었다. 거리의 삶의 변화무쌍함과 예측 불가능으로 인해서 자신의 크레용 작품들을 마구잡이로 빼앗길 때마다, 그는 즐겁게 다시 그리거나 새롭게 시작할 수 있었다. 그의 그림들은 반바지를 입은 경찰들의 공무용 검정 샌들에 짓밟히지 않는다고 해도, 결국 비와 바람에 사라지고 말았다. 그리고 어떤 경우든 그에게는 마찬가지였다.

그러나 최근에 뭔가 변화가 생겼고 그는 자신의 작품을 지키고 싶었다. "선생님, 안녕하십니까. 오랜만에 뵙겠습니다." 화가가 크레용을 내려놓으며 말했다. "새로운 그림을 많이 그렸습니다."

"무척 아름답소." 구스타드는 다시 공기를 들이마셨다. "정말 좋은 냄새요."

"락슈미한테서 나는 겁니다." 화가의 말을 듣고 구스타드는 부의 여신에게로 걸어갔다. 누군가 그림 옆의 인도 틈새에다가 향을 꽂아 놓았다. 조금 남은 향의 끄트머리에서 밝은 오렌지색 불빛이 타오르고 있었다. 얇고 가느다란 흰회색 연기가 살며시 떠올라 락슈미의 얼굴로 흘러가더니 저녁 하늘로 사라져 버렸다. 구스타드는 은은한 향기를 흡족히 맡았다. 향이 다 타고 나자 기다란 재가 잠시 매달려 있더니 이내 떨어져 가루가 되어 흩어졌다.

"담이 점점 인기를 끄는군요." 구스타드가 말했다. "그런데 돈은 어떻소. 충분히 법니까?"

"네, 그럼요." 화가가 말했다. "위치가 아주 좋습니다." 그는 새 옷을 자랑했다. "최신 유행의 벨트 고리가 일곱 개 달린 테릴렌 나팔바지입니다. 그리고 빨아서 짜지 않고 그냥 널어서 말리는 테리 직물 면 셔츠입니다." 그는 옷깃을 잡아당겨 안에 있는 꼬리표를 보여 주었다. 그러나 그는 여전히 맨발이었다. "카로나, 바타, 리갈 등의 신발 가게에 갔습니다. 여러 종류의 신발을 신어 봤죠. 구두, 샌들, 전통 가죽 샌들. 그런데 하나같이 발이 끼고 아팠어요. 맨발이 제일 낫습니다." 그러더니 그는 구스타드를 자신이 최근에 그린 그림 앞으로 데리고 갔다. 그곳에는 보리수나무 아래에서 결가부좌를 틀고 앉아 있는 석가모니, 제자들과 함께 최후의 만찬을 하고 있는 예수 그리스도, 용맹의 신인 카르티카야, 바다에 있는 아름다운 회교 사원인 하지 알리 성묘, 사자 굴 속에 있는 다니엘, 성모산 성당, 사이 바바, 뱀의 여신인 마나사, 새들에게 말을 걸고 있는 성 프란체스코, 피리를 불고 있는 크리슈나와 꽃을 들고 있는 라다, 예수의 승천, 조로아스터교의 고승인 쿠카다루와 메헤르지 라나 등의 그림이 있었다.

화가는 평소의 과묵한 모습과는 아주 딴판이었다. 그는 돈을 모아서 새로운 미술 용품을 살 거라고 털어놓았다. "지금부터는 크레용을 쓰지 않을 겁니다. 모든 그림을 유화 물감과 에나멜페인트로 그릴 겁니다. 그러면 영구히 보존되는 거죠. 어떤 것도 제 그림을 망가뜨리지 못할 겁니다." 화가는 구스타드에게 메카로 순례 여행을 떠났다가 죽은 하지 알리와 같은 성인들의 이야기를 간략하게 들려주었다. 하지 알리의 유해를 담은 관은 기적적으로 아라비아 해를 건너서 뭄바이로 돌아와, 마침내 해안에서 멀지 않은 바위 바닥에 멈추었다. 숭배자들은 바로 그곳에다가 그의 무덤과 회교 사원을 만들었으며, 썰물 때면 걸어 다닐 수 있도록 육지로 이어지는 둑길을 만들었다.

또 다른 기적의 장소로 성모산이 있었다. 강력한 폭풍을 만나 겁에 질린 어부 한 무리가 영락없이 물에 빠져 죽을 것이라고 믿었다. 그러나 신성한 성모 마리아가 나타나 너희들을 돌봐 줄 테니 안전할 것이라고 안심시켰다. 그에 대한 보답으로 어부들은 반드라에 있는 언덕 위에 성당을 짓고, 그 언덕 기슭 해안으로 밀려오는 조각상을 성당에 모셔 두기로 약속했다. 어부들은 무사히 육지에 도착했다. 다음 날 아침, 바다가 잠잠해지자 아기 예수를 팔에 안은 성모상이 바로 그 해변으로 떠 내려왔다.

화가는 이야기를 하나씩 풀어 나갔고, 구스타드는 열중해서 들었다. 정말 방대한 지식이라고 구스타드는 생각했다. 담벼락이 깨끗하게 바뀐 것 말고도, 그곳은 신성한 그림들로 인해서 굉장히 좋은 느낌이 들었다.

칠흑같이 어두워졌을 때 구스타드는 아파트 단지 안으로 들어갔다. 밤지 경위의 랜드마스터가 들어왔다. "이야, 형님! 정말 대단한 일을 하셨습니다. 단 한 방에 빌어먹을 노상 방뇨꾼들이 사라져 버렸습니다. 이제는 배설물도 없고, 악취도 나지 않아요. 형님, 진짜 기적 같은 일입니다."

"담벼락에 성인들과 예언자들이 그렇게 많은데, 기적 하나쯤이야 식은 죽 먹기지."

"아주 잘하셨습니다!" 밤지가 말했다. "형님 덕에 담이 노상 방뇨에서 해방됐습니다. 그런데 난 이웃 사람들의 우라질 사고방식을 이해하지 못하겠습니다. 세상에, 이름은 밝히지 않겠지만 몇몇 사람이 파르시 조로아스터교도가 사는 곳 담벼락에 왜 다른 종교의 신들이 있어야 하느냐고 불평하더라고요. 그 사람들 머릿속에는 톱밥밖에 든 게 없다니까요."

"누군지 짐작이 가는군."

"아이고, 형님, 잊어버리세요. 생각할 가치도 없습니다. 악취가 사라지고, 귀찮은 녀석들이 사라지고, 모기가 사라진 것에 행복해하기는커녕, 빌어먹을 놈들은 다른 비난거리를 찾고 있으니까요."

"어쨌든, 화가가 자라투스트라 선생님, 메헤르지 라나와 쿠카다루 고승을 그렸잖아." 구스타드가 말했다.

"맞습니다. 많이 그리면 그릴수록 좋은 거죠. 이렇게 잘 섞어 놓으면 국교가 없는 우리나라를 위해서 완벽한 본보기가 되는 거죠. 바로 그렇게 돼야 하는 거고요. 신이 하늘에서 내려온다고 해도 빌어먹을 놈들은 불평할 겁니다. 신한테서 잘못된 점을 찾을 거고요. 신이 잘생기지 않았다느니, 공평하지 않다느니, 또는 키가 작다느니 하고 말입니다." 밤지 경위가 손을 흔들며 차를 타고 떠났다. 구스타드는 속으로 웃으며 문을 열고 집으로 들어갔다. 로샨이 소파에서 울고 있었다.

"로샨이 바보같이 계속 울기만 해요." 딜나바즈가 하소연했다.

"어디 아파? 왜 그래?" 그는 급히 소파로 가서 로샨을 안았다.

"아픈 덴 없어요. 인형이 없어졌어요. 그뿐이에요."

"무슨 소리야. 그렇게 큰 인형이 없어지다니? 바늘도 아니고 단추도 아닌데."

"집에서는 도무지 찾을 수가 없어요."

"그럼 없어진 게 아니고 누가 훔쳐 간 거지!" 그는 로샨의 눈물을 닦아 주었다. "인형을 어디다 뒀지?"

"며칠 동안 계속 소파에 있었어요."

"이런, 문을 열어 뒀구먼. 내가 여러 번 주의를 줬잖아. 과일 장수나 비스킷 장수나 아무나 와서 눈 깜짝할 새에 물건을 가지고 달아난다고."

"문 열어 둔 적 없어요." 딜나바즈는 단호하게 말했지만, 그와 동시에 쿠트 피티아의 집으로 왔다 갔다 한 일이 생각났다.

"걱정 마." 그는 로샨을 위로했다. "엄마 아빠가 찾아 줄게." 그런데 도대체 어디서 찾지. 그는 난감했다. 돌담처럼 기적이 필요했다. 어째서 기적과 불행은 항상 손을 잡고서 찾아오는 걸까?

15부

1

"돈 전부 다 가져왔소. 세어 보시오."

구스타드의 말에 굴람은 상처를 받은 듯했다. "노블 씨, 그렇게 말씀하지 마십시오. 노블 씨를 제 목숨처럼 믿습니다. 노블 씨는 빌리 보이의 친구이자 제 친구입니다."

구스타드는 그를 빌어먹을 위선자라고 생각했다. 지난번엔 코브라처럼 목을 펼치면서 협박하고 잔인하게 굴더니, 지금은 한없이 친절하고 고마워하는구나. 파렴치한 배우 같으니라고. "당신과 소령의 친구로서 제가 더는 필요하지 않았으면 합니다."

굴람이 한숨을 쉬더니 신문을 펼쳤다. "오늘자 델리발 기사 보셨습니까? 빌리 보이에 관한 겁니다." 구스타드의 호기심은 분노보다 더 강했다.

"아시겠습니까?" 굴람이 말했다. "그들이 소령을 잡으려고 나섰어요. 빌리 보이의 재판을 끝내려고 사흘 만에 세 명의 판사가 나섰습니다." 그는 화를 내며 신문을 찢어 버렸다. "최상부에 있는 사람들이 연관돼 있습니다. 절 믿어 주십시오."

굴람이 옳았다. 일이 이상하게 돌아가고 있었다. "빌리모리아 소령은 처음부터 나에게 거짓말을 했소. 그러니 뭘 믿고 안 믿고 하겠소? 도대체 누굴 믿을 수 있겠소? 당신을? 아니면 신문을요?"

굴람은 또다시 상처를 받은 듯했다. "노블 씨, 부탁입니다. 사실은 보이는 것과 다릅니다. 빌리 보이는 상부에 있는 사람들의 함정에 빠졌습니다." 구스타드의 얼굴에 그의 말을 비웃는 듯한 표정이 나타났다. "그리고 감옥에 있는 빌리 보이가 가장 마음 아파하는 것은 적들의 공격이 아니라, 바로 자신의 친구가 배신을 당했다고 생각하는 것입니다. 그래서 그가 노블 씨를 만나서 직접 설명하고 싶답니다."

"뭐라고요? 하지만 그는 감옥에 있다고 하지 않았소?"

"노블 씨가 델리로 간다면 만날 수 있습니다."

"불가능합니다. 휴가도 없고 애도 아프고, 게다가……"

굴람이 웃옷 속으로 손을 집어넣었다. "빌리 보이가 노블 씨에게 쓴 편지입니다. 읽어 보십시오." 구스타드가 봉투를 열었다.

친애하는 구스타드

무슨 말부터 시작해야 할지 모르겠네. 일이 잘못되었네. 절망적인 상태일세. 그리고 나 때문에 자네한테도 문제가 생길지 모르겠네. 나를 용서해 줄수 있겠나?

지금 자네한테 딱 한 가지 부탁하고자 하네. 부탁이라는 말을 언급하는 것자체가 염치없지만, 자네에게 자초지종을 말하고 싶으니 델리로 와 주었으면 하네. 길고 복잡한 얘기라서 편지만으로는 자네가 믿지 않을 테고, 나 또한 지난번 편지에서 거짓말을 하지 않을 수 없었네. 제발 나를 찾아와 주게. 난 자네 입으로 나를 이해하고 용서한다는 말을 듣고 싶네. 굴람 모하메드가 모든 걸 준비해 줄 걸세. 꼭 와 주게.

친애하는 벗, 지미

구스타드는 편지를 접어서 호주머니에 넣었다.

"가실 겁니까?" 굴람이 물었다.

"그 사람에게 이미 한 번 속았소."

"노블 씨, 실수하시는 겁니다. 그는 당신의 진정한 친구입니다. 적들에게 죽고 나면, 이미 때는 늦습니다."

"이보시오, 그게 무슨 말입니까." 파렴치한 배우 같으니라고. 나를 설득하려고 어떤 말이라도 지껄일 거야.

"정말입니다. 과장이 아니에요. 그 사람들을 상대해 보면 알 겁니다. 제발 가 주십시오."

"생각해 보리다." 구스타드는 집요하게 물고 늘어지는 상황에서 벗어나려고 한발 물러서며 말했다.

저녁 공기는 탁했다. 악당 같은 굴람의 존재만큼이나 숨이 막혔다. 거리의 화가가 오기 전의 검은 돌담 같은 냄새가 났다. 하수구가 또다시 넘쳐흘러서 악취가 진동했고 유독 가스가 거품을 뿜어 댔다. 구스타드는 페이마스터 박사, 가게 주인들, 창녀들, 정비공들이 시 당국에 제출한 탄원서에 대한 결과가 궁금했다. 그는 숨을 참으며 서둘러 걸었고, 꼭 필요할 때만 최대한 약하게 숨을 들이쉬었다.

그가 돌아왔을 때 테물이 아파트 단지에서 기다리고 있었다. "구스타드구스타드정말정말중요한편지예요." 도로 확장에 반대하는 탄원서에 서명해 준 주민들에게 고마움을 표시하는 건물주의 편지였다. 건물주는 소송에 대해서 계속 소식을 전하겠다고 약속했다. 구스타드는 서른 장 중에서 하나만 가지고, 테물에게 나머지를 배달하라고 일렀다. 법원이 일하는 꼬락서니로 봐서는 우리 모두 늙어 죽을 때쯤 돼야 판결이 나올 거야. 신에게 감사해야지.

2

10월이 다 가도록 딘쇼지의 병세는 호전되지 않았다. 그는 병원 침대에서 쪼그라드는 듯했다. 홑이불 밑에서는 그의 부풀어 오른 배를 제외하고 팔다리, 목, 얼굴 할 것 없이 나날이 시들어 갔다. 그의 310밀리미터 사이즈 발은 한 쌍의 초병처럼 침대 끝에 꼿꼿이 서 있었다.

구스타드는 적어도 일주일에 두 번은 병문안을 갔지만, 단 한 번도 그의 아내와 마주치지 않아서 이상하다고 생각했다. 그는 딘쇼지에게 은행에서 있었던 일과 직원들에 대한 소식을 전해 주었다. 딘쇼지를 즐겁게 해 주려고 지점장과 직원 간의 다툼도 들려주고 로리 쿠티노가 뭘 입고 출근했는지 시시콜콜 말해 주었다. "오늘 로리의 블라우스가 여기까지 내려왔어." 셔츠 윗단추 세 개를 풀고 앞단을 옆으로 집어넣어서 V자가 깊이 파이도록 만들며 구스타드가 말했다.

"세상에! 그럴 리가 있나." 딘쇼지가 싱글벙글했다.

"맹세한다니까." 자신의 맹세를 보여 주려고 구스타드가 목울대 밑의 살을 꼬집으며 말했다. "여기까지 내려왔어. 뻥이 아니야. 로리가 걸을 때 정말 가슴이 젤리 언덕처럼 흔들렸다니까."

"아이고, 이보게. 그만 좀 고문해. 제발, 부탁이야!"

"하루 종일 남자 직원들이 핑계를 대고 로리의 책상으로 갔어. 귀찮은 놈들. 심지어는 올빼미 똥구멍 라탄사도 그랬다니까. 늙다리 빔센도 뒤뚱거리며 슬금슬금 기웃거렸고. 자네, 믿기나? '아씨, 차나 커피, 크림 과자 드시겠습니까?' 라고 물었으니 너무한 거 아닌가."

딘쇼지는 몸을 흔들어 대며 웃었다. "마돈은 어떤가?"

"마돈은 임원 사무실이 있는 자기 방에서 그랬지. 자기 비서는 바쁘다면서 로리한테 지시를 내리고 싶어 했어."

"그랬겠지." 딘쇼지가 말했다. "로리의 젤리를 보고 나서는 지시는커녕 군 침만 흘렸을걸."

그 이야기가 끝나자 구스타드는 굴람 모하메드에게 돈을 돌려주었다고 말하고 소령의 편지를 보여 주었다. "자네 생각은 어떤가?"

"글쎄, 뭐라고 말하기 힘든데." 딘쇼지가 말했다. "하지만 내가 자네라면 가겠네."

"또 속임수면 어쩌지?"

저녁 식사가 도착했고 딘쇼지 위로 작은 탁자가 올려졌다. 일하는 소년이 재빨리 수프 한 그릇과 뚜껑을 덮은 큰 접시를 내려놓고, 다음 침대로 음식 손수레를 밀고 갔다. 딘쇼지는 탁자 다리 아래에 눌려 있어서 몹시 무기력해 보였다.

"머리를 약간 올려 줄까?" 구스타드가 물었다. 그가 손잡이를 돌리자 딘쇼지의 발이 올라가기 시작했다. 구스타드가 다음 구멍에다가 쐐기를 넣고 다시 돌리자 딘쇼지의 상반신이 서서히 올라왔다. "편안한가?"

딘쇼지가 고개를 끄덕이자 그는 지렛대를 받쳐서 침대를 고정시켰다. 딘쇼지가 숟가락을 수프에 담갔다가 입으로 가져갔다. 그러나 그의 손은 심하게 흔들렸고, 수프가 그의 턱을 타고 내려가 목으로 떨어졌다. 그는 부끄러운 듯이 웃으며 손등으로 닦으려고 했다. 망설이던 구스타드가 냅킨을 펴서 그를 깨끗이 닦아 주었다. 딘쇼지가 다소곳이 그가 하는 대로 내버려 두자, 구스타드는 숟가락을 쥐고 떠먹여 주었다.

"빵 좀 먹겠나?"

"좋지." 구스타드는 빵을 떼어서 수프에 넣었다. 그는 빵 조각들을 수프에 적시고는 하나씩 끄집어냈다.

뚜껑을 덮어 놓은 접시에는 양고기 크로켓 하나와 삶은 야채가 조금 들어 있었다. "이런, 벌써 배가 부른데." 딘쇼지가 말했다.

"안 돼, 무슨 소리야. 더 먹어야 해." 크로켓을 먹기 좋게 자르고 나서 구스타드는 포크로 한 조각을 집어 그의 입에 갖다 댔다. "자, 어서 입 벌려. 정말 맛있는 거야."

"이봐, 제발 부탁이네. 수프만으로도 배하고 가슴까지 다 찼어."

"딘슈, 착하지, 자."

"알았어. 그럼 약속해. 반반씩 먹자고." 구스타드가 동의했다. 딘쇼지가 음식을 반쯤 먹었을 때 구스타드가 한 조각을 더 먹으려고 했다. "뭐야, 약속이 틀리잖아. 이제 자네 차례야." 딘쇼지가 말했다. 그들이 이런 식으로 접시를 비우고 난 후, 딘쇼지는 환자용 물 꼭지로 물을 조금 마셨다. 그는 구스타드가 일하는 소년을 위해서 쟁반을 치우고 침대를 약간 내리는 것을 지켜보았다. "구스타드, 미안하네."

"무슨 말 같지 않은 소리야. 내가 자네 덕분에 맛있는 크로켓을 먹었지." 구스타드가 말했다. 그는 자신이 당당한 모습을 보이지 않으면 우울함과 슬픔에 빠져 들 것을 알고 있었고, 이는 딘쇼지에게도 좋지 않을 것이었다.

구스타드가 떠날 때 딘쇼지는 다시 한 번 고맙다고 했다. 그의 목소리는 거의 울먹거렸다. "자네가 안 왔으면 어쩔 뻔했나."

"이봐, 무슨 소리야. 별거 아닌 거 가지고. 사실은 자네 덕분에 내가 시간을 잘 보내고 있어." 구스타드가 베개를 정돈해 주었다. "그럼, 잘 자라고. 그리고 저녁 당번 간호사한테 나쁜 짓 하지 말고."

"그 간호사 본 적 있나? 정말 죽여줘. 등불을 든 나의 나이팅게일이지. 자기 등불이 고장 나면 언제든지 나의 가운데 촛불을 빌려 갈 수 있어."

춥고 소란스러운 복도를 걸어가며 구스타드는 자기가 오지 않으면 딘쇼지가 어떻게 하는지 궁금했다. 일하는 소년이나 간호사가 먹여 주는지, 아니면 혼자서 음식을 흘리고 엎지르도록 방치되는 것인지. 그리고 그의 독수리 같은 부인은 어디 있는 거지? 그는 묻고 싶었지만 딘쇼지를 난처하게 할까 봐 그러지 못했다.

10월에서 11월 초순까지 그는 딘쇼지를 정기적으로 방문했다. 일요일은 오후와 저녁 내내 딘쇼지와 함께 보냈다. 11월 중순쯤 되자 그의 병세가 악화되어 링거를 통해서 음식을 섭취해야 했다. 차갑고 힘없이 쇠 걸이에 걸려 있는 링거 병들이 친구에게 무심한 액체를 쏟아 붓는 모습을 구스타드는 무기력하게 앉아서 지켜볼 수밖에 없었다. 그는 문득 딘쇼지에게 음식을 떠먹여 주는 일을 자기가 얼마나 좋아했었는지 깨달았다. 이제는 투명한 관과 반짝이는 바늘이 그 역할을 대신하고 있었다.

그러나 그는 병문안을 멈추지 않았으며, 특히 어떤 이유에서인지 딘쇼지에게 평일보다 더 중요한 의미를 지니는 일요일 오후 방문은 반드시 지켰다. 구스타드는 일요일 날 매우 바빴다. 페이마스터 박사가 지시한 로샨의 엄격한 식이 요법 때문에 그는 일요일 아침에 가기 싫은 크로포드 시장을 억지로 가야 했다. 로샨에게는 향신료를 전혀 쓰지 않고 삶은 음식을 골고루 먹여야 했다. 또한 매일매일 아침에는 코코넛 물을, 점심과 저녁에는 닭고기 수프를, 오후에는 달콤한 레몬 세 개로 만든 주스를, 그 중간 중간에는 보브릴 상표 고깃국을 먹여야 했다.

구스타드가 카메라를 판 돈은 모두 병원비로 들어갔다. 그리고 특수 식이 요법은 비용이 매우 많이 들었는데, 특히 보브릴은 암시장에서만 구할 수 있었다. 그는 다음으로 시계를 팔아야 할지, 아니면 결혼식 때 사용했던 금장 커프스단추를 팔아야 할지 고민했다. 어느 날 그가 일하러 간 사이에, 딜나바즈는 파스타키아 부인에게 로샨을 맡기고 자베리 시장으로 갔다. 가게를 세 군데 돌아보고 나서 그녀는 값을 가장 잘 쳐 주는 곳에다 결혼식 때 찼던 금팔찌 두 개를 팔았다.

그녀가 돈을 건넸을 때는 구스타드가 반대하기엔 이미 너무 늦었다. 그녀가 말했다. "제발, 다시는 집에 살아 있는 닭을 가져오지 마세요."

자신의 아이를 위해서가 아니라면 구스타드는 결코 크로포드 시장의 모습과 냄새를 견딜 수 없었을 것이다. 아직도 그곳은 너무나 역겨운 곳이었다. 토요일 밤마다 그는 새벽이 가까워 올수록 더욱더 강렬해지는 역겨운 기분으로 잠이 들었다. 그러던 어느 일요일 아침, 사람들로 붐비는 정육점 골목으로 들어서서 닭을 파는 뒤쪽으로 가고 있던 구스타드는 깜짝 놀랐다. 식료품 가게와 향신료 가게에서 강렬하고 지독한 냄새가 났고, 과일을 파는 노점에서는 썩기 일보 직전인 어마어마한 양의 파인애플과 오렌지에서 달콤하고 역겨운 냄새가 뒤섞여 풍겨 왔다. 닭장 옆, 달걀 가게 근처의 빈 터에서 키가 크고 깡마른 남자가 다가오고 있었다. 구스타드는 그가 낯이 익어서 기억을 되살리며 뚫어지게 바라보았다. 두 사람의 눈이 마주치는 순간 키 큰 남자의 얼굴에서도 어렴풋이 기억이 난다는 표정이 나타났다.

"이런 세상에!" 키 큰 남자가 말했다. "구스타드 노블 아닌가, 맞지?"

"말콤! 이게 얼마 만인가!"

"살다 보니 이런 일이!"

"도대체 어디서 뭘……!"

그들은 장바구니를 내려놓고 두 손을 마주 잡고 악수를 나누며, 웃고 포옹하고 서로의 등을 두드렸다. 그때 말콤이 예전의 버릇대로 구스타드의 어깨 위에 왼손을 올리고 꽉 한 번 쥐더니 다시 한 번 악수를 했다. 우연한 만남에 흥분한 그들은 시간이 좀 지나서야 정신을 차리고 수십 년간 헤어져 있으면서 못 나누었던 얘기들을 하게 되었다. 말콤은 여전히 미혼이었고 음악으로 밥벌이를 하고자 했던 자신의 어릴 적 꿈을 이루었다고 한다. "그런데 요즘 누가 피아노 레슨을 받을 만한 여유가 있겠나? 난민 세금이며 뭐며 낼 것이 한둘이 아닌데. 수요와 공급의 법칙 기억나지? 요즘은 선생들이 넘쳐 나." 말콤은 악보를 사고 피아노 조율사의 정기적인 방문에 대한 대가를 치를 정도의 학생들을 가르치고 있었다. "음반도 사기 힘들어. 빌어먹을 밀수꾼들이 계속 값을 올리니까. 심지어 스텐리와 그 아들들의 물건도 형편없고 값은 터무니없이 비싸." 결국 그는 관청에서 일하게 됐다고 털어놓았다.

"그것참, 안됐군." 구스타드가 말했다. "자네의 재능이 아까워."

"음악 해서 돈 버는 사람은 음반 회사에서 일하는 멍청이들뿐이야. 시엠송이나 힌디 어로 된 영화 음악 같은 쓰레기들이야. 하지만 난 그런 식으로 내 영혼을 팔 순 없어. 수년간 고전 음악 훈련을 받고서, 하루 종일 피아노 앞에 앉아서 빌어먹을 딴따라나 연주하라고? 절대 그럴 수는 없지."

어느새 대화는 근황을 묻는 데 이르렀다. "와, 대단한데. 그럼 아직도 쇠고기를 사러 여길 오는 거야?" 말콤이 물었다.

"아니, 그건 아니고. 지금은 정육점 주인한테서 사. 매일 아파트로 오니까 더 편리해." 그는 크로포드 시장을 찾지 않았던 주된 이유에 대해서는 밝히지 않았다. 쇠고기로 인한 폭동과 유혈 사태를 두려워해서라고 하면 영락없이 바보처럼 여겨질 것이었다.

그러나 어찌 됐든 간에, 구스타드는 광신도들이 있는 한은 나중에 후회하는 것보다 조심하는 편이 낫다고 생각했다. 모든 폭동이 그러하듯이 그것은 평화 시위에서 시작되었다. 엄청난 수의 탁발승이 지팡이와 삼지창, 신성한 종교적 도구들을 휘두르며 의회 밖에서 소의 도살을 반대하는 시위를 벌였다. 정치 운동과 선전의 최신 경향을 잘 알고 있던 그들은 소 떼를 동원했다. 구호를 외치고 깃발을 흔들고 공무원들에게 저주를 퍼부으면서 북, 종, 뿔피리, 심벌즈로 소리를 내자 그들 사이에 있던 점잖은 동물들이 흥분해서 음매 울어 대기 시작했다. 신성한 소를 죽이는 자들에게 신의 분노가 내리기를 기원하고 나자, 웬일인지 별안간 (어떤 이들은 신이 개입했다고 주장했다) 시위가 폭력적으로 변했다. 경찰이 발포하자 탁발승들과 소 떼가 놀라서 우르르 도망쳤다. 지팡이, 삼지창, 발굽과 뿔, 총알과 경찰봉으로 인해서 사상자들이 생겨났다. 또한 정치적인 사망도 있었다. 탁발승들에 동조하고 그들의 요구를 조장했던 내무부 장관이 사직서를 제출해야 했다. 그러자 탁발승과 성직자 노조가 전국적인 시위를 승인해서, 그로부터 오랜 시간이 흐르고 나서야 소 도살자들과 쇠고기 먹는 사람들이 자유롭게 숨을 쉴 수 있었다. 구스타드는 크로포드 시장을 멀리했고 쇠고기를 사러 오지도 않았다.

"정육점 주인한테서 고기를 산다고?" 말콤이 물었다. "쯧쯧. 이봐, 고기가 똑같지 않아. 정육점 주인은 절대 목심 부위를 주지 않지. 그런데 오늘은 웬일로 여길 온 거야?"

구스타드는 그에게 로샨의 병에 대해서 말했다. 30년의 세월이 흘렀음에도 그는 대학 시절처럼 말콤이 편안하게 느껴졌다. 그는 또한 자신의 골칫거리이자 망가진 미래인 소랍에 대한 실망도 토로했다. 그런 와중에 딘쇼지의 이야기가 나왔다. "그렇게 훌륭한 친구가 무기력하게 누워 있는 걸 보자니 말할 수 없이 슬프고 고통스러워. 자네와 소식이 끊기고 난 후에 사귄 진실한 친구지." 말콤에게 말하면서 구스타드는 지미 빌리모리아를 떠올렸지만 그 이야기는 하지 않았다. 소령은 그의 인생에서 지워야 했다.

말콤은 마음이 아팠다. "로샨을 도울 수 있는 방법이 하나 있어." 그가 말했다. "그리고 딘쇼지라는 친구도. 성모산이라고 들어 봤나?"

구스타드는 깜짝 놀랐다. 이런 우연의 일치가 있나! "그럼, 들어 봤지."

"대학 때 하던 농담 말고 말이야. 여학생들한테 마리아를 산처럼 정복할 수 있는 방법을 물었던 거 생각나지? 난 지금 성모산 성당을 얘기하는 거야." 말콤이 웃으면서 말했다.

"그런 농담도 있었나. 어쨌든 그 성당은 나도 알고 있어. 최근에 거리의 화가가 내게 성모산의 기적에 대해서 말해 줬지."

말콤은 담벼락을 완전히 바꿔 놓은 훌륭한 화가에 대한 이야기를 듣고서 감동했다. "나와 함께 성모산에 가서 성모 마리아에게 도움을 청하자고." 그가 말했다. "성모님이 로샨과 딘쇼지를 치료해 주실 거야. 기적은 매일 일어나고 있고, 난 수없이 많은 기적을 직접 목격했어." 우선 그가 닭을 골라 주기로 해서 그들은 함께 걸어갔다. 구스타드는 그 성당이 어떻게 카스트나 종교에 상관없이 조로아스터교도, 이슬람교도, 힌두교도를 환영하는 전통을 갖게 되었는지 등에 대해서 알게 되었다. 성모 마리아는 모든 사람을 도왔고 종교적인 차별을 하지 않았다. 그들이 닭장을 지날 때 구스타드는 성당엘 가고 쇠고기를 사고 기독교에 대한 얘기를 들었던 대학 시절의 일요일 아침으로 돌아간 것 같은 기분이 들었다. 구스타드는 주인이 내민 닭을 살펴보면서 친구의 말에 귀를 기울였다.

"잠깐 기다려." 말콤이 말했다. "이거 보이지?" 그는 보기 흉한 닭발을 가리켰다. "싸운 게 틀림없어. 싸움을 한 닭은 절대 사면 안 돼." 그는 주인에게 닭을 가져가라고 했다. "우리가 장님인 줄 아쇼?" 그가 직접 닭을 고르기 시작하자 구스타드는 뿌듯했다. 말콤을 보고 있노라니 번창했던 시절에 크로포드 시장에서 한껏 능력을 발휘하던 아버지가 떠올랐다.

"아주 좋은 놈이군." 말콤은 마음에 드는 닭을 발견하고는 말했다. "여길 만져 봐, 이 깃털 밑을." 구스타드는 손가락 하나로 대충 쑤셔 보고서 고개를 끄덕였다. 주인이 칼을 가지고 뒤로 갔다. 말콤이 구스타드에게 따라오라고 손짓하며 뒤따랐다. "이 작자들은 조심해야 해. 안 그러면 바꿔치기한다니까." 주인이 머리도 가져갈 거냐고 물었다. 구스타드가 고개를 젓자, 주인은 하수도에서 기다리고 있던 까마귀들한테 닭의 머리를 던져 주었다.

"나랑 같이 가자고." 버스 정류장으로 발길을 돌리면서 말콤이 말했다. "오후에 성모산에 가는 게 어때."

옛날 같았으면 그런 제안을 즉각 거절했을 것이다. 종교를 장난삼아 믿는 것은 불쾌하고 부적절하며 자신의 종교와 다른 종교에도 모욕이었다. 그러나 성모산은 달랐다. 뭐랄까, 이미 운명이 정해져 있는 것 같은 느낌이 들었다. 처음에는 거리의 화가가 성모산의 기적을 설명해 주었다. 그리고 오늘 뜻밖에 말콤을 만났다. 그런데 똑같은 얘기를 들었다. 마치 신이 개입하기라도 한 것 같았다. 아마도 신께서 내게 뭔가를 말하고 있는 것이리라.

"좋아. 가자고."

"잘됐네." 말콤이 흐뭇한 듯 말했다. "그럼, 내가 해안선에서 두 시에 도착하는 기차를 탈게. 그랜트 거리 승강장에서 나를 찾으라고."

"알았어." 구스타드가 말했다. "지금이 몇 시지?" 거대한 한지붕 밑의 정육점 주인과 애완동물 가게 주인, 상인과 암상인, 손님과 거지 할 것 없이 모두를 위해서(정전일 때를 제외하고) 충실하게 가고 있는, 크로포드 시장 정면에 걸린 백 년 된 시계가 10시 30분을 가리키고 있었다.

그는 말콤이 소랍의 옛날 학교가 있는 도비탈라오로 걸어서 집으로 가는 것을 지켜보았다. 버스 정류장에서 그는 성 사비에르 학교 근처 경찰서 주변에 있는 담과 난간을 볼 수 있었다. 그곳 안마당에서는 경찰견들이 훈련을 받곤 했다. 언젠가 그는 소랍과 함께 창살문 사이로 도베르만 경찰견들이 표적 인형들을 공격하고 두꺼운 패드를 넣은 조련사들의 팔을 물어뜯는 것을 본 적이 있었다.

버스가 도착하자 구스타드는 불안한 눈빛으로 장바구니를 흘긋 보았다. 이전에 버스에서 피가 뚝뚝 떨어져 곤혹을 치렀던 기억이 여전히 그를 괴롭혔다. 지난 몇 주 동안 그는 장바구니 다루는 기술이 숙달되었다. 바닥과 옆면에는 신문지를 여러 겹 대고 안에다가는 비닐봉지를 넣었다. 비닐봉지가 새기라도 한다면 신문지가 흘러나온 액체를 빨아들일 것이었다. 그것은 완벽했지만, 그가 걱정하는 것도 무리가 아닌 것이, 앞에 있던 여자가 돌아서 그를 불쾌한 표정으로 노려보았다. 그녀는 사리 끝을 쥐고 코와 입을 막았다. 그녀의 눈이 장바구니와 그의 얼굴을 오갔다.

그녀는 장바구니 안에 무엇이 들어 있는지 꿰뚫어 보았다. 그녀는 개처럼 구스타드의 두려움의 냄새를 맡았고, 도베르만의 눈을 번득였다. 빌어먹을 채식주의자들. 고기는 기가 막히게 안다니까. 버스를 타면 재수가 없어. 도둑 시장에서도 그랬지. 궁둥이가 큰 사모님과 부딪쳤어. 어찌나 화를 내던지. 그러나 재빨리 그 여자의 기분을 사로잡았어.

추억에 잠긴 그는 미소를 지었고, 채식주의 여자는 그것을 오만함으로 받아들였다. 그녀는 눈에서 독기를 뿜으며 그를 노려보았다.

3

"딘쇼지 보러 갈게." 점심을 먹고 난 후 구스타드가 딜나바즈에게 말했다. 그는 일찍 돌아와 병원에 들러서 자신의 거짓말을 조금이나마 만회하고 싶었다. 그는 딘쇼지를 방문하는 일요일 오후 시간을 다 써 버리는 것이 꺼림칙했다.

비라르로 가는 고속 열차가 두 시에 그랜트 거리역에 들어섰다. 열차를 타고 내리는 사람들의 북새통이 끝나고 기차가 빠져나갔다. 기차에는 사람들로 넘쳐 나는 삼등칸, 쿠션이 깔려 있는 일등칸, 아무도 치근덕거리거나 손가락 하나 들어가지 못할 만큼 촘촘한 특수 금속 창살 창문이 달린 여성 전용

칸이 있었다. 승강장 표지판이 바뀌고 다음 기차의 도착을 알렸다. 구스타드는 복잡하게 쓰인 표지판을 유심히 살펴보았다. 그사이에 열차가 도착했고 말콤이 그를 불렀다. 잠시 후 두 사람은 뭄바이 중앙역에서 창가 자리에 앉을 수 있었다. "이건 완행열차야." 말콤이 말했다. "항상 그렇듯이 수요와 공급의 문제지."

구스타드는 창밖으로 스쳐 지나가는 승강장의 파랗고 하얗고 빨간 표지판들을 읽어 보았다. 마할락슈미, 남부 파렐, 엘핀스톤 거리, 다다르. "다다르." 구스타드가 말했다. "소랍이 7학년 때 함께 이곳에 왔었어. 페르베즈 가게에서 참고서를 샀지."

"거기는 왜?"

"그곳에서 학생들을 도와주는 사회사업을 하고 있어." 구스타드는 과거를 떠올리면서 미소를 지었다. "소랍이 거기 있는 책들을 보고 무척 좋아했지. 그래서 8학년, 9학년, 10학년, 11학년 책들을 전부 읽어 보고 싶어 했어. 나이 많은 아주머니가 소랍에게 '애야, 해마다 차근차근 읽어야지, 한꺼번에 너무 많이 읽으면 체한다.'라고 했어." 구스타드가 아주머니 말투를 흉내 내자 말콤이 웃었다. 구스타드가 말을 이었다. "내가 맨 처음 아버지의 서점에 갔을 때도 그랬어. 그 자리에서 모든 책을 읽으려고 했지. 마치 금방 사라져 버리기라도 할 것처럼 말이야." 말을 마친 그의 얼굴이 흐려졌다. "결국은 집행관과 함께 사라져 버렸지." 기차가 마툰가 역에 도착했다.

"우리 삼촌 승합차로 가구 숨겼던 거 기억나지? 밤에 말이야." 말콤이 물었다.

"그럼, 빌어먹을 집행관의 트럭이 오기 하루 전이었지."

"아직도 그 가구 가지고 있어?"

"물론이지. 최고급품인데. 우리 할아버지가 직접 만드신 거 알지? 아직도 완벽한 상태를 유지하고 있어." 구스타드가 자랑스럽게 말했다. 기차가 마힘 강을 건너자 짠 바다 냄새와 뒤섞인, 정화되지 않은 생활하수의 악취 때문에 그들은 코를 찡그렸다.

"얼마나 더 가야 되지?" 구스타드가 물었다.

"바로 다음 역이 반드라야."

*

승강장에 있는 그들에게 노파가 발을 끌면서 다가왔다. 노파의 어깨는 양초로 가득한 카키색 천 가방에 짓눌려 있었다. 노파의 눈가에는 눈물처럼 보이는 붉은 물기가 어려 있었다. 너덜너덜해진 가방에서 흰 양초 심지들이 익살맞게 밖으로 비어져 나와, 노파가 하고 싶은 말을 대신하는 듯했다. 노파의 몹시 여윈 얼굴과 백발이 성성한 머리는 〈메리포핀스〉에 나오는, 성 바오로 성당의 계단에 앉아 있는 새의 여인을 연상케 했다. 불쌍한 사람, 나이도 많은 데다가 지쳐서……. 성 사비에르 학교 체육관 건립 모금을 위한 축제 날 저녁에 특별 개봉된 영화였는데 한 단어로 된, 제목이 매우 긴 노래가 나왔었다. 집으로 돌아왔을 때 유일하게 소랍만이 그 제목을 기억하고 있었다. "슈퍼카였나, 슈퍼프레지였나, 슈퍼칼리프레지였나……."

"뭐라고?" 말콤이 물었다.

"아, 아무것도 아냐." 그 녀석, 기억력이랑 머리 하나는 끝내 주게 좋은데.

정말 아까워.

"성모산에 쓸 양초요." 노파가 카키색 가방에서 양초를 한 움큼 꺼내며 중얼거렸다.

구스타드가 머뭇거렸다. "이봐, 그냥 가." 말콤이 말했다. "이런 사람들은 믿을 수 없어. 불순물을 섞어서 양초가 제대로 타질 않아. 성당 근처에 가면 좋은 양초를 살 수 있어."

노파는 힘없는 목소리로 다시 한 번 중얼거리더니 그들이 무시하고 지나치자 쫓아오면서 소리소리 질러 댔다. "너도나도 성당 근처에서 살면 난 어쩌라고? 무슨 수로 입에 풀칠을 하라고?" 노파가 무슨 말을 더 했지만 발작적으로 기침을 하는 바람에 그 소리는 들리지 않았다.

기차역 밖에서 말콤이 미터기를 달지 않은 택시 운전사와 요금을 흥정했다. 택시가 출발하자 운전사가 좌석 밑으로 손을 집어넣더니 중간 크기의 양초를 한 묶음 꺼냈다. "성모산에서 필요하시죠?" 운전사가 간절히 물었다.

"필요 없소." 말콤이 거절했다.

운전사는 끈질겼다. "더 큰 걸 원하십니까? 뒷좌석에 크기별로 죄다 있습죠."

"됐소. 우린 양초 필요 없소." 말콤은 격렬하게 덜커덕대는, 반쯤 올라간 차창에 정신이 팔려 있는 구스타드에게 '내가 알아서 처리하겠다'는 표정을 지어 보였다. 차창 손잡이가 없어서 창문을 올리거나 내릴 수 없었다.

"뒷좌석에 성모산에서 필요한 게 구비되어 있습죠." 운전사가 말했다. "풀세트로 있습니다. 손발, 다리와 허벅지, 머리통, 손가락과 발가락도 낱개로 전부 다 있습니다." 신체 부위에 대한 장황한 설명에 구스타드는 덜커덕거리는 차창에서 시선을 뗐다. "무릎과 코, 눈과 귀도 물론 있습죠. 원하시는 건 모두⋯⋯."

"필요 없다고 몇 번이나 말해야 알아듣겠소?" 말콤이 쏘아붙였다. 부루퉁해진 운전사는 언덕이 나타나자 악의적으로 기어를 바꾸었다. 차가 언덕을 올라갔다. 나무들과 빌딩들 사이로 깨진 거울 조각처럼 반짝이는 바다의 모습이 조금씩 희미하게 보이기 시작했다. 이윽고 햇볕 아래서 뜨겁고 검게 반짝이는 바위 해변이 보였다. "성당에 들렀다가 저기로 가자고." 말콤이 말했다. "산들바람과 함께 바닷물이 들어올 때 바위에 앉아 있으면 정말 기분이 좋아. 마음이 매우 평화로워지지."

택시가 출입구 옆에 서자 양초를 쥔 아이들이 뛰어왔다. 운전사가 아이들을 쫓아냈다. 구스타드가 택시비를 내려고 했지만 말콤이 막았다. "오늘은 내가 모시는 거야." 그들이 출입구 옆에 있는 손수레로 시선을 돌리자, 양초를 팔려고 했던 택시 운전사가 두 팔을 공중으로 들어 올렸다. 운전사는 차바퀴를 겉돌게 하더니 급회전을 한 후에 떠났다. 먼지 바람이 말콤과 구스타드를 감쌌다. "빌어먹을 놈." 말콤이 말했다.

바퀴가 네 개 달린 손수레가 두 개 있었는데, 성당 방문객에게 필요한 것들이 산더미처럼 쌓여 있었다. 손수레 위에는 쇠막대기 틀에다가 방수포 지붕을 씌워 놓았다. 손수레 하나는 검은 옷을 입고 조각상처럼 나무 의자에 앉아 있는 뚱뚱한 노파가 지키고 있었다. 또 하나는 깔끔하게 차려입은 젊은 남자가 지키고 있었다. 그들이 파는 물건들은 거의 똑같았다. 묵주, 성화, 플라스틱으로 만든 예수, 은 목걸이에 달린 은 십자가 장식, 탁상용으로 만든 십자가에 못 박힌 예수상, 벽걸이용으로 만든 십자가에 못 박힌 예수상, 성경, 액자에 끼운 성모산 사진, 다른 도시에서 온 순례자들을 위한 뭄바이 기념품 등. 그러나 이러한 물건들은 손수레 가장자리에 놓여 있었고, 가운데에는 밀랍 제품들이 진열되어 있었다.

반듯하게 줄을 지어서 손가락, 엄지손가락, 손, 팔꿈치, (손가락이 붙어 있는) 팔, 무릎, 발, 허벅지, 다리 등이 있었다. 손과 발은 어린아이 것, 어른 것, 왼쪽 것, 오른쪽 것이 모두 있었다. 머리, 눈, 코, 귀, 입술은 따로 놓여 있었다. 온전한 모습의 남자와 여자 밀랍 인형도 있었다. 그곳에는 택시 운전사가 그들에게 팔려고 했던 것과 똑같은 팔다리, 몸통 부위와 그 세부 부위가 해부학적으로 갖춰져 있었다.

그때 문득 구스타드의 눈앞에 팔다리들이 밀랍으로 만든 것처럼 무방비 상태로 흐느적거리며 힘없이 달려 있던, 접골사의 진료실 모습이 떠올랐다. 잊고 있던 고통이 그의 왼쪽 엉덩이뼈를 예리하게 쑤셨다. 그는 손으로 이마를 닦으며 고통에서 벗어나려 했다. 그는 그곳이 터소 여사의 미완성 밀랍 인형관 같다고 생각했다.

"뭔지 알겠지?" 말콤이 설명했다. "아픈 사람들이 이곳에 와서 문제가 있는 부위를 봉헌하는 거야. 수리 공장이라고 생각하면 돼. 성모 마리아는 고통받는 사람들을 고치는 수리공인 셈이지. 못 고치는 게 없어." 그의 현실적인 비유에 구스타드는 슬며시 웃었다. 수리 공장이라, 거 괜찮구먼. 페이마스터 박사의 동네에 있는 수리공들처럼 말이지.

"어떤 사람들은 다른 방법을 쓰기도 하지." 말콤이 말을 이었다. "처음에 성모 마리아를 찾아와 기도할 때 다 낫고 나면 아픈 부위를 가지고 돌아오겠다고 약속해. 그런데 난 이게 이해가 안 돼. 고장 난 손목시계를 시계 수리공한테 맡기지 않고 고칠 수 있을까?" 결론은 반박의 여지가 없었다. 뚱뚱한 노파가 그 말에 동감한다는 듯 고개를 끄떡였다. "그리고 또," 말콤이 말했다. "마치 거래를 하는 것 같잖아, 안 그래? 난 선불을 내고 전적으로 성모 마리아를 믿을 거야." 노파의 몸이 떨렸다. 그녀의 얼굴에는 아무런 표정도 없었기 때문에 기쁨으로 떠는지는 알 수 없었다.

말콤이 여자아이의 몸통을 골라 구스타드에게 주었다. "이건 로샨을 위해서. 그다음은 병원에 있는 딘쇼지를 위해서야. 암이 번졌다면 제일 좋은 건 몸 전체를 사는 거지." 그는 마지막 줄에 있는 남자 인형을 가리켰다. 검은 옷을 입은 노파가 의자에서 가까스로 몸을 일으켰다. "또 누가 있지?"

구스타드가 망설였다. "성모 마리아가 머리도 고쳐 줄 수 있나? 그러니까 마음 말이야. 똑바로 생각하지 못하는 사람을 위해서."

"그래, 맞아. 소랍한테도 분명히 효과가 있을 거야." 말콤이 남자 머리를 골랐다. "엉덩이뼈는 어쩔 거야?"

"아니, 됐어. 괜찮아."

"이봐, 무슨 소리야. 오늘 오전에만 해도 시장에서 절뚝거리는 걸 봤는데. 어서, 쑥스러워하지 말고." 의자에 앉은 뚱뚱한 노파가 몸을 옆으로 틀어 구스타드를 이리저리 살펴보았다. 나름대로 판단을 내린 노파는 능숙하게 밀랍 다리를 골랐다. "이거 좋네." 말콤이 말했다. "얼마나 도움이 되는지 알게 될 거야. 또 없나?" 구스타드는 지미가 생각났다. 나에게 애원하는 편지를 보냈어. 굴람 모하메드가 말한 무서운 이야기들. 지미의 적들이 그를 제거하고…….

"다른 사람 없어?" 말콤이 다시 물었다.

"아니, 없어."

뚱뚱한 노파가 물건 값을 계산했다. "효험이 있을 거야." 말콤이 말했다. "단, 돈은 자네가 내야 해. 내 돈은 아무런 소용이 없어."

"그럼, 당연히 그래야지."

"양초 네 개는 저기서 사자고." 다른 손수레로 발길을 옮기면서 말콤이 말했다. "공평하게 하려고 난 항상 두 군데서 사."

구스타드가 돈을 지불한 후 그들은 사람들로 가득 차서 뜨겁게 달아오른 성당 안으로 들어갔다. 봉헌할 양초를 든 신자들이 차례차례 제단으로 나아갔다. 천장 선풍기에 앞에 있는 여인의 베일이 날려 구스타드의 얼굴을 간질였다. 수백 개의 양초가 납작한 쇠 쟁반에서 맹렬히 타올랐다. 촛불들은 제단을 밝은 오렌지색으로 비추었다. 수많은 팔다리와 인형이 온통 쟁반 주변을 뒤덮고 밀랍의 세계를 만들어서 고통받는 사람들을 대신해 기도하고 있었다. 양초에서 뿜어 나오는 강렬한 열이 밀랍의 모양을 일그러뜨렸다. 친구를 따라서 구스타드가 무릎을 꿇자, 말콤이 밀랍 물건들을 내려놓고 양초에 불을 켜라고 했다. 그러나 뜨겁게 타오르는 불길 속에서 빈 공간을 찾기란 어려웠다. 말콤이 주위를 살폈다. 그는 반쯤 녹아내린 양초 몇 개를 재빨리 넘어뜨려서 빈 공간을 만들었다. 그것은 마치 탁구에서 백핸드 스매시를 날리는 것 같았다. "그래도 괜찮아?" 구스타드가 속삭이며 물었다.

"아, 괜찮아. 나중에 누군가 자네 것에도 똑같이 할 거야. 중요한 건 양초에 불을 켜는 거지." 그는 구스타드에게 중앙에 있는 성모상을 가리켰다. "저게 바로 어부들이 발견한 성모상이야."

성모상은 금으로 수놓은 화려한 옷을 걸치고 있었고, 옷에 박힌 보석과 준

보석 같은 것들이 촛불 옆에서 반짝이고 있었다. "이 옷도 어부들이 찾은 건가?"

"아냐. 나중에 기부금으로 만들어진 거야." 구스타드는 성모상이 맨 처음 해안에 도착했을 때 무엇을 입고 있었는지 궁금했다.

"성모상의 왼팔에 안긴 아기 예수 보이지? 일 년에 한 번 아기 예수가 움직여. 내년엔 아기 예수가 오른팔에 안겨 있을 거야. 어떻게 그런 일이 일어나는지는 아무도 몰라. 진짜 기적이지." 그 말을 끝으로 말콤은 입을 다물었다. 그는 성호를 긋고 기도를 시작했다. 손을 모으고 머리를 숙인 구스타드는 로산이 기운을 회복하고 다시 건강해지기를 기원했다. 또한 딘쇼지에게는 통증이 가라앉기를, 소랍에게는 분별력이 돌아오기를 기원했다. 그는 자신의 엉덩이뼈에 대해서는 신경 쓰지 않았다. 그건 별로 중요하지 않았다.

*

바닷물이 점점 차올라 만조에 다다르고 있었다. 두 사람은 물에 젖지 않은 평평한 큰 바위를 찾아서 앉았다. "정말 아름다운 곳이군." 구스타드가 말했다.

"맞아. 특히 반드라의 이쪽은 무척이나 아름답지. 그런데 어리석은 놈들이 간척과 개발을 계획하고 있어."

"로산이 이곳을 좋아할 거야. 초파티 해변이나 마린 드라이브에 갔을 때 로산이 앉아서 파도를 바라보는 걸 정말 좋아했거든."

선풍기 바람에 나부낀 어느 여인의 베일이 구스타드의 뺨을 간질였던 것처럼, 때때로 소금 물보라가 그들의 얼굴을 가볍게 어루만졌다. 잠시 후 그들은 새로운 바위로 옮겨 가야 했다. "바다가 우리를 밀어내는군." 말콤이 말했다.

그들은 대학 시절과 당시의 나이 많은 괴팍한 교수들과 신부들에 대해서 즐겁게 얘기를 나누었다. 구스타드는 말콤의 가족이 매일 저녁 자신을 집으로 초대하고, 음악을 들려주고, 심지어는 공부할 장소까지 제공해 주어서 늘 고마웠다고 했다. 그들은 크로포드 시장에서 나눴던 이야기가 부족했던지 서로를 위해서 지난 세월의 공백을 메워 주려고 노력했다. 그러나 시간을 삼켜 버린 거대한 심연을 한꺼번에 메우는 일은 거의 불가능했다. 그들은 기억의 지하 저장실을 비틀거리고 더듬어 가면서 손에 쥔 작은 가닥들에 만족해야 했다.

"자네는 아버지와 함께 소나타를 연주했었지." 구스타드가 말했다. "다디 다다디딤, 따따딤, 따따딤, 따따딤…… 기억나?"

"그럼, 당연하지." 말콤이 주저 없이 말했다. "세사르 프랑크의 바이올린 피아노 소나타 A의 마지막 악장이지. 아버지가 가장 좋아하신 곡이었어."

"나도 그 곡을 제일 좋아했어." 구스타드가 말했다. "이따금 불을 켜기 전 어두워 가는 저녁에 그 곡을 연주하곤 했지. 곡이 아름다워서 하마터면 눈물을 흘릴 뻔했어. 그 곡 때문에 슬퍼서 그랬는지 기뻐서 그랬는지는 정확하게 모르겠지만 말이야. 뭐라고 설명하기가 어려워." 정말 어려웠다. 멀쩡한 혀를 가지고서도, 마치 테물처럼 말을 하기가 힘들었다.

"내가 이 말 하면 안 믿을걸." 말콤이 말했다. "아버지가 뇌졸중으로 건강이 안 좋아 바이올린을 쥐지도 못하고 당신의 이름도 기억하지 못했지만, 그 소나타가 항상 아버지의 머릿속에 있었어. 아버지는 말을 전혀 하지 못했고 입으로만 소리를 낼 수 있었지. 아버지는 그 마지막 악장을 항상 흥얼거리셨어."

말콤이 휘파람으로 그 곡을 부르자 구스타드는 즐거운 미소를 지었다. "난 자네 아버지가 바이올린의 활에 로진을 바르는 모습을 구경하는 게 좋았어. 그럴 때마다 집중하느라고 얼굴을 찡그리셨지. 그리고 나서 연주가 시작됐고, 생명력과 힘이 넘치는 바이올린 활이 아래위로 움직이는 걸 보면 이상한 기분이 들었어. 자네 아버지는 필사적으로 뭔가를 찾는 듯했지만 번번이 실망하시는 것 같았어. 뭔가를 찾기 전에 그 곡은 끝이 났지."

무슨 말인지 알겠다는 듯이 말콤이 고개를 크게 끄덕였다. 구스타드가 말을 이었다. "그런데 묘한 건, 우리 아버지도 똑같은 표정을 지었다는 거야. 독서를 할 때면 아버지가 알고 싶어 하는 것이 채워지지 않은 채 책의 마지막 장을 넘기는 것이 아쉽다는 표정이셨지."

"그게 인생이야." 말콤이 말했다. 바닷물이 밀려와 그들은 또다시 다른 곳으로 옮겨야 했다. 그들의 대화가 점차 현재로, 정치로, 나라 살림으로 옮겨 갔다. "이봐, 인디라 간디가 유럽의 나라들을 방문했을 때 그들은 하나같이 공감을 표시했어. 하지만 어느 나라도 파키스탄이 제대로 처신하도록 행동하지 않았지. 그러니 전쟁 말고 남은 게 뭐가 있어?"

"맞아. 난민 구호 세금은 끔찍해." 구스타드가 말했다. "중산층은 살 수가 없다니까." 그는 은행에서 일하면서 점점 많은 사람이 저축해 둔 것을 야금 야금 찾아다 쓰는 것을 보아야 했다. 그는 말콤에게 시 당국에서 일하는 건 어떠냐고 물었다.

"지겨워 죽겠어." 말콤이 말했다. "얘기할 가치도 없어." 그는 자신의 손목시계를 보았다. "이제 그만 갈까?"

그러나 밀려오는 바닷물, 마음을 달래 주는 흰 구름들로 덮여 있는 파랗고 붉은 하늘, 춤추는 바다 거품과 바닷물에 씻겨서 반짝이는 바위들, 얼굴을 간질이는 소금기 있는 산들바람, 이 모든 것으로 인해 구스타드는 정말 오랜만에 마음의 평화를 찾아 가고 있었다. 그래서 그는 더 있기로 했다. 말콤은 피아노 수업을 하러 가야 했기 때문에, 그들은 또 연락하기로 하고 악수를 나누었다. 구스타드는 말콤에게 성모산에 데리고 와 줘서 고맙다고 했고, 말콤은 오히려 자기가 즐거웠다고 대답했다.

홀로 남은 구스타드는 수평선을 바라보았다. 그곳에서는 바다가 고요했다. 바다의 물결은 해안가에서만 바쁘게 움직일 뿐이었다. 바닷물이 하늘을 만나는 저 끝은 얼마나 고요하며 평온한가. 파도가 그가 앉아 있는 바위에 세차게 부딪쳤다. 그 순간 강렬한 느낌이 들었다. 뭘까? 기쁨? 아니면 슬픔? 그게 중요한가? 그것은 말콤의 아버지가 연주하던 소나타와도 같았다. 또는, 그 옛날 새벽녘에 떠오르던 태양이 아파트 단지로 황금빛 햇살을 행복한 눈물처럼 쏟고 외톨이 나무에서는 참새들이 지저귀던 때와도 같았다.

태양이 바다 아래로 가라앉았고, 비로소 태양의 하루 여행은 끝이 났다. 그리고 그러한 달콤하고도 씁쓸한 기쁨 때문에 구스타드는 살면서 중요했던 것들이 생각났다. 그는 그것들을 하나씩 기억해 내기 시작했다. 가구 공장의 경쾌한 공구 소리와 하루 일과가 끝난 후의 침묵. 네 마리의 말이 끄는, 번쩍이는 황동 등불이 달린 아버지의 마차를 타고 있으면 목적지는 중요치 않고, 나들이가 끝나고 마구간으로 말을 데리고 들어갈 때까지 말굽 소리를 듣는 것만으로도 마법에 걸린 것 같았다. 아버지의 멋진 파티에는 훌륭한 음식과 음악, 옷, 사람들, 그리고 장난감들이 있었다. 그러나 항상 저녁 어느 때쯤, 음식을 다 먹고 손님들이 떠나고 음악이 멈추고 나면 침대로 들어가서 불을 끄고 자야 한다는 생각이 들곤 했다.

소나타의 도입 부분이 구스타드의 머리에서 떠나질 않았고, 차마 흘릴 수 없었던 눈물이 이제 그의 두 눈을 뜨겁게 적셨다. 밀려온 파도에 그의 신발 끝이 닿아서 약간 젖었다. 다음 파도에 발가락이 모두 젖었다. 이곳 바닷가에서 운다면 눈물이 파도와 섞일 것이라고 생각했다. 눈에서 나온 소금물이 바다의 소금물과 합쳐질 것이었다. 그러한 생각들이 경이롭게 다가왔다. 그는 자신이 앉았던 바위가 바닷물에 완전히 잠길 때까지 서서 지켜보았다. 마침내 그는 말콤이 알려 준 대로 반드라 역으로 향했다.

구스타드가 그랜트 거리역에서 내려 집으로 걸어갈 때 노래 제목이 떠올랐다. '슈퍼칼리프레질리스틱엑스피엘리도셔스'. 그는 그 제목을 낮은 목소리로 다시 한 번 외워 보았다. 내일 딘쇼지한테 가서 말해 주면 좋아할 거야. 그러면 오늘 못 찾아간 게 만회되겠지.

16부

1

구스타드가 파르시 종합 병원에서 돌아올 시간이어서 딜나바즈는 문구멍
으로 확인도 하지 않고 현관문을 열었다. 그녀는 턱수염이 있는 남자를 보고
는 깜짝 놀랐다. 그가 자신을 굴람 모하메드라고 소개하자마자 그녀는 문을
쾅 닫고 안에서 걸어 잠그고 싶은 충동이 일었다.

"노블 씨는 안 계십니까?"

"나갔어요." 악당 같은 소령이 우리 머리 위에 던져 놓은 재난은 언제쯤 끝
이 날까? "위독한 친구가 있어서 병원에 갔어요." 이 악마에게는 설명해 줄
필요도 없는데. 하지만 이 작자도 사람이라면 딱하게 생각하겠지.

"아파트 단지에서 기다리겠습니다." 잘됐다. 집 안에 이런 작자를 들일 순
없지, 하고 그녀는 생각했다. 우리한테 그런 짓을 해 놓고서 감히 여기가 어
디라고 찾아오는 것일까.

그러나 그녀는 마음을 바꾸었다. "안에 들어와 앉으세요." 이렇게 해야 현
관문에서 구스타드에게 미리 경고할 수 있으리라.

"정말 고맙습니다."

그녀는 부엌에서 거실을 불안하게 흘긋흘긋 보았다. 그녀는 검은 턱수염을
기른 작자에게 그에 대한 자신의 생각을 정확하게 말해 주었으면 좋겠다고
생각했다. 부엌문 쪽으로 친절하게 웃어 보인 그는 환기창과 창문에 붙어 있
는 검은 종이가 궁금한 모양이었다.

"구스타드구스타드구스타드." 테물이 유리창 너머에서 소리를 질렀다.
"제발제발구스타드제발."

"실례합니다." 굴람 모하메드가 말했다. "누군가 노블 씨를 찾고 있습니다."

딜나바즈가 현관문으로 갔다. "무슨 일이야?"

"구스타드구스타드제발요."

"밖에 나가고 없어."

그는 겨드랑이를 긁으며 곰곰이 생각하더니 나머지 말이 생각난 듯했다. "전화전화전화.정말중요한전화."

"쿠트피티아 할머니가 널 보냈니?" 테물이 고개를 끄덕이며 동물의 발톱 같은 두 손으로 겨드랑이를 긁었다. "그만 해!" 그녀가 소리치자 테물이 손을 밑으로 내렸다. "구스타드 아저씨가 나중에 갈 거라고 전해." 검은 턱수염의 악당을 집에 혼자 남겨 둘 수는 없었다. 그런데 일요일 날 누가 전화를 한 걸까?

곧 구스타드가 도착했으므로 그녀의 궁금증도 금세 풀렸다. 현관문에서 그녀는 누가 왔는지 작은 목소리로 말했다. "그냥 여기에 있을까요, 아니면 전화 메시지를 받으러 갈까요?"

"전화 메시지 받으러 가 봐." 구스타드가 말했다. "나 혼자서 저 사람과 얘기하는 게 나을 것 같아."

구스타드가 들어오자 굴람 모하메드가 자리에서 일어섰다. 그가 내민 손을 무시하며 구스타드가 말했다. "지난번에 분명히 말씀드렸을 텐데요. 당신이나 빌리모리아 씨와 더는 연관되고 싶지 않다고요."

"노블 씨, 제발 화내지 마십시오. 귀찮게 해서 죄송합니다. 약속드리지요. 이번이 마지막입니다. 하지만 지난번에 빌리 보이의 요청에 대해서 생각해 보시겠다고 하지 않으셨습니까? 델리로 가는 일에 대해서 말입니다." 그는 거의 애원하며 달래듯이 말했다. 협박하고 거칠게 굴었던 모습은 전혀 찾아볼 수 없었다. "노블 씨, 6주가 넘게 기다렸습니다."

"아뇨. 가는 건 불가능합니다. 난……."

"노블 씨, 이걸 보십시오." 그는 서류 가방을 열었다. 설마 또 신문은 아니겠지, 라고 구스타드는 생각했다. 그러나 또 신문이었다.

굴람이 기사를 가리켰다. "빌리 보이에 대해서입니다. 직접 보시죠."

밖은 아직도 밝았지만 유리창이 검은 종이로 덮여 있어서 방은 어두웠다. 구스타드는 책상 등불을 켰다.

RAW 사기 사건 판결 임박

총리의 목소리를 흉내 내 국영 은행을 속여서 6백만 루피를 빼앗은 RAW 요원 빌리모리아 씨에 대한 최근 판결에 이어서, 어제 그의 재심 청구가 기각되었다. 재심의 필요 여부에 대한 결정을 내리기 위해서 구성된 특별 수사팀의 팀장이 증거에 대한 재조사를 철저히 하기 위해서 더 많은 시간을 요청했다고 알려졌다. 그러나 그러한 요청이 있은 지 얼마 후 그는 그랜드 트렁크 거리에서 교통사고로 목숨을 잃었다. 그의 후임자는 수사를 재빨리 종결했다. 수사팀의 보고서는 재심이 필요치 않다고 결론지었다. 곧 최종 판결이 있을 것으로 예상된다.

구스타드는 신문을 접어서 돌려주었다.

"그의 마지막 기회였습니다." 굴람이 말했다. "하지만 법원은 최상층에 있는 사람들의 꼭두각시에 불과합니다. 어리석은 놈들은 수사팀 우두머리가 갑자기 교통사고로 죽으면, 그게 무엇을 의미하는지 우리가 모를 거라고 판단한 모양입니다." 그는 주먹을 불끈 쥐었다가 폈다. "이제 시간문제입니다. 제발 가서 빌리 보이를 만나십시오. 그들이 그를 없애기 전에요. 부탁입니다."

"왜 자꾸 그를 없앨 거라고 하는 거요? 여긴 러시아나 중국이 아닙니다." 하지만 일이 석연찮게 돌아가는 건 사실이었다.

굴람이 고개를 힘없이 저었다. "노블 씨, 당신을 어떻게 설득해야 할지 모르겠군요. 하지만 사실입니다."

"좋아요, 그게 사실이라고 합시다. 그가 나를 만나는 일이 그렇게 중요한가요?" 구스타드는 강경한 목소리로 말하려고 했다. "그는 나에게 거짓말을 하고 자신의 목적을 위해서 나를 이용했어요."

"그렇지 않습니다. 그는 당신을 걱정했어요. 그는 체포된 후에도 당신이 곤란을 겪지 않도록 최선을 다했습니다."

"그러나 델리로 가는 건 불가능합니다. 회사에서……."

"노블 씨, 이렇게 부탁드립니다." 그는 애원했다. "사흘이면 충분합니다. 기차를 타고 떠나면 다음 날 아침에 도착해서 감옥으로 면회를 가면 됩니다. 제가 모든 준비를 해 놓겠습니다. 그다음 날이면 돌아올 겁니다." 그는 셔츠 주머니에서 작은 봉투를 꺼내 구스타드에게 건넸다.

"이게 뭡니까?"

"왕복 기차표입니다. 받으십시오."

봉투 속에는 금요일 날 떠나는 침대칸 예약 기차표가 있었다. 그리고 감옥

주소도 있었다. 그는 봉투를 굴람에게 돌려주었다. "그렇게 안 하는 것이……"

"노블 씨, 부탁입니다. 당신의 친구를 위해서 해 주십시오. 그는 여전히 당신을 형제처럼 사랑하고 있습니다."

형제처럼. 그렇지. 나도 그를 형제처럼 사랑했었지. 코다다드 아파트에서 함께 살았던 여러 해 동안 말이야. 해가 뜨면 같이 기도를 하고, 아이들은 커 갔고, 좋은 일이 많았고, 즐거움과 웃음을 함께 나누었지. 그런데 지금은 모든 게 어떻게 된 거지? 지미는 감옥에 있고 나를 찾고 있다. 뭐라고 해야 하지?

"좋소." 그는 기차표를 받았다. 그렇게 말하고 나자 굴람에 대한 증오심도 사그라졌다.

"노블 씨, 고맙습니다. 당신을 보면 빌리 보이가 무척 좋아할 겁니다. 하지만 한 가지만 부탁하겠습니다. 제가 말한 것을 그에게 말하지 마십시오. 그가 일말의 희망이라도 가지고 있다면 그렇게 하도록 내버려 두십시오."

현관문으로 가던 굴람이 벽장에 있는 빈 헤라클레스 30년산 술병을 발견했다. 구스타드는 아직도 그것을 버릴 수 없었다.

"빌리 보이가 가장 좋아했던 술이죠. 옛날 카슈미르에서부터 그랬습니다."

"압니다." 구스타드가 말했다. "그가 내게 준 술입니다."

딜나바즈가 쿠트피티아의 집에서 돌아왔다. 굴람이 떠나면서 구스타드와 화기애애하게 얘기하는 것을 듣고 그녀는 놀랐다. "저 사람이 원하는 게 뭐예요?"

구스타드가 자초지종을 설명해 주었다. 그녀는 모든 게 미심쩍었지만, 전화 메시지가 긴급했기 때문에 따지지 않았다. "파르시 종합 병원에서 전화가 왔었어요. 알라마이 부인한테 전화 연락이 안 됐다면서."

그가 올려다보더니 알겠다는 표정을 지었다. "딘쇼지가……?"

그녀가 고개를 끄덕였다. "한 시간쯤 전에요."

그는 두 손으로 얼굴을 가렸다. "불쌍한 딘슈. 편안하게 갔대? 병원에서 뭐라고 했대?"

"오후 늦게 의식을 잃었대요."

구스타드가 일어섰다. "당장 가 봐야겠어. 알라마이한테 연락이 안 됐다면 혼자일 거야."

"그런데 이해가 안 돼요. 당신 거기 갔었잖아요. 언제 병원에서 떠난 거예요?"

그의 거짓말, 그의 실패한 속임수는 중요하지 않았다. "오늘 딘쇼지한테 안 갔어. 반드라에 있는 성당에 갔었어. 성모산에."

그녀는 기가 막혔다. "성당에요? 갑자기 거긴 왜요?"

다시 앉은 그가 손으로 턱을 괴었다. "걱정 마. 개종을 한 건 아니니까. 오늘 아침에 크로포드 시장에 갔다가 우연히 말콤 살단하를 만났어. 깜짝 놀랐지. 그동안 계속 만나 왔던 것처럼 이야기를 나누었어." 그는 그녀에게 성모산에 대한 이야기를 들려주었다. "말콤은 매일 기적이 일어난다고 했어."

그녀는 금세 알아들었다. 결국 구스타드와 그녀가 갈망하는 것은 똑같았지만, 단지 그 길이 달랐을 뿐이다.

"그런데, 한 가지는 확실하구먼. 딘쇼지에게 기적은 일어나지 않았어." 그가 쓸쓸하게 말했다.

딜나바즈가 그의 어깨를 부드럽게 쓰다듬었다. "당신은 최선을 다했어요. 당신 잘못이 아니에요."

그녀의 위로는 비난의 화살촉처럼 그를 찔렀다. 불법 입금, 로리의 불평과 그에 따른 딘쇼지의 침묵이 떠올랐다. 그건 내 잘못이었어. 딘슈가 조용해지자 모든 게 변했어. 내가 그를 침묵시킨 거야.

"딘쇼지 씨는 오랫동안 몸이 아팠어요." 딜나바즈가 그를 다시 위로했다. "로샨의 생일날 그 사람 얼굴이 어땠는지 생각나요?"

"그래, 기억나." 비켜요, 비켜, 덜커덕거리는 손수레 지나가요. 그의 머릿속에서 그 말이 계속 맴돌았다. 비켜요, 비켜, 덜커덕거리는 손수레 지나가요. 마침내 그 손수레는 멈추었고 방황은 끝이 났다. 드디어 구스타드의 계관 시인에게 평화가 찾아온 것이다.

"괜찮아요. 울고 싶으면 울어요." 그녀는 그가 앉아 있는 의자에 몸을 기대며 팔로 그를 감쌌다. 그는 뜨거워진 눈을 들었다. 그는 물기 없는 눈으로 그녀를 바라보며 태연한 표정을 지었다. 그도 그녀를 안았다. 그때 거실로 들어오던 로샨이 엄마 아빠가 안고 있는 것을 보고 기뻐했다. 로샨은 여윈 팔로 그들을 모두 안으려고 했다. 구스타드가 로샨을 들어서 자신의 무릎에 앉혔다.

"우리 예쁜이, 몸은 좀 어때?"

"괜찮아요." 로샨이 그들의 얼굴을 살폈다. "그런데 아빠, 왜 그렇게 슬퍼 보여요?" 로샨이 그의 입술 양 끝으로 손가락을 가져가 웃는 모습을 만들려고 하면서 낄낄 웃었다.

"왜냐면 슬픈 소식을 들어서 그래." 딜나바즈가 말했다. "생일날 왔던 딘쇼지 아저씨 알지?"

로샨이 고개를 끄덕였다. "나한테 자꾸 간지럼 태우고 간질, 간질, 간질, 하면서 나를 웃겼잖아요. 또 '건강하고, 돈 많이 벌길 바란다. 금을 가득 가지길 바란다.'고 했고."

"우아, 기억력 한번 대단하구나. 똑똑하고 귀여운 우리 귀염둥이."

딜나바즈가 말을 이었다. "아저씨가 많이 아파서 병원에 입원했었어. 오늘 돌아가셔서 하늘에 계신 신에게로 갔단다."

그러자 로샨이 심각해졌다. "나도 많이 아프잖아요. 그런데 난 신한테 언제 가요?"

"그렇게 바보 같은 말이 어딨어." 구스타드는 두려움을 감추려고 안간힘을 쓰며 말했다. "넌 많이 아프지 않아. 훨씬 좋아졌어. 먼저 네가 크고 나면 결혼할 거고 아이들을 낳을 거야. 그 아이들이 결혼하여 아이들을 낳고 네가 호호백발 할머니가 되면, 신께서 하늘나라로 널 부르려고 관심을 갖게 될 거야." 그는 비난하듯이 딜나바즈를 보았다. 딜나바즈가 그렇게까지 말할 필요는 없었다. 그는 병원으로 가기 전에 딜나바즈와 로샨을 다시 한 번 껴안았다.

아파트 단지에는 카바스지의 목소리가 울려 퍼지고 있었다. "내일이면 월요일 아침이오. 당신도 알고 계시죠? 그리고 타타 가족이 이사회를 열어요! 당신이 그들에게 축복을 내릴 때 우리도 좀 기억해 주시오! 제발, 공평해지십시오! 세상에, 이건 너무하다고!"

파스타키아 부인이 소리쳤다. "입 닥쳐, 미친 영감쟁이야! 내 머리가 천 개로 쪼개질 것 같아!" 구스타드는 시아버지에게 그런 식으로 말하는 그녀를 남편이 왜 가만 보고만 있는지 궁금했다.

2

환자 방문 시간이 이미 끝났다. 구스타드가 사정을 설명하자 당번 간호사가 그를 병실로 안내했다. "언제 사망했습니까?"

간호사는 가슴에 꽂혀 있는 시계를 보았다. "정확한 시간은 기록을 확인해 봐야 알겠지만, 두 시간쯤 됐을 겁니다. 의식을 잃기 전에 고통이 매우 심했어요. 그래서 모르핀을 많이 투여했죠." 간호사의 날카로운 목소리가 차가운 복도 벽을 따라서 메아리쳤다. 말이 많은 여자로군. 대개 이런 여자들이 간단한 질문도 대답할 시간이 없지. 광견병에 걸린 암캐처럼 무례하고. "그 사람 곁에 아무도 없었어요. 정말 불쌍했어요." 간호사가 비난하듯이 말했다. "형제 분 되시나요? 아니면 사촌인가요?"

"친굽니다." 쓸데없는 참견을 하는군. 자기 일도 아닌데.

"아, 그렇군요." 간호사가 비난이 가신 목소리로 말했다. 그러나 그녀의 가시 돋친 말이 여전히 남아서 다른 양심의 가책과 함께 그를 찔러 댔다. 딘쇼지가 죽어 갈 때 나는 말콤과 함께 있었다. 딘쇼지는 내가 왜 안 오는지 궁금해하면서 죽었을 것이다.

"여깁니다." 간호사가 말했다.

"왜 아직도 병실에 있죠?"

"어쩌겠어요. 빈방이 있어야 환자를 옮기죠." 간호사가 어눌한 발음으로 말했다. "우리도 어쩔 수 없어요." 그는 왜 간호사가 아직도 환자라는 말을 쓰는지 궁금했다. 그는 '사망한' 또는 '시신'이라는 단어를 예상했는지도 모른다. "그래서 병원에서는 가족이 빨리 와서 준비해 주기를 원합니다. 침대가 너무 부족하거든요."

"딘쇼지의 부인은 안에 있나요?"

"네, 아마 그럴 거예요." 병실 입구에서 멈춰 서며 간호사가 말했다.

머뭇거리며 병실에 들어선 구스타드는 딘쇼지의 침대 쪽을 보았다. 밤샘 기도를 하며 앉아 있을 것으로 기대했던 여인의 모습은 없었다. 잠자고 있는 환자들을 멍하니 바라보는 구스타드의 귀에 그들의 숨소리와 코 고는 소리가 들렸다.

딘쇼지가 죽었다는 사실을 몰랐더라면, 구스타드는 그가 곤히 잠들었다고 생각했을 것이다. 기분이 묘했다. 그의 침대 옆에 서 있는데도 그는 나를 알아볼 수 없다. 이건 불공평하다. 내가 그를 감시하고 있는 것 같다. 하지만 누가 알겠는가? 아마도 하늘나라에서 내려다보고 있는 딘슈가 더 나을지도 모른다. 나를 보고 웃고 있겠지.

침대 옆에는 곧고 딱딱한 의자가 놓여 있었다. 지난 몇 주 동안 구스타드는 그 의자에 매우 익숙해졌다. 딘쇼지의 침대 홑이불은 매트리스 아래쪽에서 급경사를 이루며 솟아올라 있었다. 그는 침대 밑으로 눈길을 돌려서 딘쇼지의 여행 가방 옆에 310밀리미터 사이즈 '못된 녀석들' 상표 신발이 있는지 살펴보았다. 어두운 공간에서 하얀 에나멜 광택이 나는 환자용 변기가 눈에 띄었다. 그 옆에는 병 모양의 투명한 소변기가 있었다.

환자들이 모두 자고 있는 것은 아니었다. 몇몇 환자는 방문 시간이 끝난 후에 들어온 건강한 사람을 눈여겨보고 있었다. 두려움으로 가득 찬 그들의 눈은 병실의 희미한 야간 등 아래서 초점을 맞추다 흩어지고 또다시 초점을 맞추었다. 그들의 차례는 언제쯤일까? 어떻게 죽을까? 그리고 그다음엔······?

한 늙은 남자의 얼굴에서 눈물이 흘러내렸다. 눈물은 소리 없이 남자의 머리처럼 흰회색인 베갯잇으로 떨어졌다. 다른 환자들은 오히려 죽음이 가장 간단하다는 사실을 아는 것처럼 안정되고 평온해 보였다. 결국, 지난 몇 주 동안 같은 병실에서 농담하고 웃던 사람이 죽음이 별것 아니라는 것을 보여 준 셈이었다. 따뜻하게 살아 있는 것에서 차갑게 되는 것이 얼마나 쉬운지를, 성모산 정문 밖 손수레의 부드럽고 하얀 밀랍 인형이 되는 것이 얼마나 쉬운지를.

딘쇼지의 생명을 유지시켰던 장치들이 제거되어 있었다. 식염수 통이 걸려 있던 섬뜩하고 차갑고 기계적이던 쇠 걸이는 텅 빈 채 서 있었다. 그것은 마치 가정용 옷걸이처럼 보였다. 지난 몇 주 동안 다양한 관의 숫자가 늘어났다. 하나는 코로 들어갔고, 두 개는 팔로 들어갔고, 홑이불 밑 어딘가에는 금속제의 가는 관이 꽂혀 있었다. 그것들이 모두 사라졌다. 마치 그가 아픈 적이 없었던 것처럼. 그것들은 맨 처음 꽂았을 때처럼 조심스럽게 제거되었을까? 아니면 낡고 부서진 내 라디오의 쓸모없는 전선처럼 마구 잡아당겨져서, 수리점 밖 거리에 내팽개쳐진 전선, 변압기, 콘덴서처럼 쓰레기 더미에 버려졌을까?

딘쇼지는 죽었다. 기도가 끝나고 침묵의 탑에서 의식이 행해지고 나면, 나머지는 독수리들이 알아서 할 것이다. 뼈에 붙은 살점을 깨끗이 쪼아 먹고 그 뼈조차 사라지고 나면, 딘쇼지가 살아 숨쉬었다는 흔적도 남지 않게 될 것이다. 단지 그에 대한 기억만이 남을 터였다.

그런데 그다음엔 뭐지? 기억마저 사라지고 난다면? 내가 죽고 그의 친구들이 죽고 나면, 그땐 어떻게 되는 걸까?

깨어 있는 환자들의 눈은 여전히 구스타드를 주시하고 있었다. 그는 그들과 눈이 마주칠 때면 당황스러웠다. 그래서 딘쇼지의 침대만 내려다보았다. 매끄럽고 보드라운 흰색 철제 침대의 페인트가 벗겨진 곳은 검은색이었다. 나무 손잡이가 달린 굽은 자루를 꽂는 구멍이 세 개 나 있었다. 첫 번째 구멍은 머리를 들어 올릴 때 사용했다. 딘쇼지의 저녁 식사가 도착했을 때 구스타드가 손잡이를 돌려서 올려 주곤 했었다. 메카노 세트처럼 크랭크축과 톱니바퀴 장치였다. 두 번째 구멍은 발을 들어 올릴 때 사용했다(구스타드가 실수로 한 번 올린 적이 있었다). 그리고 세 번째 구멍은 몸통 중앙 부분을 들어올릴 때 쓰는 것이었다. 뭔가 이상했다. 왜 복부나 골반이 다른 몸 부위보다 높아야 하는 걸까? 단 한 가지 이유밖에는 떠오르지 않았다. 인턴들이나 간호사들이 음흉한 의사 놀음을 하지 않는다면 도무지 그럴 이유가 없었다. 좀더 빨리 생각했다가 딘슈에게 말해 줬어야 했는데. 하지만 딘슈는 더 나은 생각을 해냈을지도 몰라. 오, 간호사들의 손이 방황하는 그곳에 나의 집을 다오, 하고 그가 병원에서 불렀던 노래처럼 말이다.

"슈퍼칼리프레질리스틱엑스피엘리도셔스." 그는 딘쇼지의 귀에 대고 속삭이며 미소를 지었다.

딘쇼지의 아내가 문간에 나타났다. 그녀는 주위를 살피더니 우습게 보지 말라는 듯이 큰 걸음으로 성큼성큼 병실로 들어섰다. 구스타드의 얼굴에 남아 있던 미소를 본 그녀는 그를 싸늘하게 노려보았다. 알라마이는 딘쇼지보다 키가 훨씬 컸고, 전 세계를, 특히나 그 주민들을 상대로 기꺼이 독설을 퍼부을 수 있을 만큼 표독하고 엄숙한 얼굴을 하고 있었다. 잔소리가 몹시 심할 것 같았다. 그녀의 앙상한 목은 추켜올려져서 살짝 굽은 좁은 어깨에 가려 잘 보이지도 않았다. 자식도 없이 알라마이 같은 아내와 살면서도 딘쇼지가 그렇게 유머 감각이 있었다니. 독수리 같은 마누라. 그는 문득 딘쇼지가 내뱉곤 하던 말이 떠올라서 하마터면 또 웃을 뻔했다. "내가 죽으면 침묵의 탑으로 데리고 갈 필요 없어. 독수리 같은 마누라가 먼저 내 뼈에 붙은 살점을 깨끗이 쪼아 먹을 테니까."

"부인, 제가 도와 드릴 일이 있으면 말씀하십시오." 조의를 표한 후 구스타드가 말했다.

그녀가 대답하기도 전에 창백한 얼굴의 젊은 남자가 불쑥 들어왔다. "이모, 이모!" 그가 새된 목소리로 그녀를 부르자, 그 소리 중 일부가 그의 매우 큰 코로 흘러들어 갔다. "이모오오! 화장실에 있는데 그냥 가 버리면 어떡해요!" 병실의 환자들이 눈을 떴다. 젊은 남자는 적어도 스무 살은 돼 보였는데 구스타드는 그의 정체가 궁금했다.

"조용히 해, 이 바보야! 당장 입 다물어! 이 무뇌아야, 아픈 사람들이 자고 있잖아. 내가 가 버려서 화장실에서 길이라도 잃어버렸니, 아님 뭐야?" 어린애 같은 젊은 남자는 그녀의 꾸지람에 입을 삐죽거렸다.

"이리 와서 구스타드 노블 아저씨한테 인사해. 아빠의 가장 친한 친구셨어." 그녀가 구스타드에게 말했다. "이쪽은 우리 조카 누슬리예요. 언니의 아들이죠. 우리는 애가 없어서 애가 우리 아들이나 다름없답니다. 다른 사람들이 없을 땐 우리를 엄마 아빠라고 불러요. 도움이 될까 해서 데려왔는데. 이리 와, 어서. 뭘 그렇게 서서 보고 있어! 구스타드 아저씨랑 악수해!"

누슬리는 손을 내밀면서 킥킥거렸다. 그는 몹시 말랐고 등이 구부정했다. 갈빗대처럼 마른 약골이었다. 그의 끈적끈적한 손을 잡으면서 구스타드는 어떻게 독수리 같은 알라마이의 언니가 누슬리 같은 겁쟁이를 낳았는지 궁금했다. 아마도 그것은 어쩔 수 없는 일이리라. 그는 다시 한 번 알라마이에게 물었다. "제가 도와 드릴 일이 없나요?"

"누슬리가 화장실에 있는 동안 침묵의 탑에 전화했어요. 영구차가 30분 있으면 도착한대요."

알라마이가 누슬리를 조용히 시킨 후 눈을 감았던 환자들이 다시 눈을 떴다. 누슬리가 또다시 새된 목소리로 말했기 때문이다. "이모, 너무 무서워요!"

"어라라라! 또 뭐가 무섭다는 거야?"

"영구차요." 그가 흐느껴 울었다. "영구차에 앉기 싫어요!"

"이 무뇌아야, 무서울 게 뭐가 있어? 그냥 승합차야. 작년에 도랍 아저씨 가족이랑 빅토리아 정원에 승합차 타고 갔던 거 생각 안 나? 거기서 동물들 구경했잖아? 그거하고 똑같은 승합차야."

"이모, 제발 부탁이에요. 너무 무서워요." 그는 몸을 움츠리더니 손을 쥐어짰다.

"이놈아, 나가 죽어라! 맙소사, 내가 뭣하러 널 여기에 데려왔을까! 네가 도움이 될 거라고 생각하다니. 아이고, 머리야!" 그녀는 두 손으로 자신의 머리를 세게 쳤다.

구스타드는 병실의 악몽 같은 사태 때문에 더 많은 환자가 깨어나기 전에 말려야 한다고 생각했다. "부인, 제가 영구차에 함께 타겠습니다. 제가 다 도와 드리죠."

"봤지? 이 멍청아, 구스타드 아저씨 좀 봐라. 전혀 안 무서워하잖아, 그지?" 자신의 발을 내려다보고 있던 누슬리는 침으로 풍선을 만들어 불려는 듯 입을 오므렸다. 그녀가 등을 세게 때리자 그는 앞으로 휘청거렸다. "말할 때는 나를 보랬지!"

"이제 그만 하세요. 누슬리도 같이 갈 겁니다." 구스타드가 말했다. "제 옆에 앉을 거예요. 누슬리, 그렇지?"

"네." 누슬리가 대답하고는 킥킥댔다.

"킥킥거리지 말라고 했지." 알라마이가 말했다. 그러나 누슬리는 그 말이 끝나기 전에 또다시 발작적으로 킥킥대며 웃었다.

그녀는 침대 밑에 있는 딘쇼지의 여행 가방을 눈여겨보았다. "누슬리, 이리 와, 어서! 거기 그렇게 서 있지 말고, 이리 와서 이것 좀 당겨 봐! 아빠가 집에서 가져간 게 다 있나 확인해 보자. 병원 사람들은 믿을 수가 없어."

구스타드는 자리를 피할 좋은 기회가 왔다고 생각했다. 영구차가 도착할 시간에 맞춰서 돌아오면 될 것이었다. "이만 실례하겠습니다. 잠시 뒤에 다시 오겠습니다."

가방에 있는 물건을 세느라고 정신이 팔린 알라마이는 알았다는 듯이 거만하게 손을 흔들었다. 그는 가방 속에 들어 있는 딘쇼지의 검은색 '못된 녀석들' 상표 신발을 흘끗 보았다. 주인의 발이 없는 신발들은 실제보다 더 커 보였다.

그는 차갑고 긴 복도를 지나서 계단을 내려갔다. 접수창구와 로비를 지나서 마침내 병원 밖으로 나왔다. 잔디밭은 약간 축축했고 금방 깎은 듯한 잔디에서는 기분 좋은 냄새가 났다. 인도 옆의 쇠로 만든 화려한 가로등 기둥에서 나오는 희미한 불빛을 빼면 사방은 어두웠다. 그는 딘쇼지가 병원에 실려 온 후 오래전 일요일 날 앉았던 나무가 있는 조그만 정원으로 갔다.

벤치는 잔디밭처럼 축축했다. 이슬이 맺히기에는 이른 시간이니 정원사가 꽃에다 물을 뿌릴 때 젖었을 것이다. 구스타드는 손수건을 펴고 앉았다. 그러자 참았던 피곤이 몰려왔다. 오늘 하루 동안 크로포드 시장과 성모산엘 갔으며, 절뚝거리지 않으려고 했고, 인내심을 가지고 알라마이를 상대하고 나자, 그는 마지막 남은 힘이 다 빠져나간 것 같았다.

나무 아래의 벤치는 시원했다. 그리고 평화로웠다. 마치 시골에 와 있는 기분이었다. 또는 야행성 벌레 소리가 들리는 피서지에 와 있는 것 같았다. 그가 여덟 살 때 아버지는 할머니, 할아버지, (아버지의 신뢰를 배신하고 그를 망친) 삼촌의 가족과 하인 두 명을 포함한 온 가족을 데리고 마테란으로 휴가를 갔다. 센트럴 호텔에 방을 네 개 예약했다. 칙칙폭폭 소리를 내며 천천히 언덕을 올라가던 관광 기차에서 내리자 비가 내리고 있었다. 인력거를 타고 호텔에 도착했을 때는 모든 것이 축축했다. 호텔 지배인은 아버지의 친구였다. 지배인은 각 방마다 본비타 핫초코를 올려다 주었다. 어두워지자 불이 켜지고 모기들이 날아왔다. 구스타드는 태어나서 처음으로 모기장 안에서 자게 되었다. 그가 모기장 안으로 들어가자 어머니가 흐트러진 부분을 매트리스 밑으로 빈틈없이 집어넣어 주었다. 얇은 천을 사이에 두고 '안녕히 주무세요.' 라고 말하고 어머니의 대답을 듣자 그는 기분이 묘했다. 어머니의 목소리는 분명하게 들렸지만, 주위를 덮고 있는 모기장 밖의 어머니는 실체가 없었고 손에 닿을 수 없는 먼 거리에 있었기 때문에, 구스타드는 사면이 하얗게 둘러쳐진 모기로부터 자유로운 능에 홀로 묻혀 있는 것 같았다. 고단한 여행이었으므로 그는 금방 잠이 들었다.

그러나 그의 졸린 눈앞에 떠올랐던 그 모습. 하얗고 투명한 모기장 밖에서 가볍게 살짝 웃으며 잘 자라고 말하던 어머니의 모습은, 부드럽고 상냥한 눈빛과 함께 영원히 그의 마음속에 박혀 있었다. 그것이 바로 그가 열여덟 살에 어머니가 돌아가셨을 때 기억하고자 한 모습이었다.

그리고 그는 지금껏 마테란에서 아침 식사로 먹었던 것처럼 맛있는 콘플레이크를 먹어 본 적이 없었다. 마멀레이드와 장미 모양의 버터를 바른 토스트 역시 최고였다. 식탁에서 떨어지거나 버리는 것을 낚아채려고 갈색 원숭이들이 깩깩 소리를 지르며 기다리고 있었다. 심지어 원숭이 한 마리는 구스타드한테서 글루코 비스킷 한 통을 뺏어 가기도 했다. 그곳에서 조랑말을 타기도 했다. 아침저녁으로 메아리 봉우리, 원숭이 봉우리, 파노라마 봉우리, 샬럿 호수 등으로 오랫동안 걸었다. 아버지는 가족을 위해서 지팡이를 준비했다. 새로 깎은 것이어서 나무 냄새가 강했다. 시원하고 상쾌한 공기가 도시의 케케묵은 때를 씻어 내고 그들의 폐를 새롭게 채웠다. 해 질 무렵이면 쌀쌀해서 스웨터를 입어야 했다. 호텔 지배인은 자신이 직접 산언덕에서 참가했던 호랑이 사냥 이야기를 들려주었다. 마지막 날 저녁에는 요리사가 구스타드의 가족을 위해서 특별 푸딩을 만들어 주었다. 푸딩을 먹고 나자, 작별 인사를 하러 나온 요리사가 그들이 푸딩을 맛있게 먹지 않았다며 실망한 척했다. 그릇을 핥듯이 깨끗하게 비웠기 때문에 그들은 그가 장난을 치고 있다고 생각했다. 그러나 빈 그릇을 들어 올린 요리사는 그들의 눈앞에서 그릇을 깨고, 시범으로 한 조각을 맛보더니 그들의 접시에다가 깨진 그릇 조각들을 나누어 주었다. 모두들 설탕과 젤라틴으로 만든 과자를 우두둑 깨물어 먹었고 멋지게 속아 넘어갔다며 웃었다. "이야, 정말 맛있는 그릇이구먼." 아버지가 말했다.

그러나 저녁 내내 휴가가 끝나는 내일에 대해서 생각하던 구스타드는 풀이 죽어서 말없이 앉아 있었다. 아버지는 내년에도 또 올 거라며 그를 위로했다. 바로 그때 그릇이 깨졌고, 모두들 맛있게 먹었다. 그는 그러한 행위가 왠지 섬뜩하고 끔찍했다. 구스타드는 독특한 맛을 낸 설탕과 젤라틴으로 만든 과자를 한 조각도 먹지 않았다.

　서점이 부도나고 집행관이 도착하자 구스타드는 그 깨진 그릇이 생각났다. 책장이 비워지고 책들이 트럭에 실릴 때 그는 무기력하게 보고만 있었다. 아버지는 집행관에게 빌고 애원했지만 아무런 소용이 없었다. 집행관의 징을 박은 구두는 석조 바닥 위에서 귀에 거슬리는 날카로운 소리를 냈다. 일꾼들은 쉬지 않고 아버지의 삶을 해체하고 조각내서 트럭들의 배에다 꾸역꾸역 집어넣었다. 트럭들은 유독한 냄새를 남기고 사라졌다. 디젤 배기가스였다. 그리고 그는 마테란에서의 저녁 식사 때 섬뜩하고 끔찍한 행위로 그들이 박살 난 그릇을 우두둑 깨물었던 것을 기억했다.

　그런데 그날 먹었던 푸딩이 뭐였지? 레몬 맛이었나? 아냐, 파인애플 맛이었어. 혹시 캐러멜 맛이었나? 아마도 그랬을 것이다. 기억조차도 영원하지 못하다. 기억을 다룰 때는 조심하고 신중해야 한다. 딘슈가 죽었다. 내일이면 독수리들에게 갈 것이다. 그러면 그에 대한 기억 말고는 아무것도 남지 않게 될 것이다. 결혼한 두 남자와 자전거 공기 펌프, 그리고 '오, 간호사들의 손이 방황하는 그곳에 나의 집을 다오.' 같은 그의 농담만이 남을 것이다.

　구스타드는 눈을 감고 꾸벅꾸벅 졸았다. 그는 머리를 홱 쳐들어 보았다. 하지만 다시 내려갔다. 그러자 또다시 쳐들었다. 그의 안경이 약간 미끄러져 아래로 내려갔다. 마침내 그는 애써 머리를 들어 올리려고 하지 않았다.

*

시끄러운 경적 소리가 어둡고 축축한 잔디밭으로 퍼져 나가자 귀뚜라미와 매미들이 조용해졌고 구스타드는 짧은 잠에서 깨어났다. 그는 안경을 밀어 올렸다. 차 한 대가 병원 차도를 막고 있었고, 승합차 한 대가 들어가려고 기다리고 있었다. 그는 일어섰다. 건물 불빛이 승합차에 쓰인 글자를 비춰 주었다. '영구차'. 그리고 나머지 글자들. '뭄바이 파르시 공동체 의회'. 페인트 글자가 쓰여 있지 않은 은회색 자동차 몸체는 어둠 속에서 섬뜩하게 빛났다.

그는 서둘러 잔디밭을 가로질러 갔다. 귀뚜라미 울음소리가 다시 들려왔고 매미도 날카로운 목소리로 울어 댔다. 영구차는 자동차와 장애물로 막을 수 있어도 죽음은 그렇지 못하다, 하고 그는 생각했다. 죽음은 매번 쉽게 통과한다. 죽음은 빨리 올 수도 있고 늦게 올 수도 있다.

가로막고 있던 차가 떠나자 영구차가 덜컹거리며 조그만 병원 차도를 차지했다. 남자 두 명이 차에서 내려 로비로 연결되는 계단을 올라갈 즈음에 구스타드는 병원 입구에 도착했다. 알라마이가 기다리고 있었다. "어라라라! 구스타드 씨, 어디 있었어요? 전 당신이 깜빡하고 집에 가 버린 줄 알았잖아요."

이 여자가 지금 누구한테 말하는 거지? 내가 뱅충맞은 누슬리인 줄 아나? 겉으로는 아무렇지 않은 척하며 구스타드가 말했다. "방금 영구차가 도착하는 걸 봤습니다. 준비됐습니까?"

서류를 점검하고 넘겨주는 병원의 정식 절차가 끝나고 관을 메는 사람 두 명이 일을 시작했다. 알라마이가 딘쇼지의 여행 가방을 마지막으로 뒤지고 있을 때, 누슬리는 그녀의 핸드백을 쥐고 그 옆에 서 있었다. 그녀는 일꾼들에게 최대한 상냥하고 예의 바르게 말했다. "부탁인데요, 이 조그만 가방을 안에다가 실어도 될까요? 집 근처를 지날 때 내려놓고 가려고 하는데요."

"부인, 그렇게는 못하게 돼 있습니다. 곧장 침묵의 탑으로 돌아가야 해요. 근무 중인 승합차가 한 대뿐입니다."

알라마이는 두 손을 곱게 모으고 머리를 옆으로 숙였다. "잠깐만요. 제발 그렇게 해 주신다면 이 불쌍한 늙은 과부가 그 은혜를 잊지 않겠습니다."

그러나 이미 그녀의 본모습을 본 그들은 단호했다. "죄송합니다. 불가능합니다."

그녀는 발끈해서 두 손을 아래로 내려뜨리고 몸을 돌려서 쇠꼬챙이처럼 곧고 딱딱하게 차 문 쪽으로 걸어가면서, 어쩔 수 없이 택시를 타고 들러야겠다고 중얼거렸다. "게으르고 고집 센 놈팡이들 같으니라고." 그녀는 작은 목소리로 혼잣말을 했다. 핸드백을 든 누슬리가 그녀를 뒤따랐고, 쇠로 된 관을 멘 사람들과 구스타드가 그 뒤를 걸었다.

영구차 안에서 관을 한쪽으로 고정시켰다. 승합차에는 세로로 사람들이 앉을 수 있게 긴 의자가 놓여 있었다. 운전사가 시동을 걸자 알라마이가 누슬리에게 먼저 차에 올라타라는 몸짓을 했다. 그는 어깨를 구부리며 손을 가슴 위로 엇갈리게 얹고서 뒤로 물러섰다. "이모, 싫어요! 내가 먼저 안 탈 거예요! 제발, 먼저 타기 싫어요!"

"이 맹추야! 언제까지 아기처럼 굴래!" 그녀가 그를 손등으로 밀쳤다. "이 짐승 같은 놈아, 저리 비켜, 저리 나가라고! 내가 먼저 탈 테다." 그녀는 도와주려고 내민 남자의 손을 무시하고 단번에 안으로 뛰어 들어갔다. "겁쟁이야, 어서 올라와! 빨리 올라와서 내 속치마 밑에 숨어."

그러나 누슬리는 애절한 눈빛으로 구스타드에게 먼저 올라타라고 애원했다. 구스타드가 먼저 차에 탔다. 마침내 누슬리가 움츠리며 기어 올라와 최대한 뒤쪽에 앉았다. 밖에 서 있던 남자가 고개를 가로저으며 승합차 뒷문을 세게 닫고는 앞으로 가서 운전사 옆에 앉았다. 승합차가 울퉁불퉁한 도로를 지나갈 때 조그만 소동이 일어났다. 모두들 몸이 심하게 흔들렸고 관이 거칠게 덜컹거렸다. 딘쇼지의 머리가 약간 옆으로 움직이자 공포에 질린 누슬리가 비명을 질렀다. 그때 알라마이가 코를 훌쩍이며 작은 손수건을 두 눈에 갖다 대자, 구스타드는 화가 솟구쳤다. 슬픈 척하는 것보다 조용히 있는 편이 나을 텐데. 뻔뻔한 위선자 같으니라고. 눈물이 더 필요하면 돈을 주고 문상객들을 고용해야 할 것이다. 저승의 삶의 질이 눈물의 양에 비례하지 않으니 그나마 얼마나 다행스러운 일인가.

그러나 곧 구스타드는 자신의 생각이 틀렸음을 알게 되었다. 잠시 코를 훌쩍이며 눈에 손수건을 갖다 대던 알라마이는 그가 그녀의 연기력을 얼마나 과소평가했는지 여실히 보여 주었다. 영구차가 침묵의 탑 구역 정문으로 들어서 언덕을 오르자, 그녀는 갑자기 몸부림을 치며 목 놓아 슬피 울기 시작했다. 알라마이가 두 손으로 머리를 쥐고 울부짖으며 앞뒤로 흔들자, 그녀의 길고 깡마른 몸통이 좁은 공간에서 무섭게 요동쳤다. "여보! 이게 어찌 된 일이오! 어찌 된 일이오! 어찌 된 일이오! 아, 딘쇼지!" 그 순간 구스타드는 톰 존스가 〈딜라일라〉를 부르는 모습이 떠올랐다. 딘슈가 이 꼴을 봤으면 좋아했을 텐데. 그의 독수리 같은 마누라가 마침내 비련의 사랑 노래를 부른다고 말이다.

"나를 버리고 간 거예요? 정말 가 버린 거예요? 왜요?" 딘쇼지가 이유를 말해 주지 않았기 때문에 그녀는 더 크게 울었고, 급기야는 영구차 지붕을 향해서 소리치기 시작했다. "아, 신이시여! 남편에게 무슨 짓을 하신 겁니까! 그이를 데려가신 건가요? 왜요? 전 어떡하라고요? 저도 데려가 주세요! 지금 당장요! 지금 당장 바로요!" 그러면서 그녀는 자신의 가슴을 두 번 세게 쳤다.

아래층 기도실 옆에서 속도를 줄인 운전사는 아무런 지시가 없자 위쪽으로 계속 올라갔다. 그러나 알라마이는 아무런 준비도 해 놓지 않았다. 구스타드가 운전사에게 사무실로 돌아가자고 했다.

"이런 젠장." 운전사가 옆에 있는 동료에게 투덜거렸다. "이 사람들이 일요일 날 스캔들 포인트 관광지에 드라이브 나온 줄 아나. 사람을 뺑뺑이 돌게 만드네."

구스타드가 알라마이를 사무실로 데리고 들어갈 때도 그녀는 여전히 울부짖으며 가슴을 치고 있었다. "부인, 신의 뜻입니다." 그녀의 행동에 지친 그가 말했다. 그는 최대한 공손한 표현을 쓰면서 그녀를 진정시키려고 했다. "딘쇼지는 고통과 불행에서 해방됐습니다. 신의 자비 덕분입니다."

"맞아요." 그녀의 울음소리는 가슴이 매우 빈약한 여자치고는 상당히 컸다. "해방이에요! 남편은 적어도 고통에서 해방됐어요!" 그때 사무실 남자가 요금과 비용에 대해 말했다.

"지금은 딘쇼지를 생각해야 할 때입니다." 구스타드가 말했다. "그를 위한 기도를 준비해야 합니다." 그는 그녀가 흐느끼다 멈춘 짧은 틈을 타서 해야 할 말들을 능숙하게 전달했다. "위층 기도실에서 나흘간 기도하시겠습니까,

아니면 아래층 기도실에서 하루만 기도하시겠습니까?"

"하루든 나흘이든 그게 뭐가 중요해요? 딘쇼지가 죽었는데!"

"위층 기도실을 사용하면 부인은 나흘 동안 이곳에서 생활해야 합니다. 괜찮으시겠습니까?" 그는 실질적인 문제가 그녀의 눈물을 멈추게 할 것이라고 생각했다.

역시 효과가 있었다. "어라라라! 미쳤어요? 나흘씩이나요? 어린 누슬리는 누가 돌보고요? 걔 저녁은 누가 차려 줘요?" 그때부터 일 처리가 매우 빨라졌다. 다음 날 오후에 치러질 장례식 일정이 잡혔고, 알라마이는 파르시 조로아스터교 조간신문에 부음을 싣기로 했다. 사무실 직원이 인쇄가 시작되기 전에 신문사로 전화를 걸겠다고 약속했다.

그들은 다시 영구차에 올라타 자리에 앉았다. 운전사가 그들을 배정된 기도실로 데려갔다. 기도실 앞에는 작은 베란다가 있었고, 뒤에는 죽은 사람을 마지막으로 목욕시키는 욕실이 있었다. 알라마이, 누슬리, 구스타드는 차례대로 손과 얼굴을 씻고 쿠스티 기도를 올릴 준비를 했다.

그사이에 알라마이는 딘쇼지의 영결식과 목욕 준비를 위해서 온 남자들과 격렬한 말다툼을 벌였다. 그녀는 그들에게 황소 오줌으로 시신을 닦는 전통적인 방식을 따르지 못하게 했다. "황소 오줌을 사용하는 터무니없는 짓은 절대로 안 돼요." 그녀가 말했다. "우리는 현대인이에요. 물만 사용하세요. 그 밖에 다른 어떤 것도 안 돼요." 또한 그녀는 딘쇼지가 차가운 수돗물로 목욕하면 감기에 걸리곤 했기 때문에 먼저 물을 데워야 한다고 주장했다.

당황한 구스타드는 그러거나 말거나 쿠스티 기도를 올리러 갔다. 누슬리도 이때다 하고 그를 따라갔다. 그러자 알라마이는 곧 싸움을 끝내고 그들을 따라 베란다로 들어섰다.

그곳에서 그들은 누슬리가 기도 모자를 깜빡하고 안 가져왔다는 사실을 알았다. "이 무뇌아!" 그녀는 장소와 때를 감안해서 조용히 이를 악물며 말했다. "기도하러 오면서 기도 모자를 안 가져오다니. 아유, 내가 못살아!"

구스타드는 커다란 흰색 손수건을 꺼내어 사태를 수습하려고 했다. 그는 손수건을 대각선으로 접은 다음 누슬리에게 어떻게 머리에 쓰는지 보여 주었다. 썩 괜찮은 방법이었다. 그러나 알라마이는 또다시 저주의 말을 내뱉었다. "이놈아, 나가 죽어라! 도대체 어디다가 정신을 팔고 다니는 거냐." 그러더니 더는 문제 삼지 않았다.

구스타드는 쿠스티의 마지막 매듭을 묶자마자 베란다를 빠져나왔다. 그는 자신이 얼마나 더 알라마이를 감당할지 알 수 없었다. 그는 빈 기도실로 들어가 어두운 구석에 앉았다. 남자 두 명이 흰 천에 덮인 시신을 들고 들어와서 낮은 대리석 안치대에 눕혔다. 얼굴과 귀는 흰 천으로 덮지 않았다. 조로아스터교 사제가 들어와 딘쇼지의 머리맡에 있는 석유등에 불을 붙였다.

구스타드는 모든 것이 효율적으로 진행된다고 생각했다. 마치 딘쇼지가 매일 죽기라도 한 것처럼 모든 일이 일상적이었다. 알라마이와 누슬리가 자리에 앉았다. 사제는 얇게 쪼갠 백단향나무 한 자루를 집어 들어 기름에 살짝 담근 다음 불에다 갖다 댔다. 그것을 향로로 옮긴 후 그 위에다 유향을 뿌렸다. 유향 냄새가 방 안을 가득 채웠다. 사제가 기도를 시작했다. 조용한 기도 소리에 무슨 영문인지 누슬리가 안절부절못했다. 그는 어색하게 몸을 움찔거리며 머리에 쓴 손수건을 만지작거렸다. 그러나 알라마이가 팔꿈치와 무릎으로 그의 몸을 찌르자 곧 차분해졌다.

사제의 기도는 아름다웠다. 단어 하나하나가 마치 인간의 입에서 맨 처음 빚어진 것처럼 순결하고 낭랑하며 풍부한 음색으로 흘러나왔다. 생각에 잠겨 있던 구스타드에게도 그 소리가 들리기 시작했다. 그 소리에 마음이 차분하게 가라앉았다. 정말로 멋진 목소리였다. 마치 냇 킹 콜이 〈당신은 결코 늙지 않을 거야〉를 부를 때의 목소리같이, 벨벳처럼 감미롭고 부드러우며 굵은 목소리였다.

사제의 기도 목소리는 크지 않았지만, 서서히 원을 그리며 퍼져 나가서 기도실 전체에 울렸다. 이따금 그는 향로에 백단향나무를 더 넣거나 유향을 더 뿌렸다. 바깥 베란다에는 전구 하나가 희미하게 켜져 있었다. 전구의 불빛은 향기로운 연기 막으로 흐릿해진 출입구의 윤곽만을 비출 뿐이었다. 방 안에는 부드럽게 타오르는 석유등의 불빛이 딘쇼지의 얼굴을 비추었고, 때때로 불꽃은 미풍에 너울거렸다. 딘쇼지의 얼굴에 비친 부드러운 불빛은 불꽃이 움직일 때마다 파도처럼 흔들렸다. 빛과 그림자는 그의 얼굴 여기저기를 부드럽게 어루만지면서 어린아이처럼 뛰어놀았다.

어두운 방은 서서히 기도 소리로 가득 찼다. 그리고 점차 기도 소리가 어두운 방과 하나가 되었다. 구스타드는 자신도 모르게 부드러운 기도 소리의 마법에 빠져 있었다. 그는 시간도 알라마이도 누슬리의 존재도 잊어버렸다. 그는 비록 이해할 수는 없었지만, 놀랄 만큼 마음을 편안하게 해 주는 언어로 된 그 노래를 들었다. 그는 단 한 글자도 이해하지 못하는 그 죽은 언어의 단어들을 암기해서 평생토록 기도를 올렸다. 그러나 오늘 밤 그 단어들은 사제의 부드럽고 감미로운 음악으로 살아 있었다. 어느 때보다도 그는 고대의 의미들을 이해하는 데 가까워졌다.

사제는 고대 아베스타 경전의 구절들에 가락을 붙여 가며 이야기하듯이 기도했다. 사제가 읊조린 선율과 음절이 밤의 소리들과 뒤섞였다. 침묵의 탑 주변 언덕에서 자라는 나무와 관목, 그리고 모든 무성한 초목으로부터 밤과 자연의 목소리들이 점점 크게 들렸다. 날아다니거나 기어 다니는 풀벌레와 나무 곤충들의 속삭임이 언덕을 올라가 침묵의 탑에까지 다다랐다. 그들의 속삭임은 석유등이 켜진 방에서 흘러나오는 기도 소리, 백단향나무 향기, 유향과 뒤섞였고, 구스타드는 그 모든 것을 이해할 수 있었다.

3

딜나바즈는 머리를 소파 뒤로 젖히고 자고 있었다. 구스타드가 열쇠로 현관문을 열자 그녀가 잠에서 깨어났다.

"지금이 몇 시예요?" 그녀가 물었다.

시계는 막 열 시가 지났다. 시계추가 멈춰 있었다. 구스타드는 자신의 손목시계를 보았다. "열한 시 반이야." 그는 시계의 유리를 열고 손으로 태엽 키를 찾았다.

"어떻게 됐어요?"

그는 태엽을 감으면서 알라마이와 누슬리, 영구차, 침묵의 탑에 대해서 말했다. "기도실에 들어갔을 땐 너무 지치고 잠이 와서 5분만 있다가 나오려고 했어. 그런데 기도가 시작되고 나서……." 그는 겸연쩍어하면서 말을 멈추었다. "정말 멋졌어. 그래서 끝까지 남아 있었지."

분침을 돌리던 그는 열 시 삼십 분에 뎅, 하는 소리를 들은 후 열한 시로 맞췄다. "대리석 안치대에 누워 있는 딘쇼지의 얼굴은 평화로워 보였어. 당신은 내가 미쳤다고 생각할지도 모르지만…… 머리를 이쪽저쪽으로 돌려 봤어. 보는 각도를 바꿔 보려고. 단순히 빛 때문일 거라고 생각했지. 그런데……."

　"그런데 뭐요? 말해 봐요."

　"분명히 딘쇼지가 웃고 있었어." 그는 자신의 손목시계를 다시 한 번 확인하고 시계의 분침을 정확히 맞추었다. "거봐, 내가 미쳤다고 생각하는 거지?"

　"기도의 힘은 매우 강해요."

　"병원에서 딘쇼지의 얼굴을 봤어. 영구차에서도. 그런데 그때는 아무 표정도 없었어."

　"기도의 힘은 강해요. 기도 덕분에 딘쇼지의 얼굴과 당신 눈에 미소가 보였을 거예요."

　구스타드가 그녀를 껴안았다. "내가 침묵의 탑으로 갈 때도 딘쇼지처럼 얼굴에 미소가 어렸으면 좋겠어. 당신 눈에도." 시계는 여전히 멈춘 채였다. 그는 시계추를 살며시 밀고 유리를 닫았다.

17부

1

파르시 조로아스터교 신문에서 부음을 읽지 못한 사람들은, 은행 지점장이
쓴 사내 메모에 자신의 이름이 두 개의 시간표 중 하나에 포함되어 있는 것을
보고 그 소식을 알게 되었다. '장례식 월요일 오후 세 시 삼십 분, 장례식 후
기도 화요일 오후 세 시'. 오직 구스타드만이 메모가 작성되기 전에 선택권
이 주어졌다. 역시 장례식에 참석하기로 한 지점장은 그에게 자신의 차로 함
께 가자고 했다.

침묵의 탑 구역에는 많은 사람이 모였다. 유족과 친척들의 숫자는 적었지
만, 친구들과 직장 동료들이 많이 왔다. 너무나 갑작스러워서 그들은 상복을
입거나 기도 모자를 준비할 수 없었다. 그러나 여자들은 머리에 사리를 두르
고, 남자들은 손수건을 사용하거나 언덕 밑에 있는 백단향나무 가게에서 모
자를 빌려 와 그럭저럭 준비를 했다.

아직 세 시 삼십 분 전이라 사람들이 속속 도착하고 있었다. 문상객이 많아
서 기도실에 들어오지 못하는 참석자들은, 파르시 조로아스터교도가 아닌
사람들과 함께 바로 옆에 있는 별관으로 들어갔다. 구스타드는 조문객들을
바라보면서, 딘쇼지가 장례식이 시작되기를 기다리는 거의 모든 사람의 삶
에 웃음을 주었다는 사실을 깨달았다. 심지어 올빼미 똥구멍 라탄사도 딘쇼
지의 농담에 가끔씩 웃을 정도였다.

알라마이는 대리석 안치대를 마주 보고 있는 첫 번째 줄에 구스타드의 자
리를 마련해 두었다. 마돈은 그와 함께 앞으로 나가 알라마이에게 애도의 뜻
을 표했다. 그녀는 장례식에 찾아와 줘서 고맙다고 하고는 누슬리를 그에게

소개했다. "딘쇼지는 은퇴하기 전에 누슬리와 은행에 나란히 앉아서 일하는 게 소원이었습니다. 아이고, 그런데 이젠 다 틀렸습니다." 그녀는 누슬리를 위한 취업 활동의 첫 삽을 떴다.

첫 번째 줄에 지점장을 앉히는 것이 도움이 되겠다고 판단한 그녀는 그에게 누슬리의 자리를 권했다. 그러자 누슬리는 묵묵히 다음 줄로 내려갔다. 흰색 외투에 밤색 기도 모자를 쓴, 어린애 같은 누슬리는 문상객들과 뒤섞였는데, 사제들이 개의 의식을 시작하라는 신호를 보내자 동요하기 시작했다. 죽음의 악을 저지하고 선한 힘을 돕는 초자연적인 눈을 가졌다는 침묵의 탑 장례식 개가 상여로 나왔다. 누슬리는 마치 개를 처음 보는 아이처럼 흥분해서 자리에서 일어나 목을 길게 빼고 유심히 관찰했다. 그는 개의 관심을 끌려고 낮은 소리로 입술을 쪽쪽거리고 손가락을 살짝 맞부딪쳐 딱딱 소리를 냈다.

그러나 아무도 누슬리의 그런 행동을 눈치채지 못했다. 상여 주변을 돌며 코를 킁킁거리던 개가 떠나자, 갑자기 알라마이가 두 팔을 쳐들며 울부짖었기 때문이다. "개야! 무슨 소리라도 좀 내거라! 아, 신이시여! 개가 짖지도 않는단 말입니까? 그럼, 이제 확실한 건가요! 딘쇼지가 나를 완전히 떠난 건가요!"

근처에 있던 여자들이 그녀를 달래려고 급히 나왔다. 구스타드와 마돈은 알라마이를 위로해 줄 필요가 없다는 사실이 다행스러워 기꺼이 옆으로 비켜섰다. 침묵의 탑 장례식 개에 대한 잘못된 이해에서 빚어진 촌극에 구스타드는 한심하다는 듯이 고개를 저었다. 현대적인 생각을 하지만 전통에 대해서는 헷갈리는 불쌍한 알라마이.

여자들은 그녀의 팔을 잡고 상여로 달려가지 못하도록 막으며 의자에 주저앉히려고 용을 썼다. 물론, 키가 크고 깡마른 알라마이가 정말로 원했더라면 숨을 헐떡이는 여자 네다섯 명쯤은 쉽사리 물리칠 수 있었을 것이다. 그러나 그녀는 그만 포기하고 털썩 주저앉았다. 여자들은 그녀를 끌어안고 볼을 두드리고 사리를 매만지며 다양한 위로의 말을 건넸다.

"알라마이, 신의 뜻이에요, 신의 뜻!"

"신께서 전지전능한 계획을 펼치시는데 우리가 어쩌겠어?"

"알라마이, 진정해. 딘쇼지를 위해서라도 이러면 안 돼. 안 그러면 딘쇼지가 저세상으로 가는 게 힘들어져."

"신의 뜻이에요, 신의 뜻!"

"알라마이, 진정해, 진정하라고! 너무 많이 울면 딘쇼지의 몸이 무거워져. 그러면 그를 어떻게 들고 가겠어?"

"알라마이, 신의 뜻이에요, 신의 뜻!"

조용해지기를 기다렸다가 사제들이 아후나바드 가타 기도를 계속했다. 나머지 기도는 순조롭게 진행되었다. 기도 마지막에 사제들은 알라마이에게 유향과 백단향나무를 불에 넣으라고 했다. 모든 눈이 그녀에게 쏠렸고, 여자들은 또다시 일이 생길까 봐 바짝 긴장했다. 그러나 그녀는 매우 침착했다.

유족과 친척들이 절을 마치자 조문객들이 줄을 서서 애도를 표했다. 그들이 절을 하고 땅을 세 번 만지자 방이 갑자기 어두워졌다. 기도실로 들어오던 햇빛이 네 개의 그림자에 가로막혔다. 시신 운반자들이 도착했다. 문간에 선 그들은 독수리들이 있는 침묵의 탑 안으로 상여를 옮기려고 기다리고 있었다.

이제 구스타드의 차례였다. 그는 딘쇼지의 얼굴을 찬찬히 살핀 후 세 번 절했다. 나도 상여를 메고 갈 수 있으면 좋으련만. 딘쇼지는 분명히 친구가 해 주는 것을 더 좋아할 것이다. 직업적으로 관을 메는 사람들을 두는 한심한 풍습을 지켜야 하다니. 더군다나 이 불쌍한 사람들은 따돌림을 당하거나 불가촉천민 취급을 받는다.

조문이 끝났다. 머리부터 발끝까지 흰옷을 입은 시신 운반자들이 들어왔다. 그들은 하얀 장갑을 끼고 하얀 스크화를 신고 있었다. 그들과 닿는 것이 두려운 사람들은 옆으로 물러나 멀찌감치 떨어졌다. 그들은 딘쇼지의 얼굴을 덮고 쇠로 만든 상여를 메고서 기도실을 나갔다.

밖으로 나간 시신 운반자들은 몇 발자국 걷더니 멈춰 섰다. 그들은 행렬에 참가할 남자들이 뒤에서 줄을 서기를 기다렸다. 독수리들이 있는 침묵의 탑은 남자들만 접근할 수 있었다. 여자들은 기도실 베란다에 줄을 지어 서 있었다.

"구스타드 씨, 딘쇼지를 위해서 부탁 하나만 들어주세요." 알라마이가 말했다. "누슬리를 언덕 위로 데려가 주세요. 내가 없으면 무서워서 못 간다면서, 구스타드 씨가 같이 가면 갈 수 있겠다는군요."

"그러지요." 구스타드가 말했다. 그는 자신의 손수건을 꺼내며 누슬리를 불렀다. 두 사람 사이에 흰 손수건을 걸고 그들은 행렬에 가담했다. 은행의 남자 직원들은 모두 딘쇼지와 마지막으로 함께 걷기로 했다. 많은 직원이 이제는 드러내 놓고 울었다. 그들은 조상들의 지혜를 따라서 둘씩 셋씩 짝을 지어 흰 손수건을 함께 걸었다. 예로부터 사람들과 함께하면 죽음 주위를 배회하는 악을 물리칠 수 있는 힘이 생긴다고 했다.

마돈이 흰색 비단 손수건을 꺼냈다. 그는 구스타드에게 다가왔다. "같이해도 되겠소?" 구스타드가 고개를 끄덕이며 다른 손으로 지점장의 손수건을 꽉 쥐었다. 비싼 향수 냄새가 희미하게 풍겼다. 시신 운반자 네 명은 발을 끌면서 어깨를 파고드는 상여 손잡이의 위치를 옮겼다. 그들은 행렬이 움직일 준비가 됐는지 주위를 살폈다. 침묵의 탑 장례식 개와 사제들도 자리를 잡았다. 시신 운반자들이 출발했다.

손수건을 건 남자들의 긴 행렬이 뒤따랐다. 구스타드는 누슬리에게 격려의 미소를 짓고 기도실 쪽을 흘끗 보았다. 한데 모인 여자들은 남자들이 친구의 마지막 길을 동행하는 것을 지켜보았다. 그는 알라마이가 어떻게 하고 있는지 궁금해서 그녀를 찾았다. 그는 울부짖고 가슴을 치며, 심지어 머리를 약간 쥐어뜯는, 그녀의 화려한 마지막 연기를 볼 것이라고 기대했다.

그러나 그는 그녀가 두 손을 깍지 끼고 품위 있게 서 있는 모습을 보고 깜짝 놀랐다(그리고 자신의 잔인한 생각이 부끄러웠다). 그녀는 묵묵히 딘쇼지의 뒷모습을 응시하고 있었고, 구스타드가 다시 한 번 보았을 때 그녀는 정말로 울고 있었다. 마침내 그녀는 소리 없이 울고 있었다. 아마도 기억의 깊은 샘에서 올라오는 눈물이리라. 기쁨, 슬픔, 즐거움, 후회의 기억들일까? 딘쇼지와 알라마이의 사생활은 이러한 것들로 채워져 있었을 것이다. 딘쇼지는 사랑하는 독수리 같은 마누라라는 말을 빼놓고 어떤 단서나 이야기도 한 적이 없었다. 그 말 이면에 숨겨진 그들의 사랑과 삶에 대해서 누가 알 수 있겠는가?

행렬은 천천히 침묵의 탑으로 나아갔다. 길 양쪽의 무성한 나뭇잎과 덤불에서 종종걸음으로 달리는 생명체들의 바스락거리는 소리가 들렸다. 한번은 다람쥐 한 마리가 시신 운반자들 앞으로 달려와 멈췄다가 다시 재빨리 뛰어갔다. 썩은 고기를 먹는다는, 몸에서 빛이 나는 큰 까마귀들은 나무 꼭대기에서 장례 행렬을 신기한 듯이 지켜보았다. 길 앞에서 공작 한 무리가 길 가장 자리로 지척지척 걸어가며 무슨 일인가 하고 목을 길게 빼고 보더니, 관목 숲이 있는 안전한 곳으로 서둘러 달려갔다. 관목 숲의 초록빛 속에서 공작들의 목은 파랗게 빛났다.

포장도로가 끝나고 자갈길이 나타났다. 아스팔트에서 자갈로 발을 옮기자 처벅처벅 발소리가 점점 커졌고, 행렬 전체가 지나가자 그 소리는 절정에 달했다. 그 소리는 웅장했으며 두려움마저 불러일으켰다. 처벅, 처벅, 처벅. 죽음의 명세서에 꼭 들어맞도록 한 생명을 갈아서 가루로 만드는 죽음의 물레방아 바퀴처럼 갈아 뭉개고 바드득대는 소리가 났다.

장례 행렬은 시신 운반자들의 속도에 맞추어 언덕을 올라갔다. 처벅, 처벅, 처벅. 죽음을 에워싸기에 적합한 소리라고 구스타드는 생각했다. 죽음만큼이나 웅장하고 무서운 소리였다. 그러나 아무리 반복해서 들어도 그 소리는 죽음처럼 고통스러웠으며 이해할 수 없었다. 처벅, 처벅, 처벅. 그 소리에 지난 과거와 잠자던 기억들이 깨어났고, 자갈길을 걸으며 언덕을 오르기까지 그가 겪었던 일들을 한데 모아서 마치 모든 상실과 슬픔을 마른 조각들로 갈아 부수고 허무로 분쇄해서 영원히 사라지게 만드는 듯했다.

그러나 기억은 항상 되돌아왔다. 자갈길은 끝나지 않을 것처럼 길었고, 하염없이 걸어야 했다. 살아 있는 닭을 고집했고 향신료와 목 누르기를 알고 있었으며, 짝짓기와 레슬링의 숨겨진 그러나 보편적인 관계를 알고 있었던 할머니. 자신처럼 튼튼한 가구를 만들었고, 가구를 대물림하게 되면 나무와 못 그 이상으로 가족이 풍요로워진다는 사실을 알고 있었던 할아버지. 모기장 밖에서 잘 자라는 인사를 했으며, 이른 아침처럼 아름답고 만돌린 소리처럼 상냥해서 인생에서 단 한 사람의 기분도 상하게 한 일 없이 온유하게 살다가 너무 일찍 돌아가신 어머니. 책을 너무나 좋아해서 인생을 책처럼 살려다가 그만 길을 잃고서, 마지막 책에서 가장 중요한 페이지들이 사라진 것을 알았을 때는 완전히 실패하고 만 아버지…….

언덕이 평평해졌다. 장례 행렬이 침묵의 탑 앞에 도착했다. 시신 운반자들이 걸음을 멈추고 상여를 바깥 석조 안치대에 놓았다. 그들은 마지막으로 딘쇼지의 얼굴을 보여 주려고 천을 벗기고 옆으로 비켜섰다. 딘쇼지에게 마지막 인사를 할 시간이었다.

언덕을 오를 때처럼 둘씩 셋씩 서로 손을 걸고 있던 남자들은, 흰 손수건을 놓지 않은 채 안치대로 가서 일제히 세 번 절했다. 그런 다음 시신 운반자들이 다시 상여를 어깨에 메고 침묵의 탑 입구로 이어지는 돌계단을 올라갔다. 그들은 탑 안으로 들어갔고 문을 닫았다. 조문객들은 그 이상 볼 수 없었다. 그러나 그들은 안에서 일어나는 일을 알고 있었다. 시신 운반자들은 딘쇼지를 세 개의 석조 동심원 중에서 가장 바깥쪽에 놓을 것이다. 그런 다음 딘쇼지의 몸을 직접 만지지 않고, 특수 제작된 갈고리가 달린 장대들을 이용해서 흰옷을 찢을 것이다. 그는 옷이 갈가리 찢어져서 이 세상에 맨 처음 왔을 때처럼 발가벗겨져 독수리들에게 바쳐질 것이었다.

하늘에서는 독수리들이 가볍게 원을 그리며 점점 낮게 날고 있었다. 독수리들은 침묵의 탑의 높은 돌담과 그 주변의 키 큰 나무들에 내려앉기 시작했다.

누슬리가 구스타드에게 바싹 다가갔다. 그는 긴장된 목소리로 속삭였다. "구스타드 아저씨, 독수리가 와요. 독수리가 와요!"

"맞아, 누슬리." 구스타드가 위로하며 말했다. "걱정할 것 없어. 다 괜찮을 거야." 누슬리가 마음이 놓이는 듯 고개를 끄덕였다.

문상객들은 안내원이 기도 책을 배부하고 있는 근처 사원의 테라스로 걸어 갔다. 기도 책이 모자라자 안내원이 혼잣말로 중얼거렸다. "도대체 몇 부를 보관하고 있어야 하는 거지?"

탑 안에서 선임 시신 운반자가 손뼉을 세 번 쳤다. 승천하는 딘쇼지의 영혼을 위한 기도를 시작하라는 신호였다.

기도하는 동안에 독수리들이 무리를 지어서 우아하게 하늘에서 날아 내려 왔지만, 그들은 내려앉자마자 조용하고 엄숙하게 시커먼 등을 구부리고 있었다. 이제 높은 돌담에 줄지어 앉은 독수리들은 그들의 깃털과는 어울리지 않는 독사 같은 목과 대머리를 치켜들고 있었다.

문상객들은 기도 책을 돌려주고 흰 손수건을 집어넣었다. 이제 언덕을 내려와 살아 있는 사람들의 세상으로 돌아가기 전에 마지막으로 해야 할 일이 남았다. 그들은 손과 얼굴을 씻고 쿠스티 기도를 올렸다. 물소리와 기도 소리를 들으면서 구스타드가 불현듯 마돈에게 말했다. "지점장님, 금요일과 토요일에 휴가를 써야겠습니다." 너무나 충동적이어서 그는 변명조차 준비하지 못했다.

그러나 지점장은 그러한 요구가 딘쇼지의 장례와 관련이 있다고 생각했다. 그는 상당히 이해심이 있었다. "그렇게 하시오. 내일 아침 출근하자마자 달력에다 표시해 두겠소."

기도실에서 구스타드는 누슬리를 알라마이에게 보냈다. 그녀는 다시 한 번 지점장에게 와 줘서 고맙다고 했다. 그는 당연히 해야 할 일을 했을 뿐이라고 대답했다.

2

구스타드가 탄 택시가 빅토리아 터미너스 기차역에 도착했을 때, 가로등은 모두 꺼져 있었다. 새벽 어스름에 기차역 정면에 있는 빅토리아 여왕의 하얀 조각상이 보였다. 충격을 흡수하는 두꺼운 터번을 머리에 두르고 빨간 셔츠를 입은 짐꾼들이 택시로 몰려왔지만 그의 작은 가방을 보고는 실망해서 돌아갔다.

구스타드는 어마어마하게 큰 게시판을 보았지만 어떤 기차도 목록에 표시되어 있지 않았다. 근처에서는 흰 잠바를 입은 역무원이 성난 여행객들의 질문에 대답하면서 연방 검은 챙이 달린 흰 모자를 벗어서 이마를 문질러 댔다. 구스타드는 팔꿈치로 밀어제치고 들어갈 공간을 찾다가 포기하고 사람들의 머리 위로 외쳤다. "역무원님, 실례합니다!"

그의 외침은 사람들에게 둘러싸인 역무원의 귀로 바로 들어갔다. 구스타드의 공손한 말투는 곤경에 처한 역무원에게 위안이 되었다. "네, 선생님."

"기차들은 다 어디에 있습니까?"

"선생님, 오늘 자정부터 철도 파업이 시작됐습니다."

구스타드는 안도했다. 이제는 양심의 가책을 느끼지 않고서 여행을 취소할 수 있게 되었다. "그러면 열차 편은 아예 없는 건가요?"

"선생님, 그건 아직 모릅니다. 확성기 소리에 귀를 기울여 주십시오. 새로운 소식을 전해 드릴 겁니다."

구스타드는 역무원에게 고맙다고 말하고 문의 센터로 갔다. 손으로 쓴 간판이 닫힌 창문 위에 걸려 있었다. '환불 가능, 열차 편 재개되면 모든 예약 그대로 지켜짐'. 열차표와 돈은 굴람 모하메드에게 돌려주면 될 것이다. 지미는 이제 단호하게 잊어버리자. 하지만 내가 그에게 설명할 기회를 주지 않는다면……

노점 찻집은 사람들로 붐볐다. 딜나바즈는 구스타드에게 좋은 상표의 차가 아니면 못 마시게 했지만 병에 든 차가운 음료를 사기에는 이른 시간이었다. 찻집 주인은 받침잔을 피라미드 모양으로 쌓고 있었다. "뜨거운 차요! 뜨거운 차 있어요!" 간간이 그는 단조로운 외침 대신에 활기차게 노래를 불렀다.

받침잔으로 차를 드시오!
슬픔을 잊고 차를 들이켜요!
기차가 오늘, 아니면 내일 떠날까?
차 한 잔 하며 슬픔을 잊어요!

구스타드는 가방을 내려놓고 차를 주문했다. "잠깐!" 찻집 주인이 활활 타오르는 프라이머스 상표 풍로 위에서 끓고 있는 큰 주전자에서 차를 따르려고 할 때 그가 외쳤다. "찻잔이 더럽잖소."

주인이 찻잔을 들여다보았다. "손님 말이 맞습니다. 걱정 마십시오. 지금 당장 깨끗하게 해 드리죠." 그는 갑자기 종업원의 뺨을 사정없이 올려붙였다. "멍청아! 잔을 더럽게 그냥 두면 어떡해! 제대로 닦아. 안 그러면 쫓아낼 테다!"

"물이 더러워서 그런 걸 어떡해요. 물을 떠 오지 말라면서요." 여덟 살 아니면 아홉 살쯤 되어 보이는 소년이 찻잔을 흙탕물이 담긴 양동이에 담그면서 중얼거렸다.

그러자 주인이 소년의 다른 쪽 뺨도 올려붙였다. "돼지 같은 놈! 또 물 타령이냐? 빨리 씻어! 제대로 안 씻으면 뼈를 모두 분질러 놓을 테다." 소년이 찻잔을 갈색 액체에다가 흔들고 있을 때, 주인은 구스타드의 비위를 맞추려고 웃고 있었다. "이젠 깨끗해졌습니다." 그 말과 함께 주인은, 이마를 닦고 계산대를 닦고 접시를 닦는 데 쓰는 걸레를 휘두르며 찻잔의 물기를 닦았다.

구스타드는 차를 받아서 자리를 옮겼다. 그는 잔 받침에다 차를 약간 부어 입바람을 불고는 한 모금 마셨다. 입이 델 정도로 뜨거운 차는 진하고 달콤했다. 찻잔은 더러웠지만 차가 몸속으로 들어가자 기분이 좋아졌다. 또한 기차역에서 차를 마시는 독특한 즐거움은 음료 그 자체가 아니라, 그로 인해서 얻어지는 특별한 관찰자의 지위였다. 그는 네 명으로 이루어진 한 가족이 기차역 시계 밑에서 쉬고 있는 모습을 초연하게 지켜보았다. 여행 계획이 망쳐질 수도 있는 상황에 아랑곳하지 않고, 아버지는 침구를 펴고서 곤히 자고 있었다. 그의 발 옆에서는 어머니가 아기에게 젖을 먹이고 있었다. 큰아이는 아버지 옆에서 웅크리고 자고 있었다. 그들의 임시 거처 주위에는 여행 가방들이 쌓여 있었다. 그곳에서 멀리 떨어지지 않은 곳에서는 한 아주머니가 휴대용 석유풍로에 불을 붙여 차파티를 만들고 있었다. 그녀의 가족은 번쩍이는 스테인리스 통에 담은 매운 스튜 요리로 아침을 해결하고 있었다.

기차역 경비원이 다가와 몸을 숙이더니 다짜고짜 풍로의 불을 꺼 버렸다. "어어!" 아주머니가 소리쳤다. "무슨 짓이에요?" 경비원은 아무 말 없이 금지 행동을 나열해 놓은 표지판을 가리켰다.

"난 글을 읽지 못하는 가난한 사람이에요." 아주머니가 말했다.

경비원은 생색을 내면서 표지판을 읽어 주었다. "무슨 이따위 법이 있어요?" 그녀가 항의했다. "애들한테 차파티도 못 만들어 준단 말예요?"

"아줌마 애들한테 차파티를 만들어 주다가 기차역에 불이라도 나면, 그땐 어떡할 거요?"

거친 잡음과 함께 확성기가 켜지고 날카로운 소리가 들렸다. 기차역이 조용해졌다. 노점 찻집의 달그락 소리가 멈췄고, 신문팔이 소년들의 외침이 멈췄고, 갑작스런 고요함 때문에 자고 있던 남자가 깼다. 그는 깜짝 놀라서 똑바로 일어나 앉았다. 모두들 확성기의 발표를 기다렸다. 잡음이 들리더니 마침내 소리가 나왔다. "마이크 테스트, 마이크 테스트, 마이크 테스트. 하나 둘 셋 넷. 마이크 테스트. 하나 둘 셋 넷." 날카로운 삐 소리가 들리더니 귀에 거슬리는 불분명한 목소리가 다시 나왔지만, 확성기가 제대로 작동되지 않아서 말소리는 거의 들리지 않았다. 들리는 말들은 마치 확성기에서 아무렇게나 뱉어 낸 포도 씨들 같았다. "승객 여러분…… 승강장…… 나와서…… 에서 기다려 주십…… 기차가 도착…… 분에…… 승차권을 소지하신…… 객들은…… 승강장에서…… 주십시오."

몇몇 승객이 승강장에서 나왔지만 대부분은 여행 가방을 가지고 그 자리에 있었다. 곧 경비원들이 몰려와 그들을 승강장 밖으로 내보냈다. 총을 멘 군인들이 선로와 신호소를 점검하며 조차장을 순찰했다.

구스타드는 빈 찻잔을 주인에게 돌려주고 신문을 샀다. 신문 일면의 큰 제목은 철도 파업이었다. 철도성 장관은 관리 직원들과 군대를 투입해서 필수 노선이 운행될 수 있도록 하겠다고 약속했다.

그렇다면 뭄바이–델리 노선 열차는 분명히 운행하겠구나, 하고 구스타드는 생각했다. 그는 간신히 꾸려지던 가계 재정이 개장수 얼간이와 싸우고 나서 탈이 난 이후로 처음 산 신문에 빠져 들었다.

*

확성기 소리가 들렸다. 지금 7번 승강장에 뉴델리로 출발하는 선착순 좌석 기차가 들어오고 있으니 속히 승차하라고 했다.

구스타드는 신문을 접고 7번 승강장 입구로 이어지는 좁은 통로로 서둘러 갔다. 그는 작은 가방 하나만 가지고 있었기 때문에 여행 가방, 침구, 풍로, 조리 기구, 아기 요람, 나무 상자, 마실 물을 담은 깨지기 쉬운 흙 단지를 둘러멘 가족들보다 훨씬 빨리 갈 수 있었다. 기차는 아직 승강장으로 들어와 있지 않았다. 빨간 옷을 입은 짐꾼들이 승객들 주변을 돌고 있었다. "예약석 있습니다! 예약석 있습니다! 예약석이 10루피요!" 짐꾼 하나가 구스타드에게 다가왔다. "선생님, 예약석 필요하십니까?"

"이건 선착순 좌석 기차요." 구스타드가 말했다.

"그렇지만, 제가 선생님께는 예약석을 구해 드릴 수 있습죠. 10루피만 내십시오." 짐꾼이 말했다.

주위를 둘러본 구스타드는 열차 다섯 칸을 가득 채우고도 남을 사람들을 보았다. "좋소." 그가 말했다. 짐꾼이 그를 데리고 가서 승차할 곳을 일러 주었다.

"열차가 여기에 멈출 겁니다. 바로 여기에 서 계십시오." 짐꾼이 말했다. "386번을 기억하십시오." 그는 놋쇠로 만든 자신의 완장을 가리켰다. 그러더니 조차장으로 사라졌다.

곧 빈 열차가 후진해서 들어왔고, 모든 창문에는 빨간 셔츠를 입고 흰 터번을 두른 사람들이 보였다. 승객들은 기차가 멈추기도 전에 소지품들을 안으로 던지고 뛰어올랐다. 빨간 셔츠를 입은 짐꾼들이 조차장에서 타고 들어온 자리를 파느라고 목소리를 높였다. "예약석! 10루피요!"

구스타드의 짐꾼이 손을 흔들며 완장을 가리켰다. "386번입니다! 선생님, 걱정 말고 천천히 오십시오. 자리는 잘 지키고 있습니다."

객차 안은 이미 만원이었다. 짐꾼은 자리에서 일어나지 않은 채 구스타드의 가방을 받아서 좌석 밑으로 밀어 넣었다. 구스타드는 지갑을 꺼내 약속한 10루피를 건넸다. 짐꾼은 그제야 일어섰고 구스타드가 자리에 앉았다.

"짐꾼들 세상이에요, 안 그렇습니까?" 위에서 사람 목소리가 들렸다. 잘 차려입은 삼십 대 남자가 짐칸에서 팔다리를 뻗고 누워 있었다. 그가 웃었다. "짐꾼들이 완전히 장악했다니까요. 철도성은 자기들이 이기고 있다고 생각하고, 파업하는 사람들은 자기들이 이기고 있다고 생각하지만, 사실은 짐꾼들이 진짜 주인들이죠. 저는 20루피를 주고 이 특급 침대칸을 얻었습니다."

선반 그물 사이로 그를 올려다보고 웃으면서 구스타드는 공손하게 고개를 끄덕였다. 30분 후 경적이 울리자 기차 객차, 입구, 통로가 사람들과 짐들로 가득 찼다. 도무지 손수건을 꺼낼 수 없어서 구스타드는 얼굴에 난 땀을 옷소매로 닦았다. 짐칸의 남자가 말했다. "목적지까지 거의 스물네 시간이 걸립니다. 하지만 곧 괜찮아질 겁니다."

남자의 말이 맞았다. 시간이 지나자 객차 안은 더 차지 않았고, 자리다툼을 하는 일도 사라졌다. 승객들은 음식 포장을 뜯어 점심을 먹었다. 그들은 또 화장실을 사용할 수 있는 방법도 알아냈다. 화장실에서 여행을 하던 남자들은 본래의 목적으로 화장실이 사용될 때면 친절하게 자리를 비켜 주었다.

"델리는 처음이신가요?" 짐칸의 남자가 물었다.

"그렇소."

"안됐군요. 파업에다가 이 난리를 치고 있으니. 하지만 델리는 지금 관광하기에 안성맞춤일 겁니다. 날씨가 아주 좋죠."

"개인적인 볼일이 있어서 갑니다." 구스타드가 말했다.

"그러시군요. 저도 개인적인 볼일 때문에 갑니다." 남자는 우연의 일치가 재밌다는 듯이 말했다. "부모님이 거기 사십니다. 부모님이 연세가 많으신데, 큰아들이 결혼하는 것도 못 보고 죽겠다시면서 나이가 찼으니 결혼하라고 해서요. 결혼하기 전에 돌아가시면 얼마나 슬픈 일입니까. 그래서 이번에 신붓감을 고를 작정입니다." 그는 누운 채로 말했다.

"잘됐으면 좋겠소." 남자가 사적인 일을 털어놓자 부담스러워진 구스타드가 말했다.

"네, 고맙습니다." 남자가 똑바로 앉으려고 하다가 천장에 머리를 부딪쳤다.

기차가 역에 멈추자 구스타드는 점심으로 차 한 잔을 창문으로 샀다. 그는 거의 일곱 시가 돼서야 딜나바즈가 싸 준 샌드위치 도시락을 꺼냈다. 딘쇼지가 제일 좋아하던 오믈렛이었다. 30년 동안 매일 샌드위치를 두 개씩이나 먹는다면서 그는 딘쇼지를 놀리곤 했었다.

어스름이 사라지고, 기차는 속력을 내며 어둠을 뚫고 북쪽으로 달렸다. 구스타드는 샌드위치를 천천히 씹으면서, 희미한 불빛이 여기저기서 깜빡이고 있는 빈 들판을 내다보았다. 이토록 긴 여행이 과연 그럴 만한 가치가 있는 걸까? 아니면, 그 어떤 여행이라도 고생할 만한 가치가 있는 걸까?

그러자 그는 딘쇼지 생각이 났다. 그와 함께했던 수십 년간의 삶에 대한 기억들이 난수표처럼 얽혀 들었다. 처음에 그는 구스타드를 새내기라고 불렀다. 그는 자신의 팔을 들어 올리며 "냄새가 약간 나지만 내 날개 밑에 있으면 안전할 거야."라고 했다. 믿을 수 있는 사람이 누군지, 고자질하고 모함하는 경영진의 앞잡이가 누군지 가르쳐 주었다. 그리고 양복저고리를 의자에 거는 요령과 사람들을 웃기는 비법도 전수해 주었다. 딘쇼지는 점심때와 차 마시는 시간, 때로는 근무 시간 중에도 재치 있는 말로 사람들을 웃겼다. 사람들을 웃길 수 있는 능력이야말로 정말 축복받은 것이다. 딘쇼지도 얼마나 먼 여행을 했던가. 그러나 그럴 만한 가치가 분명히 있었다.

열차는 밤새도록 흔들렸다. 이제 객차 안은 훨씬 시원했다. 졸고 있던 구스타드의 머리가 창문에 부딪쳤다.

3

이른 아침에 구스타드가 떠난 후로 딜나바즈는 계속해서 재앙을 겪었다. 우유가 끓어 넘쳤고 밥을 태웠고, 풍로에 석유를 채우다가 깔때기가 넘쳤다. 부엌이 엉망진창이 되었다.

남편이 걱정된 그녀는 그가 델리로 가지 않기를 바랐다. 그러나 그것이 진실을 알 수 있는 유일한 방법이었다. 그렇지 않으면 그는 영원히 마음의 평화를 얻지 못할 것이었다. 솔직히 말해서 그녀도 마찬가지였다. 그럼에도, 비록 방문객이지만 구스타드가 감옥으로 들어간다는 생각을 하면 딜나바즈는 겁이 났다.

그녀는 아직까지 쿠트피티아가 로샨의 치료를 위해서 지시한 일을 실행하지 못하고 있었다. 로샨이 많이 좋아졌지만, 쿠트피티아는 경고를 멈추지 않았다. "그릇된 안도감에 빠져 들면 안 돼. 왜냐하면 암흑의 힘이 독사처럼 숨어서 기다리다가 아무도 예상하지 못할 때 공격하거든." 지금까지 그녀가 시킨 대로 해 왔던 딜나바즈는 이제 와서 멈출 이유가 없었다.

그런데 왜 소랍에 대해서는 쿠트피티아 할머니가 계속 기다리라고만 하는 걸까? 그렇게 알려 주기 싫어하는 마지막 방법이란 게 도대체 뭐지? 더는 밤새도록 잠 못 이루며 소랍을 걱정할 수만은 없어. 그리고 자기는 아들이 하나밖에 없다면서 인정하지는 않지만 구스타드 역시 고통스런 흔적이 눈에 역력하고.

쿠트피티아의 지시를 실행하려면 지금이 최적기였다. 딜나바즈는, 그날 저녁 라바디가 아파트 단지에서 딤플을 산책시킨 후 그녀의 집 초인종을 누를 때까지 망설였다. 딜나바즈가 문을 열자 포메라니안이 시끄럽게 짖어 댔다. "딤플, 조용히 해!" 라바디가 꾸짖었다. "노블 아주머니한테 그러면 못써." 그는 긴장하고 있었다. "바깥양반 계시나요?"

"아뇨."

"아, 네." 그는 난처한 듯하면서도 안심하는 표정이었다. 초인종을 누르기 직전에 그는 정의의 힘을 기르기 위하여 바리아 사제가 최근에 처방한 기도를 암송했다. "그럼 부인과 얘기해도 되겠습니까?"

"듣고 있어요."

그녀의 퉁명스런 대꾸에 그는 약간 당황했다. "전 싸움에는 조금도 관심이 없습니다. 같은 아파트에 살면서 보기 좋지 않습니다. 단도직입적으로 말씀 드릴 테니 그대로 들어 주십시오. 제발 다리우스를 좀 말려 주세요." 그는 말을 하면서 점점 자신감이 생겨났다.

딜나바즈가 한쪽 다리를 짚으면서 말했다. "다리우스를 말리다뇨? 뭘 말리라는 거죠?"

"모르는 척하지 마십시오. 다리우스가 자전거 안장을 잡아 주면서 내 딸을 쫓아다니고 있어요. 아파트 사람들이 전부 보고 있는데 민망하기 짝이 없습니다."

"무슨 멍청한 미친 소리예요?" 구스타드가 잘 쓰는 말이 이런 경우에 딱 어울린다는 것을 그녀는 깨달았다. "도대체 그게 무슨 헛소리예요?"

"헛소리라고요? 그럼 당신 아들한테 한번 물어봐요! 내가 바본 줄 아시오. 걔가 자전거 안장을 잡고서, 온 아파트 사람들이 보는데 손으로 자스민의 궁둥이를 만지면서 뛰어다니는데! 마지막으로 말하지만 정말 보기 안 좋아요!" 그가 손가락을 흔들면서 말하자 흥분한 딤플이 다시 시끄럽게 짖어 댔다.

안쪽 방에서 나온 다리우스가 딜나바즈를 도울 일이 없는지 살폈다. 구스타드는 그날 아침 일찍 떠나면서 다리우스의 어깨에 손을 얹으며 농담 반 진담 반으로 말했다. "아들아, 명심해라. 네가 이제 어머니와 동생을 돌봐야 한다."

"저기 있네." 라바디가 소리쳤다. "쟤한테 물어보세요! 자스민의 궁둥이에 손을 댔는지 안 댔는지! 내가 있는 앞에서 물어봐요!"

딜나바즈는 참을 수가 없었다. "지금 당장 나가 주세요. 당신한테서 헛소리를 너무 많이 들었어요." 그녀는 문을 닫으려고 했다.

"경고합니다!" 라바디가 문을 밀면서 소리쳤다. "이웃한테 이럴 수 있소! 내 말이 아직 끝나지도 않았는……."

구스타드의 당부를 진지하게 받아들인 다리우스가 문을 힘껏 닫았다. 밖으로 밀려난 라바디가 딤플에 걸려 넘어졌다. 그는 먼지를 털고 일어나 현관문에다 대고 경찰에 두 가지 죄로 고소하겠다고 협박했다. 하나는 폭행죄, 또 하나는 자스민을 성추행한 죄라고 했다. 그는 또한 기회가 닿는 대로 바리아 사제를 찾아가서 이 뜻밖의 사고에 대해서 말해 주리라고 마음속으로 다짐했다.

"그렇게 문을 닫아 버리면 어떡하니." 속으로는 든든해하면서 딜나바즈가 말했다. "그런데 저 사람이 뚱뚱보한테 네가 뭘 어쨌다는 거야?"

다리우스는 약간 수줍어했다. "자스민은 그렇게 뚱뚱하지 않아요. 자전거 타는 법을 배우는 데 도움이 필요했을 뿐이에요. 페달을 밟을 때 균형을 잡아야 하거든요. 다른 남자애들은 힘이 약해서 한 바퀴만 돌면 지쳐 버려요. 그래서 자스민이 계속 나한테 부탁해요."

"아버지가 했던 말 기억 안 나니? 라바디는 정신이 이상한 사람이니까 더 상대하면 안 돼." 그는 정신만 이상한 게 아니라 뭐든지 할 수 있는 작자라고 그녀는 생각했다. "다시는 자스민이나 그 애 아버지 근처에 가지 않겠다고 약속해." 세상에, 다리우스가 현관문으로 나왔을 때 그 작자 눈빛이란. 정말 미치광이 같았어.

딜나바즈는 그제야 이해가 됐다. 점점 야위어 가는 로샨의 몸무게가 개장수 얼간이의 딸한테 가지 않으면 도대체 어디로 간단 말인가? 날마다 피둥피둥 살이 찌는 게 누군가? 쿠트피티아 할머니의 말이 옳았다. 명반은 정확하게 라바디를 가리키고 있었다!

의혹의 바늘은 딜나바즈가 만족하도록 상황을 제대로 꿰맞추었다. 그녀는 계획을 세웠다. 먼저 혼합물을 준비해야 했다. 그건 쉬웠지만, 쿠트피티아 할머니는 그걸로 그의 두피를 적셔야 한다고 했다. 그게 힘든 일이었다.

4

자정이 지나서 구스타드는 누군가 어깨를 두드리는 바람에 잠에서 깼다. "실례합니다." 짐칸의 남자가 말했다. "여기 좀 누우시겠어요?"

"당신은 어쩌고요?"

"전 충분히 잤습니다. 당신 자리에 앉을게요."

"고맙소." 구스타드가 말했다. 그는 팔다리가 저리고 온 뼈마디가 쑤셔서 짐칸으로 올라가는 것조차도 힘들었다. 남자가 도와주었다. 구스타드는 몸을 돌려 성공적으로 올라간 후 팔다리를 쭉 뻗었다. 그는 잠결에 자기를 더듬는 남자의 손을 얼핏 느낀 듯했다. 그러나 그는 누워 있는 것만으로도 좋았다. 굳었던 뼈가 풀렸다. 열차는 기분 좋게 흔들렸다. 오래전에 탔던 기차가 생각났다. 딜나바즈와 함께 신혼여행을 갔을 때였다.

구스타드는 잠이 들었다 깨곤 했다. 그는 21년 전 결혼식이 끝나고 딜나바즈와 객차 맨 끝 작은 칸에 함께 있던 모습을 반쯤 꿈꾸며 반쯤 상상했다. 그들은 목적지에 있는 호텔에 도착할 때까지 기다리지 못하고 조그만 좌석에서 서로를 탐하면서 애를 태웠다.

손 하나가 구스타드의 허벅지를 쓰다듬었다. 사타구니로 올라온 손은 그의 꿈으로 딱딱해진 성기를 발견하더니 더욱 대담해졌다. 손가락으로 더듬고 파고들어 억지로 바지 단추를 끌렀다. 두 번째 단추도 끌렀다. 그러자 구스타드는 꿈꾸고 있지 않다는 걸 깨달았다.

그는 잠자는 척 끙 소리를 내고 몸을 뒤치면서 팔꿈치를 세게 휘둘렀다. 그후로 그는 밤새도록 곤히 잤다.

새벽이 되자 추워졌다. 열차는 따뜻한 남쪽 지방을 떠나왔다. 담요가 생각났고 침대가 있는 집이 그리웠던 구스타드는 두 팔로 몸을 감싸고 무릎을 배로 끌어당기며 다시 잠이 들었다.

환기창 창살로 들어온 햇빛에 그는 잠이 깼다. 얼굴에 비친 햇살은 그를 다른 시간으로 이끌었다. 마치 지난밤이 선로 어딘가로 모습을 감춘 것처럼, 델리로 가는 것에 대한 그의 모든 의심이 순식간에 사라졌다. 새벽 첫 햇빛이 온몸을 감쌀 때 지미와 그는 아파트 단지에서 함께 기도를 올렸다. 마침내 그들 사이에 있었던 일들을 제대로 정리할 수 있을 터였다.

마음이 급해진 구스타드에게 기차는 느리기 짝이 없었다. 그는 차가운 손을 비비면서 다음 역에서 잠깐 내렸다. 간밤에 승객들이 하차해서 객실에는 더 많은 공간이 있었다. "좋은 아침이오." 그는 눈에 멍이 든 짐칸의 남자에게 인사를 건넸다. "눈은 왜 그렇소?"

"아, 괜찮습니다. 밤에 화장실에 가다가 가방인가 뭔가에 걸려서 넘어졌습니다. 얼굴이 세게 부딪쳤죠."

"기차에 사람이 워낙 많으니 어쩌겠소. 어쨌든 덕분에 아주 잘 잤소." 구스타드가 말했다.

차 장수가 쇠 그물 선반에 뜨거운 찻잔을 담아서 지나갔다. 구스타드가 두 잔을 집었다. 짐칸의 남자가 돈을 꺼내려고 했지만 구스타드가 먼저 지불했다. 뜨거운 찻잔이 그의 손을 녹여 주었다. 불쌍한 친구 같으니라고. 부모님을 기쁘게 하려고 신붓감을 억지로 고르다니. 신부가 누가 되든지 간에 불쌍하구먼.

출발 기적 소리가 울렸다. 차 장수가 잔을 받으러 왔다. 구스타드가 덜 마신 찻잔을 내밀었다. "마저 드십쇼." 차 장수가 말했다. "아직 시간 있습니다." 기적 소리가 다시 울렸고 기차가 움직였다. 차 장수가 따라서 뛰기 시작했다. "어서 드세요. 아직 시간 있습니다." 구스타드는 얼른 찻잔을 돌려주고 싶어서 서둘러 홀짝홀짝 마셨다. 승강장 끝에서야 찻잔을 주인에게 돌려주었다.

18부

1

왼발 오른발, 왼발 오른발로 다시 걷게 되자 구스타드는 기분 좋은 통증이 밀려오는 것을 느꼈다. 그러나 감옥에 있는 지미는……. 기차역에서는 군인들이 왼발 오른발, 왼발 오른발에 맞춰서 걷고 있었다. 어마어마하게 큰 배낭을 멘 군인들은 균형을 잡으려고 몸을 앞으로 숙이고 있었다. 마치 거대한 거북이 일어서고 있는 것 같았다. 총만 없었더라면 보기가 좋았을 것이다.

굵은 철사처럼 뻣뻣한 머리를 손으로 빗으면서 구스타드는 열차가 지나온 시골길에서 묻은 고동색 먼지투성이의 옷을 내려다보았다. 그는 먼지를 털어 내려고 했지만, 먼지는 옷깃, 바지 아랫단, 소맷자락, 손목시계의 줄 등 모든 곳에 있었다. 그의 콧구멍 속에는 코딱지가 딱딱하게 말라붙어 있었고, 목 안이 쑤시고, 양말 안과 수드라 안 등 온몸이 몹시 가려웠다. 모래 알갱이 같은 티끌들이 쉴 틈 없이 기어 다니며, 수많은 작은 발과 손톱으로 피부를 거칠게 더듬으면서 온몸을 자극하고 긁고 쑤셔 댔다. 마치 그의 마음속에서 들끓는 지미에 대한 의문과도 같았다.

구스타드는 대합실로 들어가 뒤쪽에 있는 화장실로 갔다. 수도관에서는 물이 새고, 변기에는 물이 넘쳤다. 전반적인 관리 부실로 발생한 더러운 웅덩이들을 피하며 그는 세면기를 사용할 차례를 기다렸다.

델리의 12월 아침에 물은 얼음장처럼 차가워서 살을 에는 듯했다. 그러나 놀라울 정도로 활력을 불어넣었다. '우리는 이렇게 얼굴을 씻는다…….' 그는 헛기침을 하고 침을 내뱉었다. '우리는 추운 아침에 먼지 묻은 침을 내뱉는다…….' 딜나바즈가 손수건만으로는 안 된다면서 수건을 가져가라고 고집한 건 잘한 일이었다고 그는 생각했다. 그는 수건으로 가슴과 등을 닦았다. 기분이 좋아진 그는 아직까지 붙어 있는 먼지를 털었다. 그는 수드라와 셔츠를 갈아입고 대합실을 나와서 오토릭샤를 탔다.

삼륜차가 요리조리 차를 빠져나가며 다짜고짜 차선을 바꾸자 구스타드는 좌우로 심하게 흔들렸다. 오토릭샤는 40분 동안 요동을 치고 난 후 볼품없는 회색 건물 앞에 멈춰 섰다. 지미에 대한 생각으로 그의 머릿속이 뒤죽박죽된 것처럼, 그의 속은 오토릭샤 때문에 완전히 뒤집어졌다. "여기요?"

"네, 선생님. 여깁니다." 운전사가 말했다. 약간 메스꺼웠던 구스타드는 비틀거리면서 걸어 나와 차비를 지불했다. 오토릭샤가 덜커덕거리며 떠나자 구스타드는 홀로 된 기분이었다. 그는 오토릭샤와 함께 기차역으로 되돌아갔으면 싶었다.

그는 굴람 모하메드가 준 편지를 보며 접수창구에서 카쉬얍을 찾았다. 그러자 기다리라고 했다.

30분이 지나자 사환이 와서 말했다. "카쉬얍 선생님이 오시랍니다." 구스타드는 일어서서 사환을 따라 석조 바닥 복도를 걸어서 더러운 노란색 벽을 지나, 'S. 카쉬얍'이라고 적힌 명패가 붙어 있는 문으로 갔다. 문이 살짝 열려 있었다.

"노블 씨, 들어오십시오." 남자가 일어서서 손을 내밀었다. "빌리모리아 씨가 오래전부터 당신을 기다렸습니다." 땅딸막한 카쉬얍의 얼굴은 무슨 말을 하건 상관없이 웃는 표정이었다.

"몹시 바빴습니다."

"유감스럽게도 빌리모리아 씨는 지금 여기에 없습니다." 남자의 얼굴에 나타난 미소가 불길한 예감을 불러일으켰다.

"여기에 없다고요?"

"그러니까 제 말은, 지금 이 건물의 그가 있던 감방에는 없다는 겁니다. 병원으로 옮겨야 했으니까요."

"무슨 일입니까?"

"고열에다가 몸이 너무 쇠약해졌습니다. 정글에서 생긴 병일 겁니다." 그는 아무런 의미 없는 환한 미소를 지은 채였다. "일 때문에 빌리모리아 씨는 정글에 자주 갔었죠."

"제가 그를 만날 순 있는 겁니까?"

"그럼요, 물론입니다. 병원이건 감방이건 독방이건, 저는 방문 승인만 해주면 되니까 아무 문제 없습니다. 지금 가시죠."

본관 건물과 병원은 차갑고 을씨년스러운 복도로 연결되어 있었다. 카쉬얍의 징을 박은 구두가 석조 바닥에 닿을 때마다 소리가 울려 퍼졌다. 그 발소리는 구스타드의 기억에 메아리쳤다. 깊은 상실감과 쓸쓸함, 공허함이 갑자기 밀어닥쳤다.

병원 로비에서 카쉬얍이 경비와 얘기를 나누었다. "됐습니다." 그가 구스타드에게 말했다. "여기서 기다리십시오. 당신을 데리러 누군가 올 겁니다."

"고맙습니다."

"천만에요." 카쉬얍은 더러운 노란색 벽 쪽을 보고 웃으며 떠났다. 곧 흰색 가운을 입은 병원 직원이 와서 구스타드를 위층으로 안내했다. 그들은 경찰들이 밖에서 보초를 서고 있는 크고 냄새 나는 병동들과 독방들을 지나갔다.

"빌리모리아 씨의 친구 되십니까?" 구스타드가 고개를 끄덕였다. "이런

법적인 문제들은 정말 불행한 일입니다. 게다가 바이러스에 감염까지 됐으니. 가끔씩 그는 정신 착란을 일으킵니다. 면회 중에 그렇더라도 걱정 마십시오. 저희가 치료를 하는 중이니까요."

구스타드는 고개를 끄덕였지만 믿기 힘들었다. 스테인리스강으로 만든 면도날처럼 빈틈없는 머리를 지닌 지미가 정신 착란을 일으킨다고? 믿을 수 없었다.

"얼마나 계실 겁니까? 면회는 30분밖에 허락되지 않습니다."

"하지만 전 뭄바이에서 왔어요. 기차가 네 시에 출발합니다."

"카쉬얍 씨가 당신은 특별한 경우라고 하더군요." 그는 잠시 생각했다. "세시까지로 하면 되겠죠?" 그들이 멈춘 방 밖에는 길고 무거운 총에 지친 경찰이 나무 의자에 앉아 있었다. 병원 직원이 경찰에게 지시를 내리고 나서, 구스타드가 머뭇거리며 들어갔다.

하나밖에 없는 창문이 닫혀 있어서 병실은 숨이 막힐 듯이 답답했다. 침대에 누워 있는 사람은 고개를 돌린 채 잠들어 있는 듯했다. 구스타드는 거친 숨소리를 들었다. 지미가 놀라서 깨지 않도록 그는 조심스럽게 침대 끝으로 갔다. 그는 이제 분명하게 볼 수 있었다. 그리고 그가 본 것 때문에 울고 싶어졌다.

침대 위에는 한때 코다다드 아파트에 살았던 튼튼한 군인의 뼈와 가죽만이 남아 있었다. 그는 머리숱이 줄어들었고, 움푹 들어간 볼 때문에 얼굴뼈가 날카롭고 기괴하게 튀어나와 있었다. 기품 있는 카이저수염은 찾아볼 수 없었다. 그의 눈은 눈구멍 속으로 사라져 버렸다. 그의 목은 가엾은 딘쇼지의 그것처럼 야위었고, 홑이불 밑에는 구스타드와 딜나바즈가 항상 소람과 다리우스에게 소령 아저씨처럼 가슴을 밖으로 내밀고 배를 안으로 넣어 꼿꼿이 걸으라며 좋은 본보기로 삼았던 그 강한 어깨와 두꺼운 가슴의 흔적만이 남아 있을 뿐이었다.

이 모든 일이 일 년 반 만에 일어났단 말인가? 이 사람이 나를 아기처럼 들어서 접골사의 진료실로 데리고 갔던 바로 그 사람인가? 이 사람이 팔씨름에서 나와 우열을 다투었던 바로 그 사람이란 말인가?

자신의 얼굴처럼 앙상한 지미의 오른손이 홑이불 밖으로 나와 있었다. 손이 두 번 경련을 일으키더니 그가 눈을 씰룩거리면서 떴다. 그는 당황한 듯이 보였고 다시 눈을 감았다. 그의 입술에서 쉰 목소리가 나지막이 흘러나왔다. "구스……."

이런 세상에, 내 이름조차 말하지 못하다니. "날세, 지미." 그는 지미의 손을 잡고 안심시키면서 말했다. "나 구스타드야."

"주…… 사…… 주……." 그는 작은 목소리로 매우 불분명하게 말했다. "잠깐. 곧…… 조금만…… 나아질……."

"알았네, 천천히 말하게. 지미, 내가 여기 왔어." 그는 지미의 손을 놓지 않고 의자를 당겨서 가까이 앉았다. 무슨 병에 걸린 거지? 그들이 무슨 짓을 한 걸까?

분노, 비난, 해명에 대한 요구가 구스타드의 마음속에서 눈 녹듯이 사라졌다. 오직 극악무도한 사람만이 대답을 듣기 위해서 망가진 사람을 괴롭힐 수 있을 것이다. 그는 기다렸다가, 지미가 말하고 싶어 하는 것을 듣고 그를 위로하고 도움을 주고 싶었다. 다른 것들은 잊어야 했다. 그리고 용서해야 했다.

그는 30분 동안 지미의 차갑고 떨리는 손을 쥐고서 앉아 있었다. 마침내 지미가 다시 눈을 떴다. "구스타드, 고맙네. 와 줘서 고마워." 그가 작은 목소리로 말했다. 아까보다 분명하게 들리긴 했지만 그의 목소리는 힘을 주느라 떨리고 있었다.

"무슨 소리야. 오게 돼서 내가 좋지. 그런데 어떻게 된 거야?" 그러자 자신의 결심이 생각난 구스타드가 말했다. "아냐, 무리하지 말게."

"그들이 바이러스 치료…… 주사를 놨어. 말하기가…… 힘들어. 하지만 30분 정도 지나면…… 괜찮아져."

그의 말들은 마치 산들바람에 실려 오는 작은 연기들처럼 생겨났다가 금세 사라졌다. 구스타드는 의자를 바짝 당겨서 앉았다. "무슨 바이러스야? 의사들은 치료 방법을 알고 있나?"

"순다르반스에서 걸린 거야. 처음에는…… 황열병이라더니, 나중엔 발진티푸스, 말라리아…… 장티푸스…… 아무도 몰라. 하지만…… 괜찮아지는 것 같아. 주사 맞는 게…… 끔찍해……."

잠시 침묵했던 그의 가슴이 헐떡였다. "와 줘서 고맙네." 그가 말했다. "계속 있을 건가?"

"세 시까지 면회를 허락받았네." 구스타드가 자신의 손목시계를 보았다. "네 시간 남았어."

"서둘러야겠군……."

"이봐, 지미. 얘기는 나중에 해도 돼. 이미 일어난 일은 어쩔 수 없어."

"그래도 난 말해 주고 싶어. 마음이 편치 않아. 그 생각을 하면…… 자네가 무슨 생각을 하고 있을지 생각하면." 그가 낮은 목소리로 말했다.

"괜찮아. 과거는 과거일 뿐이야."

"먼저, 자네 소식부터 들려주게…… 딜나바즈와 아이들……."

"다들 잘 있어. 자네가 사라졌을 때 모두들 무지 걱정했어. 그것뿐이야. 그런데 자네 편지가 와서, 잘 있다는 소식을 듣고 기뻐했지." 구스타드는 단어를 골라 가며 조심스럽게 말했다. 비난처럼 들려서는 안 되었다. 그는 목이 잘린 쥐와 고양이, '빌리모리아의 쌀을 훔쳤지, 우리가 몽둥이로 너를 패 줄 테다'라고 쓰인 쪽지, 잘게 잘려 조각난 빈카, 장미, 박하 등이 생각났다. 그는 소랍과 로샨의 병 등, 지미를 걱정하게 할 만한 어떤 것도 말하지 않았다.

"코다다드 아파트가 정말 그리워…… 델리로 오지 말았어야 했는데. 하지만 4년이 지나면…… 돌아갈 수 있어."

"4년?"

"그래, 내가 받은 복역 기간이지."

구스타드는 굴람 모하메드의 충고를 명심했다. '그가 일말의 희망이라도 가지고 있다면 그렇게 하도록 내버려 두십시오.' "그러면 자네 영향력을 발휘할 수도 있잖아."

"구스타드, 이번만은 아니야. 이건 영향력을 쓸 수 없는 경우야. 최상층이 연관되어 있어……. 더러운 일이지." 그의 눈이 다시 절망감으로 가득 찼다. "하지만…… 내가 떠난 다음에…… 제일 그리워한 게 뭔 줄 아나?"

"뭔가?"

"이른 아침, 아파트 단지에서 자네와 함께하는 쿠스티 기도야."

"그래, 나 역시 마찬가지야." 구스타드가 말했다.

지미가 한쪽 팔꿈치를 짚고 몸을 일으켜 머리맡에 있는 물 잔을 집었다. 그는 물을 한 모금 마셨다. "믿기 어려울 테지만…… 자초지종을 말해 주지……."

주사의 마비시키는 힘이 누그러지자 그의 말이 점점 분명해졌지만, 그는 여전히 고통스럽게 속삭였고 기침을 하는 바람에 자주 말이 끊어졌다. 바이러스건 사람의 짓이건, 내부의 상처는 그에게 큰 영향을 미쳤다. 지켜보며 듣고 있던 구스타드는 몸서리가 쳐졌다.

"그 제안은 무척 흥미로웠어…… 들어가기 힘든 곳이었지. 총리실에서 나를 직접 호출했어."

"거기서 일했나?"

"내가 쓴 편지도 거기서 보낸 거야. 해외 정보국을 위해서 일했지…… 직접 관리했어."

구스타드는 다시 한 번 놀랐다. "자네가 RAW를 직접 관리했나?"

"아닐세, 그 여자가 했지." 그는 낮은 목소리로 말했다. "나도 놀랐어."

시간이 얼마쯤 지나자 구스타드는 지미의 더디고, 연결이 끊기고, 두서없이 조각난 문장들을 재배열해서 이해하게 되었다. 그는 소랍과 다리우스를 몇 시간이고 사로잡았던 흥미진진한 소령의 이야기들이 생각나서 서글펐다.

"RAW에서…… 새로운 신분을 부여받았어. 경영 컨설턴트였네. 자네한테…… 거짓말을 할 수는 없었어. 말없이 떠나 버렸지. 구스타드, 미안하네. 정말 미안해…… 애들은 잘 있나?"

"잘 있어. 아무 문제 없어." 구스타드는 그의 손을 가볍게 두드리면서 말했다. "그래서 자네가 델리로 가서 RAW로 들어간 거였군."

"깜짝 놀랐지…… 그 여자가 RAW를 자기 개인 것처럼 이용했어. 협박하려고 야당과 장관들을…… 모든 사람을 감시하고…… 지긋지긋하고 신물이 났어. 심지어 자신이 구성한 내각도 감시했으니까. 각료들 중 한 명은…… 어린 소년들을 좋아했어. 다른 한 명은 여자와 하면서…… 사진 찍는 걸 좋아했고. 뇌물, 도둑질…… 수없이 많은 일이 벌어졌지. RAW는 그 여자의 친구들과 적들에 대한 기록을 남겼어. 그들이 어디를 가는지, 누구를 만나는지, 무슨 말을 하는지, 뭘 먹는지, 뭘 마시는지……." 지미는 숨이 차서 말을 멈췄다. 아픈 상태임에도 그의 거창한 말투는 이야기를 간결하게 하는 데 걸림돌이 되었다. 옛날에 그는 단식 요리에 넣는 고기에는 적당한 양의 기름기가 있어야 맛이 더 좋다고 주장하곤 했다. 그의 말에도 기름기가 남아 있었다.

"그 여자의 친구들이 적이 되고 그 여자의 적들이 친구가 됐지……. 너무나 빨리…… 너무나 자주. 그녀가 통제할 수 있는 유일한 수단은 협박이었어……. 그들을 말 잘 듣는 푸들을 만들려고. 역겨웠어. 난 질려 버렸어. 내가 델리에 온 이유는 그게 아니었거든. 그래서 전근을 신청했지."

그는 물을 더 마시고 머리를 올리려고 베개를 받쳤다. 구스타드가 팔로 그를 받치고 끌어 올려 주었다. 홑이불이 약간 밑으로 내려갔다. 마치 폐가 꺼진 것처럼 움푹 파인 지미의 가슴이 드러났다.

"동파키스탄에서…… 작년에 있었던 사이클론 기억나나? 수천 명이 죽었지……. 서파키스탄의 빌어먹을 놈들은 어떤 도움도 안 줬어. 벵골 사람들에게 서파키스탄이 원하는 것은 그들의 값싼 노동력뿐이라는 걸 확실히 보여 주었지. 그리고 12월 총선에서 무지부르 라만이 승리했어. 절대다수로."

"맞아." 구스타드가 말했다. "부토와 장군들은 그가 정부를 구성하도록 내버려 두지 않았어. 벵골 사람들이 시민 불복종 운동을 시작하자 야히아 칸이 군대를 투입했지."

"군인들이 시위 참가자 수천 명을 학살했어. 난민들이 넘어오고…… 내 상사는 인도 정부가 게릴라 활동을 지원할 거라고 하더군. 난 즉시 그 일에 관심이 있다고 했지. 그래서 총리실에서 면접을 하러 오라고 나를 호출했고…… 그 여자는 RAW를 철통같이 통제하고 있었어. 구스타드, 강한 여자였어, 강철같이 강한 여자…… 똑똑했지. 사람들은 아버지의 명성이 그 여자를 총리로 만들었다고 말하지. 그럴지도 몰라. 그러나 그 여자는 그럴 만한 자격이……." 베개가 미끄러져 내렸지만 그는 다시 올리려고 하지 않았다. 그는 힘없이 헛기침을 했다. "소랍은? 소랍은 잘 있나?"

"그럼, 잘 있지."

"다리우스는? 보디빌딩은?"

"근육이 아주 단단해." 구스타드가 말했다. "총리까지 얘기했어."

구스타드가 끊어진 말을 상기시키자 지미가 고개를 끄덕였다. "그 여자는 단도직입적으로 말했어. '빌리모리아 소령, 당신 경력이 아주 훌륭하군요. 당신은 우리의 목표를 이해하고 있군요.' 그 여자의 목소리는…… 침착하고 자신감이 넘쳤어. 고함지르고 소리치는…… 그녀의 정치 연설하고는 달랐지. 그 여자가 그렇게 부패하다니 믿기 힘들어. 아마도 그 여자 주위의 사람들이…… 아무도 모르는 일이지." 구스타드는 어떤 부패를 말하는 건지 궁금했지만 다그치지 않았다. 때가 되면 지미가 말할 것이었다.

"그 여자는 내게 그 일을 책임져 달라고 했어. 묵티 바히니를 훈련시키고 물품을 지원하고…… 벵골 사람들은 정말 잘 싸웠지. 재빨리 배웠어. 공장을 파괴하고…… 다리를 부수고…… 기차 선로를……."

"이봐!" 지미가 갑자기 말을 끊더니 구스타드의 어깨 너머를 보았다. 그는 목소리를 크게 낼 수는 없었지만, 지금까지의 힘없는 속삭임과 비교해 볼 때 그것은 날카로운 외침과도 같았다. "이 돼지 같은 자식아! 나가! 여긴 변소가 아냐!"

지미는 정신 착란을 일으키는 것 같았다. 구스타드는 몸을 앞으로 숙여 그의 어깨를 살짝 두드렸다. "지미, 괜찮아. 모두 다 괜찮아." 그의 위로에 지미는 편안한 과거로 돌아갔다.

"구스타드, 몇 시지?" 그가 숨을 헐떡거렸다. 말을 하느라고 그는 힘이 많이 빠져 있었다. "쿠스티 기도 할 시간인가?"

"지미, 아직 아냐. 좀 쉬게나." 그는 지미가 이야기를 다시 시작할 수 있을 때까지 어깨를 가볍게 두드렸다.

"방글라데시의 탄생을 기념하는…… 의식이 있었어. 인도 국경에서 멀지 않은 쿠시티아 지역으로 기자들을 부르고…… 마을 이름을 무지브나가르라고 다시 지었지. 망고 숲에서 녹색, 빨간색, 금색의 새로운 국기를 올리고. 아름다운 방글라데시…… 국가를 부르고. 파키스탄의 대포는 멀지 않은 곳에 있었어. 방글라데시 만세…… 모든 사람에게 자랑스러운 순간이었어. 그런데 빌어먹을 외신 기자들이 마을 이름을 기사에 썼어……. 다음 날 파키스탄 공군이 마을을 박살 냈지."

노크도 없이 얼굴선이 날카로운 간호사가 방으로 들어왔다. 지미가 다음 주사를 맞을 시간이었다. 그녀의 팔뚝에는 근육이 불거져 있었고, 힘줄은 꼬아 놓은 새끼줄처럼 튀어나와 있었다. 그녀는 지미를 거칠게 옆으로 돌려 눕히더니 일을 마치고 말없이 나가 버렸다.

"또 시작될 거야. 이제 어떻게 얘기를 하지?"

"걱정 마." 구스타드가 위로했다. "시간 많아. 푹 쉬어. 기다릴게." 그는 자신의 손목시계를 보고 깜짝 놀랐다. 벌써 한 시가 다 됐다. 많은 말을 하지 않았지만 지미는 엄청나게 많은 시간과 노력을 기울였다. 마치 단어 하나하나가, 조각용 정의 타격을 빗나가게 하고 무디게 만드는 단단한 화강암에 고통스럽게 새겨지는 듯했다. 그러나 그는 멈추지 않고 한참을 씨름하다가 구스타드에게 그 말들을 전했다. 한 단어씩, 한 단어씩. 그 단어들이 만들어지는 데 들인 고통 때문에 구스타드는 그의 말을 경건하게 그리고 괴로워하면서 들었다.

"돈. 돈이 묵티 바히니의 중요 관심사였어. 돈이 없으면 보급품도, 폭발물도, 총도…… 아무것도 없으니까. 우리는 정기적인 할당 예산이 필요했지. 다음번 만남에서 그 여자에게 말했어……. 작전을 더는 할 수 없다고……. 단둘이었지만 그 여자는 귀 기울여 듣지 않았어……. 뭔가 다른 걸 꿈꾸고 있는 것 같았어. 이상한 여자였지……. 매우 강한 여자였는데……. 난 그 여자가 관심이 없는 걸 알고, 묵티 바히니는 이제 끝났구나 싶었어. 그래도 난 그녀에게 상황을 충실히 보고했어. 그러자 갑자기 그 여자가 입을 열었어. '나도 상황을 알고 있어요. 더 많은 자금을 마련하겠소.' 그 여자가…… 작은 개인 집무실로 들어갔어. 그러고는 나한테 지시를 내렸지. 다음 날 아침 국영 은행으로 가서 은행장을 만나 6백만 루피를 달라고 하랬어. 그 여자가 설명을 하더군. 지원이 공식적으로 승인이 나면 그 돈을 메워 놓을 거라고. 난 왜…… 그 여자가 굳이 그런 걸 설명하는지 의아했어. 전혀 내가 상관할…… 바가 아닌……."

주사가 또다시 그의 혀를 펜치처럼 꽉 물고 있는 듯했다. 구스타드는 그가 말을 그만 하고 쉬었으면 했다. 그러나 그는 지미의 입술에 귀가 닿을 정도로 몸을 바싹 앞으로 붙였다.

"그 여자가 말했어…… '은행장에게 이름이나 RAW 신분을 밝히지 마시오. 단지 방글라데시 바부라고…… 6백만 루피를 가지러 왔다고 하세요.' 다음 날 아침에 그도, 도, 돈을 받았지. 엄청났어…… 6백만 루피를 말이야. 그런 다음 며칠 있다가 그 여자가 메, 메, 메시지를 보냈지…… 지금부터 자, 자아, 잘 들어…… 그 여자의 계, 계획. 어, 어떻게 그 여자가 준비를 했는지. 자기는 지키고…… 나는 하, 하, 함정에 빠뜨린."

지미가 눈을 감았다. 그의 입은 계속 달싹였지만 어떤 소리도 나오지 않았다. 그는 불안한 상태로 잠이 든 것 같았다. 홑이불을 당겨서 그를 덮어 주고 밖으로 나오자 구스타드는 몹시 피곤했다. 지미의 힘겨운 사투가 그의 정력을 고갈시켰다.

경찰이 물었다. "그 사람은 어떻습니까? 많이 아픈가요?"

"네. 지금 자고 있소." 경찰은 아래층 구내식당에서 차와 간단한 먹을거리를 구할 수 있다고 알려 주었다.

2

딜나바즈가 우유를 250그램 더 달라고 하자 우유 장수는 그럴 수 없다고 했다. "아니, 어제 말씀하셨어야죠. 이제 와서 갑자기 어떻게 우유를 더 만들어 냅니까?"

이웃들이 딜나바즈의 편을 들며 끼어들었다. "이봐요, 연극 그만 해요. 우리가 가고 나면 물 250그램으로 채워 넣을 거 다 알고 있어요." 늘 그렇듯이 우유 장수는 펄쩍 뛰면서 딜나바즈에게 우유를 더 주었다.

우유를 집으로 가져간 딜나바즈는 추가로 받은 250그램을 혼합물과 섞으려고 따로 보관했다. 그녀는 먼저 현관문 위에 걸려 있는 부적을 뗐다. 라임은 V자 모양으로 얇게 썰고 고추는 다진 다음에, 그것들을 모두 갈아서 고운 반죽을 만들었다. 납작한 석판 위에 대고 둥근 돌을 앞뒤로 밀자 요란한 소리가 났다.

반죽은 우유와 잘 섞여서 보기 좋은 연녹색이 되었다. 그녀는 절구에다가 아니스 씨, 아지웨인 씨, 양귀비 씨, 회향풀 씨, 겨자씨를 적당량 넣고 공이로 찧어서 가루로 만들었다. 생강, 마늘, 심황, 고춧가루, 식초, 주홍색 안료 등 나머지 재료들은 이미 가루나 액체 상태였다. 그녀는 힘차게 휘저었다. 쿠트피티아 할머니는 모든 것이 잘 섞여야 한다고 했다.

이제는 쥐똥을 넣을 차례였다. 구스타드의 검은색 등화관제용 종이 덕분에 알맞은 양을 구하기는 쉬웠다. 귀찮기만 하던 검은 종이도 이럴 때는 쓸모가 있었다. 딜나바즈는 종이 귀퉁이를 들어 올려서 금방 찻숟갈 하나 가득한 양을 모을 수 있었다. 아무리 휘저어도 검은 똥 조각들은 냄비에 그대로 떠 있었다. 혼합물을 그대로 놔두고 그녀는 마지막 재료인 둥글고 흰 거미 알집을 구하러 갔다. 쿠트피티아 할머니가 이 모든 것을 알다니 정말 놀라웠다.

딜나바즈는 검은 종이가 덮인 환기창 맨 위쪽 천장 부근에서 커다란 짙은 갈색 거미 한 마리를 발견했다. 그녀는 긴 손잡이가 달린 빗자루를 가지고 갔다. 종이가 뜯겨 나가고, 거미가 부드러운 줄을 타고 우아하게 점점 앞으로 미끄러져 내려왔다. 그녀는 예상되는 착지 지점에 자리를 잡고 있다가 슬리퍼로 거미를 내리쳤다.

그러나 역겨운 부분이 남아 있었다. 죽은 거미의 다리들은 배 위에 뻣뻣하게 접혀 있었고, 둥근 알집은 방사상으로 뻗어 있는 털투성이의 검은 다리들 뒤에 숨어 있었다. 밤지 경위가 진급하기 전 반바지를 입던 시절에 보여 준 털북숭이 다리를 연상케 했다.

구스타드의 책상에서 가져온 종이와 연필을 가지고 그녀는 거미 다리들을 하나씩 뒤로 접었다. 몇 개가 다시 접혀서 누르고 있어야 했다. 다리들이 흙 부나 중간 관절쯤에서 끊어졌다. 연필로 살짝 찌르자, 거미줄처럼 들러붙지는 않지만 약간 끈적끈적하면서 부드러운 거미의 알집이 떨어져 나왔다.

그녀는 풍로에 냄비를 올렸다. 혼합물이 데워지자 짙은 갈색으로 하나가 되었다. 딱딱한 쥐똥들도 마침내 잘 섞였다. 그녀는 조심스럽게 보관해 둔 명반 형상을 가루로 부수어 넣었다.

딜나바즈는 이제 개장수 얼간이를 맞을 준비가 되었다.

*

매일 아침저녁으로 하는 산책 외에도 라바디는 토요일 한낮이면 언제나 딤플을 데리고 아파트 단지를 돌았다. 이러한 동선을 익히 알고 있던 딜나바즈는 자신이 세운 계획을 사전에 연습했다. 그녀는 걸쭉한 혼합물을 다시 데우고 우유 한 숟가락을 추가했다. 그래, 이게 바로 제대로 된 조화라는 거야.

한 시가 지나자 곧 딤플이 날카롭게 짖는 소리가 아파트 단지 끝에서 희미하게 들렸다. 딜나바즈는 긴장했다. 그녀에게 운이 따르고 계단에 아무도 없기만 하면 된다. 타이밍이 중요했다. 그녀는 라바디가 관목으로 가까이 올 때까지 기다렸다가 서둘러 뒷문으로 나가 계단으로 올라갔다.

딜나바즈의 계산은 정확했다. 그녀는 발코니에서 엿보고 있었다. 딤플이 잠시 멈춰 서서 적당한 장소를 찾느라고 코를 킁킁거렸고, 라바디는 한가로이 지켜보고 있었다. 딜나바즈가 팔을 내밀어 냄비를 뒤집었다.

라바디의 비명 소리가 아파트 단지에 울려 퍼졌다. 그녀는 입을 꾹 다물고 계단을 내려와 뒷문을 통해 집으로 돌아왔다. 아직 성공을 장담하기는 일렀다. 그의 두피에 부어졌다는 증거가 없었다. 비록 그것이 바로 옆 땅바닥에 떨어졌다고 해도 그는 소리를 질렀을 것이다. 그녀는 밖을 내다보고 싶었지만 소리를 듣는 것만으로 만족해야 했다.

"짐승들!" 그가 고함을 질렀다. "짐승 같은 것들아!" 주인이 소리치자 딤플도 같이 짖었다. "수천 명이 굶어 죽고 있어! 그런데 이 염치없는 인간들이 아파트 단지에다 카레를 버리다니!" 딜나바즈는 점점 자신감이 생겼다. 적어도 그가 냄새를 맡을 정도로 가까이에 떨어진 것은 틀림없었다.

바로 그때 고춧가루, 마늘, 생강, 심황과 다른 얼얼한 향료들이 라바디의 머리와 이마를 타고 떨어져 눈으로 들어가자, 그의 고통스러운 비명 소리에 분노에 찬 장황한 설교가 묻혀 갔다. "아아아아아! 나 죽는다! 아아아아! 세상에, 나 죽는다, 나 죽어!" 그제야 딜나바즈는 정확하게 목표물을 맞혔음을 확신했다.

"아아아아! 나 죽는다! 눈이 안 보여! 완전히 눈이 멀었어! 뻔뻔한 짐승 같은 것! 도대체 네가 누구냐! 날 봐라! 아파트 단지에서 눈이 멀었다! 네가 버린 카레에 눈이 멀었다고! 너한테도 똑같은 일이 벌어질 거다! 그리고 네 자식들한테도, 네 자식들의 자식들한테도!" 그는 온 세상이 자신의 잔인한 운명을 목격하도록 욕하고 울부짖으며 집으로 들어갔다. 딤플은 평소와는 다른 주인의 흥분한 상태를 즐기면서 그의 주변을 깡충깡충 뛰어다녔다.

딜나바즈는 부엌으로 돌아갔다. 정확하게 계획대로 됐다. 그녀는 냄비를 벅벅 문질러 마법의 혼합물을 닦아 내면서, 쿠트피티아가 자신을 자랑스러워할 거라는 생각이 들었다.

"엄마, 개장수 얼간이 아저씨가 소리 지르는 거예요?" 로샨이 물었다.

로샨이 오는 소리를 못 들었던 딜나바즈가 깜짝 놀랐다. "어, 그래. 넌 그렇게 말하면 안 된다. 그런데 잠 안 자고 왜 나왔어?"

"하루 종일 잠만 자는 거 질렸어요. 다른 거 하면 안 돼요?"

"그럼 소파에 앉아서 책을 읽으렴." 그녀는 재와 톱밥으로 냄비를 헹궜다. 물에서 냄비가 반짝거렸다. 이게 가능한 일인가? 이렇게 빨리? 이건 완전히 기적이야! 아니면 우연의 일치든가. 하지만 무슨 상관이야, 결과는 똑같은데. 게다가, 초자연적인 것을 완전히 부정하기 어렵다는 사실을 한번쯤 깨닫지 못한 사람이 세상에 있기나 할까?

*

쿠트피티아가 승리를 만끽하기도 전에 딜나바즈는 다음 문제로 넘어갔다. "좀 더 참아야 되는 건 알아요." 그녀가 말했다. "그런데 절 좀 도와주세요. 이렇게는 못 살아요. 온종일 머릿속에 걱정이 가득해요."

"무슨 소릴 하는 거야?"

"소랍요. 걱정 때문에 머리가 빙글빙글 돌아서 미칠 지경이에요. 다른 방법이 있다고 하셨잖아요. 마지막 해결 방법 말이에요. 지금 당장 그걸 해야 돼요. 제발 부탁이에요!"

"뭘 해야 된다는 거야!" 쿠트피티아가 짜증을 냈다. "뭘 안다고 난리야? 나한테 이래라저래라 하지 마!"

딜나바즈가 다시 한 번 유순하게 말했다. "제가 감히 어떻게 이래라저래라 하겠어요. 하지만 지금이 유일한 기회 같아서요."

"지금 뭘 부탁하는지 자네는 몰라. 끔찍한 일이 벌어질 수도 있다고." 쿠트피티아의 눈이 가늘어졌고 차마 말 못할 것들로 가득 차 있는 그녀의 목소리는 음산했다. "그리고 나중에 슬퍼하고 후회해 봐야 아무런 소용 없고 아무것도 되돌릴 수 없어."

"그럼 제 아들을 영원히 잃어버리게 되는 건가요?"

쿠트피티아는 잃어버린 아들에 대한 슬픔을 누구보다도 잘 알고 있었다. "그런 말이 아니야. 정 그렇다면 해야지. 하지만 자네가 모든 결과의 책임을 져야 할 거야."

그 말에 딜나바즈는 몸서리쳤다. "아들을 위해서라면 위험을 감수해야죠."

"그렇다면 문제없군. 잠깐 기다려." 쿠트피티아는 사무적으로 변했다. 종이 상자, 양철 깡통, 신문지, 찢어진 옷 더미 속에서 그녀는 낡은 신발 상자 하나를 끄집어냈다. "이거면 충분할 거야. 이젠 도마뱀이 한 마리 필요해. 구할 수 있겠어?" 딜나바즈의 얼굴에서 자신감이 사라졌다.

"됐어. 내가 한 마리 잡아 올게. 기다려." 쿠트피티아가 닫힌 방문 중에서 하나를 열고 들어가더니 문을 닫았다. 방 안에서 뭔가가 날쌔게 움직이는 소리가 들렸고, 그녀가 숨을 약간 헐떡이면서 의기양양하게 나오더니 신발 상자를 건넸다. "뚜껑 조심해, 안 그러면 달아날 거야. 기다려. 끈으로 묶는 게 낫겠다." 신발 상자를 발견한 더미 속에서 그녀는 줄을 끄집어냈다. "좋았어. 소랍이 잠자던 침대 밑에다가 해가 뜰 때까지 이걸 놔둬. 머리 밑에다가 둬야 해. 그리고 내일 이걸 다시 가져와."

"그다음엔 뭐죠?"

"한 번에 하나씩이야. 우선 이거 먼저 해."

그녀는 쿠트피티아가 더는 자신의 호기심을 만족시켜 주지 않을 것을 알았다. "오전 열 시가 어떨까요?" 그보다 늦어서는 안 된다. 정오가 지나면 구스타드가 기차를 타고 언제 돌아올지 몰랐다.

"열 시나 열한 시, 어느 때고 좋아. 상자를 가져오고 테물도 데리고 와. 그러면 돼."

"테물요?"

"당연하지." 쿠트피티아는 바보 같은 질문에 화를 냈다. "테물이 없으면 도마뱀도 아무 소용 없어."

테물과 도마뱀이라는 이상야릇한 결합을 상상하면서 아파트 단지에 있던 딤플과 라바디를 지나쳐 가던 딜나바즈는, 그가 머리를 긁적일 때 마늘 냄새가 확 풍겨 오는 것을 느꼈다. 그녀는 그가 깊은 상처를 입지 않아서 마음이 놓였다. 그의 정상적인 눈은 그녀를 사납게 노려보고 있었다.

딜나바즈는 신발 상자를 소랍의 간이침대 밑에 놓아두었다. 그녀는 소랍이 다리우스의 침대 밑에서 간이침대를 꺼낸 게 얼마나 오래전의 일이었는지 생각해 보았다. 간이침대의 덜커덕거리는 바퀴 소리가 매일 밤 다시 들릴 때까지 그녀의 마음속 고통은 끝나지 않을 것이었다.

3

구스타드가 구내식당에서 돌아왔을 때도 지미는 여전히 주사 때문에 무기력했다. 그는 소리 나지 않게 의자를 당겨 앉은 채 기다렸다. 지미의 손이 움직였다. "구스타드?"

"그래, 지미." 그는 지미의 손을 어루만졌다. "나 아직 여기 있어."

"주사 때문에…… 목이 말라." 그는 손을 뻗쳐 물통을 잡았다. "어디까지…… 얘기했지?"

"총리가 자넬 다시 집무실로 불렀고, 그 여자가 자신을 보호할 계획을 이미 세웠다고 했어."

"그래…… 그 여자를 보호하고…… 나를 함정에 빠뜨리려는 계획." 말이 끊긴 지점을 찾자 그는 자연스럽게 이야기를 계속했다. "그 여자가 말했어. '묵티 바히니를 도와줘야 해서…… 그 돈을 마련해 줬소. 그런데 다시 생각해 보니, 난…… 사방에 적이 있어요. 그들이 돈에 대해서 알아내면 그 정보를 나한테 불리하게 이용할 거요. 그들에겐 그 돈이 좋은 목적에 쓰이는지 여부는 중요하지 않소……. 정권이 불안해지면 나라가 어려워질 겁니다. 매우 위험한 국경 상황이고…… CIA, 파키스탄 요원들이…….' 맞는 말이었어. 그래서 내가 '그 돈을 돌려줄까요?' 라고 물었더니, 그럴 필요가 없대. 묵티 바히니가 어려움을 겪어서는 안 된다면서…… 다른 방법이 있을 거라고. 그 여자가 말했어. '문제는 내가 은행장에게 전화를 했다는 거요……. 그가 말할지도 몰라요. 그걸 바로잡아야 해요.' 목소리를 들었는데 어떻게 하느냐고 내가 물었지. 그 여자가 맞는 말이라고 했어. 하지만 은행장이 자기가 말하는 것은 보지 못했다고 하더군……. 누군가 자기 목소리를 흉내 냈다고 하면 된다고 그랬어. 구스타드, 정말 영리한 여자야. 그 여자가 '나의 적들이 문제를 만들려고 하면 당신은 그냥…… 내 목소리를 흉내 냈다고 하면 됩니다.' 라고 했어. 나는 웃었지……. 누가 그 말을 믿겠냐고? 하지만 그 여자는 적절한 상황에서 사람들은 어떤 것이라도 믿는다고 했어. 그리고 그 여자가 약속했어……. 나한텐 아무 일도 없을 거라고. 바보처럼 난 그렇게 하겠다고 했지……. 그 여자를 믿었어. 그러자 그 여자가 계획을 빈틈없이 짜 맞추어야 한다고 했어……. 그냥 몇 줄만 적으면 된다고. 내가 묵티 바히니를 계속 돕고 싶어서…… 그 여자의 목소리를 흉내 냈다는 자술서였어. 이렇게 그 여자가 미리 준비했던 거야……. 어떤 정치인이라도 흉계를 꾸밀 경우를 대비해서. 어떤 주장이라도 나오면 그 여자가 자술서를 가지고 의회에 설 수 있도록…… 자기는 모든 걸 알고 있었고 정부는 상황을 통제하고 있었다고 말이지. 구스타드, 어떡하겠나? 이런 일에…… 내가 동의해 버렸는데. 그 여자가 내게 백지 한 장과 자신의 만년필을 주더군. 난 자술서를 적었어…… 바보같이. 수개월 동안 생겨난 그 여자에 대한 존경…… 매우 강한 여자였어. 완전히 믿었던 거지."

구스타드는 당황스러웠다. 그가 오랜 세월 알고 지냈던, 처세에 능한 빌리 모리아가, '의심이 들면 의심을 멈추지 마라' 라는 인생 좌우명을 가지고 있던 냉소적인 소령이 어떻게 그런 바보 같은 짓을 했을까? 그 여자는 도대체 어떤 사람일까?

"구스타드, 미안하네……. 말을 많이 하다 보니 자네 점심도 못 챙겼네. 뭐 좀 먹겠나?"

"아냐, 자네가 잘 때 차 한 잔 마셨어."

지미는 웃음을 보였지만, 그의 지친 얼굴에서 미소는 고통스럽게 일그러졌다. "일요일…… 딜나바즈가 만들어 주던 단식 요리가 많이 생각나……." 그가 먼 곳을 응시하자 두 눈이 흐려졌다. 그가 다시 매우 힘을 들여서 낮은 목소리로 말하기 시작했다.

"그래서 난 내가 맡은 작전이 한창 진행되고 있는 줄 알았고…… 묵티 바히니 사령관에게 좋은 소식을 전했어. 하지만 몇 주가 지나고…… 내가 그곳에 갔을 때 그의 얼굴은 완전히 실망한 표정이었어. 새로운 자금은 어떻게 된 거냐고 묻더군. 그가 나를 데리고 나갔어. 난 두 눈으로 직접 보았지. 비참한 상황이었어……. 맨발에, 찢어진 옷에, 철모도 없고, 몇 명만이 총을 가지고 있었지……. 나머지는 막대기와 나뭇가지로 훈련을 하고 있었어. 뭔가 잘못돼도 한참 잘못된 거지……. 난 서둘러 델리로 돌아왔고…… 개인적인 경로를 통해서 확인했어. 굴람 역시…… 자기 쪽에서 조사를 했고, 그들이 람브레타 스쿠터를 타고 가던 그를 죽이려고 했지. 교통사고는 그들이 선호하는 제거 방법이야. 굴람이 너무 많은 것을 궁금해했지. 그러나 우린 믿을 수 없는 걸 찾아냈어. 난 다시 확인했고…… 굴람도 그랬고. 왜 그런 식으로…… 전혀 이해가 되질 않았어……. 그 여자는 내게 부탁만 하면 되는……." 그는 숨이 막혔고 기침을 심하게 했다. 구스타드는 기침이 멎을 때까지 그의 머리를 받쳐 주었다. 구스타드가 물 잔을 들었지만 지미는 손을 저었다.

"난 너무나 많은 걸 겪었어……. 뇌물, 배신, 협박. 그런데 이번에는……." 그가 말을 멈추고 물 잔을 집었다.

"돈은 어떻게 됐나?" 구스타드가 물었다.

"물품을 사려고 내가 쓴 돈을…… 중간에서 가로챘어. 총리실에서. 개인 계좌로 경로를 변경시켰지."

"확실한가?"

지미는 절망적인 몸짓을 했다. "나도 아니라고 말했으면 좋겠네."

"그런데 도대체 왜 그런 거지?"

"그걸 나도 잘 모르겠어. 한 가지 가능성은 그 여자 아들의 자동차 공장에 돈을 대기 위해서일 거야. 아니면 선거 자금일 수도 있고, 아니면……."

"그래서 어떻게 했나?"

"해야 할 일을 하지 않고…… 멍청한 짓을 했어. 모든 걸 폭로했어야 했는데. 언론에 알리고, 야당에 알렸어야 했는데. 난 조사를 시작했어. 하지만 모든 것을 그 여자가 통제하고 있었어. RAW, 사법부, 방송…… 모든 게 그 여자의 손아귀에 있었고, 모든 게 은폐될 수……."

갑자기 지미가 비명을 지르며 두 손으로 얼굴을 가렸다. "그만 해! 제발 그만 해!" 그는 몸부림치며 허공으로 발길질을 했다. "그만! 아아아아아!" 구스타드가 진정시키려고 했지만 지미가 팔을 휘두르며 뿌리쳤다. 몇 분이 지나자 그는 스스로 진정되었고, 얼굴에 식은땀을 흘리며 무릎을 배로 끌어 올린 채 숨을 헐떡이면서 누워 있었다.

깜짝 놀란 구스타드는, 지미가 이야기 도중에 감옥의 악몽이 되살아났다는 것을 알았다. 그는 지미를 팔로 감쌌다. "지미, 괜찮아. 아무도 자넬 해치지 않아. 내가 여기 있잖아."

차츰 지미는 주먹을 풀고 다리를 바로 폈다. 그러나 그는 계속 몸을 떨었고, 구스타드가 떨림이 멈출 때까지 그를 달래 주었다. 그가 다시 눈을 떴다. "구스타드? 물 좀 주게." 구스타드가 다시 베개를 받쳐 주었다.

"난 집에 앉아서 아무것도 하지 않은 채 밤낮으로…… 생각했어. 그렇게 부패한 지도자들이 있는데 이 나라에 무슨 희망이 있을까? 밤낮으로…… 난 앉아서 내가 살면서 만난 사람들을 생각했어……. 군대에서 좋은 사람들을 만났지. 굴람 모하메드도. 코다다드 아파트…… 그곳에 살던 가족도. 자네와 딜나바즈, 자네 아이들, 아이들을 위해서 자네가 꿈꾸었던 야심들. 그리고 그 빌어먹을 놈들, 장관들과 정치인들, 추잡하고 탐욕스러운 놈들…… 우리의 피를 빨아먹어서…… 점점 살이 쪄 가는 놈들을……." 지미는 숨이 몹시 막히는 듯 몸을 떨었다. "그런 걸 생각하니 돌겠더군. 그러나 난 결심했어. 그들이 6백만 루피로 이득을 챙긴다면, 우리라고 못할 게 뭐 있겠나? 그 여자의 아들, 그의 마루티 자동차 공장, 그들이 그 돈을 어디다가 쓰건 간에…… 우리도 조금은 쓸 수 있어야지. 자네, 자네 가족, 굴람, 나. 안 될 게 뭐야? 백만 루피를 챙겨서 굴람에게 배달을 준비하라고 했지……. 도둑 시장이 우리의 주된 연락 경로였고."

구스타드가 최대한 부드럽게 물었다. "그런데 왜 내게 그 사실을 말하지 않았나?"

"구스타드, 난 자네를 알아…… 자네의 원칙들을. 내가 진실을 말했더라면 자네가 동의했을까? 내 계획은 임무를 완수하고 사표를 쓰는 것이었어. 뭄바이로 돌아가서 돈을 나누는 것이었지. 자네, 굴람, 나. 그게 잘못된 것인 줄은 나도 알아. 나쁜 짓을 나쁜 짓으로 갚는다고 해서 옳은 일이 되지 않는다는 걸 알아. 하지만 난 너무 화가 났어. 그리고 5백만 루피가 총리실로 들어간다면…… 백만 루피가 사라진다고 해서 누구도 신경 쓰지 않으리라고 확신했어. 모든 관에는 새는 구멍이 있으니까. 하지만…… 내 생각이 틀렸어. 그들이

나를 잡으러 왔지……. 구속하고…… 내 자술서를 바탕으로 재판에 넘겼어. 그들이 정말로 원한 것은 백만 루피였어……. 거부하면 감옥에서 어떻게 되는지 자네도 알지?"

"거부했나?"

"자네와 굴람을 지켜야 했어……. 자네한테는 어떤 해도 끼치고 싶지 않았어. 일단 돈이 돌아오고 나서는 모든 게 괜찮아졌어. 병원으로 이송됐고, 적절한 치료도……."

지미가 침묵하자 구스타드는, 그가 자신의 반응을 알고 싶어 한다는 것을 감지했다. "지미, 내가 무슨 말을 하겠나? 자네가 이런 고통을 겪었는데. 변호사들이나 신문사들에 백만 루피에 대한 진실을 말하면 안 될까? 그리고 이 모든 빌어먹을 부패한……."

"구스타드, 시도해 봤네. 모든 게 그들의 손아귀에 들어가 있어……. 사법부는 그들의 호주머니 속에 들어 있고, 단 한 가지 방법은…… 죽은 듯이 4년을 복역하고…… 잊어버리는 거야."

"모두들 부패가 있다는 건 알고 있지만," 구스타드가 말했다. "설마 이 정도였어? 믿기 힘들군."

"구스타드, 권력층이 저지르는 일은 보통 사람이 상상하는 것 이상이야. 그러나 난 자네가 날 딱하게 여기고…… 걱정시키려고 이곳에 부른 게 아니야. 이미 일어난 일은 어쩔 수 없지. 난 자네와 이야기하고 싶었네. 내가 자네를 속이려고 한 게 아니라는 걸 자네가 알아줬으면 해서. 굴람이 자네가 몹시 화가 났다고 하더군……. 자네 입장이라면 나라도 그랬을 걸세. 하지만 난 자네가 이제 나를 용서해…… 주었으면…… 하네."

구스타드는 그의 눈을 뚫어지게 보았다. 그는 친구의 눈에서 용서를 간절히 바라고 있다는 것을 읽었다. "나를 용서해 주겠나?"

용서하고 말고가 없었다. "무슨 말 같지 않은 소리야. 용서할 게 뭐가 있다고."

지미가 구스타드의 손을 잡으려고 자신의 떨리는 손을 들어 올렸다. 구스타드가 그의 손을 단단히 쥐었다. "구스타드, 고맙네. 모든 게……. 여기 와 줘서, 이야기를 들어 줘서……"

잠시 동안 그들은 아무 말도 하지 않았다. 그들은 소랍과 다리우스가 꼬마였을 때, 소령이 행군하는 법과 총 대신에 자를 이용해서 받들어총을 하는 법을 가르쳐 주었던 옛 시절에 대해서 얘기했다.

구스타드가 떠날 시간이 다가왔을 때 간호사가 들어와서 주사를 한 번 더놓았다. 근육질의 간호사는 지미를 아까와는 다른 방향으로 돌려 눕히더니 주삿바늘을 꽂았다.

지미가 약 때문에 다시 조용해지기 전에, 그들은 하던 말을 마저 마치고 작별 인사를 나누었다. 구스타드는 잠시 침대 끝에 앉아서 그의 거친 숨소리를 들었다. 그는 홑이불을 당겨 지미를 꼭 덮어 주고 몸을 굽혀서 그의 이마에 살짝 입을 맞추었다.

*

구스타드가 여행객들 사이에 끼여 잠을 자는 동안에, 라디오 특별 방송을 통해서 총리가 파키스탄 공군이 암리차르, 파탄코트, 스리나가르, 조드푸르,

찬디가르, 암발라, 아그라의 비행장에 폭격을 가했다고 대국민 성명을 발표했다. 인디라 간디는 그것이 명백한 도발 행위이며, 인도는 파키스탄과 전쟁에 돌입한다고 선언했다. 기차가 뭄바이에 가까워지자 승객들은 지나온 역에서 풍문과 뒤섞인 이런저런 정보를 접하다가 그 소식을 듣게 되었다. 빅토리아 터미너스 기차역에서 구스타드는 신문을 사려고 했지만, 남아 있는 신문들이 정상가보다 다섯 배나 비싸서 그만두었다.

19부

1

딜나바즈는 해가 뜨고 난 후 넉넉히 세 시간이나 더 도마뱀 상자를 소랍의 간이침대 밑에 놓아두었다. 쿠트피티아를 방문할 시간이 되었을 때 그녀는 상자를 조심스럽게 들어서 흔들어 보았다. 안에서 바스락거리는 소리가 들리자 마음이 든든했다.

테물과 도마뱀의 결합이 어떻게 소랍을 돌아오게 한다는 건지 그녀는 짐작조차 할 수 없었다. 웬일인지 쿠트피티아의 집에서 그녀와 함께 있으면 모든 의심이 사라지고 그녀의 해결책은 건전하고 현명한 행동의 본보기가 되었다. 쿠트피티아에게 전적으로 의존하는 자신이 미쳐 가고 있는지도 모른다고 딜나바즈는 생각했다.

그녀는 테물이 있는지 보려고 앞 창문을 밀어서 열었다. 그는 그녀를 기다리고 있었다. "라임주스라임주스.정말정말정말맛있어."

"안 돼, 이제 라임 주스는 없어. 하지만 쿠트피티아 할머니가 너한테 주려고 좋은 걸 준비했단다. 가자, 할머니가 기다리셔."

"위층전화전화전화."

"맞아, 전화 있는 데로 가는 거야. 가자, 나도 같이 갈 거야."

"가자가자정말맛있는거." 테물이 이를 모두 드러내고 웃으며 오른손을 왼쪽 겨드랑이에 넣고서 출발했다. 딜나바즈는 그가 떠난 지 2분 정도 있다가 상자를 들고 뒤따랐다.

쿠트피티아는 초조해 보였다. 그녀는 그들에게 빨리 안으로 들어오라고 재촉했다. "빨리, 어서, 문 닫아." 그녀가 투덜댔다. "내가 어디서 이런 일을 할 거라고 생각해? 계단에서라도 할까?"

딜나바즈는 그녀의 지시를 기다렸다. 그녀의 집 안에 들어와 있는 지금 딜나바즈는 마치 함정에 빠져 있는 것 같았다(신발 상자 안에 들어 있는 도마뱀처럼 무기력하다는 생각도 들었다). 일은 이미 벌어졌다. 그 일이 과연 약속한 결과를 가져올는지 지켜보는 수밖에 없었다. 그 일은 돌에다가 향료를 가는 것과는 차원이 다른 문제였다. 전혀 다른 종류의 힘이 필요했다.

쿠트피티아가 목에 걸린 뭉치에서 열쇠 하나를 꺼내 닫힌 문 하나를 여는 걸 그녀는 멍하니 지켜봤다. 마치 중요한 작품을 제막하는 예술가처럼 문을 열어젖히고 그들에게 금지된 방으로 들어오라고 명령할 때, 노파의 눈에서는 빛이 났다.

창문은 꽉 닫혀 있었고 두꺼운 커튼이 쳐져 있었다. 곰팡내와 함께 오랫동안 사용하지 않아서 나는 짙고 강한 악취가 문간에서 물씬 풍겼다. 그러나 딜나바즈는 그 방의 음침한 비밀들을 알고 싶다는 생각이 들지 않았다. 오랜 세월의 소문과 이야기에 관한 진실이 눈앞에 바짝 다가왔지만, 겁에 질린 딜나바즈는 통로에서 머뭇거렸다. 땀을 흘리며 눈을 크게 뜬 테물은 초조하게 몸을 긁었다.

쿠트피티아는 꾸물거리는 두 사람에게 화를 냈다. "하루 종일 문 옆에서 망설이고 있으면 아무것도 못해!" 그녀는 두 사람을 안으로 밀어 넣고 벽에 있는 스위치를 손으로 쳤다. 희미한 불이 들어왔다.

딜나바즈는 숨이 막혔다. 그녀는 봐야 할지 말아야 할지 결정할 수 없었는데, 사실은 두 가지 욕망이 똑같이 강했다. 그래서 그녀는 그 방과 (지금껏 한 번도 본 적이 없는) 내용물들이 자신의 의식에 새겨질 때까지 마냥 기다렸다.

회색빛과 흰빛이 사방을 감싸고 있었다. 주위를 휘감고 있는 거미줄과 겹겹이 쌓인 먼지 때문에, 유령 같은 가구 말고는 물체들을 제대로 식별할 수 없었다. 그러나 그녀의 오감이 섬뜩한 고요함과 먼지 낀 희미한 전구의 어스름한 불빛에 적응하자, 어두운 방이 마지못해서 비밀들을 드러내기 시작했다. 그러자 그녀는 건조대에 걸려 있는 누더기 옷이 한때는 풀을 먹어서 빳빳했던 소년의 셔츠와 바지라는 것을 알아차렸다. 아마도 교복이었을 것이다. 신비한 파충류가 벗어 놓은 허물처럼 아래 줄에 걸려 있는 구멍투성이의 검정 누더기 두 개는 틀림없이 양말의 잔해였다. 그리고 길고 가느다란, 오그라든 가죽 조각은 최고급 뱀 가죽 허리띠였을 것이다. 이제 모든 것이 분명해졌다.

그곳은 한때 쿠트피티아를 더할 나위 없이 행복하게 만들었지만 아버지와 함께 산길에서 교통사고로 숨진 파라드의 방이 분명했다. 그들의 만신창이가 된 시신을 계곡에서 찾았을 때, 쿠트피티아의 행복은 그들의 뼈처럼 돌이킬 수 없이 산산조각 났으며 어떤 접골사의 기술이나 기적도 그것을 고칠 수 없었다.

그러나 쿠트피티아는 자신만의 기묘한 방식으로 고쳐 보려고 했다. 열대 기후에서 35년간 지켜 온 고립 때문에 모든 것이 썩고 몰락했다. 서른다섯 번의 장마로 인한 습기, 습기를 좋아하는 균, 수많은 종류의 얼룩덜룩한 곰팡이 등이 부패와 분해의 과정에서 끈적끈적하게 들러붙어서 자신의 역할을 다했다. 파라드의 책상 위에는 페이지가 말리고 누렇게 바랜 공책 한 권이 펼쳐져 있었다. 바로 옆에는 교과서들이 쌓여 있었는데, 맨 위에 갈색 종이에 싸인 책 제목이 보였다. 소년의 미숙한 글씨가 세월을 견디고 희미한 잉크로 남아 있는, 렌과 마틴의 공저『고등학교 영어 문법과 작문』책이었다. 만년필과 잉크병은 먼지처럼 말라 있었다. 자는 휘어지고 금이 가 있었다. 연필들과 작고 단단한 나무토막 같은 지우개들이 있었다. 솜털 모양으로 자란 회색 물질들로 덮인 녹색 비옷이 의자 위에 걸쳐져 있었고, 의자 밑에는 회색 물때가 앉은 검정 고무장화가 있었다. 수많은 세대의 나방이 수많은 밤을 마음껏 즐겼던 침대 시트에는 큰 구멍들 사이로 검은 줄무늬 매트리스 덮개가 보였다. 그러나 깔끔하게 정리된 홑이불과 담요, 제자리에 위치한 베개는 주인의 귀환을 기다리는 듯했다.

옆방 문도 열려 있어서 딜나바즈는 그 내부를 드문드문 희미하게 볼 수 있었다. 파라드의 아버지 방이었음이 틀림없었다. 검은색에서 회색으로 변한 너덜너덜한 법복은 철사 옷걸이에 걸려서 문빗장에 매달려 있었다. 분홍색 천 리본으로 한 다발씩 깔끔하게 묶여 있는 법률 서류들과 법원 서류들이 철제 책상 위에 단정하게 쌓여 있었다. 머리 빗는 솔, 면도 도구, 소형 서류 가방, 잡지들은 침대 옆 탁자에 놓여 있었다. 그리고 곳곳에 짙게 쳐져 있는 거미줄들은 조명 기구, 커튼, 문틀, 창문, 벽장, 건조대, 천장 선풍기를 휘감고 있었다. 마치 우울한 꽃 줄 장식과 화환처럼, 거미줄들은 찐득찐득한 팔을 펼쳐서 비탄에 잠긴 쿠트피티아의 유물들을 얼싸안고 있었다.

"테물, 옆으로 비켜. 자꾸 앞을 가로막을래?" 쿠트피티아는 아무 이유 없이 화를 냈다. 그녀는 딜나바즈한테서 상자를 받아 파라드의 책상 위에 올려놓고 뚜껑을 살짝 열었다. 그러자 도마뱀이 주둥이를 쑥 내밀며 혀를 날름거렸다. 쿠트피티아는 즉시 휘어진 자로 도마뱀의 머리를 철썩 때렸다. 그녀는 상자를 뒤집어, 엄지손가락과 다른 손가락으로 도마뱀의 꿈틀거리는 꼬리를 잡고서 무디고 녹슨 가위로 약 5센티미터를 잘라 냈다.

딜나바즈의 얼굴이 창백하게 질렸다. 테물처럼, 그녀도 넋을 잃고 지켜보았다. 쿠트피티아가 필요로 하는 것이 모두 이 방에 준비되어 있었다. 마치 솜 심지처럼, 그녀는 도마뱀 꼬리를 심지 받침에 끼워 기름에 적시고 등불 유리잔에 띄웠다. 도마뱀 꼬리가 계속 꿈틀대면서 밖으로 나오려고 하자, 이상한 물체가 담긴 심지 받침이 기름 위에서 흔들렸지만 간신히 버티고 있었다.

"자넨 밖에 나가 있어." 성냥갑을 집으며 쿠트피티아가 딜나바즈에게 말했다. "테물, 재밌는 놀이 하고 싶지?"

"재미재미재미재미재미."

"그럼 거기 앉아서 이 유리를 잘 봐."

테물은 꿈틀거리는 도마뱀 꼬리를 보고 킥킥대며 앉았다. 썩은 고리버들 의자가 곧바로 내려앉았다. 그대로 주저앉은 테물은 엉덩이가 밑으로 쑥 빠져서 어쩔 도리가 없었다. "떨어져요떨어져요떨어져요." 그는 물에 빠진 사람처럼 팔을 쭉 내밀고 도움을 호소했다.

딜나바즈는 테물을 일으켜 주고 방을 나왔다. 문밖으로 자극적인 연기가 확 풍겨 나오자 그녀는 쿠트피티아가 성냥불을 붙였나 보다고 짐작했다. 잠시 뒤, 쿠트피티아가 방에서 나와 문을 닫았다.

"불이 붙고 나서 보면 매우 위험해. 그래서 나가라고 한 거야." 그녀가 말했다.

"하지만 할머니는요? 보셨을 거 아녜요?"

"무슨 소리야. 내가 미쳤어? 난 안 보고도 불을 켤 수 있어." 불타는 도마뱀 가죽과 살의 악취 속에서 그들은 5분 동안 킥킥대는 테물의 웃음소리를 들었다. 얼마쯤 지난 뒤 쿠트피티아가 문을 열고 테물을 밖으로 불러냈다.

테물은 나오기 싫어하는 눈치였다. "꿈틀대며타요꿈틀대며타요."

"이제 그만 해. 아파트 단지에서 놀아." 쿠트피티아가 말했다.

조금 더 이따가 유리를 닦아야 위험하지 않다고 그녀가 딜나바즈에게 속삭였다. "조금이라도 도마뱀 꼬리가 타는 것을 보면 끔찍한 결과를 초래할 수도 있어. 그러면(쿠트피티아가 손가락을 맞부딪쳐 딱 소리를 냈다) 자네도 실성할지 몰라."

딜나바즈는 변화가 있는지 보려고 테물을 자세히 살펴보았다. "바보 같은 짓 마." 쿠트피티아가 말했다. "며칠 더 있어야 해."

"아, 그렇군요." 안심이 되면서도 실망스럽다는 듯 딜나바즈가 말했다.

"꿈틀꿈틀." 테물이 말했다. 그는 성한 다리를 먼저 앞에 놓고 절뚝거리는 다리를 힘겹게 떨어트리면서 계단을 내려갔다. "꿈틀꿈틀불에서꿈틀.재밌다재밌다재밌다." 그는 손을 흔들며 그들의 시야에서 사라졌지만, 그의 목소리가 계단통 밑에서 들렸다. "불탄다불탄다불탄다불탄다." 꿈틀거리던 도마뱀 꼬리가 유리에서 빠져나와 파라드의 너덜너덜한 공책으로 튀어갔다는 것을 테물은 말하지 않았다.

2

빅토리아 터미너스 기차역에서 타고 온 버스에서 내린 구스타드는, 그가 델리에 있는 동안 아파트 단지 돌담의 마지막 빈 공간이 그림으로 채워진 것을 볼 수 있었다. 이제 예언자, 성인, 스와미, 힌두교 지도자, 현자, 성자, 성지가 유화 물감과 에나멜페인트로 그려져 담벼락을 가득 채우고 있었다. 늦은 아침 햇빛 속에서 밝은 색깔들이 빛나고 있었다.

보도에는 충실한 신자들이 두고 간 한 송이 꽃들, 작은 꽃다발들, 큰 꽃다발들이 놓여 있었다. 또한 장미와 백합으로 만든 큰 화환들에서 나는 천국의 향기가 공기를 가득 채우고 있었다. 그는 성모산 여인의 베일 감촉처럼 희미한 꽃향기를 버스 정류장에서부터 맡을 수 있었다. 가까이 다가갈수록 감미로운 향기는 더 짙어졌다. 백일초, 금잔화, 데이지, 재스민, 목련, 국화, 과꽃, 천축모란 등이 매우 풍부한 색깔과 향기로 그의 오감을 둘러싸고 있어서, 그는 꿈꾸는 듯 웃으며 이틀 밤을 기차에서 보내느라 기진맥진한 것조차 잊고 있었다.

옛날 돌담과는 하늘과 땅 차이라고 구스타드는 생각했다. 이젠 그곳이 한때 똥을 누고 오줌을 싸는 끔찍한 지옥이었다는 것을 상상하는 것조차 힘들었다. 신이시여, 당신은 위대합니다. 윙윙거리는 파리 떼와 모기떼 대신에 햇빛 속에서 춤추고 있는 수많은 빛깔을 주시다니. 악취 대신에 이런 영광스러운 천국의 향기를 주시다니, 지상 낙원을 주시다니.

구스타드가 마지막으로 담벼락을 면밀히 살펴본 것은 몇 주 전이었다. 거리의 화가는 맨 처음 그렸던 브라흐마, 비슈누, 시바를 나타내는 트리무르티를 포함해서, 크레용으로 그린 모든 그림을 지우고 유화 물감으로 다시 작업했다. 기적 같은 변화였다. 신은 진정 하늘에 계시며 코다다드 아파트는 만사형통했다.

구스타드는 거의 두 달 전 저녁에 인도 틈새에 끼여 있던 향의 냄새에 깜짝 놀랐던 일이 생각났다. 오늘은 받침에 담긴 여러 다발의 향이 금방 사라지는 하얗고 달콤한 연기를 내뿜고 있었다. 근처에는 작은 흙 향로에서 유향이 그 독특한, 기분 좋게 얼얼한 향기를 내면서 타고 있었다. 촛불과 석유등이 일정한 간격을 두고 켜져 있었다. 그리고 자라투스트라의 초상화 앞에는 백단향 나무 한 자루가 놓여 있었다. 검은 돌담이 모든 인종과 종교의 진정한 성지가 된 것이었다.

"선생님 생각이 탁월했습니다." 거리의 화가가 말했다. "시 전역에서 여기가 가장 좋은 장소입니다."

"아니요. 당신 재능을 칭찬해야죠. 그리고 당신의 새로운 유화 물감 덕분에 그림들이 이전보다 훨씬 좋아졌소. 그런데 구석에 있는 저것들은 뭡니까?" 구스타드가 돌담 맨 끝에 쌓여 있는 대나무 장대, 골철판, 판지와 플라스틱을 가리켰다.

"아, 제가 머물 조그만 숙소를 만들려고요. 물론 선생님 허락을 얻어야죠."

"그럼요, 그렇게 하세요." 구스타드가 말했다. "그런데 매트를 깔고 별을 보면서 자는 걸 좋아한다고 하지 않았소? 어찌 된 일이오?"

"아, 아무것도 아닙니다." 당황한 화가가 말했다. "그냥 변화를 주려고요. 이리 오십시오. 새로 그린 그림들을 보여 드리지요." 그는 구스타드의 팔을 끌었다. "저기 보이시죠. 시바를 기다리는, 화환을 쓴 파르바티, 섬으로 이어지는 다리를 만들고 있는 원숭이신 하누만, 악마 라바나를 죽이는 라마, 다시 만난 라마와 시타의 그림입니다. 여기는 우파사니 바바, 카무 바바. 그리고 미켈란젤로가 디자인한 세계적으로 유명한 성 베드로 대성당은 들어 보셨을 겁니다." 구스타드가 고개를 끄떡였다.

"여기는 기독교 그림들이 더 있습니다. 동방 박사 세 명과 말구유에 있는 아기 예수, 성모자상, 산상 수훈. 그리고 구약에 나오는 모세와 불타는 관목, 홍해의 갈라짐, 노아의 방주, 다윗과 골리앗, 양쪽 기둥을 밀어서 필리스틴 사람들의 집을 무너뜨리는 삼손의 그림입니다."

"아름답소, 정말 아름다워요."

"그리고 이건 그 유명한 블루 모스크입니다. 바로 옆에는 칼리안에 있는 하지 말룽의 성묘입니다. 저건 카바 신전입니다. 여기는 힌두교와 이슬람교의 위대한 접목자들인 카비르와 구루 나낙입니다."

"이쪽에 있는 이건 뭡니까? 설명을 빠뜨렸는데요."

"아, 죄송합니다. 지난번에 보신 줄 알았습니다. 불의 신인 아그니, 세상의 어머니인 칼리, 거리의 여신인 옐람마입니다."

"옐람마요?" 그 이름은 언젠가 들어 본 듯했다.

"네. 거리의 여신이죠. 매우 현실적인 목적이 있어요. 그들은 이 신을 창녀들의 수호신이라고 부릅니다." 화가의 설명을 듣고 나서야 구스타드는 기억이 났다. 오래전 학창 시절에 빤 장수 피어보이의 이야기에서 그 이름을 들었다.

"그리고 이건, 이건 아실 겁니다." 화가가 장난기 있게 웃으면서 말했다.

구스타드는 매우 낯익은 듯한 곳을 자세히 들여다보았다. "우리 돌담 같은데요." 그는 확신이 서지 않는 듯이 대답했다.

"정확히 맞히셨습니다. 이제 이곳은 성스러운 곳이죠. 그렇지 않습니까? 그러니 성자들과 성지들이 있는 담에 충분히 그려질 만하지요."

구스타드는 몸을 웅크려 돌담에 그려져 있는 돌담을 자세히 살폈다. 그 돌담에 또 돌담이 그려져 있었고, 그 돌담에 또 돌담이 그려져 있었고, 그 돌담에 또…….

"이게 전붑니다." 화가가 말했다. "사실은 딱 하나가 더 남아 있습니다. 마지막에 보여 드리려고 남겨 뒀지요." 그는 구스타드를 자라투스트라, 조로아스터교의 고승인 쿠카다루와 메헤르지 라나가 있던 자리로 데려갔다. 조로아스터교 성직자의 복장과 머리 장식을 한 네 번째 인물이 추가로 그려져 있었다.

"저게 누구요?" 구스타드가 날카롭게 물었다.

"정말 놀랄 일입니다. 선생님이 파르시 조로아스터교도이시니, 아마도 이 사건을 매우 흥미로워하실 겁니다. 며칠 전에 여기 아파트에 사는, 조그만 흰색 개가 있는 신사 분이……."

"라바디요." 구스타드가 말했다.

"그 사람이 제게 성자들과 예언자들을 그리고 있으니 한 가지 부탁이 있다고 하더군요. 좋다고 했죠. 이 담벼락에는 모든 사람을 그릴 만한 공간이 있으니까요. 라바디 씨가 제게 흑백 사진을 한 장 보여 주면서, 그 사람이 파르시 사람들에게 매우 성스러운 분인 바리아 사제라고 하더군요. 병들고 고통받는 사람들을 도와주는 기적을 많이 행한다고 설명했습니다. 그리고 조로아스터교의 철학이 물질적 정신적 성공을 동시에 장려하기 때문에 반드시 정신적인 문제들에 국한하지 않는다고 했어요. 저도 그건 알고 있었죠. 그러나 그에게 제가 예술 학교 학위 말고도 고대와 현대의 세계 종교 학위를 가지고 있다고 말하고 싶지는 않았습니다. 뭔가 새로운 것을 배울지도 모르니까요. 그래서 잠자코 들었죠. 그는 바리아 사제가 건강 문제, 애완동물 문제, 주식 시장 문제, 공동 사업 문제, 구직 문제, 상인과 은행원 간의 문제, 고위 공무원들의 문제, 위원회 위원장들의 문제, 산업계 거물들의 문제, 영세 건축업자들의 문제 등을 해결하도록 도와주는 것으로 유명하다고 했어요. 그래서 전 꼭 그리겠다고 하고 사진을 받아서 그림을 그리기 시작했죠. 밑그림을 끝내고 유화 물감으로 그리기 시작했습니다. 그런데 그날 저녁에 여기 살고 있는 경찰 경위가 차를 타고 지나……."

"밤지 경위요." 구스타드가 말했다.

"그가 지나가면서 새로운 그림을 본 거예요. 그는 갑자기 브레이크를 밟고 후진하더니 그림을 중단하라고 소리를 질렀어요. 아시다시피 전 경찰과 하도 많이 문제를 일으켜서 겁이 났습니다. 경찰은 예술에 대한 이해도 없이 절 부랑자나 거지로 취급하죠. 전 매우 겸손하게 그 사람에게 말했습니다. 조그만 흰 개를 기르는 남자가 정중하게 파르시 조로아스터교 성자의 그림을 그려 달라고 부탁했다고요. 그러자 경위가 웃음을 터뜨리더군요. '성자라고? 이봐, 저 사람은 사기꾼이고 조로아스터교 사제들에게 망신거리야. 절망적인 사람들을 속여서 자신의 사진을 담은 액자와 부적, 쓰레기들을 판다고. 그런 일은 조로아스터교에서 절대로 권하질 않아.'라고 하더군요."

"그래서 어떻게 됐소?"

"그때 라바디 씨가 개를 산책시키러 나왔죠. 경위의 말을 들은 그가 따지기 시작했습니다. 바리아 사제는 그의 성스러운 힘으로 단 한 푼의 이득도 취하지 않았고, 그렇게 말하는 사람들은 그의 성스러운 슬리퍼의 밑창을 핥을 자격도 없는 질투심 많은 더러운 개들이며 게으르고 할 일 없는 놈팡이들이라고 했어요. 거기다가 인도는 국교가 없는 나라이니 사람들은 자기가 원하는 것을 믿을 권리가 있고, 바리아 사제는 다른 성자들처럼 담벼락에 그려질 권리가 있다고 했죠. 전 라바디 씨의 마지막 주장에 동의했습니다. 경위는 공공장소에서 말다툼하는 것에 당황했죠. 그래서 그는 하고 싶은 대로 하라며, 아무리 그를 예언자들과 성자들 사이에 그려 넣어도 사기꾼은 사기꾼일 뿐이라고 했어요. 경위는 그 말을 하고는 가 버렸죠. 라바디 씨는 제게 밤지 경위 같은 회의론자들과 비방하는 사람들이 언젠가는 진실을 알게 될 거라고 했어요. 그는 바리아 사제의 거룩함의 증거를 가지고 있다고 했죠. 그의 큰 개 타이거가 몇 해 전에 죽었을 때, 그의 집에 있는 바리아 사제의 액자 사진에서 눈물이 흘러내렸답니다. 정말 놀랍죠."

"그 말을 믿소?" 구스타드가 활짝 웃으며 물었다.

"전 사람들의 믿음을 약하게 하고 싶지 않습니다. 기적, 마술, 기계로 조작하는 속임수, 우연의 일치 등. 도움이 되기만 한다면 그게 뭔지가 중요하겠습니까? 상상력의 힘, 암시의 힘, 자기 암시의 힘, 심리적 압박의 힘을 왜 분석하려고 듭니까? 너무 자세히 들여다보는 건 파괴적이고 모든 것을 해체시키죠. 삶은 있는 그대로도 충분히 힘듭니다. 왜 그걸 더 힘들게 합니까? 결국, 뭐가 기적이고 우연의 일치인지 누가 알 수 있겠습니까?"

"맞는 말이오." 구스타드가 말했다. "하지만 난 사진에서 흘리는 눈물보다도 쓸모 있고 진정한 이 돌담의 기적이 보기가 좋소. 악취가 나고 더러웠던 망신거리가 모든 사람을 기분 좋게 만드는 아름답고 향기로운 곳으로 바뀌었으니까요."

"이제 전쟁이 시작됐으니 더 좋아질 겁니다. 이럴 때일수록 사람들의 신앙심이 더욱더 깊어지죠."

"그렇소." 구스타드가 말했다 "이런, 백단향나무에 불이 꺼졌네. 성냥 있소?"

거리의 화가가 성냥갑을 꺼냈다. 구스타드가 다시 불을 붙이려고 할 때, 소방차가 종을 땡땡 울리며 지나가다 속도를 줄이고 아파트 단지 안으로 방향을 틀었다. 그는 백단향나무를 버리고 서둘러 안으로 들어갔다. 그가 아파트 단지에 도착하자 소방관들이 감긴 호스를 풀고 있었다.

테물이 넋을 잃고 소방관들을 지켜보고 있었다. 그는 흥분해서 손을 흔들었다. "구스타드구스타드구스타드.땡땡땡땡땡땡.재밌다재밌다재밌다.꿈틀꿈틀꿈틀불."

"테물, 나중에 얘기해." 구스타드가 화를 내며 말했다. 쿠트피티아의 집에서 연기가 나고 있었다. 그는 그녀가 무사한지 궁금했다.

3

소방관들이 떠난 후 사람들은 쿠트피티아의 집이 별로 피해를 입지 않은 것은 기적이라고 입을 모았다. 불꽃보다 연기가 많이 났다는 사실은 쉽게 무시되었다.

이야기가 돌고 돌아서 연기가 많이 났던 작은 불이 큰 화재가 되고, 통제 불가능한 대화재가 되었다. 코다다드 아파트가 불타는 지옥의 먹잇감이 되기 일보 직전이었다고들 했다. 그러나 신의 도움으로 살아났다고 사람들은 흥분해서 말했다.

어떤 이들은 그러한 행운이 돌담 덕분이라고 했다. 사람들이 그곳에 멈춰

서서 기도하고 신의 도움을 빌고 감사를 드리기 때문에 상서로운 기운이 끊임없이 만들어지고 있는 게 틀림없다고 했다. 이렇게 성스러운 곳을 항상 자비롭게 돌봐 주는데, 선과 덕 이외에 다른 무엇이 존재할 수 있단 말인가?

쿠트피티아의 집은 문이 닫혀 있었던 방 두 개만 피해를 입었다. 그녀를 슬프게 만들었던 사랑하는 조카와 오빠의 소중한 유품들은 유골함 같은 벽돌 벽 안에서 사라졌다. 이제는 회색 재만이 35년 세월의 먼지와 뒤섞여서 바닥과 가구들을 엷게 덮고 있었다. 마치 방 두 개를 문질러 닦으려고 재와 톱밥을 한 포대 사 와서 사람의 손으로 뿌린 것처럼, 물에 젖은 재가 모든 것을 덮고 있었다.

딜나바즈는 쿠트피티아와 함께 화재 피해를 살펴보고 난 후, 다리우스를 보내서 청소를 돕도록 하겠다고 약속했다. 그녀는 쿠트피티아가 사뭇 담담하게 현실을 받아들이는 것을 보고 놀랐다. 사실 쿠트피티아는 이웃들이 자신의 심술궂음과 괴팍함을 잊고 동정심과 관심을 보여 준 것에 기뻐하며, 앞으로 해야 할 허드렛일을 기대하면서 매우 유쾌한 모습이었다. 신의 섭리로, 불에 타 죽는 절박한 위기 상황으로부터 구출된 사람에게는 틀림없이 선한 힘이 작용하고 있을 것이라고 사람들은 암묵적으로 동의했다.

오직 쿠트피티아만이 자비로운 불의 신비를 이해하고 있었다. 35년 동안 간직했던 기념물들은 그녀의 슬프고 깊은 지독한 상처에 부드러운 연고처럼 작용했다. 그들은 비밀스러운 힘으로 그녀의 슬픔을 달래 주었고, 그녀도 이 점을 잘 알고 있었다.

그러나 그녀는 이러한 물건들을 특별하게 만들고 그것들을 소유했던 사람들의 기억을 떠올리게 해 주는 특징들이 영원하지 않다는 것도 알고 있었다.

언젠가 그들은 빛을 잃고 쓸모없게 될 것이었다. 바로 그 순간, 그녀는 혼자 힘으로 살아가야 할 것이었다.

불과 함께 그날이 왔음이 명백해졌다. 불의 행동은 그 점을 분명히 했다. 이미 그녀가 치유력과 생명력을 모두 빨아들인 그 소중한 물건들은 깃털처럼 가벼운 껍데기만 남아서 불길을 부채질하기에는 역부족이었다. 쿠트피티아에게는 불이 그렇게 유순하게 소멸한 것이 그다지 신기한 일이 아니었다.

*

쿠트피티아를 도와주고 집에서 요리를 하며 자질구레한 일을 하는 틈틈이, 딜나바즈는 구스타드로부터 지미의 이야기를 들었다. 딜나바즈는 몇 달 만에 처음으로 행복했고 마음이 가벼웠다. 쿠트피티아와 함께 입에 담기도 싫은 일에 손을 대면서 느낀 공포, 수치심, 죄책감이 불 속에서 노파의 과거와 함께 재로 변했다.

구스타드는 그녀가 자리에 다소곳이 앉아서 듣기를 바랐다. 그는 지미의 비참한 상태를 목격하면서 느낀 자신의 고통을 전하고 싶었다. "거리에서 과일즙 장수들이 쓰는 나무로 만든 압착기 알지? 병실로 들어가서 지미를 봤을 때 내 심장이 꼭 압착기에 짓눌리는 것 같더라니까." 그의 목소리가 떨렸지만 딜나바즈는 알아채지 못했다. 도마뱀 꼬리의 재난 이후에 찾아온 한바탕 소동과 안심으로 풀어진 기분 때문에, 그녀는 사물이 흐려지고 왜곡되게 보여서 행복한 결말에 대한 전망을 가득 품고 있었다.

그녀는 지미가 건강을 회복하고 4년 후에 코다다드 아파트로 돌아올 거라고 확신했다. "당신도 그렇게 생각하죠?"

구스타드는 아무런 대답도 하지 않았다. 그는 로샨한테로 몸을 돌렸다. "자, 우리 예쁜 귀염둥이. 몸이 조금 나았다고 하루 종일 뛰어다니면 안 돼. 몸이 회복되는 걸 봐 가며 조금씩 움직여야 해." 그는 일어서서 기지개를 켰다. "이틀 밤을 기차에서 잤더니 무지 졸리네. 그래도 할 일이 태산이야."

"당신은 쿠트피티아 할머니 도와주러 갈 필요 없어요." 딜나바즈가 말했다.

"그 말이 아냐. 전쟁이 시작됐어."

"전쟁이 시작됐는데 당신이 왜 일이 많아져요? 총 들고 나가서 싸우기라도 할 거예요?" 그녀는 구스타드의 목을 껴안고 웃으면서 그의 어깨에 뺨을 갖다 댔다. 로샨의 회복, 구스타드의 안전한 귀환, 쿠트피티아의 밝은 태도. 그녀가 더 무엇을 바라겠는가? 물론, 소랍이 여전히 돌아오지 않았다는 것을 제외하고. 그러나 그녀는 그것도 어떻게든지 해결될 것이라고 생각했다.

"당신, 오늘 정말 이상해." 구스타드가 진지하게 말했다. "오늘 밤부터 등화관제가 선포됐어. 등화관제와 공습에 대비해야 한다고."

"뭄바이까지 단번에 오진 않을 거예요." 그녀가 여전히 웃으며 말했다.

"단번에 안 오다니? 최신 전투기라면 파키스탄 놈들이 몇 분 만에 이곳으로 날아올 수 있다는 거 몰라? 아니면 폭탄을 투하하기 전에 엽서라도 보내는 줄 아는 거야?"

"잘 알겠습니다." 그녀가 명랑하게 말했다. "당신이 필요하다고 생각하는 건 다 하세요."

그는 등화관제용 종이를 떼지 않기를 잘했다고 했다. 적어도 일이 하나 줄었다. 그는 중국과의 전쟁이 끝난 후에 딜나바즈가 종이를 떼라며 잔소리를 해 댔던 일을 끄집어냈다. 그리고 1965년 파키스탄과 전쟁이 일어났을 때 종이를 그대로 둬서 편리하지 않았냐고 물었다. "또 전쟁이 났잖아. 역사는 반복된다고."

"잘 알겠습니다. 당신이 옳습니다."

그는 종이를 점검하려고 의자를 현관문으로 가져갔다. "다리우스는 데리고 가지 마." 딜나바즈가 손잡이가 긴 빗자루와 다양한 청소 도구를 들고 나갈 준비를 하자 그가 말했다. "잠깐 다리우스의 도움이 필요하니까." 수리가 필요한 곳이 몇 군데 있었다. 망치, 못, 덧대는 종이를 건네주려고 다리우스가 그의 옆에 섰다. 의자 위에 올라선 구스타드는 오늘 오전 열 시에 공습경보 사이렌이 울리지 않았다는 것을 깨달았다. 이제부터는 실제 상황에서만 사이렌이 울릴 것이다.

현관문이 끝나자 그들은 의자를 검은 책상 옆의 창문으로 옮겼다. "이건 제가 할게요." 다리우스가 말했다. 다리우스는 의자 위로 올라서더니 망치를 달라고 손을 내밀었다. 그러나 구스타드는 얼굴에 웃음을 짓고서 망치 손잡이를 어루만지고 있었다.

"여기요." 그의 관심을 끌려고 다리우스가 말했다.

다리우스의 손이 망치 손잡이를 감싸자 구스타드는 자부심이 치솟았다. "넌 증조할아버지를 못 뵀지만, 이게 바로 증조할아버지의 망치다."

다리우스가 고개를 끄덕였다. 그는 구스타드가 소랍에게 목공일을 가르칠 때 그 얘기를 함께 들었었다. 그는 완벽하게 균형이 잡힌 손잡이를 쥐고 윗면 대가리가 둥근 망치를 들어 올려 못을 내려쳤다. 망치를 돌려받은 구스타드는 손잡이가 약간 축축해진 것을 느꼈다. 다리우스의 손바닥에서 묻은 것이었다. 구스타드의 할아버지도 땀을 많이 흘렸었다. 번창하던 시절, 일할 사람들이 있었음에도 할아버지는 직접 힘든 일을 하시곤 했다. 그리고 할아버지의 이마에서는 시냇물 같은 땀이 쏟아져 얼굴과 목을 타고 흘렀다. 한창 일에 열중해 있는 할아버지의 양쪽 겨드랑이에는 거대한 원이 그려졌고, 할아버지의 등짝에 들러붙은 젖은 셔츠에는 커다란 하트 모양이 그려졌다. 할아버지는 셔츠와 수드라를 벗었다. 그러자 쉬지 않고 흘러내리는 땀이 목재, 작업대, 공구에 떨어졌고, 생명수 같은 땀방울들이 뿌려진 겹겹이 쌓인 톱밥은 마치 정원사가 활력을 불어넣은 바싹 마른 땅처럼 검게 변했다. 그리고 할아버지의 손바닥에서 나는 땀이 망치의 손잡이를 적셔서 나무가 검어지고 반들반들 윤이 났다. 맨 처음 할아버지의 손에 있었던 것이 구스타드의 손으로 와서 손잡이가 더욱 부드러워졌다. 소랍이 했을지도……. 그러나 이젠 다리우스가 그렇게 할 것이다. 그는 손잡이를 더욱더 윤이 나게 할 것이다.

이처럼 망치가 대대로 전해 내려오는 것은 무슨 의미일까? 한 사람의 존재 깊은 곳에서 만족할 만한 성취감을 느끼는 것이리라. 그게 전부였다. 더는 그 말의 의미에 대해서 씨름할 필요가 없었다.

다리우스와 함께 다음 창문으로, 다음 환기창으로 옮겨 가며 찢어진 곳을 붙이고 구멍 난 곳을 메우면서, 구스타드는 전동 도구가 없었던 시절에 일꾼들이 작업장에서 땀을 뻘뻘 흘리고 때로는 피를 흘려 가면서 나무를 쓸모 있고 아름답게 만들었던 이야기를 들려주었다. 또한, 덩치가 크고 힘이 셌지만 친절하고 온화했으며 공명정대하게 행동했던 다리우스의 증조할아버지가, 공장장이 목수 하나를 학대하자 그의 발이 바닥에서 떨어져 흔들릴 때까지 멱살을 잡고 들어 올려 거리로 내던져 버리겠다고 위협했던 얘기도 들려주었다.

구스타드가 자신의 삶의 창을 열어 다리우스가 들여다볼 수 있게 기억을 더듬는 동안에, 그들은 어느새 모든 창문과 환기창의 일을 끝마쳤다. 다리우스는 그 이야기들을 이전에 들었지만, 증조할아버지의 망치를 손에 들고 있어서인지 이번만큼은 다르게 들렸다.

등화관제용 종이를 점검한 후, 그들은 딱딱한 마분지로 빛 가리개를 만들어 벌거벗은 채 매달려 있는 전구들에 씌웠다. 그런 다음 전구를 켜고 불빛이 제대로 바닥 아래로 원을 그리는지 확인했다. 또한 구스타드는 네 개의 기둥이 있는 커다란 침대 밑을 공습 대피소로 만들기로 했다. 흑단 원목으로 만들어진 데다, 2.5센티미터 굵기의 단단한 버마산 티크나무로 널을 깐 침대는 최악의 상황이 발생했을 때 파편을 견디기에 충분했다.

"가로톱을 가지고 두 사람이 하루 종일 작업했어. 흑단 들보를 잘라서 침대 틀과 기둥을 만들었지. 그래서 이 오래된 침대의 본체가 강철만큼 튼튼한 거야." 구스타드가 말했다. 그러나 침대는 창문 옆에 있었다. "이래 가지곤 안 돼. 반대편으로 옮겨야 해." 그들은 벽장과 탁자를 밀어냈다. 그런 다음 온 힘을 다해서 어마어마한 무게의 침대를 조금씩 움직였다.

쿠트피티아의 집에서 돌아온 딜나바즈가 그들이 끙끙대면서 애를 쓰고 있는 것을 보았다. "지금 뭐하는 거예요? 그만둬요! 장이며 간이며 터져 버리겠어요! 그만 하라고요!"

"우리 아들이 얼마나 튼튼한지 알아? 다리우스, 엄마한테 네 근육 좀 보여 줘라." 구스타드가 말했다.

"세상에, 부정 탈라, 말조심해야지." 그녀는 얼른 침대 틀에 손을 뻗치고는 그들이 일을 마치도록 내버려 두었다.

소랍의 간이침대 매트리스를 침대 밑에다가 깔았다. 딜나바즈는 소랍의 머리가 닿았던 부분을 어루만졌다. 구스타드가 눈살을 찌푸렸다. 그는 담요 두 장을 말아서 손전등, 물통과 함께 침대 밑에 보관했다. 오래된 비스킷 깡통에다 요오드팅크, 머큐로크롬, 페니실린 연고, 탈지면, 반창고, 외과용 거즈 두 통을 담았다. "지금부터 사이렌이 울리면 우린 침대 밑으로 들어가야 해." 그가 말했다.

이러한 것들을 흥분하면서 즐기고 있는 남편이 어린애 같다고 딜나바즈는 생각했다. 그가 기분이 좋은 틈을 타서 그녀가 말했다. "끝났으면 쿠트피티아 할머니한테 가 봐요." 소방관들이 35년 동안이나 닫혀 있던 그녀의 창문들을 억지로 열었다. 창문 세 개 가운데 하나도 다시 닫히지 않아서 쿠트피티아는 등화관제를 걱정하고 있었다.

구스타드와 다리우스는 즉시 끌, 사포, 드라이버 두 개, 망치를 가지고 물 때문에 불어난 창문을 고치러 갔다. 한 시간 후에 돌아온 구스타드는 쿠트피티아가 얼마나 많이 변했는지 들려주었다. "나를 보더니 웃고, 장미 한 송이를 새로 갖다 줄 때가 되지 않았느냐고 농담을 하던데. 할머니가 완전히 변했어."

딜나바즈는 남편도 완전히 변했다면서 행복한 생각에 잠겼다.

*

평소보다 저녁이 더 빨리 찾아왔다. 아파트 정문 옆의 가로등에는 불빛이 없었고, 거리의 화가는 해 질 무렵에 모든 양초, 향, 향로의 불을 껐다. 큰길은 통행금지 때의 거리와 닮아 있었다. 헤드라이트를 검게 칠한, 손님 없는 택시 한 대가 지나갔다. 눈을 감은 채 잠결에 걸어 다니는 몽유병 환자 같군, 하고 구스타드는 생각했다. 이 시간이면 늘 시끄러운 까마귀들과 참새들도 불 꺼진 도시에서 혼란스러운 듯했다.

불 꺼진 집들 사이로 회색빛 아파트 단지는 절망적인 우울한 분위기를 내뿜었다. 구스타드는 바깥에서 자기 집 창문을 점검했다. 빛이 새어 나오는 어떤 틈새도 없었다. 그는 걷다가 테물의 창문을 올려다보았다. 집에 와 있는 그의 형이 필요한 일을 다 해 놓았다. 그러나 그는 내일 또다시 출장을 떠난다. 그는 테물이 열쇠를 두고 나와 들어가지 못할까 봐서 구스타드에게 여분의 열쇠를 맡겼다. 테물 때문에 미칠 지경이라면서 다른 이웃들은 열쇠를 맡으려고 하지 않았다.

"형님, 안녕하십니까?" 밤지 경위가 인사했다. "전쟁 준비는 되셨습니까?" 그는 얇은 틈을 남겨 놓고 헤드라이트에 검댕을 칠하고 있었다.

구스타드가 그에게 다가갔다. "저녁 당번인가?"

밤지가 고개를 끄덕였다. "그래서 이 우라질 검댕을 칠하고 있죠." 그는 손을 수건에다 닦았다. "빌어먹을 놈들이 전쟁을 하고 싶어 하니까, 그렇게 해 줘야죠. 빌어먹을 놈들이 곧장 여기로 날아와서 비행장들을 폭격할 수 있다고 생각하는 모양입니다. 우리 비행기들이 그냥 밖에 앉아 있는 줄 아는 건가? 우리 군인들이 얼마나 똑똑한데요, 정말 똑똑해요. 모두 다 콘크리트로 만든 지하 격납고에 있다고요. 이제 이 녀석들, 다 죽었어요."

구스타드가 손을 들어 아파트를 가리켰다. "우리 이웃들은 준비를 아주 잘

한 것 같은데."

"그렇죠." 밤지가 말했다. "하지만 형님, 첫날에는 모두들 열성적입니다. 그다음부터는 대충 하지요. 1965년에도 그랬어요. 불이 켜져 있는 곳은 바로 파키스탄 스파이가 있는 곳입니다." 젖은 걸레로는 손가락에 묻은 검은 때를 지울 수 없었다. 밤지는 다른 방법을 시도해 보려고 집으로 들어갔다.

20부

1

지점장이 공습경보에 관련된 지침과 명령을 내렸다. 각 부서별로 감독자들을 보내서 사이렌이 울리면 현금을 다루는 직원들이 자리를 뜨기 전에 반드시 자물쇠를 잠그도록 조치했다. 직원들은 책상 밑에 한 명씩 대피하도록 했다. 책상을 함께 쓰고 동성일 경우에는 예외가 인정됐다. 동성이 아닐 경우에는 가장 가까운 동료와 짝을 짓도록 했다. 감독자들이 제대로 짝을 지었는지 확인하도록 했다. 마돈은 책상 밑에서 남녀 간에 벌어지는 추문으로 은행의 명예가 더럽혀지기를 원치 않았다.

은행의 다른 모든 것처럼 지시 사항도 구스타드에게 딘쇼지를 떠올리게 했다. 아마도 딘쇼지는 지점장을 흉내 내며 구내식당에서 마음껏 떠들며 즐겼을 것이다. 그리고 미니스커트를 입은 로리 쿠티노와 함께 책상 밑으로 들어가는 흥분되는 일에 대해서 상상했을 것이다.

이제 구내식당에서는 농담도, 노래 부르는 시간도 없었다. 대신에 직원들은 끊임없이 전쟁에 대해서 얘기하며 국경에서 벌어지고 있는 잔인하고 끔찍한 이야기들을 반복했다. 소문이든 사실이든 공상이든 모두들 열심히 들었다.

파키스탄의 방탕한 술주정뱅이 대통령이 끊임없이 술잔치를 벌여서 장관들과 장군들을 정신 못 차리게 한다고 했다. 그들이 너무 오랫동안 정신이 말짱하면 쿠데타를 일으킬 것만 같아 그는 조마조마했다. 그런 식으로 권력을 유지하고 있던 미친 매독 환자는, 술에 취해 몽롱한 상태에서 멈추지 않는 두려움이 자신의 뇌를 갉아 먹고 있을 때면 더욱더 필사적이 되었다.

파키스탄의 사악한 방글라데시 점령에 관한 이야기들은 용감한 인도 군인들의 이야기로 제압되었다. 라디오와 영화에서 인도 군인들은 도시와 마을을 해방시키고 적을 물리치며 수천 명의 포로를 생포했다. 군인들을 위한 시민들의 아낌없는 성원에 대한 보도가 잇달았다. 먼 길을 여행해 뉴델리에 도착한 80세 농부 할머니는 전쟁을 위해서 쓰라며 자신의 결혼 금팔찌를 '모국 인도'를 위해서 바쳤다. 어떤 신문들은 '국모 인디라'로 보도했는데, 그것은 다가오는 선거에서 써먹기 위해서 총리의 선전자들이 '인도'와 '인디라'의 경계를 급속히 허물고 있었기 때문이었다. 점심 도시락 값을 기부하고 국민회의당의 피둥피둥 살찐 당직자와 포즈를 취한 학생들의 얼굴은 깨끗이 씻어서 빛이 났다. 그리고 농부들은 "인도 군인, 만세! 농부, 만세!"를 연이어 외치며, 조국을 위해서 더욱더 열심히 일해서 더 많은 식량을 생산하겠다고 다짐했다.

물론 뉴스에서는, 돌을 들고 거리를 돌아다니면서 등화관제가 제대로 돼 있지 않다고 생각하는 집의 유리창을 애국심의 이름으로 박살 내는 충실한 쉬브 세나 순찰대들과 어중이떠중이 파시스트들에 대한 언급은 전혀 없었다. 또는 적의 스파이라고 오해를 받고서 개인적인 원한을 가진 사람들에게 실컷 얻어터진 불행한 사람들에 대한 보도도 전혀 없었다. 점검하러 온 공습 감독자들로 위장한 사람들에게 강도를 당한 집들에 대해서도 전혀 보도하지 않았다. 즉, 무적 인도의 단결과 높은 사기를 국민들에게 전하기 위해서는 어떤 노력도 아끼지 않았던 것이다.

전쟁 6일째가 되던 날 미국이 야히아의 요청을 받아들여 제7함대를 벵골만으로 보내기로 하자, 사기가 하늘을 찌를 듯이 높아진 국민들은 강력한 미국을 상대로도 싸울 준비가 되어 있었다. 핵 항공모함 엔터프라이즈는 통킹 만을 빠져나와 제7함대를 이끌고 말라카 해협을 지났다. 그들의 영광스러운 임무는 사이클론과 전쟁에 파괴된 지역을 항복시키는 것이었다. 힘센 미국이 군사 독재자들을 기꺼이 친구로 삼곤 했기 때문에 누구도 크게 놀라지 않았다. 그러나 제7함대가 가까이 다가오자 사람들은 닉슨과 키신저의 이름을 넣어 저주한 후 기침을 하고 가래를 내뱉기 시작했다. 문맹자들은 최근의 악랄함에 대해서 읽을 수는 없었지만, 신문에 실린 두 악당의 얼굴은 알아볼 수 있었다. 한 사람은 쥐의 눈을 한 찌푸린 얼굴이었고, 또 한 사람은 변비에 걸린 소의 얼굴을 한 안경잡이였다.

사무실 심부름꾼인 늙은 빔센이 구스타드와 은행 직원들에게 빈민가의 새로운 소식을 전해 주었다. 그는 시온 근처 불법 거주지의 판잣집에서 살았다. 커피나 차를 나르다가 쉬는 짬짬이 그는, (혼자 밖에 나가서 골목이나 도랑에 볼일을 보기엔 너무 어린) 빈민가 아이들이 판잣집 안에서 신문을 깔고 쪼그리고 앉으면 엄마들은 즐겁게 종이를 뒤져서 궁둥이 밑에다가 갖다 놓을 쥐의 얼굴과 변비에 걸린 소의 얼굴을 찾는다고 했다. 제7함대가 벵골 만으로 가까이 다가올수록 얼굴에 똥칠이 돼 있지 않은 두 사람의 사진을 찾는 일은 더욱더 힘들었다. 빔센은 제국주의 타도를 위한 화장실 훈련을 시키고 있는 이웃들을 도와주기로 결심했다. 그는 은행 직원들에게 닉슨이나 키신저의 사진이 실려 있는 신문을 달라고 했다. 어느 누구도 거절하지 않았다. 그들은 전쟁을 돕고 사기를 진작시키는 일을 기쁜 마음으로 도와주었다.

그러나 제7함대를 대적한 것은 사기뿐만이 아니었다. 인도-소련 친선 조약에 명시된 내용을 충실히 따르는 순양함들과 구축함들로 구성된 소련 함대가 미국의 전함들을 바싹 뒤쫓고 있었다. 그리고 조약의 정신에 충실하게 어떠한 폭력 행사도 없었다. 단 한 마디 거친 말도 없었다. 소련은 단지 미국에 중요한 국제무대에서 서로가 오랫동안 연습해 왔던 역할과 정체성을 상기시켜 주고 싶었을 뿐이었다. 즉, 미국인들은 친절하고 다정한 사람들이며, 정의와 자유의 수호자들이며, 자유를 위한 투쟁과 민주주의를 전 세계에서 지원하고 있다는 점을 일깨웠다.

소련의 조언은 효과가 있었다. 미국은 잊지 않고 있었다. 벵골 만의 새벽녘 햇살을 받아서 잔물결 치는 푸른 바다가 희미하게 빛나고 12월의 하늘이 완벽한 주홍빛으로 바뀌었을 때, 미군은 전 세계적으로 유명하고 언제나 찬란한 자신들의 미덕을 하나도 빼놓지 않고 기억했다. 그들은 애국의 눈물을 흘리면서 강력한 총과 대포에 먼지 방지용 커버를 다시 씌웠다.

*

구스타드가 어두운 저녁에 집으로 돌아왔을 때, 카바스지의 혈압이 또다시 높아졌다는 것을 알았다. 보존 요법 약물은 카바스지가 목에 걸었던 박하만큼 효과가 좋지 못했다. 그는 몸을 창밖으로 내밀고 어두운 하늘을 향해서 종주먹을 휘두르고 있었다. 조금만 더 흥분하면 떨어지겠다고 구스타드는 걱정했다.

그러나 카바스지는 균형을 잘 유지하고 있었다. 단지 비난받을 수 있는 표시인 불빛만이 열린 창문을 통해서 아파트 단지로 삐져나와 성난 그의 그림자를 드리웠다. "마지막으로 당신께 경고합니다! 이곳에 폭탄이 떨어지도록 한다면 비를라 가문과 마파트랄 가문에게도 떨어지도록 하십시오! 신이시여! 당신은 너무나도 불공평하십니다! 정말 너무하십니다! 코다다드 아파트가 고통받는다면 타타 궁전도 그렇게 해야 합니다! 안 그러면 당신에게는 단한 자루의 백단향나무도 없습니다, 단 한 조각도요!"

구스타드는 위층으로 올라가 누군가에게 등화관제 위반이라고 말해야 할지 말지 망설였다. 그러나 카바스지 뒤에 한 사람이 나타났다. 그의 아들이었다. 그는 카바스지의 팔꿈치를 잡고 데리고 들어가면서 종이를 씌운 창문을 닫았다.

2

사흘 밤 연속 공습경보 사이렌 소리가 도시 전체에 울려 퍼졌다. 한밤중이막 지나서였다. 사이렌 소리에 구스타드와 딜나바즈가 즉시 일어났다. 첫날밤에 구스타드는 얼마 지나서야 오전 열 시에 울렸던 연습 사이렌 소리가 꿈속의 일이 아니라는 걸 깨달았다.

"로샨과 다리우스도 깨울까요?" 딜나바즈가 물었다. "아니면 어제처럼 5분 만에 해제되는 건가요?"

"애들 깨워, 혹시 어떻게 될지도 모르는데." 침대 밑으로 식구들이 자리를 잡는 동안 그는 야간 등을 켰다. 그는 손전등을 비춰서 낡은 두꺼비집을 찾아 당국에서 시킨 대로 스위치를 내려놓았다.

그가 침대 밑으로 들어가자 사이렌의 애처로운 울부짖음이 멈췄다. 로샨이

손전등을 빼앗아 턱 밑에다 갖다 대고는 불빛을 위로 올렸다. "귀이이이신이
다!" 로샨이 웃음을 터뜨리다가 포격이 시작되자 화들짝 놀랐다.

모두들 깜짝 놀랐다. "대공포 소리야." 구스타드가 손전등을 뺏으며 자신
있게 말했다. "우리 편이 쏜 거야."

"파키스탄 폭격기들이 오고 있는 게 틀림없어요." 다리우스가 말했다.

"아, 소랍이 안전해야 할 텐데!" 딜나바즈가 낮은 목소리로 말했다.

"당연히 안전하지. 걔가 길에 서 있을 정도로 바본 줄 알아. 어쨌건, 우리
대공포가 놈들의 비행기를 쫓아내고 있어." 그러나 파키스탄 비행기들이 도
시의 하늘 위를 날고 있다는 생각에 구스타드는 불안했다. 혹시라도 아파트
에 살고 있는 바보들이 대공포 때문에 긴장해서 불이라도 켜면 어떻게 될까?
무슨 일인지 보려고 창문이라도 연다면? 그는 고개를 들다가 버마산 티크나
무 침대 널에 머리를 부딪쳤다.

"어디 가요?" 그가 손전등을 켠 후 살며시 빠져나가려고 하자 두려움에 질
린 딜나바즈가 물었다. 대공포 소리가 네 번 울렸다.

"밖에, 아파트 확인하러."

그녀는 구스타드가 침대 밑에 그냥 있기를 바랐지만, 그는 말을 듣지 않을
게 뻔했다. "조심해요."

"아버지, 제가 같이 갈게요." 다리우스가 말했다.

"안 돼, 넌 여기 엄마하고 로샨이랑 같이 있어." 구스타드는 손전등을 아래
로 비추어 슬리퍼와 열쇠를 찾았다. 그는 한 손을 빗장에 얹고서 문을 열기
전에 손전등을 껐다. 하늘에는 종잇장처럼 얇게 찢어진 초승달이 떠 있었다.
초승달이라 파키스탄 놈들한테 아무런 도움도 안 되겠군, 하고 구스타드는

만족스럽게 생각했다. 또다시 대공포 소리가 울렸다. 몇 초 후, 밝은 불빛이 하늘을 휩쓸고 지나갔다. 그러자 한 번 더, 또 한 번 더 불빛이 지나갔다. 탐조등이 밤하늘을 종횡으로 움직이며 샅샅이 뒤지고 있는 중이었다. 나무 옆에 서서 그 장면을 지켜보던 구스타드는 자신이 왜 밖으로 나왔는지 잊고 있었다.

이전보다 먼 곳에서 또 한 번 사격이 있자, 그는 정신을 차렸다. 그는 아파트 단지를 성큼성큼 걸어서 정문으로 갔다. 카바스지의 집을 포함한 다른 집의 창문들은 어두웠다. 그는 나무 쪽으로 걸어가 아파트의 나머지 절반을 확인했다. 자신의 집, 위층 쿠트피티아의 집, 밤지, 개장수 얼간이…… 모두 다 괜찮았다. 그러나 그때, 미풍이 나뭇잎들을 건드리자 나뭇가지 사이로 작은 직사각형 불빛이 나타났다가 사라졌다. 맨 끝에서 창문이 반쯤 열려 있었다. 테물의 집이잖아! 저런 멍청이! 빌어먹을! 그런데 왜 이렇게 늦게까지 자지 않고 있는 걸까?

구스타드가 달리기 시작하자 그의 다리가 보기 흉하게 절뚝거렸다. 그는 계단을 뛰어 올라가 사납게 문을 두드리려고 손을 들었다. 바로 그때 테물의 형이 맡겨 뒀던 열쇠가 생각났다. 그는 열쇠고리에 달린 낯선 모양의 열쇠를 손으로 더듬어 찾아낸 다음 구멍으로 밀어 넣었다. 그는 테물의 간담을 서늘하게 해서라도 조심해야 되는 이유를 가르쳐 주고 싶었다.

테물의 집으로 들어서자 희미한 소리가 들려왔다. 어리둥절해진 그는 무슨 소린지 들어 보려고 멈춰 섰다. 낮은 신음 소리와 함께 헐떡거리는 거친 숨소리가 들렸다. 조용해지더니, 또다시 헐떡이는 숨소리가 들렸다. 테물인가? 뭘 하고 있는 거지? 구스타드는 현관문을 조용히 닫으려고 했지만 빗장이 굴러 떨어졌다. 시끄러운 금속 마찰음이 베란다의 어둠을 바늘처럼 파고들어 날카롭게 울렸다. 그는 움찔 놀라서 그 자리에 그대로 섰다.

다시 안에서 소리가 들렸다. 그는 베란다를 가로질러 불이 켜진 방으로 살며시 걸어갔다. 빛바랜 노란색 오건디 천으로 만든 낡은 커튼이 문간에 걸려 있었다. 얇은 커튼 뒤로 꿈꾸는 듯 덧없이 하늘거리는 방의 모습이 보였다. 그 커튼은 마테란에서 그의 어머니가 잘 자라는 인사를 하러 왔을 때 둘 사이에 놓여 있었던 모기장 같았다. 그의 손이 닿을 수 없는 너무나 먼 곳에 있었던 어머니는 서서히 사라졌다…….

커튼을 옆으로 밀치자 이 세상의 것이 아니거나 이해하기 어려웠던 그 방에 대한 느낌이 모두 사라졌다. 오건디 천의 마술 같은 얇은 막이 사라지고 나자 그 방은 딱딱하고, 더럽고, 냄새 나는 곳으로 바뀌었다. 커튼 고리들이 녹슨 황동 막대에 부딪쳐 딸랑딸랑 소리가 났다. 커튼이 흔들리는 동안 딸랑딸랑 계속 낮은 소리가 울렸다.

테물은 아무것도 알아채지 못했다. 그는 문 쪽으로 등을 보이고 세상모른 채 하얀 시트가 깔린 침대 위로 몸을 구부리고 있었다. 매트리스 한가운데는 가장자리에 붉은색과 검은색 자수를 놓은 더러운 크림색 이불이 있었다. 테물은 X자로 끈이 달린 갈색 가죽 슬리퍼만 신은 채 발가벗고 있었다. 그의 등은 땀으로 번들거렸다.

"테물!" 구스타드가 날카롭게 외쳤다. 테물은 예상했던 것보다 훨씬 크게 놀랐다. 그는 비명을 지르면서 발기된 거대한 성기를 오른손에 움켜쥐고 돌아섰다. 화가 난 성기를 계속 손으로 주무르고 있던 테물이 힘없이 정액을 쏟아 낼 때 구스타드는 침대 위에 있는 뭔가를 보았다.

테물처럼 발가벗고 있는 로샨의 인형이 이불에 반쯤 숨겨져 있었다. 인형의 웨딩드레스, 속치마, 면사포, 왕관 모양의 머리 장식, 부케, 스타킹이 침대 옆 의자에 가지런히 걸쳐져 있었다.

"무슨 짓이야! 그만 해! 당장 그만둬!" 화가 난 구스타드는 당혹스러웠다. "넌 제대로 한번 맞아야 해!" 그렇게 말하고는 마땅히 다른 할 말을 찾지 못했던 그는 바닥에 있던 테물의 줄무늬 잠옷을 발견했다. 그는 잠옷을 주워 테물에게 던졌다. "옷 입어! 어서!" 잠옷이 날아가면서 진한 식초 냄새 같은 악취를 풍겼다.

테물이 엉엉 울기 시작하자 눈물과 땀이 뒤섞였다. "구스타드구스타드구스타드.정말미안해요.정말정말미안해요."

"입 닥쳐! 옷 입으라고 했잖아, 어서!" 구스타드는 창문을 닫았다. 테물은 더듬거리고 있었다. 흐느껴 우는 그의 손이 떨리고 있어서, 안 그래도 서툰 그의 손가락들은 옷을 제대로 여밀 수 없었다. 그는 잠옷 바지 끈으로 고리를 만들고 비틀어 돌려서 매듭을 지으려고 했지만, 끈의 양쪽 끝을 팽팽하게 잡아당길 때마다 매듭 모양은 사라졌다.

우여곡절 끝에 테물이 잠옷을 입고 나자 구스타드는 손을 씻고 오라고 했다. 그는 로샨의 인형을 역겨운 듯이 살펴보았다. 인형의 분홍색 다리와 배, 사타구니에 뿌려진 정액은 이미 말랐거나 반쯤 말라 있었다. 그 외에는 어떤 피해도 없었다. 도대체 몇 날 밤이나 그 짓을 해서 저렇게 된 건지 알 수 없었다. 쉽게 지워질 테니 로샨이 알아채지는 못하겠지만 그게 무슨 소용인가? 이제 로샨에게 돌려줄 순 없었다. 테물에게 더럽혀진 인형을 로샨이 만진다고 생각하자 그는 속이 메스꺼웠다. 그럴 순 없지. 인형을 뺏어서 고아원에 기부해야겠다.

화장실에서 돌아온 테물은 여전히 울고 있었다. 그는 두 손을 내밀었다. "구스타드구스타드.손깨끗해요구스타드깨끗해요.정말정말정말깨끗한럭스비누로정말깨끗하게씻었어요." 그는 두 손을 자신의 코로 가져가 킁킁거렸다. "정말정말좋은냄새예요." 그런 다음 테물은 두 손을 구스타드에게 내밀어 확인해 보라고 했다.

구스타드는 거칠게 손을 밀쳤다. 비틀거리며 뒤로 물러선 테물은 몸을 웅크리더니 다시 소리 높여 슬프게 울었다. "이런 염치없는 놈 같으니. 로샨의 인형을 훔쳐다가 더러운 짓을 해!"

"구스타드구스타드." 테물이 울부짖었다. "구스타드구스타드그들이안해줬어요."

"그들이 누구야?"

"그들그들그여자들요.구스타드구스타드2루피내가줬어요2루피요.그들이안된다고안돼안돼안돼."

그제야 구스타드는 무슨 말인지 깨달았다. 철창집을 말하는 것이었다. 테물이 그를 놀리고 비웃는 창녀들에게 둘러싸였던 그날 밤이 생각났다.

테물이 인형을 가리켰다. "만지고싶었어요.빨리빨리빨리.좋은좋은기분.빨리빨리빨리만지는거."

구스타드의 분노가 차츰 가라앉았다. 어린아이의 지능에 어른의 욕구를 가지고 있는 불쌍한 테물. 창녀들에게 버림받고서 절망한 테물은 인형에게로 눈을 돌렸다. 어쩐지 적절한 해결책 같았다. 그는 밤마다 테물이 인형의 옷을 벗기고 부드럽게 애무하는 모습을 상상했다. 또한 콘스턴스 수녀에게 인형을 받아서 택시를 타고 집으로 오던 날 아파트 단지에서 테물을 만났던 일도 생각났다. 테물은 인형의 뺨과 작은 손가락들을 부드럽게 어루만지면서 그 깊고 푸른 눈동자를 황홀하게 들여다보았었다.

가엾은 테물. 그는 앞으로 어떻게 될까? 구스타드는 애써 단호하게 말했다. "창문은 왜 열어 놨어? 네 형이 꼭 닫아 놓으라고 그랬잖아."

"정말정말미안해요구스타드.너무너무더웠어요.창문열면시원해좋아시원해시원해.정말정말미안구스타드."

구스타드는 테물의 병을 고칠 수 있는 기적의 힘이 있어서 그에게 인간의 모든 권리와 가치를 되돌려 주고 싶었다. 두 뺨에 눈물을 흘리며 부끄러운 얼굴로 서 있는 테물로부터 차마 인형을 빼앗을 수 없다는 걸 구스타드는 깨달았다. 어쩐지, 로샨에게 인형의 손실은 테물의 그것만큼 대단하지 않을 것이라는 생각이 들었다. 언젠가 로샨이 크면, 아마도 무슨 일이 있었는지 말해 줄 수 있을 것이다.

"이제 그만 갈게." 그는 헛기침을 하면서 최대한 단호하게 말하려고 애를 썼다. "잊지 마, 아무리 더워도 창문은 절대 열면 안 돼. 신문지로 부채질을 해. 밤에는 항상 창문을 닫아 둬야 해."

"항상항상구스타드.항상닫아요항상.정말미안해요구스타드." 구스타드가 돌아서서 나가려고 하자 당황한 테물이 침대를 가리켰다. "인형구스타드인형."

구스타드가 고개를 저었다. "너나 가져." 그가 퉁명스럽게 말했다.

눈이 휘둥그레진 테물은 그 말을 믿을 수 없었다. "인형인형인형.구스타드인형."

"그래, 그래. 이제 인형은 네 거야."

그제야 테물은 그 말을 믿었다. 그는 어떻게 해야 할지 정확하게 알았다. 팔을 쭉 뻗고 발을 끌면서 다가온 테물은 구스타드를 껴안았다. "구스타드구스타드." 그는 구스타드를 꽉 껴안았다. "고마워요구스타드고마워요." 그러더니 구스타드의 오른손을 들어 손가락 마디에 키스를 퍼부었다.

그의 행동에 감격하기도 하고 손에서 번들거리는 그의 침이 역겹기도 했던 구스타드는 혼란스러워서 그 상황을 어떻게 수습해야 할지 확신이 서지 않았다. 그러나 테물은 그가 반응을 보일 때까지 손을 놓으려고 하지 않았다. 구스타드가 왜 당황하는지 이해할 수 없었던 테물 역시 어찌할 바를 몰랐다.

구스타드는 망설이면서 테물을 팔 하나로 감싸고 건성으로 그의 어깨를 가볍게 두드렸다. 그런 다음 테물에게 말 잘 듣고 창문을 꼭 닫고 있으라고 다시 한 번 주의를 주고 자리를 떴다. 오건디 커튼을 스치고 지나가면서 그는 낡은 천에다가 손마디를 조심스럽게 닦았다.

답답한 테물의 방에 있다가 아파트 단지로 나오자 구스타드는 살 것 같았다. 밤공기가 그의 콧구멍 속에 들러붙어 있는 듯했던 땀에 젖은 사향 냄새를 날려 버렸다. 대공포 소리는 이제 들리지 않았지만, 그가 집으로 들어와 손전등을 켤 때에도 밖에서는 여전히 탐조등이 밤하늘을 샅샅이 뒤지고 있었다. "여보, 아무 일 없어요?" 침대 밑에서 들리는 딜나바즈의 목소리는 이상하리만치 멀었고 육체로부터 이탈한 듯했다.

"괜찮아." 그는 세숫대야로 가서 손을 세차게 씻었다.

"무슨 일 있었어요? 너무 오랫동안 안 돌아와서 모두들 걱정했어요."

"테물의 창문이 열려 있었어. 그래서 올라가 봤어." 그는 그녀가 더 묻지 않기를 바랐다.

"그래도 너무 오래 걸렸잖아요. 무슨 문제라도 있었어요?"

"애들 앞에서 할 얘기가 못 돼." 그는 구자라트 어를 섞어 가며 말했다. 바로 그때 공습경보 해제를 알리는 사이렌 소리가 울렸다.

3

인도 군대가 다카에 점점 가까워지고 방글라데시의 해방이 임박하자, 낙관적인 분위기가 도처에 넘쳐 났다. 이제 등화관제에 익숙해진 사람들에게, 단지 해가 지고 불이 꺼졌다고 해서 도시가 침울하지는 않았다. 구스타드는 페이마스터 박사를 찾아가서 로산이 건강을 회복했으니 약을 그만 먹어도 되는지 물어봐야겠다고 생각했다. 로산이 아팠을 때 그들 사이에 의견 차이가 있었지만, 구스타드는 여전히 자신이 어린 시절부터 찾았던 의사를 신뢰했다.

"좋은 소식이네, 정말 잘됐어." 페이마스터 박사가 말했다. "그리고 또 다른 환자도 회복되고 있어. 정말 잘됐지."

"다른 환자라니요?"

"방글라데시 말이야." 대기실이 텅 비어 있어서 박사는 한가했다. "정확한 진단이 전투의 절반이야. 그다음 적절한 처방이 나머지 절반이고. 인도 군대를 주사해야 한다고 내가 말했잖아. 그러니까 중요한 고비는 지났고, 이제는 회복 단계지."

그는 창문의 블라인드를 내렸다. 해가 넘어가고 한참 지나서였다. "이젠

이 외상처럼 우리의 내상을 재빨리 효과적으로 치료하기만 하면 우린 세계에서 가장 건강한 나라가 될 수 있어. 오다가 하수구 냄새 맡았나?"

"끔찍했습니다." 구스타드가 코를 찡그리며 말했다.

"참을 수 없을 지경이야. 시 당국이 말을 듣느냐? 듣지. 시 당국이 행동을 하느냐? 전혀 그렇지 않아. 몇 달이 지나고 몇 년이 지났어. 보이는 곳마다 문제투성이지. 물이 새고, 수도관은 부서져 있고, 하수구는 넘치고. 점검하는 사람들이 왔다 가도 하수구는 항상 넘쳐. 그리고 경찰의 부패는 또 어떤가. 보도를 이용하는 사람들에게 매주 세금을 달라고 해. 보건 감독자들 역시 사람들을 괴롭히지. 철창집이 허가를 받고 장사를 하는데도 돈을 달라고 해. 이 지역에 살고 있는 사람들은 진저리가 나서 더는 못 참을 지경이라고."

"혹시 내상에 대한 처방을 가지고 계십니까?"

페이마스터 박사가 눈썹을 추켜세우더니 입가에 미소를 지었다. "물론이지. 그런데 문제가 하나 있어. 처방이 너무 고통스러워서 환자가 죽을지도 모른다는 거야." 박사의 치료법에 대한 구체적인 내용은 아니었지만 그 취지를 이해한 구스타드가 고개를 끄덕였다.

그때 창문 밖에서 징 소리가 들렸다. 빤 장수 피어보이의 놋쇠 쟁반인가? 그가 아직도 손님들에게 옛날 얘기를 들려주나? 궁금해진 구스타드는 대화 도중 적당한 틈을 타서 병원을 빠져나왔다.

구스타드가 손수건으로 코와 입을 막을 만큼 지독한 하수구 악취도 아랑곳하지 않고, 철창집 밖에는 평소보다 많은 사람이 빤 장수 피어보이 주변에 모여 있었다. 그러나 피어보이는 첫 경험자들의 피를 끓게 만들고 감퇴된 자신감을 일으켜 세우고 빤의 판매에 보탬이 되는, 철창집을 둘러싼 성욕을 불러

일으키는 유서 깊은 야담을 들려주고 있지는 않았다. 국가적인 분위기와 외부로부터의 위협을 생각해서 그는 잠시 동안 그런 이야기들은 접어 두었다. 그 대신에 장르와 종류를 규정지을 수 없는 이야기를 만들어 내는 자신의 재능을 공익을 위해서 사용하기로 했다. 그것은 비극도 희극도 역사극도 아니었고, 전원극도 희비극도 역사 전원극도 비극 역사극도 아니었다. 또한 그것은 서사시도 영웅을 풍자한 해학시도 아니었고, 민요도 송시도 가면극도 반가면극도 신화도 비가도 패러디도 만가도 아니었다. 자세히 분석해 보면 그의 이야기에는 이 모든 특징이 조금씩 들어 있는 것을 발견할 수 있었다. 그러나 이러한 문예 비평은 그의 이야기를 듣는 사람들에게는 전혀 중요하지 않았기 때문에, 그들은 혼신을 다해서 경청했다. 땅거미를 집어삼키고 이야기를 불러내는 그의 말들을, 청중은 눈으로 볼 수 있었고 냄새를 맡을 수 있었고 맛을 볼 수 있었고 느낄 수도 있었다. 그들이 하수구의 악취를 잊고 있는 것은 당연했다.

구스타드는 시작 부분을 놓쳤지만 중요치 않았다. "서파키스탄 술주정뱅이의 물건에는 구더기가 들끓고 시들어 아무짝에도 쓸모가 없어서 아무리 강력한 침대를 부서트린다는 빤을 먹어도 살아나지가 않네. 그의 국무 섹스 장관과 차관인 섹스 파티 조직 위원장이 계속 호화로운 파티를 준비하지만, 술주정뱅이는 그런 성교 축제에 참가할 수가 없어. 독이 목까지 차올라 숨이 막힐 지경인 독사처럼 비열한 술주정뱅이는 다른 사람들이 절정에 오른 모습을 지켜보면서 위스키를 마신다네. 오로지 위스키만 엄청나게 마셔 대지. 그의 못된 성깔머리, 표독스런 기분, 가학적인 습관 때문에 주위에 있는 사람들은 견딜 수가 없다네. 그들이 머리를 쥐어짜며 해결책을 찾아보지. 술주정

뻥이를 어떻게 즐겁게 해 준담? 어떻게 그를 즐겁게 하고 우리는 해방될 수 있을까? 계속 새로운 치료법을 시도했지. 주사위 놀이도 시켜 보고 모노폴리 게임도 시키고 장기도 두게 했지만, 그는 게임을 충분히 즐길 만큼 규칙을 오래 기억하질 못했어. 심지어 그의 수출입 장관은 분홍색 젖꼭지와 고운 금발 음모가 달린 외국 여성들의 조각 그림 맞추기 장난감도 주문했지. 하지만 그의 공간 능력이 퍼즐을 맞추기엔 역부족이었어. 술주정뱅이는 퍼즐 조각들을 입에다가 하나씩 넣고는 악취가 나는 끈끈한 침을 발라서 불안한 아첨꾼들의 얼굴에다가 내뱉었지. 모두들 절망하기 일보 직전이었다네."

철창집의 창녀들이 혹시라도 손님이 있나 싶어서 밖을 내다봤다. 요즘은 놀랍게도 남자들이 그들에게 오기보다는 빤 장수 피어보이의 말을 듣고 나서 곧장 집으로 갔다.

"그때 군부가 제안했어. 총이 답이라고 했지. 다른 사람들이 그 이유를 물었어. 그러자 군부가 설명했지. 술주정뱅이의 가운데 달린 권총이 썩어서 발사가 안 되니, 그에게 다른 총들이 있다고 알려 주기만 하면 된다고. 불을 내뿜고, 납을 내뱉고, 죽음을 선사하는 총. 그는 하고 싶은 대로 명령만 내리면 된다고. 그러면 그가 자신의 작은 권총의 실패를 잊을 거라고 했지. 군부가 올바른 해결책을 찾은 것은 놀라운 일이 아니야. 결국, 술주정뱅이도 군인이어서 그들은 자기들과 같은 사람의 병을 치료하는 방법을 알았던 거지. 특히 그 해결책이 그들의 목적에 부합할 때면 더욱 그렇지. 완벽한 준비가 돼 있어서 치료는 곧 시작될 수 있었어. 바로 동파키스탄에 벵골 사람들이 있었던 거지. 그래서 술주정뱅이는 자신이 가지고 있는 총들을 점검했어. 경포, 중구경포, 중포, 대공포, 박격포, 곡사포, 탱크, 바주카포. 그러자 그것들이 그의 마음 어딘가의 여린 구석을 건드려서 행복한 기억들을 되살려 주었어. 술주정뱅이는 군침을 흘리기 시작했지. 그의 얼굴에 묘한 웃음이 번졌고 종복들과 아첨꾼들이 안도의 한숨을 내쉬었어. 술주정뱅이가 자신이 아끼는 학살자를 불러오라고 하자, 그들이 서로 달려가서 그를 데리고 왔다네. 술주정뱅이가 말했어. '이봐, 나의 사랑하는 학살자. 동파키스탄에 자네에게 딱 맞는 일거리가 생겼어. 벵골 놈들이 분수를 잊고 까불고 있어. 그 키 작은 새까만 놈들이 우리처럼 키 크고 하얗고 힘센 기분을 느끼고 싶어서, 정의니 평등이니 자결이니 하는 고상한 말들을 외치고 있으니 말이야. 가서 해결해.' 주정뱅이는 동파키스탄으로 가고 싶지는 않았으나 거기서 무슨 일이 벌어지고 있는지 자세히 알고 싶어 했어. 학살자가 약속했지. 사진도 많이 찍고 편지도 자주 쓰겠다고. 대통령궁 밖으로 나온 학살자는 흥분해서 춤을 추고 까불다가 입맛을 다시면서 떠났다네. 처음에는 학살자와 그의 부하들이 정말 즐거운 시간을 보냈어. 가지고 놀 총도 많았고 살아 있는 표적도 많았으니까. 그런데 얼마 지나자 밤이나 낮이나 별 차이가 없는 거야. 그때 장마가 시작돼서 그들의 멋진 제복이 그들의 마음처럼 진흙투성이가 되고 거대한 모기들이 달려들어서 물어뜯기 시작했다네. 벵골 사람의 머릿속에서 정의, 평등, 자결이라는 생각들을 지우는 것은 그들이 생각했던 것보다 힘들었어. 백만, 이백만, 이백오십만. 아무리 많은 벵골 사람의 머리통을 박살 내도 더 많은 머리가 계속 나오는 거야. 그 머릿속에서는 골치 아픈 생각인 정의, 평등, 자결이 꽃을 피웠고, 그 향기는 독재와 폭정이라는 비열하고 비겁한 냄새보다 강한 그 어떤 것에도 익숙지 않은 학살자의 부하들을 미치게 만들었다네."

철창집에서는 창녀들이 초조하게 기다리고 있었다. 난민 구호 세금 때문에 가격을 인상해야 했고, 등화관제로 남자들이 집으로 빨리 돌아갔으며, 빤 장수의 새로운 이야기들이 욕정을 불러일으키는 대신에 애국심과 국가 자부심을 고취시켰기 때문에, 이번 전쟁은 영업에 도움이 되지 않았다.

빤 장수 피어보이는 헛기침을 하고 침을 뱉은 후 입을 닦았다. "그래서, 형제들이여." 쇠창살이 달린 창문을 향해 손을 흔들며 "자매들이여."를 추가하며 그가 말을 이었다. "결국, 겁탈하지 않은 많은 여자와 채우지 못한 수많은 공동묘지가 있었음에도 학살자와 그의 부하들은 등을 보이고 집으로 도망을 쳤다네. 그들은 폴로 동호회, 크리켓 경기장, 수영장으로 돌아갔지. 특히 인도 군대가 점점 가까이 다가오고 있어서 그들은 멀리서 연주되는 인도 국가를 들을 수 있었다네!"

청중은 자발적으로 환호하고 박수를 치면서 "잘한다!" 그리고 "인도 만세!"를 외쳤다.

박수갈채가 멈추고 청중이 가라앉기를 기다리면서 피어보이는 손을 바쁘게 움직이고 있었다. 최근에 그는 애국 빤이라는 매우 잘 팔리는 신제품을 출시했다. 그는 빈랑나무 잎을 삼각형으로 접는 대신에, 작은 직사각형 접시 모양으로 만들었다. 그런 다음 그 위에다가 담배, 석회수, 다른 재료들을 채우고 색깔별로 사프란색, 흰색, 녹색으로 수평 띠 세 개를 만들었다. 가운데가 작은 둥근 씨 하나를 놓자 인도의 삼색기가 완성되었다.

"자, 친애하는 국민 여러분, 잊지 맙시다." 피어보이가 잠시 말을 멈추더니 양 끝을 자른 시가를 입에 물었다. "이것은 끝이 아니고, 끝의 시작도 아닙니다. 단지 시작이 끝났을 뿐입니다." 농담을 알아들은 사람들은 또다시 박수를 쳤다. "이야, 정말 대단해." 그들이 말했다. 그러나 피어보이가 흉내 낸, 시가를 입에 문 뚱뚱한 남자가 누군지 몰랐던 사람들은 멍하니 그대로 있었다.

자신의 손목시계를 확인한 구스타드는 어쩔 수 없이 군중으로부터 빠져나와야 했다. 등화관제가 시작된 이후로 거리가 어두워져서 교통이 평소보다 느리다고 설명했지만, 딜나바즈는 항상 걱정했다.

*

테물이 아파트 단지에서 무릎을 꿇고 앉아서 자갈이 많은 갈색 흙을 손으로 죽어라 파고 있었다. "구스타드구스타드구스타드.어두워요어두워요구스타드어두워요.어두워요어두워요어두워요."

"테물, 왜 그래?"

"잃어버렸어요구스타드.어두워서잃어버렸어요." 그는 혼자서 뭐라고 중얼거리며 계속 흙을 헤집었다. 구스타드가 휴대용 손전등을 켰다.

테물은 손전등 불빛에 뛸 듯이 기뻐했다. 그의 얼굴에 환한 웃음이 번지고 근심이 사라졌다. 여전히 무릎을 꿇고 있던 테물은 호기심 어린 손가락을 빛이 나오는 곳으로 뻗어 렌즈를 조심스럽게 만졌다. "구스타드밝아요밝아요빛나요구스타드.구스타드구스타드빛너무밝아요." 녹슬고 오래된 손전등의 희미한 불빛이 테물의 밝게 웃는 얼굴과 순진무구한 행복을 비추었다. 구스타드의 마음에는 슬픔과 애정이 동시에 가득 찼다. 테물이 이렇게 더없이 행복한 웃음을 짓고 있는 모습을 그림으로 그린다면 담벼락에 딱 어울리겠다, 하고 구스타드는 생각했다.

손전등의 도움으로 곧 테물은 찾고 있던 것을 발견했다. 인형의 손목에서 떨어진 구슬이 달린 작은 팔찌였다. "찾았다찾았다찾았다.찾았어요구스타드 찾았어요." 그는 고마워서 어쩔 줄 몰랐다. "고마워요구스타드찾았어요.정말 정말정말정말고마워요."

구스타드가 손전등을 껐다. "빛없어요." 테물이 슬프게 말했다. "빛없어요 어두워요어두워요어두워요." 구스타드는 테물의 어깨를 살짝 두드리고 그가 계단 위로 천천히 더디게 올라가는 것을 도와주었다.

4

국기와 군기, 승리의 행진이 불러일으킨 도취감이 가라앉고, 군인들과 총 리에 대한 군중의 마지막 환호도 끝이 났다. 적의 무조건 항복은, 9년 전 중 국에 당한 수치스러운 패배와 1965년 샤스트리가 타슈켄트에서 사망한 후 에 벌어진 당혹스러운 상황에 대한 가슴에 사무친 기억들을 깨끗이 지워 버 렸다. 게시판과 광고판에는 전쟁에 대한 독려가 사라지고 등화관제가 해제 되었으며, 도시는 오랜 어둠 끝에 공화국 기념일의 조명처럼 밝은 빛으로 되 돌아갔다. 그럼에도 구스타드는 아직까지 창문에서 등화관제용 종이를 떼지 않았다.

구스타드는 다리우스와 함께 공습 대피소를 해체하고 침대를 원래 있던 자 리로 밀어 놓았다. 요오드팅크와 머큐로크롬 병들은 외과용 거즈와 함께 벽 장에 갖다 놓았다. 빈 비스킷 깡통은 다시 부엌으로 옮겼다. 전구에 씌웠던 마분지들은 제거했지만, 창문과 환기창은 손대지 않고 그대로 두었다.

하루를 더 참고 나서 딜나바즈가 물었다. "검은 종이는 어떡할 거예요? 설마 또 전쟁을 기다리는 건 아니겠죠?"

"급하게 서두를 필요 있어? 시간 날 때 하면 되지, 뭐." 구스타드는 밖으로 나가서 화가가 돌담 끝에다 기대어 지은 집이 완성된 것을 보았다. 안에는 옷 몇 벌, 매트, 페트로맥스 램프, 그림 용품들이 있었다. 그의 낡은 크레용 상자도 있었다. 비록 화가가 크레용을 과거의 유물로 내려다보는 경향은 있었지만 버리고 싶은 마음은 들지 않았다.

화가는 쌓여 가는 봉헌품들을 정리하려 하고 있었다. 신자들 무리가 떠나자마자 다른 무리들이 제물을 들고 도착했다. 화가는 구스타드가 지켜보고 있는 것을 알아차렸다. 그는 피곤하다는 듯이 고개를 가로저어 보였지만, 그로 인한 분주함과 성지 관리자의 역할을 즐기고 있는 것이 분명했다. 그의 태평했던 떠돌이 생활은 이미 기억의 영역으로 물러나 있었다. "방글라데시에서의 승리 때문에 연장 근무를 하게 됐습니다."

"좋아요, 아주 잘됐소." 구스타드가 무심하게 말했다. 등화관제용 종이에 대한 딜나바즈의 조소가 머릿속에서 윙윙거리며, 파리와 모기처럼 그를 성가시게 했다. 그러나 곧 돌담의 진한 향기가 베일처럼 그를 감싸자 그 일은 잊어버렸다.

그다음 며칠 동안 신문에는 계속 전쟁에 대한 분석 기사가 실렸다. 중요한 전투에 관한 이야기와 다카에 맨 처음 도착한 인도 군인들을 환호한 방글라데시 사람들에 대한 감동적인 기사도 있었다. 구스타드는 구내식당에서 빌릴 수 있는 신문은 모두 다 읽었다. 그리고 딜나바즈는 라바디가 신문을 불태운 이후로 지난 몇 달 동안 그래 왔듯이 쿠트피티아의 파르시 조로아스터교 신문을 매일 아침 훑어보았다. 특히 그녀는 장례식 공고를 살펴보았다. 아무리 먼 친척의 장례식이라도 빠진다면 용서받을 수 없을 거라는 생각에서였다.

*

점심시간이 끝나자 구내식당에는 테이블을 치우는 소년과 신문을 읽는 구스타드만이 남아 있었다. 그는 신문을 끝까지 읽고 싶었다. 거기에는 항복 문서 전문을 포함하여 항복 기념행사에 대한 내용이 자세히 실려 있었다. 다른 사람들과 마찬가지로 구스타드는 국가적 자부심으로 온몸이 달아오르는 것을 느꼈다. 매일 신문을 처음부터 끝까지 읽었던 그는 다행히 신문 안쪽 한구석에 처박혀 있는 기사를 발견할 수 있었다.

신문의 1단 크기도 안 되는 기사였다. 기사를 읽는 순간 타오르던 애국심이 젖은 비옷처럼 그의 몸에서 떨어져 나갔다. 그는 신문을 넘기지 않았다.

소년이 물걸레를 들고 다가왔다. "선생님, 테이블 좀 닦겠습니다."

소년이 테이블을 재빨리 물걸레질하는 동안, 신문을 손에 쥔 구스타드는 무의식적으로 팔을 공중으로 뻗었다. 다음 순간 그의 팔이 테이블로 털썩 떨어졌다. 구스타드는 의아한 눈으로 자기를 바라보는 소년도, 자신의 소맷자락으로 스며드는 물기도 알아채지 못했다.

신문을 뚫어져라 보고 있던 구스타드는 그 기사를 읽고 또 읽었다. 그 조그만 기사에는 전직 RAW 요원 J. 빌리모리아 씨가 4년형을 선고받고 뉴델리에서 복역하던 중 심장 마비로 사망했다고 쓰여 있었다.

그는 신문에서 그 기사가 실린 면을 빼내 작게 접어서 호주머니에 넣었다.

21부

1

이웃의 다른 곳과 마찬가지로 페이마스터 박사의 병원도 문을 닫았다. 철창집조차도 영업을 하지 않았다. 시위의 날이 밝았다.

넘치는 하수구, 부서진 수도관, 깊은 구멍이 난 포장도로, 들끓는 쥐, 뇌물을 뜯는 공무원들, 수거해 가지 않아서 산처럼 쌓인 쓰레기, 열린 맨홀, 박살난 가로등 같은 도시 생활의 톱니바퀴들을 썩게 만들고 타락시키는 것들에 항의하기 위해서, 이웃들은 시청까지 가두시위를 할 준비를 마쳤다. 이제 공무원들이 대중이 휘두르는 지팡이를 조심해야 할 때가 온 것이다.

공동의 적 말고는 전혀 공통점이 없는 노점 상인들과 소매상인들도 행진 준비를 끝냈다. 또한 정비공들, 가게 주인들, 지칠 줄 모르는 식당 종업원들, 으스대며 걷는, 타이어 바닥을 갈아 붙이는 사람들, 어깨가 구부정한 라디오 수리공들, 안짱다리 재단사들, 트랜지스터라디오를 주고 정관 수술을 하도록 구슬리는 말 잘하는 외판원들, 사시인 약사들, 창백한 영화관 안내원들, 목이 쉰 복권 판매상들, 땅딸막한 옷감 장수들, 철창집 창녀들도 있었다. 그곳에 모인 수백 명, 아니 수천 명은 팔에 팔을 걸고, 어깨에 어깨를 걸고 그들이 살고 있는 동네의 비참한 상태를 개선시키고자 시위에 참가했다.

심지어 페이마스터 박사와 빵 장수 피어보이도 있었다. 둘 다 처음에는 참가하지 않으려고 했다. 특히 페이마스터 박사가 더욱 그랬는데, 그는 더 큰 그림을 설명하면서 그들의 열정을 가라앉히고 달래려고 했다. 그는 시의 부패는 단지 중앙 정부에 만연한 탐욕, 부정, 도덕적 타락의 작은 본보기일 뿐이라고 했다. 그는 모든 권력을 쥐고 있는 최상층으로부터 부패의 고름이 어떻게 흘러나와서 모든 사회 계층을 감염시키고 있는지 세심하게 설명했다.

그러나 친구들과 이웃들이 그를 멍하게 바라보자, 페이마스터 박사는 뉴델리의 극악함과 비열함에 대한 자신의 설명이 너무 추상적이었다는 것을 깨달았다. 그래서 그는 다시 설명했다. 먼저, 그는 우리의 사랑하는 조국의 살이 썩어 문드러져 가고 있다고 상상해 보라고 했다. 그렇다면 상처를 치료하거나, 또는 썩어 가는 조직의 악취를 감추려고 장미 향수를 뿌린들 아무 소용이 없다고 했다. 근사한 말과 약속만으로는 환자를 치료할 수 없다. 썩어 가는 부위는 도려내야 한다. 그는 시의 부패는, 살이 썩어서 문드러져 가고 있는 중앙 정부가 제거되면 사라지고 마는 악취일 뿐이라고 설명했다.

박사의 친구들과 이웃들은 그 말에 수긍하면서도, 숨을 멈추고 영원히 살 수는 없는 노릇이니 악취에 대해서 뭔가 조치를 취해야 한다고 했다. 절단 수술을 할 때까지 얼마나 더 기다려야 합니까? 우리는 계속 살아야 하고 코를 영원히 막고 있을 수는 없습니다, 하고 그들이 말했다. 다시 한 번 그들이 입에 거품을 물며 열렬히 말하자, 페이마스터 박사와 피어보이는 그들의 열정에 감화되어 물러서고 말았다. 친구들, 이웃들, 고객들은 그들이 시위의 선두에 서게 되면 귀중한 공헌을 하게 될 것이라고 설득했다. 둘 다 고령인 점, 페이마스터 박사가 존경받는 의사인 점, 뚱뚱한 피어보이의 스와미 같은 모습 때문에 시위가 상당한 권위를 얻게 될 것이라고 했다.

당연히 페이마스터 박사는 흰색 가운에 검은 가방을 들고 청진기를 목에 걸고서, 구경꾼들과 당국이 즉각 훌륭한 직업을 가진 사람이 시위 행렬에 앞장섰음을 알 수 있도록 할 생각이었다. 마찬가지로 피어보이는 빵을 팔 때 입는 복장 그대로 행진할 참이었다. 허리에 밑으로 처지는 룽기를 두르고 맨가습을 드러내면, 그의 위풍당당한 만물을 내다보는 배꼽, 덕망 있는 주름진 젖통이, 지혜의 주름 천 개가 깊게 파인 넓은 이마가 구경꾼들에게 두려움과 존경심을 불러일으킬 것이었다.

페이마스터 박사와 빤 장수 피어보이에게 깊은 감동을 받은 시위 조직자들은 참가자들에게 작업복을 입고 작업 도구를 가지고 행진할 것을 명령했다. 정비공들은 스패너, 렌치, 제동기, 타이어 레버를 들고서 구멍이 숭숭 뚫린 조끼와 기름때가 묻은 바지를 입을 것이었다. 복권 장수들은 마분지 복권 좌판을 목에다 걸고 행진하기로 했고, 이발사들은 이발 기계, 빗, 가위를 들고 걷기로 했다.

그리고 손수레 네 개에는 커다란 통들을 실었다. 통에는 각각 넘치는 하수구에서 나온 질척거리고 끈적끈적한 찌꺼기와 오물, 허물어진 포장도로의 부서진 콘크리트와 모래와 모르타르, 쓰레기 더미의 악취 나는 썩은 것들, 옴이 오른 채 살아 있거나 거의 죽어 가는 쥐들이 실려 있었다.

참가자들은 며칠 동안 부지런히 깃발과 현수막을 만들었다. 구호를 반복해서 연습했고, 경찰에다가는 시위 경로를 알려 줘서 필요한 교통 통제를 하도록 했다. 철창집 근처에서 출발하는 시위대는 두 시간쯤 후에 시청에 도착할 예정이었고, 그곳에서 농성을 벌일 계획이었다. 시위대는 모든 입구와 출구를 비폭력 정신에 입각해서 봉쇄하고, 그들의 요구가 관철될 때까지 물러서지 않을 작정이었다.

*

페이마스터 박사는 내용물을 꺼내려고 검은색 가방을 열었다. 가방은 시위의 소품일 뿐이었으므로 들고 가기에 가벼운 게 좋았다. 그는 잘 정돈된 내용물들을 잠깐 동안 뚫어지게 보았다. 병원 개업 이후로 줄곧 그의 가방 속에는 약병들, 주사기들, 메스, 랜싯, 듬직한 혈압계가 들어 있었다. 그는 마음을 바꾸어 그것들을 그냥 가방 속에 두기로 했다.

그는 청진기를 목에 걸고 사무실 문을 잠근 후, 충직한 나이 많은 약사를 대동하고 밖으로 나왔다. 마치 돈키호테와 산초 판자 같다는 생각이 든 그는, 오늘 어떤 어리석은 일과 현명한 일이 벌어질지, 또 자신의 지치고 늙은 두 눈으로 어떤 우스꽝스러운 일을 목격하게 될지 자못 궁금했다.

기다리고 있던 군중은 두 사람이 모습을 드러내자 박수를 쳤다. 후회하기에는 너무 늦었구나, 하고 페이마스터 박사는 생각했다. 그는 마지못해 손을 흔들어 환호에 답했다. 피어보이는 자신이 가장 아끼는 녹색과 노란색 세로줄 무늬가 있는 눈부신 고동색 룽기를 입고서 이미 시위 대열의 맨 앞에 있었다. 페이마스터 박사는 피어보이 옆에 자리를 잡았다. 약사는 그의 뒤에서 걸었다.

2

딜나바즈는 아침에 드럼통에 물을 채우고 우유를 사고 난 후, 쿠트피티아의 파르시 조로아스터교 신문 중간 페이지를 펼쳐서 장례식 공고를 살폈다. 아는 이름을 마주치지 않고 명단을 끝까지 읽고 나자 긴장했던 그녀는 안도했다.

그때 그녀는 보통 때는 텅 비어 있던 일면의 마감 후 긴급 기사란을 흘끗 보았다. 그 안에 뭔가 있었다. J. 빌리모리아의 장례식이 오늘 아침에 있을 예정이라는 내용을 읽은 그녀는 어리둥절했다. 더는 정보가 없었다. 구스타드에게 보여 주려고 그녀는 쿠트피티아의 허락을 얻어서 신문을 빌려 왔다.

구스타드 역시 혼란스러웠다. "그런데 누가 델리에서 그의 시신을 가져왔을까?" 그들이 아는 한 지미는 가족이 없었다. 누가 침묵의 탑에다 장례식을 준비했을까?

아마도 동명이인일 거라고 생각하고 그들은 그 문제를 더는 논의하지 않았다. 구스타드는 안심했다. 또다시 슬퍼한들 무슨 소용인가? 그러나 그날 오후 은행에서 사망 기사를 듣고 집으로 돌아온 그는 울음을 멈추지 않는 딜나바즈를 달래느라 애를 먹었다.

"우리가 아는 지미면 어떡하죠?" 딜나바즈가 물었다.

불안감으로 숨이 막힐 듯했다. 해결 방법은 침묵의 탑으로 가 보는 수밖에 없다고 결론 내렸다. "우리가 아는 지미가 틀림없는데 장례식에 가지 않는다면 그건 용서할 수 없는 일이지." 비록 다른 사람이라고 해도 상관없었다. 타인의 장례식에 참석한다고 해서 죄를 짓는 것은 아니었다.

그래서 그는 한 달도 채 안 돼서 침묵의 탑으로 벌써 두 번째 향했다. 친구 두 명이 죽었구나, 하고 그는 생각했다. 그는 하늘을 올려다보았다. 늙은 카바스지처럼 하늘을 꾸짖으며 항의하고 싶은 생각이 들었지만, 그는 묵묵히 갈 길을 갔다.

*

기도를 마치고 언덕을 내려온 구스타드는 도대체 누가 장례식을 준비하고 비용을 지불했는지 여전히 궁금했다. 그게 누구였든 간에 그는 고마웠다. 일이 제대로 치러졌고 지미는 자신을 괴롭히던 자들의 손에서 완전히 벗어나게 되었다.

구스타드가 오지 않았더라면 지미의 기도실에는 아무도 없을 뻔했다. 신전의 불을 지켜보고 기도를 들어 줄 사람도 없었을 것이다. 백단향나무를 바치고 향로에 유향을 뿌려서 그 가루가 흔들리는 은박지처럼 반짝이며 향기로운 불길로 타들어 가도록 해 줄 사람도 없었을 것이다. 유황과 몰약과 백단향나무가 떠오르는 태양처럼 벌겋게 타오르는 것을 지켜볼 사람도 없었을 것이다. 그리고 옅은 하얀 연기 사이로 지미의 얼굴을 바라볼 사람도 없었을 것이다. 델리에서 지미는 이미……. 그러나 웬일인지 죽음은 그의 모습을 바꾸어 놓았다. 대리석 안치대에 누워 있는 지미는 코다다드 아파트에 살던 때의 모습이었다. 구스타드 혼자서 지미와 함께 마지막으로 언덕을 올랐다. 딘쇼지의 장례식 때는 정말 많은 사람이…… 그리고 자갈길을 걸을 때 박수갈채 같은 요란한 소리가 났다. 그러나 지미를 위해서는 구스타드 혼자였다. 자갈 소리는 방에 함께 있는 친구가 부드럽게 속삭이는 듯했다.

구스타드가 침묵의 탑에서 내려왔을 때 사제들은 보이지 않았다. 그는 사무실 직원이 혹시라도 지미의 장례식을 준비한 사람을 알고 있기를 바랐다.

*

책상에 앉아 있던 사무실 직원은 구스타드의 등장이 달갑지 않았다. 사람들의 질문으로 삶이 망가지다시피 한 그는 긴장된 두 눈으로 사무실 주변을 재빨리 둘러보며 구스타드에게 의심의 눈초리를 보냈다. 그가 알기로 지미 빌리모리아의 장례식은 끝났고 일 처리가 모두 완료되었다. 그는 사람들이 찾아오는 것에 지쳤는데, 특히 이상한 요청을 하는 유족들의 경우에는 더욱 그랬다.

지난주에는 키가 작고 가냘프며, 걸음걸이와 머리를 움직이는 모습이 작은 참새를 연상시키는 여자 두 명이 찾아왔다. 그러나 그들은 곧 매처럼 사납게 변했다. "할머니 손가락에서 다이아몬드 반지를 빼는 걸 잊어버렸어요. 잠깐만 독수리들을 쫓아 줄 수 없나요? 우리가 침묵의 탑 안으로 들어가서 찾아올게요."

이런 사람들에게 그가 할 수 있는 말은 무엇인가? 나사가 빠진 사람들을 어떻게 다루어야 하나? 그는 시신 운반자들이 침묵의 탑에서 나오기 전에 벤디다드 경전에 적혀 있는 대로 시신으로부터 옷과 물건을 모두 제거한다고 설명했다. 따라서 기도실에서 반지를 잊어버리고 빼지 않았다면 침묵의 탑에서 발견됐을 것이라고 말했다.

그러나 여자들은 독수리의 배 속으로 귀중한 다이아몬드 반지가 들어가기 전에 서둘러 달라고 보챘다. 돈의 문제가 아니라, 정서적 가치 때문이라고 했다. "우린 시신 운반자들 같은 무식한 바보들이 하는 일은 믿을 수 없어요." 그들은 일반인들이 탑 안으로 들어갈 수 없다는 직원의 충고를 무시했다. 결국 직원은 대사제에게 도움을 요청했고, 대사제는 여자들을 데리고 나가 사연을 들으며 올빼미 같은 머리를 사려 깊게 끄덕였다.

직원을 괴롭히는 문제가 이런 일뿐이었다면 상황이 악화되거나 그의 의심증이 더 심각해지지 않았을 것이다. 그러나 최근에 침묵의 탑 녹지대 주변에

급격하게 늘어나고 있는 고급 고층 건물들 때문에 그의 삶은 망가지고 말았다.

"독수리 관리 좀 잘해!" 주민들이 항의했다. "우리 발코니에다 쓰레기를 던지고 있소!" 그들은 배불리 먹고 난 독수리들이 항상 나중에 먹으려고 마지막 한 조각을 입에 물고서 침묵의 탑에서 날아 나온다고 주장했다. 그리고 날아가던 독수리들이 그것을 놓쳐 버리면 그들의 발코니에 떨어진다고 했다. 엄청난 집세를 내고 고급 아파트에서 살고 있다면서 화가 난 주민들은 도저히 용납할 수 없는 일이라고 했다.

물론 어느 누구도 하늘에서 떨어진 조각이 인육이라는 결정적인 증거를 제시하지는 못했다. 장례를 치른 유가족들이 고층 건물의 사건에 대해서 듣게 되었다. 그들은 사랑하는 사람이 찢기고 조각나서 남의 발코니에 뿌려지라고 장례 비용을 지불한 줄 아느냐면서 항의했다. 유가족들은 파르시 공동체 의회에서 뭔가 조치를 취해야 한다고 요구했다. "독수리들 훈련을 제대로 시켜요." 유가족들이 말했다. "아니면 독수리들을 더 많이 수입해서 살점을 탑 중앙의 우물에서 모두 먹을 수 있도록 하세요. 우리는 남은 살점이 불결하고 불경스러운 장소로 옮겨져서 없어지는 걸 원치 않습니다." 그러는 사이에 보수파와 개혁파 간에도 논쟁이 불붙었다. 두 진영은 오랫동안 신문 칼럼이나 독자 편지, 공동체 모임 등 논쟁이 가능한 곳이면 어디든 가리지 않고 열정적으로 싸워 온 내력이 있었다. 얼마 동안 그들은 의식에 사용되는 소 오줌 농축액의 화학적 성분에 관해 논쟁을 벌였다. 아베스타 기도의 진동 이론에 대한 논쟁도 있었다. 독수리에 대한 논란이 일자, 오랫동안 활동하지 않던 보수파와 개혁파는 기꺼이 논쟁에 동참해 싸움에 몰두했다.

보수파는 오랜 풍습을 옹호하며, 그것이 신의 선한 창조물인 땅, 물, 공기,

불을 더럽히지 않는 순결한 방법이라고 주장했다. 또한, 현대식 위생 기준으로 장례 절차를 점검한 현지와 외국의 과학자들이 한목소리로 그 방법을 칭찬했다고 했다. 그러나 화장을 선호하는 개혁파는 고대인들의 방식은 20세기에 적합하지 않다고 반격했다. 그런 엽기적인 제도는 진보적인 명성과 미래 지향적인 사고를 가지고 있는 파르시 공동체에 어울리지 않는다고 했다.

보수파는(반대파는 그들을 독수리파라고 불렀다) 개혁파가 화장을 합법화하려는 데는 다른 속셈이 있다고 주장했다. 개혁파의 친척들이 외국에 살고 있어서 침묵의 탑을 사용할 수 없기 때문이라고 했다. 또한 보수파는 이러한 논란이 화장장의 지분을 소유하고 있는 자들에 의해서 만들어진 거대한 사기라고 주장했다. 개혁파의 월급을 받고 있는 수상한 자들이 조종하는 단발기에서 살점들이 발코니로 떨어졌다고 했다.

대부분은(심지어 몇몇 보수파조차도) 그 같은 주장이 억지스럽다고 치부했다. 만약 그랬다면, 분명히 고층 건물에서 누군가 비행기가 낮게 날 때 뭔가를 떨어뜨리는 것을 보거나 들었을 것이라고 했다(행글라이더는 아예 논쟁에 끼지도 못했다).

그러나 보수파는 독수리들이 먹이를 많이 섭취한 후, 또는 발톱과 부리에 짐을 싣고서는 날 수 없다는, 세계적으로 저명한 조류학자들의 서면 보증서를 제출했다. 사면초가에 빠진 사무실 직원은 안도의 한숨을 내쉬며 전문가들의 의견을 환영했다. 비록 그는 논란을 불러일으키고 싶지는 않았지만, 즉시 그 서류를 복사해서 항의하러 온 고층 아파트 주민들에게 보여 주었다.

그러나 주민들은 뭔가 찜찜했다. 비행기가 관련되지 않은 것은 확실했다. 그러나 조류학자들의 말이 옳다고 한다면, 발코니에 떨어진 고기 조각은 도대체 어디서 온 것이냐고 직원에게 물었다. 인육이 아니라면 도대체 뭐요? 쇠고기? 양고기? 정육점 주인들이 식칼을 들고 도시를 날아다니며 하늘에서 장사라도 한단 말이오? 그들이 구름 사이로 자전거를 타고 다니면서 뒷문 대신에 발코니로 배달이라도 한단 말이오?

불쌍한 직원은 어떤 대답도 할 수 없었다. 그는 전혀 그런 의도가 담겨 있지 않은 동료들의 말에서조차도 끊임없이 비난과 질책, 책망과 꾸중의 목소리가 들렸다.

지미 빌리모리아에 관한 구스타드의 간단한 질문에, 그는 핏발이 선 두 눈을 사납게 번뜩이면서 책상을 사정없이 내려쳤다. "이보쇼, 도대체 왜 그래요. 여기가 무슨 안내 창구라도 되는 줄 아시오?"

나중에 그 일을 생각해 본 구스타드는 자신이 직원에게 응수하지 않은 것에 적잖이 놀랐다. 저런 애송이가 그렇게 말하도록 내버려 둔 자신도 이제는 늙어 가는 모양이라고 생각했다.

직원의 말에 깜짝 놀란 구스타드는 지친 목소리로 다시 한 번 말했다. "누가 장례식을 준비했는지 알 것 같아서 물었소."

직원은 용기가 생겼다. 처음으로 그는 질문한 사람을(혹은 불평한 사람을) 자기와 같은 처지로 만드는 데 성공했다. "누가 알겠어요?" 그는 신중하게 말했다. "시신이 도착했고, 필요한 모든 서류와 함께 우편환과 사망 진단서가 배달됐습니다. 이곳 주임 사제께서 말씀하시기를 죽은 사람이 파르시 조로아스터교도면 우리의 의무는 장례식을 치러 주는 거라고 하셨습니다. 우리는 여기저기 쓸데없이 참견하지 않습니다."

"하지만 파르시 신문에 난 부고는 뭡니까?" 구스타드가 다시 물었다. 이 작자는 전혀 도움이 되지 않는구먼. 딘쇼지 때문에 왔을 때 저녁 당번을 서고 있던 직원은 많은 도움이 됐는데, 하고 구스타드는 생각했다.

"파르시 조로아스터교 신문의 장례식 공고는 유가족들이 내는 겁니다." 그는 퉁명스럽게 대답했다. 자존심이 어느 정도 회복된 직원은 그런 하찮은 일까지 떠맡는다는 것이 격에 맞지 않는다고 생각했다.

"이 사람은 가족이 없소."

"그래서요?" 빌리모리아 씨가 가족이 없는 것도 내 책임인가, 하고 직원은 발끈했다. 요즘 그가 맞닥뜨린 별난 사람들은 어떤 짓이라도 가능했다.

구스타드는 그만 포기했다. "도와줘서 정말 고맙소." 언덕을 내려오자 경사면을 따라서 그의 발걸음이 빨라졌다.

정문 바로 안쪽 나무 그늘에서 택시 한 대가 기다리고 있었다. 영업을 하지 않는다는 표시로 미터기가 옆으로 꺾여 있었다. 운전사는 검은 안경을 쓰고 있었다. 콧수염이 지미의 것과 똑같다고 구스타드는 생각했다. 가까이 다가갈수록 그는 그 사람이 누군지 알 것 같다는 느낌이 들었다.

3

말콤 살단하는 계획서와 설계도를 자세히 살피고 몇 가지 셈을 확인한 후, 나머지 문서를 쭉 훑어보았다. 그 작업은 말콤의 감독하에 오늘 시작하기로 되어 있었다. 그는 두 번 연속 하품을 했다. 정말 지겨운 공무원 생활이었다. 그는 그 일이 싫었지만, 삼촌이 힘을 써 줘서 얻은 그 직장에서 생기는 안정적인 수입에 매우 고마워하고 있었다. 빌어먹을 도시는 사납고 냉혹한 곳으로 변해 갔다. 규칙적인 봉급은 강력한 유혹이었다. 학생들이 언제 그만둘지 모르는 피아노 레슨비는 안정적이지 못했다. 요즘 아이들은 자유를 마음껏 누리며 제멋대로 자라서 규율이라고는 눈곱만큼도 찾아볼 수 없었다.

그리고 규율과 마찬가지로 아름다운 음악도 서서히 그러나 확실히 사라져 갔다. 그것은 마치 사랑하는 사람이 천천히 죽어 가는 것을 지켜보는 것 같았다. 그는 맥스 뮐러 건물, 시간과 재능 클럽, 영국 문화 협회, 독일 문화원, 미국 공보원에 감사했다. 이들이 없었더라면 음악은 오래전에 죽었을 것이다. 그러나 음악은 마지막 숨을 헐떡이고 있었고, 이 도시에서 서양 고전 음악의 황금시대는 분명히 끝이 났다. 그리고 어제는 불쌍한 학부형이 아들이 피아노 레슨 대신에 불워커 헬스 기구를 원한다고 하면서 얼굴을 붉혔다.

말콤은 깜짝 놀라서 똑바로 앉았다. '철거'라는 단어가 눈에 들어와 경종처럼 쨍그렁, 울렸다. 지금까지는 그 빌어먹을 서류가 평범해 보였지만 이제부터는 집중해야 했다. 전임 감독자의 이야기는 널리 알려져 있었다. 일꾼들이 가엾은 감독자의 명령을 잘못 이해하고 다른 건물을 철거해 버려서, 연금을 받고 은퇴하겠다는 그의 꿈마저 부서져 버렸다.

그래서 말콤은 공상에서 빠져나와 처음부터 일을 다시 시작했다. 그는 아무것도 당연하게 여기지 않고 차근차근 꼼꼼하게 읽으며 중요한 특징들을 메모했고, 일꾼들이 한창 일할 때 쉽게 빠뜨릴 수 있는 문제들도 적어 두었다.

창고에 있는 일꾼들을 만나 장비를 수령해서 떠날 때가 됐다. 시간이 거의 다 됐지만 구내식당에서 차 한 잔 할 수 있는 5분 정도는 남아 있었다. 모조 가죽 식탁보의 곰팡내가 코를 찔렀다. 그는 잔 받침을 입에 갖다 대고 차를 식히려고 입바람을 불었다. 밀려든 김이 그의 안경에 서릴 때, 서류의 기술 용어들 틈에서 이번 작업의 장소가 나타났다. 건물 이름이 김이 서린 안경 앞에서 춤을 추듯이 흔들렸다.

그 주소가 어쩐지 그의 머릿속을 낯익게 스쳐 갔지만, 중요한 기억에 닿을 듯하면서도 연결되지 않았다. 코다다드 아파트. 그는 창고로 가면서 다시 한번 되뇌었다. 코다다드 아파트.

트럭이 출발했다. 곧 말콤의 머릿속은 더욱 시급한 문제를 구체적으로 계획하느라고 바빠졌다.

4

이전처럼 소랍은 구스타드가 일하고 있을 시간에 맞춰서 도착했다. 딜나바즈는 기쁘고 안도하는 마음으로 그를 맞았다. 밥을 젓고 풍로를 끄려고 잠시 부엌으로 갔다가 그녀는 서둘러 돌아왔다. 그녀는 소랍을 꼭 껴안고 손으로 뺨을 만지며, 제대로 먹지 못해서 몸무게가 줄었다고 한탄했다. "도대체 이게 얼마 만이야! 이제 돌아오는 거지? 엄마 좀 그만 괴롭혀."

소랍이 고개를 가로젓더니 창문 쪽으로 시선을 돌렸다. 소랍이 올 때마다 그녀는 같은 말을 해 보았지만 소용없었다. 소랍은 그래서 더 자주 오지 않는다고 말하고 싶은 듯했다.

"집이 너무 썰렁하구나. 한 가지만 부탁하자." 소랍의 이마를 만지고 머리를 뒤로 넘기면서 그녀가 말했다. "곧 아버지가 오실 거야. 말씀 잘 드리고 나면……."

"지금 집으로요?" 소랍은 구스타드와 마주하게 될지도 모른다는 사실에 당황했다. 하지만 또한 뭐가 잘못되어 아버지가 일하러 가지 않았는지 걱정스러웠다.

소랍이 마지막으로 집을 다녀간 후 지난 몇 주 동안에 딘쇼지, 굴람 모하메드, 지미에게 많은 일이 일어났다는 것을 딜나바즈는 깨달았다. 그녀가 이야기를 끝마칠 무렵에 소랍은 충격을 받은 듯한 표정을 지었다. "그래, 우리 모두 정말 놀랐단다." 그녀가 말했다.

자세한 내용을 들려주고 나자 또다시 슬퍼진 그녀는, 침을 꿀꺽 삼킨 후 단어 하나하나에 혐오와 원한을 담아서 말을 이었다. "파렴치하고 사악한 짓이지. 정부가 끔찍하고 나쁜 짓을 저질렀어." 그녀의 목소리가 흔들리고 있었다. "살인자들! 그들이 소령 아저씨의 목숨을 앗아 갔어!" 금방이라도 울음을 터뜨릴 듯이 그녀의 입이 일그러지며 입술이 떨리기 시작했고, 그녀는 간신히 눈물을 참을 수 있었다. "하지만 신께서는 모든 걸 지켜보고 계셔."

"아버지는 지금 어디 계세요?"

그녀는 소랍에게 장례식 공고에 대해서 말해 주었다. "동명이인일 거라고 생각했지. 그런데 도무지 알 수가 있어야지. 그래서 아버지가 거기 가신 거야." 그녀는 시계를 보았다. "엄만 조금 이따 로샨한테 점심 도시락을 갖다 줘야 해. 오늘이 등교 첫날이라 식은 밥을 주기 싫어서 그런다. 아버지가 곧 오실 거야. 말씀 잘 드려, 알았지?"

소랍은 확신이 서지 않을 때 하는 버릇으로 목덜미를 문질렀다. "소용없습니다. 제가 아버지의 꿈을 망쳐서, 이젠 저한테 관심도 없어요."

"그런 말 마!" 그녀가 날카롭게 말하더니 다시 목소리를 낮췄다. "네 아버지야. 항상 너를 사랑하고 네가 잘되기를 바라셔."

"저번처럼 또 싸울 거예요."

"그렇지 않아!" 그녀가 고개를 저으며 말했다. "고집 피우지 마라." 그녀는 소랍의 손을 잡았다. "네가 떠난 후 너무나 많은 일이 있었어. 아버지는 변했단다. 이젠 다를 거야."

그는 딜나바즈와 시선을 마주치지 않으려고 창밖만 내다보았다. 자존심 세고 고집불통인 게 구스타드를 꼭 빼닮았다고 딜나바즈는 생각했다. "엄마를 믿어 봐. 이런 부탁 한 적 없잖아. 이젠 상황이 달라졌어."

"알겠습니다." 여전히 시선을 돌린 채 소랍이 말했다. "어머니가 기쁘시다면 그렇게 할게요."

5

구스타드가 택시에 다가가자 의심할 바 없었다. 그는 운전사를 즉시 알아보았다. 그리고 지미의 장례식을 준비한 사람이 바로 그라는 확신이 들었다.

구스타드는 몹시 당황했지만 고맙다는 말을 하기에 앞서 확인부터 해야 했다. "당신이……." 그는 뒤에 있는 침묵의 탑을 가리키며 말했다.

"그렇습니다." 굴람 모하메드가 말했다.

"고맙습니다…… 고맙습니다. 난……."

"천만에요." 그가 손을 저으며 말했다. "기도는 다 끝났습니까?" 그는 긴장되고 숨이 막히는 듯했다.

구스타드가 고개를 끄덕였다. 그는 굴람의 다른 면들을 많이 보았다. 쾌활하고, 위협적이고, 냉정하고, 달래고, 빈정거리는 모습들. 하지만 지금처럼 이렇게 감정적인 경우는 없었다. 굴람은 독수리들이 원을 그리고 있는 언덕 쪽으로 고개를 들었다. 그러자 곧 그는 고개를 떨어뜨리고 눈을 감았다. 구스타드는 기다렸다. 잠시 후 굴람은 울음을 터뜨렸다. 구스타드는 시선을 돌리고 말없이 서 있었다.

굴람이 손등으로 눈물을 닦았다. 그가 차분한 목소리로 말했다. "파르시 조로아스터교 사제들이 나 같은 이방인들은 안으로 못 들어가게 하더군요."

구스타드는 마치 죄를 지은 듯이 고개를 끄덕였다. 그는 자신도 지미의 죽음이 슬프지만 차마 울 수가 없다고 말해 주고 싶었다. 그는 손을 내밀었다. 굴람이 그 손을 쥐고 그를 끌어당겨 안고는 양 볼에다가 입을 맞추었다. "노블 씨, 와 줘서 고맙습니다." 굴람이 속삭였다. "안 그랬더라면 빌리 보이가 외로울 뻔했습니다. 정말 고맙습니다."

"그런 말 마세요." 구스타드가 말했다. "그런데 왜 내게 말하지 않았소? 집 사람이 그 신문을 보지 않았더라면 모를 뻔했잖소."

"그렇게 할 수밖에 없었습니다. 지난번에 기차표를 드렸을 때 마지막으로 귀찮게 하는 거라고 약속했기 때문에요."

"그때하고는 달라요. 이번 일은 절대로 거절하지 않았을 거요."

굴람이 손수건을 꺼내 코를 풀고 나서 검은 안경을 쓰더니 택시를 가리켰다. "집에까지 모셔다 드리지요. 무료로요." 그가 웃었다.

"고맙소." 구스타드는 그와 함께 앞에 앉았다. 굴람이 유턴을 하더니 차들이 멈추기를 기다리며 정문 옆에다가 택시를 세웠다. "9년 만에 다시 택시 운전사가 된 겁니까?"

"네, RAW에서 일하려면 그렇게 해야지요. 때로는 책 장수, 때로는 정육점 주인, 때로는 정원사. 임무를 완수하기 위해서 필요한 일은 뭐든지 합니다."

구스타드는 그의 고백을 믿었다. "하지만 RAW에서 계속 일할 생각입니까? 그들이 지미한테 그런 짓을 했는데도 말이오? 심지어 그들은 람브레타 스쿠터를 타고 가는 당신을 죽이려고 했잖소."

"그 일에 대해서 아시는군요. 빌리 보이한테 들으셨군요. RAW 밖에 있는 것보다 안에 있는 것이 저한테는 훨씬 안전합니다." 그가 낮은 목소리로 말했다. "빌리 보이는 제게 형제나 다름없었습니다. 누군가 제 형제를 죽였으니 저는 지금 엄청 화가 나 있습니다. 그 누군가는 대가를 치를 겁니다." 그는 천천히 고개를 끄덕였다. "네, 분명히 그렇게 될 겁니다. RAW에 있음으로 해서 대가를 치르게 할 수 있는 확률이 더 커지죠." 그의 차가운 말에 구스타드의 등줄기가 서늘해졌다. 그것은 빈말이 아니었다.

"타이밍이 중요할 뿐입니다. 서두를 필요도 없습니다. 저는 내일, 내년, 또는 10년 후에라도 대가를 치르게 할 수 있습니다. 책임을 져야 하는 사람이라면 누구라도 상관없습니다. 자동차 제조업자라면 그가 대가를 치러야죠. 대가를 치를 가능성이 많이 있습니다. 그의 차가 폭발할 수도 있죠. 그가 비행기 조종을 좋아하니, 쾅 떨어지면 끝이죠. 말씀드렸다시피, 저는 임무를 완수하기 위해서 필요한 일은 뭐든지 합니다."

구스타드는 살짝 웃어 보였다. 굴람이 말을 이었다. "그리고 그 사람 어머니도 적이 많죠. 펀자브에서 타밀 나두에 이르기까지 매일매일 더 많은 적을 만들어 내고 있습니다. 그들 중에 누구라도 그 일을 할 수 있습니다. 전 인내심이 강한 사람입니다. 그 여자의 목숨도 빌리 보이의 목숨만큼이나 없애기 쉬운 것입니다. 이렇게요." 그는 구스타드의 코 밑으로 손가락을 맞부딪쳐 딱 소리를 냈다.

굴람 모하메드의 말을 들은 구스타드는 무서워졌다. 택시가 경찰이 뻗친 팔 아래에 멈추자, 구스타드는 굴람이 슬퍼할 때의 모습을 기억하는 편이 낫겠다는 생각이 들었다. 교통 체증으로 교차로가 완전히 막혀서 경찰이 차들을 우회 도로로 안내하고 있었다. "여기서 멀지 않으니, 이만 내리겠습니다. 걸어가겠소." 그들은 악수를 나눴다. 구스타드는 그를 다시는 보지 못할 것을 알았다.

문이 닫히고 택시가 막힌 도로를 빠져나갔다. 그는 택시가 모퉁이를 돌 때까지 서서 지켜보았다.

22부

1

코다다드 아파트에 맨 먼저 도착한 트럭에 타고 있던 말콤 살단하는 그림이 그려진 돌담을 보고서야 그 건물의 이름이 낯설지 않았던 이유를 깨달았다. 구스타드의 집은 어디쯤일까 궁금해하면서, 그는 건물주의 가처분 신청을 기각하는 법원의 명령을 꺼내어 몇 달 전 자신이 직접 정문 기둥에 붙였던, 이제는 너덜너덜해진 통지서 위에 붙였다.

돌담 끝에 기대어 지은 집에서 거리의 화가는 트럭과 일꾼들, 기계들의 불길한 등장을 지켜보고 있었다. 말콤이 철거 소식을 전하자 화가는 풀이 죽었다. 그는 페인트와 붓, 상자와 다른 소지품들을 챙겨 아파트 단지로 들여놓았다. 그곳에서 책상다리를 하고 앉았지만 그는 옛 시절 자신의 방랑에 불을 지폈던 힘을 전혀 불러낼 수 없었다.

말콤은 어쩔 수 없이 일꾼들에게 일을 시작하라는 명령을 내렸다. 화가의 보잘것없는 집이 떨어져 나갔다. 필요한 지역의 경계 설정을 위해서 측량기, 삼각대, 수평기가 설치되었다. 그들은 멀구슬나무가 시의 토지 취득 계획에 방해가 된다는 걸 알아차렸다. 일꾼 두 명을 보내서 나무를 자르도록 했다. 더 많은 장비가 내려왔고, 측량사들은 기구를 들여다보며 여기저기를 가리켰고, 말콤은 일꾼들에게 차를 주려고 이라니 식당을 찾았다.

그사이에 시위대가 깃발과 현수막을 들고 골목으로 들어섰다. 도시의 시끄러운 소음들이 구호와 환호에 밀려나기 시작했고, 시위 행렬이 모습을 드러내자 구경꾼들이 몰려들었다.

시위대는 하마터면 작업 도구를 빼앗길 뻔했다. 시위 담당 경찰이 작업 도구가 무기로 변할 가능성이 있다고 했기 때문이다. 그러나 결국 시위 조직자들이 승리했다. 피어보이는 마하트마 간디가 항상 물레를 가지고 대중 집회에 나타나서 솜을 자아 실을 만들었다고 했다. 영국 식민지 시절의 경찰도 허락했는데 자유 인도의 경찰이 왜 반대하느냐며 따졌다. 마하트마 간디의 물레가 무기가 아닌 것처럼 시위대의 작업 도구도 무기가 아니라고 그는 설명했다.

그렇게 해서 시위 행렬이 마침내 행진을 시작하게 됐다. 한 무리가 다 같이 구호를 외쳤다. "더는 못 참는다! 더는 못 참는다!" 그러자 다른 무리가 더 큰 목소리로 응수했다. "시 당국의 괴롭힘을 더는 못 참는다!"

시위 때마다 등장하는 구호도 외쳤다. "방방곡곡에서 큰 소리로 외친다! 국민회의당은 깡패 집단이다!"라는 구호가 눈에 띄었다. 그러나 독특한 구호들도 있었다. 작은 양복점을 경영하는 쌍둥이 페르난데스 형제는 반복 구호의 가치를 알고서 똑같은 쌍둥이 전단을 들고 있었다. '오늘 우리에게 하루치 물을 달라' 정비공들은 좀 더 감성적으로 '자유 아니면 죽음을 달라'는 구호에다가 공기와 물을 대신 넣어 '물과 공기 아니면 죽음을 달라'고 적힌 넓고 긴 깃발을 펄럭였다.

극장 종업원들은 영화 〈갠지스 강이 흐르는 곳〉의 옛날 광고판을 구해서 '갠지스 강이 흐르는 곳, 하수구가 넘친다'로 바꾸었다. 주인공의 얼굴도 약간 바뀌어서, 빨래집게가 그의 양쪽 콧구멍을 꽉 집고 있었다. 또한 배우, 제작자, 감독, 시나리오 작가, 음악 감독 등의 이름도 시 당국자와 정치인들의 이름으로 바뀌어 있었다.

시위대가 코다다드 아파트로 다가오면서, "더는 못 참는다! 더는 못 참는다!"는 구호 소리가 계속 울려 퍼졌다. 말콤, 일꾼들, 일꾼 감독, 측량사들이 연장을 내려놓고 보도의 갓돌에 줄지어 섰다. 사무실 건물에 있는 사람들이 밖을 내다보았고, 손님들과 가게 주인들도 밖으로 나왔으며, 거리의 모든 활동이 시위 때문에 중단됐다.

시위 행렬은 돌담과 나란히 걸었다. 그들의 구호는 새로운 활기로 넘쳤다. 주의를 집중하고 있는 구경꾼들 때문에 그들은 발걸음이 가벼웠고 발을 더욱 힘차게 내디뎠다.

시위 조직자 가운데 한 명이 갑자기 피어보이의 놋쇠 쟁반을 세 번 두드리며 시위 행렬에게 멈추라는 신호를 보냈다. 타이어 레버로 때리는 자동차 휠 캡, 페이마스터 박사 책상 위의 은종, 원숭이 조련사의 북, 뱀 부리는 사람의 날카롭게 울리는 피리 소리 같은 수많은 경쟁자를 제치고 피어보이의 놋쇠 쟁반이 선택됐다. 그 어떤 것도 놋쇠 쟁반 소리의 당당한 위엄과 비교될 수 없었다.

놋쇠 쟁반의 화려한 세 번의 울림은 마치 천상의 새처럼 하늘로 솟구쳐 시위 행렬의 머리 위에 가물거렸다. "형제자매 여러분!" 영감을 받은 시위 조직자가 외쳤다. 그는 팔을 치켜들어 행렬을 조용히 시킨 후 다시 외쳤다. "형제자매 여러분!" 그러자 시위대가 침묵했다.

"시 당국으로 가기 전에 왜 여기서 멈췄는지 궁금하시죠? 여러분께 이 말씀을 드리고 싶습니다. 우리의 목적에 대해서 잠시 생각해 보는 데 이 성스러운 돌담보다 나은 곳이 어디 있겠습니까? 신과 여신들의 돌담입니다. 힌두교, 이슬람교, 시크교, 기독교, 파르시 조로아스터교, 불교! 여러분의 종교가 무엇이든지 간에, 참배와 예배를 하기에 알맞은 성스러운 담입니다. 우리 모두 과거의 성공에 감사합시다! 그리고 미래의 성공을 위해서 신의 은총을 기원합시다! 우리가 목적지에 도착할 때 그 목표를 이룰 수 있도록 기도합시다! 진실과 비폭력의 정신으로 우리가 적을 물리칠 수 있도록 기도합시다!"

시위대가 찬성을 외치며 돌담으로 몰려갔다. 각각의 그림 앞에 사람들이 줄을 서자 말콤의 일꾼들이 비켜섰다. 자라투스트라의 그림 앞에는 페이마스터 박사뿐이었다. 부의 여신인 락슈미 앞에 가장 긴 줄이 들어섰다. 무릎을 꿇고, 엎드리고, 고개를 숙이고, 손을 깍지 끼고, 눈을 감고, 신의 강림을 기원하는 기도를 올리고, 기원을 하고, 예배를 보는 일 등이 벌어졌다. 사람들이 동전을 한두 개씩 던지면서 기도를 끝냈다.

그때 시에서 나온 일꾼이 말했다. "이보쇼, 돈들 아끼쇼. 좀 있으면 이 돌담은 철거될 거요."

돌담이 철거된다고? 시위대 사이에서 그 말이 돌고 돌아 구경꾼들 사이로 흘러들어 갔다. 돌담이 철거된다고?! 의혹이 분노로 바뀌고, 다시 격노로 바뀌어 시위대 사이로 큰 파도를 출렁이면서 해일로 불어나 마치 해안으로 질주하는 것처럼 땅을 뒤흔들었다.

절대로 안 돼! 만 개의 입을 가진 성난 파도가 날뛰면서 우레와 같은 목소리로 외쳤다. 신과 여신들의 돌담을 절대 철거할 수 없다! 신들에게 손가락 하나도 못 대게 할 테다! 필요하다면 우리의 피로써 신들을 보호하리라!

상황이 급속도로 악화되자 시위 조직자들이 말콤을 불렀다. "당신 일꾼들이 이 돌담을 철거하고 신과 여신들을 없앤다는 게 사실이오?" 그들이 물었다.

말콤은 거짓말을 할 줄 몰랐다. 그는 짧게 고개를 끄덕였다. 그러자 시위대가 울부짖었고, 야단법석이 벌어졌고, 재앙이 임박했다. 아무런 오해도 없었으며 흉악한 계획이 확인된 것뿐이었다! 시위 조직자들이 놋쇠 쟁반을 한 번 구슬프게 울리면서 조용히 해 달라고 부탁했다.

"이보시오. 그건 도저히 말도 안 되는 소리요." 시위 주동자가 말했다. "절대 그럴 수 없소. 이곳은 기도하고 참배하는 곳이오. 직접 보시오. 사람의 생각이나 정부의 명령으로 그걸 바꿀 수는 없어요. 브라흐마, 비슈누, 시바의 그림을 보시오. 라마와 시타, 칼리 마타, 락슈미, 예수 그리스도, 부처, F. 사이 바바도 있소. 이곳은 모든 종교에 성스러운 곳이오."

시위대가 환호하고 구경꾼들이 박수를 치자 시위 주동자는 힘을 얻었다. "나타라자와 사라스바티, 구루 나낙과 아시시의 성 프란체스코, 자라투스트라와 고다바리 마타, 회교 사원과 교회의 그림들을 보시오. 어떻게 이런 성스러운 곳을 부술 수 있단 말이오?" 그는 말콤의 목걸이에서 은 십자가에 못 박힌 예수상을 발견했다. "당신도 선량한 사람이잖소. 이 돌담 앞에 무릎을 꿇으세요. 하느님의 기도를 외고, 성모 마리아에게 드리는 기도를 올리세요. 당신의 죄를 고백하십시오. 기적이 일어나게 해 달라고 기도해도 좋소, 하지만 이 돌담을 부수려고 하지는 마시오."

"솔직히 저도 하기 싫습니다." 말콤이 마침내 입을 열어 거북하게 말하자 사람들이 환호했다. "하지만 저와 우리 직원들이 결정할 문제가 아닙니다." 그는 환호가 가라앉자 말을 이었다. "우리는 상사들의 명령을 따를 뿐입니다."

시 당국! 그 빌어먹을 이름이 또 나왔어! 마치 길에서 버둥거리는 미친 괴물처럼 시위대가 또다시 분노와 증오로 들끓었다. 물도 공급하지 않고 우리를 괴롭히는 놈들! 하수구는 넘치고! 썩은 냄새가 진동하고! 우리 주머니에서 나온 뇌물로 재산을 불리고! 그런 놈들이 이제는 우리의 성스러운 돌담을 부수려고 하다니! "더는 못 참는다! 더는 못 참는다! 시 당국의 괴롭힘을 더는 못 참는다!" 사람들의 목에서 계속 함성이 울려 나왔다.

충성스런 일꾼 감독은 말콤을 도와줘야겠다고 생각했다. 그가 시위대 쪽에다 소리쳤다. "우리도 신앙심이 깊은 사람들이오! 하지만 우리도 당신들처럼 가난해요! 우린 명령을 따르지 않으면 직장을 잃게 됩니다! 그러면 아내와 자식들은 어떻게 먹여 살립니까?"

다른 일꾼들도 감독 주위에 모여들었다. "옳소! 시에서 우리가 쫓겨나면 당신들이 일거리를 줄 거요?"

자신이 가장 아끼는, 몸에 착 달라붙는 옷을 입은, 키가 크고 힘이 센 헤마가 철창집 창녀들 사이에서 앞으로 나왔다. 그녀는 타이어 기술자에게서 타이어 바닥을 갈아 붙이는 연장을 빼앗아 휘둘렀다. 헤마가 사포처럼 까칠까칠한 목소리로 말콤, 일꾼들, 감독에게 말했다. "저 그림 보여? 창녀들의 여신인 옐람마야."

긴장한 말콤과 감독이 침을 꿀꺽 삼키며 고개를 끄덕였다.

그녀는 연장을 휘두르며 그들의 배꼽 아래로 원을 그렸다. 짧고 험악하게 생긴 칼날에 햇빛이 반짝였다. "저 그림을 망치거나, 이 돌담의 어디 한 군데라도 부쉈다가는 당신들 모두 고자로 만들어 버릴 테니까 그렇게들 알아." 연장으로 찌를 듯이 살벌하게 다가오며 그녀가 말했다.

그들은 비틀비틀 뒤로 물러서며 무의식적으로 줄무늬 반바지와 허리에 두른 도티의 가랑이를 가렸다. 그들은 너무나 당황해서 대꾸조차 할 수 없었다. 피어보이의 놋쇠 쟁반 소리처럼 육중한 침묵이 잠시 흘렀다.

2

굴람의 택시가 사라진 후, 구스타드는 검정 벨벳 기도 모자를 이마에서 살짝 들어 올리고 서둘러 집으로 향했다. 그는 외투를 갈아입고 빨리 은행으로 가고 싶었다. 그런데 왜 이렇게 사람이 많고 경찰의 경계가 삼엄한 걸까, 하고 의아해했다. 그리고 가네샤 축제나 고쿨 아쉬타미 축제처럼 거리마다 사람들로 꽉 차서 시끌벅적했다.

그가 코다다드 아파트 정문에 도착했을 때, 헤마가 날카로운 공구를 휘두르고 있는 것을 보았다. 그때 말콤이 그를 발견했다. "구스타드! 구스타드!" 말콤이 손을 흔들며 그를 불렀다. 그러나 헤마의 무서운 협박에 화가 난 일꾼들이 쇠지레와 곡괭이를 집으려고 하자 그만 소란이 벌어져 말콤의 목소리가 묻히고 말았다. 경찰들은 발을 질질 끌며 곤봉을 쥐고서 경계 태세를 취했다. 경찰 지휘관은 위험에 빠지지 않으려고 자신의 지프 운전사에게 본부에 긴급 증원 병력을 보내 달라는 무전을 보내라고 했다.

다급해진 구스타드는 목을 길게 빼고 내다보았다. 난폭한 시위대 한가운데서 말콤이 뭘 하고 있는 거지? 말콤은 보이자마자 사라졌다. 그러나 구스타드는 그를 찾으려고 군중을 뚫고 지나가고 싶지는 않았다. 그는 나중에 상황이 진정되고 나면 말콤을 찾아볼 생각이었다.

그때 구스타드는 거리의 화가가 슬픔에 잠긴 채 정문 뒤에 있는 것을 보았다. 그곳에서는 테물도 사태를 열심히 지켜보고 있었다. "구스타드구스타드구스타드.큰큰큰기계.쾅쾅쾅.큰큰시끄러운시끄러운기계큰소리구스타드." 테물은 한곳에 서 있질 못하고, 여기저기 헤집고 다니며 팔을 거칠게 흔들고 기쁨과 흥분으로 몸을 마구 흔들어 댔다. 화려한 시위, 일꾼들과 신기한 장비, 경찰과 곤봉들 때문에 테물은 매우 들떠 있었다. 게다가 그가 가장 좋아하는 구스타드까지 있었다. "구스타드구스타드구스타드.정말정말정말정말 재밌어요."

"그래, 정말 그렇구나." 구스타드가 말했다. "아파트 단지 안에 들어와 있다니 정말 똑똑하다. 잘했다." 그는 테물이 혼란스러운 곳으로 빠지지 않아서 안심하고 그의 어깨를 두드렸다. 군중의 현재 분위기로 볼 때, 영업 복장을 하고 있는 창녀들이 그의 욕망을 부추긴다면 무슨 일이 일어날지 알 수 없었다. 창녀들이 도대체 여기서 뭘 하고 있는지도 궁금했다.

거리의 화가가 풀이 죽어서 말했다. "선생님, 저 사람들이 제게 돌담을 그만 포기해야 한다고 하네요."

기둥에 붙어 있는 새로운 통지서, 콘크리트 믹서와 트럭들을 보고 나서야 구스타드는 화가의 말을 이해했다. 아주 짧은 순간 그는 무너진 돌담이 시간과 기억을 깊게 베고 지나가는 것을 느낄 수 있었다. 돌담이 무너지면 과거와 미래도 파괴될 것이었다. 소음과 소란 속에서 무기력해진 구스타드는 화가를 위로해 줄 말을 찾으려고 궁리했다. 그때 페이마스터 박사의 모습이 흘긋 보였다. 박사님이 군중 속에? 처음에는 말콤이, 이제는 박사님까지? 그는 박사를 뒤쫓아 성난 군중의 바다 속으로 들어갔다.

테물이 즉시 뒤를 따라왔다. "테물, 안 돼. 말 들어. 너무 위험해. 안에 들어가 있어." 테물은 머리를 푹 숙이고 고분고분 아파트 단지로 돌아갔다.

구스타드의 네 번째 고함 소리에 페이마스터 박사가 뒤로 돌아섰다. 거리를 좁히기 위해서 그들은 힘겹게 걸어야 했다. "우리가 정말 강력한 시위대를 만들어 냈어!" 박사는 구스타드의 손을 힘껏 흔들며 악수했다. 박사가 처음에 느꼈던 후회와 염려는 확신과 자신감으로 바뀌어 있었다. 이제 박사는 풍차에라도 돌진할 태세였다. "백문이 불여일견이야! 우리 도시 역사상 가장 위대한 시위대!"

구스타드는 박사가 그렇게 흥분한 모습을 처음 보았다. (병원 구석에 처박힌 먼지투성이의 녹색 약병들처럼) 오랫동안 억눌려 있던 박사의 자연스러운 감정들이 코르크 마개를 뚫고서 갑자기 터져 나오고 있었다.

"우리 이웃들이 거의 다 여기에 모였어!" 박사는 마치 군대를 폭군에게 대항하도록 만드는 데 성공한 반란 지도자처럼 자랑했다. "우리 모두 시 당국으로 진군할 거야! 그들에게 누가 주인인지 보여 줄 거야! 바로 우리, 주민들이 주인이라고!"

박사가 시위대와 일꾼들 간에 벌어진 마찰에 대해서 설명하고 있을 때, 구스타드는 천천히 그를 흥분한 군중으로부터 떼어 내서 보도로 데리고 갔다. "하지만 그건 우리의 원래 계획이 아니었어. 아마도 신이 한 일이라고 봐야 할지도 모르지." 박사가 만족한 미소를 지으며 말했다. "아니면 그림들이 한 일인지도 몰라. 뭐, 어차피 똑같은 거니까." 박사는 서로서로 팔짱을 끼고 있는 동지들에게 합류하려고 손을 흔들면서 떠났다.

구스타드는 시위 때문에 아파트 주민들이 모여 있는 정문으로 돌아갔다. 밤지 경위, 딤플과 라바디, 파스타키아 부인, 쿠트피티아 할머니가 열띤 토론을 벌이며 결과를 예측하고 있었다. 경찰 증원 병력은 아직 도착하지 않았다. 구스타드는 그들의 토론에 참여하고 싶지 않았지만, 적당한 틈을 봐서 경위에게 물었다. "솔리, 자네가 이 사람들을 설득하면 도움이 되지 않을까? 자넨 경찰 계급도 높고 하니까 말일세."

밤지 경위가 고개를 저으며 웃었다. "형님, 제가 마하라시트라 놈들과 함께 일하면서 배운 게 바로 아무런 양심의 가책을 느끼지 않고 내 관할이 아니라고 말하는 겁니다." 소랍이 집에서 나와 사람들이 모인 곳으로 걸어왔다. 그는 잠깐 구스타드와 눈을 맞추고 나서 고개를 돌렸다.

소랍을 본 구스타드는 깜짝 놀랐다. 7개월 만에 아들이 자신의 얼굴을 쳐다보았다. 구스타드는 과연…… 그럴 만한 용기가 있을지 궁금했다.

"형님, 듣고 계세요?" 경위가 그의 소맷자락을 잡아당겼다. "형님 질문에, 저는 비번일 때는 절대로 관여하지 않습니다. 근무 중일 때도 니미 씹할 골칫거리가 너무 많아요." 순간 그는 여자들이 옆에 있다는 것을 깨닫고, 마치 어머니를 모욕하는 말을 다시 주워 담기라도 하듯이 장난스럽게 입을 손으로 막았다. "숙녀 여러분, 죄송합니다." 그는 뉘우치는 기색 하나 없이 유쾌하게 웃으면서 말했다. "제가 버릇이 나빠서, 욕지거리를 입에 달고 삽니다."

쿠트피티아가 무섭게 흘겨보았다. 파스타키아 부인은 괜찮다는 듯이 킥킥 웃었다. 라바디는 억지로 웃었지만, 욕설에 익숙지 않은 그는 괜찮다는 표정을 짓느라고 힘들었다.

테물은 그들의 표정을 지켜보면서, 그들이 하는 말을 하나도 빼놓지 않고 열심히 듣고 있었다. 일 분 정도 침묵이 흐르고 밤지의 실수가 잊힐 때쯤, 테물이 사람들을 보고 씩 웃으면서 매우 즐겁게 말했다. "니미씹할니미씹할니미씹할니미씹할." 파스타키아 부인이 놀란 얼굴로 밤지를 바라보지 않았더라면 테물은 계속 그 말을 했을 것이다.

경위가 테물의 머리를 세게 때리며 말을 끊었다. "멍청아! 빌어먹을 입 좀 다물어라!"

테물이 맞은 곳을 쥐고서 뒤로 물러섰다. 구스타드는 은근히 밤지에 대한 경멸을 표시했다. "이봐, 불쌍한 녀석이야. 아무런 생각도 없다고. 다른 사람들이 한 말을 그저 따라 할 뿐이야."

언제나 낯짝이 두꺼운 밤지가 말했다. "한 방 먹였으니까 이제 따라 하면 몸에 해롭다는 걸 알 겁니다."

구스타드가 밤지에게 따끔하게 한마디 해 주려고 할 때, 말콤이 보도에 모습을 드러냈다. 구스타드는 서둘러 갔다. "어디 갔었어? 좀 전에 봤는데 금방 사라졌더군."

"전화하러 갔었어." 말콤이 말했다. "전후 사정을 사무실에 알리려고."

"무슨 사무실?"

"시에다가. 내가 이 빌어먹을 계획의 책임자야."

이것이 바로 말콤의 운명이었다. 아주 오래전 저녁, 쇼팽의 〈야상곡〉을 연주하기 위해서 비몽사몽의 영역으로부터 마술처럼 선율을 뽑아내던, 구스타드의 대학 친구. 그가 이제는 곡괭이질을 하고 콘크리트를 붓는 일을 감독하고 있었다. "그래, 사무실에선 뭐래?"

"시에서는 시위대 때문에 일을 그만둘 순 없다면서, 계획대로 일을 수행하래. 우라질 멍청이들은 지금이 얼마나 위험한 상황인지도 몰라."

"아파트 단지 안에 들어가 있어. 훨씬 안전할 거야."

"아냐, 난 괜찮아. 나중에 봐." 말콤이 말했다. 구스타드가 말리기도 전에 그는 군중 속으로 다시 들어가 트럭으로 향했다.

3층 창문에서는 늙은 카바스지가 말콤이 사라지는 것을 말없이 지켜봤다.

카바스지는 고개를 돌려 이글거리는 태양을 아랑곳하지 않고 반쯤 멀어 버린 눈으로 하늘을 바라보았다. "당신은 다른 곳을 찾을 순 없습니까? 왜 항상 이곳에 문제를 일으킵니까? 어둠, 홍수, 불, 이제는 싸움입니까? 타타 궁전은 왜 그냥 두십니까? 주지사의 저택은요?" 밤지 경위와 다른 사람들은 흥미롭게 쳐다보았지만, 카바스지의 목소리는 길에서 들리는 소름 끼치는 함성에 묻혀서 더는 들리지 않았다. 시위대와 일꾼들 사이에 벌어진 말싸움, 가족에 대한 모욕, 신에 대한 모욕이 그만 잔혹한 싸움으로 번졌다.

"이런 세상에." 구스타드가 나지막이 말했다. 그는 말콤과 페이마스터 박사가 걱정됐다.

"이제 연습이 끝나고 실전 경기가 시작되는군요." 밤지 경위가 말했다.

3

말콤의 일꾼들은 수적으로는 열세였지만, 곡괭이와 쇠지레로 무시무시하게 무장하고 있었다. 시위대의 작업 도구는 즉각 육박전 무기가 되었다. 사람들은 길바닥을 뒤져서 던질 수 있는 것들을 찾았다. 그들은 돌, 벽돌, 깨진 병 등 손에 닿는 대로 집어 들었다. 손수레 네 개에 가까이 있던 사람들은 여차하면 통 속에 든 내용물을 쏟을 기세였다. 경찰들은 곤봉에 의지하며 지원 병력이 도착하기를 기다리고 있었다.

테물은 넋을 잃고 지켜보고 있었다. 발사체들이 날아다니기 시작하자 테물의 심장 박동이 빨라졌다. 단 하나도 놓치기 싫었던 그는 머리를 좌우로 움직이면서 정문으로 다가갔다.

"테물, 거기 서!" 구스타드가 큰 소리로 외쳤다.

흥분한 테물이 손을 흔들며, 주먹을 쥔 채 한 발짝 뒤로 물러섰다. "구스타드구스타드.봐요봐요봐요큰돌들구스타드정말커요.날아요날아요날아요."

"그래, 나도 알아." 구스타드가 무섭게 말했다. "그러니까 안에 있으라는 거야."

"안에안에알아요구스타드알아요.알았어요알았어요알았어요구스타드." 테물은 급강하해 날아다니는 모양으로 두 손을 허공에다가 휘저었다. 마치 바라타나트얌 춤을 아무렇게나 추는 것 같았다. "휘이휘이휘이."

그러나 바깥 풍경은 테물에게 너무나 큰 유혹이었다. 그는 다시 발을 끌며 앞으로 나가더니, 구스타드가 알아차리기 전에 날아다니는 물체들이 훨씬 잘 보이는 보도에 도착했다. 테물은 흥분으로 온몸을 떨었다. 그는 신이 났다. 천 명이나 참가한 굉장한 주고받기 놀이였다. 아파트 단지에서 아이들이 노는 것보다 훨씬 좋았다. 못된 꼬마 녀석들은 테물에게 공을 던지며 웃고, 그가 절뚝거리며 넘어지는 것을 구경하면서 놀려 댔다.

돌 하나가 정문 옆에 떨어지자 그는 즐거워하며 박수를 쳤다. 아이들이 테니스공을 잡는 것처럼 손으로 돌을 잡는다면 얼마나 재밌을까, 하고 생각했다. 정말 정말 재밌을 거야.

그는 다음번 돌을 잡으려고 흔들리는 걸음으로 도로로 나갔다. 그때 구스타드가 테물을 보았다. "테물! 어서 돌아와!" 테물이 이를 드러내고 씩 웃더니 괜찮다며 손을 흔들었다. 그는 황홀하게 날아다니는 것들 중에서 하나를 반드시 잡고 싶었다.

540

"테무무무무울!" 구스타드가 외쳤다.

세상일은 아무것도 들리지 않는 테물에게 벽돌 하나가 날아가고 있었다. 테물은, 치솟았다가 단박에 곤두박질치는 날아다니는 것들, 하늘을 활주하거나 휙 날거나 아치 모양을 그리면서 나는 날렵한 것들, 부드러운 깃털이나 섬세한 날개를 달고 훨훨 떠다니는 재빠른 것들에 완전히 마음을 빼앗겼다. 그런 것들에 넋을 잃으면 항상 그렇듯이, 테물은 절뚝거리면서 그 벽돌을 잡으러 갔다. 그리고 항상 그렇듯이 그의 뒤틀린 몸은 제대로 말을 듣지 않았다.

벽돌이 테물의 이마에 떨어졌고, 구스타드는 뭔가 부서지는 소리를 들었다. 테물의 몸이 우아하게 접히며 아무런 소리도 없이 쓰러졌다. 그의 춤은 끝이 났다.

구스타드는 온몸이 굳은 채 서 있었다. 그는 "테물!" 하고 울부짖으며 정문 밖으로 달려 나갔다. 돌 하나가 등을 스치고 지나갔지만 그는 거의 느끼지 못했다. 그는 몸을 숙여 의식을 잃은 몸뚱이를 두 팔로 잡았다. 아파트 단지 안으로 테물을 끌고 오는 동안에 그의 기도 모자가 미끄러져 땅에 떨어졌다.

"빨리, 의사 불러요!" 구스타드가 밤지 경위와 여자들에게 소리치는 순간 박사가 생각났다. "페이마스터 박사님! 소랍, 빨리 가 봐! 시위대에 계셔." 달려가던 소랍은 등 뒤로 아버지의 목소리를 들었다. "조심해라!"

"앰뷸런스를 불러야겠습니다." 밤지 경위가 말하자 쿠트피티아가 전화를 하러 갔다. 테물의 이마에서 피가 세차게 쏟아졌다. 구스타드가 그의 커다란 하얀 손수건으로 피를 멈춰 보려고 했다. 귀중한 시간들이 속절없이 지나가자 그는 분노하며 절망스럽게 주위를 둘러보았다. 빌어먹을 의사는 왜 안 오는 거야? 박사와 그의 빌어먹을 시위대. 구스타드의 손수건이 흠뻑 젖자, 밤지가 자신의 손수건을 건넸다. 구스타드는 손수건을 통해서 두개골이 함몰된 것을 느낄 수 있었다.

소랍이, 숨을 헐떡이며 땀을 뻘뻘 흘리는 페이마스터 박사와 함께 돌아왔다. 박사의 불같은 열정은 이미 식어 있었다. 너무 늦게 생겨난 그의 열정은, 검은 돌담 밖에서 사납게 날뛰는 야만적인 인파 속에 익사해 일찍이 사라지고 말았다. 그리고 그와 함께 박사의 직업적인 풍자와 냉소적인 모습도 사라졌다. 사람들은 발가벗겨진 그의 고통을 볼 수 있었다.

박사는 절망하며 고개를 가로저었다. "오, 신이시여! 이게 무슨 일입니까? 이렇게 불쌍한 사람을, 이렇게 불쌍한 사람을! 세상에 이럴 수가!" 그는 가까스로 무릎을 꿇었다. 검은 가방에서 큰 솜뭉치를 꺼낸 박사는 구스타드에게, 자신이 주사를 놓을 동안에 그것을 테물의 이마에다 대고 누르고 있으라고 했다. "출혈이 너무 심해. 피를 너무 많이 흘렸어." 박사가 중얼거렸다. 그의 고뇌를 지켜보던 사람들은 당황했다. 일반인과는 달리 의사란 피와 고통을 보고 괴로워하지 않으며, 사람들을 안심시키고 잘못된 것을 바로잡는 일을 한다. 사람들은 무슨 이런 의사가 다 있나, 하고 의아해했다.

페이마스터 박사가 테물의 이마에 붕대를 감고 있을 때, 테물이 두 눈을 실룩거리면서 떴다. 그가 천천히 속삭였다. "구스타드. 고마워요, 구스타드." 테물의 얼굴에 미소가 스쳐 지나갔고, 그의 눈이 감겼다.

박사는 계속 붕대를 감았다. 구스타드는 조금의 위안이라도 얻고자 테물의 얼굴과 박사의 얼굴을 번갈아 보면서 초조하게 기다렸다. "앰뷸런스를 불렀습니다." 침묵을 깨려고 그가 불쑥 말했다.

"잘했어, 잘했어." 박사가 힘없이 중얼거리며 붕대 감기를 마쳤다. 그는 맥박을 짚더니 서둘러 청진기를 더듬거렸다. "빨리, 셔츠 젖혀!" 구스타드가 테물의 옷을 벗겨서 긴 주삿바늘이 들어가도록 하는 동안에 박사는 두 번째 주사를 준비했다. 박사는 주사를 놓고 주사기를 옆으로 내던진 후 다시 한 번 혈압을 확인했다.

페이마스터 박사는 청진기를 벗어서 가방에 던져 넣었다. 그는 머리를 천천히 가로저으며 구스타드의 질문에 대답했다.

"병원은요?"

"이제 소용없네."

구스타드는 몸을 돌려 검은 돌담으로 갔다. 그는 도로에서 미친 듯이 싸우고 있는 사람들을 바라보았다. 페이마스터 박사가 자기의 소지품들을 가방에 집어넣었다. 그는 일어서려고 했지만, 곧 소랍에게 손을 내밀어 부축을 받으며 일어섰다. 박사는 바지의 먼지를 털었다. "그리고 내가 사망 진단서를 만들어 줄 테니까." 구스타드의 어깨 위로 손을 얹으며 박사가 말했다. "괜히 그럴 필요는 없을······"

"알겠습니다, 박사님. 고맙습니다." 구스타드의 뒤에서 사람들은 이미 테물과 관련된 계획을 세우고 있었다. 그는 몹시 불쾌했다. 좀 더 기다리면 안 되나?

쿠트피티아가 말했다. "가서 앰뷸런스 부른 거 취소하고, 대신에 침묵의 탑에 전화를 해야겠는데."

그러나 밤지 경위가 앰뷸런스를 취소하지 말라고 했다. "밖에 사람들이 많이 다쳤어요. 앰뷸런스가 필요할 겁니다." 그런데 영구차가 도착해 테물의 시신을 거두기까지 한 시간은 족히 걸릴 텐데 그동안은 어떻게 한단 말인가?

"시신을 정문 근처에 이렇게 눕혀 놓는 건 옳지 않은데." 쿠트피티아가 말했다. 길 양쪽에 있는 고층 건물들에서 사람들이 창문으로 지켜보고 있었다. 시위를 보려고 모였지만 몇몇 사람의 관심은 이제 아파트 단지로 향해 있었다. "어떻게 좀 해야 해." 쿠트피티아가 다시 한 번 말했다. 그러나 무거운 시신을 테물의 집이 있는 3층까지 옮긴다는 건 너무 힘든 일이었다. 설상가상으로 테물의 형은 아직 출장에서 돌아오지 않았다.

"지금 우리가 할 수 있는 일은 테물을 약간 옮겨 놓는 것 같은데요. 저쪽 나무 그늘 아래로요." 파스타키아 부인이 말했다. "제가 흰색 홑이불을 가져와서 영구차가 올 때까지 덮어 둘게요."

"햇볕이 내리쬐고 있으니까, 그거 좋은 생각이네요." 밤지 경위가 말했다. "밖에서 저 지랄을 하고 있으니까 침묵의 탑으로 가는 데도 시간이 꽤 걸릴 겁니다."

나무는 단지 45미터 정도만 떨어져 있어서 계단을 두 번 올라가는 것보다는 쉬웠다. 페이마스터 박사 역시 고개를 끄덕이며 동의했다. 그때 밤지 경위가 구스타드에게 도와주겠냐는 듯이 흘끗 보았다. 그러나 구스타드의 넓은 등은 아무런 감정도 의사도 나타내지 않았다. 밤지는 직접적으로 묻고 싶지는 않았다. 그는 대신에 라바디를 보았다. "형님이 다리를 잡아 주시겠습니까?"

라바디는 뭔가 중요한 일을 맡게 된 것 같아서 얼굴이 벌게졌다. 이번만은 아파트 주민들이 자신이 개를 산책시키는 것 말고도 다른 일을 하는 모습을 보게 될 것이라는 생각이 들었다. 그는 딤플의 개 줄을 파스타키아 부인에게 내밀었다.

밤지 경위와 라바디는 께름칙했지만 시신을 들 준비를 하면서 소맷자락을 천천히 말아 올렸다. 그러나 그들이 시체를 들기 전에 구스타드가 몸을 돌렸다. 그는 테물 옆에 웅크려 앉았다. 사람들이 서로 쳐다보았다. 어쩌자는 거지?

구스타드는 한마디도 하지 않고 팔 하나는 테물의 어깨 밑에, 나머지 하나는 그의 무릎 밑에다가 넣었다. 그는 아직도 온기가 남아 있는 시신을 들고서 단번에 일어섰다. 그는 붕대가 감긴 테물의 머리가 자신의 팔뚝 위로 힘없이 축 늘어지자, 팔꿈치를 구부려 머리를 받쳤다.

"잠깐만요! 형님, 잠깐만요!" 밤지 경위가 말했다. "무거우실 텐데, 저희가 도와 드릴게요. 혼자서 그렇게……."

구스타드는 밤지의 말을 무시하고 사람들이 있는 곳에서 벗어나 테물의 아파트 계단으로 걸어갔다. 뒤쫓아 가기에 너무나 부끄러웠던 그들은 말없이 바라보았다. 소랍은 두려움과 존경심으로 아버지를 지켜보았다.

구스타드가 마치 테물과 단둘이 있는 것처럼, 다 큰 성인의 시신을 아이의 것처럼 안고 전혀 흔들림 없이 바로 눈앞에서 성큼성큼 걸어가자, 아파트 주민들은 그 모습을 창문으로 유심히 지켜보았다. 시신이 지나가자 몇몇 이웃은 머리 위로 두 손을 깍지 끼었다.

구스타드는 다리를 절거나 머뭇거리지 않고, 넓은 아파트 단지를 가로질러 정문 근처의 아파트, 단지의 유일한 나무, 자신의 집과 밤지 경위의 집을 지나 마침내 목적지에 도달했다. 계단 입구에 들어선 그는 발걸음을 멈추고 돌아서서 반대편 끝에 있는 사람들을 바라보았다. 그는 다시 걸어갔다.

계단을 오르자 무게 때문에 걸음을 옮길 때마다 무거운 발소리가 났다. 그의 얼굴에서 땀이 쏟아져 피로 흠뻑 젖은 테물의 셔츠에 떨어졌다. 층계참에 선 사람들이 문구멍으로 지켜보는 것을 느낄 수 있었다.

테물의 아파트 문은 닫혀 있었다. 문이 잠겼나? 구스타드는 여전히 그 집 열쇠를 가지고 있었다. 그러나 이웃집 문이 열리더니 여자가 급히 나와서 테물의 아파트 문을 열었다. 문은 잠겨 있지 않았다. 더는 용기가 없었던 그녀는, 건너다보는 것이 낫겠다고 생각했는지 다시 집으로 달려 들어갔다. 구스타드는 그녀의 집 문구멍이 찰까닥, 다시 열리는 소리를 들었다. 그는 테물의 머리가 문틀에 부딪치지 않도록 몸을 비스듬히 하고 조심해서 들어갔다. 문을 걷어차 닫은 후에 침실로 들어갔다.

테물의 흔들리는 발이 빛바랜 오건디 커튼을 스치고 지나갔다. 황동 커튼 고리들이 딸랑딸랑 소리를 냈다. 발가벗은 인형이 침대에 누워 있었다. 구스타드는 테물을 매트리스 끝에 걸쳐 놓고, 한 손으로 인형을 옆으로 살짝 밀었다. 테물의 셔츠에 다시 단추를 채우고 다리를 곧게 펴고 팔을 포개 주던 구스타드는 그의 몸에서 서서히 온기가 빠져나가는 것을 깨달았다. 그는 테물의 신발 끈을 풀어 신발을 발에서 벗겨 내고 양말도 벗겼다. 작게 접은 1루피짜리 지폐 두 장이 떨어져 나왔다. 그는 지폐를 베개 밑에 넣고 홑이불로 테물을 덮었다.

공습이 있던 날 밤 보았던 그대로 인형의 옷이 의자에 걸쳐져 있었다. 그는 테물 위로 몸을 숙여 인형을 집어 들고는 웨딩드레스를 입히기 시작했다. 옷을 다 입히고 나서 인형을 홑이불 밑, 테물 옆에다 눕혔다. 그는 의자를 침대 가까이에 옮기고 기도 모자를 바로 하려고 손을 올렸지만, 손가락에 만져진 것은 검정 벨벳이 아니라 자신의 머리였다. 그제야 모자가 거리에서 떨어졌다는 것이 생각났다. 그는 방 주위를 살피며 머리를 덮을 수 있는 것을 찾아보았다. 침대의 가로 널에 걸린 테물의 잠옷 말고는 쓸 만한 것이 없었다. 그는 잠옷을 머리에 쓰든지, 아니면 피로 물든 자신의 손수건을 사용해야 했다. 그는 잠옷 상의를 집어 들었다.

머리를 덮은 후에 의자에 앉아 테물의 머리 위에 오른손을 얹었다. 테물의 머리는 피가 마른 곳이 엉겨서 뻣뻣해져 있었다. 구스타드는 눈을 감고 조용히 기도를 올리기 시작했다. 그는 자신의 피 묻은 손을 풀잎처럼 가볍게 테물의 머리 위에 얹고, 야트 아후 바리오 기도를 다섯 번 암송하고 아셈 바후 기도를 세 번 암송했다. 냄새를 맡은 파리들이 방 주위를 윙윙거리며 날았지만 구스타드는 흐트러지지 않았다. 그는 눈을 감은 채 한 번 더 기도를 암송했다. 그의 감긴 눈에서 눈물이 흘러내렸다. 눈물이 뺨을 타고 흘러내릴 때에도, 목소리는 부드럽고 흔들림이 없었으며 테물의 머리 위에 얹은 손도 흔들림이 없었다. 그는 기도를 반복해서 암송했고, 눈물을 멈출 수 없었다.

구스타드는 오른손을 테물의 머리 위에 얹은 채 야트 아후 바리오 기도를 다섯 번, 아셈 바후 기도를 세 번 반복해서 암송했다. 기도와 그의 눈에서 흐르는 눈물은 테물을 위한 것이기도 했고, 자신을 위한 것이기도 했다. 테물을 위한 것이기도 했고, 지미를 위한 것이기도 했다. 그리고 딘쇼지, 아버지와 어머니, 할아버지와 할머니를 위한 것이기도 했다. 그들 모두 그토록 오랫동안 기다리다……

그가 야트 아후 바리오 기도와 아셈 바후 기도를 반복하면서 얼마나 오랫동안 그곳에 앉아 있었는지 알 수 없었다. 그때 문득 방에 누군가 있다는 것을 느꼈다. 그는 뒤돌아보지 않았다. 그는 커튼 고리들이 딸랑거리는 소리를 듣지 못했고, 죽음처럼 고요하게 매달려 있는 빛바랜 오건디 커튼 사이로 베란다의 따가운 햇살이 스며들고 있었다. 그가 거친 목소리로 물었다. "누구요?"

아무런 대답이 없었다. 그는 다시 한 번 물었다. "누구요?"

"아버지…… 소랍입니다."

구스타드가 몸을 돌렸다. 그는 문간에 서 있는 소랍을 보았고, 두 사람의 눈이 마주쳤다. 하지만 구스타드는 여전히 앉아 있었고 소랍도 문간에서 꼼짝 않고 기다렸다. 마침내 구스타드가 천천히 일어섰다. 그는 소랍에게 다가가 그를 껴안았다. "잘 왔다." 구스타드가 피 묻은 손으로 소랍의 머리를 한 번 넘겼다. "잘 왔다, 잘 왔어." 그는 다시 한 번 소랍을 꽉 껴안았다.

4

경찰이 차단선을 쳐 놓은 작업 구역은 시위대가 엎지른 하수도 찌꺼기와 오물 때문에 아직도 악취가 진동했다. 말콤은 할 말을 제대로 하지 못하고 침을 튀기며 떨리는 목소리로 말했다. 그의 손은 부러진 새의 날개처럼 흔들거렸다. "어떻게 이런 일이! 미쳤어! 정말 미쳤어. 완전히 돌았다고!"

구스타드가 그의 어깨 위에 손을 얹었다. "집으로 들어가서 차나 한 잔 하지그래?"

"맙소사! 이 빌어먹을 것이 내 얼굴에 맞았어! 털투성이에 냄새 나는 커다란 것이! 썩은 냄새가 풍기는 쥐들이 내 얼굴에 정통으로 맞았다고! 에이!

웩! 퉤!" 말콤은 머리가 곧 폭발이라도 할 것처럼 감싸 쥐었다. "전염병이라도 걸리면 어쩌지?"

그는 좀 씻으라는 구스타드의 제안을 뿌리쳤다. "괜찮아, 즉시 내가 소화전을 열었어. 그리고 성모산에도 초를 하나 갖다 놓기로 약속했고. 빌어먹을 쥐가 몇 마리는 아직도 살아 있어!" 그는 또다시 몸서리를 쳤다. "나도 의사한테 가 볼 거야."

그러나 말콤은 먼저 부상당한 일꾼들을 대신할 사람들을 기다려야 했다. "빌어먹을 경찰들은 그냥 지켜보기만 했어. 이건 시의 음모가 틀림없어. 이 사기꾼들은 모두 짝짜꿍이라고."

"자네 말이 맞아." 구스타드가 말했다. "어떤 것도 정부를 당해 낼 수는 없어. 우리 같은 평범한 사람들은 정부를 상대로 어쩔 도리가 없지."

일꾼들이 돌담 사이의 모르타르를 끌로 파내기 시작했다. 말콤이 지시 사항을 큰 소리로 외치며 바쁘게 감독했다. "아, 거기 조심해! 조심해, 조심!" 일꾼들은 기운차고 활기차게 구령을 힘껏 외쳤다. "영차, 영차! 영차, 영차! 영차, 영차!" 트럭에 실린 자갈과 모래를 내렸다. 다른 소음들을 압도하는 처벅처벅 소리가 구스타드의 귀에 분명하게 들렸다. 삽을 든 일꾼들이 자갈을 밟고 지나가자, 처벅대며 갈아 뭉개고 바드득거리는 소리가 났다. 그 소리에 구스타드는 잠시 간담이 서늘해졌다.

곧, 트리무르티가 그려진 큰 돌담 덩어리가 맨 먼저 쇠지레에 들려 땅으로 와르르 소리를 내며 무너졌다. 먼지가 가라앉자 거리의 화가가 절망에서 깨어났다. 그는 일어서서 구스타드에게 갔다. "선생님, 그동안 제게 돌담을 배려해 주셔서 정말 고맙습니다. 이제 떠날 때가 된 것 같습니다."

"가다니? 어디로요? 계획은 있소?"

"선생님, 어디로 가느냐는 중요치 않습니다." 트리무르티가 무너지면서 그는 이전의 철학적 쾌활함을 회복했다. "길가의 화장실이 사원이 되고 사당이 되며, 사원과 사당이 먼지와 폐허가 되는 세상에서 어디로 가느냐가 중요하겠습니까?" 화가는 소지품들을 챙기기 시작했다. "선생님, 한 가지 부탁이 있습니다. 멀구슬나무 잔가지를 좀 꺾어 가도 괜찮겠습니까? 제 이 건강의 탄생과 보존과 파괴를 관리하고 싶어서요."

"마음껏 가지고 가세요." 화가는 잔가지를 일곱 개 꺾어서 그의 작은 가방에 넣었다. "행운을 빕니다." 구스타드가 악수를 하면서 말했다.

"행운은 신과 여신들이 뱉는 침 같은 거죠." 화가는 맨발로 살포시 걸으며 정문을 빠져나갔다.

구스타드가 정문 기둥에 세워 놓은 유화 물감과 붓이 담긴 큰 상자를 발견했다. "잠깐만요. 이거 당신 물건 아니오?"

거리의 화가가 뒤돌아섰다. 그는 웃으면서 고개를 가로저으며, 잠시 몇 발짝 뒤로 걸어왔다. "여행을 위해서 필요한 건 모두 챙겼습니다." 그는 자신의 작은 가방을 두드렸다. "크레용 상자가 이 안에 들어 있죠." 그는 보도의 갓돌 옆으로 몸을 숙이더니 뭔가를 집어 올렸다. "이건 선생님 것 같은데요." 그가 정문을 향해 그것을 던졌다.

"고맙소." 구스타드는 밟아 뭉개진 기도 모자를 받았다. 검정 벨벳이 진흙으로 덮여 있어서 모자를 쓰지는 않았다.

화가는 곧 시야에서 사라졌다. 정오가 한참이나 지났고 공기는 디젤 배기 가스의 고약한 냄새로 가득했다. 아파트 단지 내 유일한 나무의 쪼그라든 그림자가 한쪽 옆에 웅크리고 있었다. 일꾼 두 명이 가로톱으로 나무의 몸통을 베고 있었다.

구스타드는 햇볕이 내리쬐는 아파트 단지를 지나 집으로 들어갔다. 눈이 어둠에 익기를 기다렸다가, 기도 모자를 다리에다 대고 털었다. 마른 흙이 바닥에 떨어졌다. 그는 모자를 책상 위에 던져 두고 의자를 가져온 후에 현관문을 닫았다.

끊임없이 처벅거리는 자갈 소리 외에는 거리의 소음이 거의 사라졌다. 구스타드는 의자에 올라서서 환기창을 덮고 있던 종이를 잡아당겼다. 첫 번째 종이가 떨어져 나가자 겁에 질린 나방 한 마리가 날아올라 거실을 돌았다.

로힌턴 미스트리의 『그토록 먼 여행』

손홍규(소설가)

고요히 쓰다듬고 싶어지는 문장이 있다. 뒤돌아 숨죽여 우는 사람의 살풋 떨리는 등을 보는 듯한 기분이 드는 소설이 있다. 그러나 그런 문장과 소설은 드물다. 아무리 많은 책을 읽어도 이토록 차분하게 격정이 치솟는 경험을 하기란 쉽지 않다. 손을 뻗어 어루만지고 싶으나 내 손가락이 닿는 순간 부서질까 두려워 닿을락 말락 한 그 서러운 공간을 남겨 두어야 하는 소설을 읽는 일은 퍽이나 힘든 일이다. 어느 만큼은 인내가 필요하고 이때의 인내는 통곡하고 싶은 사람이 간신히 참으며 입술 사이로 가느다란 신음을 흘려보낼 때 발휘할 법한 그런 종류의 인내다.

로힌턴 미스트리의 또 다른 소설 『적절한 균형』을 읽을 때 나는 열병을 앓았다. 소설을 덮고 나니 다른 사람이 되었다. 소설을 읽기 전의 나를 더는 찾을 수가 없었다. 소설과 대면하는 동안 이전의 나와 결별했던 것이다. 알지 못한 새로운 형태의 윤리를 만나서가 아니었다. 이 삶이 견딜 만한 삶이라는 식의 쓸모없는 위로에 감격해서도 아니었다. 거기에는 어떤 절망이 있었다. 무심코 나무를 베었다가 잘린 단면에서 발견한 나이테를 세어 보고 나보다 나이가 훨씬 많다는 사실을 깨달았을 때 까닭 없이 두려워지듯 뭐라 규정하기 힘든 절망이. 그러나 분명한 건 살아가는 동안 반드시 겪어야 할 절망이며 어쩌면 이 경험을 위해 오랜 세월을 허비했는지도 모른다는 생각이 들게끔 하는 절망이라는 사실이었다. 이윽고 나는 소설가를 상상하였고 곧이어 하나의 의문을 품었다. 로힌턴 미스트리는 스스로 풀어놓은 절망에 어떻게 감염되지 않을 수 있었는지. 독을 품은 생명체가 자신의 독에 중독되지 않는 것과 같은 이유로 로힌턴 미스트리 역시 중독되지 않았던 거라면 이 절망은 그의 내부에서 풀려나온 것이라고 미루어 짐작할 수 있다. 그는 쓰지 않을 수 없었을 것이다. 써야만 하는 이야기를 다루면서 이처럼 침착해지기란 어려운 일이므로 그는 무척 고통스러웠을 것이다. 그러므로 내게 그는 귀중하다. 한 번도 만난 적 없으나 그가 그려 낸 사람들을 통해 매번 만난 듯하며 활자에 깃든 목소리와 숨결과 시선을 읽으며 그와 마주한 듯한 기분이 되곤 했다. 그러기에 『그토록 먼 여행』은 마치 오랜 여행을 떠났다가 돌아온 반가운 친구라도 되듯 조금은 더 즐겁게 대면할 수 있었다. 하지만 이 벗은 변함없이 무척이나 과묵하여 입가에 슬쩍 미소를 지을 뿐이다. 먼 길을 돌아온 여행자의 고단한 얼굴에 자연스레 떠오른 서글픈 웃음. 이게 바로 『그토록 먼 여행』에서 내가 받은 인상이다.

로힌턴 미스트리는 까다롭게 굴지 않는다. 곱씹지 않으면 이해할 수 없는 단어는 회피한다. 정교한 플롯을 의도하지도 않는다. 사유를 강요하지도 않는다. 그는 한 걸음 뒤에서 묵묵히 고개를 숙인 채 사람들을 따라 걸을 뿐이다. 삶의 감춰진 비밀 따위는 없다. 낡은 주춧돌을 들추어야만 찾아낼 수 있는 어둡고 습한 비밀의 장소 따위도 없다. 그가 그려 내는 삶의 비밀, 삶의 진실은 언제나 백주 대낮에 존재한다. 눈부실 정도로 환한 일상의 빛 아래 얌전하게 드러난 비밀과 진실들. 부정과 부패와 학살도 사랑과 우정과 열정도 한결같이 일상에 속한다. 『그토록 먼 여행』은 『적절한 균형』과 마찬가지로 짧지 않은, 아니 외려 최근의 장편소설치고 턱없이 길다 싶을 정도의 이야기이건만 지루하지 않다. 그가 까다롭게 구는 순간은 오직 인물에게 시선이 머물 때이다. 어디에선가 날카로운 목소리가 들려오면 그 목소리의 주인에게 시선이 머문다.

쿠트피티아는 확실한 근거도 없이 협박을 해 댔다. 그녀는 절대 우유 장수에게 우유를 사 먹지 않았다. 다만 그렇게 한 번씩 확인을 해서 정신을 차리게 하면 다른 사람들에게 이롭다는 신념이 확고했다. 그녀는 이곳 코다다드 아파트에는 사기꾼들이 등쳐 먹을 만한 사람이 살고 있지 않다는 사실을 누군가는 알려 줘야 한다고 생각했다. 일흔 살 먹은 쭈그렁 할머니이자 아직 노처녀인 쿠트피티아는 날이 갈수록 뼈가 굳어 간다면서 요사이에는 좀처럼 집 밖으로 나오지 않았다.

이런 방식으로 쿠트피티아가 소설에 등장한다. 도망친 닭을 잡으러 뒤뚱거리며 달려가던 구스타드 노블은 자신과 비슷하게 뒤뚱거리는 절름발이 테물을 본다. 그러면 곧이어 테물의 이력이 소개된다.

나무에서 떨어지고 나서 전혀 딴 사람이 되었다. 테물의 부모는 어떻게든 그를 고쳐 보려고 학교에 계속 보냈다. 효과가 있건 없건 간에 힘들지만 목발을 짚고 학교를 오가는 테물은 행복했다. 그의 부모는 학교 측에서 다른 학생들을 위해서 테물이 그만 나왔으면 좋겠다고 정중히 거절할 때까지 포기하지 않았다. 지금은 오래전에 죽은 부모 대신 테물의 형이 그를 돌봐 주고 있었다. 외판원인 형은 주로 집에서 멀리 떨어진 곳에서 일했지만, 테물은 개의치 않았다. 삼십 대 중반인 테물은 여전히 어른들보다는 아이들과 어울리는 것을 좋아했다. 그러나 어른들 중에서 구스타드 노블만은 예외였다. 어쩐 일인지 그는 구스타드를 무척 좋아했다.

로샨의 생일잔치에 참석하기 위해 구스타드 노블의 아파트를 찾아온 딘쇼지는 이런 사람이다.

딘쇼지가 속삭이는 바람에 몸이 밀착된 구스타드는 조심스럽게 숨을 들이쉬며 웃었는데, 오늘은 그의 입 냄새가 별로 심하지 않은 것 같아 마음이 놓였다. 그의 입 냄새는 주기가 있어서 강풍과도 같은 악취가 몰아칠 때가 있었고, 산들바람처럼 전혀 역겹지 않은 냄새가 날 때도 있었다. 지금은 입 냄새가 감소하는 때였다. 물론, 저녁 동안 그의 기분이 변화를 겪는다면 지독한 입 냄새가 몰아치지 않으리라는 보장은 없었다. 아침에 산뜻한 입 냄새로 출근한 딘쇼지가, 푸념을 늘어놓으면서 투덜대는 손님과 언쟁을 벌이고 난 후면 입에서 악취가 풍겼다. 지점장인 마돈 씨가 손님과의 마찰에 대해서 질책이라도 하고 나면, 그의 입 냄새는 순식간에 견딜 수 없을 정도로 지독해졌다.

소설에서 인물을 제시하는 일반적인 방식 가운데 하나이지만 로힌턴 미스트리에게는 남다른 점이 있다. 그의 시선은 한 사람 한 사람을 요약하여 보여주듯 재빠르게 훑고 지나가는 시선이 아니다. 그는 그 사람의 인상을 전하려고 애쓰는 게 아니라 그 사람을 이해하려고 애쓴다. 그래서 때로는 이야기의 진행을 방해한다 싶을 정도로 굼뜨다. 그는 자신의 이야기에 등장하는 사람들 곁에 오래도록 머물 줄 안다. 그의 시선이 머문 곳에서 독자의 시선도 머물게 마련이므로, 또한 오래 들여다볼수록 그 인물이 가깝게 여겨지기 마련이므로, 로힌턴 미스트리의 소설에서는 악당마저도 정답다. 그래서 『그토록 먼 여행』에는 풍경 묘사가 극히 드물다. 이 소설의 서정성은 비루하고 남루한 풍경에 고상한 감정을 주입시켜 얻은 것이 아니라 그런 풍경 속에서 살아가는 사람들의 발끝부터 머리끝까지를 다정하게 묘사하여 획득한 것이다. 로힌턴 미스트리는 부부 싸움마저도 이렇게 끝낸다.

"엄마 아빠가 싸우는 거 싫어요." 로샨이 울면서 말했다.

"싸우는 게 아니라 얘기하는 거야." 딜나바즈가 말했다. "어른들은 가끔 이렇게 얘기해야 해."

"그런데 왜 화를 내면서 소리쳐요." 로샨이 울음을 그치지 않았다.

"알았다, 우리 예쁜 귀염둥이." 구스타드가 로샨을 안으며 말했다. "로샨 말이 맞아. 엄마랑 아빠가 소리를 질렀어. 그런데 화를 낸 건 아니야. 이것 봐." 그가 미소를 지어 보였다. "이게 화난 얼굴이니?"

딜나바즈가 팔짱을 낀 채 식탁에 뻣뻣하게 앉아 있었기 때문에 로샨은 그 말을 믿지 않았다. "가서 엄마한테 뽀뽀해요."

구스타드와 딜나바즈 부부는 딸 로샨의 요구를 이기지 못하고 결국 로샨이 시키는 대로 한다. 로샨은 부모의 화해가 제대로 이뤄지지 않았다고 느꼈으나 달리 어찌할 바를 모르기에 그냥 침대로 간다. 로샨의 쓸쓸함은 그들 부부의 쓸쓸함이기도 하다. 그러니까 로힌턴 미스트리는 까다롭지 않은 게 아니라 까다로울 수밖에 없는 삶을 간결하게 보여 준 것이다. 아무리 복잡하고 난해한 삶일지라도 로힌턴 미스트리가 다루면 이해할 만한 그 무엇으로 바뀐다.

이 소설의 제목은 엘리엇의 시에서 유래한다. 그러나 구스타드 노블이 병원에서 죽어 가는 옛 친구인 빌리모리아 소령을 면회하기 위해 델리로 여행을 다녀오는 것 외에는 '먼 여행'을 떠나는 사람은 없다. 하지만 그들은 각자의 먼 여행을 떠난다. 명문 학교 입학시험에 합격하고도 예술가의 꿈을 이루기 위해 가출한 소랍, 집안끼리 사이가 좋지 않아 부모가 반대하는 또래 여자아이를 좋아하는 다리우스, 병에 걸린 딸 로샨, 가정의 행복을 위해 점점 잔인한 주술에 끌려 들어가는 어머니 딜나바즈. "그래! 그것도 내 탓이야. 소랍이 IIT 안 가는 것도 내 탓이고! 다리우스가 개장수 얼간이 뚱보 딸한테 시간을 낭비하는 것도 내 탓이고! 로샨이 아픈 것도 내 탓이고! 세상에 잘못되는 일은 모두 내 탓이라고!" 이처럼 가정의 모든 짐을 짊어진 채 괴로워하는 아버지 구스타드 노블. 이 다섯 일가족을 둘러싼 인물들 역시 먼 여행을 떠난다. 비밀 정보원이 되었으나 권력층의 음해로 끝내 병사하는 빌리모리아 소령, 늘 밝은 표정을 꾸미지만 독수리 같은 아내에 시달리다 병이 깊어 죽는 직장 동료 딘쇼지, 시위대의 틈바구니에서 돌에 맞아 죽는 순박한 정신 이상자 테물, 혼신의 힘을 쏟아 그린 벽화가 사라질 위기에 처하자 미련 없이 방랑을 떠나는 거리의 화가……. 그들은 모두 자신의 삶으로 여행을 떠났다. 그들이 원했거나 원하지 않았거나 그들은 살아 있기에 여행을 떠난 것이며 곧 삶이 '먼 여행'이다. 사람이 사람에게서 멀어지는 여행이야말로 가장 먼 여행인 셈이다. 그러므로 『그토록 먼 여행』은 한 가족의 이야기인 동시에 아버지와 어머니의 이야기다. 세상의 부조리에 눈을 뜬 큰아들, 이성에 눈을 뜬 작은아들, 그리고 병에 걸린 막내딸을 지키기 위해 기적과 불행 사이에서 갈팡질팡하는 부모의 이야기다. "어째서 기적과 불행은 항상 손에 손을 잡고서 찾아오는 걸까?" 나 역시 그게 궁금하다.

구스타드 노블은 딘쇼지의 죽음을 목격한 뒤 아내에게 이렇게 말한다.

"분명히 딘쇼지가 웃고 있었어." 그는 자신의 손목시계를 다시 한 번 확인하고 시계의 분침을 정확히 맞추었다. "거봐, 내가 미쳤다고 생각하는 거지?"

"기도의 힘은 매우 강해요."

"병원에서 딘쇼지의 얼굴을 봤어. 영구차에서도. 그런데 그때는 아무 표정이 없었어."

"기도의 힘은 강해요. 기도 덕분에 딘쇼지의 얼굴과 당신 눈에 미소가 보였을 거예요."

구스타드가 그녀를 껴안았다. "내가 침묵의 탑으로 갈 때도 딘쇼지처럼 얼굴에 미소가 어렸으면 좋겠어. 당신 눈에도." 시계는 여전히 멈춘 채였다. 그는 시계추를 살며시 밀고 유리를 닫았다.

죽어서 침묵의 탑으로 갈 때 미소지을 수 있기를 바라는 구스타드 노블의 소박한 바람은 비극적인 테물의 죽음을 고려할 때 실현 불가능한 바람이라는 인상을 지울 수가 없다. 그러나 구스타드 노블은 피 흘리며 죽은 테물의 시신을 어찌할 바 모르는 사람들과 달리 용기를 발휘한다. 이 소설에서 가장 아름다운 장면이 이렇게 펼쳐진다.

> 마치 테물과 단둘이 있는 것처럼, 다 큰 성인의 시신을 아이의 것처럼 안고 전혀 흔들림 없이 바로 눈앞에서 성큼성큼 걸어가자, 아파트 주민들은 그 모습을 창문으로 유심히 지켜보았다. 시신이 지나가자 몇몇 이웃은 머리 위로 두 손을 깍지 끼었다.
> 구스타드는 다리를 절거나 머뭇거리지 않고, 넓은 아파트 단지를 가로질러 정문 근처의 아파트, 단지의 유일한 나무, 자신의 집과 밤지 경위의 집을 지나 마침내 목적지에 도달했다. 계단 입구에 들어선 그는 발걸음을 멈추고 돌아서서 반대편 끝에 있는 사람들을 바라보았다. 그는 다시 걸어갔다.

그리고 가출한 아들 소랍은 "두려움과 존경심으로 아버지를 바라"본다. 세속적이라 여겨 극복의 대상으로만 보았던 아버지를 아들이 직시하는 순간 여행은 더는 먼 여행이 아니다. 기도를 하다 인기척을 느낀 구스타드 노블이 "누구요?"라고 묻자 "아버지…… 소랍입니다."라는 대답이 들려온다. 어쩌면 우리 모두 이 대답을 듣기 위해, 누군가를 호명할 때 그에 대답하는 목소리를 듣기 위해 이 여행을 감내하는 건지도 모른다.

삶은 끝없는 여행,
그리고 보잘것없는 인간에 대한 연민

뉴델리의 칸마켓에서 조금만 걸어 나오면 붉은 돌담 너머로 작은 묘지가 보인다. 눈여겨보지 않으면 그냥 지나칠 만큼 평범한 곳이지만 정문에 붙은 표지판이 사람들의 호기심을 자극한다. '파르시 공동묘지.' 악마가 깃들여 오염되기 전에 독수리들에게 죽은 몸을 맡긴다는 침묵의 탑에 이르지 못한 망자들일까, 아니면 파르시 공동체의 풍습이 시대착오적이라고 생각한 사람들의 선택일까? 살며시 철문을 젖히고 들어서자 로힌턴 미스트리의 소설에 등장하는 것과 같은 익숙한 이름들이 묘비에 새겨져 있다.

페르시아의 조로아스터교도가 종교의 자유를 찾아서 인도로 건너와 정착한 지가 천 년도 넘었다. 일명 배화교로 알려진 조로아스터교를 지금도 믿고 사는 소수 인종 파르시인들은 전 세계에 10만여 명, 인도에만 약 7만 명이 사는 것으로 알려져 있다. 하지만 최근 인구 연구 조사에서는 15년 후쯤이면 인도 내의 파르시 인구가 2만 명으로 줄어들 것이라고 예측하고 있다.

『그토록 먼 여행』은 바로 이 멸실의 위기에 처한 파르시 공동체를 중심 무대로 정치적, 역사적 사건에 휘말리는 평범한 개인들의 삶에 초점을 맞추고 있다. 그러나 로힌턴 미스트리는 파르시인들의 삶과 처지를 이국적으로, 혹은 인류학적 호기심의 측면에서 다루지 않는다. 또한 인종적, 종교적 소수자로서의 정체성에 매몰되지 않으면서 인도 현대사의 사회적, 정치적 맥락에서 개인들의 삶이 어떻게 변화하는지를 사실적인 필치로 그리고 있다.

이 소설의 배경은 훗날 방글라데시가 되는 동파키스탄의 독립 운동과 그로 인해서 제3차 인도-파키스탄 전쟁이 벌어지는 1971년이다. 1962년 중국과의 전쟁, 1965년 파키스탄과의 전쟁의 흔적이 채 가시지도 않은 뭄바이 파르시 공동체 아파트에 살고 있는 소시민들의 삶에 이러한 정치적, 역사적 사건들은 직접적인 영향을 미친다. 언제 터질지 모르는 전쟁의 위협 때문에 아파트 창문에는 시커먼 등화관제용 종이가 붙어 있고, 밀려드는 난민들 때문에 세금은 늘어나고 물가는 치솟는다. 또한 극우 힌두교 근본주의자들의 커 가는 정치적 영향력 때문에 일상의 폭력과 위협에 노출된 채 위축된 삶을 살아가야 한다.

주인공 구스타드 노블은 이러한 팍팍한 생활 속에서 수입과 지출을 걱정하고 가족의 안전을 지켜야 하는 평범한 가장이다. 위태로운 시대를 살아가며 박봉에 허덕이는 은행원인 그에게 일자리를 지키고 가족의 생계를 꾸려 나가는 일보다 중요한 문제는 없어 보인다. 가족을 위해 희생하며 직장을 위해 헌신하는 그의 모습은 여느 아버지와 다를 바 없다. 하지만 그의 삶은 가족, 공동체, 사회, 국가라는 복합적인 틀 속에서 딜레마에 부딪히고 실존적 고뇌에 빠지게 된다.

친구의 갑작스런 배신의 아픔을 묵묵히 달래고 있던 그에게 골치 아픈 사건이 꼬리를 물고 이어진다. 사라진 친구의 간절한 부탁으로 본의 아니게 권력형 비리 사건에 휘말리게 되고, 명문 IIT에 합격한 아들은 입학을 거부하고 가출하며, 어린 딸은 병마에 시달리고, 절친한 은행 동료가 사망하며, 아파트 단지를 지키던 돌담은 당국에 의해서 강제 철거되고, 자신을 따르던 절름발이 저능아는 시위대의 난투 속에서 사망하고 만다.

무엇이 평범한 샐러리맨을 그토록 분노하고 절망하게 만드는가? 개인에게 가족, 공동체, 사회, 국가는 구속이요 한낱 덫일 뿐인가? 길거리 화장실로 전락한 아파트 담벼락을 신과 성자들의 공간으로 탈바꿈시키는 건 거리의 보잘것없는 화가이다. 하지만 이 돌담을 기어이 무너뜨리고 마는 장본인은 공권력의 수혜자이자 피해자인 예술가 출신의 공무원이다. 파르시인들을 화장하거나 매장하는 것을 절대 허락해서는 안 된다는 파르시 원리주의자들은 극우 힌두교 근본주의자들의 또 다른 모습일 뿐이다. 편협한 다수의 위협을 받으며 살아가는 파르시 공동체의 위기는 근대화를 거부하는 내부의 수구적 모습과 맞닿아 있다.

침묵의 탑에서 행하는 조로아스터교 예배 의식에서 우리는 삶과 죽음을 포용하고 정체성을 회복하는 보편적 인간애를 느낄 수 있다. 하지만 이 뜨거운 인간애는 침묵의 탑 밖에서도 존재한다. 어머니, 은행 동료, 첩보원 친구의 장례식에서도 눈물을 보이지 않았던 구스타드가 버려진 절름발이 저능아의 시신 앞에서 흘리는 눈물은 불완전한 시대와 삶을 수용하고 화해하는 순간이다. 모두가 외면한 시신을 홀로 지키며 인간으로서 최소한의 존엄을 갖추도록 만드는 그의 또렷한 윤리적 모습은 참으로 인간적이다.

박해를 피해 페르시아를 떠난 조로아스터교 조상들이 종교의 자유를 찾아 그토록 먼 여행을 했듯이 구스타드의 내면적, 외면적 여행도 그 끝이 없어 보인다. 정치적, 사회적인 구조적 모순 속에서도 꿋꿋이 사람으로서의 도리를 다하고자 하는 그의 모습은 위대하지도 장엄하지도 않다. 보잘것없는 인간에 대한 연민이야말로 자아와 타자의 경계를 뛰어넘고 구조적 장애들을 극복할 수 있는 실천 방안임을 평범한 가장이자 아버지인 구스타드는 보여 주고 있다. 이러한 평범한 영웅들이 우리 주위에 많아질 때 아픔으로 넘쳐 나는 삶이 조금은 가벼워질 수 있으리라.

끝으로 로힌턴 미스트리의 장편소설 『적절한 균형』에 이어서 이 책을 펴낸 도서출판 아시아에 감사를 표하며, 사랑으로 이 모든 일을 가능하게 만들어 준 아내 캐서린과 아들 지홍에게 다시 한 번 고마운 마음을 전한다.

호주 시드니에서 손석주

종교 관련 주요 용어(가나다순)

고쿨 아쉬타미 힌두교 3대 신의 하나인 비슈누의 여덟 번째 화신인 크리슈나의 탄생을 기념하는 축제.

구루 시크교의 교조 나나크와 그의 후계자 아홉 명을 가리키는 말. 힌두교 성자들을 가리키기도 하는데, 현대 영어에서는 그 의미가 더욱 확대되어 한 분야의 권위자를 지칭하기도 한다.

나타라자 시바의 화신이며, '춤추는 자들의 왕'이라는 뜻이다. 춤을 추는 시바의 모습을 하고 있다.

단삭 파르시 조로아스터교도가 즐겨 먹는 요리. 페르시아와 구자라트 지방의 특색을 살려 만든 요리로 주로 양고기를 함께 넣고 요리한다.

디왈리 힌두교 축제로 인도 최대의 명절. 선의 신이 악의 신에게 승리한 것을 기념하기 위한 것으로 빛의 축제라고도 한다.

벤디다드 조로아스터교의 율법을 규정한 경전.

블루 모스크 터키 이스탄불에 위치한 술탄 아흐메트 이슬람 사원의 애칭. 내부의 위쪽 벽을 뒤덮고 있는 푸른 색상의 타일 장식과 260개 창문에서 들어오는 빛이 장관을 이룬다고 해서 붙여진 별명이다.

사로시 바즈 조로아스터교도가 매일 암송하며 올리는 기도.

수드라 얇고 부드러운 모슬린 천으로 만든 조로아스터교 제사복.

스와미 힌두교의 학자와 성직자에 대한 존칭.

아리만 아후라 마즈다와 대립하는 악의 신.

아베스타 조로아스터교의 모든 경전을 통틀어서 일컫는 말.

아후나바드 가타 장례식 때 조로아스터교 사제들이 올리는 기도.

아후라 마즈다 조로아스터교에서 섬기는 유일신이자 주신(主神)으로 선의 신. 아리만과
대립한다.

조로아스터교 B.C. 6세기경에 페르시아의 예언자이자 종교 개혁가인 조로아스터(자라
투스트라의 영어명)를 개조로 하는 종교. 불을 숭배한다고 해서 배화교라고도 한다.

침묵의 탑 조로아스터교 장례 예식에 따라서 시신을 독수리가 파먹도록 탑처럼 높게 만
든 타원형 구조물.

카바 사우디아라비아 메카에 있으며 이슬람교도가 가장 신성시하는 신전이다.

쿠스티 조로아스터교의 성대(聖帶). 허리에 세 번 감는데, 이것은 각기 선한 생각, 선한
말, 선한 행동을 상징한다.

트리무르티 창조의 신 브라흐마, 유지의 신 비슈누, 파괴의 신 시바를 일컫는 삼신일체
의 개념.

파르시 7~8세기경 신흥 이슬람교도에게 쫓겨 페르시아에서 지금의 인도 구자라트 주
해안 지방에 정착한 조로아스터교도의 자손들. 인구는 약 10만 명.

홀리 축제 '색의 축제'라고 불리는 인도의 축제. 3월에 이루어지며, 서로의 몸에 물감과
물을 뿌리면서 악령과 잡기를 없애 준다고 한다.

〈아시아 문학선〉을 펴내며

우리는 무엇보다 언어에 주목한다.

지난 5백 년 동안, 우리에게 알려진 세계의 언어들 중 거의 절반이 사라졌다고 한다. 에트루리아어, 수메르어, 컴브리아어, 메로에어, 콘월어, 음바바람어… 지금 이 순간에도 지구 곳곳에서 수많은 언어들이 사라지고 있다. 소멸의 속도도 점점 빨라진다. 대신 그 자리를 영어와 또 하나의 언어, 그러나 기왕에 존재했던 어떤 언어와도 전혀 다른 종류의 기계어 '비트'가 메워 나가는 중이다.

한 가지 언어가 사라진다는 것은 무슨 뜻일까. 그것은 한 집단의 기억이 최후를 맞이한다는 뜻이다. 물론 성실한 언어학자들의 노력으로 운 좋게 몇몇 단어가 살아남을 수도 있다. 그렇지만 엄밀한 의미에서 그것은 살아 있는 언어가 아니다. 언어는 언어학자의 노트에 적히는 것만으로 생명을 보장받을 수 없다.

이제 우리는 이와 같은 일방통행의 역사에 작으나마 흠집을 내고자 한다. 그 출발이 바로 〈아시아 문학선〉이다.

우리는 서구가 주도했던 지난 시기의 근대화 과정에서 수많은 문명의 유전자가 흔적도 없이 사라졌고, 지금도 아시아 어딘가에서 어떤 기억의 보살핌도 받지 못한 채 속절없이 사라져가는 것들이 많다는 사실을 잘 알고 있다. 그러나 우리는 겸손해야 한다. 소멸은 대개 슬프지만, 때로는 자연스럽게 권장되어야 할 어떤 것이기도 하다. '불멸의 신화'가 지닌 폭력성을 흔히 목격하지 않았던가. 우리는 서구 근대의 가치를 대체하는 아시아 담론을 창출하겠다는 다부진 야심을 갖고 있지 않다. 우리는 다만 아시아의 수많은 언어가 제각기 품어 온 기억의 서사들을 존중하려 할 뿐이다.

특히 문학에 관한 한, 아시아는 이른바 세계화가 가장 덜 진척된 영토로 존재한다. 아시아 문학은 대다수 서구인들에게 여전히 낯설고 어색하면서도 이따금 신기하고 흥미로운 존재다. 가상공간과 더불어, 빈약한 서사를 보충해 줄 최후의 영토로 간주되기도 한다. 그런 시선 속에서, 지난 몇 세기 동안, 아시아는 수없이 발명되고 발견되었다. 그 결과 논과 밭, 구릉과 숲으로 이루어진 아시아의 주름진 대지는 2차원의 매끈한 평면으로 아주 쉽게 왜곡되었다. 거기에서 소수와 은유는 묵살되고, 틈과 사이는 간단히 메워졌다.

이제 우리는 다시 주름들을 기억하려 한다. 고속도로와 지름길이 길의 다가 아니듯, 표준어와 다수만 아시아의 입체를 구성하지는 않는다. 그러나 놀랍게도, 서구인에게 낯설고 어색한 것 이상으로, 우리 스스로 아시아를 얼마나 낯설고 어색하게 생각하고 있는지! 불행히도 우리 주변에는 읽고 싶어도 읽을 아시아조차 많지 않다. 우리의 기획은 이런 경이로운 무관심과 태만을 반성하는 데서 출발한다. 동시에 우리는 혹 '미지의 세계' 아시아를 또 하나의 개척영역, 흔히 말하듯 '미래의 먹거리' 쯤으로 상정하는 것은 아닌가, 우리 안의 유혹을 끊임없이 경계한다.

이렇게 경계선을 넘으려 한다.

바라건대, 저 너머에는 새로운 세계문학이!

〈아시아 문학선〉기획위원회

〈아시아 문학선〉 기획위원

전승희(문학평론가, 미국 하버드대학 한국학연구소)

김남일(소설가, 아시아문화네트워크)

자카리아 모하메드(팔레스타인, 시인 · 신화 연구)

A. J. 토마스(인도, 시인 · 번역가 · 영문학 · 전 《인도문학》 편집장)

자밀 아흐메드(방글라데시, 다카대학 교수 · 연극연출가 · 평론가)

하리 가루바(나이지리아, 문학평론가 · 남아프리카 케이프타운대학 교수)

옮긴이 손석주

동아대학교 영어영문학과를 졸업한 후 《코리아타임스》《연합뉴스》 기자로 일했다. 제34회 한국현대문학번역상, 제4회 한국문학번역신인상을 받았고, 2007년 대산문화재단 한국문학번역지원금을 수혜했다. 인도 자와할랄 네루 대학에서 영문학 석사 학위를 받았으며, 현재 호주 시드니 대학에서 포스트 식민지 영문학의 섹슈얼리티 등을 주제로 박사 논문을 쓰고 있다. 로힌턴 미스트리의 장편소설 『적절한 균형』(아시아, 2009), 조지 E. 스트레이트마이어의 『한국전쟁 일기』(미디어 플래닛, 2011) 등을 국역했으며, 김인숙의 단편소설집 『그 여자의 자서전』등을 영역했다. 계간지 등에 단편소설, 에세이, 논문 40여 편을 국역 및 영역했다.

그토록 먼 여행

2012년 6월 30일 초판 1쇄 찍음

2012년 7월 12일 초판 1쇄 펴냄

지은이 로힌턴 미스트리

옮긴이 손석주

펴낸이 방재석

편 집 정수인, 박신영, 김선경

펴낸곳 아시아

등 록 2006년 2월 20일

등록번호 서울 바 03435

인쇄 · 제본 한영문화사

종 이 화인 페이퍼 · 화인 특수지

디자인 끄레어소시에이츠

전화 02-821-5055 **팩스** 02-821-5057

주소 서울시 동작구 흑석동 100-16

이메일 bookasia@hanmail.net

홈페이지 www.bookasia.org

ISBN 978-89-94006-47-5 04840

     978-89-94006-46-8 04800(세트)

* 값은 뒤표지에 표시되어 있습니다.